LA ÚLTIMA
SULTANA

LA ÚLTIMA SULTANA

Andrea D. Morales

B

Papel certificado por el Forest Stewardship Council®

Primera edición: abril de 2022

© 2022, Andrea D. Morales
© 2022, Penguin Random House Grupo Editorial, S. A. U.
Travessera de Gràcia, 47-49. 08021 Barcelona

Printed in Spain — Impreso en España

ISBN: 978-84-666-7057-9
Depósito legal: B-3.050-2022

Compuesto en Comptex&Ass., S. L.

Impreso en Liberdúplex, S. L.
Sant Llorenç d'Hortons (Barcelona)

BS 7 0 5 7 9

*Para mis padres,
que me han seguido ciegamente en la aventura
de hacer historia y confeccionar historias*

Prólogo

A mi muy querido hijo Ahmed.

Tú eres el único destinatario de las palabras que aquí quedan recogidas. Si estás leyendo esto es que has cumplido quince años y yo ya no estoy a tu lado para verlo. Tal y como sospecho en estos momentos, habré fallecido.

En estas páginas se narra la historia de la que fue la última sultana de la dinastía nazarí, la última de la Alhambra, la última de las muchas que me precedieron y que habitaron tras las ricas celosías. Quizá encuentres más tragedia que dicha, aunque no es mi intención apenarte con estas memorias. Temo olvidar lo padecido y, por encima de ello, lo que verdaderamente temo es que tú me olvides. De la Historia se ocuparán otros, los que vengan después de mí y después de tu honorable padre. No me preocupa ser una incógnita mañana, me preocupa morir y ser una extraña para ti, que no conozcas quién fui y tampoco quién soy. A día de hoy todavía me observas con esa mirada indescifrable de quien ve y no reconoce. A veces ni siquiera respondes a tu nombre.

Debí haber empezado a escribir hace siete años y no ahora, con las prisas que me sacuden por culpa del aliento de la muerte, que me mordisquea la nuca. Pero nunca encontraba el momento para sentarme a hacerlo; la enfermedad ha tenido que postrarme en la cama para que me decidiera a ello. Es irónico que sea el descontar del tiempo lo que me ha empujado, porque siempre albergué la esperanza de descubrirte la verdad yo misma, de pronunciarla con estos labios ajados. Hace siete años aún me quedaba mucho por aprender, mucho por vivir. Estaba muy ocupada llorándote. Ese fue el precio que tuve que pagar. No lo hice gustosa, pero lo hice, pues es bien sabido que el gobierno exige sacrificios. Para acceder al trono no has de poseerlo todo, has de haberlo perdido todo. Es la pérdida lo que más conozco y la que más sufrí fue la tuya. Descuida, hijo mío, no busco tu perdón. El perdón es un privilegio que escasea y has de concedérselo a tu padre, no a mí. Yo estoy libre de falta. Solo espero que estos dolores me den tregua y que Allah me dispense un par de días para terminar la tarea que tengo entre manos. En caso de que quede inconclusa, habré marchado habiéndote fallado una vez más. Allah no lo quiera.

Mientras escribo esto te oigo jugar en el exterior. Tu risa me llega a través de las ventanas, se cuela en mi estancia como el aire fresco y revitalizante de la mañana. Tu padre me mira con el entrecejo fruncido y una mueca de preocupación. No se aparta de mi lecho. Te confiaré un secreto. A veces creo que no es una enfermedad lo que me aqueja, sino un veneno que me consume por dentro y que no sé cuándo he ingerido, pero sí quién me lo ha suministrado, aquel que un día fue sultán. Me arde en las entrañas.

Obvia esos últimos pensamientos, querido hijo. Desde hace unos días la mente se me nubla, las ideas se me enredan como intrincados brocados. Son los desvaríos de una moribunda. Debe de ser el miedo a la muerte. Sí, debe de ser eso. Acostumbrada al palacio, veo intrigas donde no las hay, porque cuando reparo en las arrugas de tu padre, cada vez de mayor profundidad, vislumbro sus errores. Y en sus errores están los míos. Y en medio de ellos, estás tú, Ahmed, mi luz.

No deseaba extenderme en cavilaciones, tampoco cesar tan seguido en la redacción de estas tristes memorias. Una única página ha devorado la jornada entera de hoy y es que me veo obligada a soltar el cálamo más de lo que me gustaría, porque siento que los dedos se me agarrotan, especialmente cuando sufro una de esas oleadas de dolor que me dejan tan exhausta. Lo estoy volviendo a hacer, escribir sobre nada. Disculpa a tu pobre madre y sus inútiles divagaciones.

¿Por dónde empezar? Por el comienzo, remontándome al origen, a mi nacimiento. Aunque he de serte sincera, querido mío, la vida se inició cuando mi camino y el de tu padre se unieron, y eso sucedió celosía por medio. Para una mujer, el mundo comienza donde acaba la celosía.

Primera parte

Verdad es que el amor es, en sí mismo,
un accidente.

IBN HAZM,
El collar de la paloma

1

Me llamaron Umm al-Fath, Madre de la Victoria. Nunca un nombre fue tan poco apropiado para una criatura. Cuando nací, la comadrona le dijo a mi madre que carecía de *baraka*, que la fortuna no estaría de mi parte. Lo vio en mis ojos. Según la *qabila*, los tenía acuosos como si fuera a romper en un llanto gutural en cualquier momento. Le recomendó un par de remedios; aunque era imposible cambiar la suerte, al menos alejaría las desgracias. Quizá por esa declaración tan agorera fui siempre la favorita de mis padres, angustiados por el futuro.

Algalias. Durante los primeros dos años de crianza, fue mi madre la encargada de beberlo y suministrármelo a través de la lactancia mientras recitaba la *sura* del elefante. En cuanto se produjo mi destete, me vi en la obligación de cumplir con la desagradable tarea por mí misma. Lo bebía cada mañana bajo la atenta vigilancia de mi progenitora, que no apartaba la vista hasta asegurarse de que no quedaba ni una gota en la jarrita. Su sabor no era precisamente agradable y reconozco que alguna vez intenté engañarla arrojando el preparado por la ventana. Pero las madres conocen a sus hijos y desde entonces jamás se movió de mi lado, ojo avizor y mueca en los labios. Al casarme dejé de tomarla y a veces me pregunto si fue el detonante de lo que sucedería a continuación.

De mi madre, Fátima, recuerdo la alheña del cabello, teñido de un negro azabache, y el tinte de las manos, que eran incisiones doradas en su piel. Olía de una forma muy peculiar; el aroma se entremezclaba con el suyo propio. Tenía unos labios finos y una sonrisa deslumbrante, pero para cuando yo llegué al mundo, ya no gozaba de la misma vitalidad. Mis hermanos mayores la habían agotado y el tiempo había plantado en ella arrugas en torno a los ojos y a la comisura de la boca. Pese a ello, para mí siempre sería la mujer más hermosa de todo el reino, del granadino y del de los cristianos al otro lado de la frontera.

Por entonces, mi padre ya peinaba canas y sus tareas como señor de Xagra y alcaide de Loja lo sumían en unos quehaceres políticos y militares que lo apartaban de nosotras más de lo que nos hubiera gustado. En su ausencia, mis hermanos llevaban las riendas. A veces no era una ausencia física, a veces seguía aquí pero su mente estaba muy lejos, en la Alhambra y sus intrigas palaciegas. Era un hombre afectuoso, un carácter insólito para quien porta la espada en una mano y el escudo en la otra, pero supongo que debajo de la armadura también late un corazón. Traía la paz a Loja y aseguraba la paz en casa, nunca lo oí alzar la voz ni levantarles la mano a mi madre ni a las sirvientas.

Las niñas sueñan con sus futuros maridos. Cuando cerraba los párpados por la noche imaginaba que mi padre me casaría con un hombre como él, porque los padres tienden a buscar a sus hijas un prometido parecido a sí mismo, con idénticas cualidades e idénticos defectos. Se ven reflejados en una versión joven. Por eso quien tuvo un padre borracho tendrá un marido borracho. Quien tuvo un padre desleal tendrá un marido desleal. Y quien tuvo un padre infiel y fornicador, tendrá un marido infiel y fornicador. Así que yo esperaba contraer nupcias con alguien de gran fama, a la altura del famoso Ali al-Attar. Un guerrero. Un hombre de política. Un hombre de valía y de honor. Pues si en algo sobresalía mi progenitor era en la guerra. No aspiraba que el elegido fuera Abu Abd Allah Muhammad, más popularmente conocido como Boabdil, aunque, a decir verdad, mi padre no lo escogió. Jamás reveló el nombre de quién habría sido mi esposo en caso de que Boabdil no hubiera aparecido en mi vida. Poca importancia tienen las incógnitas ya. Lo que no debe ser, no será.

Mis sueños pueriles no tardaron en hacerse realidad. Allah quiso que el hijo del sultán y yo nos conociéramos a una temprana y tierna edad.

2 de marzo de 1479

Era una de esas mañanas de temperaturas refrescantes en las que el calor aún no nos bañaba en un sudor pegajoso, similar al del almíbar. Loja despertaba un día más, sin imaginar que una agradable noticia agitaría el discurrir de la cotidianeidad de sus habitantes. Las buenas nuevas no tardan en diseminarse, correr de boca en boca, penetrar en los hogares, y para cuando el sol ya se encontraba a una altura considerable en su ascenso, todos aguardábamos expectantes el regreso de los hombres. De las muchas celebraciones, esta siempre concedía un revuelo muy particular que se dibujaba en los rostros de los vecinos. Las mujeres enloquecían, el zoco se perlaba de criadas y esposas que aprovechaban los últimos momentos para comprar lo que creyeran menester y así agasajar a sus maridos con abundante comida y un recordatorio de amor y de la comodidad que solo ofrece el hogar. Las callejuelas eran un transitar de efigies irreconocibles, vestiduras largas que arropaban a mujeres que cargaban con cestas de verduras y carne, cubos de agua fresca. No hacía falta prestar atención para percibir el griterío de los niños más pequeños, emocionados, el de los vendedores sacando tajada, un bullicio que delataba vida.

Con tamaño alboroto en la ciudad, el interior de las viviendas se había tornado un hervidero de excitación en el que la prisa abundaba y la servidumbre se afanaba en que todo estuviera dispuesto para la vuelta de sus señores. Buena presencia en la familia, una limpieza profunda, un generoso banquete para reponer fuerzas. Y entre aquel inconmensurable desorden y caos, la dulce sensación del reencuentro, que se paladea con mayor gusto cuando aún no se ha producido y las yemas de los dedos te hormiguean por la promesa del roce. Mientras las tareas de preparación se llevaban a cabo yo vagabundeaba entre las cuatro paredes que conformaban una de las alcobas, paseaba en círculos y cuando estaba a punto de sucumbir a la exasperación, me asomaba a la ventana con el fin de divisar las siluetas de los hombres.

Espiar es una grave falta, pero los deseos de ver a mi padre eran mayores que cualquier acto reprobable del que pudieran acusarme. ¿Acaso es ilícito que una hija quiera asegurarse de que su progenitor ha regresado sano y salvo de la batalla? ¿Quién me condenaría por amar a mi padre, por salvaguardarlo? Había tenido doce años para habituarme al corazón en vilo, algo imposible, porque la inseguridad me trepaba y mordisqueaba el estómago cuando él partía y las noticias eran aguaceros en verano, inexistentes. No sabía cómo mi madre era capaz de soportar ese periodo de negrura, las noches de vigilia, desconocedora de lo que ocurría a leguas de allí, ignorante de si su hombre seguía respirando o había exhalado el último aliento. El miedo me atenazaba y me provocaba pesadillas, pero ella se mantenía pétrea, sin atisbo alguno de agitación, actuaba con una normalidad pasmosa, como si supiera que él estaba sano y salvo. Quizá lo sabía, porque dícese que cuando el amado muere no tardas en sentir un dolor punzante en el flanco izquierdo del pecho. Hasta que aquejara de ello, lo daba por vivo.

De pequeña corría a sus brazos, frenética, con la risa desbordándome por su regreso. Siempre me había parecido que el hogar se iluminaba con su presencia. Los años me habían enseñado que las carreras que otrora me aligeraban el peso de la inquietud no eran una opción, no cuando alcanzas una edad considerable y lo aceptable ya no lo es. Refrené a mi niña interior, ansiosa por salir a la calle y lanzarse a sus brazos. Caminé con pasos lentos y pesados, orientada por el timbre de su voz, que se acercaba a medida que avanzaba por las calles de Loja, confundiéndose con cierto alboroto. Ya estaba aquí. Lo recordaba más vivaz, no tan áspero, quise creer que sería el cansancio y la polvareda del camino alojada en su garganta, que le lijaba las cuerdas vocales.

Mi padre hablaba con varios hombres, precedía una comitiva sumida en conversaciones que me eran extrañas e indescifrables. Los asuntos masculinos se me antojaban del todo aburridos. Resguardada en casa, me acerqué a la celosía que daba al exterior, a una de las callejuelas anexas por las que cruzaba en su camino de vuelta. Allí esperé paciente a vislumbrar su figura entre el enrejado con la única finalidad de calmar los nervios. A veces venía directo a nuestro hogar, otras, se dirigía a la alcazaba para tratar cuestiones políticas de suma importancia y no nos honraba hasta bien entrada la noche. Cuando eso sucedía, el consuelo era aquel paseíllo breve con el que me deleitaba al verlo hasta que, por fin, llegaba el momento de reunirnos de nuevo.

Ahí estaba, tal y como lo recordaba. Al aparecer su esbelta figura, esbocé una sonrisa. Tras cada batalla surgía una arruga que lo avejentaba, en la frente, en los pliegues de los ojos, puede que en la comisura de los labios si estas no estuvieran cubiertas por una frondosa barba veteada de canas. Nada de ello podía con él, ni uno de los surcos que plegaban su piel. No cesó en su caminar, tampoco miró hacia su derecha, continuó hablando, arrastrando las palabras con un ápice de agotamiento palpable. Recé para que no subieran a la alcazaba, para que se despidieran en la puerta de entrada a casa, así podría interceptar a mi padre en el zaguán antes de que diera dos pasos y llegara al patio, antes de que saludara incluso. Necesitaba ese cálido abrazo que me garantizaba que estaba allí, que era tangible y no una visión tramposa de mi mente. Aquella noche había soñado que moría desangrado, atravesado por el acero de una espada en mitad de un campo de hierba verde, regado de cadáveres sin rostros ni nombres. Y como no sabía contra quién luchaba, solo notaba el llanto empapándome las mejillas del mismo modo que su torso sucumbía ante la pegajosidad líquida de una mácula bermellón que le nacía del estómago. Por ese motivo había estado tan inquieta, a sabiendas de que no encontraría alivio hasta que lo tuviera enfrente de mí. Descubriría sus intenciones en escasos minutos. La alcazaba o nuestro hogar. La política o la familia.

Pasé desapercibida; ninguno de sus hombres adivinó que una joven se escondía tras la ventana que dibujaba formas geométricas en mis facciones, estrellas de luces y sombras efectuadas por el sol. Ninguno reparó en que los seguía con la mirada y el corazón alimentado de paz hasta que unos ojos de carbón se fijaron en mi parapeto. El sobresalto me hizo llevarme las manos al pecho. Un hombre de rostro alargado y barba negra me observaba, me contemplaba, primero con extrañeza, luego con un sentimiento que no conseguí identificar. Ni siquiera recordaba que alguien me hubiera mirado así antes, con una curiosidad latente, semejante a la hambruna. Era como si muriera de inanición y yo fuera un mendrugo de pan, como si pereciera de deshidratación y yo fuera el cauce del río más cercano, promesa de agua fresca y clara, bálsamo de sus penas. De no ser por el movimiento de sus pupilas habría pensado que era una estatua de piedra.

Tendría que haberme apartado en seguida, haberme ocultado tras la impenetrable pared, pero una fuerza superior me anclaba al suelo. Inconscientemente, contuve la respiración, demasiado ocupada en los rasgos que se dejaban entrever a través de la celosía. De los muchos hombres que había visto a través de la ventana, de los muchos varones que habían compartido espacio con mi padre, aquel era uno de los más apuestos, a pesar de que solo apreciaba retazos de lo que sería en realidad. Imaginaba hermosa hasta su nariz, sin importar que fuera aguileña. Entreabrió los labios, me preparé para descubrir el color de su voz, pero de ellos no emergió ni una triste palabra. ¿Había quedado prendado o simplemente era mudo? En los baños públicos, las mujeres siempre se quejaban de que sus maridos no las escuchaban y que un esposo mudo resolvería ese problema, pues no interrumpiría lo que tuvieran que decirle. El pensamiento me curvó las comisuras hacia arriba; al percatarse, sus ojos descendieron hasta mi boca.

Dio un paso hacia delante, restando la distancia que nos separaba para así observar mejor. Aquello era más de lo que cualquier mujer de dudosa moral habría permitido y mi honra intachable me obligó a ceder. Antes de que sus dedos lograran posarse en los entramados de la celosía, me alejé de la ventana y pegué mi espalda a la fría pared, donde no podía divisarme. Me latía el corazón a una velocidad inusitada, lo oía bombeándome en los oídos, embotándome el cerebro, casi mareándome. Era consciente de que seguía ahí, esperando a que yo reapareciera. Veía sus dedos aferrados con desesperación, notaba su presencia, oía su respiración acelerada. ¿O era la mía? Las irremediables ganas de probar la suavidad o la aspereza de su piel desencadenaron una oleada de culpa. Me deshice de la terrible idea tan pronto como pude.

Me preguntaba qué habría pasado de haber permanecido un segundo más: el más mínimo contacto habría sido una terrible ofensa que mi padre habría saldado cortándole los dedos o casándolo conmigo. Si osas probar la mercancía has de comprarla, nadie muerde una manzana del zoco y la deja en el mismo puesto. Nadie querría quedársela después de haber pasado por otras manos y otra boca, después de haber sido degustada por labios ajenos. Mi madre me lo había advertido: «hasta las ventanas entrañan peligro, Morayma, lo más recomendable es no acercarse a ellas. No han sido pocas las veces en que un hombre se ha enamorado de una jovencita de buena cuna con solo verla u oírla cantar a través de ella». Por eso, procuraba no hablar cuando me asomaba.

Aquel incidente sería un secreto que guardar. Nadie podía saber que el apuesto hombre del otro lado de la celosía había desnudado mi alma. Deduje que había de ser algún soldado de confianza de mi padre y, a juzgar por su osadía, respondía al más necio o al más valiente de todos ellos. Probablemente fuera lo primero, pues solo un inconsciente actuaría de manera semejante. Los hombres que se lanzan a la aventura son, a menudo, los que más problemas traen a la vida de una, de los que hay que cuidarse.

—¡Morayma! ¡Padre ha vuelto! —oí gritar a mi hermana pequeña.

El gran Ali al-Attar había tomado una decisión: el amor de su familia por encima de la política del reino granadino. Se me hinchó el pecho de una felicidad reconocible, que rezumaba por la boca en una risa atronadora que tuvo eco en la estancia en la que me hallaba. Sabía que elegiría correctamente, porque yo habría obrado semejante. Siempre el núcleo familiar, la esposa, los hijos, las hijas, los yernos y las nueras, los nietos.

Un último vistazo a la celosía. Ya no estaba el joven caballero, debía de haberse rendido ante mi silencio. Era mejor así.

Salí corriendo, sin preocuparme por guardar las normas sociales, con el cabello al viento y la ilusión enredándome el estómago. La luminosidad del exterior me cegó momentáneamente al invadir el patio central, a cuyo derredor se disponían el resto de las estancias. Un atisbo de cielo azulado, de aire fresco, de libertad en mitad de la fortaleza de muretes que construían nuestro refugio. Cuando las estaciones lo permitían, en esa efímera temporada en la que el calor no era aplastante y el frío no me congelaba hasta los huesos, reclamábamos el patio como nuestro y allí nos sentábamos a hilar apaciblemente entre la concentración y medias sonrisas, arropadas por el arrullo de la fuente, que descargaba agua y refrescaba el ambiente. Ahora, desangelado en su totalidad, era un espacio que supuraba más tristeza que la vitalidad de la que solía estar plagado.

Mi hermana Aziza me esperaba en el centro. Realizaba una especie de baile con los pies, golpeando los azulejos blanquecinos y ocres, fruto de la expectación. Con diez años era la viva imagen de mi madre, había heredado hasta la exquisita y fina nariz que tanto envidiaba, pero la corta edad le conservaba esos ojos enormes de cachorro apenado que usaba para conseguir sus propios fines. Si a mí me guardaban con celo de posibles miradas indiscretas, a Aziza habrían de haberla encerrado en un silo hondo y profundo, en el que ni los rayos luminosos del sol rozaran su preciosa tez.

—Lo he visto a través de la ventana, estaba en el piso de arriba, en la algorfa. Se ha despedido de sus hombres, que se han marchado en seguida —me informó a medida que atravesábamos el patio—. Debe de seguir ahí parado, porque un hombre lo ha retenido justo cuando iba a entrar en casa.

—No es adecuado espiar, Aziza, y mucho menos a un hombre.

—¿Aunque ese hombre sea nuestro padre? —Levantó la barbilla en un gesto de orgullo, con la picardía de quien se sabe vencedor en la discusión dialéctica.

Chasqueé la lengua, desaprobando su comportamiento, y negué con la cabeza. Era hipócrita que la reprendiera por algo que yo también había hecho, pero ahora conocía las verdaderas consecuencias de asomarse a la celosía. Mis errores no debían ser los suyos, no quería que los repitiera como quien repite las aleyas memorizadas. Mis errores en esta vida habían de ser las lecciones que ella aprendiera, así no los cometería. La esperanza de la familia reposaba en su buen casamiento, en su inmaculada honra, en su respetabilidad, porque Aziza era la niña más hermosa que había conocido toda Loja. Poseía encanto e inteligencia, traería la dicha cuando contrajera nupcias con un gran hombre, uno de la talla de nuestro padre. Solo quedaba domar ese carácter rebelde, poco sumiso, que la deslucía. Le estaba destinado un brillante futuro, lejos de cualquier desgracia.

—Además, no estaba espiando —se defendió—. Simplemente me asomé para que el aire fresco de la mañana revitalizara mis pensamientos.

Era niña de grandes ocurrencias. Refrené la risa; la reprimenda no habría sido efectiva si me hubiera reído en voz alta, por mucha gracia que me hubiera hecho.

Desafortunadamente, no pusimos un pie en el zaguán, ni siquiera logramos cruzar el patio en su totalidad, pues nuestra madre nos salió al paso. Sostenía el velamen con una mano, la tela arrebujada en la zona del pecho, impidiendo su caída y la posibilidad de que se divisara su larguísima melena con olor a alheña.

—Vuestro padre no puede atenderos.

La desilusión sombreó nuestros rostros, sonrientes hasta hacía unos segundos. Aziza hizo amago de emitir una queja, pero inmediatamente fue silenciada por nuestra progenitora, que le lanzó una mirada de súplica que delataba que no quería imponerse con una orden tajante. Prefería utilizar la mano izquierda, la suavidad que rinde a los niños a cumplir y acatar. A su juicio, una madre no debía ser estricta, sino amorosa. Levantaba una suerte de lástima que nos instaba a obedecer, el cansancio de haber criado a seis vástagos, la derrota de la vida.

—Una importante reunión requiere su atención y su tiempo y estará ocupado con ella en el salón. Cubríos y comportaos, vuestro padre no merece la deshonra de dos hijas que corretean cual caballos por los pasillos de su propia casa mientras se reciben visitas. Subid a la algorfa y no hagáis ruido.

—¿Y tú? —la desafió Aziza.

Madre suspiró con la inagotable paciencia que le había concedido Allah, preguntándose por qué la niña que gozaba de una inmensa suerte no era la que simplemente aceptaba sin rechistar.

—Estaré en la cocina con el servicio, preparando comida para servir a vuestro padre y a su invitado. Necesitarán alimentarse y descansar tras el viaje, un buen recibimiento para los hombres que nos son queridos y nos protegen.

Fui yo la que accedió con un leve asentimiento, agarré la mano de mi hermana y le propiné un tirón. No hizo esfuerzo alguno ni plantó los pies en el suelo con la intención de no moverse de allí hasta ver a nuestro padre; había perdido los retazos de testarudez que mostró desde los cinco hasta los diez años. Agradecía no tener que cargar con ella escaleras arriba, pataleando y aullando cual bestia salvaje.

—Descuidad, os avisaré cuando esté disponible. Estoy segura de que él también anda deseoso de veros.

Posó las palmas de sus manos sobre mis hombros, me dio media vuelta y con ella a Aziza, todavía con los dedos entrelazados, y así nos mandó a la algorfa, resignadas y con el ánimo arrastrando. Quedó a la espera hasta que desaparecimos de su vista.

—¿Nos hará llamar?

—¡Aziza! —la regañé, indignada, ante lo cual rio—. Una madre nunca miente.

Con algo de suerte y un par de juegos nos entretendríamos, olvidaríamos el tiempo que habíamos de estar guarecidas en la planta superior, donde el frescor nos daba la bienvenida en los días más calurosos. Antes de que reparáramos, el improvisado invitado se habría marchado y nosotras podríamos correr escaleras abajo para abalanzarnos a besar al gran Ali al-Attar, quien se sentaría a contarnos sus hazañas.

Era innegable que me sentía decepcionada. Había albergado la malsana esperanza de que nos hubiera escogido, de que ardiera en deseos de recuperar las semanas y los meses que la guerra nos descontaba cuando él acudía a las armas, tiempo perdido. Aquel hombre, fuera quien fuese, podía esperar al día siguiente para reunirse con él, no había un asunto más importante que la constatación del amor a la familia. Si hubiera sido de extrema urgencia se habrían dirigido a la alcazaba, no a un lugar privado como el salón de su hogar. ¿Ese desconocido tan inoportuno que había regresado de la guerra no apreciaba a su esposa e hijos, o es que no tenía una mujer a la que abrazar? Cuán injusto se me antojaba que su desdicha nos arrebatara momentos que habíamos aguardado impacientes.

Siguiendo las instrucciones de nuestra madre, nos ataviamos con el velamen y allí permanecimos, recostadas en cojines, abrazadas por la humedad y el haz de luz que traspasaba la angosta ventana, una rendija en la pared similar a una saetera. La algorfa era un espacio rudimentario con escasez de mobiliario y nula decoración, pues si bien en verano solíamos refugiarnos en ella y tumbarnos en alfombras para refrescarnos y huir del calor sofocante, en invierno hacía las veces de almacén de grano. En esos crudos meses era un castigo subir allí; aprisionada entre las vasijas y el alimento se te entumecían los dedos del frío y ni el brasero ni los candiles de pie alto y peana ofrecían consuelo.

—Te dije que no iba a avisarnos —refunfuñó, pasada una hora.

Aziza yacía bocarriba sobre unos mullidos almohadones, jugueteando con sus dedos, que se perseguían los unos a los otros en una carrera invisible. Incluso para ello tenía una ingrata habilidad. De vez en cuando soltaba un sonoro bostezo que le derramaba lágrimas por las mejillas y ella misma se encargaba de multiplicarlo para dejar constancia de su estado de desidia. Habíamos relegado el juego del mancala después de que la última vez le hubiera ganado varias rondas consecutivas, lo que la airó, así que, habiendo renunciado a nuestra distracción principal, no podía culparme de su frustración; ella se había condenado.

—Eso es porque la reunión no habrá tocado a su fin.

Decidida a aprovechar la situación de relativo confinamiento había iniciado la lectura de algún versículo del Corán. Detenerme cada pocos minutos para conversar con mi hermana, incapaz de concentrarse en una actividad que la divirtiera, me desesperaba.

—¿Cuánto más habremos de esperar?

Me encogí de hombros.

—Hasta que madre envíe a alguna sirvienta o ella misma suba a pedirnos que bajemos.

Aquella declaración fue un aguijonazo en su cuerpo. Se recostó sobre la superficie acolchada y gateó hasta posicionarse enfrente de mí. Abandoné la lectura y por encima de las páginas sagradas me encontré con esos ojos redondos de carnero degollado, refulgentes. Era harto complicado resistirse a la mirada de penuria que invocaba y a esa voz aguda que te pinzaba los tímpanos.

—Por favor, Morayma, bajemos, te lo suplico. Estoy a punto de morir a causa del hastío, hasta pensar en adivinanzas me aburre.

Yo pecaba de complaciente y ella de espabilada; utilizaba los recursos a su alcance: el encanto y el innato poder de convicción. Como hermana mayor, la regañaba cuando creía conveniente; sin embargo, sufría al negarle caprichos. Para Aziza, yo era una autoridad frágil, una barrera de escasa altura que solo tenía que saltar. Me pellizqué el entrecejo y emití un hondo suspiro.

—¿Por qué nunca puedes obedecer?

No respondió a la pregunta, sino que contraatacó.

—Ha pasado un tiempo prudencial, madre estará en la cocina y no lo sabrá. ¿Qué hay de indecoroso en que descendamos las escaleras si vamos cubiertas y el extraño solo puede vislumbrar nuestros rostros y nuestras manos? Es como pasear por la calle o el zoco, como ir al *hammam*.

Su discurso era irrebatible. Mientras fuéramos vestidas de manera honrosa, no existía un peligro real, pues nos hallábamos paseando por el interior de nuestra casa. Estirar las piernas era una idea tentadora; notaba un ligero entumecimiento por estar demasiado tiempo en la misma posición y extrañaba la caricia del viento.

—¿No quieres saber quién es el hombre por el que padre nos ha recluido en la algorfa? —Enarcó una de sus cejas.

Acababa de traspasar cualquier límite establecido. Si había estado cerca de aceptar su propuesta, todo atisbo había desaparecido al pronunciar esas palabras.

—¡Aziza! —Me levanté del suelo y coloqué los brazos en jarras, Corán aún en mano—. Eres del todo inadecuada, por eso madre no desea que el invitado se encuentre con nosotras. Un comportamiento indebido dejaría a nuestro padre en evidencia.

Callé la verdad, cerré los labios, dibujados en un fino trazo. La impulsividad que la caracterizaba jugaría en su contra, destrozaría su futuro y el de nuestra familia. Ella representaba el destello del devenir, una excelente política matrimonial que podría entroncarnos con otro alcaide del reino. Su belleza, su astucia eran dignas de un visir, de un príncipe o del hermano de un príncipe, de un alto rango de la corte. Aziza podría aspirar a lo que deseara y lo lograría si se reconducía en el camino, si no se malograba.

Mi comentario habría dañado a cualquier otra niña, pero no a mi querida y orgullosa hermana, que se alzó en pie y me dedicó una mirada preñada de decisión. Reconocía esa brasa candente en sus ojos, ese sentimiento que la avivaba. Supe de inmediato que estaba condenada por sus acciones; había vuelto a ganarme la batalla.

—Voy a bajar, Morayma, contigo o sin ti. Solo tienes dos opciones: acompañarme y cuidar de que nada malo ocurra o permanecer en la planta alta y rezar para que nadie me descubra. —Apretaba los puños con rabia.

Estaba bajo mi cargo y mi protección, era mi responsabilidad. No iría sola a ninguna parte.

Le hice prometer que sería un paseo breve, en total y absoluto silencio, cabizbajas, sin llamar la atención. Era lo mínimo que podía concederme después de obligarme a violar una orden que había dictado nuestra madre y que, muy probablemente, me carcomería la conciencia durante días. Demasiadas infracciones en una única jornada.

Nos aventuramos a descender. Para llegar a cualquiera de las múltiples estancias habíamos de cruzar el patio, pues no había conexión entre las diferentes habitaciones. Otra vez allí, en el punto neurálgico de la casa, con el cielo cerúleo sobre nuestras cabezas y una ligera racha de aire fresco que nos instaba a sujetarnos el velo. Nadie nos había detenido hasta el momento. Una criada pasó a nuestra diestra, nos saludó con rectitud y continuó con sus quehaceres. A juzgar por la rapidez con la que andaba y la dirección que había tomado, se encaminaba hacia el zaguán y la puerta de entrada.

—Madre la habrá mandado a algún recado.

Aziza me agarró de la mano y tironeó de mí; nada le importaban las tareas de la servidumbre.

—Vamos —susurró—. Quiero ver quién es nuestro excelso invitado.

Sabía que no serviría de nada tratar de convencerla de lo contrario, porque la curiosidad le cosquilleaba y necesitaba saciarla para quedarse calma.

—Un vistazo y nos retiramos —la previne.

Accedió, aunque no de buena gana.

Escondidas en una de las esquinas, con el cuerpo oculto tras la pared y solo la cabeza visible, indagamos en conversaciones privadas que jamás debieron llegar a nuestros oídos. En la estancia principal, dividida en dos alhanías que hacían las veces de alcoba y quedaban coronadas por arcos, nuestro padre reposaba tras un banquete venido a menos. A mi hermana le rugieron las tripas en cuanto el aroma de la comida nos abofeteó las fosas nasales: olía a cabrito guisado en salsa con verduras. Sobre la mesa hexagonal quedaban restos degustados, un té con hierbabuena a medio servir que iba enfriándose a medida que pasaba el tiempo. Los caballeros, sentados sobre cojines, debatían cuestiones que escapaban a nuestro entendimiento. Padre efectuaba movimientos horizontales con la cabeza, señal de clara negativa, lo cual reiteraba en sucesivas ocasiones. No parecía estar de acuerdo con aquello que su invitado exponía.

Un ápice de culpabilidad me arañaba el pecho; no debíamos estar ahí, observando como si fuéramos Dios todopoderoso, agazapadas en una esquina cual ladronzuelo dispuesto a escapar una vez que hubiera efectuado el robo. Ya estaba a punto de tomarla de la muñeca y conducirla a la algorfa, a punto de hacer valer mi autoridad de hermana mayor, cuando Aziza me golpeó las costillas con el codo. Me señaló con un movimiento de cabeza hacia el invitado: quería que me fijara en el hombre que lo acompañaba, al que no le había prestado atención, ya que no me generaba interés alguno. Además, sentía animadversión hacia él por el mero hecho de haber roto el reencuentro familiar.

Ahí estaba.

Me cubrí la boca con ambas manos, ahogando la sorpresa

que pugnaba por brotarme de la garganta. No era posible. Dudé. Quizá mi vista me engañara, pero estaba segura de que mi hermana veía exactamente la misma efigie que yo, a no ser que me hubiera quedado dormida en la planta alta y aquello no fuera más que un sueño. Estaba despierta, bien despierta, aún notaba la presión en el costado por el golpe de Aziza. Era real.

Incluso de perfil, reconocía los ojos carbón de aquel hombre, idénticos a los que me habían contemplado, embebidos, a través de la celosía.

2

Mi voz quedó extinta. Si alguna vez había pensado que aquel hombre era mudo, ahora era yo quien carecía de habla. Arrancarme la lengua con unas tenazas al rojo vivo, coserme los labios con aguja e hilo, habrían sido métodos menos efectivos para extirparme la capacidad de emitir sonidos. Tenía la lengua pegada al paladar, pastosa y pesada. O bien había palidecido, o bien las mejillas se me habían teñido del color de la grana y un escalofrío me recorría la columna vertebral.

Situados de perfil, enfrascados en la disputa, eran ajenos a nuestra presencia. Sin las rejas de la ventana distinguía sus rasgos con mayor claridad, a pesar de la lejanía. Era, indudablemente, de la altura de mi padre, pues se miraban a los ojos sin necesidad de elevar o descender la cabeza. De tez morena y nariz prominente, aunque no ganchuda, tal y como había pensado, con una ligera inclinación que delataba que estaba torcida. Vestía más lujosamente que un simple soldado: una coraza de acero pulido enganchada a una capa de seda escarlata que, pese a haber sufrido los estragos de la batalla, resplandecía en comparación con la de mi padre, lo que delataba que no había sido usada con anterioridad, no con fines bélicos. Eso podrían confirmarlo sus armas, que no estaban a la vista. De hecho, no parecía un simple soldado por la manera en que se expresaba, con ademanes bien cuidados, sin cadencia, controlados o ensayados.

Una punzada en el estómago me sorprendió al atender a cada uno de sus gestos; los seguía con la mirada, tratando de captar la esencia que lo rodeaba, un aura casi embriagadora que me recordaba el olor de las flores en época estival. Estaba segura de que ese hombre llevaba consigo el aroma de la lavanda, podría averiguarlo si me acercaba y hundía la nariz en sus ropajes.

—¿Lo conoces? —me interrogó entre susurros mi hermana, atándome a la realidad.

No podía confesarle lo que había sucedido, que asomada a la celosía nos habíamos enredado entre miradas y un mutismo.

—¿Cómo sería eso posible? —musité sardónica, recordándole que los únicos hombres con los que podíamos tener contacto eran aquellos que conformaban la familia, nuestros hermanos mayores, nuestro padre, nuestros tíos y sobrinos.

Me autoconvencí de que no era una mentira, no en su totalidad, simplemente se trataba del ocultamiento de una verdad, una verdad a medias. No sabía cuál era su nombre, ni el de su familia, ni si pertenecía a tribu alguna, ni siquiera su oficio o si estaba casado. Había orquestado una fantasía esplendorosa en mi mente que respondía únicamente a que me había cruzado con unos ojos ónices que eran el caparazón de un escarabajo. La fantasía de una niña que sueña despierta y que acusa la dolorosa realidad en cuanto se quema la palma de la mano con el fuego del lar. No, no lo conocía, por mucho que un deseo incierto hubiera revoloteado en la boca de mi estómago.

Ella se encogió de hombros y no le dio más importancia, pese a que no le había pasado inadvertida mi extraña reacción. Toda pregunta que no formulara sería descargada cual aluvión cuando llegara la noche y la oscuridad nos concediera la seguridad del anonimato. Entre tinieblas el cobarde se crece, se torna valiente, los secretos emergen y los miedos cobran fuerza. Aziza odiaba la intriga, no pretendía quedarse con la incógnita y menos dada la situación. Si ahora permanecía callada era porque prefería dedicarse por entero a oír la conversación que se estaba produciendo en el salón, mucho más interesante e imposible de repetir.

De haber sido un hombre cualquiera, un desconocido, habría sujetado a Aziza del brazo y la habría arrastrado escaleras arriba. Satisfecha su curiosidad —más un defecto que una virtud—, nada nos retenía en el pasillo, ocultas tras la pared y expuestas ante cualquiera que cruzara el patio central. La servidumbre no nos delataría, pero si nuestra madre abandonaba la cocina nos encontraría allí, desobedeciendo sus dictámenes. Hay algo peor que el enfado de una madre: la decepción cincelada en su rostro y por nada del mundo deseaba tener que hacer frente a ella. Ya le sabía amargo que hubiera nacido con la mala suerte adherida a la piel, no merecía más funestas noticias con respecto a mi persona. Y a pesar de todo ello, no di ni un solo paso que me alejara de nuestro refugio, porque sabía que las casualidades no existen y que aquel hombre estaba allí por una razón, y yo quería descubrirla.

Sus voces llegaban amortiguadas por un eco molesto; para captar su verdadero sentido teníamos que aguzar los oídos.

—Mi única petición, gran amigo, es ver a vuestra hija mayor.

Mi padre reaccionó como si hubiera recibido un golpe y se inclinó hacia atrás, vacilante y con el ceño fruncido, aturdido por la confesión. Le costó un par de segundos pronunciar mi nombre.

—¿A Morayma?

Se me atragantó el asentimiento que le prodigó el hombre. Se refería a mí.

Aziza me dedicó una mirada de sorpresa, los ojos bien abiertos y refulgentes, y antes de que abriera la boca aferré su antebrazo y tiré de ella. La escondí detrás de la pared, con la espalda pegada a ella, y la silencié con la mano libre, imposibilitándole hablar. Ese era otro de sus defectos: para ser una niña era demasiado ruidosa y enérgica. No fue hasta que me aseguré de que entendía que debía ser discreta cuando la liberé y nos asomamos de nuevo al otro lado del salón.

Había muerto esa conciencia interior que me guiaba por los senderos de la vida, me advertía del camino a tomar y me detenía cuando me disponía a cometer una acción que conllevaría consecuencias nefastas. De no ser así, estaría gritándome que regresara a la algorfa, donde debía estar. Por más que lo hubiera intentado, mis pies no respondían, anclados al suelo, dispuestos a enraizarse con la tierra. Ni sorda habría dejado de atender a la calidez de su voz, ni ciega habría logrado apartar su efigie de mi mente.

—Lamento tener que negaros vuestro deseo, mi señor, pero un padre no puede pasear a su hija como si fuera carne fresca en el mercado.

El invitado sonrió, visiblemente complacido por la respuesta, pese a que fuera en contra de sus deseos. Un hombre que acepta con semejante elegancia y buen humor un rechazo ha de ser, por descontado, alguien humilde y grato.

—No esperaba menos de vos, por esa razón no os pido que la hagáis traer y la dispongáis delante de mí, pues no es una esclava que comprar. Sino que la cubráis como es debido y me permitáis contemplarle el rostro y las manos, celosía mediante, con eso me contentaré.

—He de insistir en mi negativa, mi señor —reiteró impertérrito mi padre, sin ningún minuto que perder en cavilaciones—. Y apelo a vuestro carácter de hermano para que entendáis que he de guardar la honra de mi hija del mismo modo que vos cuidáis la de vuestra querida hermana Aisha.

El nombre de la joven provocó un efecto en el invitado, cuya espalda se volvió de la rectitud del acero hasta conferirle una postura antinatural y altiva. Las cejas descendieron, signo evidente de que la mención había sido una saeta que había impactado profundo y herido con certeza.

—Hacéis bien, pero no es un hombre cualquiera el que se interesa por vuestra hija. —Su voz había adoptado un tono más grave—. Se trata de vuestro amigo y soberano.

La contundencia con la que pronunció su cargo no amilanó a mi padre. Por primera vez en toda la conversación que presenciábamos, las comisuras de sus labios se elevaron, acentuando las arrugas en torno a sus ojos.

—Soy consciente de ello, mi señor, por eso me causa un mayor dolor negaros su visión. Mi hija ya no es una niña, he de preocuparme por su honra.

—Precisamente por eso. Ya hace tiempo que abandonó la infancia, Ali al-Attar, habéis de buscarle un esposo.

Mi padre ladeó la cabeza, tratando de captar el sentido de sus palabras. No sabía que al otro lado del salón nos hallábamos escondidas sus dos hijas, encajando las piezas del mismo rompecabezas que él intentaba resolver.

Aziza y yo nos comunicamos con una fugaz mirada, la que fraguan las hermanas que se llevan poca edad y han compartido experiencias desde que levantaban dos palmos del suelo, un entendimiento recíproco. Solo había un hombre joven que se erigiría como soberano en nuestro reino, Abu Abd Allah Muhammad, heredero al trono, que luchaba con uñas y dientes contra su progenitor, Muley Hasan, quien caía en desgracia con la velocidad con la que las plagas arrasan los campos de cultivo.

—¿La requerís para algún buen hombre de vuestro círculo íntimo? Si es así, mi hija menor es de una belleza eclipsante. Demasiado joven para la consumación, mas podemos arreglar un conveniente matrimonio que traiga dicha a ambas familias y esperar un par de años hasta que por fin pueda cumplir con sus obligaciones como esposa.

Boabdil rio, divertido ante el ofrecimiento de matrimonio, dispuesto en la mesa junto al resto de los manjares. Sus carcajadas eran el repiqueteo de unos cascabeles, las campanillas que tañían juguetonas en los tobillos de las mujeres poco honrosas cuando estas batían los pies descalzos al bailar. Sin percatarme de ello, una sonrisa se había apoderado de mi boca.

—No hagáis planes prematuramente para vuestra hija menor, no es en ella en la que he posado mis ojos. Requiero a la mayor, que habrá crecido lo suficiente aunque siga bajo la custodia de vuestra mujer.

—¿Para vos, mi señor? —La pregunta estaba cargada de duda y desconcierto.

Por suerte, el ambiente que hasta hacía unos minutos se había enrarecido a causa de la tensión se había ido disolviendo, los hombres habían abandonado las posturas rígidas y ahora se encontraban en una posición distendida, nada intimidante. Nuestro padre apoyaba los codos sobre sus rodillas, con las piernas cruzadas, Boabdil sorteaba la distancia al inclinarse hacia delante.

—Los gobernantes también han de casarse, más que cualquier otro varón, tenemos una obligación para con nuestro reino.

Un sólido silencio se aposentó entre ambos, únicamente paliado por el ulular del viento que se colaba por las estrechas ventanas y el patio central.

—¿No os complace mi propuesta, querido amigo?

Padre abrió la boca varias veces y otras tantas la cerró, ocupado en la búsqueda de las palabras perfectas que verbalizar. Cuando habló, sus cuerdas vocales no temblaron, mostrando una confianza que nos resultaba habitual: la del padre que aleja los temores de sus hijos pequeños, la del hombre que marcha a la guerra tras jurar y perjurar que regresará a salvo, la del guerrero que lucha sin concebir que ese podría ser su último día.

—¿No sería mejor una mujer cercana a vos en gracia y apariencia, una mujer de buena estirpe, que sobresalga por sus lazos familiares? ¿Quién puede guardar mejor un secreto que vuestra propia prima, Boabdil? —El refrán hizo torcer el gesto al gobernante—. Y bien sabéis que en la corte lo que abundan son secretos y puñaladas.

—Poco os ha importado que vuestra hija menor acabara envuelta en ese nido de víboras —lo acusó—. Me la habéis entregado en bandeja de plata.

Nuestro padre negó con la cabeza e hizo un ademán con la mano, restándole importancia al hecho de que había vendido a la pequeña Aziza sin vacilar, un lechón tierno al que hincar el diente.

—Aziza y Morayma no se parecen más que en haber sido engendradas a partir de mi semilla.

Un aguijonazo me punzó el costado. Puede que Aziza y yo

no guardáramos parecido alguno, sin embargo, oír dicho argumento por parte de él abrió una brecha que dio rienda suelta a la teoría de que quizá ni siquiera fuéramos hermanas, de que quizá no hubiéramos sido acogidas y alumbradas por el mismo vientre materno. Eso explicaría por qué ella era exacta a nuestra madre, la astilla que nace del palo, y yo solo me asemejaba en la mirada vidriosa y los pómulos marcados. Resistí las lágrimas anegadas, me esforcé por que no se derramaran para así no asustar a mi hermana.

—¿Qué pedís por vuestra Morayma? ¿Otro cargo, estancias en la Alhambra, oro? Os entregaré lo que sea que deseéis como muestra de generosidad, la dotaré como si fuera mi propia prima, exquisitos vestidos, joyas de incalculable valor, el collar de los abasíes de Bagdad será una minucia en su cuello.

—No cambiaría a mi hija por nada de ello, mi señor, y si padeciéramos la peor de las sequías y la peor de las hambrunas, tampoco la entregaría a cambio de lluvia y trigo. No a mi Morayma. —Una especie de dolor le truncaba la sólida voz y carraspeó para deshacerse de él—. Deseáis una esposa y yo os ofrezco a Aziza. Estoy seguro de que os agradará su belleza.

Atendiendo a un instinto protector, mis brazos se enroscaron en los hombros de mi hermana, que se aferró a ellos, temblando de pavor. No quería que la entregaran así, en un parpadeo, de la noche a la mañana, que me la arrebataran y la apartaran de mi lado. Era desgarrador pensar que se la llevaran y que me dejaran a mí allí, sola. Porque sin Aziza yo no sabía quién era, estaría incompleta. Tenía doce años y diez de ellos me había visto acompañada por esa niñita de ojos profundos como pozos, no recordaba la vida antes de ella. Y por muy egoísta que sonara, tampoco quería que casara con el hombre que me había hecho perder varios latidos.

Si le prometía que todo iría bien para tranquilizarla estaría mintiéndole vilmente. Tantos engaños pesaban sobre mis hombros que con un nudo en la garganta procuré aportarle consuelo a través de caricias.

—Morayma. —Mi nombre era almíbar en sus labios—. Es la única mujer a la que estoy dispuesto a unirme. ¿Tan terrible os parece entroncar con la familia del sultán, que vuestra querida hija case con quien no tardará en gobernar? Pongo en vuestras manos más de lo que cualquier hombre de Loja sería capaz, la seguridad de vuestra hija, a la que convertiré en sultana. Nada le faltará, vivirá como una reina a mi lado.

Padre dio un ligero golpe en la mesa, irguiéndose ante su invitado, con una vena palpitante en el entrecejo.

—Las riquezas en las que la enterraréis no me asegurarán que no muera de pena.

Boabdil lo contempló sorprendido, quizá insultado por esa declaración que lo esbozaba como un hombre cruel o un mal amante, aunque por aquel entonces yo no sabía nada acerca del arte del amor.

—¿Acaso teméis que la haga infeliz? Amigo mío, me conocéis, habéis luchado a mi lado y aquí seguís. ¿No soy merecedor de vuestra confianza? —Posó la mano sobre su pecho, en un alarde de camaradería.

—Por esa razón os la niego, mi señor. Os conozco y he luchado a vuestro lado y antes luché a favor de vuestro padre, a quien también conozco. Lo he visto amar a su prima, vuestra madre, y lo he visto rechazarla y repudiarla por la esclava cristiana a la que ha hecho esposa y sultana ante los ojos de su pueblo. Granada no es lo que era desde entonces, vos mismo lo habéis proclamado.

El rictus del soberano se tornó en una máscara calcárea agrietada por una rabia furibunda que hervía en sus ojos, incandescentes.

—Mi padre es un anciano necio que finge locura y toma para sí mujer en lugar de esposa a una esclava repugnante —escupió con desprecio.

Nunca había oído a alguien hablar de su progenitor con semejante odio: siseaba, destilaba ponzoña a riesgo de envenenarse a sí mismo si se mordía la lengua. La guerra intestina que azotaba a la dinastía había empezado a dividir a la población en bandos, a enfrentar a familias, a generar desorden, a elevar denuncias contra el sultán Muley Hasan, a quien se acusaba de vida disoluta y de descuidar las tareas del gobierno y el ejército. Algunos hombres incluso le habían retirado su confianza y su fidelidad para apoyar la causa de Boabdil, entre ellos mi padre.

—Vuestra madre es de temperamento fuerte, de la naturaleza del acero, recibe golpes, pero ninguno de ellos la fragmenta. Mi Morayma... —El suspiro le hinchó el pecho, dotándolo de un aspecto avejentado—. Mi Morayma es bien diferente, está hecha de tierra, si llueve se hace barro. Y el barro no soporta demasiada presión, ni siquiera cocido. ¿Me entendéis? —No recibió contestación—. Mi hija sufriría, no sería capaz de sobrellevar la carga que porta vuestra excelentísima madre. Moriría de la pena ante el abandono.

Boabdil se puso en pie, con el porte propio de su sangre real, y, aún con la mano en el pecho y el semblante serio, dijo:

—Yo no soy mi padre, Ali al-Attar. Si lo que necesitáis es la firme promesa de que no repudiaré a vuestra hija ni la cambiaré por esclava o concubina, la tendréis. —Juró con una solemnidad que me erizó los vellos de la nuca—. Quedará recogida si es preciso en las cláusulas de nuestro contrato matrimonial y, si incurro en violación alguna, vuestra hija mantendrá intacto su nombre y regresará a casa con la dote.

En el otro extremo del salón, Aziza y yo contuvimos el aliento, todavía unidas en un abrazo sincero que confundía dónde empezaba una y terminaba la otra. Mi vida estaba a unos segundos de cambiar vertiginosamente para siempre, la decisión corría a cargo del cabeza de familia. ¿Emparentar con el sultán o renegar del posible enlace que nos encumbraría a la esfera del poder?

Mi padre siguió su ejemplo y se levantó para posicionarse a su altura, pero no aceptó la mano que su soberano le había tendido en un gesto de buena fe; hacerlo sería cerrar el trato.

—Aún es joven —se resistió, examinando la oferta encarnada en hombre.

—Está en edad casadera.

Se contradecía a sí mismo en el desesperado intento de protegerme. La mano de Boabdil seguía tendida, a la espera de que la estrechara.

—Vuestra promesa no me es suficiente, mi señor, exijo vuestro compromiso. Esperad hasta que cumpla quince años. Si para entonces no os habéis prometido con ninguna otra mujer y seguís interesado en mi hija, os la entregaré de buena gana.

Boabdil asintió con un gesto exagerado que le clavó la barbilla en el pecho. Me pregunté si le habría desvelado nuestro encuentro fortuito a través de la celosía o si, por el contrario, había depositado ese secreto en el fondo de un baúl, bajo capas y capas de piedras preciosas.

—Os demostraré que no es el capricho vanidoso y pasajero de un sultán.

Una tirante sonrisa se abrió paso en la faz de mi padre, quien sacudió con fuerza la mano estrechada.

—Solo los amores consistentes resisten el paso del tiempo y la separación.

Y así, el gran Ali al-Attar, tras horas dubitativo y una ardua negociación, aceptó que si Boabdil cumplía con su palabra de hombre también cumpliría con la de marido, siendo digno de mi persona. Entonces, y solo entonces, me cedería a él.

Actuamos por impulso. Previendo que la conversación había llegado a término y que la despedida no tardaría en producirse, Aziza y yo nos alejamos del rincón que nos había conferido anonimato e información. Con la prisa mordisqueándonos los pies, ascendimos las escaleras, olvidando que debíamos ser cuidadosas a la par que silenciosas, dejando que nuestras pisadas se oyeran. Me concentré en no trastabillar en los escalones, en huir de los pensamientos que se entretejían como si se hallasen en un telar confeccionando un bonito tapiz, cuyos hilos de distintas tonalidades variaban desde el rojo del amor pasional hasta el negro de la pena. Se habían sucedido acontecimientos vitales en un espacio de tiempo muy corto y todavía no los había digerido.

Mi hermana rebosaba excitación; no habíamos llegado a la algorfa cuando me detuvo de un tirón. Me observaba sonriente y con la estupefacción y la felicidad bailándole en las pupilas dictó la sentencia que definiría mi vida a partir de entonces:

—Morayma, vas a ser sultana.

Habían sellado mi destino.

3

13 de junio de 1479

Que en sueños sus ojos aparecieran entre las tinieblas devorándolo todo no era un buen augurio, pero tampoco la más terrible de las pesadillas. Me dejaba acunar por esos dedos que se habían aferrado a la celosía como si fueran la espada perdida de un combatiente en mitad del fragor de la batalla, me mecían entre la somnolencia y la vigilia, transportándome a aguas calmas. Pero yo nunca había visto el mar ni olido su salitre; mi fuero interno era un desierto de piedras que quema los pies de los peregrinos, por eso me ahogaba incluso en marea baja. Despertaba pensando que un día esas manos serían mías, esas pupilas de noche cerrada carente de luminarias serían mías y el pueblo que él gobernaría sería mío. Esa era la menor de mis aspiraciones y la causa de mis muchos desvelos. Hasta entonces había albergado la esperanza de casarme en Loja y trasladarme a la casa de mi nuevo marido, que como muy lejos estaría ubicada en el arrabal de extramuros, protegido por una contundente muralla. Así no tendría que separarme de los míos, pero Boabdil lo había cambiado todo con su sorprendente e inoportuna proposición. Una vez que me uniera a él, Loja quedaría en el recuerdo de la niñez, junto a mis muy amados padres y hermanos, junto a mi querida Aziza, y yo viviría entre sedas y zafiros.

Durante aquellos doce años me habían preparado para ser una buena esposa, una buena mujer, una buena señora de mi hogar, una buena musulmana, una buena madre; sabía cocinar, limpiar, hilar con esmero, asentía y callaba, siempre atenta a lo que escuchaba, sin responder, cabizbaja. Nunca había sido divisada en presencia de un hombre que no perteneciera a mi familia, no acudía al zoco, tampoco caminaba por las callejuelas sin un varón o una esclava que me acompañase. Vestía con modestia, no exhibía alhajas, me alejaba si tropezaba con una mujer que perturbaba la vida social con su moral laxa y sus llamativos ropajes. No visitaba el cementerio a no ser que fuera por la muerte de algún pariente, rezaba mis oraciones diarias y prefería el baño de nuestra vivienda a los públicos, que me levantaban dolor de cabeza por el parloteo incesante de mis congéneres.

En esa instrucción impartida por mi progenitora no había consejo alguno que me indicara cómo ser una buena esposa de gobernante, una buena sultana. Me abrazaba a la firme creencia de que quizá no fuera necesario que ejerciera ningún papel en la política del reino, más allá de dar a luz a los hijos de Boabdil. Nada se podría esperar de mí, pues de todos era sabido que ningún país con una mujer al frente de los asuntos del gobierno prosperaría. Con suerte, cumpliría con las mismas obligaciones en esa casa de Loja que tanto había imaginado y que no podría ser, que en la fulgurante Alhambra: parir.

Mis padres decidieron dejarme vivir en la inopia durante un periodo de tiempo, un desconocimiento exclusivo para ellos, puesto que Aziza y yo éramos conscientes de que en el salón principal se había cerrado un trato que afectaba a mi futuro. Guardamos silencio, ellos precavidos, convencidos de que un hombre de su alcurnia y su fama perdería con rapidez el interés en mí. Muchos otros antes que él habían actuado de manera semejante. Quienes ostentan el poder se rodean de un enjambre de mujeres de belleza cautivadora, de distintas tonalidades y procedencias, clase social y condición: esclavas, esclavas cantoras, concubinas y esposas legítimas. Hastiados del néctar de una flor, picotean en la siguiente, pues a los hombres les desagrada paladear siempre el mismo sabor y pronto se empalagan. ¿Por qué decantarse por el membrillo pudiendo también probar el dátil? ¿Por qué comer dátil pudiendo alternarlo con el turrón? Eso es lo que verdaderamente les complace, disponer de una selección de alimentos de lo más variado. Y en ese festín de opulencia, en esa competición por ser el dulce más apetecible, yo era miel, espesa y pegajosa.

Por mi parte, supuse que cambiaría de opinión; una mirada a través de una celosía no entabla lazos duraderos, genera pasión y la pasión se extingue como una vela a la intemperie. No quería convertirme en el humo grisáceo que delata que hubo fuego y ahora cenizas frías.

Fue un error creer que se olvidaría de mí; el propio Boabdil se encargó de afianzar sus intenciones el día que hizo llegar a casa un lujoso presente con motivo de las fiestas. Celebrábamos el Eid al-Adha, la fiesta del cordero, en honor al sacrificio que Abraham habría cometido de no ser porque su Dios detuvo la mano que asía el puñal que asesinaría a Isaac. Allí estaba mi padre, vestido para la ocasión con sus mejores galas, al igual que mi madre, quien resplandecía a causa de los ropajes nuevos que había encargado para nosotras. La túnica blanca que hacía de camisa se completaba con el almicel que, enganchado a la cintura, culminaba a media pierna. Encima, un vestido de lino que dejaba traspirar el sudor, de color níveo y estampado con motivos de *al-musawwar*, verdes hojas de palmeras que recordaban oasis legendarios. En torno a la cintura, un fajín ceñido, taraceado de perlas, y en la cabeza un *jimar* anaranjado que mi madre había mandado teñir con azafrán, bajo el cual un pañuelo evitaba el contacto de la veladura con los cosméticos aplicados en el cabello, de manera que no se manchara la prenda. Tatuajes dorados de *henna* recorrían nuestras manos, extendiéndose por las falanges y rellenando las palmas hasta dibujar un entramado floreado, y nos habían aplicado unas gotas de perfume con olor a sándalo en el cuello y las muñecas.

A causa de la celebración, la parentela al completo se había reunido, incluidos mis hermanos mayores, quienes habían abandonado el hogar al desposar a sus correspondientes mujeres y engendrar una buena camada de hijos. El primero había sido Muhammad, el mayor, con quien la diferencia de edad era abismal, pues había nacido poco tiempo después de que mis padres casaran; el siguiente fue Isa, el segundo de los varones; y el tercero, Ali, que casualmente era el último de ellos y el más cercano a mí. Ahmed, mayor que Ali, había matrimoniado tarde, o eso le reprochaban, y, sin embargo, era el que mejores decisiones había tomado con respecto a esta delicada cuestión. Él siempre decía que «no sea el desgarrón más grande que el remiendo» y esa fue la sentencia que usó a la hora de elegir mujer. Siendo tan precavido, a nadie extrañaba que fuera más afín a él que al resto de los hombres que conformaban mis deudos.

Mi hermano Muhammad y su esposa, varios años menor que él, se habían dignado a venir junto a sus vástagos, críos de una edad similar a la mía y la de Aziza. La tensión persistente que se había alojado entre Muhammad y mi cuñada Salima enrarecía el ambiente festivo, pues desde que mi hermano había tomado concubina ella vivía con la nariz arrugada, como si oliera heces fecales allá por donde pisara. El hedor provenía de él, de sus actos. Entonces comprendí que un día cualquiera yo podría ocupar sus zapatos y recorrer el camino de infortunio marital que la aquejaba, aquel del que mi padre intentaba salvarme con esos tres años de plazo. Además, el reciente casamiento entre nuestro hermano Ahmed y su mujer, quien estaba encinta, les recordaba sus almibarados inicios, las delicias de los primeros momentos del matrimonio. Por suerte, los otros varones, Isa y Ali, eran más discretos con sus relaciones, que se hallaban en buena consonancia. Habían criado niños revoltosos a los que procurábamos entretener con muñecos de animales hechos de madera. Jugaban con ellos, se atacaban, se los lanzaban, volaban de un rincón al otro del salón, sin traspasar las alhanías, y se perseguían armados con las figuritas, que de haber sido de arcilla no habrían durado ni un minuto.

Reunidos en torno a la mesa disfrutábamos de una suculenta

comida, o lo máximo que puede disfrutarse con una pareja enfurecida y varias criaturas de corta edad exigiendo atención, pues alguna vez tropezaron con la alfombra y cayeron de rodillas, desollándoselas y lloriqueando en busca de consuelo materno.

Cous-cous, queso y miel, salsa *harissa*, higos y granadas, amén de verduras y jarritas llenas de vino y agua. Presididos por el cordero que habíamos comprado y sacrificado, apenas habíamos hundido la mano en la escudilla cuando sufrimos una interrupción. Una de nuestras criadas anunció que acababa de llegar un emisario desde la capital del reino, jamelgo sediento y exhausto, jinete a punto de desfallecer a causa del calor del sol que incidía sin descanso sobre la región, asemejándolo a un verano tórrido en el que no corre ni una mísera brisa de frescor. Atrás habían quedado esos meses en los que el patio central de nuestro hogar era zona de reunión y trabajo, no lava ardiente. Mi padre, anfitrión por excelencia, lo invitó a pasar para que se resguardara de las altas temperaturas y recobrara energías. Así, el mensajero de Boabdil importunó el entorno familiar con su presencia.

Tal y como había mencionado la criada, el emisario parecía realmente cansado, como si hubiera caminado las leguas y no cabalgado sobre su montura. En las manos portaba una exquisita caja de marfil cuyo blanco nacarado captó las miradas de todos los presentes. Aziza me pellizcó el brazo, tan pegada a mí que nadie reparó en sus dedos apretando mi carne. Me masajeé la zona dolorida y le dediqué un ceño fruncido que actuaba de reprimenda silenciosa.

—Mi señor Abu Abd Allah Muhammad me envía con este obsequio para vuestra muy honrosa hija, Umm al-Fath, como prueba de buenas intenciones y amor incondicional, si así deseáis aceptarlo.

Amor incondicional era un sentimiento que escapaba a mi comprensión. Madre siempre decía que el amor era una semilla y había que remover la tierra con las manos desnudas, introducirla en las entrañas húmedas, regarla diariamente, cuidarla. No germinaba de la noche a la mañana, no daba frutos en seguida, había que ser paciente. En algunos matrimonios nunca florecía, ni siquiera el brote del cariño.

Primero observamos a nuestro padre, que en una pose recta esbozó una media sonrisa, no supimos si halagado por el detalle o sorprendido por la insistencia del futuro soberano, a quien daban por perdido como yerno. Con un ligero asentimiento de cabeza, afín a sus párpados entrecerrados, admitió de buena gana el obsequio.

Hube de librarme del sudor que me bañaba las palmas de las manos restregándolas suavemente sobre el vestido sin que nadie se percatase, de modo que no quedaron máculas que advirtieran de ello. El hombre dejó la caja sobre la mesa, a tan solo un palmo de mí, para que la atrapara alargando el brazo y el objeto se tornó en el epicentro de todas las miradas, subyugadas ante la exquisitez y maestría con que había sido trabajada. Me tamborilearon los dedos en el aire, señal evidente del nerviosismo que me corría por las venas. Una vez reposada en el regazo, acaricié la tapa de la arqueta y los motivos florales tallados crearon una sensación de rugosidad placentera: se trataba de enredaderas que conformaban un vergel de alabastro que cubría por entero los costados. En medio, una inscripción rezaba: «En el nombre de Dios, bendición de Dios, dicha, felicidad, alegría y favor para la dama Umm al-Fath». Hice un gran esfuerzo para contener la sonrisa que me hacía temblar el labio inferior.

—Ábrela —me instó mi hermano Ahmed.

Ensimismada en los relieves vegetales, no había reparado en que mi familia aguardaba. Sus rostros expresaban curiosidad, acuciada por la incógnita de la situación que se producía delante de sus narices. No todos los días el hijo del gobernante enviaba un obsequio a casa, no todos los días se era bendecido por la fortuna.

Pesaba y eso solo podía indicar que su interior contenía un presente menor; para mí, la pequeña arqueta ya era un regalo espléndido, más de lo que habría soñado que un hombre sería capaz de gastar con el fin de ganarse mi aprobación. Debía de haber costado más dinares que los que se sumaban reuniendo todas las prendas que me vestían. Había grabado incluso mi nombre. Si el cortejo no llegaba a término, si Boabdil y yo nunca nos uníamos en matrimonio, esa caja demostraría que un día hubo un sultán enamorado de una niña cualquiera de Loja. Esa posibilidad me prendió una chispa en el pecho: cuando fuera anciana recuperaría la arqueta de entre mis bienes más preciados y se la mostraría a mi descendencia con una sonrisa desdentada. Así, mis nietas entenderían que detrás de la celosía hay un mundo entero y que la belleza a veces se reduce a sombras geométricas reflejadas en el rostro, no a rasgos perfectos, a narices y cejas finas, a pómulos marcados y frentes amplias, a figuras esbeltas de gacelas, como versifican los poetas.

Tomé el cierre de metal y descubrí la sorpresa. Aziza emitió un gemido de estupefacción, superado por los labios entreabiertos de mi madre y los ojos desorbitados de mis cuñadas, quienes se habían posicionado detrás de mí para observar por encima de mis hombros.

—Son las joyas de una reina, Morayma. —La voz de mi progenitora vibraba a causa de la emoción.

Eran más que las joyas de una reina, eran las de una sultana.

En el fondo descansaba un collar de oro que podría haberme echado el cuello abajo al enroscármelo como adorno. Formado por cuatro canutos labrados alternos con pasadores oblongos, de él pendían tres colgantes; el central sobresalía por un disco de tamaño considerable del que nacía un elemento triangular. Los otros dos, más cortos en longitud, culminaban de idéntica forma, con una pieza cilíndrica y otra piramidal, adoptando así el conjunto la silueta de una cascada. El dorado destellaba hasta dañar la vista cuando haces de luz incidían en él, arrancándole brillos áureos.

Había visto alhajas finas, o lo que yo había creído hasta aquel entonces que lo eran, joyas que se me antojaban dignas de la realeza. Mi madre había heredado algunas de su familia, que traspasaban generaciones y se entregaban a la siguiente fémina para que las portara orgullosa el día de su boda. Pero las que hasta entonces habían pasado por mis manos eran aderezos de plata que nada tenían que ver con lo que había sido forjado para mí.

La interrogativa mirada de mi padre requería una respuesta: aceptar la ofrenda significaba dar un paso hacia delante, abrir la puerta a un futuro compromiso, iniciar un largo proceso que podía culminar en unas nupcias nunca vistas. Un silencio sepulcral preñó la estancia; la responsabilidad me hundía los hombros hasta retrotraerme a la infancia, una niña pequeña demasiado tímida para alzar la cabeza, una niña ignorante en un mundo de adultos. Así me sentía, un ser diminuto ante gigantes, una mota de polvo. Carraspeé antes de formular las siguientes palabras, preocupada por si no lograba convocar la voz y el ridículo me teñía las mejillas de granate.

—Son de mi agrado —lo pronuncié tan bajo que temí que nadie me hubiera oído.

Mi familia exteriorizó de muy diversas maneras su sosiego ante mi aprobación: madre exhaló un soplo de alegría que le nació directamente del pecho, mis cuñadas se deshicieron en ovaciones, todavía deslumbradas por el lujo de la gargantilla, y Aziza emitió un sonido gutural teñido de emoción. Como si en algún momento yo hubiera estado en disposición de elegir realmente, como si hubiera podido rechazar a aquel gran hombre. Hubiera sido una necia; desairar a un gobernante es granjearse un poderoso enemigo y no hay mayor desgracia que caer en desgracia. Las oportunidades brindadas son gotas de rocío de la mañana y hay que cazarlas antes de que se evaporen, porque si dejas que desaparezcan la culpa te perseguirá y el arrepentimiento será amargo.

Boabdil le había dicho a mi padre que me cubriría de riquezas, de oro, piedras preciosas y delicadas sedas, que el collar de los abasíes de Bagdad sería un guijarro frente a los rubíes que engalanarían mi cuerpo. Debía de ser hombre de palabra, porque en lo referente a las dádivas estaba cumpliéndolo con creces.

Observé a mi padre en busca de su beneplácito. ¿Había obrado correctamente? ¿Era esa la respuesta que él deseaba oír? No hubo un amago de sonrisa, tampoco un ceño fruncido, se mostró impertérrito, una estatua hierática que sufre desgaste por las lluvias inclementes.

—Comunicadle a mi buen señor Boabdil que a su amigo y caudillo Ali al-Attar le ha complacido el presente con el que tan generosamente ha obsequiado a su hija mayor y que ella ha sonreído y aceptado con gusto la joya. Mas recordadle que aún quedan tres años y que el tiempo ha de sortearse con paciencia.

El emisario asintió y, a continuación, una de nuestras criadas lo guio a la cocina, donde sería alimentado y cuidado hasta que partiera de regreso a la Alhambra.

Con los últimos acontecimientos el estómago se me había cerrado, a pesar de que la comida seguía intacta y apetitosa, elevando un aroma que hizo resonar las tripas de mis hermanos. No habría podido ingerir ni una tira deshilachada de cordero que se me deshiciera en las manos a causa de la cocción y la tierna carne. Tenía la barriga ocupada por piedras.

Encubrir el arreglo al que habían llegado mi padre y Boabdil era querer borrar las huellas de todo un ejército. No había manera de ignorarlo, no cuando se habían personado en nuestro hogar con una declaración tan sonora que rivalizaba con la llamada a la oración, ni una explicación hacía falta para entenderlo. Podría haber permanecido un año fingiendo la más absoluta ignorancia, representando el papel que me habían asignado, la muchacha que nada sabe acerca de su futuro. Un futuro que, si años atrás fue negro, ahora se presentaba resplandeciente. Mi madre creía fervientemente que la causa de todo ello era el brebaje, que no solo había alejado la desgracia, sino que había atraído la mayor de las fortunas.

Ante tantísimas evidencias, a padre no le quedó otro remedio que plantear la oferta que el hijo de Muley Hasan había propuesto y no hubo gran sorpresa, pues la joya y la dedicatoria de amor incondicional ya habían levantado sospechas. Si no existía una conversación previa, el obsequio hablaba por sí mismo. Las intenciones se habían esculpido en la arqueta y engarzado en el colgante.

—Una hija casada es una hija menos de la que preocuparse, un peso que ya no descansa sobre tus hombros, un asunto que ya no te quitará el sueño por las noches, padre —dijo mi hermano mayor, culminando con una palmada en el aire que daba por zanjada la cuestión—. Ya solo has de ocuparte de Aziza.

Nuestra hermana pequeña lo atravesó con una mirada de rencor, más mortal que una daga bajo la manga. Ese sería el hueso duro de roer, según su opinión: domar a la fierecilla salvaje, al potro desbocado.

Padre exhaló un hondo suspiro y se masajeó la nuca, con los ojos clavados en la superficie de madera de la mesa. Había envejecido diez años de golpe, la piel arrugada como la corteza de un árbol, los mechones blancos cubriendo su larga cabellera y su barba despeinada, una nota de resignación en sus gestos.

—Una hija casada con un sultán son dolores de cabeza y problemas en cada rincón. —La política lo agotaba más que la guerra, por eso sonaba cascado.

Cuando se removió la melena acusé el cansancio en su expresión, o quizá fuera lamento. No parecía que la propuesta de matrimonio aliviara esa supuesta carga; bien sabíamos que el periplo de encontrar un marido a la altura de una hija era una de esas etapas que procuraban desvelos, por eso muchos optaban por un casamentero o una vieja alcahueta. A nosotros no nos había hecho falta ni lo uno ni lo otro. La boda había llamado a nuestra puerta.

—Y una posición nada desdeñable, no lo olvides —añadió Isa, con el dedo índice en alto.

Los demás coincidieron con él mientras Muhammad regresaba a su cometido principal: sofocar el hambre que no había sido paliado por la interrupción. No le importaba que la comida se hubiera enfriado.

—En la Alhambra, las lealtades cambian como el viento —explicó padre— y este compromiso nos ata a Boabdil y su facción hasta que exhale el último aliento o su causa esté perdida.

Examiné la alhaja, enterrada en las profundidades de la arqueta, resplandeciente y cautivadora: aún no me había atrevido ni a rozarla por miedo a que una joya de semejante valor se fundiera al contacto con mis dedos. Luego, miré a mi padre, todavía sumido en unos pensamientos que yo no lograba entender, tan joven e ingenua, tan sorda con respecto a lo que sucedía fuera de esas cuatro paredes que conformaban mi hogar.

—Rechazaré el colgante si es lo que necesitas y deseas, padre, no querría que mi matrimonio trajera desdichas. —Los hombres se giraron hacia mí—. Casaré con quien quieras, con quien designes y creas conveniente, no importa cuál sea su oficio, su posición o su aspecto.

Vislumbré un «gracias» en sus labios. Le facilitaría la labor, fuera cual fuese el pretendiente y fuera cual fuese el hombre elegido. Conmigo no existía riesgo de fuga porque me hubiera enamorado de un joven que me prometiera luna y estrellas. No huiría de mi casa al amparo de la oscuridad nocturna para encontrarme en una encrucijada con mi amado, trayendo así la deshonra a los míos. Los secuestros eran frecuentes, aunque poco tenían de secuestro y mucho de ingratitud hacia los progenitores. En Loja, una muchacha un par de años mayor que yo había escapado con un extranjero y desde entonces su familia renegaba de ella, ya ni siquiera se la mencionaba. No, yo nunca haría eso.

Muhammad lamió la grasa de cordero adherida a sus dedos.

—Un sacrificio loable el de nuestra Morayma. —Todos captamos su sarcasmo.

—Al menos alguien en esta familia actúa de acuerdo con lo que se espera de ella y no genera discrepancias internas por motivos carnales.

La abrupta regañina de mi padre fue un bofetón invisible que cruzó la cara de mi hermano, quien cuadró los hombros y tensó la mandíbula. Su esposa chasqueó la lengua y alisó la falda de su vestido; ocultaba el dolor bajo una pátina de enojo y resentimiento.

—Entrégala a Boabdil, padre, así podrás casar a Aziza con algún funcionario palatino. La suerte de una será la suerte de la otra —propuso Ali.

Hablaban como si nosotras no estuviéramos delante, confundidas con el resto del mobiliario, sin voz, sin voto.

—Escucha a tu hijo —lo instó Muhammad, señalando al menor de los varones y habiendo olvidado el incidente de hacía segundos—. Negarle a Morayma será un error, un error que nos afectará en cuanto Muley Hasan fallezca y él ascienda al trono. Volveremos a ser una simple familia de drogueros, habremos perdido todo lo conseguido hasta el día de hoy. Nuestra reputación mancillada.

—Te queda grande hablar de reputación, querido hermano.

El aludido le dedicó una falsa sonrisa, una sierra de dientes preparada para arrancar de cuajo las extremidades de su enemigo en la disputa.

—A todos —aclaró nuestro padre—, que nacisteis cuando la familia ya no se dedicaba a la venta de perfumes y afeites. Ninguno podéis hablar sobre ello, no tenéis derecho.

—No hay deshonra alguna en regresar a lo que fuimos —comenté a media voz.

Isa lanzó una carcajada desdeñosa y Muhammad lo siguió.

—No dirías eso si quien hubiera pedido tu mano hubiese sido un comerciante anciano y no el próximo sultán, joven y apuesto.

Entreabrí la boca solo para volver a cerrarla, ofendida ante su desagradable comentario. Fue mi madre, la dócil Fátima, la suave y dulce Fátima, quien respondió con una autoridad poco frecuente en su persona. Odiaba las disputas familiares y más delante de ella; eran un insulto hacia la mujer que nos había parido, amamantado y criado.

—Tu hermana ya ha manifestado obediencia, Muhammad, descarga la ira fuera del hogar de tu padre.

Reprendido, agachó la cabeza, al igual que un niño, y aquello me provocó lástima. No siempre había sido así, un hombre que aparentaba luchar contra todos en un alarde de desesperación, un perro que mordía la mano de su dueño. Era esa concubina a la que había instalado en una casa del arrabal a extramuros con la esperanza de que no tropezara con su esposa, lo había embrujado con el seductor movimiento de sus caderas, o eso decían las malas lenguas. Puede que fuera cierto; al fin y al cabo, una simple esclava cristiana había desgajado a la población, enfrentándola contra el sultán. Una mujer podía decir mucho y hacer mucho.

—Dejaremos que Boabdil decida una vez que el plazo haya finalizado, no seremos nosotros quienes rechacemos su ofrecimiento matrimonial —se pronunció mi padre—. En estos tres años tendrá tiempo de olvidarse de nuestra Morayma o de reafirmar sus deseos con respecto a ella. Que sea lo que Allah quiera, nuestro destino está en sus manos.

Ali al-Attar había hablado, los demás acatamos.

—Y ahora, haz feliz a tu anciano padre y pruébate ese colgante que ha dejado sin aliento a las mujeres de mi familia. —Una amplia sonrisa edulcoró su carácter.

Su felicidad me contagió. Al igual que cuando era niña, me puse en pie, revitalizada por sus deseos, pues la aprobación de mi padre era una de mis perdiciones. Si él quería escuchar el trino de los pájaros, me convertía en gorrión en su ventana, y si quería beber, yo era agua mansa, saciante. A veces, una hija tiene que hacer lo que tiene que hacer: traer la honra a su familia. Sumergí las manos en el vientre del contenedor y extraje el pesado collar. Se le iluminó el rostro al contemplarlo en el aire, sostenido entre mis dedos.

Era tan frío que al desprenderme de las veladuras y colocarlo en torno a mi cuello, con ayuda de mi progenitora, quien lo cerró con el broche a mis espaldas, noté el metal abrasándome la piel. Así sería mi vida desde entonces en adelante, gélida y envidiable a ojos de los demás, candente y desgarradora en realidad, cual hierro al rojo vivo que marca cicatrices. Tendría el cuerpo cuajado de ellas, de motas blanquecinas que han dejado las costras arrancadas. Porque el poder es el más bello y preciado de los diamantes, pero también el que más corta con sus afiladas aristas.

4

En los siguientes tres años, Boabdil asesinó la distancia que nos separaba a través de obsequios que me elevaban al más alto rango. Ninguna fiesta quedó sin su correspondiente presente, tampoco mis aniversarios. A los trece, encargó que confeccionasen un juego de delicados brazaletes de plata repujados, decorados por finos hilos argénteos que se enroscaban en torno al material hasta crear motivos geométricos. A los catorce, una pareja de pendientes de oro de los que colgaban medias lunas con líneas sinuosas como ornamentación. A veces, jugaba conmigo y la joya se hallaba enterrada en el fondo de una caja pequeña, encerrada en una caja mediana, encerrada en una caja mayor. Entre la impaciencia y la curiosidad, las manos se me enredaban y los dedos trastabillaban, al igual que los de un crío pequeño que aún no es capaz de asir los juguetes. Entonces lo imaginaba observándome con esos ojos grandes y oscuros, divertido y halagado ante el comportamiento de una mujer que podría haber sido niña en aquellos instantes. Sentía su presencia cerca, pese a no poder tocarlo, como el aire que respiras y no percibes, el viento que te remueve los cabellos pero no alcanzas a ver. Que no sea visible no significa que no esté ahí.

Para cuando cumplí los quince, mandó que diseñaran una pieza especial que conmemorase que había alcanzado la edad que mi padre había considerado propicia para nuestra unión. Un anillo de oro con una amatista engastada del tamaño de uno de mis nudillos, en cuya inscripción figuraba mi nombre completo, Umm al-Fath. La victoria destellaba con el violeta de la piedra, tiñendo todo lo que me rodease de un campo de lavanda.

Había soportado pacientemente aquellos tres largos años, fustigándome por no haber grabado en mi retina cada uno de sus rasgos para así componerlos en mi memoria al cerrar los párpados. A medida que transcurría el tiempo, muchos se habían ido perdiendo, difuminándose como la bruma de la mañana. De repente ya no estaba segura de hacia qué lado se torcía su nariz, si a la diestra o a la siniestra, no recordaba si la melena le llegaba hasta los hombros o los sobrepasaba ni si sus pestañas eran largas y espesas. A duras penas convocaba la imagen del hombre al que había divisado a través de la celosía, del gobernante al que había vigilado mientras hablaba con mi padre. Temía que hubiera cambiado, que ya no me cesara los bombeos del corazón con un simple vistazo, que ya no me extirpara la respiración al entreabrir los labios y pronunciar mi nombre con la cadencia con la que había suplicado verme. Si así ocurría, me anudaría las tripas y aceptaría la proposición.

Sí, habían sido tres años interminables, colmados por las dudas, por el miedo de que quien hubiera cambiado hubiese sido yo y entonces él no me quisiera. Un repudio antes del casamiento me habría roto el corazón. Tres años en los que los días se habían dilatado y el sol no se ocultaba, tres años en los que la luna no se movía ni un ápice en ese cielo negro de tinta derramada. Tres años de noticias interrumpidas, preguntándome si no se habría perdido alguna por el camino, si no habría acontecido una tragedia. La niña carente de fortuna no podía gozar de semejante bendición, esperaba que se precipitara al suelo y se desintegrara en miles de pedazos.

Muhammad decía que alguien había perdido el juicio, no sabía si nuestro querido progenitor, cegado por su amor paternal, o Boabdil, cegado por el deseo que debía de consumirlo internamente. En el contrato matrimonial se había estipulado una dote elevada, una suma que correspondía más a una princesa que a la hija de un caudillo, por mucho que ese caudillo fuera el gran Ali al-Attar. Habían redactado un listado de mis características para así decidir una cantidad y mi padre se había deshecho en halagos. Inmaculada, honrosa, mujer decente, bella, de finos modales y buen gusto, obediente, religiosa y virtuosa, piadosa, inteligente, casta y generosa. No padecía ninguna enfermedad como lepra, elefantiasis, locura ni defectos físicos. Sin embargo, nada dijo acerca de la mala suerte que la comadrona había identificado en mí, la desgracia reflejada en mis facciones. «Hay asuntos que es mejor evitar que salgan a la luz», me explicó mi padre. Y supuse que, incluso en los mejores matrimonios, existían misterios guardados con recelo en el fondo de un arcón, bajo llave.

El precio fijado por mi padre fue doblado por Boabdil, garantía de sus buenas intenciones; así aplacaría la ansiedad que lo invadía cuando pensaba en abandonarme en ese recinto palaciego sembrado de riquezas y veneno. Los diez mil dinares se me antojaban una oferta equivocada; yo no valía ni la mitad de la mitad y un día mi marido se percataría de ello y comprendería que había sido dinero arrojado a las aguas de un río, aguas revoltosas que desembocaban en el mar. Puede que mi hermano estuviera en lo cierto: mi padre y mi prometido se habían colocado una venda sobre los ojos y competían por demostrar cuál de los dos me profesaba más amor y devoción. Esperaba no tener que elegir nunca entre ellos.

Y así, tras incesantes correspondencias secretas entre mi padre y el hijo del sultán, una mañana fueron reunidas mis pertenencias en diferentes baúles, dejando las estancias que otrora habité desangeladas, y la familia al completo inició el viaje hacia Granada, la que sería mi nueva residencia. Era irónico que quince años cupieran en un par de arcones; parecían mucho, pero no lo eran tanto, habían transcurrido en un suspiro. Me llevaba conmigo las migajas de una existencia que no volvería a saborear.

Finales de diciembre de 1481

Jamás había traspasado los límites de Loja. La ciudad que salvaguardaba con su posición estratégica la vega de Granada era mi cuna, me había visto nacer, llorar, gatear y dar los primeros pasos, aprender a hablar y a leer. En ella había transcurrido mi infancia, en ella había sufrido desvelos, en ella había quedado prendada de aquel apuesto caballero.

Había sido una niña feliz, de las que corretean por el patio de su casa y se mojan las manos en la fuente central, de las que comen tierra y pisan la verde hierba, de las que persiguen a sus hermanos mayores con la súplica en la boca para que les permitan jugar con ellos. En alguna ocasión se habían rendido, en otras muchas no, haciendo oídos sordos porque Ali me sacaba cinco años y Ahmed siete, aunque no era la edad, sino que ellos eran varones y yo su opuesto. Los niños juegan a la guerra, las niñas a ser mujeres. Me había rasguñado las rodillas y la barbilla, había corrido detrás de mi padre al verlo llegar, subido a sus hombros, trepado a su espalda. Había ayudado a preparar alimentos fingiendo ser adulta, porque los críos lo que más desean es crecer a toda prisa, convertirse en mayores. Me había probado las ropas de mi madre y también sus joyas, deseosa de llevarlas. Había tejido bordados, me había pinchado los dedos con la aguja, manchado los labios con las moras, relamido los dedos. Había saltado y roto vestidos debido a las caídas, había llorado al hacerme daño. También había roto a reír infinidad de veces por culpa de Aziza, había entretejido cuentos para ella e inventado historias y había escuchado todas las que las criadas traían del exterior.

Había vivido, en comparación con otras personas, muy poco, pero para mí había vivido plenamente. Quince años que se habían reducido a Loja y a las cuatro paredes que eran mi hogar, el principio y el fin condensado en un lugar concreto, pues más allá de sus fronteras el mundo era vasto y peligroso. Nada había que ver allí.

Me expulsaban de la ciudad, de *mi* ciudad. Una de esas mercancías que sobran y se destinan a satisfacer la demanda de otros reinos: en Castilla abundaban los paños de lana merina, en Loja, las mujeres, en Granada había un hombre que no ansiaba paños, sino esposa a la que tomar. Era un intercambio de productos: te ofrezco de lo que careces, alivio tu necesidad, y ahí estaba yo, de camino a suplir vacíos, como si fuera el trigo que da de comer a la ciudad que ha sido sitiada por los enemigos.

Sentada en uno de los carros junto a las mujeres de mi familia y los más pequeños, envuelta en el manto de pelliza de conejo que me resguardaba del viento helador y el frío invernal, me arrimaba a Aziza con el fin de encontrar un poco de calor. Era más alivio que calor; no sentía tanto el entumecimiento de los dedos como el temblor de un corazón asustado. Dejar atrás lo único conocido es despedirse de quien fuiste, mudar la piel de serpiente y proveerte de una nueva, más fuerte, más dura y resistente a los embates. A mí tendrían que crecerme colmillos para defenderme.

El traqueteo generado por las piedrecitas de la vía nos torturaba el trasero, los bamboleos del cuerpo de derecha a izquierda y viceversa hacían que nuestros hombros chocaran. Nos acostumbraríamos; el viaje sería largo debido al temporal que nos azotaba y deseé haber partido en primavera, así habría disfrutado de los parajes verdes salpicados de flores. Los hombres y los hijos jóvenes de mis hermanos montaban a caballo en un trote ligero, precediéndonos ocultos bajo capas de pieles que hacían de abrigo y que los asemejaban a bestias gigantescas.

Eché un último vistazo a mi pasado: desde la lejanía las murallas y la alcazaba se perfilaban en el paisaje, una silueta parduzca en el horizonte que me recordaría que todo es cuestión de perspectiva, pues lo que ahora se me antojaba diminuto, anteriormente habían sido paredes de sillares que acariciaban las nubes. Las lágrimas se me agolparon, un nudo en la garganta que me esforcé por desenredar. Nadie pareció notarlo; Aziza había caído rendida ante el sueño y el rítmico balanceo del carro, mi madre cerraba los párpados para calmar la fatiga y mis cuñadas se ocupaban de las criaturas que habían parido. Rodeada de los míos, sola.

Matábamos el tiempo en dormitar, bordar y leer el Corán, pero las puntadas eran poco certeras, el sueño ligero y los ojos se enrojecían por la fijación en unas letras que bailaban. Al final, solo me quedaba una ristra de pensamientos y una voraz imaginación que se entretenía en hilvanar escenas de un futuro cercano. En mi mente se reproducían conversaciones ficticias con mi prometido, siempre distintas; cuando una me gustaba la repetía hasta que se me olvidaban las palabras y perdía el sentido, y entonces pasaba a otra.

—¿Por qué yo? —pensaba que le decía, sentada y con la melena cayendo sobre mis hombros mientras yo misma la cepillaba con esmero en un entorno privado como es el de una alcoba.

El Boabdil de rostro bello y borroso enumeraba las características que había dispuesto mi padre en el contrato, reflejado en el espejo. La respuesta me apenaba por ser la reiteración de mentiras o, al menos, verdades edulcoradas que salían de su boca, no de su corazón. Cuando conoces a alguien prevés sus reacciones, gestuales y verbales, pero de Boabdil solo sabía lo que las lenguas contaban y lo que mi padre me había desvelado. Así que la figura de aquel hombre estaba compuesta por retazos de noticias y deseos que albergaba mi alma.

Los hijos de mis hermanos berreaban cual fieras, provistos de unos pulmones que nada envidiaban en sonido a los tambores y trompetas de las cortes. Los más pequeños habían heredado el mal genio de la familia. Calmarlos era una tarea desquiciante que agotaba a sus madres y nos irritaba a las demás: nos los turnábamos en los regazos, les chistábamos, los acunábamos en un intento vano de que encontraran cierta paz. El dolor de verlos llorar era mayor que el de mis oídos; gritaban desesperados como si los estuvieran azotando con una vara. Los cedíamos a las criadas, unos brazos nuevos que lograban aplacarlos hasta que la bestia surgía de nuevo y nos obligaban a parar durante un tiempo.

A Muhammad, más que al resto de los hombres, aunque he de reconocer que a mi padre se le arrugaban la frente y el ceño, le molestaban dichas interrupciones. Para él, viajar con mujeres y niños era un estorbo, una carga que los ralentizaba. Nos habría dejado a todas en Loja cuidando de los vástagos de no ser porque yo era la novia y sin novia no había casamiento alguno.

—Por cada trecho que recorremos, nos sobreviene un parón de horas —se quejaba en voz alta.

—Es invierno —trataba de apaciguar las aguas mi padre—. Con el frío todo cuesta más, la nieve, las lluvias, el viento... El invierno es para que los animales se cobijen en sus guaridas y duerman, no para celebrar festejos.

—Llegaremos tarde a Granada.

—Boabdil no casará sin que Morayma esté presente.

—Retrasar las nupcias será un insulto hacia el sultán y su familia.

—Entonces Muley Hasan tendrá que declararle la guerra al invierno. —Su voz era de la dureza de las rocas—. Hasta él es consciente de que son malas fechas y que la naturaleza es indomable, supera a la voluntad del hombre.

La disputa era una tormenta que tan pronto arreciaba, tan pronto amainaba, dependiendo de las ganas de belicismo de mi hermano y de la paciencia de mi progenitor, bastante más escasa que la de mi madre, curtida por los hijos criados. Alguna discusión hubo entre Muhammad y Salima, que al oír sus quejas lo culpaba de agitar a los pequeños, que siendo esponjas absorbían sus feos comportamientos y se alborotaban más. En esos momentos, me enterraba en las profundidades de mi mente, regresaba a las conversaciones imaginarias con Boabdil y me juré que nunca seríamos como ellos, ahogados por los reproches.

Pernoctábamos en pueblos y ciudades, acogidos siempre de buen grado por el rango de alcaide del gran Ali al-Attar. Bien atendidos, bien alimentados, más de lo que esperábamos, probablemente porque las buenas nuevas habían recorrido todo el reino nazarí y parte del de los cristianos. No era un rumor: Boabdil, hijo del sultán Muley Hasan, preparaba sus desposorios con la tierna Morayma, hija del caudillo de Loja. Así, partíamos a la mañana siguiente, estómagos llenos y músculos descansados, sabedores de que con suerte habríamos recorrido una distancia considerable que nos acercaría a la capital. Y cada legua recorrida era un paso más hacia Boabdil, lo que desencadenó una avalancha de temores que sustituyeron a las agradables ensoñaciones que hasta entonces me habían venido sirviendo de distracción.

Se divisaba la silueta de Granada en el horizonte, teñido del naranja del azafrán y el rojo de la granza, con los edificios en un negro hiedra que resaltaba sus montañas y una Alhambra coronada por Dios. Las preguntas formuladas a mi esposo habían cambiado y me eran irreconocibles.

—¿Por qué me condenáis a la humillación pública, mi señor, si mi único pecado ha sido aceptar lo ofrecido? —le decía en el mundo onírico de mi imaginación, postrada a sus pies en un llanto que me hacía convulsionar—. Solo me ha faltado caminar descalza desde mi hogar para casarme con vos.

Aquel Boabdil no poseía sonrisas y tampoco ojos de enamorado, era una cáscara de nuez sin fruto en su interior.

—Porque el cirujano ha curado mi ceguera y ahora veo los errores de elección. Vuestra hermana Aziza será una esposa mejor, mas no lloréis de pena, que si no sois mujer de gobernante, seréis cuñada.

No habíamos pisado la ciudad y yo ya había probado el regusto amargo del rechazo, aunque fuera en mis peores pesadillas. Reparaba en lo afortunada que había sido cuando el Boabdil de mis fantasías contabilizaba virtudes ensalzadas por mi padre, sin opinión pero tampoco con crueldad.

Principios de enero de 1482

Llegamos entrando el mes de enero, tras haber sufrido una demora a causa de una fuerte ventisca que había hecho imposible continuar y que había agitado los malos humos de los varones y acrecentado mi incertidumbre. Era amiga de los malos augurios por haber nacido con ellos y la borrasca me pareció un designio divino que nos alertaba.

Granada no se parecía a Loja, Granada no se parecía a ninguna de las ciudades en las que nos habíamos detenido para recuperarnos del agotamiento del viaje. Sobrepoblada, las arterias que eran sus calles se habían colapsado, especialmente desde el avance de los cristianos que iban reclamando tierras y tierras, provocando la huida de los musulmanes que otrora habían vivido en las extensiones en las que ellos plantaban sus pendones. Sobrepoblada, vomitaba personas por cada una de las bocas que eran las puertas que se abrían en sus murallas, por cada uno de los rincones del entramado que la conformaba. Si seguíamos pariendo hijos no nos quedaría otra que ganar la guerra y recuperar lo que era nuestro o echarnos al mar y confundir las lágrimas con sus aguas. Nadie quiere abandonar su hogar para cruzar al otro lado; más nos valía templar acero a la par que alumbrar a la siguiente generación.

Hacia arriba, siempre en ascenso, hacia la cumbre en la que se hallaba el complejo palatino alhambreño, con los caballos resollando por el empinado camino, moteado de molinos de agua que aprovechaban el caudal del río. A la diestra, las ruedas que rumoreaban agua del Darro; a la siniestra, murallas que nos resguardaban del racheo del viento. La verde hierba crecía a su antojo, tupida por un manto de escarcha que en los picos de las montañas eran canas blanqueadas, y crujía a nuestro paso. Si alzabas los ojos veías las torres cuadradas del recinto, otra rematada en merlones triangulares, las tres con ventanas de arcos en vez de con saeteras. Yo miraba embelesada, a Aziza se le derretía la sonrisa en una mueca de asombro, al igual que a mis cuñadas, que con el dedo índice señalaban las bellezas del paisaje a sus hijos. «Esa será la residencia de nuestra Morayma», decían maravillados. Y en el rostro de mi madre divisaba el orgullo, leía en sus marcados pómulos: «Ese es el hogar de mi hija, la que en breve será sultana».

Era como subir la cuesta a gatas; los trompicones nos arrancaban gemidos y sobresaltos y, aferradas al carro en esa pendiente que nos hacía perder el equilibrio y la dignidad, nos sentíamos gallinas cluecas arrejuntadas todas en una zona del corral. Lejos había quedado el jolgorio del pueblo, los aullidos de alegría que nos recibían, porque nuestra celebración sería la de ellos, entre quienes habían repartido pan. Un gesto de buena voluntad que se extendería al finalizar las nupcias: lo sobrante del banquete alimentaría a la población y al pan se unirían frutas y carne deshilachada. Serían perros que se pelean por los huesos, gatos que se bufan por las raspas de pescado. Nuestra felicidad, la suya, porque, saciada el hambre, les dábamos motivos de alboroto, un suceso que festejar y así evadirse de la gris monotonía y cotidianidad, la lucha de los que sobreviven en su día a día. Durante una semana, nadie recordaría que los cristianos estaban ahí, afilando sus espadas.

La Alhambra era la promesa de un fiel amante, de las que suenan gratas a los oídos y se vuelven aún más cuando son cumplidas. Mi padre la había visitado, acostumbrado a la lealtad y el servicio que reclama la dura política de los gobernantes, y al regresar a casa, a Loja, nos describía con todo lujo de detalles las yeserías y la azulejería, las pinturas murales, las múltiples estancias, el baño con grifería de oro metamorfoseada en leones que escupían agua, los jardines frondosos de frutales y cipreses, de flores que aromatizaban el ambiente. La belleza es inefable, las palabras nunca le hacen justicia por muy poeta que seas y muy versado que estés en el manejo de la métrica. Durante años mi padre lo había intentado, en efecto, con un resultado pobre en comparación con el deleite que en aquellos momentos presenciábamos.

Una comitiva de bienvenida salió a nuestro encuentro, pero ningún miembro de la familia real, a juzgar por sus atuendos y la ausencia de rasgos que comparé con los recuerdos difusos de Boabdil. Agradecí su ausencia. La polvareda del camino había impregnado nuestras ropas, me sentía sucia y desaliñada, como si llevara días sin asearme. No importaba que mi indumentaria fuera la adecuada y que el *jimar* ocultara mi cabello; la primera impresión es la que suele imperar y mi rostro estaba marcado por el cansancio.

Mi padre estrechó a uno de los hombres, muestra de que se conocían y apreciaban. Divididos en dos grupos, los varones acudieron a una reunión con Muley Hasan, quien esperaba pacientemente nuestra llegada; no les dio ni un segundo para respirar el aire granadino y lavarse la cara. Nosotras fuimos conducidas a las estancias que nos correspondían, acompañadas por los pequeños y las criadas, con la finalidad de instalarnos en seguida.

Habiendo tenido más tiempo del que, en un principio, habían pensado debido a nuestro retraso, se habían afanado en habilitarnos algunas de las muchas alcobas del recinto palaciego. A las mujeres de la familia se nos alojó en una de las alas del Palacio de los Leones, donde habitaba la madre de mi prometido, Aisha, y su homónima hija, que según el momento se trasladaban al Palacio de Dar al-Horra, en el que disfrutaban de cierta paz y privacidad. No me extrañó, pues aquello era un hervidero de excitación.

Contrario a este, en el Palacio de Comares residía la mujer que era estrella en la constelación de Tauro, Zoraida y sus Pléyades, la segunda esposa del sultán, a quien le había dado dos hijos varones que ahora eran una amenaza para la sucesión. Una única vez defendí que los cristianos actuaran en el gobierno mejor que nosotros y fue en relación con el derecho de primogenitura para acceder al trono. Nos habría ahorrado sufrimiento, insomnio y sangre, quizá un trágico final. Pero incluso con esa ley, los infieles se echaban a las armas y luchaban hermanos contra hermanos por ceñirse la corona.

Inmersas en los pasillos laberínticos, la exquisita ornamentación y la multitud de personas que emergían de cualquier rincón de la Alhambra, todas ellas ocupadísimas con los arreglos para los esponsales, seguimos a la mujer de ébano que se había erigido como nuestra guía. Cruzamos patios de estanques, altos cipreses y setos de arrayanes, de fuentes de mármol blanco, arcos y alabanzas a Allah, de acequias que rumoreaban, de exquisitos pavos reales que desplegaban sus coloridas colas y bandadas de pajarillos que volaban de rama en rama. Por mucho que escudriñé con la mirada, no encontré en ninguna de las ventanas de las construcciones una figura humana que, asomada, identificase como Zoraida. Tampoco a mi futura suegra y cuñada.

—Traemos a nuestras propias sirvientas —dijo mi madre al ver un despliegue de criadas cabizbajas, que en línea recta habrían ocupado un jardín entero.

—Por orden de nuestro señor Muley Hasan, se os han asignado otras dos por cada miembro de la familia y un par de esclavas —le anunció—. Si necesitarais de más manos, se os darán, nada os faltará durante vuestra estancia en la Alhambra.

Madre no discutió; habría sido una ofensa rechazar tan tremenda hospitalidad y a los hombres de poder no les sientan bien los desaires. Con un asentimiento tomó por aceptadas a las mujeres, que serían de gran ayuda en los últimos preparativos de las nupcias.

El servicio sería solo el principio; en mis estancias me esperaba más de un obsequio. Encima del mullido jergón reposaban vestidos de seda con brocados de hilo de oro, desde el blanco del nácar hasta el índigo, pasando por azul cerúleo y bermellón; prendas que actuaban de ropa interior, petos que me rodeaban el pecho. Túnicas de lana que procuraban calor en invierno y túnicas de lino para aliviar el sofoco en verano, *ma'azir* dobles que permitían algo de frescor al cuerpo y que el sudor no se pegara. Tocados, veladuras que dejaban al descubierto mi rostro, *jumur* de colores y *al-santaqa* para protegerlos, y otras que solo dejaban entrever mis ojos oscuros, cubriendo cuello y torso. Capas de finos bordados, mantos de piel suave que eran pelaje de animales, fajines y cinturones cuajados de perlas, vestidos para el baño. En las arquetas de marfil con bellas inscripciones y grabados vegetales descansaban pendientes dorados, fastuosos collares, anillos de piedras preciosas, brazaletes de oro y adornos para los pies de plata pura. Un repositorio de ofrendas que culminaba con un espejo que podría haberme mostrado los deseos más hondos de mi corazón, frascos con esencias y una esclava de piel pálida que parecía norteña.

—Obsequios de parte de vuestro prometido, mi señora.

Pero los sentidos se me embotaron con el brillo de los presentes y apenas oí lo que me decían, tan ensimismada en el susurro de las alhajas y las ricas telas. Mis ropajes estaban nuevos, muchos habían sido confeccionados recientemente para proporcionarme un guardarropa acorde a mi estado y los más antiguos ni siquiera tenían remiendos, tan bien cuidados que los heredaría mi hermana. No habría necesitado que Boabdil encargase más hasta que estos se hubieran ajado. Debía de ser un hombre considerado y atento, de los que se preocupan por el bienestar de su esposa, lo que conjugaba con el imaginario primerizo que me había formado de él, cuando todo era fantasía y las garras del miedo no me habían aprisionado el estómago.

En Loja jamás habría podido darle uso a indumentaria de semejante lujo y riqueza, pero en la Alhambra existía una clara competición por ver quién refulgía más, si las mujeres del harén o los ornamentos de la construcción. Con independencia de ello, eran los leones de piedra que custodiaban la fuente del patio de nuestro palacio, de cuyas bocas rugía agua fresca.

—La esclava está a vuestra entera disposición, mi señora —me recordaron—. Nuestro señor Boabdil en persona la ha escogido para vos, atendiendo a las necesidades que podríais padecer.

Desvié la mirada de las suntuosas prendas que yacían en la cama. Era esbelta, de pelo trigueño y ojos cansados, y debajo de sus vestiduras se percibía una figura magra. No la examiné a conciencia, no revisé sus encías ni sus dientes; estar en la corte del sultán era prueba suficiente de su valía.

—Agradecedle la generosidad que demuestra para con su futura esposa, incluida la *rumiyya*, pues si él la ha creído conveniente para servirme en nada he de dudar. —Le mostré la más sincera de mis sonrisas—. Estoy segura de que será servicial.

—Así se hará.

Deambular por mis aposentos y embeberme de las comodidades de las que gozaría duró unos minutos; no pude mandar abrir los arcones y colocar mis pertenencias, que al lado de las de Boabdil eran anodinas e insípidas. Ya se encargaría de eso el servicio más adelante. El tiempo apremiaba y mis esponsales eran inminentes, unas nubes que pronostican tormenta y que se acercan cuanto más sopla el viento, de modo que si no te preparas para ello, acabas calada hasta los huesos.

A partir de entonces las dos jornadas que quedaban para la celebración serían una sucesión de tareas a las que me arrastrarían cual muñeca a la que someten a la vanidad ajena. Si después de ello Boabdil me reconocía como la joven a la que había observado a través de la celosía se debería a que había mirado mis ojos, ventanas del alma, pues no dejarían ni un rasgo de la antigua Morayma.

5

Entra en nombre de Dios en la mejor casa,
lugar de pureza, estancia a respetar;
es el baño de la casa Real,
en el que grandes mentes se afanaron.
El fuego un agradable calor tiene allí
y el agua pura se derrama.
En él, los más diversos deseos se armonizan,
bástete con los dos contrarios: el agua y el fuego.
Los vestidos se quitan con alegría,
y el primero de ellos, el de la seriedad.
Dios lo ennobleció con un señor
cuyas buenas acciones brillan cual sol de mediodía.
¡Quién como Abu l-Hayyay, nuestro sultán!
Perdúrele la soberanía alta cual alminar.

Poema de IBN AL-YAYYAB grabado en la puerta
del Baño Real del Palacio de Comares

Puedes imaginar cómo viven los reyes, pero nunca lo sabrás hasta que no traspases los aposentos y te sumerjas en las aguas de los estanques en los que reposan con sus mujeres. El baño de la Alhambra era un caleidoscopio de tonalidades que dañaban la vista, una demostración de riqueza, una ostentación de poder que se reflejaba en sus techos y paredes, el recordatorio perenne a todas las concubinas y esclavas de que, aunque tuvieran dueño, eran afortunadas. Si hubiera tenido que describir lo que me rodeaba habría utilizado la palabra «luz», pese a que los baños son penumbras, pues todos se hallan soterrados y hay que acceder a través de unas escaleras que conducen al subsuelo, un descenso al Infierno. Era, cuando menos, poético. En un lugar como aquel, donde la intriga y la supervivencia eran el pan de cada día, su aspecto había de ser el del Paraíso; así el dolor quedaba oculto bajo capas y capas de pintura que te hacían olvidar que las estancias del palacio habían sido regadas con sangre.

En el vestuario nos esperaban unas criadas de tez oscura a las que habían ordenado convertirse en nuestras sombras con el fin de que no echáramos nada en falta, a excepción de la libertad que nos arrebataban con su seguimiento constante. En el centro del *bayt al-maslaj* una fuente de mármol escupía agua fresca, aligerando el ambiente pegajoso de sensación de calor, y su rumor se confundía con el eco de voces lejanas. Sin preguntar, nos ayudaron a desvestirnos y colocaron nuestras pertenencias en unos bancos que se alzaban unos pies sobre el suelo, pavimentado de verdes, azules, blancos y ocres, conformando flores geométricas. Flanqueaban el espacio principal dos galerías delimitadas por columnas sobre las que se apoyaban varios arcos, dotando a los asientos cubiertos y revestidos de vivos colores de un carácter privativo, similar al de amplísimos jergones sobre los que acostarse. Las ventanas con celosía, localizadas en la parte alta, cercanas a un piso superior con balcón incluido, dejaban traspasar la luz natural que incidía sobre las yeserías en claroscuros, haciendo legibles las oraciones que habían sido grabadas con esmero. Hube de reprender a Aziza para que dejara de observar boquiabierta la decoración, un gesto vulgar que no debíamos adoptar ni siquiera en la intimidad.

—Solo espero que el sultán o alguno de sus hijos no aparezcan por ahí. —Naima, la esposa de mi hermano Ahmed, señaló la balconada sobre nuestras cabezas.

En un acto instintivo, doblamos el cuello para asegurarnos de que no había presencia masculina que escudriñara la sala del vestuario: en efecto, ni un alma en aquel corredor, únicamente nosotras y la servidumbre.

—Desde luego, es un buen método para controlar a sus mujeres —añadió otra de mis cuñadas—: un despreocupado paseo por la galería superior.

Al verme despojada de mis vestimentas, me cubrí los senos; por segunda vez, me aseguré de que no hubiera nadie allí arriba. Mi madre, que me había leído la mente, posó su mano sobre mi antebrazo para tranquilizarme. La preocupación debía de maquillarme una mueca, porque con tono conciliador dijo:

—Estoy más que segura de que Muley Hasan no tiene interés alguno en deshonrar con la mirada a la prometida de su primogénito y a la familia de esta y mucho menos sus hijos varones; además, algunos son demasiado pequeños para pensar en asuntos carnales.

—¿Y Boabdil? —La pregunta me brotó sola de los labios.

Madre examinó la galería y una amplia sonrisa se dibujó en su rostro, acuciando los surcos en torno a las comisuras. Negó con la cabeza.

—Boabdil ya ha demostrado ser paciente, apenas le importará aguardar dos días más hasta la noche de bodas, es un tiempo muy corto en comparación con el que ya ha batallado.

A veces conoces la respuesta correcta con anterioridad y aun así ansías oírla de labios ajenos para que eche raíces, para que se torne verdad. Nadie como una madre para sofocar los desasosiegos.

Le di la razón, a sabiendas de que eran dos días y dos noches lo que habría de esperar, ni una más ni una menos. Frente a los tres años que nos habían separado, la semana transcurriría antes de que abriera la boca y pronunciara su nombre. Un hombre paciente como él no se dejaría devorar en los últimos momentos por el deseo, no se camuflaría en las alturas para mancillarnos entre el silencio y la lujuria. De hacerlo, no sería Boabdil, mi Boabdil, el que me había enterrado en joyas.

—Yo contrataría un par de músicos para amenizar los baños. —El esporádico comentario de Aziza hizo que nos giráramos hacia ella. Se encogió de hombros y dejó que la sirvienta continuara desnudándola—. Ciegos, evidentemente, así no habría peligro de enamoramiento.

La tétrica imagen de un cuarteto de hombres con globos oculares completamente blanquecinos, tocando armoniosas melodías y presidiendo desde aquella cúspide a una veintena de mujeres expuestas, me estremeció. De Muley Hasan había oído anécdotas inquietantes a causa de la barbarie de sus actos y no me habría sorprendido que, de haberse encaprichado de una orquesta de músicos, hubiera ordenado que les dejaran las cuencas vacías.

—Hay hombres que no necesitan el don de la vista para enamorarse, del mismo modo que tampoco la necesitan para mancillar a una mujer; pueden no ver y tocarte —la instruyó Salima.

—No si los colocas en la galería superior, sin acceso al vestuario ni a ninguna de las salas del baño —insistió ella, luchadora por naturaleza.

—También habría problemas, porque nosotras sí podríamos contemplarlos con solo alzar los ojos y alguna caería rendida a sus encantos.

Aziza efectuó un mohín delatador, nada contenta con que me hubiera posicionado en su contra.

—A las mujeres no nos hace falta ver, nos enamoramos con oír unas manos tañendo instrumentos —culminó Naima.

Ni durante la tarea, ni una vez quedamos despojadas de los ropajes, las criadas osaron elevar la mirada y fijarse en nuestros cuerpos desnudos, a pesar de que creía que advertiría en sus caras un leve destello de curiosidad y juicio. En su lugar, yo sí habría querido saber quién sería la esposa del hijo del gobernante, quién sería la nueva huésped que la Alhambra habría de acoger. Agradecí que no lo hicieran, no por incomodidad, sino por evitar descifrar un pensamiento que habría sido un duro golpe y una verdad incuestionable: que de las muy hermosas mujeres que habitaban en el recinto palaciego, Boabdil había elegido a la menos excelsa. En cuanto saliéramos de aquella estancia lo comprobaría por mí misma, pues el sonido de risas femeninas se deslizaba hasta nosotras, declarando la presencia de otras mujeres del harén de Muley Hasan.

Los vapores condensados del baño nos azotaron al traspasar la puerta, envolviéndonos en una bruma densa que dificultaba respirar y distinguir posibles siluetas, que quedaban emborronadas como si fueran dulces espejismos. No veía más allá de volutas blanquecinas copando el ambiente. Con cada paso dado nos sumergíamos en la cortina translúcida que nos engullía. El sonido de los alcorques que calzábamos nos antecedía, encontrando eco en las paredes de las diferentes salas que componían el balneario.

—Es un privilegio ser invitadas del sultán —nos recordó madre, todavía lidiando por acostumbrarse al manto de nubarrones que nos circundaba.

Aziza alargó la mano, entrelazó sus dedos con los míos para así no perdernos y en seguida noté el impacto de su cuerpo, pegado a mi espalda, al igual que dos niñas pequeñas que buscan el rastro de su progenitora entre la concurrencia del zoco. Caminamos según la distribución natural del complejo, directas hacia la sala fría, donde debíamos encontrar una sensación térmica menos calurosa que aquella. Gotas de sudor me recorrían la espina dorsal, el pecho y las sienes, el habitual volumen de mi negra melena caía sin gracia, adhiriéndose a mi rostro y enredándose hasta formar pequeños caracoles que se asemejaban más a los rizos de Aziza. Detrás de nosotras, las esposas de mis hermanos nos acompañaban, unidas las unas a las otras.

Por los pasillos, un despliegue de mujeres de las que adivinábamos, según su actitud y su desnudez o sus vestiduras, si se trataba de concubinas o del servicio. Intentaba no desviar la mirada de la espalda de mi madre, pero cuando una de las muy perfectas jóvenes a disposición del sultán caminaba hacia nosotras, mis ojos la seguían hasta que se desvanecía entre el vapor.

Presididas por una esclava sudanesa, accedimos al *bayt al-barid*, la sala de agua fría, en el que masajistas, peinadoras y maquilladoras ejercían su oficio con las damas que allí se hallaban, quienes se acicalaban ante las inminentes nupcias. La Alhambra al completo se había sumido en una bacanal de preparaciones en la que éramos las últimas en llegar. Apenas pudimos fijarnos en la fuente de abluciones de la derecha, cuya grifería era dorada, tampoco en la cerámica de la pared, que simulaba el reflejo del agua. Acostumbradas a nuestro propio baño y a los públicos de Loja, nada ornamentados aunque sí funcionales, pasear por las diferentes salas que conformaban el *hammam* de la Alhambra era perderse en un mundo extrasensorial. Cuando habías conseguido adaptarte al calor, una bofetada aromática de diferentes hierbas te desconcertaba; antes de que tu olfato diferenciase la composición, te veías arrastrada a las profundidades de una piscina; no habías salido aún de ella y ya estabas siendo acosada por una sirvienta que frotaba abruptamente tu piel para librarla de impurezas. La relajación se producía una vez que asimilabas que habías de dejarte llevar, seguir la corriente, al igual que la hendidura de agua fría que atravesaba el suelo del *bayt al-barid*.

Nos conducían directamente a la sala de agua templada, en la que una cantidad inestimable de figuras femeninas chapoteaban cual peces en el mar. Rubias, de piel cristalina, marmórea, y ojos que eran zafiros; morenas de pelo negro y espeso, de ojos de cervatillo; pelirrojas y trigueñas, de tez olivácea; otras de rizos pequeños y tan oscuras como el carbón. En la variedad está el gusto y el de Muley Hasan y sus antecesores era de lo más refinado. Tan diferentes a la par que exquisitas, sin una mancha que las afeara, sin cicatrices, de dientes blancos y sonrisas perfectas, de siluetas exuberantes y otras espigadas. Gallegas, francas, vasconas, eslavas, africanas, del otro lado de la frontera, de la del norte y de la del sur, un mosaico de personalidades, idiomas y bellezas. La riqueza cultural metamorfoseada en mujeres.

Sentí una punzada de envidia en el flanco izquierdo: en comparación con ellas me sentía una mala hierba entre los vergeles de la Alhambra, sembrados de floresta.

—¿Cuántas debe de haber? —me preguntó Aziza en un parpadeo frenético de pestañas, impactada ante la escena que se desarrollaba ante nosotras.

No era por el conjunto en sí mismo, sino por el hecho de que todas ellas satisfacían a un único hombre, lo compartían y no parecía importarle a la gran mayoría en tanto en cuanto allí estaban, conversando y riendo de forma animada, sin rivalidad visible. Quizá la convivencia hubiera sido el germen que fragua amistades, o quizá hubiera sido la soledad que presuponía que padecían aisladas en el serrallo a la espera de ser reclamadas para una velada. Aunque ya me habían advertido que confiar en otra mujer era recibir una puñalada en la espalda mientras dormías, como les había sucedido a muchas antes que a mí. Quien advierte no es traidor.

Adivinar el número hubiera sido imposible, como contar las semillas rojizas que desvela la granada cuando es sajada por la mitad.

—¿Cincuenta? —me atreví a calcular, sin apartar la mirada de aquella laguna de la que emergían en una actitud de lo más natural, perladas por la lluvia de agua que resplandecía en sus cuerpos húmedos.

—O ciento cincuenta —respondió con sorna Salima—. Este encantador paisaje haría salivar a más de un hombre.

—No a mi Ahmed —presumió orgullosa Naima con la sonrisa de quien se sabe enamorado y correspondido.

Muy a menudo, más de lo que me gustaría admitir, pensaba en ello, en el dolor que me ocasionaría que Boabdil me retirara su amor. Debía de ser amor aquello que sentía, no tenía otra explicación el nudo en el estómago que me impedía comer y los desvelos nocturnos contemplando la luna. Debía de ser amor, pues no había aquejado de ello hasta mi compromiso.

La esposa de Muhammad torció el gesto, aunque no con maldad.

—Si diciendo eso aplacas tus miedos...

Naima no tuvo ocasión de responder.

Siendo el hijo idéntico al padre, de todos es sabido que de tal palo tal astilla, ¿sería Boabdil capaz de cumplir las cláusulas estipuladas en el contrato con relación a la monogamia o sucumbiría ante las carnes de otra bella doncella? ¿Aguantaría de por vida o, una vez que hubiera dado a luz a sus vástagos, me sustituiría por una esclava cristiana de curvas sinuosas y cabellera de oro? No quería repetir el fatigoso destino de mi suegra, no quería ser Aisha. La Historia no te recuerda si eres mujer honrada y honesta, la Historia te recuerda por ser mujer de garras y lengua venenosa. En este mundo solo puedes ser esposa de Profeta o prostituta de arrabal. En el mundo de nuestros enemigos solo puedes ser Virgen María o quien pide la cabeza de san Juan Bautista en bandeja de plata. Yo prefería ser la primera de ellas.

Una improvisada palmada al aire, ejecutada por la sudanesa, captó la atención de las mujeres y rebotó sobre las paredes de azulejería. Entendedoras de un mensaje que nosotras desconocíamos, la algarabía se tornó mutismo. Abandonaron el plácido baño y, saliendo del estanque, desfilaron por nuestro lado, dejando un reguero de agua proveniente del arrastre de sus pies. Nos agrupamos a la derecha para permitirles el paso. Se sucedieron los sabrosos manjares del sultán.

Obnubilada en el examen de sus siluetas, sus pieles diáfanas y sus largas melenas mecidas al compás de los pasos, una voz afilada pronunció en un susurro mal musitado:

—Una de ellas es la novia, la prometida del Desafortunado.

«Desafortunado».

Se me aceleró el corazón en la búsqueda frenética de la joven entre una hilera de mancebas que eran cuentas de un collar de perlas. Las contaba, escrutaba sus labios con el fin de descifrar cuál de ellos se había movido hasta formar esa palabra. «Desafortunado». No hallé más que una cortina en movimiento de efigies femeninas, todas en silencio.

—¿Has oído eso, Aziza?

Pero mi hermana me dedicó una mirada de desconcierto y supe que no había escuchado nada. Había de ser coherente y lógica, aptitudes de las que siempre había hecho gala, por esa razón me centré en convencerme de que había sido un juego de mi mente traicionera, vencida por los nervios de la celebración. Que el miedo a que descubrieran que no había sido bendecida con suerte jugaba en mi contra, engañaba a mis oídos, a mis ojos, a mi cerebro. Veía fantasmas donde solo había sombras expedidas por lámparas de aceite. Era, definitivamente, un error, así que me obligué a deshacerme de los amargos pensamientos.

Nadie, ni una sola persona en el reino granadino habría catalogado a mi futuro marido de desafortunado, mucho menos en el interior de la mismísima Alhambra, donde los rumores se esparcían como las epidemias. Allí, la única desventurada sería yo, lo había vaticinado la comadrona.

Tras la huida de las concubinas, la piscina de agua templada quedó a nuestra entera disposición, junto al resto de las estancias del baño; era urgente que la novia y su parentela estuvieran bien atendidas. De haber llegado antes a la capital granadina, habríamos dispuesto de más tiempo para el acicalamiento, pero el invierno y sus inclemencias habían retrasado nuestro viaje. Habíamos llegado con poco margen, a tan solo dos días de las nupcias. Los preparativos se llevaban a cabo con presteza por insistencia del sultán; Boabdil ardía en deseos de contraer matrimonio en esa semana y siete días de celebración suponían un gran esfuerzo.

Zambullí el pie, la temperatura me invitó a hundirme hasta el cuello y con parsimonia fui introduciéndome hasta quedar cubierta por la masa de agua. Mientras las demás se atrevían, fijé la atención en los lucernarios que engarzaban el techo, estrellas de cinco puntas se abrían en las bóvedas, iluminando el interior de la sala. De día, bajo los diamantes del sol, de noche, bajo los haces plateados de la luna, arropada por las constelaciones del firmamento.

—¿Es esta la vida a la que ahora habré de acostumbrarme? —Eché hacia atrás la cabeza, remojándome el cabello, que cayó como cortina sobre mis hombros—. Podría hacerlo en este mismo instante.

Irradiaba felicidad.

—Parece ser que Allah así lo ha dispuesto, mas no te muestres tan excitada delante de los demás por tu nueva condición de casada, lo más prudente es la mesura —me aconsejó mi madre.

Allí no había nadie que pudiera acusarme de una excitación exagerada. Sonreír demasiado sería considerado signo de agitación, no hacerlo sería síntoma de desdicha, de la niña que es arrastrada a un matrimonio condenado al fracaso por la incompatibilidad de los cónyuges. Independientemente de mi reacción, recibiría críticas por parte del servicio, pero madre siempre se preocupaba en exceso de ello, porque la servidumbre a menudo habla de sus señores a sus espaldas. Son, esos comentarios mal intencionados, los que más saltan de boca a boca, fuera y dentro de la alcazaba, surcando el zoco, los baños públicos y la mezquita. Para cuando reparas en ellos, son una plaga que azota los cultivos.

—Te envidio, hermana.

—¿Quién no la envidiaría casándose con el hijo del sultán? —Salima jugueteó con las aguas, generando pequeños círculos concéntricos que aumentaban de tamaño según se expandían—. La colmará de dicha y joyas, de sedas y piedras preciosas. Ya con los presentes de estos años ha debido de amasar una buena fortuna.

Los regalos de Boabdil debían de estar valorados en una cifra tan alta que con ellos podría comprar alguno de esos antiguos reinos cristianos, molestos y arrogantes cual mosca.

—No hay nada que envidiar, Aziza. Cases con quien cases, él será más afortunado por tenerte a ti que yo por tener al hijo del sultán.

Mi hermana valía oro, la Alhambra entera. Ella bufó y el relincho de caballo se escuchó entre los muros. Madre la reprendió por su comportamiento.

—Puedes quedarte con Boabdil, no es un hombre de poder con quien deseo desposarme.

—Tu padre te encontrará un marido a tu altura, descuida.

Elevó la cabeza, antes apoyada en el bordillo de la alberca con el cuerpo a flote y los senos al descubierto, similar a las montañas nevadas que sitiaban el reino.

—No lo entendéis, no me preocupa el matrimonio. Envidio a Morayma porque ella, pasado mañana, ganará una familia, un marido, unos hijos, una nueva hermana, y yo perderé a la mía. —Anegada en lágrimas, sorbió por la nariz, resentida por la debilidad que mostraba—. Y cuando volvamos a Loja ya no habrá nadie a mi lado con quien susurrar por las noches. Estaré sola.

Oí mi corazón fragmentarse en aquel instante.

—Aziza...

Rehuyó del amago de abrazo que traté de ofrecerle, nadando en dirección contraria. En sus trece años, Aziza había sido el puñal y yo el escudo, ella dañaba y yo soportaba los embates como buenamente podía, compenetradas desde la infancia. Esa era la primera vez que presenciaba una suerte de flaqueza.

—Yo siempre estaré contigo, aunque la distancia nos separe. Cantaré a las estrellas y el viento te llevará mi voz, como cuando eras pequeña y te adormilaba con canciones de cuna.

Los recuerdos de la lejana niñez le curvaron las comisuras hacia arriba, pero en sus ojos seguía reflejada la tristeza, el sentimiento de abandono, el del perro callejero que sabe que a partir de ahora tendrá que buscar comida entre los desperdicios. Aziza se alimentaba de mi cariño y le sobrevenían épocas de hambruna.

Resuelta a alejar malos pensamientos, madre intervino con planes elaborados de futuro.

—Habrá que sugerirle a tu querido padre un hombre cercano a Boabdil y tu hermana. Es la única forma de que permanezcáis unidas.

—Un visir —propuse.

—O el hermano de Boabdil, Yusuf, el hijo de Aisha —aportó mi cuñada Naima.

—Muhammad sería partidario de colocar los huevos en diferentes cestas. Mañana Morayma casará con Boabdil y lo más conveniente sería dividir las alianzas y que Aziza contrajera matrimonio con Sa'd, el hijo de Zoraida.

—No. —Soné más brusca de lo que pretendía y Salima sufrió un sobresalto—. No me enemistaré con mi única hermana por la batalla política entre Boabdil y Sa'd en su ascenso al trono. Puede que otras prefieran perder a la familia por defender los derechos de su marido, pero esa no seré yo.

—Un día tendrás que tomar partido, Morayma.

Miré a Aziza, a la cría que había sido y a la mujer en la que se convertía día tras día, reflejo de mi madre. Esos ojos de pedernal, esa boca jugosa, esa fina nariz, esa melena rizada que le sobrepasaba los pechos y le llegaba al ombligo. Carne de concubina, de favorita, de quien maneja los hilos en la sombra, en silencio, de quien doma al marido. Guardaba tamaño coraje que sería capaz de tocar el fuego y no quemarse. Añoré a la niña. A la mujer la quise y la temí a partes iguales.

—No contra mi hermana.

Porque si hubiera tenido que elegir entre ella y Boabdil, Aziza habría ganado la guerra.

—Sa'd solo tiene seis años —resolvió Naima—. Es demasiado pequeño para nuestra Aziza, que ya tiene trece.

—Mejor. Así no habría que aguardar a la consumación —la rebatió—. Dejad que los hombres solucionen sus problemas y preocupémonos nosotras de los nuestros, que no son precisamente pocos —zanjó mi madre la discusión.

Teníamos las yemas de los dedos rugosas y la piel tan blanda que recordaba al carnero cocinado. Al salir de la piscina de agua templada, la sensación de frío me erizó el vello de la nuca y me abracé a mí misma con la intención de conservar el calor corporal. Durante unas horas fuimos secuestradas por el personal del baño, que se encargó de lavarnos la cabellera y el cuerpo en un frote y refrote que nos dejó la piel en carne viva, con un ligero aroma a campiña primaveral a causa de los distintos aceites de hierbas. Los masajes a los que nos sometieron nos relajaron la musculatura, tensa por los últimos acontecimientos, por las prisas.

Por encima del dolor muscular, un nombre anunciado dejó mi rostro lívido. Un nombre femenino que se susurraba en la Alhambra y se gritaba en las callejuelas de la ciudad.

Aisha.

6

Lo más maravilloso, ahora o en el pasado,
es una guarida de leones en una morada del Paraíso.
Un león y, enfrente, otro semejante,
sirven erguidos a nuestro señor.
Ambos se reparten las dos cualidades de su grandeza:
Valor ardiente y universal generosidad.
Y es que uno derrama agua fría,
mientras que su contrario agua caliente vierte.
¡Cuán suprema maravilla
honrada por la suerte de tener tan noble dignidad!
¡Quién como Abu l-Hayyay, nuestro sultán!
¡Que en triunfo y grandiosa victoria permanezca!

Poema de IBN AL-YAYYAB, inscrito en la sala de agua
cálida del Baño Real del Palacio de Comares

Aisha estaba esculpida en piedra, los vendavales y los aguaceros no erosionaban sus ojos, nariz y boca de granito. Mirarla era como intentar desentrañar los misterios que rigen el mundo, un imposible para quienes no somos sabios, para quienes no manejamos astrolabios. Había algo debajo de esa coraza, del hieratismo de estatua, un lamento de plañidera, un orgullo herido, una daga en el corazón. No se divisaba a simple vista, para eso había que escarbar, coger martillo y picar en el bloque pétreo hasta dar con la veta de sentimientos, bien profunda. Lo que se esconde hondo es de valor incalculable.

Aquella fue la primera vez que vi a Aisha, atravesando las estancias del *hammam*, envuelta en una nube de vapor que la cercaba y se abría según avanzaba, similar a una aparición fantasmagórica. No iba desnuda, tampoco llevaba traje de baño: vestía con la nobleza de una sultana. Detrás de ella, su hija, la progenie que sigue a la madre pato sin preguntarse cuál es la dirección a la que se dirigen, cabeza gacha. Cualquiera al lado de Aisha era su sombra, porque es harto complicado competir con el astro rey. Solo alcancé a temer las pisadas contundentes con las que andaba. Hasta entonces nadie me había hecho encogerme, pero ella lo consiguió con esa dignidad de dueña y señora de un destino que no estaba en sus manos, aunque fingía con habilidad que así era. Y los demás lo creíamos.

Había oído que algunas suegras aprovechaban los días anteriores a las nupcias, los momentos de preparación, para examinar a su futura nuera en la intimidad de los baños; así gozaban de una imagen completa, así no las engañaban cubiertas por el velo de la modestia. ¿Me mediría con sus palmas las caderas para asegurarse de que eran anchas, lo suficiente para que el vástago que engendrara mi vientre se acogiera a ellas? ¿Ocuparían mis pechos sus manos si quisiera reconocer su tamaño? ¿Encontraría algún desperfecto en mi figura? El pudor me enrojeció hasta las orejas y esperé que en aquel ambiente sofocante nadie reparara en la vergüenza que me trepaba. Decidida a no retroceder y sumergirme en las aguas balnearias hasta la nariz, me mantuve quieta, los pies anclados al suelo del que manaba un calor asfixiante. Ella se acercaba. Si me hubiera pedido que me abriera de piernas allí mismo para ratificar mi puridad, lo habría hecho. Habría dejado que introdujera el dedo y hurgara en la honra, que la quebrara con sus uñas, le habría dado mi sangre. Los hombres aman a sus madres más de lo que aman a sus mujeres y respetan a sus madres más de lo que respetan a sus mujeres. Ser complaciente con Aisha era mi prioridad: entablar una buena relación, un puente de cordialidad.

Un par de pasos la posaron ante mí, recorrió mi anatomía

con su mirada escrutadora, fue más punzante que una aguja. Alargó la mano, capturó uno de los mechones mojados de mi cabellera y lo alzó en el aire, observadora. El haz de luz que penetraba a raudales por las estrellas de las bóvedas impactó en él. Para entonces, el oxígeno había abandonado mis pulmones, dejándolos vacíos.

De cerca era todavía más imponente, reina del silencio que allí se respiraba, de las reverencias que la habían rodeado, que nosotras mismas le habíamos brindado. Hasta Aziza había perdido la voz ante ella.

—Que le tiñan el pelo con alheña, que se lo tiñan de negro carbón —pidió expresamente a una de las sirvientas, quien asintió, dócil.

—Ya tengo el pelo oscuro —balbuceé, intimidada ante su presencia.

Soltó la guedeja, que regresó a su lugar. Mi melena, más bien, se le escurrió de entre los dedos. Sus pupilas me atravesaron, similares a las de Boabdil, heredadas, porque los hijos también se parecen a las madres que los alumbran.

—Oscuro no es negro.

Ni un gesto delató su humor, ya fuera enfado u ofensa por mi descaro. Tampoco le tembló la voz, modulada entre la dureza y la neutralidad.

Inició un paseo nada errático en torno a mi persona, el baile de una fiera que evalúa las cualidades del rival con el que ha de lanzarse a una pelea encarnizada que acabará con uno de los dos sin yugular. Aisha tenía mejores incisivos, se los había limado la propia Alhambra, las muchas mujeres del harén, o Muley Hasan y su insaciable apetito carnal. Me rondó varias veces, estirando los minutos, fijándose en mi cuerpo desnudo, en cada uno de los vellos que aún no habían sido depilados, en cada pliegue de mi piel, en cada posible mancha o lunar, en los huesos de mi columna. No me moví, no respiré y tampoco tragué saliva. Resistí la necesidad de cubrirme, el sentimiento de inferioridad royéndome las entrañas y formando un agujero en mi estómago.

Para una madre, ninguna mujer, por muy honrada que sea, es merecedora de su hijo. Para una madre de gobernante, no existe nadie a la altura de su hijo.

—Los hombres se dividen en dos grupos bien diferenciados: los que prefieren a jóvenes rubias de ojos claros, a esas esclavas cristianas, a esas infieles que hieden a mugre —destilaba ponzoña—; y los que prefieren a mujeres de cabellera azabache. Mi hijo es uno de los últimos. —Fue entonces cuando cesó en su recorrido, quedando de frente, mirándome a los ojos en una actitud que podría haber considerado desafiante.

Boabdil no era el único. Muchos perdían el juicio y la sesera por mujeres de negra cabellera, pestañas, cejas y miradas; de labios, lengua y mejillas rojas; de rostro y caderas redondas; de frentes y pechos amplios. En general, los hombres ansiaban aquello que no estaba a su disposición, lo que no podían tener, lo prohibido, lo que a otros pertenecía.

—Y que le hagan la *henna* del color del pavo real —ordenó—. Una novia ha de estar radiante para su boda, más si va a ocupar el puesto de señora.

Supe que Aisha habría asido cuchillo en mano para rajarme la carne y crear incisiones carmesíes, tatuadas de por vida, si eso cumplía con las expectativas que ella había creado para la esposa de su primogénito.

En contraposición a su madre, Aisha hija era una de esas mozas que lucen una sonrisa deslumbrante, nada enigmática, una que te caldea el pecho cuando eres el objetivo de la misma. En ella creí entrever una disculpa velada por aquella presentación violenta. Sería mi aliada, cercana en edad, alguien con quien compartir secretos y preocupaciones, alguien con quien ser yo misma, sin máscaras.

Se marchó como había llegado, de repente, con los bajos del vestido empapados y una seguridad que inspiraba temor. Su ausencia lo llenó todo; hay personas que son así, están presentes incluso cuando no. Y yo me quedé ahí, aterida, abrazada por las féminas de mi familia, por mi madre y Aziza, por mis hermanas políticas.

—Creo que has obtenido su beneplácito —me animó mi madre, insuflándome valor con sus palabras amables y el contacto piel con piel.

—Tu suegra es dura —comentó Salima. No había sido la única a la que la había escarmentado esa lengua bífida.

Padre la había definido de la naturaleza del acero y así era, cortante como un arma de doble filo, peligrosa. Para Aisha solo existían dos opciones: con ella o contra ella, y eso incluía a su progenie, su causa y su lucha. En cuanto me uniera a Boabdil, estaría inmersa en la espiral de su vida.

—Todas las suegras lo somos. Os lleváis lo más preciado que tenemos, la mitad de lo que somos: a nuestros hijos.

—No estoy segura de que haya quedado satisfecha con la elección —confesé a media voz. Aún sentía sus pupilas clavadas en mi nuca, abriéndome en canal, registrando mis músculos y mis tendones, mis órganos.

—Solo intenta que agrades a Boabdil cuando este se encuentre contigo cara a cara, que no se arrepienta de su decisión y falte a su palabra, porque un hombre que no tiene palabra no es de fiar y tampoco es hombre.

—¿Por eso he de teñirme de negro?

Fátima acarició mi mejilla y disfruté del roce maternal, del olor que la caracterizaba y que me hacía sentir en casa, resguardada en su lecho.

—Habrás de hacer muchas más cosas por tu marido, Morayma, muchas más que llevar el cabello negro. —Acusé la lástima que empañó sus facciones y ahí atisbé la soledad a la que estaba destinada con la marcha del gran Ali al-Attar a las campañas militares.

Mi madre hablaba de sacrificio. Esa sería una de mis inmediatas lecciones, la absorbería en seguida y la pondría en práctica todos los días de mi vida. Por Boabdil haría mucho más que convertirme en cuervo de alas extendidas, en escarabajo ónice, en madera de ébano. A Boabdil lo seguiría como las briznas de hierba que el viento arrastra en su soplar.

La conversación quedó en suspenso cuando las maquilladoras y las peinadoras entraron en la sala para cumplir con sus funciones profesionales: acicalarnos. Modelaban y conformaban una belleza que solo era alabada de puertas para dentro, al deshacernos del velamen, momento en el que los hombres juraban amor eterno. Para ello, nos sometíamos a un tortuoso proceso de cuidados: primero, depilación, luego, tintes de cabello, manos y pies, todo a la vez. La belleza tiene un precio y requiere tiempo, hay que estar dispuesta a pagarlo.

Olía al dulzor del almíbar, al del azúcar de la fruta demasiado madura por las temperaturas del verano, a plátano caramelizado. La mezcla era espesa, por mucho que le hubieran añadido agua y zumo de limón. Se adhirió a mi piel a la perfección, creando una segunda capa que cubría la pantorrilla al completo. Comenzamos por una zona poco delicada con la esperanza de que me habituara al escozor y el enrojecimiento una vez que el emplasto hubiera secado y hubiese sido arrancado, llevándose consigo el vello de la pierna. Mis cuñadas soportaban estoicas aquella tortura de guerra, apretaban las mandíbulas y cerraban los ojos, no emitían ni un gemido. El primer latigazo, pues fue lo que sentí, me extirpó un aullido gutural que se escuchó hasta en Loja y a mí me dejó sorda. El caramelo no había dejado ni un mísero pelo, pero aquello era como arrancarse la carne a tiras y tornarse esqueleto. Un dolor inhumano.

Salima rio y pronunció un «comparado con parir, esto es un paseo», y mi madre y mis cuñadas se carcajearon ante mis muecas de sufrimiento. Respirar hondo y exhalar por la boca mientras se llevaba a cabo la tarea depilatoria logró aplacar, aunque no en exceso, la candente picazón. El procedimiento abarcaba piernas, axilas, bigote, entrecejo y el lugar anatómico más íntimo de un ser humano, las partes pudendas.

—Es una muestra de respeto a tu marido —me explicaron.

La próxima vez que Aisha me examinara se encontraría con el cuerpo púber de una niña, similar al de un pollo desplumado, el respeto hecho desnudez. Para calmar la irritación hubieron de aplicarme aceite, eliminando así las máculas pringosas del azúcar fundido y embriagándome de un aroma que me recordaba al del campo en época estival. Lo peor ya había pasado.

Granos de laurel y láudano y dos partes de ciprés, bien machacados y cernidos en trapo de seda, macerados en aceite de mirto durante siete días, esos eran los ingredientes. Sentada, me embadurnaron desde las raíces hasta las puntas con el tinte, convirtiéndome el pelo en una masa pegajosa, tirante y pesada que me caía sobre la espalda, manchándomela en sitios estratégicos. A mi diestra, mis cuñadas habían sido ungidas con mezclas similares: las esposas de Ahmed, Isa y Ali también oscuro, la de Muhammad de rojo a base de juncia y albada. Aziza aún era demasiado joven para someterse a aquellos tratamientos estéticos; habría de esperar a su boda, por lo que le aplicaron una cataplasma que favorecía el crecimiento capilar.

—Dejarás de estar bajo mi tutela y protección en cuanto contraigas matrimonio con el hijo de Muley Hasan —comentó mi madre con voz ronca y un hilo de melancolía—. Habrás pasado de niña a mujer, quizá haya llegado el momento de que conozcas los grandes secretos del matrimonio.

Había aguardado pacientemente a ello.

—¿Existe un secreto que garantice la dicha del matrimonio?

Quedaron pensativas, en un silencio sepulcral en el que revisaban sus años de vida conyugal.

—Concubinas y esclavas, criadas y sirvientas —reveló Aziza. Antes de que nuestra madre se dignara a reprenderla, matizó—: Eso es lo que dicen las mujeres que frecuentan los baños públicos de Loja. —A continuación, aleteó las pestañas y refulgieron esos ojos de cachorrillo, muestra de su inocencia, una que jamás había tenido.

Exceso de rumores en los *hammamat*, pero también consejos útiles que facilitaban nuestra vida, intercambio de opiniones y prácticas advertencias. Entre los vapores de las salas, la confluencia de vecinas de distintas edades, masajes, tintes y dolorosísima depilación encontrabas un espacio que salvaguardaba historias. Podías gritar abiertamente que tu marido no era más que un bravucón y un truhan del que estabas deseando deshacerte sin que ninguna de las féminas allí presentes te juzgara, porque durante unas horas existía un lugar donde eras escuchada y tu voz valorada. Así que cuando las mujeres determinaban que un esposo feliz era, de forma categórica, una vida feliz lo anotabas en tu mente para no olvidarlo. Concubinas y esclavas para que aplacaran el desenfreno que a veces los invadía, criadas y sirvientas para aligerar las tareas hogareñas. Una vida feliz. Se contentaban con que ninguno visitara el barrio de los yeseros en el que las prostitutas vendían las delicias de la carne.

—Yo solo puedo enseñarte aquello en lo que mi madre me instruyó, el resto habrás de descubrirlo por ti misma. Cada pareja es diferente y los hombres, pese a ser todos iguales en su gran mayoría, presentan gustos muy particulares. Satisfacerlos es tu deber.

—¿Cómo he de hacerlo?

De haber casado con un hombre cualquiera habría enumerado cualidades de buena mujer, cualidades que ya conocía por las continuadas lecturas del Corán. Por desgracia, mis obligaciones como esposa de gobernante distaban de ser las de la mujer de un orfebre o un herrero; el cuidado de la casa recaería en el servicio, reservándome a mí otros quehaceres.

—¿Alguna vez has visto a un caballo montar a una yegua? —preguntó Naima mientras le enjuagaban la melena y el emplasto se disolvía por la catarata de agua. Asentí—. Pues tú has de ser la yegua, el campo de sembrado al que acudirá para celebrar las noches buenas, paliar las noches malas y desquitarse en las peores.

—Siempre has de estar dispuesta para tu marido, no debes negarle el placer ni en la grupa de un camello, a excepción de aquellos días en que sufras el sangrado y durante el embarazo y la lactancia.

—Así fue como Muhammad buscó una concubina que saciara sus apetitos carnales. —El gruñido de su garganta se asemejó al de una leona.

La herida en el orgullo de mi cuñada se había infectado, supuraba sangre a borbotones, fresca y rojiza, supuraba pus verdoso y hediondo, fruto de una traición que la había alcanzado en lo más profundo. Se trataba del mismo veneno que había destilado mi suegra al mencionar a esas esclavas cristianas de oro y turquesa.

—Rechazar a tu marido es un acto de desobediencia, Morayma —continuó mi madre—; de hacerlo, los ángeles te maldecirán.

Ningún varón deseaba una esposa desobediente, ninguna mujer deseaba ser desobediente, la insumisión se castigaba con azotes y palos en el lomo, así se doblegan incluso los caracteres más ferrosos.

Desmadejada la gruesa trenza en la que habían amarrado mi guedeja, el agua tibia fue limpiando la pegajosa mezcla, que llovía y me mojaba los pies calzados en alcorques. La cabellera cayó pesada y el líquido acumulado en el suelo se tornó de la negrura del estiércol. En la marea azabache que se deslizaba redescubrí siluetas como la niña que juega a adivinar las formas de las nubes del cielo, figuras curvilíneas que eran hileras de esclavas y concubinas. La boca me supo amarga.

—Pero ¿qué he de hacer para que no me abandone en pos de otra mujer?

A Naima se le ensanchó la sonrisa.

—Amarlo, darle de beber cuando esté sediento y de comer cuando esté hambriento, arroparlo en invierno, sofocar sus calores en verano. Debes ser su refugio.

—La noche de tus nupcias solo habrás de recostarte en el jergón bocarriba y dejarlo hacer. —La mano de mi madre aferró la mía, un ligero apretón—. Descuida, él se encargará de todo.

Había visto a las yeguas relinchar a medida que huían de los jamelgos que trataban de montarlas, insistentes y predadores.

—¿Dolerá?

—No si estás relajada.

—Cierra los ojos y cuenta tus respiraciones, céntrate en los números que dibujes en la mente. Antes de que llegues a cincuenta él habrá terminado.

—Según pasen los días encontrarás placer en el suyo, la unión entre hombre y mujer os acercará a Allah.

—Con suerte y una práctica habitual, no tardarás en quedar encinta y darle un hijo varón —mencionó Salima.

—¿Y si no lo consigo? —Me llevé las manos al desinflado vientre, ocupado únicamente por tripas y mariposas que revoloteaban al pensar en los carbones incendiarios que me habían observado a través de la celosía.

—Entonces deberás insistir, dejarte montar hasta que la semilla germine y dé frutos. No obstante, recuerda que es él quien debe poseerte, no al contrario.

—Parece peor de lo que es, mas no has de preocuparte.

—¿Qué ocurre si no lo deseo?

—Lo desearás. —Salima efectuó un gesto descarado con la mano que denotaba escasez de preocupación—. Si el hijo ha heredado las dotes de su progenitor, lo único que ansiarás será probar su cálido aliento.

De nuevo, arrebol en mis mejillas, en consonancia con el tinte de mi cuñada.

—Y si no, habrás de volver a los números, a contar en silencio hasta que él culmine y se derrame en ti. Una vez que eso haya sucedido, habrás de cumplir con el lavado para purificarte.

Un metical de alumbre, uno de aceche, tres de vidrio, cinco de escoria de hierro, otros cinco de cáscaras de granada ácida, uno de alheña y otro de jengibre. Machacados y amasados con orina de mancebo, la mezcla adquiría un tono que recordaba a las esplendorosas plumas de un pavo real. Intrincadas enredaderas lapislázuli y esmeraldas habían sido grabadas en mis manos, recorriendo mis dedos, ascendiendo por mis brazos, conformando un paisaje vegetal en el que predominaban las flores. Aisha había sido sagaz al escoger el color: en la fauna, el pavo real era el más bello de los animales.

Sumida en las representaciones vegetales, mi familia disfrutaba de la *henna* que le decoraba pies y manos.

—¿Y si me miente?

Mi madre elevó el rostro, anteriormente centrado en los dibujos dorados que trazaban en su piel con miel de abeja.

—¿A qué temes, Morayma?

A todo, quise decirle.

—A la mentira, al abandono, al repudio, a que me prometa amor pero se lo entregue a otra, a sufrir por ello, a que sajarme una mano sea menos doloroso que saber que se halla con una mujer que no soy yo.

Que no deseaba ser una de esas mujeres desamparadas que mendigaban por las callejuelas de las ciudades, ni esa vieja que había visto casar a toda su parentela mientras ella permanecía soltera e imperturbable en el hogar familiar. Que no deseaba ser Aisha, relegada a la nada, ni mi cuñada, con la venganza por estandarte y cuchillo en la boca.

—Nunca creas a un hombre mientras te besa, el deseo los vuelve embusteros, les nubla el juicio —me recomendó Salima con acidez.

Madre chasqueó la lengua.

—Si desea mentirte encontrará la forma de hacerlo y, si sabes que lo hace, permítele que viva en ese mundo onírico que él mismo ha construido y levantado con sus manos.

—A veces es mejor vivir entre mentiras que entre dolorosas verdades.

Suegra y nuera se observaron, las miradas fijas la una en la otra, el daño de una mujer que ha sido sustituida e insultada, el daño de una progenitora que contempla las consecuencias de los errores de su hijo. Entonces, Fátima centró de nuevo la atención en mí.

—Perdónalo y sigue amándolo. En redimir sus errores encontrarás tu consuelo.

Madre pensaba que el éxito en un matrimonio eran oídos sordos, corazón grande y una venda en los ojos que te impidiera ver más allá de los muros del hogar. De esta manera no escucharías las maldades del exterior, no verías los defectos en el hombre que tenías delante y el amor que le profesabas le garantizaría el perdón y a ti, la paz. Porque lo verdaderamente importante era que pudieras gozar de noches de sueño sin preguntarte dónde se encontraba tu marido. Pero la Alhambra no era Loja, yo no era mi madre y los tiempos habían cambiado. Dormir significaba ignorancia y los ignorantes son los primeros que reciben el filo del acero en sus carnes, los primeros en dormir en una cuneta al amparo de las alimañas mientras otro se entrona gobernante del reino y otra se hace con el poder que antaño te pertenecía. El de Gran Señora.

7

Alargada era la figura que se cernió esa noche de invierno, preludio de las nupcias en las que sería protagonista. Se dibujó sobre la pared, trazando una sombra espectral, sobre mí, que yacía en el jergón cuan larga era, adormilada. Soñaba con exquisitas telas, tatuajes dorados de *henna*, pesados collares de rubíes y anillos engarzados, con la riqueza de una sultana. Me habían calmado los nervios con una infusión que suavizaba los nudos del estómago y los desenredaba, se me había ido aflojando el cuerpo a medida que surtía efecto, así hasta que los párpados me pesaron y se cerraron por sí solos.

Mi descanso fue interrumpido cuando una mano escuálida se posó sobre mi hombro y con ligeros movimientos me arrancó de las garras del sueño. La violencia con la que desperté me dejó la respiración entrecortada y un aullido atragantado, retenido a duras penas. A veces, es el miedo el que te corta el grito. La esclava cristiana, regalo de Boabdil, me observaba con una mueca que no pude identificar, quizá por su expresión o quizá por mi cerebro embotado.

—Mi señora, seguidme —formuló la petición con un terrible acento.

Acepté la mano que me ofreció para levantarme de la cama. Ya incorporada, con los pies desnudos rozando la frialdad del suelo, fui cubriéndome con las ropas que me tendía, ella misma me ayudaba a colocarlas e introducirme en las capas. Bostecé un par de veces, otras tantas cerré los ojos. Me hubiera dormido encima de una vara de haber podido, pues todavía perduraban las secuelas de la infusión de hierbas.

—Vamos, mi señora —me apremió, una vez vestida de un color tan sobrio como el pardo.

—¿A dónde, *rumiyya*?

Había cedido ante su insistencia a causa de la somnolencia, que me impedía discernir realidad de ficción y me mantenía la boca pastosa, pegada al paladar. Sin embargo, no daría ni un paso que me alejara de mis estancias sin conocer el destino del paseo nocturno y su finalidad, tampoco quería deambular por pasillos extraños; la Alhambra era un laberinto en el que difícilmente podía orientarme.

—Es un secreto, me cortarían la lengua si os lo desvelara.

Debía de ser verdad, porque el miedo se materializó en sus facciones. El recinto palaciego estaba bañado en sangre de gobernantes, el hermano que traicionaba al hermano, el hijo que mataba al padre, el padre que asesinaba a los hijos, las esposas que conspiraban contra sus maridos, los eunucos que envenenaban a sus gobernantes. Entre tantísima devastación y cadáveres acumulados que ya no eran más que polvo y recuerdos borrados, ¿qué no le harían a una esclava cristiana que hubiera revelado intenciones ocultas? Desde rebanarle el pescuezo hasta ensartar su cabeza en una pica.

Me acerqué a ella y tomé su antebrazo: temblaba como las hojas. Vi la súplica de quien no verbaliza pero siente, «mi señora, confiad en mí, os lo ruego», parecía decir. La confianza no es un presente que se otorga en un acto de generosidad, es una donación por la que se lucha con fiereza para ser merecedor de ella. Se la concedí, a sabiendas de que la confianza se pagaba con cuchilladas certeras dentro del glorioso palacio.

—Nadie osará levantaros la mano ni os hará daño alguno, mujer, yo me encargaré de ello, para algo soy vuestra dueña.

Era irónico que poseyera bajo mi tutelaje a una joven un par de años mayor que yo, aunque los estragos de la vida, la que se ceba con los desgraciados, la hacían lucir avejentada en experiencias. En seguida el leve tiritar cesó y una sonrisa de agradecimiento se abrió paso en su maltratado rostro. En los dos días que llevaba en la Alhambra me había referido a ella como *rumiyya*, obstinada en que aprenderme los nombres de cada uno de los sirvientes sería un imposible, pues a cada hora surgía una cara nueva de cualquier esquina, se multiplicaban como los malos bichos. Antes de que la esclava me guiara por galerías irreconocibles le pregunté su nombre y a partir de entonces sería Jimena, mi leal Jimena.

Envuelta en el manto, seguí sus rápidos y silenciosos pasos a través de los desangelados pasillos que componían la Alhambra. Ni un ánima más allá de guardas armados que vigilaban aquí y allá. Jimena parecía saber sus posiciones y cuando uno estaba a punto de torcer la esquina y tropezarse con nosotras, ella se desviaba. Jugábamos al ratón y al gato.

Salimos al exterior, una ráfaga de aire nos congeló las respiraciones y, sin ser mujer de maldiciones, la maldije por dentro. El frío nunca había sido mi amigo. Levantarme de la comodidad y la calidez del camastro y someterme a las bajas temperaturas que allí arreciaban era una ofensa. Acallé los pensamientos y dejé que me llevara por los senderos ajardinados.

Setos de arrayán cercaban la cuadrada alberca que rezumaba agua, en cuyo interior una isla terrestre dominada por olorosos rosales, que rodeaban diferentes árboles frutales, aportaba colorido. Los centenarios cipreses se alzaban mecidos por el viento, dedos gigantes que acariciaban el cielo. Había de ser cuidadosa para no hundir los zapatos en las acequias que correteaban por el empedrado, similares a las venas azules que se entrevén en las pieles más pálidas.

—Aquí, mi señora. —Fue la última instrucción que me dio Jimena antes de alejarse de mí, dejándome completamente sola entre la frondosa vegetación de los jardines.

De haber sido verano se habrían escuchado las chicharras, pero en el gélido invierno que me entumecía los dedos de las manos y me amorataba los labios, los animales se guarecían en sus escondrijos y el único sonido era el chapoteo del agua y el silbido del viento entre los ramajes, similar al lamento agónico de una madre.

Encogida sobre mí misma, me ajusté el velamen que la ventisca luchaba por llevarse consigo. Perdería el calor corporal, no la modestia. Durante unos minutos esperé, abrazada por las sombras espectrales de la nocturnidad, envuelta en el mutismo que cualquier ruido fomenta y azota nuestra malvada imaginación. Toda clase de escenas se desarrollaron en mi mente: unos bandidos tentados por mi desprotección me asaltaban; una Aisha que me sorprendía y me calumniaba con el dedo índice; mi propia madre horrorizada el encontrarme a solas en una situación tan poco agraciada; mis hermanos, enfurecidos; el sultán, indignado. ¡En qué mala hora me había dejado engatusar por la cristiana! Ya pensaba en irme, en buscar a Jimena y pedirle que me acompañara de vuelta a mis aposentos, cuando el ambiente nocturno se empañó con un etéreo aroma a almizcle.

—¿Sois la dama Umm al-Fath, hija de Ali al-Attar, el caudillo, el droguero?

La voz hizo que me girara. Detrás de mí, una silueta de dimensiones colosales me hacía sombra, acrecentada por la proyección de la escasa luz. En los años transcurridos, yo había espigado y desarrollado encantos femeninos que otrora habían sido menos evidentes. Él, que me aventajaba en edad, había sufrido cambios imperceptibles para su familia y sus amistades, pero yo, que me había dedicado a dibujar sus rasgos en la mente, distinguí cada uno de ellos. Se le había perfilado la nariz, torcida hacia la diestra, ensanchado las espaldas y curtido la piel, la barba era del espesor de la hierba de los jardines. En los carbones que eran sus ojos relucía un brillo especial; tiempo después se ahogarían en una melancolía compartida, pero para eso aún debían sucederse algunas estaciones.

Vestía con turbante y una capa de pelaje que lo protegía de aquella tempestad invernal que nos azotaba con furia; el calzado se dejaba entrever por sus ricos motivos. Era de carne y hueso, no una de esas imágenes difuminadas y confusas que te tientan en los sueños haciéndote creer que es real para luego extirparte la ilusión. De esas, había tenido muchas. Si alargaba la mano lo alcanzaría, sin celosía de por medio, solo distancia, unos cinco pies que nos separaban.

Durante unos segundos, que se me antojaron eternos, no articulé más que el zumbido propio de un enjambre de avispas, aletargada ante la imagen. Fue el ladeamiento de su cabeza, clara alusión de incertidumbre, lo que me empujó a decir algo.

—Y vos debéis de ser mi señor, Abu Abd Allah Muhammad, hijo de Abu l-Hasan, sultán de nuestro reino. —Había logrado que la lengua no se me enredara en los dientes.

Él asintió, complacido por el reconocimiento. No podría haberlo confundido con ningún otro hombre, poseía la dignidad de los nacidos en el seno de la realeza.

—Y vos no sois muda.

Sonó a chanza. Fruncí el ceño, una actitud que mi madre no alabaría, pues hacerlo en demasía arruina la piel y provoca arrugas en la frente; al recordarlo, lo relajé.

—Os sorprendéis. —Su sorpresa fue la mía—. ¿Quién os ha mentido acerca de la condición de mi habla?

Asumí que cualquiera de las mujeres que deseara mi puesto, una de las muchas que componían el serrallo y que perteneciera a su padre, ávida de cambiar de dueño y de escalar en posición para convertirse en *umm wallad*. Una que no viviera en libertad y esperara recibir la manumisión a cambio de dar a luz a un hijo del futuro gobernante, un trato ventajoso dada su condición.

—Nadie, mi señora —el tinte jocoso desapareció y una seriedad, que ya había presenciado el día en que batalló contra mi padre por su beneplácito, le contrajo el rostro—, mas hasta ahora no os había escuchado emitir ni una palabra y deseaba descubrir vuestra voz.

La suya se había perdido en mi memoria tras tres años de separación, un eco lejano que ahora los acantilados me devolvían con fuerza.

—¿Sois vos el artífice de este encuentro clandestino que sería un duro golpe para mi honra? ¿O ha sido vuestra honorable madre? —Traté de aparentar orgullo, con el cuello estirado cual cervatillo.

Aisha era de esas mujeres que no daban puntada sin hilo y la creía capaz de haber urdido aquella trama sin que nadie se percatase, ante nuestras narices y las de toda la corte, aunque eso significaría que había quedado conforme conmigo.

—¿Por qué razón habría de ser mi madre?

Boabdil contestaba con preguntas, ¿sería así toda nuestra vida, una sucesión de dudas sin respuestas? Me gustaba la claridad, la transparencia de los riachuelos en los que hundías las manos y veías los guijarros, nada que esconder, pero él se mostraba turbio y cenagoso.

—Si os desagrada mi presencia en esta noche, podéis marchar. —Con un paso a la izquierda dejó el camino libre, una mano en el pecho y la otra indicando la dirección—. Nadie os detendrá y yo no me sentiré insultado. Llamaré a vuestra nueva esclava para que os regrese a los aposentos. No soportaría que alguien cuestionara la pureza de mi prometida, no si puedo evitarlo. Solo quería veros antes de los desposorios.

Hizo el amago de buscar a Jimena; no sabía dónde se encontraba, quizá hubiera vuelto al interior de la Alhambra. La idea de regresar a mi alcoba me aceleró el corazón.

—Aguardad.

Y él lo hizo.

—¿Me concederéis solo unos minutos de vuestro tiempo? —Era casi una súplica.

Unos pocos minutos, unos efímeros e insignificantes minutos antes de toda la vida que tendríamos para compartir. Si se tornaba fatigosa y anodina, al menos habría disfrutado de un paseo agradable en el que sumergirme cuando, hastiada, rezara en silencio porque mi marido se olvidara de mí o Allah lo reclamara pronto. De ser apacible y dichosa, sería un precioso comienzo, las primeras letras de tinta negra que el cálamo derrama sobre el pergamino.

—Solo unos minutos, mi señor, pues me temo que estas no

son circunstancias propicias. —Examiné los alrededores, asegurándome de que no apareciera nadie que delatara nuestro encuentro—. El nombre de las mujeres se mancilla rápido.

—Por eso mismo os he convocado en esta noche, para que las estrellas sean los únicos testigos. Estad tranquila, vuestra reputación se halla intacta en mis manos. Permitidme un paseo rápido a la luz de la luna.

Anduvimos con lentitud, sabedores de que la prisa no era buena consejera y que cuanto antes terminase el camino antes habríamos de despedirnos. Él miraba al frente, espalda recta, cabeza alta, la postura que adopta el próximo gobernante, que ve el mundo a sus pies al asomarse a la balconada, el paisaje de casas de la ciudad, los súbditos que son hormigas. Yo, cabizbaja, centrada en el suelo, en las piedrecitas, en los hierbajos, a veces redirigía la mirada a la derecha con tal de huir de él.

Descendimos las escaleras pétreas de los jardines, flanqueadas por canales en los que discurría un pequeño torrente de agua que nos acompañaba con su murmullo. Ojalá hubiera sido verano para remojar los dedos en la corriente. A derecha y a izquierda, los laureles crecían, uniendo sus copas y configurando una bóveda que nos guarecía de miradas indiscretas.

—Agradezco cada uno de los presentes que me habéis hecho llegar en estos años de separación, habéis sido muy gentil —acerté a decir, no sin esfuerzo y una ardua lucha mental conmigo misma.

Oí la sonrisa de Boabdil.

—Las alhajas son metales y piedras; las sedas, telas. No os visten, mi señora, de nada sirven y nada valen si no las porta una mujer que las dote de belleza.

Sus palabras melifluas me endulzaban los oídos. Ya me habían advertido acerca de ello, «guárdate de los hombres que vomitan miel, porque lo que desean es atraparte en la pegajosidad, empacharte y que quedes saciada, así caerás en su trampa. Ninguno regala lisonjas sin motivos y los motivos son siempre la búsqueda de tu colmena». Las mujeres que no ofrecen resistencia, que se dejan atrapar con facilidad en el amor, son incautas, porque el enamoramiento anula los sentidos, abotarga el juicio. Del amor al placer hay un paso, del placer al fornicio medio. Y a las fornicadoras se les reserva un duro tormento en el Infierno, junto a las prostitutas, las alcahuetas y las plañideras.

—Lleváis manoplas de conejo —reparó. Mantenía la mirada fija en los guantes de piel, que pasaban desapercibidos al lado de la pelliza—, ni siquiera veo vuestras manos.

—Ya veis mi rostro. ¿Qué os pueden decir mis manos que no os digan mis ojos?

—Me gustan las mujeres de manos pequeñas y gráciles, habilidosas, y de dedos finos. ¿Son así las vuestras?

Tardaría un tiempo en comprender las preferencias de mi marido, los motivos de ellas. Alguna amante habría sido ducha con las suyas y desde entonces perdía pie, pues a menudo los hombres anhelan en sus esposas las capacidades que los pluguieron en aquellas con quienes se encamaron. Muchos reconocen que por idolatrar en exceso una cualidad concreta ya solo pudieron amar en las siguientes conquistas esa misma.

—Nunca me he fijado —reconocí con vergüenza. Había asumido lo que Allah había dispuesto para mí sin cuestionar nada, eso sería poner en duda la naturaleza de la obra divina.

—Permitidme contemplarlas.

Me detuve y él tampoco siguió caminando al reparar en mi estatismo. No había deshonra en que las observara, fue un crimen mayor aquella visión a través de la celosía, sin nada que cubriera mi cabellera.

—Pedís demasiado, mi señor. —Mi segundo rechazo en la misma noche. Sucumbiría a las peticiones en cuanto fuera suya, no antes, pues mi madre bien decía que hasta que no se es esposa legítima no se ha de satisfacer los deseos de ningún varón externo a la familia.

—Nada es demasiado para quien un día será sultán y mañana será vuestro esposo. —No tenía capacidad alguna de ocultar malévolas intenciones—. Deseo besároslas como muestra de sumisión.

—Un hombre no ha de mostrar flaqueza.

Acusó el golpe con seguridad, sin la mueca de ira que deforma el rostro a los varones que se sienten insultados y dañada su hombría, pues no hay mayor desaire que insinuar la carencia de ella. Dio un paso hacia delante, restó la distancia y el aire se tornó un poco más denso. Me pregunté si aquel hombre que sería mi esposo no acabaría siendo también perdición y condena.

—El amor no es signo de debilidad y menos para un gobernante, por mucho que se obstinen en concebirlo como tal. Es el amor hacia su pueblo, hacia sus gentes, lo que debe guiarlo.

Boabdil era hombre de talante, se le iluminaban los ojos pese a estar en la más absoluta oscuridad y la chispa que habitaba en ese negro carbón era mi reflejo. Ni el agua de los aljibes me había devuelto una imagen tan bella como la que él me mostraba, cautivado. Verme a través de su mirada era ver una nueva versión de mí misma, sin todas esas grietas y fisuras que creía que me empañaban.

Sonreí y la sonrisa que me rajó las comisuras me recordó a la de mi cuñada Naima cuando fantaseaba con Ahmed.

—Un beso, pues, y me iré. —Alcé la barbilla, vanidosa, y sus carcajadas fueron el repiqueteo de cascabeles.

—Prometo no demoraros, mi señora, se hará como gustéis.

En aquel tramo intermedio de la escalinata, en aquella plazuela redondeada cuyo centro se remataba con un surtidor de agua, desvestí mi mano derecha y se la tendí, titubeante. La tomó con la suavidad del textil más fino y se la llevó a los labios, con la mirada clavada en mí. El roce fue efímero, un toque leve que me sembró una suerte de hambruna que no había experimentado antes, un contacto que me generó un hormigueo en el vientre y un calor en la zona del pecho. Impregnada de su esencia, algo en mi interior clamaba por probar el hálito de su boca.

Aún me quedaba algo de sentido común. Escapé del cautiverio de su agarre, suave y delicado. Di media vuelta y desanduve nuestros pasos. No miré atrás.

Había sido un encuentro inesperado, uno de los que inician

historias de amoríos entre hermosas doncellas y hombres que le rinden devoción. Historias que a menudo nos sentábamos a escuchar en el patio de la fuente de nuestro hogar, de las que entrañaban peligro y fugas de enamorados, de las que terminaban en desgracia, con uno de ellos siendo huesos enterrados. En esa ocasión, yo era la protagonista, no la oyente, y resultaba distinto vivirlo que escucharlo.

No me había equivocado, Boabdil se asemejaba más a mis sueños que las fantasías que yo misma había creado. El enamoramiento que padecía desde hacía tres años, que durante las últimas semanas me había desbaratado el apetito y hecho flaquear las rodillas de tan solo imaginarlo, acrecentándose a medida que se acercaban las fechas, dejó de estar bajo control. Fue un estallido, un trueno en el cielo. Se desbordó así como tiempo atrás se había desbordado el Darro, engulléndolo todo a su paso, porque por el tamiz de los sentimientos no pasa el raciocinio.

Hoy todavía creo que sin joyas, sin oros, sin vestidos y sin riqueza, se las habría ingeniado para cautivarme. Los regalos quedan olvidados en baúles y arcones, las palabras que te brindan se quedan enquistadas en el pecho y ofrecen consuelo cuando se extraña el roce.

Al regresar a mis habitaciones no me vi capaz de conciliar el sueño en lo que restaba de noche. Pendiente a la ventana, el cielo fue pincelado de distintas tonalidades según las horas transcurrieron, las vi pasar todas, del añil crepuscular al naranja amanecer. Así hasta que la luz penetró en la estancia y lo bañó todo de dorado, buen augurio el día de mis nupcias.

8

Los padres eligen a los esposos de sus hijas, las madres a las mujeres de sus hijos; sin embargo, hacía años que Boabdil había verbalizado ante su muy honorable progenitora, Aisha, que solo casaría por amor, a sabiendas de que en los asuntos de Estado la política lo copaba todo y los sentimientos no tenían cabida. El matrimonio era un intercambio, una unión entre familias, y su finalidad no respondía a la búsqueda de la felicidad, mucho menos para los príncipes y princesas.

Aisha se había desposado con Muley Hasan por lo mismo que todas las jóvenes aceptan contraer nupcias: por decisión y obligación y porque no hay mejor candidata que la prima paterna de quien va a heredar el trono del reino. Pero la historia se había repetido y así como Fátima al-Qurasiya, prima y esposa del califa Abd al-Rahman III, había caído en desgracia ante el ascenso de una joven esclava, Aisha había sido abandonada en pos de las Pléyades, Zoraida. Quizá, habiendo aprendido la lección del pasado que se tornaba presente, previendo posibles desastres dinásticos o dolido por la situación de su madre, quien se hallaba ultrajada, Boabdil había decidido que prefería el amor a esa política matrimonial entre parientes. En dicho arrebato de rebeldía encajaba yo.

Nuestros esponsales se rigieron por el rito islámico y, sin ser Boabdil sultán, en poco distaron de las nupcias celebradas por su padre con su segunda esposa, Zoraida. La ciudad se había engalanado para la ocasión, las calles se vistieron de colorido y algarabía, se alzaron pendones en nuestro honor; el blasón de los nazaritas ondeaba imponente. Sobre el escudo gules una banda que rezaba *wa lā gāliba illā-llāh*, «Solo Dios es vencedor». Confiaría en ese lema muy a menudo durante los siguientes años de calamidades y dificultades.

Siguiendo la tradición, las mujeres de mi familia nos afincamos en una de las múltiples estancias de la Alhambra, en la que iniciamos mi engalanamiento. Mi madre se esforzaba en no verter lágrimas, pero tenía la mirada vidriosa y constantemente se le aguaba. Mis cuñadas y mi hermana se mostraban más cercanas a la alegría que rodea una festividad nupcial, aunque adivinaba la pena en Aziza, que apretaba los labios formando una fina línea, como si de esa manera retuviera el caudal de sentimientos. Además de la servidumbre que había sido puesta a nuestra disposición por parte de Muley Hasan, entre la que se hallaba Jimena, contamos con un equipo de maquilladoras y peinadoras encargadas de abrillantar mi belleza natural. Eran expertas en pulir la piedra humana y arrancarle brillo, igual que un orfebre consigue tallar los zafiros y los rubíes para engarzarlos, creando piezas únicas.

Me colorearon las mejillas con un jabón de harina de habas, alcarceña, raíces de azafrán, bórax y alheña. El mismo procedimiento para los labios, que parecía que me los había mordido hasta hacerme sangre. Luego, me acentuaron la felina mirada que no creía poseer con *kohl*. Gracias al tinte de cejas nos ahorramos pintarlas con estibina, sulfuro de antimonio y galena o sulfuro de plomo, que daba una mezcla azabache con la que, además de enmarcar los ojos, algunas se dibujaban constelaciones de lunares.

Vestida con una saya ribeteada en dorado y un chal de paño negro, me coronaron con una toca blanca que casi me ocultaba el rostro.

Dicen que el acontecimiento más importante en la vida de una mujer es su boda y yo estaba a punto de presenciarlo en mis carnes. Se me exigía prudencia, recato, pero también mostrarme excelsa y meritoria del puesto que había obtenido; ser esposa de un príncipe no es ser esposa de un zapatero, por eso debía refulgir cual diamante.

Con las múltiples alhajas que había recibido como muestra de afecto marital, no me vi en la necesidad de recurrir a joyas familiares, y mucho menos prestadas por esas mujeronas que habían erigido un negocio que satisfacía la demanda de las muchachitas de clase baja. A quienes no se podían permitir la compra de bonitas sortijas que lucir en el día de su boda no les quedaba otra que alquilarlas, porque si había algo impermisible era que una novia llevara cuello y manos desnudos. Así, sustituí la plata de mis antepasadas por el oro de las grandes señoras, que clamaba algo más que mi rango social.

—El anillo de amatistas de mi quince aniversario y el colgante dorado —elegí cuando ordenaron delante de mí una hilera de sortijas y joyas que rutilaban y dañaban la vista.

Era poético que fuera el primero de los presentes de Boabdil con motivo de las fiestas, el cual había enviado como clara muestra que ratificaba sus muy honradas intenciones, el que cerrara el ciclo de mi soltería. Recé para que al verme captara el significado.

Ya engalanada, fue mi madre la que me ofreció la mano para ayudarme a levantarme del asiento en el que llevaba horas anclada, viendo diferentes rostros femeninos pasar delante de mi cara, provistas de afeites, lociones y cosmética. El nerviosismo que había luchado contra las ansias durante el proceso de acicalamiento degeneró en lástima. No me reconocía en la superficie pulida del espejo, la figura que me devolvía la mirada no era yo, pese a conservar unos rasgos que identificaba a la perfección, pues llevaba conviviendo con ellos quince años. No. La joven del reflejo no era la niña de Loja; esa chiquilla sería enterrada en breve en una tumba sin nombre, cercana a los márgenes del río, para que el agua dulce regara sus huesos y su recuerdo. Nadie sabría de ella. Morayma de Loja estaba muerta, como muertas estaban todas las mujeres que me habían precedido, y ahora solo quedaba la efigie de quien sería: Morayma, la esposa de Boabdil. La futura sultana.

Madre se echó a llorar y esa fue la primera vez que la vi abatida, pues incluso cuando mi padre partía a la batalla exteriorizaba aplomo, tan digna y serena. Al percatarse de mi sorpresa por su inesperado arranque, con la boca en un círculo perfecto, se enjugó las lágrimas y se excusó.

—Son a causa de la dicha. —Esbozó una falsa sonrisa que se quebró en seguida—. Una madre no casa todos los días a su hija con el próximo gobernante.

Hubiera apostado todo mi ajuar a que si hubiera sido Aziza quien contrajera matrimonio con Boabdil nadie hubiese llorado, ni siquiera por la triste despedida. Les rogué a mis cuñadas y hermana, además de a las criadas y las profesionales, que nos dejaran a solas con el fin de calmar el desasosiego que padecía mi madre. Aunque muda, seguía plañendo, demostrando con su saber estar que incluso en los momentos en los que una se deshace en lágrimas ha de hacerlo con prudencia. No se gruñe en los cementerios, tampoco en los partos, ya te desola el dolor.

—Debería de ser yo la que llorase de miedo ante la vida que me espera lejos de mi familia. —Traté de reconfortarla entrelazando nuestras manos y las incisiones doradas de su piel y las de pavo real de las mías se fundieron en un mosaico de enredaderas.

Al alzar mi madre los ojos, antes estampados en nuestra unión física, divisé la acuciante edad abriendo surcos en la que fue una piel tersa. Habituada a las canas de mi padre, mayor que ella sobradamente, siempre la había concebido joven y no fue hasta entonces cuando acusé el cansancio que la atropellaba cual carromato. Había envejecido en los dos días que llevábamos allí o quizá en la última noche antes de mis desposorios.

—La vida te será grata, Morayma, siempre que continúes tomando el preparado que nos aconsejó tu comadrona. Has llegado hasta aquí. —Su vista rodó por la rica ornamentación de las estancias, propias de la realeza—. Pierde cuidado, solo has de preocuparte de mantener a ese hombre a tu lado.

Amarrar a un varón era una tarea harto complicada. Algunos nos acusaban de ser la tentación personificada, ¿cómo resistirse a ello? Nosotras los tachábamos de vida disoluta y una moral laxa, el vicio de la fornicación conduce al Infierno. Existían fórmulas que aseguraban que un hombre no corriera detrás de una mujerzuela, atándolo a tu persona y haciendo que perdiera la cabeza. En caso de que ya fuera tarde, otros métodos garantizaban su nulo deseo sexual, una venganza que hiere directamente el orgullo masculino. Las tretas, pues no merecían otra consideración, se me antojaban injustas.

—Tengo una pregunta que hacerte con respecto al amor.

—Ya sabes que el amor es como los hijos que tendrás: hasta que no plantes la semilla no puede crecer y para ello tienes que cuidarla, regarla cada día, prodigarle mimo.

Yo no quería instrucciones, quería respuestas que me clarearan la mente y alejaran de ella los pesados nubarrones. Negué y le di una palmada consoladora en el reverso de la mano.

—¿Casaste enamorada de mi padre?

Ella no dudó ni un segundo.

—Nadie casa enamorado, tampoco yo.

Muley Hasan y Zoraida hubieran pensado diferente, al-Mutamid e I'timad hubieran pensado diferente, y todos los hombres que habían dedicado largos versos a sus amadas aun cuando estas ya les pertenecían y más que amadas eran amadas esposas.

—¿Y si yo me enamorara de otro hombre que no fuera mi marido?

El gruñido que nació de su garganta, un intento de risa preñada de estupefacción que me recordó a mi hermano Muhammad, se transformó en un suspiro quedo.

—No podrías enamorarte de nadie más que de Boabdil, Morayma, pues te unes a él ya habiéndole entregado tu corazón.

Los sucesos de la noche anterior se repitieron en mi memoria; casi percibía el gélido viento que se colaba por la pelliza, el aroma de la hierba mojada, el susurro de los cipreses, el murmullo del agua fresca que caía en pequeñas cataratas. La presencia de Boabdil, anunciada por el almizcle. Todavía perduraba el tacto de sus labios en el lugar exacto en que los había posado. Un extraño hormigueo me llevó a desmadejar los dedos de los de mi madre y ocultar la mano en un alarde de protección, como si pudiera ver la mácula de saliva impregnándome. No le extrañó mi reacción.

—Las madres conocen a sus hijos y yo te conozco, eres sangre de mi sangre, fruto de mis entrañas. Jamás te permitirías a ti misma obrar así y si lo hicieras no soportarías el peso de la conciencia, no podrías vivir con ello, sabiendo que has sido desleal.

Pero yo acumulaba secretos desde el día de la celosía como los soldados acumulan victorias.

—¿Y si lo hiciera? —insistí nuevamente—. ¿Y si me enamorara? Mucho se habla de los hombres que caen embrujados a los pies de otras, olvidando a sus esposas, mas ¿qué sucede cuando quienes perdemos el juicio somos nosotras?

Mi madre me observó con una luz diferente en los ojos, la de quien se percata de que sus hijos han crecido y entendido otros misterios. De la pena que hasta hacía poco la había embargado no quedaba rastro.

—Has de guardarte de las apariencias, estas cambian con el transcurso de los años, la belleza se marchita. Mañana serás menos joven de lo que eres hoy, menos hermosa, y él será menos apuesto, menos vigoroso, menos atlético, menos aguerrido. Cuando eso suceda, solo quedarán la risa y la compañía. Si te enamoras de las apariencias, pronto se evaporará el sentimiento en cuanto el rostro de tu amado se aje.

—No es menester que sea el más gallardo de los hombres para prender a una dama, es suficiente con que sea dulce y escuche.

Mi cuñada había dicho que podíamos enamorarnos con solo oírlos tañer una nota musical. El ser humano es así de necio, se enamora con los cinco sentidos y yo lo estaba de su tacto de seda, de la risa de campanillas, del almizcle de su piel, del negro de sus iris.

—¿Es eso lo que deseas de tu futuro marido, esas son las cualidades que buscas en él para no dejarlo de lado? —Asentí y ella pareció satisfecha—. Rezaré a Allah para que oiga nuestras *duaa* y así no te pierdas en senderos boscosos y oscuros, hija mía, pues últimamente los jóvenes os dejáis enredar por sonrisas bonitas que acaban siendo colmillos afilados.

—Solo aspiro a ser una buena esposa y para eso necesito que me quiera como yo lo querré, que respete lo pactado con padre, pues temo que la soledad de mi corazón se consuele con otros. Las mieles del matrimonio parece que se amargan.

—Si encontraras otra fruta más apetitosa en árbol ajeno, entonces espero que seas lo suficientemente audaz para ocultárselo a tu mente, tus manos, tus ojos y tus labios, así la falta solo será de tu corazón y nadie reparará en que el amor pertenece a quien no debe. Mas no me preocupan esas suposiciones que te confunden, son los miedos al repudio y el divorcio, a la infelicidad.

Mi madre sabía, al igual que lo sabía mi padre, que yo era demasiado tierna para los asuntos de palacio, demasiado débil para la política de un reino, que me desmenuzaría bajo el yugo del poder en el instante en que este exigiera de mí más de lo que estaba dispuesta a entregar. No se equivocarían, el precio a pagar sería alto. Y, aun así, si yo era la tierra hecha fango tras la lluvia, la terracota que se rompe con la presión, se les había olvidado que el barro es moldeable y que adopta múltiples formas, siempre resiliente.

—Ay, Morayma... —el suspiró se le escapó de los labios al acariciarme la mejilla—, es el miedo a lo incierto porque ahora empieza tu vida.

—No, madre, es el miedo a que la suerte se trunque y se cumplan profecías que vaticinan dolor, porque cuando todo son buenas nuevas y un regocijo desbordante, te hallas a la espera de que un guijarro te haga tropezar y deje al descubierto la sangre y la herida.

—No mientes a la desgracia, que se siente tentada de perseguirte. —El beso que depositó en mi mejilla me insufló ánimo—. Puede que Aziza tenga la belleza de una princesa, de la esposa de un sultán, pero no posee más virtudes que esa; en cambio, tú albergas el más importante de los dones: la bondad. Haznos sentir orgullosos.

La sangre derramada de los corderos sacrificados para el banquete representaba el reguero carmesí que esa noche impregnaría las sábanas de mi alcoba. En Loja, los hombres de mi familia se habrían ocupado de abrir en canal a los animales para que, a continuación, las mujeres hubieran cocinado exquisitos platos con la carne de estos. Todo ello, mientras los invitados hubiesen sido agasajados con diferentes manjares. Pero la boda no se celebraba en Loja y en el seno de la familia del sultán nadie realizaba dichos trabajos, por mucho ritual que encerrasen, por lo que las actividades recayeron sobre los criados. Sin cargas adicionales, solo habíamos de disfrutar de la celebración que tanto se había hecho de rogar.

Yo habría querido casarme en primavera, cuando las flores asoman y giran sus pétalos hacia los rayos del sol, bañándose en su calor, o quizá en verano, la estación de días interminables. Unos esponsales en invierno me parecían tristes y fríos, destinados a la improductividad de un campo yermo, a pesar de que el colorido no menudeaba y el cielo despejado nos obsequiaba con una luz clara. Boabdil había escogido el mes de enero más por la prisa acuciante que por otra razón, o eso creía yo, pues pasados tres años, ¿acaso no podríamos haber aguardado unos meses más? Pero la guerra estaba ahí, al acecho, y los hombres, que notaban el soplo de la muerte en la nuca, si algo querían hacer, antes de cruzar acero con los cristianos otra vez, era vivir. Por esa razón, la boda fue con las montañas espolvoreadas de un fino manto de nieve.

Acudieron ricos hombres, los más ilustres del reino, los que habían favorecido a Muley Hasan en su ascenso al trono y también los que le habían retirado su obediencia a causa de su abandono a los placeres banales y el descuido del gobierno: alfaquíes, cadíes, alcaides y el clan de los Banu Sarray. Amigos y enemigos, nadie había de faltar a tamaño acontecimiento. Trajeron consigo valiosos presentes, oro y joyas más que gallinas que ayudaran con el suculento banquete que llevaba siendo cocinado desde altas horas de la madrugada. La corte en todo su esplendor participó en los festejos, una boda celebrada con pompa, una pompa de jabón que explotaría para dejar gotas de agua aromatizada y el recuerdo de lo que fue.

Vestidos de seda y de brocados de oro, costaba diferenciar a las altas dignidades de la familia gobernante, que resaltaba por el porte distinguido y el enjambre de personalidades que se congregaba a su derredor, impidiéndoles dar más de dos pasos seguidos. Muley Hasan presidía la comitiva y detrás las aguas de un mar revuelto se abrían: por un lado, Aisha, acompañada de su prole, Yusuf y Aisha, y el novio al que habrían de entregarme, Boabdil; por otro, Zoraida y los suyos, los pequeños Sa'd y Nasr. Dos ejércitos enfrentados que hacían su aparición juntos. Disimulaban la tensión con sonrisas forzadas y bien fingidas, tanto que todos nos lo creíamos, y apaciguaban el hedor del malestar como lo hacen en el zoco, con especias que enmascaran la podredumbre de la carne pasada y las verduras pochas.

De Muley Hasan corrían rumores y lo malo de los rumores es que no hay ni uno que no guarde un ápice de verdad en su interior, todos comienzan con una minúscula y vaga verdad. Eran rumores crueles que lo atacaban desde muy diversos flancos; de haber sido mujer habría estado muerta en vida, pero Muley Hasan, hijo del sultán Abu Nasr Sa'd, era hombre y era sultán, por lo que las flechas que lo acusaban de mal esposo, mal padre y mal gobernante le caían a los pies y él las pisaba. Envenenada por los pajarillos que susurran al oído maldades, esperaba que sus manos estuvieran manchadas de sangre; sin embargo, no encontré en ellas mácula que delatase sus crímenes, tampoco culpa en sus facciones. Contrario a lo que había imaginado, lucía canas idénticas a las de mi padre. Le costaba sonreír, quizá esa fuera la única señal de crueldad, ya que por ahí se decía que había de ser cruel, pues si no, no habría podido luchar contra su padre y, posteriormente, contra su valiente hermano.

Cuando miraba a Muley Hasan no veía a un emir, a un califa o un sultán, veía al hombre que estaba agrietando nuestro mundo, escindiéndonos en bandos, ya que no hay mayor pecado que generar batallas entre tu pueblo. Primero había sido su padre, Granada dividida. Luego, el Zagal, su hermano, Granada dividida. Ahora, Aisha y Boabdil, Granada dividida. E incluso así, dueño y señor, al girarse y contemplar a su segunda esposa una de las comisuras le temblaba, parecía más humano que monstruo y se perdonaban sus errores, aunque estos dejaran ríos de sangre. En él había sombras de Boabdil, la semblanza de la cara alargada, algunos gestos que parecía haber adoptado y, sin embargo, agua y aceite se repelen.

Zoraida era de naturaleza agraciada, aunque no de belleza desgarradora, como algunos comentaban. Sin embargo, a su lado Muley Hasan era el anciano que ha visto cumplidos sus deseos tras años de súplicas. Para haber sido la esclava que limpiaba la alcoba de mi cuñada Aisha, presumía de modales y se movía con destreza en círculos que debían de serle ajenos. Sus hijos, Sa'd y Nasr, habían heredado rasgos proporcionados: la mitad de la mujer que había sido cristiana, la mitad de su excelentísimo progenitor.

Pero la elegancia viene de cuna y en eso Aisha bint Muhammad Ibn al-Ahmar, hija del sultán Muhammad IX el Zurdo y Umm al-Fath, la superaba con creces. Las comparaciones son odiosas: mientras que mi suegra tenía la gracia de un junco, Zoraida era más tosca, me recordaba al tocón de un árbol. El legado de la sangre era más poderoso que el del oro, porque mi cuñada gozaba de idéntica planta, una Aisha en miniatura que respondía al mismo nombre. A Yusuf, en cambio, no le encontraba semejanza con nadie. A medio camino de sus deudos, no había algo que lo identificara como «hijo de...» o «hermano de...». Era hijo de Muley Hasan porque Aisha lo había parido y así se sabía, pero su parecido era nulo con sus progenitores y también con sus hermanos. Si hubiera sido un huérfano adoptado habría sido tan creíble como su alumbramiento en una de las alcobas de la Alhambra.

Y entre parentela, vasallos, ricos hombres y servidumbre, a Boabdil se le escapaba la vida en suspiros al contemplarme, sin disimulo alguno. A mí se me iba la vida en anhelos, en el de que me arropara entre sus brazos y jamás me soltase. Sin el abrigo que lo cubría la noche anterior, ataviado con seda verde y bordados áureos, que acentuaban el moreno de su piel, un turbante y brillantes joyas, era un espejismo. Había tenido suerte, era un hombre apuesto que me hacía temblar y cuando un hombre te hace temblar con solo posar los ojos en ti, y no es de miedo, es una buena señal.

La velada transcurrió sin sobresaltos, incluyendo el momento en que fui alzada en el tálamo y recorrí la estancia en volandas, cuando creí que me precipitaría de los hombros de los varones y rodaría directa al suelo. Nada más lejos de la realidad. Clavé las uñas en los reposabrazos y logré mantenerme cual estatua, pese a los zarandeos que varias veces hicieron peligrar la corona. Aquel fue el mayor de mis logros junto a la férrea resistencia que mantuve al no sucumbir a las miradas de Boabdil, que me llamaban con insistencia y tiraban de las cadenas en las que se había encarcelado mi corazón.

Atendiendo a la tradición, el resto de la celebración continuó por separado. Los varones festejaron el casamiento entre sonoras chanzas que provocaban carcajadas, cuyo eco resonaba en las bóvedas de mocárabes junto a los aplausos y golpes en las espaldas que se prodigaban, al muy usual estilo masculino. En el fastuoso banquete no se disputaban la carne de las reses, pues podría haber ternera, cabrito y carnero por persona, granadas en las que hundir los dedos y devorar sus rubíes, dátiles que eran caramelo, higos, queso y miel, membrillo, *cous-cous* en leche con calabaza asada, pastelitos de almendra y pistacho, dulces de hojas con nueces trituradas, agua de rosas y azahar para saciar la sed, almíbar y zumos de frutas. El vino era escanciado por bellísimas *qiyan*, esclavas cantoras que amenizaban la recepción con baladas y contoneos de caderas, animadas por una divertida música que las acompañaba en la danza. El espectáculo los absorbía, brindaban a la salud del novio, se embriagaban con los vapores del alcohol que les enrojecía las mejillas y las narices. De haber podido degenerar la situación, habrían lanzado uvas para que las jóvenes las capturaran entre los senos. Muchas de ellas recibirían descaradas ofertas esa noche. Creen los hombres que si mueves tobillos y muñecas al son del tañido de un laúd, también aceptas dinares por desprenderte de las vestimentas y llevarlos al Paraíso. A veces, sí. A veces, no.

Mientras tanto, nosotras disfrutábamos de un ambiente festivo y modesto, probablemente porque las bailarinas no levantaban pasiones en una sala concurrida por mujeres. El alboroto, no obstante, ascendía a medida que los efectos del alcohol se intensificaban; para entonces, una ristra de sirvientas se llevaba y traía nuevos platos con deliciosa comida. Los niños más pequeños caían rendidos sobre los regazos de sus madres, ajenos al jolgorio generalizado, bien acunados. Así se encontraban mis cuñadas Naima y Salima, quienes picoteaban apaciblemente de una escudilla y otra, siendo la cuna de sus criaturas. Madre estaba agotada, lo que no le impedía aplaudir al compás de la melodía y nuestro improvisado baile que nos dejaba los talones doloridos de saltar y el estómago contraído de la risa que nos punzaba. De no haber bebido agua habría pensado que Aziza estaba completamente ebria, pues me arrastraba al igual que haría una chiquilla, de una canción a otra. Al cesar, un hilillo de sudor me perlaba el escote, las sienes y la columna, con la túnica interior pegada al cuerpo.

Aisha se acercó con una sonrisa cortante en el rostro. Cruzó el salón, en el que las invitadas se apartaban para abrir un pasillo libre que la dejara caminar sin obstáculos. Verla venir era ver aproximarse a una fiera que está deseosa de abalanzarse sobre ti y descuartizarte con garras y dientes. No me moví más que para alejar a Aziza y devolverla con nuestra madre, a sabiendas de que se dirigía hacia mí. Temí que me regañara por mi comportamiento excesivo, poco digno de la esposa de un príncipe. Me entallé, cuadré los hombros y adopté una posición recta, con las manos entrelazadas delante.

Posicionada a mi lado buscó entre la multitud hasta dar con la renegada, quien asumía un papel que le había pertenecido hasta hacía unos años. Se le torció el gesto. Zoraida la ignoraba, lejos habían quedado esos ademanes cordiales que eran un teatrillo que representaba unidad familiar.

—Creedme si os digo que esa mujer es la semilla del mal. —Tenía la mirada fija en su persona, al otro extremo de la amplia estancia. Respiré tranquila al no ser el blanco de sus flechas—. No os acerquéis a ella, aunque tampoco creo que lo hagáis, no sois tan ingenua. Conspira contra vuestro marido y ahora también contra vos.

Yo tampoco miré a Aisha, me centré en la figura de Zoraida, que con finos modales mordisqueaba un dátil y se cubría la boca para reír a carcajadas cuando alguna de sus doncellas decía algo en voz alta. Ella no participaba en la conversación más que para dar su aprobación y estallar en risotadas. Rodeada por un pequeño séquito, era una auténtica sultana.

—No represento ningún peligro para ella, no soy yo quien ostentará el poder, sino Boabdil. Vos sois la leona que ruge por sus cachorros, la que amedrenta, yo un indefenso gato.

Tan joven, dulce y silenciosa, jamás nadie me había temido. Maullaba cada vez que me acariciaban el lomo. El único daño que yo podía provocar era pincharme con una aguja al bordar y ese era a mí misma.

A duras penas contuvo la risa desdeñosa en la garganta.

—Astuta, pero no tanto. —Percibí una sonrisa ladeada—.

Sa'd y Boabdil quieren el trono, ella quiere el trono, yo quiero el trono. Mañana, cuando deis a luz al hijo de mi hijo, vos también querréis el trono porque solo así aseguraréis vuestra posición.

—El poder nunca es para nosotras, sino para ellos.

—Recordadlo, la esposa de un gobernante es un puesto frágil, tan pronto eres favorita, tan pronto eres nada. Únicamente siendo madre del sultán estaréis a salvo y para eso Boabdil ha de ser proclamado. No subestiméis vuestro papel en el juego, Morayma, ahora sois una amenaza.

Me llevé la mano al vacuo vientre; ni siquiera había comido, tan nerviosa por la noche de bodas que pensar en ingerir algo me provocaba náuseas y me cerraba el estómago, solo admitía agua. Un día, al posar la mano notaría un ligero movimiento, una leve patada que me revelaría que el vástago de Boabdil crecía fuerte. Estaba en mi imaginación y ya lo quise.

—Por los hijos se cometen las mayores locuras.

—Por amor a los hijos —me corrigió. Me observó con esas pupilas pétreas y una mueca indescifrable—. Bienvenida a la familia, hija mía.

Muchas suegras eligen a sus nueras por afinidad al reconocerse a sí mismas en esa juventud, en un espejo que les devuelve la imagen de quienes fueron. Así Jayal, la esposa de Abd al-Malik, hijo del célebre háyib Almanzor, fue la protegida de su suegra al-Dalfa. Y, aunque no era nuestro caso, el hecho de que su madre y yo compartiéramos nombre la ablandaba y la unía a mí, como si advirtiera una pizca de aquella excelentísima mujer en mi interior.

9

La noche de bodas me descubrí siendo un corzo asustadizo que ve acercarse al predador que le hincará el diente y le sajará la carne, el que lo devorará hasta quedar saciado; el cordero que observa impasible el cuchillo que lo degollará como sacrificio, la res que se despacha en las tablas de carnicería. Temblaba y rezaba en silencio, repetía mentalmente los consejos de mi madre y mis cuñadas, pero el recuerdo de la yegua que rehúye del caballo entre relinchos y coces era un azote que me estremecía. Ahí estaba yo, cubierta únicamente por la ropa interior, una túnica blanca que me llegaba hasta los tobillos y que se me antojaba una desnudez absoluta. Ningún hombre ha de verte de dicha guisa, algunos ortodoxos defendían que ni siquiera el galeno y la mujer que trae tus hijos al mundo. A veces, entre discusiones y discusiones, no sabía qué era lo correcto.

Me abrazaba a mí misma, más por pudor que por frío, pues el brasero caldeaba la estancia y dejaba el agradable aroma de la madera quemada y el sonido del chisporroteo del fuego. Caminaba de un lado a otro, siempre en línea recta, como si siguiera un camino prefijado, bajo la atenta mirada de mi leal Jimena.

—Mi señora, más os valdría calmaros. —Se le notaba la preocupación en el entrecejo fruncido.

Para sosegarme habría necesitado ahogar los nervios en el vino escanciado de la celebración o en la infusión que me habían preparado la noche anterior. Me sudaban las manos y lo que otrora había sido un ambiente templado ahora me parecía asfixiante, un calor condensado que me perlaba las sienes y la espina dorsal.

—¿Habéis traído la jofaina para lavarme?

—Sí, mi señora. —Volvió a señalarla, dispuesta sobre uno de los muebles. Era la segunda vez que le preguntaba por ella.

Empezaba a impacientarme, a preguntarme si no habría cambiado de opinión y habría decidido que alguna otra mujer, con más experiencia, podría alargar la noche para él. Fue tan certero y doloroso aquel pensamiento que se me nubló la visión y se me hizo un nudo en la garganta.

—No os aflijáis, mi señora. —Acudió con presteza Jimena—. Si es un buen hombre no querrá veros apenada y menos siendo vuestros esponsales, si es un mal hombre sonreirá ante vuestra desgracia. No hay nada peor que alimentar la vanidad de un mal hombre, encuentra placer en la desdicha ajena, especialmente en las lágrimas.

—Aquí donde me veis, soy más de sonrisas que de muecas nubladas.

No lo dudó.

Agarró mi mano y me sentó en el mullido diván, donde procedió a acicalarme una melena azabache que ya había sido desenredada hacía minutos, también perfumada con agua de azahar.

—Mi madre decía que peinarse era uno de los mayores placeres, que mientras el nácar recorre el cabello se van las preocupaciones —me confesó.

Jimena no tenía nada de norteña, a excepción de esa tez lechosa y el trigo de su pelo; quizá sus antepasados lo hubieran sido, gallegos o vascones, pero, desde luego, hacía algunas generaciones de eso. Era de zona fronteriza, de las que subsisten penosamente entre algaradas y *razzias*, con el miedo constante y la vista fija en el horizonte, pendiente de si aparecen figuras montadas a caballo que anuncien desastre y muerte. Esa gente tenía la piel dura y no por el sol que la cuartea. Un día eran libres, pobres pero libres, al siguiente eran pobres y esclavos.

—Entre ser esclava, que me vistan y alimenten, o ser mujer libre con la miseria en el estómago y un ojo siempre abierto, elijo lo primero.

Y yo la entendí, pese a no haber pasado jamás hambre, porque, al final, ninguna mujer es libre en su totalidad. Todas somos cautivas de nuestros padres, hermanos y maridos, de nuestros hijos, cuñados y suegros. ¿Acaso no estamos encerradas, sin grilletes, entre paredes, escondidas tras los orificios de estrellas de nuestras celosías? Puede que la libertad esté sobrevalorada.

—Tenéis suerte.

—Lo sé, mi señora. Servir en la Alhambra ha sido intermediación de mi Dios, o quizá del vuestro, ya no estoy segura de ello. —Quedó en silencio, con una mano sujetando mi melena y otra el cepillo—. Podía haber acabado fregando los suelos de cualquier otro, con la espalda rota, un mendrugo y durmiendo en una manta raída, en un silo.

De espaldas a ella, notaba la tristeza empañándole la voz.

—Nada os faltará bajo mi servicio.

—Lo sé, mi señora, eso también lo sé. La bondad de las personas se atisba con mayor facilidad que la crueldad, que se esconde profundo.

Tres años después, todavía extrañaba su pasado. Había dejado atrás a su marido y a un hijo que crecía en sus entrañas; el día de la incursión y el ataque perdió lo primero, a la semana perdió lo segundo. El aborto no le pesaba, si no hubiera sido un crimen a ojos de su Dios lo habría hecho ella misma, pero se ve que el Altísimo decidió actuar antes y la salvó de cometer atrocidades. Probablemente contabilizó tragedias y la libró de una, como recompensa por la que estaba sufriendo. Dicen que todos tenemos un número de desdichas por las que pasar en esta vida y Jimena ya había asumido las suyas.

Los meses que sucedieron a su cautiverio esperó la liberación, una muestra de que los cristianos se aferran a la fe aunque esta sea un hierro candente que les deje cicatrices. Ni su marido tenía dinero para el rescate, ni el canje de cabeza por cabeza hubiera funcionado ni las órdenes de la Santísima Trinidad y la Merced se apiadaron de su situación y la reclamaron. En un mundo de guerras, los hombres son los únicos que interesan, los que portan armas y defienden, los que acuden a la batalla y se bañan en la sangre del enemigo por Dios y por su rey. Así, Jimena quedó en *dar al-Islam*, mi tierra.

La madre de Jimena tenía razón: el peine se llevó una buena porción de mis nervios y preocupaciones y dejó otros tantos. Me perfumó nuevamente el interior de las muñecas y los codos, las orejas y el cuello. El aroma era sutil, nada fuerte, me recordaba el paseo nocturno por los jardines, con los laureles de cúpula y los setos de arrayanes de columnas.

—¿Antes de mí servisteis a mi marido?

—Sí, mi señora. Me solicitaron rápido y entré a formar parte de su séquito.

—¿Alguna vez os tomó? —La pregunta me quemó en la lengua, a ella en las mejillas.

—No, mi señora.

Decía la verdad; nadie enmascara con tanta habilidad el fornicio, pues si ha sido placentero la sonrisa te delata y si ha sido violento lo hacen las lágrimas.

—¿Me mentís, Jimena? —La puse a prueba.

—No, mi señora. —Su rostro se tornó lívido—. ¿Vuestro Dios castiga las mentiras? El mío lo hace y jamás osaría cometer tal falta, no vaya a morir y por andar en tierra de moros no reciba la extremaunción y no entre en el reino de los cielos. Mejor no caer en pecados para así no tener que expiarlos.

Aquello me hizo sonreír. Hablaba de su Dios con un fervor que no acostumbraba a ver en algunos esclavos cristianos que, al llevar tantos años bajo nuestro dominio y atendiendo a nuestras normas, al tiempo abandonaban su fe y se convertían a la verdadera. La de Allah.

—Os creo. —Le di un par de golpecitos en el reverso de la mano, un gesto de mi madre—. Os creo. Contadme sobre él, hasta ahora solo sé que es hombre apuesto y bien formado y que le gustan las manos pequeñas, según me reveló en nuestro encuentro. Mi padre lo considera buen guerrero, así que ha de serlo.

—¿Y qué más queréis saber?

Todo. Quería conocer hasta el último de sus pensamientos, sus destrezas y sus debilidades, los lugares recónditos de sus lunares, las que habían sido sus grandes victorias y cada uno de sus fracasos. Sus miedos de niño, sus temores de adulto, los anhelos de su corazón. Quería que me bocetearan su alma y me dieran claras instrucciones.

—Lo que sea que me acerque a él —resumí—, que me ayude a conocerlo. Para complacer a un marido hay que saber acerca de sus gustos, si no, no se pueden satisfacer.

—Queréis volar antes de gatear, mi señora. —Me lanzó una de esas miradas maternales, de quienes han probado ya las delicias del matrimonio.

—Solo gozar de cierta ventaja. No es justo que él sea diestro en artes que a mí me son ajenas. Así podremos equilibrar la balanza.

—No puedo daros mucha información.

—Las criadas lo sabéis todo —la azucé.

Jimena rio y esos segundos hicieron retornar la juventud a su rostro.

—Nos confundís con los *fatas*, esos eunucos tienen oídos en todas partes...

—Contadme lo que sepáis, aunque sean minucias. —Sonó más a ruego que a orden de dueña y señora. Qué poca autoridad tenía con Aziza y qué poca con Jimena.

Hube de esperar unos segundos mientras ella hacía memoria.

—Le gusta cazar —dijo finalmente.

—Como a todos los hombres —le respondí con un deje de decepción.

—Bien visto, mi señora. —Ladeó la cabeza—. Hace buena métrica y poesía, o eso se dice, porque por ser algo tan íntimo yo nunca lo he visto componer ni lo he oído recitar. Mas sí combatir en el patio de armas, pero de eso nada sé como para emitir juicio.

El eco de unas pisadas cortó de cuajo la conversación. Alertada por el ruido, me puse en pie en seguida, como si hubiera recibido el picotazo de una aguja en el trasero. Jimena hizo lo propio, tan pegada a mí parecía uno de esos perros guardianes. Debió de notar el ligero temblor de mis dedos, porque dijo:

—Fuerza, mi señora, que de doncella a mujer solo hay un paso y vos lo saltáis esta noche.

Más de un hombre enfilaba el pasillo que daba a mis aposentos, pero no eran las voces lo que resonaba y lo advertía con sus diferentes timbres, pues andaban en el más absoluto silencio. Eran los pasos que contabilicé. Al menos debían de ser tres: dos iban al compás típico de una hueste, otro más despacio.

Abrieron la puerta unos guardias y tras ellos apareció la figura de Boabdil, tan engalanado como en la celebración de nuestra boda. No parecía haber sucumbido a los vapores del vino, no caminaba doblado sino erguido, tampoco entrecerraba los ojos ni parpadeaba más de lo habitual. Su semblante era el de la noche anterior, relajado.

—Podéis retiraros —dictaminó, con la mirada clavada en mí—. Dos pares de ojos en la alcoba, que son los nuestros, y unas sábanas que mostrar serán pruebas de la consumación. Nadie debería saber lo que sucede entre marido y mujer.

Contuve las ganas de retenerla a mi lado, pero ese habría sido el comportamiento de una niña incapaz de enfrentarse a sus deberes. Jimena me dedicó un último vistazo antes de efectuar una reverencia y salir por la puerta. Leí en sus facciones que todo iría bien y me dejé abrazar por esa cálida idea.

Él seguía vestido, yo me sentía indefensa.

Sorteó la distancia. La mano, enroscada en torno a mi cadera, me arrimó a él con un ligero empuje que parecía más fruto de la inercia que de la fuerza ejercida. Una sensación de presión me estrangulaba el corazón, un peso muerto en el pecho que me dificultaba el respirar, solo llegaba a mis pulmones aire entrecortado. La altura me obligaba a doblar el cuello para clavar la mirada en sus ojos, refulgentes como los caparazones de dos escarabajos a causa de la luz titilante de los candiles de pie, situados estratégicamente. Capturó uno de los mechones teñidos de negro, sonrió, quizá recordando si era ese el color que poseía o había mutado a otro distinto, tampoco habría podido distinguirlo años atrás, entre las sombras ocasionadas por la celosía. Lo contemplaba embelesado, como si no fueran guedejas sino hilos dorados de un exquisito bordado.

—Tembláis. —El reverso de su mano acarició mi antebrazo, todavía cubierto por la túnica. Mi mirada siguió su movimiento. No fue piel con piel y aun así se me erizó el vello.

—Es el frío —mentí sin piedad.

No quería descubrirle los nervios, admitir que la inexperiencia me carcomía por dentro, me roía las entrañas.

Boabdil me acercó hasta que la distancia fue inexistente y mi cabeza reposó sobre su torso, todavía aferrado a mi cintura, la otra mano colocada en la nuca, enredada en la cabellera que caía cual cascada ocultándome la espalda al completo. Contuve el aliento, tensa por una proximidad que no había experimentado antes, pero no me soltó, se quedó ahí, paralizado, envolviéndome entre sus brazos con ternura. El calor que manaba de su cuerpo me fue traspasando hasta eliminar todo atisbo de inquietud, esparció un bálsamo calmante. Se relajaron mis agarrotados músculos, cerré los ojos ante el contacto y aspiré el aroma a almizcle. Escuchaba los latidos arrítmicos de su corazón, un palpitar lento que se acompasó al mío. Y pensé que aquel era un lugar en el que me gustaría vivir, no en la Alhambra, en el hueco de su pecho.

—Yo os abrigaré, mi señora.

Plantó un primer beso en mi cuero cabelludo, un suspiro quedo se me escapó de entre los labios, deseos enquistados.

Boabdil había caminado por un desierto durante tres largos años, había sufrido la sed quemándole la garganta y cada vez que había tratado de paliarla bebiendo descubría que el agua era arena en la boca. No se saciaba. No satisfacía la necesidad de refrescarse por dentro, porque la sed era el deseo de verme y las dunas de arena que le sabían a cenizas, todas las mujeres con las que yacía para salvar el anhelo. Y en sus rostros imaginaba el mío, confuso, poco atinado, borroso por el tiempo y el cambio, pero siempre yo. Por eso, no fue hasta que se lanzó a besarme los labios cuando probó el agua pura. Por eso, no fue hasta que su hálito se mezcló con el mío cuando mordisqueé la fruta y el dulzor me hizo olvidar las preguntas formuladas a mi madre, los miedos evaporados. Fue sutil, placentero, un gesto de aproximación, una ofrenda muda que no tardé en corresponder, hambrienta de más, de puntillas para alcanzarlo. Un cosquilleo que descendió por el estómago y se instaló en mi bajo vientre.

No sucumbió al hambre voraz que posee a los hombres y los transforma en bestias salvajes. Boabdil no fue caballo y no me trató de yegua. Sembró un reguero de besos de amapolas en mis labios, mis párpados y mi cabello, en la punta de la nariz, en sendas mejillas, sonrosadas por la sangre acumulada, en las manos y en las yemas de los diez dedos, con la mirada fija en mis ojos. Me sentí melaza, derretida ante sus acciones. Que el príncipe era hombre y el hombre era amante sincero y cuidadoso, de los que te acunan.

—Prometo haceros dichosa, tanto que no sabréis si estáis soñando o estáis viviendo —susurró, con los ojos cerrados y la nariz enzarzada en una batalla de caricias con la mía, diminuta en comparación.

Y le creí, pese a que lo llamaban el *Zoigobi* y significaba desdichado, yo no poseía *baraka*, estábamos en guerras intestinas y externas y en las noches de invierno ansías el calor del verano. Le creí, pese a que me habían advertido de que no has de confiar en las palabras de un hombre que busca tu cama. Incluso Boabdil lo creyó, demasiado ebrio de felicidad para percatarse de que el destino no lo dictábamos nosotros. No por mucho querer, amanece antes.

—Prometo cuidaros y aliviaros de las preocupaciones del gobierno cuando el peso de estas os curve las espaldas.

—Y si nunca llego a ocupar ese trono, entonces ¿qué me ofreceréis?

Sonreí.

—Lo mismo que vos, la dicha de ser correspondido en el amor por una mujer, e hijos que nazcan de mi vientre, que os estimen y recuerden, porque los hijos no necesitan que su padre sea sultán, solo padre.

A veces, en un matrimonio no se reclaman propiedades ni grandes sumas de dinero, solo que juren seguirte en momentos de ruina, tristeza e infelicidad, atravesando páramos baldíos y mares salados.

—Vuestro padre tenía razón al no querer cederos por trigo en época de carestía y lluvia en época de sequía.

—Habéis pagado un alto precio, oro por simple metal.

—En tiempos de guerra el metal es más útil que el oro.

Esa era mentalidad de los hombres, que en la guerra preferían el metal para hacer armas. Las mujeres preferíamos el oro para comprar la paz.

—Una petición os suplico: que seáis atento y cariñoso en esta noche.

—En todas ellas, mi señora. —Besó nuevamente mi frente—. Descuidad, no soy un animal y mañana prosiguen las celebraciones. Cuando las mujeres acudan a vestiros no encontrarán mi huella en vuestra piel. Creo en las señales, pero no en las que dejan marcas en la carne.

Cumplió su palabra, lo que llevaba haciendo desde aquel mediodía de marzo de 1478, hundiéndome en joyas.

Se desnudó y me desnudó. Me tumbó en la cama, cerré los ojos y me dejé hacer, tal y como me habían indicado las mujeres de mi familia. No conté números, respiraciones ni latidos de corazón, ni falta que hicieron.

No volví a ser un cervatillo asustado ante su presencia, por muy ducho que fuera en la caza.

10

Boabdil se había enamorado a simple vista, un acontecimiento más frecuente en los varones que en las mujeres, pues normalmente se dejan llevar por una bonita figura. Que yo fuera hija de mi padre jugó más a mi favor que cualquier rasgo facial; fue, de hecho, lo que asentó los cimientos de esa radical convicción referente a las nupcias. Él se veía venir la guerra, quizá porque llevaba toda la vida envuelto en una, quizá porque la sangre de Muley Hasan corría por sus venas y sabía que tarde o temprano reclamaría lo que era suyo, de igual modo que lo hizo su progenitor. El hijo que traiciona al padre debería mirar a sus espaldas, porque probablemente sus vástagos le harán lo mismo. Emparentar con el gran Ali al-Attar era asegurarse un apoyo importante, el de Loja y su caudillo. Yo podía ser amor, pero también fui política, eso lo entendería con los años. Lo segundo no mermó lo primero.

Yo me enamoré más por sus gestos que por su porte, una situación muy extendida entre las mujeres, que nos embriagamos con las palabras y las caricias, por eso los hombres riman y mienten. A veces, incluso pagan para que rimen por ellos.

Habituada a despertar junto al cuerpo durmiente de Aziza, tibio y fino, abrir los párpados por la insistencia de la luz de la mañana y hallarme al lado de un hombre que ocupaba medio jergón y doblaba las proporciones de mi hermana fue un golpe de realidad. Hube de procesar algo más que el cambio, que era del todo evidente. Estaba oficialmente casada. Me permití contemplar su perfil, el ritmo pausado de su respiración, la largura de las negras pestañas y la marcada mandíbula. Me regodeé en la calma que me procuraba su imagen y en la chispa que se prendió en mi bajo vientre, los recuerdos de la noche me encendieron las mejillas.

Del calor del brasero nada quedaba; aun así el ambiente de la habitación era denso y todo me olía a almizcle: las mantas, los almohadones, él, mi pelo, mi cuerpo. Ni rastro del aroma a agua de azahar que parecía haber sucumbido ante perfumes más fuertes. Cuando Boabdil se marchó, apremiado por el servicio y tras haberme concedido un casto beso en la frente, una rutina que implantaría, solo quedaron las huellas de su contorno en el jergón y una mácula carmesí en la que no había reparado. Siempre pensé que la sangre que delata la puridad sería más roja que la de una herida, escandalosa como la de una matanza; sin embargo, fue una simple mancha que había tiznado las mantas, semejante a una tajadura con el cuchillo que se te escapa de las manos.

Se las llevaron cual sacra reliquia cristiana, prueba de que el matrimonio se había consumado con éxito y de que yo había cumplido con lo estipulado en el contrato que mi padre había firmado, que era casta. Las ondearon ante mi progenitor, quien sonrió satisfecho, las ondearon ante mis hermanos, las ondearon ante Muley Hasan, ante su corte y la temible Aisha, a la que le faltó untar el dedo y probarla para verificar que no era el jugo de ninguna fruta. Mi suegra se sabía todas las triquiñuelas posibles, desde el diminuto corte en la ingle o en el interior del muslo, pasando por el zumo de uvas, hasta el remiendo del virgo con hilo y aguja. A Aisha no la engañaba ni el Diablo. Pero en la Alhambra nadie había dudado de ello, habían asistido a los nervios que se reflejaron en mi rostro durante la ceremonia.

Emocionada, mi madre me estrechó entre sus brazos. Había abandonado el nido, ya no estaba bajo su protección y cuidado.

—Espero que tengas muchos varones, pues parir a una hija

es criarla para que se la lleven de tu lado, criarla para otros —me dijo.

Ya solo le quedaba mi hermana, la pequeña Aziza, que ni era tan pequeña ni le quedaba tan poco.

Me negué a responder a las preguntas de mis cuñadas y, por supuesto, a las de Aziza, que seguía utilizando esos ojos de cachorrito para doblegar mi voluntad y conseguir sus propósitos. Fue un aguacero de cuestiones, chuzos de puntas afiladas. «¿Es de espaldas robustas? ¿Es cariñoso o salvaje? ¿Fue brusco? ¿Encontraste placer o te dolió? ¿Cuán dotado está? ¿Posee el deseo ardiente de su padre o no es más que la sombra del sultán?». La mancha de sangre era suficiente, la habían paseado con tanto orgullo que dudaba de que alguien en todo el reino nazarita no se hubiera enterado de mi virtud. Eso sería lo máximo que obtendrían de mí, para lo demás, era tumba sellada.

Por primera vez fui firme en mi decisión. Pese a las insistencias y el continuo interrogatorio, una violación de nuestra intimidad, no cedí. Ni una palabra emergió de mis labios para saciar esa curiosidad, desmentir o confirmar. Aziza efectuó un mohín, descontenta por mi silencio, que se le antojaba una horrible traición, Salima me tachó de aburrida. Conociéndola, no quería decir aburrida, sino desagradecida, pues en los días previos había mendigado consejo de ellas, mujeres experimentadas, y ahora rechazaba compartir información acerca de mi noche de bodas. Los cotilleos más jugosos son siempre los de la alcoba, también son los que más fácilmente se diseminan.

Les contesté con las palabras de mi esposo: «Nadie debería saber lo que sucede entre marido y mujer». Aquello terminó con el asunto. Quería que mi matrimonio gozara de un ápice de privacidad, de la poca que nos aportaba vivir en el recinto palatino. De mala gana, lo aceptaron.

Únicamente Jimena, mi fiel esclava cristiana, tenía constancia de lo que había sucedido, pues permaneció vigilante, con la oreja pegada a la puerta, sabedora de que en la noche de la consumación algunos hombres, recientes maridos, nublados por la ebriedad y el vino se lanzan a por sus esposas en un acto de violencia que las deja magulladas y apenadas. No fue hasta que escuchó las promesas de Boabdil cuando se retiró tranquila, con la certeza de que me hallaba a salvo y de que sus servicios no serían requeridos hasta la mañana siguiente.

—¿Creéis que ya estaré embarazada, Jimena? —le pregunté la segunda noche de desposorios, con las manos ahuecadas sobre mi plano vientre, a la espera de que Boabdil compartiera mi lecho.

—Si así fuera tendríamos que otorgar a nuestro señor el título del más viril de los hombres y a vos, mi señora, el de mujer más fértil. —Rio.

—Eso significa que aún se hará esperar.

—Dios no lo quiera, pero nadie acierta con la primera saeta en el blanco.

Ni el más diestro de los soldados.

El comentario de mi madre sobrevolaba mi mente y mi preocupación se había multiplicado, pues no solo era menester que concibiera una criatura cuanto antes, sino también que fuera un varón. Hasta entonces no me había planteado la mísera posibilidad de que engendrara una niña. Aquello empezó a obsesionarme.

Quienes dicen que los esponsales transcurren con suma rapidez es que lo han vivido. Es un parpadeo. Un día estás contrayendo matrimonio, dos segundos después las celebraciones han quedado muy atrás. Estás ahí sin ser consciente de los acontecimientos que se desarrollan a tu derredor, todo sucede demasiado deprisa, te emborrachas de los gritos, la música y la contagiosa alegría, de la poesía recitada, de las felicitaciones, de las miradas indiscretas del amado.

Apenas tuve tiempo de respirar en los siguientes seis días, plagados de festejos, un abundante banquete que parecía no tener fin, un desfile de personalidades, un vestido de brocado de oro tras otro, a cada cual más ostentoso, un dolor constante en las sienes y un cansancio que acusé en la somnolencia que me hacía cabecear durante los preparativos. Fue una vorágine que me engulló. Los nombres que mi suegra y mi cuñada Aisha fueron susurrándome al oído se me olvidaron, los rostros que me señalaron también, demasiado exhausta para grabar en mi memoria algo que no fueran las caricias nocturnas de Boabdil.

—El visir —me indicaron—. Abu l-Qassim Bannigas.

—Ibn Hamete de los Banu Sarray.

—Yusuf Ben Kumasha Aben Comixa.

—El conde de Cabra, a quien conoceréis por las buenas relaciones que mantiene con vuestro progenitor.

Yo asentía, con el ceño fruncido y los labios prietos en una mueca de concentración fingida, pero las identidades se me enredaban, se hacían una maraña. Pensaba que no tenía por qué aprendérmelo todo en aquellos días, nombres y cargos, había muchos por delante. Tener a mi lado a Aisha madre e hija me tranquilizaba, ellas resolverían mis dudas políticas y palaciegas.

Era, mi marido, que se deshacía en besos y galanteos cuando la luna ocupaba su posición en el cielo ennegrecido, para luego acunarme y velar mis sueños, quien me prestaba cierta energía para resistir. Pero las noches me agotaban igualmente, entre la excitación, los placeres de la carne y profundas conversaciones que nos mantenían en vilo, a caballo entre el pasado y el futuro que nos aguardaba.

Y así, en el noveno amanecer de mi estancia en Granada, se repartió entre la población la comida sobrante, haciéndola partícipe de nuestro regocijo, y se destinó dinero a obras pías y mezquitas. Aún aullaban nuestros nombres en un coro de emociones que más tenía que ver con la generosidad que demostrábamos y el entretenimiento que ofrecíamos que con la dicha de que el hijo de sultán hubiera casado conmigo. Mientras, yo me dirigía a la puerta que había visto entrar a mi familia en la Alhambra, la misma por la que partirían ellos y otros invitados.

Iba cubierta con pellizas, completamente aterida, pues el día era frío y grisáceo. Las nubes habían encapotado el cielo y tapado los rayos del sol, acorde al sentimiento de tristeza que se respiraba. De haber llovido habrían sido lágrimas no derramadas. Los rostros taciturnos y demudados hablaban por nosotros. Apelando a mi nueva condición de esposa de príncipe les rogué que se quedaran unos días más como mis huéspedes, así descansarían de la agitación a causa de los esponsales, e iniciaran el camino de retorno cuando el clima fuera más favorable. Rehusaron. Mi padre prefería Loja a la Alhambra y sabía que si aceptaba intentaría alargar el tiempo para retenerlos conmigo. Que si por mí fuera, no los dejaría marchar.

Nunca me habían agradado las despedidas; de pequeña no consentía en formar parte de ese cortejo de caras alargadas y miradas compungidas que aguardaban en la puerta para desearles suerte a los hombres que acudían a la batalla. Para los niños, las despedidas son abandonos y, aunque yo albergaba la esperanza de que mi padre volvería una vez acabara con nuestros enemigos, su obligación de combate era una losa en mi espalda y un cúmulo de piedras en el estómago.

Reviví con total precisión ese sentimiento.

Mi hermano mayor fue el primero en acercarse, me agarró las dos manos y besó el reverso de ellas.

—Ábrete bien de piernas y cumple con tus funciones maritales. Cuanto antes traigas un hijo, antes dejará de temblar tu posición en la Alhambra —dirigió la mirada hacia la imponente edificación, paladeando la belleza de sus formas, iluminadas por la luz tenue que lograba traspasar el denso manto de nubes— y la de todos.

Muhammad habría sido un buen caudillo, digno hijo de Ali al-Attar, pues no necesitaba de armas para herir a los demás, ya tenía su afilada lengua. El problema era que no distinguía entre amigos y enemigos, luchaba sin reparar en quienes lo rodeaban y todos acabábamos sangrando.

Cuán necia había sido al creer que me dedicaría, al menos, un gesto de cariño fraternal.

—No tienes ni una palabra amable de despedida para tu hermana pequeña. —De un tirón me liberé de sus manos. El desaire le dolió.

—Soy un hombre —gruñó—, pienso como un hombre y te prevengo de lo que sé que hará tu hombre. Ese es mi deber, protegerte.

Él no sabía nada de Boabdil ni de su proceder.

Me besó en la mejilla con sonoridad.

—Adiós, Muhammad.

Le devolví el beso, apenada por la imposibilidad de sufrir por su ausencia. Has de respetar a tus padres, has de amar a tu familia y a tus hermanos. A Muhammad lo había amado como se ama a los hermanos mayores, con orgullo y admiración, de forma incondicional; sin embargo, con el paso de los años se había transformado en una persona complicada de apreciar, uno de esos animales que muerden la mano que les da de comer.

La siguiente fue Salima, quien dejó que sus hijos me abrazaran antes de hacerlo ella. Extrañaría el desorden que los seguía, las risas infantiles que hacían eco en las estancias, sus carreras en el patio central, sus llantos desesperados. Conseguían darle valor al bullicio y desprestigiar el silencio.

—No te fíes de lo que te prometa, que las palabras se las lleva el viento, Morayma, solo los hechos permanecen —me aconsejó en un susurro.

Sonreí para tranquilizarla.

—No has de preocuparte, Salima, no hay ni un ápice de mentira en sus labios, para él es como veneno. Se moriría.

—Ay, Morayma... —se compadeció—. Mi dulce y tierna cuñada, que todo lo cree. Eres demasiado ingenua. Escúchame por una vez, coge a esa esclava *rumiyya* tuya y métela en su cama, así le habrás elegido tú a la amante y ella siempre te será leal, no conspirará a tus espaldas.

La más absoluta repulsa me llenó la boca de la agrura de la hiel con solo imaginar la escena.

Desde hacía años, estaba trastornada a causa de la concubina de mi hermano, sus pensamientos eran un huracán que tenía como centro a esa mujer que le había robado el corazón de Muhammad. La cegaban los celos, el rencor y la rabia, se acostaba rumiando maldiciones y despertaba rumiando maldiciones. Creía ver ingenuidad en todas nosotras, lascivia en ellos y fracaso en cualquier matrimonio; para ella todos estaban abocados a la tragedia por culpa de los hombres y su frenesí sexual. Si tuviera potestad, los caparía.

Salima y Muhammad eran la pareja adecuada, Allah los había moldeado con el mismo material, hechos a imagen y semejanza el uno del otro. Se merecían mutuamente, una plaga de langostas y una plaga de moscas. No tardarían en destruirse, concentrados en ese odio visceral que segregaban como si fuera el pus hediondo de una herida sin cicatrizar.

Isa fue el siguiente, acompañado de su esposa y sus vástagos, también harto ruidosos. Lo siguió Ali y los suyos. Ahmed fue el quinto, me aferró de los hombros y me plantó besos en sendas mejillas, con una sonrisa resplandeciente; rezumaba orgullo.

—Que Allah esté siempre contigo, hermana mía, que te cuide y te proteja en esta nueva vida. Y si cuando tu marido gobierne se ve en la necesidad de recurrir a alguien de confianza, que cuente con su cuñado Ahmed, que estará aquí para servirlo.

Le prometí que así sería.

A continuación, su esposa dio un paso hacia delante, cargando con los niños.

—Solo te deseo que seas tan feliz como lo somos Ahmed y yo, que Allah te bendiga con muchos hijos, que es el mayor de los regalos, y que el amor os dure eternamente. Que envejezcáis juntos y veáis crecer a vuestros nietos.

Mi cuñada Naima sabía cuál era la verdadera riqueza, que en nada se parecía a las piedras preciosas y al oro. Estaba segura de que Salima habría perdonado los actos de mi hermano de haber nadado en la riqueza de un hombre de poder; incluso el peor de los pecados y la mayor de las traiciones se redime con joyas de por medio.

Quien me hacía lagrimear era Aziza. De semblante imperté-rrito, lo único que evidenciaba su pesar era los pies metidos para dentro y esos labios que se habían tornado en una finísima línea de disgusto. Verla así fue un retroceso a la infancia. Hay momentos en que nuestro niño interior reaparece, normalmente en busca de protección.

Hice de tripas corazón y retuve el llanto que me punzaba la garganta con el fin de facilitar el proceso. Eso es lo que hacen las hermanas mayores.

—Le pediré a Boabdil que busquemos un hombre de la cor-te, alguien cercano a él, de su confianza y con un buen cargo. Alguien que te merezca. —Para mí, nadie se la merecía—. Te trae-ré aquí conmigo, boda mediante, y nunca más tendremos que separarnos. Esta será la primera y la última vez.

—¿Me lo prometes? —Sus ojos de cachorro me escrutaron.

—Por Allah que sí.

El abrazo me rompió las costillas. No se sabía dónde empe-zaba una y terminaba la otra, enredadas y llorosas. Trece años a su lado, habíamos compartido hasta el respirar. La separación se nos antojaba una escisión.

—Estaré esperando en Loja noticias tuyas, todos los días, así hasta volver a verte —murmuró con la voz fragmentada en mi-les de pedazos.

—Será pronto. —Me sorbí la nariz. Al apartarme, compuse una sonrisa temblorosa—. Quizá el emisario os intercepte antes incluso de que regreséis a Loja, hospedados en una de las ciuda-des del camino.

Me arrepentiría para siempre de que lo último que mi her-mana oyera fuera una mentira disfrazada de verdad, aunque al no saber que la vida se nos truncaría, no era tanto una mentira como una fervorosa esperanza. Aziza era de las que hacían cre-cer la esperanza, ella había sido la nuestra desde el día en que nació y nos deslumbró con su belleza. Ningún niño es bonito recién parido, pero ella lo era. «Nuestra hija está destinada a grandes cosas», decían mis padres. Se equivocaron de hija.

—Te echaré de menos.

—Mientras no sea de más...

—Eso nunca —contestó indignada y yo me permití reír.

—Pierde cuidado y guarda paciencia, que no importa que yo sea presta en buscarte un marido, esas decisiones pertenecen a los hombres.

—Padre no sabe negarte nada, tampoco puede ni quiere. Si tú dictas mi matrimonio, él lo aceptará, por amor a ti, no a mí.

Hilamos pensamientos, nuestras miradas se centraron en las anchas espaldas de Muhammad, que, ofuscado, se centraba en los últimos preparativos. Nuestro padre no presentaría problema alguno, Muhammad e Isa eran harina de otro costal, Ali y Ahmed jugarían a nuestro favor.

—Anda, bésame, que quiero tener algo tuyo en este tiempo en el que me faltes. —Tironeé de ella y volví a estrecharla. Aziza me aprisionó con fuerza.

—Te quiero.

—Te quiero, hermana mía. —Aspiré el aroma que emanaba de su cabello oculto por el velamen, jazmines que me recordaban a casa—. Aún no te has ido y ya cuento las horas para poder abrazarte de nuevo.

—Confío en ti, Morayma, más que en Allah.

Dios no siempre escucha las plegarias, los deudos sí. Y si Aziza me hubiera pedido que le bajara la luna, con redes de pesca la habría arrastrado para ponérsela en las manos cual moneda de plata.

Una vez que casas, tu familia queda en el pasado y la de tu marido, auténticos desconocidos, te adoptan como si fueras hija y hermana. Podría querer a Aisha como hermana, mas nunca sería Aziza; podría querer a Aisha como mi madre, mas nunca sería mi madre. Esos eran huecos irremplazables.

Mi progenitora podría haber vestido de negro, enfundada en luto por mi pérdida. Si bien lloró el día de mis nupcias y a la mañana siguiente de mi consumación, aquella vez era secano. No se libraba, no obstante, de esas comisuras descendentes. Sin opción a expresarme, estalló en un discurso preparado que debía de haber barruntado durante la noche.

—Sé honesta y honrada. Sé benévola con aquellos que te fallen, incluido tu marido, que lo hará más temprano que tarde, siempre lo hacen. Y cuando llegue el momento, perdónalo. Paga bien a tu servicio, respétalo y no lo desprecies, así te será leal y nada tendrás que temer. Recuerda sus nombres, los de los que te apoyan y trabajan para ti, se sentirán valiosos y correspondidos. Sé justa, sé buena con tus esclavos y esclavas, si yerran no los mutiles, no los castres ni les cortes la lengua, azótalos un par de veces para que aprendan la lección, mas no con rencor y crueldad. No te desquites en sus espaldas desnudas. Cuídalos, están bajo tu mano pero también bajo tu protección. Ahorra y sé dadivosa, entrégate a los menesterosos así como te entregues a tu marido, no siempre son los que piden dinero en las calles de la medina, también los pobres en espíritu que te rodean.

»Y, lo más importante, no te pierdas a ti misma, que en estos pasillos laberínticos es fácil olvidarse de quién es una. No entres en juegos que no puedas ganar, que el azar no trae nada bueno y la suerte nunca ha estado de tu parte. Aprecia lo que tienes, no hagas ostentación, no mires a los lados. Solo has de ser tú misma, con tus virtudes y tus defectos. Que cuando des un paso hacia delante lo hagas con la cabeza alta, a sabiendas de que no tienes que avergonzarte de nada, pues ningún mal has ocasionado.

Quería que fuera como ella, así guardaríamos alguna semejanza, ya que Aziza se las había llevado todas. No éramos cerámica hecha de un molde en común y, aunque en un futuro, antes de actuar, siempre me preguntaría qué haría mi madre, un día te percatas de que tienes que tomar tus propias decisiones, no las de quien te parió y crio.

—Pensaré en ti, madre. No habréis de avergonzaros de vuestra hija, me habéis instruido correctamente.

Ella sonrió, esforzándose en aparentar una felicidad que nos era lejana.

—Con los buenos hombres se ha de ser paciente. —Ese fue su consejo final—. Que la paz sea contigo.

El último fue mi padre. Con él empezaba y terminaba todo. Se llevaba la mente de vuelta a Loja, dejaba en la Alhambra la mitad de su corazón, custodiado por mí.

—Es natural. Es ley de vida, has de irte con tu marido y formar una familia propia. —Fue lo primero que dijo al ver la angustia que me creaba una arruga en el entrecejo.

Asentí, porque las obviedades menguan los sentimientos de desazón, o eso parece, pues siempre se usan cuando estos afloran. Es irrefutable.

—No era el hombre que hubiera querido para ti, mi Morayma. No —negó arrepentido, como si esa decisión fuera a atormentarlo—. No era Boabdil en quien pensaba. No.

Por fortuna o por desgracia, ya no me imaginaba con otro. Y hacerlo me generaba una suerte de locura.

—Nosotros proponemos y Allah dispone, padre. Si así lo ha querido habrá sido por algo.

—Eso me repito cada noche para reconfortarme.

—¿Y funciona? —Le dediqué una dulce sonrisa que en nada lo consoló.

—No demasiado, hija. —Un suspiro le desinfló el pecho—. Es que se trata de una voz muy débil, la de un anciano.

Según el día, yo también percibía a ese ajado Ali al-Attar que se iba consumiendo con la edad, a medida que las canas se apoderaban de una cabellera que otrora había sido oscura y las arrugas se pronunciaban con insistencia, asemejándose a los cauces de un río. La vejez nos convierte en el eco de lo que fuimos. Excepto si eres mujer, porque entonces naciste siendo eco.

—Descuida, que Boabdil es hombre sincero y cariñoso, letrado y entendido, apuesto y de buen linaje. ¿Qué más podríamos pedir?

Había esperado pacientemente tres años, aceptando la petición de mi progenitor, había doblado mi dote como muestra de generosidad, me había bañado en sedas y joyas, me había tratado de reina y me había querido.

—Que no fuera Boabdil, eso habría bastado. —Sonó tan cruel que me torné sombría.

—No digas eso, que ahora es mi marido y cualquier menosprecio me daña más a mí que a él.

Pero mi padre no se refería a su persona, sino a aquello que lo rodeaba, a la soga que le apretaba el cuello, a la espada que bailaba sobre su cabeza.

—Me preocupa dejarte aquí. En este agujero de víboras que antes de morder ni siquiera sisean.

—Ya me ha prevenido madre.

Él meneó la mano, restándole importancia a esas advertencias.

—Tu madre nada sabe de política. —La buscó con la mirada—. Es mejor así, al menos uno de los dos se librará de las pesadillas.

Debido al cansancio que arrastraba usualmente, madre levantaba lástima y compasión. Al contrario que padre, que pertrechado con aquella espada, inspiraba coraje y valor. Pero en aquella ocasión, era el gran Ali al-Attar el que se mostraba taciturno y amargado, incapaz de resistir el peso de la despedida, que le doblaba la espalda a pesar de su altura y fuerte complexión.

—Mereces un descanso y ahora lo tendrás, padre, en buena hora. Siempre has sido bueno conmigo, me complace no ser la causa de tus próximos desvelos.

Gruñó.

—Agradecerle a un padre que quiera a su hija es como agradecerle a Allah que cuide de sus fieles. Un padre ha de hacer lo que ha de hacer. Yo no quería hijas. Las hijas solo dais quebraderos de cabeza, hay que tener mil ojos porque en cuanto empezáis a esponjar en seguida se acercan para rondaros. Los hombres son abejorros atraídos por la miel y es nuestro deber espantarlos. Os enamoráis con dos palabras mal dichas y lo único que queréis es escapar, no importa que os atemos a los muebles o que os encerremos en la algorfa, encontráis la manera de escabulliros y abandonarnos. Y sucumbís a los engaños, a la tentación. Los hijos son más sencillos. Con vosotras es una lucha perenne por manteneros límpidas y puras, para que no pisoteéis la honra, porque vuestra honra es la de la familia.

Formulé un «lo lamento» que no llegó a sonar y él negó con una sonrisa sutil, apenas perceptible por el espesor de su barba. La adivinaba, igual que cuando olfateaba el ambiente y al reconocer su olor en el viento sabía que regresaría.

—Tú me lo has puesto fácil, mi Morayma, siempre obediente y servicial. —Tomó mi mano y le dio un par de palmaditas—. Necesitaría de tres vidas para agradecértelo.

—Agradecerle a una hija que sea respetuosa con su padre es como agradecerle a Allah que provea de alegrías a quien es buen musulmán.

Mi padre rio a carcajadas y los pajaritos posados en un ciprés cercano echaron a volar, asustados por el gutural sonido.

—Ha sido fácil, Morayma. Cuando te vi tan pequeña e indefensa, con ese mal augurio pendiendo sobre ti, solo pude pensar en esos hombres que desean deshacerse de sus hijas, esos malos hombres, esos malos padres que las entierran vivas. —La furia que le había encendido el rostro amainó—. El Profeta prohibió esas prácticas bárbaras, gracias a Allah misericordioso. Y pensando en ellos, te quise más.

Llorar significa vulnerabilidad, por eso los hombres no lloran, por eso las mujeres lo hacen en privado y a las plañideras se las paga para que lo hagan en público. Nadie quiere que lo vean en un momento de semejante bajeza, así que se llora en privado, en la intimidad, en la oscuridad de la noche, en silencio. Y en la Alhambra no se lloraba, porque hacerlo era gritar a los cuatro vientos cuáles eran tus flaquezas, descubrirte débil. Todos atacan al débil.

Me costaba reprimir el torrente de emociones, que empujaba para manar igual que el agua de las fuentes de los patios.

—No podía haber pedido a un padre mejor. ¿Algún consejo que deba aprender antes de que marches?

—Y te deje a merced de las víboras, que es mi mayor dolor... —Plantó una mano en el flanco izquierdo del pecho, ahí donde subyacía un latir, bajo la usual coraza—. Son muchos y ya tu madre te habrá desorientado entre tantas instrucciones de mujeres.

Aquella declaración me hizo reír.

—Siempre puedo escuchar alguna más.

—Entonces solo te ofreceré dos: en la Alhambra escucha, observa y calla, que quien guarda silencio es quien sobrevive. Sé recelosa de tu confianza, no se la entregues a cualquiera, así te guardarás de puñaladas traperas.

—Así lo haré.

Capturó mi rostro, obligándome a doblar el cuello para alzar los ojos y encontrarme con los suyos, pedernales traspasados en herencia.

—Si incumple su promesa, si te hiere o te denigra, si toma a otra mujer de concubina o por esposa, si te ignora o te repudia, si te hace infeliz... —Tragó saliva y a mí me rodaron lágrimas ardientes por las mejillas. Chistó y me las enjugó, llevándose con él la sal de las penas—. Solo tendrás que hacérmelo saber. Y tu padre vendrá a por ti para llevarte a casa con la cabeza bien alta. ¿Lo entiendes, Morayma?

Durante unos segundos no fui capaz de hablar. Si lo hacía tendrían que recogerme del suelo, encharcada en la sangre de mis carnes abiertas por los espadazos de las palabras. Mi progenitor hubo de zarandearme mínimamente para arrancarme un sonido que no fueran esos lamentables sollozos.

—Lo entiendo, padre.

No parecía realmente convencido, tampoco yo lo estaba, pero la única forma de sosegar las inquietudes de un padre es hacerle oír lo que quiere oír.

—Que el amor que creas sentir no te haga sufrir en vano.

Me quedé allí, anclada al suelo, cobijada por los mantos de

piel animal, pese a que el frío me había arrebatado el aliento y entumecido los músculos. Sofoqué los tiritones enterrándome en la pelliza y aguardé, con los surcos ennegrecidos por el maquillaje y las lágrimas precipitándose desde mi barbilla. Aguardé hasta que mi familia enfiló camino y marchó, sin echar la vista atrás, dejándome sola en mi nuevo hogar. Aguardé hasta que no fueron más que manchas parduzcas imposibles de identificar en el horizonte.

Mis deudos irreconocibles.

Ahora pertenecía a otros.

Segunda parte

Esta dolencia, cuya curación desafía al médico,
me llevará, sin duda, a la aguada de la muerte.

IBN HAZM,
El collar de la paloma

11

La felicidad de la vida de casada y la de enamorada no caminan de la mano, a menudo son senderos sinuosos y paralelos, uno cubierto de espinos que te hacen sangrar las plantas desnudas de los pies, otro moteado de flores de intensos colores. Allah había querido que se unieran ambos para que yo gozara de la paz que precede a la tormenta y que no duraría más que unos días. Y, sin embargo, en esos días que fueron jornadas de auténtico regocijo también noté un pellizco de amargura.

Boabdil y yo nos habíamos convertido en apacentadores de estrellas, no de los amantes que se desvelan y sufren de insomnio por las noches y quedan mirando a los astros mientras piensan en el ser querido, sino de los que estiran las horas entre las mantas del colchón reconociéndose el uno al otro en la absoluta e inquietante oscuridad. Dibujaba con las yemas de los dedos el perfil de su barbilla, el de su torcida nariz, su amplia frente. Me aprendí su rostro de memoria. Si me hubieran cegado habría adivinado quién era mi marido de entre todos los hombres del reino únicamente con la ayuda del tacto y el olfato. También es justo decir que hay quienes se conocen de cuerpo, mas no de mente y alma.

Jugueteábamos. Él se disponía al acecho en un lado del jergón, cazador, yo al otro me hacía la presa que huía. El ratón y el gato que se habían observado a través de la celosía, él quería atraparla, ella escapar de su vigilancia. Iniciábamos la persecución, correteaba de un extremo al contrario, entre risas que exhibían el estado de agitación que nos embargaba. Boabdil seguía mis movimientos, se adelantaba a ellos, saltaba encima de la cama y dejaba sus huellas impresas, la cruzaba sin compasión y descendía con un nuevo brinco. Al acercarse, gritaba eufórica. Me dejaba capturar por sus firmes brazos, caíamos sobre los almohadones, nada cansados, más bien revitalizados. Volvían las risas. Entendía que Muley Hasan renegara de la política y se centrara en el disfrute carnal, pese a que no lo defendía. A veces solo deseas refugiarte de lo peor del mundo estando en los brazos de la persona adecuada, en el oasis de salvación.

Solíamos soñar con el futuro, con tiempos de bonanza en los que él, ya nombrado sultán, no nos traía victorias sino la tranquilidad que otorgan los pactos entre reinos vecinos, y las cecas dejaban de dedicarse a la producción de armamento y daban monedas como frutos dan los cinturones de huertas que rodean Granada. Y la corte alhambreña era más hogar que cueva de serpientes que vierten ponzoña, se libraba de bestias y se llenaba de críos que habían nacido de mi vientre, de música, de artistas, de sabios. Se parecía más a la Córdoba de Abd al-Rahman II que a las guerras continuas que nos bañaban en sangre hasta los codos. Cómo odiaba la guerra... La brisa invernal esparcía el hedor a muerte con su soplar y yo, siempre atenta a los malos augurios por mi sensibilidad a la desaventura, advertía nubes grises en el horizonte. Espantaba esos pensamientos a manotazos, pues entre el sustancial cambio que había sufrido mi vida, la ausencia de mis padres y mis hermanos, que aún me atenazaba el pecho, y los temores, que eran un mal quiste, pecaba de emociones contradictorias. Se mezclaban con la delicia matrimonial. Cuando todo es demasiado bueno, aguardas a que llegue el momento en que caigas al precipicio y la felicidad se haga añicos.

Miraba la bóveda del techo que decoraba la alcoba: los mocárabes parecían columnillas de hielo que amenazaban con caer sobre nosotros, puñales afilados que conformaban una esplendorosa flor abierta. Era como estar dentro de una tulipa. Boabdil sofocaba los sudores que lo perlaban tras la coyunda gracias al agua de la jofaina, sumergía las manos, se mojaba los brazos, el pecho y la cara. El calor que despedían los poros de su piel se templaba y, ya refrescado, se secaba con un paño. Centrado en la tarea, me permitía unos instantes de deleite al contemplarlo fugazmente y en seguida regresaba a los mocárabes, poco entretenidos en comparación, poco bellos a su lado.

—¿Querríais que vuestro hijo heredara el nombre de su abuelo el sultán, de su tío Yusuf, a quien tanto amáis, o de vos? —le pregunté, ya vestida con una túnica blanca que hacía de ropa interior—. Dicen que quienes comparten nombre poseen idénticas características.

Terminó con la labor de aseo, peinándose con los dedos el cabello negro que le caía sobre los hombros. Entonces, regresó al lecho, donde se tendió a mi lado, en la zona derecha. Enfrentados, me observó con esos ojos relucientes que contenían el brillo de tres soles. Posó una mano sobre mi cadera y sonriente dijo:

—Estamos hechos de cualidades y defectos, mi señora, más nos valdría elegir por otras razones que no fueran las similitudes con alguien. Nuestro hijo será meritorio no por su nombre sino por quienes son sus padres, por la sangre que corre por sus venas.

Me gustó su respuesta, tan ceñida a la lógica. Él lo supo por la sonrisa que se me dibujó en el rostro.

—De ser una niña deberíamos honrar a vuestra madre llamándola Aisha.

—Mi madre ya se honró a sí misma dándole su nombre a mi hermana, pero vuestro gesto es tan hermoso que no podría negároslo si esa es vuestra voluntad. Aunque he de avisaros de que la decisión me complacerá más a mí que a ella.

Ladeé la cabeza y alcé las cejas, nada sorprendida por aquella revelación. Ni siquiera lo dudaba. Aisha odiaba el afecto en público, las demostraciones de cariño y ternura estaban prohibidas en esa mujer de naturaleza pétrea y facciones esculpidas.

Se obligaba a ser distante, carente de sentimientos si alguien ajeno a ella estaba delante. Sin embargo, cuando las puertas se cerraban el instinto maternal salía a flote, como los nenúfares de los estanques, y la roca se hacía flor, un acontecimiento que casi nadie tenía el privilegio de ver. Aisha prefería reservarse la humanidad para sí.

A mi madre le habría gustado que mi hija fuera Fátima, creando así una cadena de eslabones de abuela a nieta. Llamarla como ella sería hacerla abnegada y lo que una princesa necesitaba era la gracia de un pavo real y los colmillos de un león. Eso solo podía darlo mi honorable suegra.

—Seguís sin haberme iluminado acerca del varón, mi señor.

—Yusuf, como mi hermano —se inclinó finalmente. Yo no le habría puesto Muhammad, antes me habría rajado la boca para no tener que decirlo en voz alta—. A cambio, una segunda hija debería llevar el de vuestra hermana, a la que sé que extrañáis, así la sentiréis más cerca.

Me besó la mano en un gesto de sincero aprecio; quizá fuera consuelo, sabía que pensar en Aziza me mortificaba. Me arrollaba la desazón de imaginármela sola, alargando la mano en mitad de la noche para encontrar el vacío que había dejado mi ausencia en la cama. Nadie que la protegiera, que la abrazara.

—Querría pediros dos favores, uno de ellos la incumbe. —Mi voz tembló por la duda.

—Pronto empezamos con los antojos y las mercedes. —Su comentario fue un golpe que me dejó un rictus de desagrado. Al percibirlo se incorporó, alertado y arrepentido—. No os disgustéis, que no pretendía heriros ni ofenderos, sé que no sois mujer de caprichos. Contadme, que para vos siempre tengo oídos y ninguna negativa, prometí a vuestro padre teneros bien atendida.

Vacilante, me mordí el labio inferior. Ya no estaba tan segura de que mis deseos fueran a hacerse realidad. Boabdil insistió, martirizado por la brusquedad que lo había poseído con anterioridad.

—Sinceraos con vuestro esposo. Pedid y se os dará.

—Me gustaría que trajéramos a Aziza a la Alhambra para casarla con algún buen hombre, uno que estiméis oportuno y adecuado para ella, uno de vuestra confianza, claro está.

—Buen negocio hizo Ali al-Attar al aceptar mi oferta de matrimonio.

Uno de mis hermanos se lo había señalado a mi padre, que la suerte de una sería la suerte de la otra. Ya no se trataba de introducirla en el círculo de la corte, sino de tenerla a mi lado. Si este era mi futuro, quería que algo de mi pasado permaneciera conmigo, pues no se vive de recuerdos.

—Lo haré por vos —me concedió de buena gana, con ese semblante relajado que se tornó en sonrisa—. Sé que Aziza es lo que mis queridos hermanos son para mí y yo habría actuado igual de estar en vuestra posición. La Alhambra os es ajena y no olvidáis a quienes dejáis atrás. Buscaré entre los míos y daré con un hombre que la merezca.

Pactamos que no tardaría demasiado en ponerse a ello, que haría una selección y que me informaría de las mejores cualidades de cada uno para que así, juntos, acordáramos el pretendiente perfecto. Sería complicado, ninguno estaría a su altura, ninguno me complacería lo suficiente para entregarle a mi hermana. Tendría que fijarme en el que menos defectos presentara, pues les sacaría mil y uno a todos.

—¿El segundo favor?

—Querría invertir dinero en obras pías, aliviar las necesidades de los menesterosos, así como nos indica el islam que debemos hacer.

—¿Queréis construir una mezquita para el pueblo, un cementerio, unos baños públicos?

Negué. Iba desencaminado. De esas infraestructuras ya se habían encargado muchas otras mujeres antes que yo, esposas, madres de gobernantes, concubinas y princesas. Habían suministrado a la población facilidades erigiendo dichas construcciones, satisfaciendo una demanda que se clamaba a gritos. Ahí pervivía su legado, en el cementerio de Umm Salama, en la necrópolis de Mut'a. No deseaba que mi nombre se vinculara a los difuntos, sino a los vivos.

—Proveer a los huérfanos de atenciones.

En los conflictos bélicos siempre salen perdiendo los niños cuyos padres perecen, esas criaturas que se ven abandonadas en la inmensidad de este vasto y cruento mundo, y a todos ellos, pequeños expósitos, quería salvaguardar. Un alma caritativa había de ocuparse de su bienestar.

Boabdil entreabrió los labios, capturó mi rostro con sus grandes manos y me atrajo hacia él. Tan cerca que su aliento me cosquilleaba la nariz, tan cerca que distinguí unas motas, antes desapercibidas, en sus ojos, que no eran azabache sino castañas.

—¿Veis? —Fruncí el ceño ante su extraña pregunta y él sonrió, todavía embelesado de esa forma tan suya—. Vuestro corazón vale más que el oro.

Por desgracia, no podríamos hacer uso de él y fundirlo para acuñar monedas con las que comprar la paz o las armas que nos ayudarían en la guerra. No siempre ayuda un corazón bondadoso.

A Jimena le preocupaba que yo no cumpliera con una de mis obligaciones, la impuesta por mi madre y por la comadrona que me trajo al mundo: beber el preparado que alejaba la mala fortuna. No conocía su finalidad, habría sido desvelarle demasiado, solo que era una receta médica que debía de tomar cada mañana. Antes de partir, mi madre se había asegurado de arrebatarle la promesa de que me cuidaría y cuidarme significaba encargarse de que ingiriera el brebaje y recitara la *sura* del elefante. La pobre lo intentaba, preocupada por que sufriera de un malestar repentino y me desplomase en el suelo cuan larga era, o que enfermara y acabase postrada en la cama, a lo que yo le respondía con palabras tranquilizadoras. De poco le servían mis argumentos; Jimena era tan leal que la tarea encomendada era su razón de vivir.

Fue por necedad. Por las mañanas, al abrir los ojos, me encontraba con la parda figura de mi esposo y pensaba que no necesitaba de ninguna pócima para ser dichosa y evitar la tragedia, pues ya lo tenía todo, su amor me llenaba de una honda felicidad y él no permitiría que me rozara desdicha alguna. Soplaría y su cálido hálito alejaría los grises nubarrones, pronóstico de mal augurio. Así que rechazaba el vaso que mi esclava me traía una y otra vez, que quedaba olvidado en la mesa hasta que se daba por vencida y al cabo de unas horas lo retiraba, sabiendo que había fallado.

—¿Ni un mísero sorbo, mi señora? —mendigó con agudeza, una vez que Boabdil ya me había ungido con el tradicional beso en la frente y abandonado mis aposentos.

—No.

—Mi señora, deberíais darle a vuestra madre esa satisfacción, la de saber que su hija se halla en buenas manos, que si os lo recetaron por algo sería. —Me tendió el recipiente, esperanzada y paciente.

Habíamos repetido esa conversación cinco veces.

—He dicho que no —contesté con una severidad nada propia de mi carácter.

Jimena no dijo nada, simplemente asintió al igual que lo haría una niña de corta edad que recibe una regañina por parte de sus mayores.

Lo que había sido una mañana prometedora se había truncado en un día fatídico. Al irse Boabdil, unas molestias, primero leves y luego atroces, me habían inhabilitado, como si mi cuerpo extrañara su presencia y la distancia me quemara por dentro. Era un ardor que surgía de las entrañas y me consumía, que me hacía sudar y gimotear. Al rato, había empapado la túnica de sangre y momentos más tarde, las mantas del lecho eran una escena sanguinolenta de matanza en la que se vertían también mis lágrimas. No era dolor, era decepción. Habituada a ser complaciente en cuanto a las expectativas de mis padres y certera, obediente y eficaz en los mandatos que me daban, aquella vez sentía que había fracasado. En diez días de casada había faltado a mi promesa, la de darle hijos a Boabdil, nietos a Aisha, un heredero al trono nazarí. En diez días no había logrado uno de los objetivos fundamentales de mi presencia en la corte, dotar de vástagos al próximo sultán. No era una tarea baladí, mas tampoco podía ser harto complicado quedar encinta; las mujeres lo hacían constantemente, muchas de ellas lo habían logrado tras un coito, otras tras varios en un plazo de tiempo cortísimo. La preñez era un parpadeo, un descuido y, sin embargo, allí estaba yo, expulsando las opciones de lo que podría haber sido un embarazo mediante un reguero que corría río abajo por mis piernas.

Me culpaba, segura de que había sido yo la que, por inexperiencia, había malogrado la fecundación al errar en algún momento del proceso de la coyunda. Puede que me dejara llevar tanto a ese paraíso de placer y éxtasis que me estuviera vetada la procreación.

—Llorad lo que necesitéis, si no os ahogareis en la pena —me dijo Jimena mientras me acariciaba la cabellera.

Fuera de la Alhambra había personas que nos envidiaban, que soñaban con la riqueza de la seda, con el oro engalanándoles el cuello y las muñecas, los lóbulos de las orejas, con dormir entre almohadones, con chasquear los dedos y tener el mundo a sus pies. Fuera de la Alhambra, todos querían ser ricos y yo, que lo era, solo quería que no se me escapara una vida de ese vientre que se me antojaba maltrecho.

Sentía que el poder no recaía sobre los hombros de Boabdil, sino sobre mi capacidad de hacer brotar frutos donde otrora hubo una tierra árida y pedregosa. Los hombres gobernaban, pero sin nosotras, quienes garantizábamos la continuidad de la dinastía, las alcazabas se desmoronaban en ruinas, los imperios sucumbían y quedaban extintos. Sin nosotras, no eran nada.

—Traedme el *al-dunyub* y llevaos este vestido que he dejado inservible —murmuré con la boca reseca y mechones oscuros pegados al rostro por el salitre.

Jimena me levantó del catre con esfuerzo, tironeando de mí. Una vez de pie, me despojó de la túnica interior teñida de máculas carmesíes que se asemejaban a amapolas, que fue a parar al suelo, y con un puntapié la alejó a una de las esquinas de la alcoba. Yo me dejaba hacer, con los ojos enrojecidos del llanto y la nariz acuosa, sumida en un estado de pesadumbre que me atontaba y volvía pesadas mis extremidades. Dirigí la mirada a una de las paredes y conté uno a uno los motivos ornamentales que encontraba esculpidos en ellas.

De rodillas, con paño y agua fresca borró los hilillos de sangre de mis pantorrillas, del interior de los muslos, y a medida que el líquido se tintaba de color según sumergía la tela en él, me desembarazaba de la tristeza. Me secó las lágrimas, me limpió el rostro y me colocó el *al-dunyub*, el vestido de la menstruación. Nuestros ojos se encontraron y atisbé la compasión en esos labios descendentes y esa frente plegada. Rondaba en edad a mis cuñadas y, sin embargo, las vicisitudes por las que había tenido que pasar la habían avejentado. Entonces fui yo la que se compadeció.

Mandó que cambiaran la ropa de cama, que en seguida fue sustituida por mantas limpias y esponjosas almohadas. Sin manchas visibles que me recordaran mi personal tragedia, excepto las punzadas en el vientre y el desasosiego, me recosté.

—Esto os aliviará el alma, mi señora. Descuidad, no es el preparado que vuestra madre me indicó, sino leche de cabra con miel.

Acepté la jarrita humeante que me ofreció, de la que manaba un intenso aroma dulce que me resultaba de lo más hogareño. Paulatinamente fue caldeándome las palmas de las manos.

—¿Calma el dolor del sangrado?

Negó con la cabeza.

—Aún mejor, el del pesar.

El primer sorbo supo a gloria, un bálsamo reconfortante que me abrazaba desde dentro, que creaba una película en torno a mi sufrimiento, paliándolo. Rehusé, en cambio, la comida; tenía el estómago enredado y cualquier alimento me hacía torcer la nariz.

—¿Cuánto duele perder a un hijo? —Me atreví a preguntarle.

A la *rumiyya* se le agrietaron los labios, bajó los párpados y de nuevo percibí que era las cenizas que sobreviven al incendio, lo que queda cuando ya no queda nada. Pensé que no contestaría, pues el luto debería ser más íntimo y menos visible, sin ropajes negros que te señalen como víctima del destino. Jimena no vistió luto, tampoco pasó el duelo; lo mantenía alojado en uno de sus órganos del mismo modo que si fuera una esquirla de metal que salta en la batalla y te alcanza. Para ella, era motivo de fuerza, lo que la empujaba a continuar.

—Más de lo que es humanamente soportable. —Durante unos instantes enmudeció, subyugada al torrente de recuerdos que se reflejaban en sus facciones. Levantó la cabeza y me dedicó una mueca triste que pretendía ser una sonrisa—. Pero vos todavía no habéis perdido nada, no os autoflageléis con esa idea.

Hacía unas horas Boabdil y yo habíamos estado sopesando nombres y sin embargo no había una semilla a la que dotar de él. Había vendido la piel del oso antes de cazarlo.

—Sé que es temprano, terriblemente temprano, pero saberlo no facilita que asuma que no he cumplido con lo que se esperaba de mí. —Rehuí su mirada centrando la mía en la jarrita vacía que aún tenía entre manos, a la cual comencé a dar vueltas, síntoma de inquietud.

Jimena me detuvo al arrebatármela con sutileza de los dedos.

—Dadle tiempo, mi señora, que los mejores bollos no se cuecen en seguida.

—A veces no disponemos de tiempo.

En la Alhambra discurría de forma diferente, a la cabecera de la política, un paso por delante de cualquier evento que se produjera en las calles del reino. Lo que en la medina y los arrabales eran horas, aquí eran contados minutos, efímeros segundos. Se actuaba sin demora.

—Lo deseo tanto que cada noche le pido a Allah que sea misericordioso y me permita engendrar uno. —Me sorprendí al acusar la súplica en mi voz.

Reparé en que no era únicamente una obligación que me había sido dictada por ser mujer y esposa de príncipe, era un anhelo que había estado albergando desde pequeña y que había sofocado con los cuidados que prodigaba a Aziza. Quería ser madre. Quería un hijo al que acunar, al que chistar y procurarle consuelo, al que velar en sus sueños.

—Rezaré a Dios por vos, mi señora, dos oraciones siempre son mejor que una. —Su ofrecimiento me enterneció—. El vuestro o el mío, alguno nos escuchará y os honrará con un precioso niño, porque cuando se trata de la felicidad no creo que les importe a quién va dirigida.

Por encima del oro, los vestidos y las joyas, Jimena había sido el mejor regalo que Boabdil podría haberme dado. Mi vida habría sido muy distinta sin ella.

—Mi madre dice que nuestras plegarias nos definen. Os agradezco que me incluyáis en las vuestras.

—Es un placer para mí, mi señora.

Cuánto más intimaba con mi leal esclava más incurría en el molesto e insidioso pensamiento de las muchas vidas cristianas que se extirpaban con acero al otro lado de la frontera, vidas inocentes de personas como mi Jimena, el que podría haber sido su hijo y el que fue su marido. Vidas destrozadas. Personas que padecían por el simple hecho de haber nacido en tierra de nadie, tierra de guerras, de saqueos, secuestro y cautiverio.

Incluso siendo enemigos a los que abatir, pues ya decía mi padre que en la batalla si dudas en matar, eres tú quien morirá; eran familias que enterraban a sus muertos y regaban sus huesos con lágrimas saladas. Dejábamos a mujeres sin vástagos, a maridos sin esposas, a esposas sin maridos, a hijos huérfanos. Así como ellos nos dejaban a nosotros. El pueblo siempre paga los pecados y las ambiciones de sus reyes, porque la victoria sabe mejor que la paz. Me preguntaba si en Castilla alguien dedicaría un momento a pensar de buena fe en nosotros al igual que yo me apiadaba de ellos como si fueran más compañeros que rivales.

12

Aisha irrumpió con la violencia de un tornado, a zancadas, y la dignidad que le correspondía, cabeza alta, mirada refulgente y un orgullo que lo copaba todo. Entró en mi alcoba como si le perteneciera, dueña de cada una de las estancias que conformaban el Palacio de los Leones, de cada una de las alas, de cada uno de los habitantes y los siervos. No le repliqué; me sentía más suya que de mi propio marido, me había visto desnuda incluso antes que él.

Ordenó que su séquito de doncellas permaneciera fuera. Barrió el suelo con los bajos de sus ropajes coloreados de azafrán, una buena elección de vestuario que le confería a su tez un subtono dorado que daba la impresión de que lo había conseguido al bañarse en oro fundido. Con el semblante impertérrito se acercó y se posicionó a los pies del jergón. Sin tomar asiento, su altura se veía desmedida, temible, un ser superior que te observa y te escruta. Aisha veía a través de la carne y los huesos, conocía tus secretos. A pesar de que no rodó los ojos por la estancia en busca de las sábanas sucias, que ya debían de estar ahogadas en agua para eliminar la manchas, supe que había acudido al olor de la sangre.

Jimena efectuó una reverencia acompañada de un solícito «mi señora». Me revolví para descender del jergón y así mostrarle los respetos merecidos, no tuve ocasión, Aisha elevó la mano y me detuvo. Quedé a mitad del viaje, con los dedos de los pies tocando ya el frío suelo.

—Cuidado con los rumores, se extienden con la celeridad de

una mala enfermedad —dijo con una serenidad que erizaba los vellos de la nuca.

Sentí que los almohadones me engullían y, demudada, adoptaba una tonalidad calcárea que acentuaba esa palidez debido a la pérdida de sangre.

—¿Ya lo sabéis? —Me temblaron las cuerdas vocales al preguntar. La obviedad me dibujó de ingenua y necia, unas cualidades que en el alcázar no se alababan y que a Aisha le hacían torcer la boca en una mueca que rezumaba desprecio.

Alzó aún más la barbilla, en un gesto de soberbia que poco le duró, pues en seguida se compadeció de mi deprimente situación, acuciada por la juventud. En algún momento, todas hemos sido esa otra mujer a la que el mundo se ha comido y escupido. Una vez, Aisha fue esa mujer, no hacía mucho. Vi las emociones bailar en las comisuras de sus labios.

—Lo sabe hasta el sultán. —Decepcionada, negó con la cabeza y exhaló un suspiro—. Antes de que estornudéis, la información ya ha surcado todos los pasillos de boca en boca.

Azotada por el miedo a un castigo, pues es eso lo que más temen los esclavos, la leal Jimena se postró ante mí, me tomó de las manos y dijo, con voz trémula:

—No he dicho nada, mi señora.

Le dediqué una sonrisa fragmentada y una caricia en ese pelo trigueño que siempre llevaba al viento y que yo tanto envidiaba. La creí. Había muchas formas de que Aisha se hubiese enterado, desde que se hubiera encontrado por los pasillos con alguna criada indiscreta que hubiera revelado mi estado hasta que hubiera advertido la ropa de cama salpicada de carmesí cuando el servicio se la llevaba. Y aun así, probablemente tuviera oídos en todas partes, pajarillos que le susurrasen las nuevas. No se me ocurrió dudar de la *rumiyya*, que había permanecido a mi lado durante la amarga llantina que me había hecho hipar.

De haber sido ella, tampoco habría mandado que le arrancaran la piel de la espalda a latigazos, lo habría achacado a un descuido. No estaba en mi ánimo infligirle dolor a la persona que hacía de la Alhambra un poco menos un avispero y un poco más un hogar.

—Ni falta que hace —se dirigió a mi esclava con una dureza que no me gustó, para luego volver a clavar la mirada en mí—. No podréis esconder el sangrado de igual modo que no podréis esconder el vientre hinchado por la criatura, todos los ojos están puestos en vos.

—¿Quién ha tratado de ocultarlo? No era, desde luego, mi intención, pues igualmente se descubriría esta noche cuando mi esposo recibiera el mensaje de no compartir lecho —le resté importancia.

Era incómodo vivir con tantísimas sombras alargadas danzando en las paredes cuando se encendían los candiles de pie alto y peana. Figuras que te seguían a todas partes, atentas a tus movimientos, silenciosas, sí, pero vigilantes.

—Las adversidades hay que enfrentarlas, no dejar que nos pasen por encima. —Inició un deambular alrededor del parapeto que era la cama—. Por Allah, qué tremenda debilidad demostráis para ser hija del caudillo de Loja. Aquí no se llora. Cuando se recibe un golpe una se levanta, el regodeo en la miseria humana es una de las peores cualidades que existen. ¿No habéis concebido este mes? El que viene lo lograréis.

Aquellas palabras acertaron de lleno en mi pecho; era diestra lanzando saetas envenenadas.

Comprendí que alguna de las sirvientas me había vendido por unos cuantos dinares, bien pagados, porque Aisha saldaba correctamente sus deudas. Venderme. No era justo calificarlo así, puesto que no había gastado tiempo, esfuerzo ni energía en ganármelas; había supuesto que la fidelidad a mi suegra conllevaba fidelidad a mí y me había equivocado. Me servían por deber, no por amor. Yo era nueva, a ella la conocían, querían y temían a partes iguales, ya que tanto utilizaba la mano diestra como la siniestra. Uno de sus pajaritos estaba infiltrado en mi servidumbre.

—¿Y si no lo consigo? —inquirí—. Muchas mujeres han fallecido sin haber engendrado un hijo, ni varón ni fémina, sin importar cuánto lo intentaran ni los remedios recetados, y por ello sus maridos casaron en segundas nupcias o las repudiaron. La esposa que no trae vida es una esposa inservible. Querer no siempre da frutos. A veces, se es baldía.

Aisha cesó en el caminar, sus ojos me agujerearon, había en ellos una rabia candente que me alertó de que entrañaba peligro, el mayor de ellos es el de una mente ágil.

—Incluso en el desierto hay palmeras y agua fresca, oasis entre arena y piedras. —Asesinó la distancia que nos separaba con unos pasos, se apoyó sobre el jergón, marcando la violencia de sus garras. En posición de ataque, apretaba la mandíbula, le rechinaban los dientes. Si le dieran el control de los ejércitos, habría ganado la guerra—. No estáis yerma, aunque prefiráis deciros esas sandeces para reconfortaros, sois joven y sois fértil. Le daréis hijos a mi Boabdil, continuaréis con nuestra estirpe. Yo me encargaré de ello, que para algo sois ahora mi nuera y mi protegida. —Sonaba más a amenaza que a un intento de apaciguar mi preocupación. Ella hablaba así, la dulzura se la dejaba a su hija y a mi esposo.

—Las cosas suceden cuando han de hacerlo —le recordé—. El invierno es una estación cruda, resiente los cultivos, demoró mi llegada a la Alhambra, ¿por qué no demorar también la concepción del niño que tanto ansiamos? Como diría mi padre, ni vos, mi señora Aisha, podéis domar a la naturaleza a vuestro antojo.

Una risa sardónica se abrió paso en su garganta. Esa fue la primera vez que me enfrenté a ella, sin contar nuestro encontronazo en el baño real. Descubrí que a Aisha le agradaba batirse con quienes consideraba que estaban a su nivel, quienes ostentaban intelecto y coraje, pero yo no sentía que tuviera lo uno ni lo otro. Ella discrepaba: creía que en mi interior residía una leona dormida, solo había que despertarla.

—Yo no, mas conozco a alguien que sí.

—¿Un cirujano?

Tomó asiento al borde del colchón, que cedió bajo su peso.

—¿Si tuvierais que poner vuestra vida y la de vuestro hijo en manos de alguien, elegiríais a un hombre?

La pregunta real debería haber sido: ¿quién en su sano juicio se decantaría por un hombre en asuntos que, claramente, eran propios de mujeres?

—No. —Aisha asintió, satisfecha—. Elegiría a una mujer que tuviera la sensibilidad de no herirnos al niño y a mí, la habilidad de mantenerme con vida cuando lo único que pida sea la muerte. Pero todo eso será cuando Allah quiera.

Casi tres años de diferencia con Aziza habían tatuado en mi memoria los gritos guturales de mi madre el día en que la trajo al mundo. Resonaron por la casa, me perforaron los tímpanos, el miedo me devoró por dentro y yo, una niña llorosa, corrí escaleras arriba y me escondí en la algorfa, entre los sacos de arpillera de grano. Me tapé los oídos y recé tanto que Dios me escuchó. Jamás olvidaría el nacimiento de mi querida Aziza, todavía los aullidos agónicos se colaban entre mis sueños.

—Ayudemos a Allah a que quiera que sea más pronto que tarde, lo apremiaremos. Confiad en mí, he estado en vuestra posición y he dado a luz a tres hijos sanos, sé a quién hemos de recurrir.

Boabdil era hombre de palabra, herencia legítima de su madre, que efectivamente guardaba secretos detrás de cada uno de los zócalos que decoraban el recinto palaciego, en el fondo de los estanques y en la tierra removida de los jardines. Y uno de esos secretos era Dhuha, a la que apenas se mencionaba, a la que más se suplicaba.

Dos mujeres fueron en busca de la desconocida: una de las criadas de mayor confianza de Aisha y mi leal Jimena, aunque se resistía a alejarse y dejarme sola en mis aposentos junto a mi suegra. Posteriormente me desvelaría que, si bien era cierto que había oído en innumerables ocasiones el nombre de Dhuha, siempre en murmullos y asociado a desventuras vaticinadas que gracias a ella se salvaban y otras no tanto, nunca la había visto en persona. Hubiera preferido que siguiera siendo así, porque hay individuos con los que es mejor no tener contacto. Jimena era muy cristiana y algunas prácticas le resultaban cosas del demonio. Lo único que Dhuha compartía con el demonio era el rostro derretido por el fuego del Infierno.

Vivía en una casita de uno de los arrabales, barrio de las afueras de la medina, en compañía de un perro sarnoso que desaparecía y volvía tras ser alimentado por los vecinos, al igual que el hombre que, saciado el apetito, regresa con su esposa. De Dhuha se decía que hacía posible lo imposible, que identificaba las hierbas de un simple vistazo y que sabía las propiedades de todas ellas, que podía conseguir que te recuperaras o que cerraras los párpados para siempre, que su veneno no dejaba huellas. Remendaba virgos con aguja e hilo, devolviéndote la puridad antes del casamiento, de manera que el esposo no notase el engaño y sintiese que eras más niña que mujer. Reconocía cuerpos de esclavas, les ponía precio a las curvas, a los senos y a las caderas. A la infértil la dotaba de hijos, al impotente, de vigor. Atisbaba embarazos cuando la semilla aún no había germinado y adivinaba el género de la criatura que se alojaba en tus entrañas con solo tocar la oronda barriga.

Entendía por qué a Jimena le parecía más hechicera que comadrona, pero no se trataba de magia sino de sabiduría ancestral congregada en una mente audaz y unas manos expertas. Había muchas parteras en nuestro reino y muchas parteras moras en los reinos cristianos; sin embargo, no había ninguna como Dhuha, ni siquiera las de nuestra religión que ayudaban en la labor a las reinas de Castilla, trayendo una nueva generación de enemigos contra los que luchar. Granada se quedaba lo mejor de lo mejor.

Fue larga la espera, horas interminables que amenizamos con el ajedrez que Aisha había encargado para sus hijos cuando estos eran niños. De rica elaboración, el tablero de madera de nogal y abedul poseía incrustaciones de metal en el borde que rodeaba la planta de damero e incrustaciones de hueso que lo decoraban en los extremos, simulando estrellas y haciéndolo una pieza única. Por una cara presentaba el juego de ajedrez, por la otra uno de tablas, a cada cual más complicado, pues la estrategia no era uno de mis fuertes. A ella se le daba de maravilla, con esa agudeza mental tan perfilada por los años en la Alhambra. Me enseñó las reglas, pero olvidé la mitad de ellas; tenía los pensamientos enredados en la tal Dhuha. Aisha fruncía el ceño cuando cometía un error, hastiada de mi incompetencia y mi lentitud de aprendizaje. Había salido victoriosa en tres partidas consecutivas.

—Anteriormente, el harén era una batalla campal. —Tenía la copa de vino en la mano. Había ordenado traer una bandeja repleta de aperitivos. Los dulces ni los tocó, las uvas las fue arrancando de una en una.

Ignoré el aroma de los alimentos y el embriagador olor del vino; en aquellos momentos todo lo que no fuera leche de cabra y miel me producía náuseas. Me centré en las figuras en miniatura que se deslizaban de casilla en casilla. Sin examinar las posiciones de las adversarias, moví una. Aisha gruñó.

—¿Acaso ya ha dejado de ser una lucha constante entre todas las mujeres que lo componen?

—Cierto —rectificó con una amplia sonrisa que me mostró sus blancos dientes—. Pero ahora hay menos vasconas y en tiempos de los primeros emires abundaban. Eran como alimañas, salían de todas partes y se reproducían antes de que pronunciaras *assalam alaikum*.

Hizo un movimiento inesperado y me encontré perdiendo la partida. Aquel era el menor de mis problemas.

—El día en que nos conocimos dijisteis que había dos tipos de hombres: los que preferían a las infieles y los que nos preferían a nosotras. —Asintió, complacida por que recordara sus palabras, pero era imposible no hacerlo. Aisha era de las que se te metían dentro.

—He comprobado que los hombres sienten predilección por

las esclavas más que por las mujeres libres. —Paladeó el seco vino o quizá sus vivencias—. Si son gobernantes están habituados al poder que ostentan; si no son nadie lo que realmente desean es ejercer poder. Las esclavas cumplen sus fantasías.

Durante unos segundos me paré a pensar el próximo avance de la pequeña corte representada en el juego. Un nuevo gruñido por parte de mi suegra al mover una de las piezas.

—Entonces les valdría cualquier *yariyya*: cristianas, esclavas, sudanesas...

—Pero no todas tienen cabellos de oro y miradas de manantial y son capaces de rasgarse por dentro para parir a los siete meses; las vasconas, sí.

Esa era la verdadera dominación, el verdadero sometimiento. Que una mujer carente de libertad se abriera en canal para regalarte un niño antes de tiempo y que te lo entregara para garantizar la prevalencia de tu estirpe y tu dinastía. La única forma de lucha y supervivencia que se conocía en el serrallo.

Se me descompuso la faz y Aisha pidió que me escanciaran agua fresca. Lo que más deseaba en el mundo era engendrar un hijo de Boabdil; sin embargo, cuando pensaba en el parto de mi madre los quejidos de desesperación regresaban con fuerza y un escalofrío me recorría la columna.

—Os lo dije, eran alimañas. —Me tendió el vaso de agua, del que no bebí ni un sorbo—. Dispuestas a todo para asegurarle el trono a su vástago, para convertirse en *umm wallad*. Deberíais sentiros más tranquila ahora, deberíais sentiros afortunada. Es menester que quedéis encinta pronto y es menester que le deis un hijo a mi hijo pronto, pero al menos no habéis de competir contra las triquiñuelas de una vascona que sea presta y rauda en la labor. Al menos, vos, mi querida Morayma, no tenéis rival en el amor ni en el lecho.

Alargó la mano y tomó posesión de la figurita que me daría el golpe de gracia.

Jaque mate.

Mis ejércitos derrotados.

Aisha había vuelto a alzarse con la victoria y yo pensé que nunca sobresaldría en el arte de la guerra y la política, tan complejo y sacrificado, tan brutalmente agresivo, incluso en el juego de mesa.

Horas después, Dhuha llegó a la Alhambra envuelta en un manto y una capucha que le ocultaba las facciones plegadas, su seña de identidad. No aspirábamos a que se desconociera su presencia en el alcázar, pero sí a que pasara lo más desapercibida posible. Caminó por los pasillos, escoltada por la sirvienta de mi suegra y mi leal Jimena, quienes la guiaron hasta la estancia en la que nos hallábamos enclaustradas.

Al descubrirse, el impacto de la imagen me hizo desviar durante una fracción de segundos la vista. A Aisha le divirtió sobremanera mi teatral reacción, pero es que nunca había sido dada a lo grotesco, que me revolvía las tripas. Su rostro era más que piel ajada: era carne chamuscada a fuego vivo, quemaduras rosáceas y parduzcas que eran el relieve de las montañas. De pequeña habría tenido pesadillas con su faz. Debió de haber sido bella, antes de que le ocurriera la desgracia que la había dejado marcada de por vida, pero de esos tiempos gloriosos solo quedaba el verde de las aceitunas en sus ojos y un cabello negro que suponía que había de ser abundante, pues algunos mechones escapaban del velamen.

—No me observéis con lástima, joven señora, que quien tiene un mal que ha de ser reparado sois vos, no yo —me atacó con su voz cascada y quejumbrosa.

Cerré los labios y procuré encajar el descarado golpe con una actitud noble, pero la mala contestación me generó antipatía. Para mí fue una ofensa, como si me acusara de ser una prenda rota e inservible que ella debía zurcir. No hay nada peor que ver fisuras en ti misma, grietas en las que no habías reparado. Una cerámica desconchada y defectuosa a la que se le escapa el agua.

—Mi señora Aisha, una vez más a vuestra disposición. —Le besó la mano ofrecida—. No me hacíais llamar desde la emergencia abortiva de una de vuestras criadas.

—No me lo recordéis —le pidió con amargura—, que me enfurezco de pensar en sus lágrimas falsas. Todos desean disfrutar del goce, pero nadie hacerse cargo de las consecuencias de sus actos inmorales.

—Fuisteis muy generosa al solucionar su problema y muy generosa con el pago. —Le brillaron las pupilas y supe que a Dhuha le gustaba el sonido tintineante de las monedas.

—¿Qué iba a hacer si no? —rezongó abatida—. Vos sabéis que otras habrían echado a la muchacha y la habrían dejado en la calle, sin trabajo, sin dinero y en una situación delicada. Una deshonra para su familia, que no la habría acogido de vuelta. Y así habría durado poco, porque en el fondo era de las remilgadas, de las de antes muerta que venderme a los hombres y vivir con la mácula. Sobre mi conciencia no caerá la muerte de una mujer y una criatura, no si puedo evitarlo.

Sonreí. Ahí estaba la bondad de Aisha, aunque algunos se negaran a verla. Su don era su perdición, una mujer que a nadie dejaba indiferente; podías amarla u odiarla, pero no existía un punto intermedio entre los dos caminos.

Miré de reojo a Jimena: pies juntos, espalda recta, cabizbaja y con los dedos entrelazados sobre su regazo. No había sido ella; la pérdida de su hijo fue por intervención de su Dios, no de Dhuha. La esclava cristiana jamás se habría dejado tocar por aquella mujer a la que consideraba bruja.

Tumbada sobre el jergón, seguí las instrucciones que la *qabila* fue dictando. Abrí las piernas, flexionadas para dejar a la vista mis intimidades, me levantó el vestido y sumergió su cabeza en la cueva que habían formado la tela y mis pantorrillas. Noté su nariz husmeando, sus fríos dedos abriéndose paso. Centré la mirada en la bóveda del techo, me distraje con las figuras que dibujaban los mocárabes y respiré hondo, tratando de no prestar atención a lo que sucedía ahí abajo.

—Sangráis como si hubieran degollado a un cerdo —se quejó—. Y estáis tensa como una virgen. Relajaos. —El pellizco que me propinó en el interior del muslo me arrancó un aullido.

Me esmeré en ello, me concentré en contar los bombeos de mi corazón, el sube y baja de mi pecho. En la oscuridad de mis párpados cerrados convoqué la figura de Boabdil, que me animaba a resistir. Me repetí que lo hacía por él, por mí, por nuestro futuro, por los hijos que veríamos crecer a nuestro lado, por los hijos de mis hijos, a los que adoraría y consentiría. Por el deber cumplido. Y así, dejé que hurgara. Para saber si el campo es bueno hay que mojar los dedos en la humedad de la tierra.

—¿Hay algún problema que le impida cumplir con sus funciones maritales?

Dhuha negó. Tras interminables minutos, sacó la cabeza del escondite de mi cuerpo y me cubrió con el vestido, dando por finalizado el análisis. Avergonzada, me incorporé de inmediato y cerré las piernas con cerrojo. Maltraté el algodón de la túnica, me desquité clavando en él las uñas mientras la comadrona se lavaba las manos enrojecidas en la jofaina que le había acercado Jimena, en absoluto silencio.

—Hablad —le ordenó Aisha.

—Vos concebiréis y alumbraréis —pronosticó.

Oírlo me descargó del aplastante yunque que cargaba sobre la espalda. De pequeñas jugamos a ser madres, pero nadie nos advierte de que si por dentro eres secarral puede que nunca llegues a serlo. Crecemos pensando que es nuestro deber, ser madre es un privilegio que algunas no desean y obtienen, que otras anhelan y no reciben.

—Bendito sea Allah.

—Sois buen campo de siembra, mi joven señora, lo que os lo impide es la preocupación y que aún no ha llegado el momento. —La calma que experimenté fue efímera—. Descuidad, que la mala suerte que padecéis en nada os afectará.

Su mención me apremió a ponerme en pie.

—¿Cómo sabéis eso? —Di un paso adelante. Cuando nos

sentimos amenazados, nos lanzamos a la yugular. La urgencia delató mis miedos.

—Porque por dentro oléis a algalia y solo quienes han sido tocados por la desventura desde niños huelen así. Son los remedios esos que tomáis.

Mi secreto aireado junto a las sábanas de boda.

Recé para que la chispa que habitaba en los ojos de Aisha no fuera el remordimiento de haber permitido que su hijo casara conmigo, porque dos desdichados que se unen traen condena a todos los que los rodean.

—¿Podríamos agilizar el proceso de concepción? —quiso saber mi suegra, reconduciendo la conversación hacia el verdadero objetivo e ignorando la revelación que se había producido entre esas cuatro paredes.

—Así como se agiliza el viaje al Más Allá de un moribundo, mi señora Aisha.

—Lo que sea, dádmelo —le rogué—. Lo que sea, hacédmelo, incluso si me destroza.

Estaba dispuesta a pagar el más alto precio. Aferré las manos que me habían examinado y percibí algunas zonas que habían sucumbido al fuego, piel quemada, rugosa. Las habría besado, tragándome el orgullo y la repulsa que me producía el contacto con ella.

—Dícese que el príncipe Boabdil ha casado con la hija del caudillo de Loja, el gran Ali al-Attar, y que se hace llamar la tierna Morayma —me escrutó—, mas de tierna no veo nada.

»Para vuestro hombre, un medicamento eficaz que ayudará al embarazo. Un metical de euforbio, castor, nardo, costo y bálsamo de estoraque, todo triturado y amasado, humedecido con sirope de albahaca. Que lo unte en su miembro y lo deje secar, luego, que proceda a tomaros. Os lo recomiendo ahora que estáis con el sangrado, pues su efectividad aumenta si se usa al poco de finalizar la menstruación.

—¿Nada más que un emplasto?

—Podría daros diez ungüentos más para vuestro esposo, pero

mantengo la fe en que con este será suficiente. De necesitar más, solo tendréis que llamarme, aunque quizá debería permanecer en la Alhambra para garantizar el éxito de vuestra preñez e irme una vez hayáis dado luz al hijo varón que tanto ansiáis.

—Quedaos, si os place —la invitó Aisha de buena gana—. Tenemos estancias de sobra, yo misma os daré cobijo si con eso conseguís que traiga un niño al mundo.

—¿Y el pago?

Aisha sonrió, sabedora de que la comadrona no ejercía sin una buena cantidad de dinero a la que agarrarse.

—Dadle un heredero a mi Boabdil y os cubriré de oro, Dhuha.

Y esta aceptó, acostumbrada a los negocios y favores en la corte, que se recompensaban con valiosas dádivas que se engarzaban en collares.

—Entonces me encargaré de preparar un listado de comidas para potenciar la virilidad del marido y la fertilidad de la mujer, además de incienso que invite al coito y algún aceite de más.

—Que ningún esfuerzo sea en vano —asintió Aisha.

—¿Y para mí? —la interrogué.

—Para vos el mayor de los remedios, el que torna a las mujeres estériles en fértiles. Hiel y boñiga de conejo trituradas y mezcladas con miel, lo usaréis durante tres días en un trozo de lana y lo beberéis con virutas de marfil. Quedaréis encinta y, si no lo consigo, os regalo mi cabeza como trofeo, señoras mías. —Estalló en secas carcajadas.

¿Para qué querría yo la cabeza cercenada de Dhuha, que con ese rostro plagado de antiguas llagas y costras asustaba hasta a los pájaros que se posaban en la ventana? Sería el recordatorio perenne de que ni la más sabia y poderosa de las mujeres fue capaz de darme lo que otras tenían sin quererlo. Un hijo.

13

En la Alhambra ocurrían sucesos fascinantes, quizá por el aura de magia que impregnaba sus hermosas yeserías, se dibujaba en sus bóvedas y se reflejaba en sus piezas vidriadas, quizá porque esa misma magia discurría por los surtidores de agua que refrescaban el ambiente. O porque estaba plagado de pavos reales que, domesticados, comían de tu mano si eras lo suficientemente valiente para acercarte a ellos, a riesgo de recibir un picotazo. Habían construido el Paraíso con perfectos sillares para que lo disfrutáramos sin reserva, vestíamos las sedas prometidas en el Corán y los oros resplandecientes, únicamente accesibles a los que hubieran traspasado al Más Allá. Y allí estábamos, rodeados de huríes, que eran las mujeres del harén. Los que habitábamos en el recinto éramos los que habíamos saboreado la fortuna, gozadores de *baraka*. Solo si aguzabas los sentidos captabas el regusto ferroso de la sangre bañando los suelos del palacio, tiñendo las rosas de los jardines, regando la tierra. Era irónico que lo más bello fuera también lo más letal.

Fascinante fue que la mañana siguiente a la llegada de Dhuha, la mañana siguiente de un sangrado que fue el rumoreo del agua de las acequias, una doncella del séquito de Zoraida asomara a mi alcoba, trayendo consigo una invitación. Invitación exclusiva para mí y que a nadie más se extendía, ni siquiera a mi esposo. Durante un rato pensé en rechazarla, pero ¿cómo se rechaza a quien es esposa legítima del sultán? Hacerlo sería deshonesto y desleal, una afrenta imperdonable a ojos y oídos de mi suegro, que defendía a la renegada hasta con el acero de la espada si era preciso. Así que hice lo que estaba en mi mano: complacer a la mujer que tenía el poder en aquella corte.

Pedí a Jimena que me vistiera con los mejores ropajes y me enjoyara con unos pendientes de oro con los que sufrían los lóbulos de mis orejas, contundentes brazaletes dorados y anillos con idéntico repujado.

—¿Estáis segura, mi señora? —preguntó mientras terminaba de cepillarme el cabello y untarlo en aceite aromático—. ¿No será percibido como deslealtad por Aisha y los suyos?

Llevaba barruntando esos pensamientos desde que había recibido el convite hacía una hora; negarlo habría sido una vulgar mentira.

—Eso es precisamente lo que me preocupa —le confesé, observando su reflejo en el espejo circular que reposaba en la mesa—. Habré de encargarme de esclarecer mis intenciones con esta visita indeseada.

Me puse en pie para que ajustara el *al-muqna* y las veladuras que lo cubrían.

—Que no son otras que...

—Que cumplir con mis obligaciones con el sultán, ser respetuosa con su esposa y la madre de sus hijos Sa'd y Nasr, y procurar algo de paz en tiempos de guerra.

Nadie diría de mí que cometí deslealtad o acto de traición ni que fui desagradecida mientras viví bajo el mismo techo que Muley Hasan, el sultán. Jimena negó con la cabeza, más vacilante que apesadumbrada.

—No sé yo, mi señora, si vos podréis lograr aplacar las rivalidades que llevan ardiendo en la Alhambra desde que el fuego existe. Pero os honra vuestro propósito.

Planché con las manos mis vestiduras, deshaciéndome de las posibles arrugas que se hubieran formado durante el tiempo que había estado sentada a causa del maquillaje y los preparativos referentes a la cabellera. Me examiné en la superficie pulida del espejo y asentí, conforme con mi imagen.

—Alguien habrá de intentarlo, ¿no creéis? —Jimena correspondió a mi sonrisa—. Además, aún no he tenido el placer y el honor de intercambiar con ella ni una sola palabra. Y mi querida suegra Aisha diría que para enfrentarse al enemigo, antes hay que conocerlo.

Solo esperaba que aquella partida política se me diera mejor que la del tablero de ajedrez.

Un par de guardias y la doncella en cuestión nos condujeron hacia el Palacio de Comares, donde residía Zoraida junto a sus vástagos. En el silencioso recorrido de jardines y pasillos, solo aplacado por el susurro de la brisa invernal y el eco de nuestras pisadas, me acompañó Jimena, siempre a mi lado, perra guardiana. Ya le había indicado que prefería que se quedara conmigo durante la improvisada reunión, pues al ser esclava poco debía importar su presencia, que era una sombra sin voz. Aunque puede que por haber sido Zoraida esclava se negara, sabedora de las triquiñuelas que algunas guardaban bajo la manga de sus túnicas. De ser así, tenía la orden expresa de hacer partícipe a mi suegra Aisha de mi ubicación exacta y el motivo de que estuviera allí, encerrada entre cuatro paredes con el tigre que se limaba las zarpas. Contra todo pronóstico, permitió que se quedara y sus doncellas, criadas y esclavas también lo hicieron, atentas a sus necesidades y del todo complacientes.

Recostada sobre emplumados cojines de tonalidades bermellón y brocados de oro, descansaba Zoraida, cubierta por mantas de piel de animal y caldeada por el brasero que llevaba rato encendido, a juzgar por el ambiente templado de la alcoba. Olía a sándalo y descubrí que el aroma provenía de ella, de sus exquisitas vestiduras coloreadas, de los bordados de hilos de oro que creaban un motivo ornamental semejante a enredaderas, del precioso fajín de perlas de su cintura. Llevaba los ojos pintados de negro, lo que enfatizaba su perspicaz mirada, y del velamen escapaban guedejas morenas. En la mesita hexagonal reposaban bandejas de higos y dulces de hojas con miel y nueces.

—Morayma. —Sonó gentil, encantada de verme allí, receptora de su grata invitación.

—Umm al-Fath. —Mantuve las distancias.

Morayma era el nombre por el que había empezado a llamarme mi hermana Aziza al ser incapaz de pronunciar el mío correctamente. Desde entonces siempre fui conocida por Morayma, pero en aquellos momentos todavía tenía potestad para decidir quién podía hacerlo al ser de mi plena confianza y quién no era más que un extraño que había de acogerse al nombre oficial.

—Ya veo... —La desilusión pincelada en sus bellas facciones dio paso a una revitalizada energía; apenas le duró el dolor del pequeño golpe asestado. Me dedicó una amplia sonrisa—. Pensé que podríamos tomar algo juntas, me he tomado la libertad de mandar que nos preparen alguna que otra delicia y agua de azahar. El vino me embota la cabeza, pero puedo pedir para vos si os place. —Señaló uno de los mullidos almohadones—. Sentaos y acompañadme, deseo saber cómo os adaptáis a la vida de casada.

Observé el asiento de reojo, pero no me moví, me mantuve de pie, con las manos en el regazo. Una posición un tanto belicosa para una mujer que quería tregua y no un enfrentamiento abierto, pero si adquiría su altura y aceptaba creería que había acudido por deseo propio y no por obligación.

—Lo agradezco, mi señora, mas he de rehusar vuestro ofrecimiento —me excusé con delicadeza—. Desde esta mañana padezco de cierto malestar que me hace arrojar lo que sea que ingiera.

Entreabrió los labios en una fingida muestra de sorpresa que a nadie engañaba; mi estado había corrido de boca en boca, al igual que la presencia de Dhuha en el alcázar, invitada especial de mi suegra.

—Puede ser síntoma de embarazo.

Ahí estaba el primer golpe asestado, que me dejó aturdida. Odié la sonrisa pérfida de su rostro, que se ensanchó aún más cuando se llevó uno de los dulces a la boca y lo paladeó con gracia.

—Es demasiado pronto para ello —respondí cortante cual filo de puñal, herida por el comentario que había sido una estocada perfectamente lanzada como consecuencia de mi anterior desaire.

—Daréis buenos hijos a vuestro marido, los hijos son... —Pensativa, se frotó los dedos, pegajosos de la miel de los pastelitos—. Una bendición. Pronto lo descubriréis.

Segundo ataque, tan poco delicado como una ballesta.

Puede que hubiera sido un yerro aceptar su propuesta si la intención de esta era denigrarme entre afrentas y burlas nada veladas, ocasionando las sonrisillas altivas de sus doncellas.

—Será el cuerpo acostumbrándose a estos nuevos aires.

—Es probable. Yo tardé un tiempo en habituarme a esta vida. —El suspiro se tiñó de una amarga añoranza.

No pregunté si a la de esclava o a la de favorita; en la piel de sultana parecía más que cómoda y satisfecha, como si hubiera nacido para ocupar ese puesto. Solo hacía falta verla: era la perla central de un lustroso collar.

—Cuando llegué aquí solo deseaba dos cosas: por Dios que me rescataran o por Dios que me mataran. —Tragó saliva, conmovida por sus más profundos anhelos, que ahora debían de antojársele lejanos y tétricos.

Aquella me pareció la más triste revelación. La congoja se aposentó en su bello rostro a medida que hablaba, inmersa en los espesos recuerdos; nadaba entre ellos a contracorriente, era fácil discernir cuándo se ahogaba por la crecida de la marea. Los ojos, ventanas del alma, se le empañaban, por dentro llovía a cántaros.

—Que no os ciegue el resplandor de este lugar ni los brillos de las telas y las alhajas. La vida dentro de la Alhambra es un amanecer constante, ¿sabéis? Por la noche estáis viva, pero cuando el sol comienza a despuntar, no estáis segura de si seguiréis aquí u os arrebatarán esa posibilidad. —Miró por la ventana de su izquierda, desde donde se observaban las puntas de los cipreses mecidos por el viento. Siguió hablando, con la vista fija en el exterior—. Entonces conocí a vuestra suegra y la muerte se me hizo tentadora y cercana, una vieja amiga que procura consuelo.

Cualquier atisbo de compasión y pena se esfumó.

—Si lo que buscáis es alertarme de crímenes pasados, lamento comunicaros que ya estoy informada, mi señora —le mentí—. Si lo que buscáis es ofrecerme consejo con respecto a Aisha, gustosa os escucharé siempre que no sean palabras desagradables hacia ella. Mi lealtad es para con mi marido y la madre de mi marido, no permitiré ningún gesto de desprecio hacia Aisha delante de mi persona.

—Vuestra lealtad también es para con el sultán. Qué rápido os han puesto el bocado de los caballos.

—Nadie me dirige.

—Lo hace quien os cabalga. —Soltó una obscena carcajada al ver mis ojos desorbitados y el rictus de ofensa, lo que me irritó en demasía—. No pongáis esa cara de susto.

¿Cómo osaba siquiera mencionar asuntos tan privados delante de la servidumbre? ¿Cómo osaba inmiscuirse en mi alcoba? Yo era esposa legítima del príncipe Boabdil, nuera y protegida de Aisha bint Muhammad Ibn al-Ahmar, hija del alcaide de Loja, del gran caudillo Ali al-Attar. ¿Quién era ella sino una mujer cualquiera de frontera que había sido secuestrada mientras daba de abrevar a los animales, una mujer que había barrido los aposentos de mi cuñada Aisha, una mujer que para alcanzar su posición había tenido que engatusar a su dueño y señor para que la manumitiera? Una renegada. Y bien se decía que su abandono del Dios cristiano había sido por pura ambición, ni siquiera por verdadero amor. Quien rápido cambia de religión, rápido cambia de bando.

Me tragué la maledicencia que me ardía en la garganta y me picaba en la lengua. No hay mayor desprecio que no hacer aprecio. Contestarle con idéntica fórmula no habría gustado a mi padre, le habría parecido un grave error, y habría defraudado a mi madre, que no me había criado para sacarme los ojos de las cuencas con otras mujeres.

—Vuestro esposo es un buen hombre. Se parece mucho a su padre, más en la mente que en el cuerpo.

—Eso siempre es un problema; quienes más se asemejan son quienes más guerrean. Y la familia no debería guerrear.

—¿Estáis segura de que no estáis encinta? —Elevó una ceja y se fijó en mi vientre, algo más inflamado a causa de los cólicos menstruales—. Empezáis a pensar como una madre.

Lo tapé con mis propias manos, avergonzada de que solo guardara tripas.

—Soy hija y eso es suficiente.

Haría sentir orgullosa a mi madre. No. No actuaría como ella ni aunque me rodearan las bestias sedientas de sangre.

—Perded cuidado con vuestro marido; si ama igual que el mío besará el suelo que piséis. —Asentí, agradecida—. Los hombres aman más a las mujeres que la guerra.

—Y la mayoría de las veces somos nosotras las generadoras de dichas guerras.

Zoraida captó en seguida el mensaje sibilino. Dejó a medio beber el agua de azahar; ya la copa le había rozado los sonrosados labios, mojados ahora por una pátina de dulzor.

—Yo no quise crear guerra alguna —habló con calma y un sentimiento que no supe si calificar de culpa—. No soy la causante de esto, no tengo tanto poder; son los hombres los que deciden por qué luchar. Sin mí hubiera sucedido de igual manera, las reglas de este juego ya estaban estipuladas antes de que yo naciera. Llevan lustros siendo las mismas.

Lo sabía. En el fondo, lo sabía: si no hubiera sido ella, hubiera sido otra. Y aun así, de forma injusta y mezquina veía en ella la que sería nuestra desgracia, porque a Zoraida podía enfrentarme, pero a Muley Hasan, el hombre que tomaba decisiones y era el causante de todo, no. Por eso las mujeres nos desmembrábamos entre nosotras; era más fácil que fustigar al varón, generador de caos.

—No soy una pieza de ajedrez que podáis manejar a vuestro antojo —declaré.

—¿Acaso sois la de Aisha? —Apreté los dientes—. El silencio es la mejor de las respuestas. Guardaos de ella, es una víbora que se esconde entre su séquito de criadas, doncellas y esclavas que harían cualquier cosa que les mandase, atrocidades que las llevarán a todas al Infierno.

Ella no era quién para condenar al Infierno.

—Quien destila veneno para dañar a otras también es serpiente. Creo que puedo atisbar desde aquí vuestros colmillos. —Me incliné en una reverencia exagerada—. Mi más sentido agradecimiento por las viandas y vuestros sabios consejos, les daré buen uso, mi señora.

Con un gesto avisé a Jimena de que nuestra reunión había dado por finalizada. Ya nos marchábamos de las estancias de Zoraida cuando esta alzó la voz.

—Preguntadle por una noche de mayo. —Fue más una súplica. Le brillaban los ojos en unas lágrimas mal contenidas. No lloraría en mi presencia—. Así sabréis la razón por la que vuestra suegra fue enjaulada en el Palacio de los Leones. Ha de sentirse cómoda en compañía de esas bestias de piedra que tienen más corazón que ella.

—Cuidado con morderos la lengua.

Tuve la última palabra en una discusión sin precedentes. Nunca sabría cómo lo hice ni de dónde saqué el valor y las agallas, de las que siempre creí que carecía. Había perdido la paciencia o había empezado a atisbar los peligros de la corte alhambreña, cuyo hostigamiento era peor que cien azotes en la espalda. De los latigazos te recomponías, de los monstruos que se ocultaban entre las pilastras no, pues iban armados con falsas sonrisas y cuchillos de hojas melladas. Al desgarro de la carne no se sobrevive. Puede que Aisha estuviera en lo cierto y el carácter fuera emergiendo.

Salí con la lección aprendida, pero aún tenía una enseñanza a la vuelta de la esquina, dispuesta a darme una bofetada de realidad.

Esa noche fue noche cerrada, de esas que lo cubren todo con un manto de negrura y las estrellas engarzadas apenas titilan y aportan luz. El aullido espectral del viento se entremezclaba con el ulular de los búhos y los dedos gélidos del invierno penetraban en las alcobas pese a los fuegos que caldeaban el ambiente. Si entreabrías los labios, el alma salía por tu boca en forma de vaho.

Dormía abrazada a un almohadón que suplía el cuerpo de mi esposo y me confería un ápice de seguridad, acurrucada entre pesadas colchas que me guarecían. Había caído en seguida tras cenar frugalmente y beber una infusión de hierbas que me relajaba los músculos y la mente y el cansancio que arrastraba había hecho el resto. Jimena no se había marchado hasta que perdí la conciencia y me sumergí en el mundo de los sueños. Confieso que a menudo, cuando cerraba los ojos y deseaba dormir, recordaba los rostros de los míos: mi madre, mi padre, mi querida hermana, incluso el de mis cuñadas y mis hermanos mayores. Imaginaba el futuro que habría de venir, con Aziza vestida de novia, establecida en uno de los palacios del alcázar, por el que podríamos pasear cada mañana junto a nuestros hijos. Se me dibujaba una sonrisa que me duraba hasta el amanecer.

Pero esa noche de principios de enero distó de ser como las anteriores y no solo por la ausencia de Boabdil en mi lecho, que llegaría a ser una constante. Esa noche todo cambió porque, finalmente, los nubarrones plomizos del cielo que auguraban mal presagio nos habían alcanzado. Alzabas los ojos y los veías. Estaban sobre nuestras cabezas.

Sumida en un profundo sueño, completamente agotada, era ajena a lo que acaecía en los desolados y crudos pasillos de la gloriosa Alhambra. Una mujer había sido advertida por ciertos demonios de faces humanas de que la amenaza velada había dejado de serlo para convertirse en peligro y riesgo inminente. Quien avisa no es traidor. Previsora, supo que había llegado el momento, uno al que temía, uno que había estado aguardando desde hacía años. Y así, determinante, dio la dolorosa orden de huir. Quedarse y morir no era una opción. No para mi suegra Aisha.

El ruido de unos pasos sordos y acelerados por la galería no me alertó, como tampoco lo hizo la mortecina luz del candil cuando alguien entró en mis aposentos. Dormía dándole la espalda a la puerta, acostumbrada a que los guardas nos protegieran y Boabdil velara mis sueños. Malacostumbrada, porque la puerta es por donde entran los enemigos, cuchillo en mano. Noté el bascular del jergón bajo un peso que lo hundía y pensé que serían esas extrañas sensaciones que te acompañan cuando vas abandonando lo onírico y te acercas a la realidad, a la vigilia, cuando todavía no distingues los fantasmas de tu mente de las sombras de los rincones. Algo rozó mi cuello desnudo, la caricia me extirpó la tranquilidad. Aquello no eran imaginaciones. Abrí los ojos de repente, corazón en un puño y exhalación en la garganta. No pude pedir ayuda, tampoco levantarme y echar a correr, porque para cuando quise reaccionar una silueta humana se abalanzó sobre mí y una garra me cubrió la boca. Asustada, todavía con los brazos y las piernas pesados a causa del letargo, me revolví en el colchón en un vano intento de escapar, pero la figura masculina era fuerte y me mantenía atrapada. Mis ojos buscaron en la oscuridad, tinieblas paliadas por la bailante llama de la vela que no alcanzaba a alumbrar aquel lado de la alcoba, solo la mesita en la que la habían colocado.

Me desgañité para llamar a los soldados apostados en la puerta, que parecían haberse quedado dormidos o haber perdido el sentido del oído. Me retorcí cual lombriz de tierra, pataleando en la cama, casi frenética, azotada por el miedo visceral que me ardía en el pecho. Trataba de zafar los brazos para así tocar el rostro y arañarlo, dejarlo marcado con mis uñas. No lograba dar con él, por mucho que me esforzaba, porque era una lucha desigual, me superaba en fuerza y en tamaño, a su lado era una simple y diminuta hormiga. El terror me trepó por la garganta, la hiel me quemó por dentro. Aquella batalla estaba perdida. Pensar en mi padre me insuflaba coraje, me empujaba a seguir guerreando, porque no deseaba morir en el lecho, asaltada por un hombre cualquiera. No deseaba que mi cadáver fuera devuelto a mis padres con honores de reina, pero asesinada vilmente como una prostituta de arrabal. No cuando todavía poseía un soplo de aliento.

Quizá mi única opción de escapar fuera morder la mano que me enmudecía y confiar en que el sufrimiento ocasionado lo apartara, dándome opción de pedir auxilio y abandonar la estancia. Me armé de valor, dispuesta a clavarle los dientes, a sabiendas de que si no funcionaba solo quedaría rezar. Entonces el aroma a almizcle me abofeteó y reconocí a Boabdil. Y lo que antes fue furia y desesperación, sentimientos que jamás había experimentado, se tornó en un alivio que me empañó los ojos. Mi desbocado corazón recuperó su ritmo natural. Fueron segundos, los segundos más crueles y largos que había vivido.

Empecé a vislumbrar sus facciones entre las lágrimas y los claroscuros de la noche, distinguí los pedernales de su mirada gracias a la pobre luz del lejano candil y él sonrió al percibir el reconocimiento. Al liberarme del espantoso silencio, tan pronto me puse en rodillas sobre la cama me lancé a sus brazos y me aferré a su cuello, llorosa y aterida. Me estrechó y yo le besé las mejillas y los labios, demasiado aliviada por que fuera mi marido y no un desconocido que me hubiera atacado aprovechando mi vulnerabilidad. No reparé en lo desconcertante de la situación que acababa de producirse.

—Mi señora, disculpadme por este brusco despertar, pero hemos de partir —me dijo cuando consentí en separarme de él.

—¿Partir? —pregunté confusa. Boabdil asintió tan serio que me asustó—. ¿A dónde?

¿Cómo íbamos a irnos de la Alhambra? ¿Cómo íbamos a dejar el palacio de los sultanes, si ser sultanes era nuestro destino? No era chanza alguna. Mi amado vestía con ropajes azabaches que se confundían con la noche y la expresión abatida de su rostro evidenciaba su estado de ánimo, que reptaba por el suelo. Hasta el negro de sus iris, que siempre refulgía, había perdido el brillo para quedar del todo opaco. Me resistí a estrecharlo nuevamente entre mis brazos, una ardua tarea, pues verlo desconsolado me destrozaba.

Boabdil examinó nuestro derredor, comprobando que no había nadie que nos oyera a excepción de un par de hombres, soldados suyos, que lo acompañaban y guardaban la puerta. Incluso así, su voz fue un susurro.

—No diré ni una palabra más dentro de estos muros. —Se acercó y su frente reposó sobre la mía. Cerré los ojos, confundida y dolida a partes iguales—. Hemos de irnos cuanto antes.

Más debía de dolerle a él, me recordé, que aquel había sido su hogar desde pequeño y ahora lo dejaba desierto. Yo ya había padecido ese tormento, el de mudar la piel, despedirte de quien fuiste. Y ahora, le tocaba a él. Lo ayudaría a sobrellevarlo, porque la dicha en buena compañía se duplica y las penas menguan.

—Decidme qué sucede —le imploré.

—No aquí, las paredes tienen oídos.

—¿Corremos peligro? —Conocía la respuesta.

—Por desgracia, así es. Y no hay nada que me preocupe más que vos y vuestra seguridad.

Se veía en la arruga estampada de su entrecejo. Alargué los dedos, acariciando allí donde se encontraba, y él entendió el significado del leve y cariñoso roce. Hasta entonces no me había percatado de la tensión que lo agarrotaba, de la urgencia de sus pupilas, que solo encontraban paz al posarse en mí y continuamente revisaban la alcoba en busca de enemigos invisibles.

Aferré su rostro y lo obligué a mirarme.

—Os seguiré, sin importar el lugar.

Él sonrió y el pliegue que otrora delataba desasosiego desapareció. Mi mano recorrió su sien derecha, descendió hasta su mejilla, se hundió en su barba oscura. Al llegar a la comisura de los labios, la capturó cual cazador y la besó con devoción.

—Iremos ligeros de equipaje, mi señora, solo lo esencial tendrá cabida en nuestras monturas. —La tristeza de arrastrarme con él era palpable, un aguijonazo que le punzaba las cuerdas vocales. Me lo había dado todo y ahora sentía que me lo arrebataba, que no cumplía con lo que había prometido a mi padre.

—Nunca he sido amiga de ornato hasta que casé con vos y me colmasteis de joyas y piedras preciosas, puedo prescindir de todas ellas. Solo necesito a la *rumiyya* Jimena y a la sabia Dhuha.

—Ya ha sido avisado el servicio.

Compuse una orgullosa sonrisa, de esas que caldean el corazón, de las que reconfortan. Supe que, cuando estuviéramos a salvo e instalados, haría que le prepararan una jarrita de leche caliente con miel. Lo cuidaría. Yo misma le lamería las heridas ocasionadas por este desgarrador palacio de intrigas.

—Entonces enfilad camino, esposo mío, que detrás de vos iré yo, a donde sea que os dirijáis.

Jimena entró en mis aposentos, como si hubiera sido convocada al poco de ser mentada. La seguían un par de criadas más de mi propio séquito y supuse que las demás se hallaban ocupadas atendiendo otras obligaciones. La cristiana traía el pelo hecho una maraña de trigo y unos surcos violáceos, fruto del no descansar correctamente. Al hallar tan delicada escena de enamorados, las mujeres se camuflaron en uno de los rincones, regalándonos un ápice de intimidad.

—Preparadlo todo con urgencia, mi señora —me indicó mi marido—. Recordad, solo aquello que os sea de necesidad.

Boabdil se dispuso a regresar por donde había venido; sin embargo, no le di oportunidad. Antes de que diera más de dos pasos, descendí de la cama, en la que había estado arrodillada todo ese tiempo, y lo detuve. Todavía estábamos unidos por los dedos entrelazados.

—¿Y vos? ¿A dónde vais?

No quería separarme de él, no cuando estábamos en peligro y la posibilidad de no volverlo a ver me cortaba la respiración de cuajo.

—A asegurarme de que mi hermana ya ha finalizado los preparativos y se encuentra con mi madre. Un sirviente vendrá a por vosotras en unos minutos, estad dispuestas para cuando llegue. Descuidad, no temáis, que nada malo os sucederá en mi ausencia, os dejo a algunos hombres para que os escolten. —Se regodeó en el beso que depositó en mi cabellera, en el abrazo que me aprisionó—. Jimena, sed rauda —le ordenó.

—Sea, mi señor —respondió con una rápida reverencia.

Me costó lo indecible dejarlo escapar. Estiré el momento de la separación lo que pude y más, alargando el brazo hasta que nuestros dedos se desmadejaron y unas lágrimas me rodaron por la barbilla. Retuve el llanto, me mordí los labios. Su figura se esbozó recortada en la puerta, perfilada por los haces de los candiles, un espectro del Otro Lado. Rogué que aquella no fuera la última vez que lo viera.

No. No lloraría. Por Allah que no lo haría; nos encomendaría a él y con su divina ayuda saldríamos de la Alhambra, aunque fuera en oscuridad y en silencio, similares a maleantes y no a príncipes con derecho al trono. Habíamos de ser prudentes, actuar con mesura; en aquellos instantes no importaba la dignidad, sino seguir vivos. Cuando llegara la hora, nuestra huida sería una adversidad del pasado y reclamaríamos lo que nos pertenecía. El dominio de nuestro reino.

14

Jimena me vistió con presteza con las ropas más oscuras que hubiera en mis arcones, el velamen más discreto, la pelliza y los guantes más abrigados que me protegieran del frío invierno y me mimetizaran con las tinieblas. De la ostentación de la mañana con Zoraida, en un despliegue de boato y esplendor, a lo anodino y sombrío de la nocturnidad. Ni yo me habría reconocido en el reflejo del espejo. Escapábamos como ratas.

Acuciadas por las prisas, rebuscamos entre mis pertenencias para decidir qué nos era de vital importancia y debíamos llevar con nosotras. Pero ¿qué llevarte cuando nada de lo que posees es indispensable? Estaba rodeada de objetos de valor que nada significaban. El anillo de amatista era lo único que quería conmigo, el resto podía quedarse en manos de quien fuera nuestro perseguidor y su verdugo.

—Ni arquetas ni arcones —ordené al ver a mis criadas meter ropajes en uno de los baúles—. Iremos más livianas si cargamos con sacos.

Me observaron consternadas, con las manos llenas de telas y el arcón abierto, listo para devorarlas y guardarlas en su estómago.

—Pero, mi señora, que vuestra indumentaria en saco parecerá el botín de un ladronzuelo en vez de la seda de una princesa —trató una de hacerme entrar en razón. Parecía abatida por el mero hecho de enjaular los vestidos en un contenedor poco apropiado—. No es digno de vos.

—Naderías. Eso ahora no importa.

No había tiempo para discutir, tampoco era un asunto que requiriera debate y consenso. Boabdil había dicho que debíamos ir ligeras y las palabras de mi marido eran ley. Les di la espalda y proseguí hurgando entre los vestidos, decantándome por unos, plegándolos y conformando enormes bolas de sedas que iban a parar a las sábanas de las que habíamos desprovisto la cama. Actuarían de improvisado fardo al atar las esquinas con unos nudos.

—Se arrugarán... —se quejó otra.

La gélida mirada que le lancé hizo que cerrara la boca y agachara la cabeza, casi compungida por el arrebato de frivolidad que la había embargado. No podría haberlo definido de mejor manera: era frívola y se me torció el gesto al percatarme de ello. Las buenas mujeres no podían permitirse serlo. Todavía cargaba con túnicas y velos en los brazos que le servían de escudo. Me dirigí hacia donde estaba y, recordando los consejos de mi madre sobre las personas que estaban a mi servicio y sus múltiples errores, hablé con sosiego y dureza.

—Si esta cuestión es de vida o muerte, como ha insinuado mi esposo y vuestro señor, preferiremos vestidos arrugados y continuar en este mundo que ir bien engalanados hacia el otro. —Cerré con cuidado el arcón que se encontraba a su lado. Ella asintió repetidas veces, muestra de arrepentimiento—. Que Allah todavía no nos reciba en su seno.

Hicimos un eficaz recuento, con la intención de que no olvidáramos nada imprescindible. No nos llevó más que un par de minutos y, sin embargo, cada uno de los que gastábamos, tan valiosos y preciados, nos condenaba a la decapitación. El hálito de la muerte nos soplaba en la nuca. Aún no había tenido tiempo de procesar lo que nos estaba sucediendo, no me paraba a cuestionar nada, actuaba por impulso, azotada por el miedo y la obediencia que le debía a mi esposo. Jamás hubiera pensado que un día tendría que luchar para salvar mi vida. Hasta entonces me había defendido el acero de la espada de mi padre y ahora tendría que hacerlo el ingenio.

Para cuando hubimos terminado, un sirviente delgaducho y

de piel cetrina apareció en el umbral mal iluminado y nos hizo un sutil gesto que clamaba que lo siguiéramos. Jimena y yo nos dedicamos una mirada de entendimiento: había llegado la hora. Nos marchábamos de la Alhambra.

Junto a los dos guardias que había dejado Boabdil y que cerraban la comitiva, el criado nos guio por las penumbras de los pasillos. Salimos a las desangeladas galerías en las que el único ruido eran nuestras pisadas y las respiraciones trabajosas. Éramos una hilera de mujeres que no notábamos el frío del invierno, percibíamos en el ambiente la urgencia del terror, el olor a pánico. Supuse que mi padre estaría habituado a esas sensaciones durante la batalla, pero para mí eran nuevas. Tratábamos de ser silenciosos, raudos y cautelosos, andábamos adheridos a las paredes cual lagartijas, en un intento de fundirnos con ellas y no ser divisados. Una desbandada nocturna alertaría a cualquiera. Al menos, había sido astuta y me había negado a cargar con los arcones, que habrían ralentizado nuestros movimientos y ocupado más espacio. Portábamos únicamente la sábana con ropa para el viaje y las pocas joyas que yo llevaba encima. Ni perfumes ni afeites, ni botes cilíndricos de marfil con mi nombre grabado; dejaba los recuerdos en mi alcoba de mocárabes, a la que un día esperaba regresar.

—¿Qué sabéis de esto? —le pregunté a Jimena a resuellos, pues el paso apurado me desgastaba, poco acostumbrada a un ejercicio continuado.

—Lo mismo que vos, mi señora, que partimos al amparo de la noche para que no nos descubra.

—¿El sultán? —la interrogué.

Observé sus ojos por si identificaba en ellos una verdad callada y lo que vi fueron suposiciones, intrigas que comprendíamos pero cuya magnitud no alcanzábamos a imaginar. Ella jamás lo admitiría, porque hay pensamientos que son traición y la traición se castiga con pena capital.

—O quien sea que empuñe la espada con la que vaya a rebanarnos el pescuezo.

—No seáis...

Agorera.

No conseguí pronunciarlo, pues el hombre que andaba a la vanguardia y sostenía el candil nos chistó, enmudeciéndonos al instante. Jimena se pegó a mí y yo enredé mi brazo en el hueco que creaba el suyo propio, de manera que quedamos entrelazadas. Una actitud nada adecuada para una señora y su esclava, pero la confianza es de quien se la gana y la cristiana lo había hecho.

—No creo que sea el sultán, mi señora, un gobernador no se mancha las manos de sangre —susurró, tan unida que despedíamos la misma sombra en el muro—. Lo hacen otros, aunque de él partan las órdenes.

—Este sultán, sí.

Lo sabía de buena tinta, porque los rumores se fraguaban con fundamento, sobre ápices de verdad que, por muy diminutos que fueran, eran bases sólidas. Y si había falsedad en los cruentos episodios achacados a su persona, poco hacía ahora por desmentirlos.

En la corte reptaban comentarios insidiosos: que Boabdil nunca renunciaría al trono; que su padre ya había proclamado heredero a Sa'd; que Aisha se cobraría la venganza de su repudio a través de su hijo; que Zoraida no quedaría satisfecha hasta que el sultán se librara de sus anteriores vástagos, pues solo su eliminación garantizaría el ascenso de Sa'd. Los comentarios no se hacen realidad hasta que alguien alza la mano y asesta un golpe mortal. El desmembramiento de la familia real había ocasionado una lucha de poder que, si otrora fue oculta entre veladuras, ahora se proclamaba a sangre y fuego. Tras años de titubeos, los deseos de aniquilación se habían tornado en mandato.

—Ponerle precio a la cabeza de sus hijos... —Acusé el dolor de la *rumiyya*.

Quien ha engendrado, aun sin llegar a parir por la desventura, siempre será madre. Jimena aquejaba de esa lástima de mujer, la que llora a los hijos ajenos que mueren en guerras por ser conocedora del valor de crear una vida en el vientre y que otro la cercene.

—Para coronar a otros. —El desprecio de mi voz la impresionó. Me aferraba a los bajos de los ropajes para que estos no barrieran el suelo y la violencia quedaba marcada en la parduzca tela, arrugada por mis garras—. Hay quienes no merecen ser padres. Luchamos para darles herederos y así es como nos lo pagan, matándolos. Allah dice que ha de amarse a los hijos por igual y preferir a unos sobre los otros es de profesar poco amor, pero quien es injusto desde joven lo es también de mayor y Muley Hasan ya lo demostró al derrocar a su padre y ocupar su trono. Y lo volvió a demostrar al relegar a mi suegra en pos de esa mujer.

Con esos viles comportamientos no me extrañaba que Allah lo castigara con temblores esporádicos que lo hacían desfallecer y caer al suelo, un animalillo indefenso que sufre de los estertores previos a la muerte. Merecidos. Más que merecidos.

—Ha sido su esposa, estoy segura. Lleva tiempo envenenándolo contra sus hijos mayores, desprestigiando a los de nuestra señora Aisha para que así Sa'd herede, mas nunca imaginamos que llegaría tan lejos, porque hacer odiar y hacer matar ni siquiera se parecen. Qué acto tan repugnante.

—No la culpemos solo a ella, que un hombre no se deja envenenar contra su progenie, no si es un hombre de verdad. Los hijos son tuyos, sangre de tu sangre, carne de tu carne, a la esposa la eliges de entre muchas otras mujeres o te es impuesta.

Mi padre, a pesar de no disimular su inclinación hacia mí, nunca hubiera caído en semejante agravio. Amar en equidad es harto complicado, el corazón es traicionero, sin embargo, es justo tratar a tus hijos con la misma mano izquierda, no llevar caramelos a uno e ignorar al otro.

—La conversación con vos ha debido de terminar de enfurecerla. Os avisé de ello, mi señora, que no podríais instaurar paz en una batalla campal como esta, que vuestras buenas y honradas intenciones caerían en saco roto.

Eso ya no importaba; en el tablero de ajedrez habían colocado las piezas en posiciones estratégicas y para cuando quisimos hacer nuestro siguiente movimiento, estábamos en jaque. La facción de Muley Hasan, Zoraida y sus hijos nos comía terreno.

Rozaba la desesperación al llegar a la alcoba de mi suegra Aisha. En ella se habían congregado los leales a nuestra causa, una marea de rostros femeninos y masculinos, siervos y hombres libres del alcázar, identidades borrosas entre las que busqué las facciones de mi bienamado esposo. Escruté las narices rectas, las pupilas brillantes, y a cada descarte el corazón me latía en las sienes, desbocado. Los ropajes oscuros en los que se habían enfundado, los turbantes azabaches y las barbas cuidadas impedían identificarlos con un vistazo. Y allí lo encontré, con el ceño fruncido de preocupación, esa arruga que había tratado de borrar y que ahora anhelaba volver a acariciar. Entendí que en un salón concurrido, repleto de hombres, mi alma siempre apuntaría en su dirección. Hablaba en murmullos con su hermano menor, gesticulaban apesadumbrados, absortos en una conversación sobre rumbos distintos, caminos que los separaban. En uno de los ademanes desvió la mirada y halló mi sonrisa fragmentada, el alivio de quien se reúne con el ser amado en mitad de la devastación de tropas enemigas.

Sofoqué la imperante necesidad de correr hacia él y refugiarme entre sus brazos, sabedora de que incluso en situaciones así no se ha de flaquear, sino mantener la compostura. Sorteé la distancia con amplias pisadas, apreté la mandíbula y permití que besara mi frente, fingiendo una seguridad que no sentía. La presión de sus labios sobre mi piel me desveló la congoja que se había apoderado de él durante nuestra efímera separación. El llanto me ardió en la garganta, donde lo retuve.

—Me habéis tenido en vilo —me reconfortó con un nuevo beso que sabía a añoranza—. No dejaré que nos vuelvan a separar, ni vuestros días de sangrado ni una mala disputa.

Otra promesa que se marchitaría.

Si hubiéramos gozado de privacidad habría estallado en carcajadas y las lágrimas me habrían rebasado el mentón, de cuando dicha y tristeza se entremezclan. Saberme extrañada, saberme amada por encima de las adversidades.

—¿Esperan los caballos fuera del recinto? —quiso saber Aisha.

Su intervención rompió la burbuja cristalina en la que Boabdil y yo nos habíamos sumergido, objeto de las miradas que se nos clavaban en la nuca, espectadores del reencuentro. Aún nos duraba el gozo del matrimonio, el almíbar empalagoso y el agujero que te perfora las tripas, nos habíamos casado hacía días. La ausencia del otro era la mordedura de una lamprea, aunque solo fueran escasos minutos, por eso nos fundíamos en abrazos que aparentaban ser el de un marido que regresa tras una larga peregrinación.

Yusuf ben Kumasha Aben Comixa asintió. Lucía del todo solemne, con las manos ocultas detrás de la espalda y un semblante relajado que en nada encajaba con la situación que estábamos viviendo.

—Os aguardan, mi señora, tal y como ordenasteis. —Señaló el exterior que se percibía a través de los ventanales—. Monturas para cada uno de vuestros hijos y hombres que os acompañarán en el viaje, encabezados por Ibn Hamete. Los Banu Sarray os esperan.

Aisha esbozó una sonrisa de complacencia; si de algo disfrutaba era de los dictámenes ejecutados a la perfección, los que no dejaban hilo suelto en el intrincado bordado que ella misma había confeccionado con esmero y habilidad. En momentos como aquel apreciaba el matiz de exigencia que la caracterizaba.

—Dispongámonos pues a descender, el tiempo apremia. No querría que el amanecer nos sorprendiera todavía encarcelados en la Alhambra.

Sus palabras plantaron una semilla de duda. Obnubilada por las balsámicas sensaciones de haber regresado al lado de mi marido, no había reparado en un extraño amarre de seda.

Colgando de la ventana, sujetos y bien ligados en un nudo perfecto e imposible de desatar, un centenar de velámenes habían sido unidos manualmente desde sus extremos, creando una soga que pendía desde una pilastra de mármol. Las doncellas y las criadas de Aisha habían invertido horas en proporcionarnos un método de escape y presupuse las intenciones antes de que llegaran a verbalizarlas. Una cuerda de almaizares por la que debíamos dejarnos caer para que nuestros pies rozaran tierra firme, fuera del complejo alhambreño. Seguí el camino de telas, apoyé las manos en el alféizar y, asomada, inspeccioné la altura.

Había una altura considerable y nada que amortiguara el golpe que procede del desafortunado tropiezo. Una cama de paja, un simple jergón, unas sábanas sostenidas en el aire por varios hombres. Nada. Solo fe y una precisión felina. A Aisha se le olvidaba que los gatos disponen de siete vidas por una razón: las malgastan en la temeridad de sus saltos y acrobacias.

La impresión me aturdió, una especie de vértigo me nubló la visión y para domarlo hube de calmarme y centrarme en respirar, pues ni una gota de aire entraba en mis pulmones, constreñidos por el mareo. Boabdil me socorrió, apartándome del ventanal. Sostenida por sus férreas manos, me llevó hasta uno de los muebles, donde me sentó. Mi nombre en su boca me llegaba lejano, el eco de las bóvedas del *hammam*, la voz que escapa por los lucernarios.

—Reponeos, mi señora. —Se acuclilló ante mí. Mientras acariciaba mi rodilla para insuflarme valor, buscó mi mirada. Sus ojos ónices me devolvieron a años atrás, cuando una celosía nos separaba, cuando todavía soñaba con pertenecerle y que me perteneciera—. Es más el impacto del principio que el descenso en sí mismo, os lo juro. Nada malo habrá de sucederos, yo os salvaguardo de cualquier peligro.

Cuando alcé la cabeza, Aisha me contemplaba con el aire impertérrito de una estatua y debajo de su hieratismo capté la animadversión hacia mi debilidad. Fallarle hizo que la boca me supiera a hiel. Aquella mujer padecía de genialidad o de locura, porque solo un loco o la persona más inteligente del mundo esperaría que un plan suicida funcionara. No sería el sultán quien nos condenara a morir, lo haría ella misma, que nos empujaba a un precipicio por el que despeñarnos.

En otro momento no habría vacilado, pero con el miedo royéndome las entrañas solo pude pensar en mi cuerpo inerte en el rocoso y polvoroso suelo del camino, los huesos quebrados por la caída y un manto de sangre que hacía de cuna. No deseaba morir, no así, con quince años y una vida que no había saboreado, un fruto delicioso que me arrebatan nada más probarlo. No había defendido a Aisha ante los encarnizados ataques de Zoraida para que esta me lanzara a una muerte segura.

Me levanté, haciendo caso omiso al ligero vahído que me sobrevino y embotó mi mente.

—Habéis debido de perder el juicio o los vapores de la sospecha os han afectado hasta nublaros el entendimiento —me encaré, presa del espanto—. Por Allah, pedís que saltemos por la ventana como si fuéramos pájaros. Apiadaos de quienes os siguen y construidnos un par de alas con plumas de almohadones y cera de velas.

Boabdil me capturó por la espalda, me aferró de los brazos y me apresó entre su cuerpo, alejándome de su madre. Para entonces, temblaba al igual que un pajarillo indefenso. Aisha no se inmutó, dueña de sus emociones. Le desagradó mi intervención, que en público era una ofensa al cuestionar su autoridad.

—Entre morir a manos del sultán y su pérfida esposa o abriros el cráneo en una bajada no demasiado peligrosa, vos elegís vuestro final.

—Atended a mi madre, que así lo ha dispuesto —me rogó mi esposo, conciliador, y supe que él ya había cedido a aquel despropósito que nos costaría algún susto.

No era la única persona en aquella estancia que titubeaba; el rostro lunar de mi cuñada Aisha reflejaba pavor. Quien no temiera herirse desde las alturas era un necio y allí pocos demostraban raciocinio y cordura; se guardaban la incertidumbre para ellos, vistiéndose de arrojo.

—Bien equivocada estáis si pretendéis que seamos escaladores de murallas, no es esto un asalto. Hay miles de puertas en el alcázar para evitar hacer uso de ventanas altas.

Dio un paso al frente; los brazos en jarras marcaban sus caderas.

—Idos, pues, por la puerta principal y que os detengan los guardias allí apostados —me instó, con esa autoridad que doblegaba voluntades—. Poco habéis aprendido en los días que lleváis aquí si de verdad creéis que urdiría un plan que conllevara la muerte de mis hijos cuando mi principal desvelo es mantenerlos lejos de las garras de quien desea acabar con ellos.

En seguida me arrepentí de mi deslengüe. ¿Qué no habría hecho Aisha por sus hijos? Si se habría rajado con sus propias manos en canal para que los polluelos del nido le picotearan las entrañas y se alimentaran. Se habría despojado de su plumaje para ofrecerles calor y se habría enfrentado con víboras, a riesgo de sufrir las mordeduras y el veneno, con tal de que ninguna amenazara a sus pequeños.

Aisha había optado por una fuga desesperada. ¿Acaso no habría hecho yo lo mismo de llevar sus zapatos? Por Allah, que sí. Me habría tirado de cabeza para que al lanzarse mis hijos cayeran sobre mi cuerpo magullado.

—Confiad. —Boabdil enmarcó mi faz—. Confiad en mí, prometí protegeros y lo haré con mi vida si es necesario.

En ese juramento jamás erró.

Hacía una semana teñir mi cabello del negro de los cuervos se me antojaba una muestra de amor. Qué ingenua. El tinte de alheña no sería nada en comparación con el vertiginoso descenso en el que estaba a punto de embarcarme. A partir de esa noche, nuestro futuro no sería más que una continua bajada a los infiernos.

—Primero las mujeres. —Yusuf Ben Kumasha Aben Comixa aseguró el nudo a la pilastra y, tras haber dado señal a los hombres enmascarados que nos aguardaban en el exterior junto a las monturas, le ofreció la mano a mi cuñada Aisha, quien la tomó temblorosa.

Aisha no pudo ni acercarse a la ventana, porque mi suegra la detuvo con la palma en alto.

—Primero mis hijos, que son quienes corren peligro de muerte.

—Madre... —Boabdil se afanó en convencerla con todos los argumentos posibles. Que siendo el varón era quien había de proteger a su familia, que los sacrificios debían venir de su parte, no de la de ella. Que siendo el hombre las órdenes provenían de él, que no se acercaría a esa soga de tocas hasta que no se asegurara de que los suyos estaban a salvo, que sería el último si era preciso.

Y ella negaba y negaba, como niegan las madres, guardianas de sus vástagos.

—No discutáis, no hay tiempo que perder. Primero vos y luego Yusuf, que si somos apresados aquí y ahora, vosotros dispongáis de la opción de escapar y poneros a salvo, para cuando llegue el momento reclamar vuestro derecho al trono. —Aisha besó la mano de Boabdil—. Querría decir que vuestro padre no se atreverá a dañar a un par de mujeres, pero es vuestro padre y ya nada debemos dar por seguro. Id.

A Aisha, hija de Muhammad IX el Zurdo, se la contravenía una vez, no dos, y atendiendo a las indicaciones de su madre, mi esposo actuó en consecuencia. «Nos veremos allí abajo», me dijo. Se despidió de mí con un casto beso en el velamen que cubría mi melena y a continuación se encaramó a la ventana con cuidado y sigilo, haciendo gala de sus dotes de cazador. Recé en cuanto su rostro comenzó a desaparecer según descendía, bien sujeto a la soga de almaizares. No consentí en vigilar su deslizamiento, temerosa de que un mero despiste le provocara la muerte. Me moriría si fuera yo la causante de semejante tragedia.

Recé con más fervor, le supliqué a Allah que no me lo arrebatara en un torpe descalabro, pues sería cruel e injusto, y si esa fuera su voluntad, ganaría dos almas en vez de una. Ahora que Boabdil era mi vida, no imaginaba una sin él.

Corazón en puño, la bilis me trepaba por el esófago, repetía plegarias con los párpados cerrados, auxiliada por las súplicas internas que mi leal Jimena vertía hacia su Dios. Alguno había de escucharnos. Los minutos fueron eternos, un centenar de noches que se solaparon. Únicamente cesé en la oración cuando sus pies conquistaron tierra de un salto y los Banu Sarray corrieron a socorrerlo. Me avisaron de que había sido un éxito, entonces me asomé y vi su silueta parduzca al otro lado de la muralla. Quedé en paz.

Idéntico procedimiento fue el de Yusuf, que había heredado la valentía de su tío el Zagal y no vaciló ni un segundo, al contrario que mi cuñada, quien se deshizo en lágrimas durante la travesía cuesta abajo.

—Y vos no creíais en mí —me recriminó Aisha con una media sonrisa que supuraba orgullo—. Las veladuras lo valen todo, incluso nuestra salvación. —Contemplaba encandilada la resistencia de las telas que aguantaban el peso de los hombres sin rasguños.

—No es desconfianza, es cautela, mi señora —me atreví a corregirla—. Ir en busca de la muerte es una imprudencia que no gusta a Allah, solo Él tiene potestad para decidir sobre nuestro final.

—Decídselo al sultán, que es quien ha decretado el de todos nosotros. No. —Retiró la mano que Aben Comixa le tendía—. Seré la última. Ahora es vuestro turno, Morayma, vos sois el futuro del reino.

—Dios está con vos, mi señora —me animó Jimena, tan pálida que recordaba a una calavera.

Un par de hombres me ayudaron a subir al ventanal, no sin un clarísimo esfuerzo a causa del vestido, que me dificultaba la movilidad. Me senté en el poyete, temblorosa, con los pies colgando y la fresca brisa del invierno colándose entre los pliegues de mis ropajes y erizándome la piel. Desde allí arriba, el paisaje era una extensión de viviendas saturadas en la medina y un verde paraje cubierto por la fina capa de escarcha que lo blanqueaba.

Qué diminuto era el mundo desde las alturas, qué fútil. ¿Por el dominio de aquellas tierras luchábamos? Ni siquiera parecían reales, desdibujados los trazos de un buen pintor.

—Mi señora —pidió permiso Aben Comixa—, agarraos con fuerza, no miréis hacia abajo, centraos en colocar correctamente los pies en la piedra del torreón, no alrededor de la propia cuerda, si no os será más arduo el descenso. Como si anduvierais, a pasos lentos pero firmes. ¿Entendéis?

Supuse que esperaba una respuesta, así que se la di.

—Entiendo.

Me propuse un simple objetivo: llegar hasta mi marido y volver a abrazarlo. De ese modo, la travesía sería poco crucial, un paseo desposeído de peligro, un dulce autoengaño que acelera la digestión de los malos tragos.

Aferré con determinación la soga.

—No cerréis los ojos, mi señora —me recomendó Aben Comixa, todavía pendiente de los ligeros tiritones de mis hombros.

Precavida, fui girando sobre mí misma, los paños sujetos con tanta fuerza que me clavaba las uñas sin reparar en las marcas rojizas ni el dolor. Posé los pies en la superficie de la torre y, con el vértigo controlado, empecé el descenso. Lo último que observé fueron los leales ojos de Aben Comixa, que me inspiraban valor.

Primero, el pie derecho. Luego, el izquierdo.

No osaba ni respirar por miedo a que inhalar más aire del debido me desequilibrara.

Conté las pisadas verticales. Una. Dos. Tres. Cuatro.

Me detuve, una ráfaga de viento me obligó a pegarme a la pared, me refugié allí hasta que se apaciguó y pude continuar. Cinco. Seis. Siete. Ocho.

Una película de sudor me bañaba las sienes, notaba un ápice

de resquemor en las palmas de las manos, un fuego incandescente que me abrasaba la piel a cada tramo que avanzaba. Retenía las ganas de cerrar los ojos, me obligaba a mantenerlos bien abiertos, atentos a los cortos pasos, a las fisuras del torreón que actuaban de soporte o de estorbo. Un paso más era un paso menos que me alejaba de Boabdil.

Y por fin, la pesadilla culminó al soltarme de las telas anudadas y caer al suelo. Las manos y las rodillas se llevaron la peor parte al amortiguar el golpe, que me desolló las palmas, ya de por sí lastimadas. Deshebré el hilo de plegarias que había rezado en mi fuero interno, en silencio, y di gracias a Allah por haberme salvaguardado durante aquella fuga. Mi esposo descabalgó para venir en mi auxilio y ofrecerme refugio. Para entonces, el miedo me había paralizado por completo y no emergieron ni las lágrimas.

Zoraida había dicho que la vida dentro de la Alhambra era un amanecer constante, que por la noche estábamos vivas, pero cuando el sol comenzaba a despuntar, nunca estábamos seguras de si seguiríamos aquí o nos extirparían esa posibilidad.

En ese momento lo entendí todo. Era su advertencia.

15

La Alhambra aún no se había ganado la condición de hogar cuando yo la abandonaba. Recorría el mismo camino que hacía semanas había realizado para desposarme, con los sueños de juventud intactos y el vientre repleto de nervios, el mismo que mis deudos habían realizado el día después de finalizar mis nupcias, semblantes tristes. Me apenaba solo de pensarlo; mi muy honorable padre jamás habría imaginado que detrás de ellos iríamos nosotros, expulsados de nuestras camas en mitad de una fría noche que nos hacía tiritar.

¿Cuántas veces más tendría que mirar atrás para despedirme de lo que fue mi casa? Primero, Loja. Ahora, la Alhambra. Parecía que había sido condenada a una vida de nomadismo, apátrida. No lloré, quizá porque todavía no me había asentado realmente. A Boabdil, en cambio, que había nacido entre las paredes de ricas yeserías y el borboteo del agua de las fuentes, se le humedecieron los ojos, la mirada se le tornó melancólica. Alargué la mano para que me la estrechara, dejé que el contacto le dijera todo lo que mis labios callaban. Que estaba ahí, por y para él; que lo seguiría como las obedientes perras siguen a sus amos; que lo acurrucaría en el jergón y lo acunaría sobre mi pecho, velaría sus sueños, lamería sus heridas, que me dolían más que las propias. Lo entendió, ejerció un poco de fuerza en mi mano y supe que lo entendió. Nadie debería ser desterrado de su morada.

En burro iban la servidumbre y los esclavos, en la retaguardia, silenciosos. Cargaban con alforjas en las que se guardaban nuestras escasas pertenencias, lo mínimo, lo sucinto, lo imprescindible. Era irónico: rodeados de lujo, lo único que importaba salvar era la vida, no el oro engarzado en alhajas y bordado en exquisitas túnicas de seda. No había ánimo para nada que no fuera contemplar las piedras del sendero y el horizonte negruzco que, con el transcurso de las horas, se teñiría del color de las naranjas. Nuestro séquito era pobre: tres criadas de mi suegra, dos siervos de mi esposo, otros dos de mi cuñado Yusuf y otras dos para mi cuñada Aisha, mi leal Jimena y una de las sirvientas a mi disposición. Dhuha se bastaba por sí sola. De hombres libres y fieles a mi Boabdil contábamos con Yusuf ben Kumasha Aben Comixa y los que nos habían esperado al otro lado de la muralla, los Banu Sarray liderados por Ibn Hamete, a quien apenas recordaba de mis esponsales.

Para mi suegra Aisha éramos pocos, habituada a las aglomeraciones de la corte alhambreña, al lustroso ornato y al ceremonial protocolario; para mí éramos más que de sobra, incluso demasiados para pasar inadvertidos en cualquier parte. Formábamos un cortejo extraordinario, príncipes venidos a menos. Se notaba con solo vernos: los hombres ricos huelen a dinero y al caer en desgracia se les agría el carácter, los poderosos no soportan perderlo todo, por eso se vuelven tiranos. Nosotros manteníamos la presencia de la realeza y, sin embargo, éramos más mendigos que otra cosa.

Boabdil dejó claro que no nos detendríamos y a Ibn Hamete le pareció lo correcto dada la crítica situación en la que nos encontrábamos. Pretendían cabalgar hasta que llegáramos al lugar en el que nos alojaríamos, lo que significaba dormir sobre la incómoda montura y pasar lo que quedaba de noche en ese maldito vaivén de los caballos. De repente extrañaba el carro con cortinas, la litera que nos ocultaba del exterior a las mujeres y que gozaba de comodidad. No obstante, en algún momento habríamos de hacer un alto, no por disfrute, sino para que quienes nos seguían a pie descansaran.

Presidían la comitiva los hombres, Boabdil y Yusuf, Ibn Hamete y Aben Comixa. Detrás, nosotras, que poco más hacíamos aparte de soportar como buenamente podíamos el trote de los sementales y la pena que se había instaurado y nos cubría cual manto. Cuando ellos culminaban con alguna conversación de Estado, pues siempre la política estaba en sus bocas, Boabdil se retrasaba para alcanzarnos y pasear a nuestro lado durante un buen tramo, así se aseguraba de nuestro bienestar.

—¿A dónde nos dirigimos? —pregunté ahora que el sol despuntaba y nos cegaba con el resplandor que emitía.

El paisaje se había bañado en oro fundido, en el carmesí de la granza que teñía nuestros ropajes, los campos que alimentaban la vega de Granada eran un incendio descontrolado en el que no había fuego ni cenizas. Solo la luz del astro rey que quemaba los cultivos.

—Mi padre nos acogerá en Loja si nos vemos necesitados de refugio. Pondrá la alcazaba a nuestra disposición, estaremos entre familia, resguardados y bien atendidos —propuse.

Albergaba la esperanza de reunirme de nuevo con mi familia, de abrazarlos y confesarles las siniestras noticias. Mi padre sabría qué hacer, un padre siempre lo sabe. La idea de regresar a Loja, a lo que había sido mi hogar, a aquel lugar conocido en el que el aire era menos viciado y el agua no suponía peligro, me revitalizaba.

Boabdil sonrió, exhausto. Disimulaba el agotamiento como un borracho la ebriedad, con palabras parcas y una expresión ceñuda. No era habilidoso en la mentira, lo cual me convenía, así no podría engañarme mirándome a los ojos. Adivinaría una posible infidelidad antes de lo que mi cuñada Salima tardó en averiguar que mi hermano Muhammad retozaba entre los brazos de otra a la que había hecho concubina.

—Si es que vuestro padre ya ha llegado a su ciudad. —Aisha cabalgaba a mi diestra, cabeza erguida, espalda recta. No la afectaban el sueño ni el cansancio, fresca como una rosa perlada por el rocío de la mañana. A su lado, mi cuñada y yo éramos dos menesterosas que reclamaban migajas de pan—. El invierno ralentizó vuestra llegada a la corte, habrá hecho lo mismo con su regreso.

—Entonces nos encontraremos en el camino y nos uniremos a él y a su cortejo. Les explicaremos lo sucedido.

—Demasiado lejos de Granada —porfió mi suegra.

Miré a mi esposo, en busca de alguna respuesta. Paladeó, como si tuviera la boca pastosa por el sueño acumulado; dos bolsas amoratadas surcaban sus ojos. ¿Cuánto tiempo llevaría sin dormir plácidamente, sin preocupaciones que lo perturbaran? Puede que desde niño.

—Demasiado obvio para mi padre y los suyos —contestó, con la vista fija en el horizonte—. Saben que en Loja seremos bien recibidos, agasajados, que Ali al-Attar me es fiel y que será a quien acudamos por lealtad y parentesco. Ir a Loja sería delatarnos.

—No osarán luchar contra mi padre, Loja está bien defendida, es una plaza difícil de tomar, vos lo sabéis, mi señor.

Mi desconocimiento sobre tácticas militares era absoluto, mas oír a mi padre me había enseñado un par de cosas, entre ellas que Loja era inexpugnable por su doble muralla y porque quien la defendía era él. Donde mi padre apuntaba, daba. No había enemigo que lo sobrepasara en combate.

—Pero queda lejos de la Alhambra —reiteró Aisha.

Giré el rostro para observarla.

—¿No es lo que deseamos, poner distancia con la espada de nuestro verdugo?

—Cuanto más lejos de la corte, más tardan en llegar las noticias, la información es poder —me explicó con paciencia, haciendo hincapié en cada una de las palabras.

—Guadix —dijo finalmente mi esposo, lo que atrajo nuestra atención—. Nos asentaremos en Guadix. Allí estaremos a salvo, a la espera de que mi padre dé un paso en falso.

Pero a Guadix no llegamos todos. A mitad de camino nuestra comitiva se dividió en dos y, escindidas las rutas a tomar, Yusuf partió hacia Almería, donde una buena legión de adeptos apoyaba la causa de mi esposo frente al mal gobierno del sultán. Su tarea en la *cora* de Bayanna consistía en aunar más voluntades, que aquellos que todavía sostenían con su fidelidad a Muley Hasan picaran el anzuelo y cambiaran de bando. No sería complicado, o eso pensaba Aisha, pues el pueblo no aceptaba de buen grado las últimas políticas del sultán, que había relegado el gobierno en pos de sus asuntos maritales. Era Zoraida lo que más disgustaba a muchos de los que se habían pasado a nuestra facción, el hecho de que Muley Hasan la hubiera colmado de regalos, de propiedades, a ella y a sus hijos, pero también a renegados cristianos que, al igual que su esposa, habían abrazado la verdadera fe y con ello habían recibido bienes de alcaides elches recién ejecutados.

«No se mantendrá durante mucho tiempo en el poder. Su causa está perdida», decía Aisha, completamente convencida de nuestro triunfo. «Es el castigo de Allah por incumplir sus deberes y obligaciones, por atentar contra la vida de sus hijos, por abandonarme y desprestigiarme». Supongo que no solo le dolía que su marido la hubiera desdeñado, sino que su propio primo lo hiciera, a ella, que también era hija de sultán. Doblemente herida en el orgullo.

Aisha tenía razón. Muley Hasan se había enemistado con el pueblo y el pueblo nunca perdona, es una mujer rencorosa que oculta un puñal tras la espalda, puñal que clava en el corazón de su marido cuando este duerme.

Cuando Yusuf y Boabdil se despidieron lo hicieron con lástima, se estrecharon los brazos, montados sobre sus cabalgaduras, e intercambiaron unas palabras que no llegué a discernir a causa de la lejanía y el tono monocorde que habían adoptado. A su madre le besó la mano, al igual que a su hermana y a mí. «Que Allah os proteja», fue todo lo que dijimos. Mi cuñada Aisha derramó un par de lágrimas, mi suegra, ni una sola, mas no apartó la mirada del camino de su hijo menor hasta que este desapareció y fue imposible seguirlo.

—Seguro que volveréis a ver a vuestro hijo pronto.

Quizá fuera ingenua, pero si yo hubiera estado en su posición habría agradecido un gesto de consuelo, aunque fueran discursos vacíos que resbalan como el agua de lluvia, pues a veces ni las mejores intenciones logran caldearnos el pecho.

Mi suegra, de efigie pétrea, me miró. Advertí una fractura en sus ojos negros, la veta de sentimientos que trataba de enterrar profundo, gritaban dolor y rabia candente, pero no lo demostró su voz.

—Si queremos conseguir que Boabdil sea sultán todos habremos de hacer sacrificios. Este es el mío.

«Ya llegará el vuestro», parecía insinuar. ¿Qué más podría ofrecer yo, que ya me había desposeído de mi familia, me había tiznado el cabello oscuro, había descendido por una soga de almaizares y llevaba horas cabalgando, siguiendo a mi marido? Más, mucho más, según mi suegra.

Dicen que las mujeres no pueden ostentar el poder, pues ningún gobierno que tenga una al frente prosperará. Con Aisha al mando, el reino nazarita habría conquistado el vasto mundo. Nadie mejor que ella entendía los sacrificios que exigía el dominio de un Estado.

Una madre está dispuesta a todo, pero la madre de un heredero al trono sería capaz de cometer hasta el acto más abominable, aunque este conllevara pena capital y le cercenaran la cabeza. Siempre me pregunté si Aisha habría asesinado a Muley Hasan de haber podido, pero era mujer honesta y, a pesar de todo, tenía escrúpulos. Existía una línea que no traspasaba, la que supusiera arder en el Infierno.

—Querría disculparme con vos. —Mi madre me había instruido adecuadamente: si yerras o hieres a alguien has de admitirlo, ofrecer una disculpa y una satisfacción. Solo merece redención aquel que lucha para conseguirla.

—No lo hagáis —desdeñó mi perdón mordazmente—. Una sultana no ha de disculparse ante nadie, solo ante su esposo y gobernante, a quien debe servir con obediencia, respeto y amor.

Pero yo no podía evitarlo. La culpa me corroía, me gustaba

ser solícita, acertar en todo y que me alabaran, aunque no por soberbia, vanidad o petulancia; había sido así desde niña. Aziza era el potro desbocado, yo la yegua domesticada. Ese era mi lugar.

—El miedo me cegó.

—La próxima vez haríais mejor en tragároslo, pero descuidad, que no tenéis veneno alguno, si lo hacéis no os envenenaréis. ¿Coraje? Sí, lo supe nada más veros en el baño real. ¿Maldad? Ni una pizca.

Aquello me halagó; era lo más parecido a un cumplido que me había hecho.

—¿Puedo formularos una pregunta? —Aisha aceptó con un leve asentimiento, aunque puede que fuera el natural movimiento del trote—. Cuando Zoraida me invitó a su alcoba y me obsequió con el improvisado banquete de exquisitas viandas...

—Del cual no comisteis —me interrumpió—. Precavida o temerosa de que los pastelitos estuvieran envenenados.

Había vertido muchas mentiras en los aposentos de Zoraida, mentiras que me habían servido de escudo para desviar sus embates. No sufría de náuseas que me hicieran devolver lo ingerido, si bien era cierto que desde el día anterior tenía malestar a causa del sangrado, lo que me revolvía el estómago. Había preferido no comer y ser juiciosa. Conociendo a Dhuha, no me sorprendía que alguien como ella pudiera suministrar un amplio abanico de bebedizos ponzoñosos que ocasionaran una muerte lenta y dolorosa.

—Han acontecido sucesos sanguinolentos en la Alhambra. Había de ser sensata.

Aisha sonrió, plenamente complacida con la respuesta.

—Y en muchos otros alcázares, cristianos y musulmanes, no creo que haya ninguno que no esté regado en sangre. ¿Veis? —Alzó una de sus finas cejas. No la comprendí y ella hubo de aclarármelo—. El miedo. Otra vez vuestro miedo.

Me mordí el labio inferior, avergonzada. ¿Pecaba de medrosa? Sí, del mismo modo que de complaciente, desde niña. Si contara las noches en vela rezando por mi padre, que se hallaba en batalla, podría hacer larguísimos colgantes enhebrando cuentas de vidrio de distintas tonalidades.

—No os fustiguéis. El miedo es bueno, os alertará en infinidad de ocasiones por peligro y, en muchas, os salvará la vida. Solo habéis de aprender cuándo acallarlo. ¿Cuál era vuestra pregunta?

Ya casi me había olvidado de ella.

—La renegada me instó a preguntaros por una noche de mayo. No especificó más.

—Y queréis saber a qué se refería.

Asentí.

Durante unos segundos permaneció en un sepulcral silencio, hipnotizada con el balanceo rítmico de su cabalgadura. Pensé que no diría nada, que si quería el secreto tendría que pagar con maravedíes a otros que fueran guardianes de él, a alguna criada que estipulara el precio.

—El Zagal atacó Aguilar de la Frontera —comenzó a narrar, sin mirarme siquiera—. Trajo consigo numerosos cautivos como botín de guerra, entre ellos varios niños que habían salido a abrevar a los caballos. Y para mi mala fortuna, allí estaba Zoraida, que por entonces no respondía a ese nombre.

—¿Cómo se llamaba? —me interesé.

Se encogió de hombros; nunca había presenciado un gesto vulgar en ella y lo hizo hasta distinguido, con una media sonrisa.

—Nunca lo supe y nunca lo sabré. La elegí porque era muy joven y me pareció que cumpliría bien las funciones de esclava: limpiar la alcoba de mi hija. Se la veía servicial y dócil. —La carcajada desdeñosa hizo relinchar a su montura, que dio un par de pasos atrás hasta que Aisha, ducha en la doma, controló al animal—. Tenedlo en cuenta, es un consejo que os doy para con vuestras criadas, quienes se quejan de que dais trato preferente a vuestra esclava cristiana, a la que estáis muy apegada.

Me giré para contemplar la comitiva que nos seguía. Jimena

iba cabizbaja, adormilada por el mecer del asno. Merecía algo de descanso y un poco de paz, pero eso último no lo hallaría hasta que su Dios la reclamara. Después de perder a un hijo no se vive, se sobrevive.

—Jimena me es leal. Y hay que responder con gratitud a aquellos que lo son, así me instruyó mi madre.

Ay, Jimena, mi fiel Jimena. Allah la había puesto en mi camino para hacer más llevadera la carga que me crujiría los huesos.

Mi suegra continuó con su relato, sumida en un pasado que se le terciaba espinoso. A cualquiera se le desgarraría la voz, a ella no, las espinas las escupía, no le arañaban la garganta.

—Para mí era la *rumiyya*, como todas las que hay en el alcázar provenientes de las *razzias* fronterizas. No creo que ni ella misma recuerde cuál era su nombre. Al principio no presentaba amenaza, era solo una esclava de la misma edad que vuestra hermana Aziza, pero en seguida fueron ensanchándose sus caderas y mi marido puso los ojos en ellas. —Negó, decepcionada por el comportamiento de Muley Hasan, incrédula por los giros dramáticos que se habían sucedido desde entonces—. Siempre le atrajo degustar nuevos manjares y a la carne de la infiel le cogió cariño.

»No le di importancia, pensé que pronto se cansaría de la muchacha, pues a los hombres apenas les dura el enamoramiento, son fugaces en sus caprichos. Mas llevaba semanas sin acudir a mi lecho y tampoco me llamaba para que yo lo acompañara en el suyo. —Clavó en mí la mirada, anteriormente fija en el paisaje—. Sabed que yo no fui la que ordenó semejante golpiza que la dejó malherida aquella noche de mayo.

Me cubrí la boca, traspuesta por el descubrimiento. Malherida era, al menos en mi imaginación, sangre por doquier, un labio roto, arañazos violentos que la dejarían marcada, un cuero cabelludo con calvas y múltiples hematomas que le motearían el cuerpo hasta asemejarla a uno de esos leopardos que algunos soberanos tenían enjaulados. El ensañamiento habría sido demoledor para dejarla así.

¿Cómo iba a señalar a Zoraida por ir contra mi suegra si esta se defendía con el coraje del perro? Morder a quien le ha propinado una azotaina.

—Mis doncellas actuaron por iniciativa propia. Sabiéndome mal, defendieron a su señora, porque eso es la lealtad, mi querida Morayma, que vuestras doncellas, criadas y esclavas sepan lo que hacer incluso cuando vos no habéis llegado a formular los pensamientos. Aquella noche de mayo la cercaron al abandonar los aposentos de mi esposo y en una de las galerías la apalearon. Y cuando la encontraron sangrante y magullada, tanto mi marido como ella pensaron que había sido mandato mío, pues peligraba mi posición, así que decidió castigarme con su ignorancia y su silencio. —Percibí un dolor enquistado en esa última frase, preñada de rencor.

La creí. Una paliza de escarmiento era una de las muchas herramientas que Aisha poseía y no usaba; aquello era demasiado contundente y violento, dejaba huellas, era técnica de hombre. El daño debe ser invisible, no un verdugón que cualquiera pueda tocar. Ella era dada a la sutileza. En el serrallo lo que se impone con golpes pronto se pierde, por eso hacía uso de artimañas delicadas y elaboraba intrincados planes que competían con los bordados que nos vestían. Por eso el oro era su mejor aliado. El oro lo compra todo.

—A vos y a vuestros hijos os envió al Palacio de los Leones y a ella la instaló en el de Comares, junto a él —conjeturé.

Las habían separado como se separa a los machos que luchan por una única hembra; la intención era que no se asesinaran la una a la otra.

—Y lo que fue un acto de buena fe por parte de mis doncellas avivó una llama que se tornó en amor, o eso dicen ellos, y me postergó al olvido. —Se rio y en esa risa habitaba el humor ácido de quien decide encontrar fuerza en los obstáculos que lo hacen tropezar—. A mí —elevó el dedo, visiblemente indignada—, Aisha bint Muhammad Ibn al-Ahmar, la hija de Muhammad IX el Zurdo y Umm al-Fath.

Le sangraba el orgullo a borbotones, herida de muerte. Para matarla hacía falta algo más que un repudio y una conjura. Aisha nos enterraría a todos.

—No siendo suficiente su desprecio, mi marido, rencoroso como es, la manumitió con el primero de sus vástagos, ese Sa'd que ha heredado los ojos de su madre, y se casó con ella. Y en nuestra Pascua, se la coronó como esposa legítima y el pueblo hubo de jurarle lealtad y besarle la mano como otrora me la besó a mí.

Procuré no mirarla con lástima. Odiaba la lástima, experimentarla y ser el objeto de ella.

—Yo no fui —repitió, vulnerable por tener que convencerme de no ser una desalmada—. Nunca habría ordenado algo así, mas de haber sabido la desgracia que esa *rumiyya* traería consigo, la hubiera mandado de vuelta a su maldita plaza cristiana, donde debería haberse quedado.

No era la única que en aquel viaje había guardado en su petate algo de culpa. Lo malo de la culpa es que es mala compañera, más pesada que las piedras preciosas que colgaban de nuestros cuellos.

Sentía pena por ambas. Por Zoraida, que, habiendo quizá ya alcanzado mi edad, se vio rodeada por sombras femeninas que la dejaron inconsciente y temblorosa, con un miedo en el cuerpo que alimentó ambición, ira o, simplemente, supervivencia. Y por Aisha, que habría preferido el dolor de la paliza antes que el desprecio de su marido. A mí no me engañaba: hablaba con rencor, camuflando las notas de amorío y añoranza que aún sentía, pese a todo.

—Si el Zagal se la hubiera llevado con él... —soñó despierta, con una sonrisa de amargura, de lo que podía haber sido y no fue.

Lo estaría sufriendo la esposa de este, Esquivilia. Y Esquivilia, como yo, como mis cuñadas, como mi madre, como toda una generación de mujeres, no estábamos hechas del material de Aisha, que repelía los embistes con la precisión de un buen escudo. Que naciera una Aisha bint Muhammad Ibn al-Ahmar era ver una de esas estrellas errantes que surcaban el cielo nocturno cada tantos lustros. Un acontecimiento único.

Si el Zagal se la hubiera llevado con él, el porvenir se hubiera escrito con tinta diferente.

16

Llegar hasta Guadix ininterrumpidamente fue del todo imposible, ni los éxodos eran así de duros. Apiadándose de nosotros, Boabdil permitió varios descansos, aunque en seguida nos instaba a ponernos en marcha, preocupado por posibles perseguidores que nos pisaran los talones. No los hubo durante el trayecto y, más tarde, nos constó que el sultán ni siquiera los envió. Me preguntaba cuál habría sido la reacción de Muley Hasan al ver los aposentos abandonados por sus habitantes, aquellos a los que había indicado asesinar de forma vil. Aisha no vaticinó furia, sino alivio, porque en el fondo defendía que el padre no deseaba matar a sus hijos, a ninguno de ellos, y que más bien se veía presionado por su nueva esposa. Es bien sabido que las mujeres llegamos a ser muy persuasivas cuando algo nos es de interés y que los hombres no se resisten a los encantos femeninos. Una mala combinación en nuestro caso. La ira la achacó a Zoraida, a la que se figuraba estrellando contra el suelo cualquier objeto que se cruzara en su camino, desatando la rabia de los perros y vomitado sapos y culebras. El aspecto de enloquecida no casaba con la imagen que la renegada había exteriorizado en los siete días de mis nupcias y en nuestra particular reunión; sin embargo, no se lo dije. Supuse que disfrutaba imaginándola perdiendo la dignidad. Yo no era quién para desposeerla de esos pocos placeres de los que gozábamos.

Fuera cual fuese la reacción del sultán y su esposa, lo cierto era que no corrimos peligro en tanto en cuanto íbamos bien protegidos por los Banu Sarray y llevábamos con nosotros a nuestros más fieles servidores, pues los que allí habíamos dejado ni conocían nuestro paradero ni conocían nuestro destino. Nada podrían desvelar ni aunque Muley Hasan los sometiera a la más terrible de las torturas.

Un día de viaje que se habría acortado de no ser por los recesos, el duro invierno y, por supuesto, la despedida de Yusuf. Pisamos la ciudad de Guadix a las mismas horas intempestivas de las que nos escapamos de la Alhambra, siendo noche cerrada, y ese fue el motivo de que pasáramos inadvertidos. Aisha había creído conveniente que así fuera. «Esto no parece la comitiva del próximo sultán, sino un desfile de mendigos, y nadie ha de vernos en las que sean nuestras horas bajas. Que al amanecer crean que han sido bendecidos con nuestra presencia, como si se tratara de un milagro», dijo. Ibn Hamete había hecho llegar mensaje para que organizaran la alcazaba, donde nos instalamos, lo que significaba que en ningún momento había sido un destino elegido al azar. Nunca hubo intención de dirigirnos a Loja. Desde hacía algún tiempo, la facción de Boabdil había previsto un lugar en el que acogerlo a él y a su séquito en caso de necesidad. Y habían sido de lo más ingeniosos al escoger Guadix, pues, como Boabdil bien decía, estaba a menos de una jornada de la Alhambra si se hacía con premura el camino. Lo suficientemente lejos para garantizar nuestra seguridad, lo suficientemente cerca para obtener noticias y regresar.

La alcazaba de Guadix era robusta y sobresalía en el paisaje por estar ubicada en un promontorio desde el que se divisaba el horizonte. Dos recintos amurallados la cercaban, protegiendo la pequeña ciudadela. La merlatura que coronaba la cortina de la infraestructura y sus diferentes torres, incluyendo la del homenaje, era una consecución de dientes y mellados, unas fauces abiertas a punto de devorar la luna, que se alzaba oronda en el cielo cual fruto que pende de la rama de un árbol. Su interior no era tan fastuoso como la Alhambra, mas habría sido de injusticia compararla con la residencia de los sultanes. Por fortuna, tenía una extensión aterrazada de jardines por los que pasear.

En efecto, siguiendo las instrucciones de Ibn Hamete, el alcaide había dispuesto estancias para nuestro acomodo y un suculento banquete, con el fin de que recuperáramos las fuerzas que nos habíamos dejado leguas atrás. El profundo cansancio me había hecho perder incluso el apetito; sin embargo, comí, alentada por los allí presentes. Fueron un par de bocados, los justos para engañar el estómago, pues lo que mi cuerpo pedía era reposo y sosiego, ya que me dolían los músculos de la tensión, las piernas del duro trote, la espalda y hasta el cuello. Todo ello sin contar el descenso vertiginoso que había tenido que llevar a cabo aferrada a la soga de velos, lo que me había rasguñado las palmas de las manos y las rodillas, a causa de la caída.

La comida supo a gloria, a pesar de que los cocineros no eran igual de diestros que los de la corte. No hay mayor placer que dormir cuando se tiene sueño, comer cuando se está hambriento y beber cuando se está sediento, y puede que fuera el hambre el que hablaba por nosotros al degustar. Se cenó en silencio, demasiado exhaustos para emitir palabra alguna, cabizbajos, con las ojeras marcadas y una suerte de tristeza empañando el ambiente. Daba la impresión de que éramos refugiados, no familia del sultán, y quizá eso fuera lo más penoso, lo que más nos escocía. Una vez dimos buena cuenta de los manjares, nos guiaron hacia nuestros respectivos aposentos, separados en distintas alas, de manera que las mujeres nos hallábamos alejadas de los varones.

—Mi señor, ¿a dónde vais? —le pregunté a Boabdil al ver que seguía mis pasos en dirección opuesta a la que debía tomar. Su madre y su hermana caminaban delante de mí, precedidas por la servidumbre de la alcazaba, que nos alumbraba los pasillos con un candil.

Posó su mano sobre mi cintura e hizo un esfuerzo por sonreírme. Lo apreciaba enormemente, pues en aquellos momentos yo no poseía fuerza para estirar las comisuras. Llorar y reír también requiere energía y las había agotado todas.

—Dije que ya no me apartaría de vos.

Asentí, reconfortada por su presencia.

La que sería a partir de entonces mi alcoba, aquella en la que Boabdil dormiría y velaría por mis sueños, era de dimensiones menores a la que ya me había acostumbrado. No había problema en ello, pues en Loja no disfrutaba de estancias enormes, lo que sí me disgustaba era que al mirar hacia el cielo no había ni una sola techumbre de mocárabes. Ni una bóveda de flores abiertas compuesta por carámbanos de yeso arracimados que me entretuviera en las noches de insomnio y los momentos de tesitura. Ni arcos de entrada que dañasen la visión con su colorido ni muros repletos de azulejería en vibrantes tonalidades. Ni interminables jardines que se asemejaban al Paraíso ni pavos reales que picotearan. Todo era más basto. Allí no había palacios, ni leones de piedra ni escalinatas que rumorearan agua fresca.

Jimena y algunas de las criadas de la propia alcazaba se habían encargado de deshacer nuestro paupérrimo equipaje y las vestiduras ya habían sido dobladas e introducidas en un arcón. Me deshice de las alhajas más pesadas y las dejé encima de un mueble. Me arrepentí de no haber traído conmigo una de las arquetas de marfil que Boabdil me había regalado para así guardarlas a buen recaudo. Desabrochaba el colgante cuando su voz me golpeó.

—Os he fallado.

Al girarme, Boabdil se encontraba con la espalda pegada a las pobres yeserías que decoraban las paredes. Miraba al infinito, perdido, con un rictus de penuria en los labios descendentes, los mismos que hacía minutos habían conjurado una sonrisa para mi tranquilidad. Paulatinamente, se dejó resbalar hasta tocar el suelo, en una posición de rendición absoluta. Corrí hacia él, alarmada, me planté de rodillas y tomé su rostro, compungida por la escena. Se había mantenido inalterable durante el viaje, fingiendo entereza, pero ni el más fuerte de los hombres es capaz de soportar una huida junto a los suyos, una persecución perpetrada por su progenitor y la despedida de su hermano. Había esperado a la intimidad para derrumbarse y Aisha habría estado orgullosa de que así fuera.

—No. No —le susurré en repetidas ocasiones—. Nos habéis salvado.

Él estaba ciego de dolor y no atendía a razones, me recordaba a uno de esos niños que, incluso después de haber sido curados, siguen sollozando por las magulladuras del juego.

—Prometí... —se le quebró la voz. Me aferré a su cuello y contuve el llanto, pese a que verlo en esas circunstancias me rasguñaba y me anegaba de lágrimas, mas no me tocaba a mí lamentar. Solo cuando nos separamos logró hablar—. Le prometí a vuestro padre cuidaros, seros fiel y cubriros de joyas.

Ahí estaba la causa de su malestar, el sentimiento de fracaso que arrasa con los hombres.

Toqueteé el anillo de amatista enroscado en mi dedo anular, absorta en el brillo violáceo que se intensificaba con la luz macilenta de los candiles. Las alhajas, todas las que había recibido como presente durante el periodo en que no éramos más que jóvenes que aguardaban la fecha del compromiso, habían quedado olvidadas en la Alhambra.

—Que nada tendrían que envidiar al collar de los abasíes de Bagdad —murmuré, con la vista fija en la resplandeciente joya.

De eso ya hacía toda una vida. ¿O solo un par de años? El tiempo transcurría mucho más aprisa desde mis esponsales.

—¿Cómo sabéis vos de esa promesa?

Sonreí cabizbaja y me mordí el labio inferior; un regusto ferroso me llenó la boca.

—Lamento con mucha vergüenza revelaros que la esposa que creéis tan correcta escuchó conversaciones que no le atañían cuando era más niña que mujer. —No me atreví a elevar la cabeza por miedo a encontrarme con un rostro de desagrado o decepción.

Era la primera vez que verbalizaba mis malos actos y, aunque había sido idea de Aziza y me excusaba bajo lo que fue un comportamiento pueril, notaba el arrepentimiento trepándome. Sin poder contener más la inquietud, alcé la mirada y me encontré con mi esposo, cuyas facciones no eran de enojo, tampoco de contradicción y congoja, como hacía unos pocos minutos. Nada de eso, cualquier sentimiento adverso se había evaporado para dar lugar a una sonrisa dulce, de las que despiden cariño.

—No os preocupéis. —Alargó la mano y me desproveyó con cuidado del velamen, que quedó tendido en el suelo, una serpiente de seda oscura. Liberada de la toca, me colocó el cabello sobre los hombros—. Vuestras faltas antes de uniros a mí son agua pasada que no beberemos. No he de concederos perdón, ningún mal habéis hecho. Soy yo quien falta ahora a su palabra y hombre sin palabra es un hombre sin honor.

—¿Cómo podéis decir eso? —le inquirí, molesta por los latigazos que él mismo se infligía—. Habéis salvaguardado nuestra integridad, nos habéis apartado de la hoja de la espada, sabe Allah que nos habría cercenado a todos el cuello sin piedad alguna. A vuestra madre, a vuestro valiente hermano, a vuestra bella hermana, a mí.

Aquello no era suficiente para él. Se le acentuaban las arrugas de la frente y se le encorvaban los hombros, tenso, vapuleado. Y yo me preguntaba qué más querría haber hecho.

—Mirad dónde estamos. —Alzó la vista y chasqueó la lengua, decepcionado por el escaso lujo de mis aposentos.

Hice lo que me pidió. Realicé todo un recorrido por las paredes y el techo, por los rincones oscuros y los iluminados por los candiles, por el mobiliario. Cualquier lugar comparado con la corte era, indudablemente, insípido. Pero, a veces, para sobrevivir es necesario tragar pastillas de amargor.

—Tan lejos de la Alhambra... —se lamentó—. Este no es el hogar en el que debierais vivir, sería el que os habría aportado un alcaide, no un sultán. No os lo merecéis.

—Incluso unas caballerizas serían adecuadas si estáis vos a mi lado. —Ladeé la cabeza en un gesto de ternura y le acaricié la mejilla con el reverso de la mano.

Se le humedecieron los ojos negros, desprovistos de cualquier brillo que otrora lo hubiera caracterizado.

—Ay, Morayma... —Se le escapó la esperanza al pronunciar mi nombre—. Os prometo que pondré la Alhambra a vuestros pies cuando podamos regresar.

Atrapó uno de los mechones de mi cabello y se concentró en el suave tacto, en el aroma que lo impregnaba. Durante unos instantes se permitió cerrar los párpados y supe que estaba soñando con el futuro.

«Cuando podamos regresar» era una cita poco halagüeña. Nunca tendríamos certeza de ello. Ambos lo sabíamos y, aun así, preferíamos ignorarlo porque aquello que no se dice en voz alta no existe.

—Para que seáis sultán habremos de esperar a que Allah requiera a vuestro padre, que muchos años nos dure.

Regresó del mundo de los sueños y centró en mí su mirada. La guedeja resbaló de entre sus ágiles dedos, el ensimismamiento en el que había estado envuelto se rompió.

—O destronarlo como él hizo con mi abuelo.

Hasta entonces había mantenido una de mis manos sobre su hombro, acariciándolo para ofrecerle un ápice de consuelo. El contacto me quemó y, sin percatarme de ello, la aparté, consternada por su declaración. Boabdil adivinó mis pensamientos.

—Destronarlo no supone acabar con su vida. Como hijo respeto a mi padre —aclaró.

No estaba tan segura. Muley Hasan no renunciaría a su trono con facilidad, ni expulsado de la Alhambra ni sitiado en una pequeña plaza al borde de la derrota. Nadie le arrebataría el poder sino fuera de su cuerpo ya amortajado.

—Entonces os convertiríais en él y no podría soportarlo, pues quien persigue a su padre está destinado a sufrirlo de manos de sus hijos. La historia se repite. —Tomé sus manos y las besé, casi devota—. No seáis como él, no condenéis a nuestra familia a un destino así de cruel. No me pongáis en esa posición, que el amor hacia el marido mengua en detrimento del de los hijos, mirad si no a vuestra madre.

—No podría —me confesó, apenado por la imposibilidad de cometer dicho crimen, lo que lo hacía sentirse débil—. Mi padre es el espejo en el que me miro, querría su grandeza, mas no los horrores que le tiznan las manos de sangre. —Hablar de Muley Hasan era hurgar en la herida abierta. Apretaba la mandíbula, poniéndole coto al escozor.

—Prometedme entonces que nunca castigaréis a mis hijos si deseáis hacer herederos a los de otra.

Si para algo sirvieron mis miedos fue para convocar un ruido en su garganta parecido al de una risa divertida.

—Morayma, me preocupa y me hiere pensar que os fallo en promesas banales como joyas, y que Allah me perdone por la vanidad, imaginaos qué sentiría si rompiera la palabra que le di a vuestro padre, que además de caudillo y aliado es, ante todo, amigo y familia. No habrá más hijos que los que vos me deis, y si Allah decidiera que no hemos de recibir el presente de la progenie, entonces y solo entonces, que a mi muerte herede el trono mi hermano Yusuf y sus correspondientes hijos.

—De vos, esposo mío, jamás se dirá que fuisteis un mal hombre.

—En la posteridad se dirán cosas mucho peores, creedme, las plumas de los cronistas son afiladas.

Tenía las piernas entumecidas de sostener mi peso. Gateé hasta su lado, con los bajos del vestido manchados de humedad y suciedad por el viaje. Una vez posicionada a su diestra, situé la cabeza sobre su hombro y él reposó la suya sobre la mía, unidos.

—Dejad que sea Allah el que decida cuándo ascendéis al trono, dejad a vuestro padre el gobierno hasta que llegue la hora de que rinda cuenta ante los ángeles Munkar y Nakir, aunque eso conlleve años y años recluidos en esta alcazaba que no creéis digna —le aconsejé, con la mirada fija en nuestra cama—. Así viviréis en paz, sabiendo que siempre le fuisteis leal, y la conciencia no os atormentará.

—Sabéis tan bien como yo que derrocarlo es actuar con presteza, ahorrarnos sinsabores. Cuando mi padre fallezca habremos de enfrentarnos a un trono vacío y a una guerra interna, pues Zoraida hará valer los derechos de su hijo y mi madre los míos, y el Zagal...

—Vuestro tío os apoyará —dije convencida.

—O apoyará a Sa'd. Él también se rebeló contra mi padre, quizá vea más justa su causa o más conveniente, pues al ser joven e inexperto podrá manejarlo a su antojo.

Durante unos segundos el silencio nos cubrió con su manto. Ambos sentados en el frío suelo, pendientes de las sombras que danzaban a causa de las llamas titilantes de las velas, mecidas por la brisa invernal que penetraba a través de la diminuta ventana.

—Allah proveerá y os hará sultán cuando llegue el momento. Nacisteis para ello, os educaron para ello. Nadie podrá arrebataros lo que es vuestro.

—Seréis Gran Señora y lo seréis en la Alhambra. Yo llevaré a Granada a la victoria contra los infieles, recuperaré lo que antaño fue nuestro, por la gloria de Allah. Os lo juro. —Sus promesas sonaron a la dureza del pedernal, tan típico de Aisha que no supe si hablaba con el hijo o con la madre.

17

Principios de febrero de 1482

En las siguientes semanas establecimos una rutina en Guadix que nos permitiera continuar con nuestra vida y nos alejara de sucumbir a la desolación de vernos privados de la Alhambra. Pero perder la Alhambra fue como perder la vista, el gusto, el oído, el olfato y el tacto, nos quedamos sin sentidos. Lo primero que hicimos fue contratar un buen servicio que supliera al de nuestro alcázar y abastecernos de las comodidades de las que habíamos prescindido a la hora de partir. El futuro sultán no podía habitar en una casa desangelada y sin ornamento y paliamos las carencias de manera paulatina, adquiriendo mobiliario, un jarrón aquí, un bonito tapiz allá. Antes de que nos diéramos cuenta, la alcazaba era acogedora. De haber podido contratar a maestros que tallaran grabados y trabajaran yeserías y azulejos, lo habríamos hecho, pero contuvimos ese deseo pensando que Guadix no era el lugar en el que permaneceríamos hasta que nuestros huesos se tornaran polvo y que en cualquier momento podríamos regresar a la corte.

Nos vestimos de acuerdo con nuestro estatus, con ropajes recién confeccionados. Nuevas sedas, nuevos brocados de oro, nuevas tocas para nuestros cabellos. En un alarde de aprecio, Boabdil me regaló un precioso peine de marfil, a pesar de que le hice saber que nada me debía. Para él no era tan simple: creía que debía recompensarme por todo lo que me había obligado a dejar en Granada.

—Os arranqué de Loja con la intención de haceros dichosa y luego os arranqué del único lugar que podría rivalizar con vuestra belleza —solía decir en los peores días, aquellos en los que su ánimo decaía y se arrastraba por el fangoso suelo.

Se fustigaba por cuitas que escapaban de sus manos. Nosotras, mientras tanto, dotábamos a la alcazaba de la apariencia de un hogar, más preocupadas por el presente que por el pasado.

—Extrañar lo que ya ha acontecido no conduce más que a la melancolía que languidece el espíritu y enflaquece el cuerpo. Son ganas de atormentaros —le respondía—. Dejadlo estar, mi señor.

—Permitidme que me regodee en la pena.

Boabdil no se refería a haber abandonado Granada, sino al aborrecimiento que creía que su padre le tenía. Era un pensamiento recurrente que lo despertaba en mitad de la noche, alarmado, bañado en sudor, con la respiración agitada y el corazón acelerado. Soñaba que era solo un niño que se escondía en el interior de una tinaja mientras oía las pisadas de su padre, quien lo perseguía, espada en mano, y susurraba palabras tranquilizadoras que eran mentira. Entonces yo lo acunaba y él se dejaba vencer por ese horrible sentimiento de orfandad, un sentimiento que a Aisha la habría enojado, pues sin padre se sobrevive, sin madre, no. La oscuridad alimenta los miedos y la incertidumbre y, aunque no hablábamos sobre ellos, a nosotros nos corroía. Incluso así, cuando el sol brillaba recobrábamos la esperanza y nadie advertía que mi esposo se batía en duelo con fantasmas que lo herían de gravedad.

Por las mañanas paseábamos por los jardines de la alcazaba, provistas de abrigo, dejábamos que el viento nos meciera, nos embriagábamos del olor a tierra húmeda, nos enredábamos en conversaciones banales que desataban risas. Se infravalora el poder de la banalidad, lo vacuo, lo nimio, que se relaciona con asuntos femeninos. ¿Existiría lo importante de extinguirse lo que nos es banal? ¿Acaso no es importante huir de la tormentosa realidad mediante acciones baladíes?

Las tardes las invertíamos en entretenidos juegos y entre las bolitas de marfil del mancala y las figuras en miniatura del ajedrez veíamos el cielo teñirse de las tonalidades anaranjadas y rojizas del atardecer. Partidas que se sucedían, victorias de Aisha, derrotas de mi cuñada y mías, que no pesaban tanto al ser compartidas, y la melodía de una cítara, un laúd y una flauta de caña, amenizada por una prodigiosa voz femenina que nos anegaba los ojos de lágrimas. Cantar no era uno de mis talentos y siempre había envidiado el don de las cantoras que hacían de cualquier sonido una bella tonada, no el maullido lastimero de un gato, que era a lo que yo sonaba. No se pueden poseer todas las virtudes, decía mi madre, pero cuantas más, mejor.

Habiendo comenzado el mes sagrado del Ramadán pocos días antes, era con la caída del sol cuando nos disponíamos a probar bocado. Dhuha se había ocupado, tal y como le correspondía, de instruir a los nuevos cocineros en las recetas que habían de prepararnos a Boabdil y a mí. Para él, afrodisiacos y potenciadores de vigor que originaban miles de combinaciones en platos deliciosos. Tortilla de garbanzo, espárrago, alubia y cebolla blanca con especias y sal de escinco. Polluelos rellenos y condimentados con canela, jengibre y especias frescas y secas. Cordero cocinado con polipodio, aceite de sésamo, garbanzo, cebolla, galanga y yema de huevo. Empanadas de frutos secos. Preparados de sesos. Carne laminada con *harissa*. Diversos siropes a partir de leche fresca, grasa de vaca y maná blanca del Jorasán, entre otros. Para mí, alimentos que estimularan el embarazo.

Y así, un día tras otro.

—Había pensado en obsequiar a mi esposo con un bonito presente. Un ave de cetrería. Allah sabe que merece un poco de entretenimiento y diversión para alejar las preocupaciones de su cabeza, pues últimamente está sumido en ellas. No es bueno que pase tanto tiempo dentro de su propia mente.

El reflejo de Jimena sonrió en el espejo, ensimismada en los bucles azabaches de mi melena. Pronto habría de teñirla de nuevo, pues el negro había ido perdiendo intensidad y algunas vetas castaño oscuro reaparecían, ganando la batalla. Aquella era la única victoria con la que alzarme.

—Le encantará, mi señora, sobre todo ahora que parece haber retomado la caza.

—Es lo que tiene habernos asentado. —Suspiré—. Que por fin podemos regresar a la cotidianidad, o lo que sea eso aquí en Guadix.

Tampoco había tenido la oportunidad de construir una rutina en la Alhambra; estábamos en los primeros días de matrimonio, edulcorados por el amor, cuando nuestra vida se truncó. Me preguntaba cuál habría sido de haber permanecido en la corte, sin riesgo alguno de que nos abrieran en canal y la sangre se colara en las acequias de los patios.

—¿Podríais ir vos a comprarlo?

La cuestión la sobresaltó, su cuerpo pegó un bote y la reacción se me antojó ridícula. Jimena abrió mucho los ojos y parpadeó varias veces.

—¿El qué?

Estaba más allí que aquí.

—El ave, Jimena —le dije, golpeándome las rodillas, como si fuera evidente. Me giré para observarla y así no hablarle a la imagen proyectada en la superficie pulida y ovalada—. Yo no puedo acudir al zoco ni salir de la alcazaba, soy mujer honrosa; en cambio, vos podéis desplazaros hasta allí y observar el género.

Era poético que la libertad que le habían arrebatado al capturarla en la frontera la hiciera más libre que a mí. Su cautiverio se entrelazaba con el vuelo de los pájaros y solo estaba atada a su señor y dueño, no a la conducta que debía adquirir conforme a su estatus, que era una cárcel dorada cuyos barrotes se te clavaban en la débil carne.

—Mi señora, lamento deciros que probablemente las aves no sean como comprar frutas del mercado. No tengo conocimiento alguno sobre ello, ni siquiera creo poder diferenciar a unas de otras más que a los pavos reales que pasean por la Alhambra.

—Ya somos dos entonces —respondí taciturna.

—Mis disculpas —murmuró, realmente apenada por no seguir mis órdenes.

Durante los siguientes minutos, Jimena continuó pasando las púas de eboraria por mi cabellera. Solía contar cada cepillado hasta alcanzar el número cien, un ritual que lo dejaba sedoso y brillante, sin un enredo; ni las crines de los caballos estaban tan cuidadas. Con la cabeza erguida, tratando de no moverme para recibir un tirón, alargué la mano y fui oliendo los botecitos de perfume que, colocados en fila encima del mobiliario, se asemejaban a tropas recién reclutadas. Olí el sándalo, demasiado fuerte para mi débil carácter en aquel día. La mezcla de rosa y almártaga endulzada con agua de rosas y con albohol iría mucho mejor. Coloqué unas gotas sobre el interior de mis muñecas, otras igual de sutiles en el cuello.

—¿Y si le preguntáis a uno de los hombres que acompañan a vuestro esposo? —propuso de repente—. Aben Comixa estará encantado de prestaros ayuda, es muy diligente.

La insinuación fue un latigazo en el lomo que acentuó mi rigidez. Dejé el diminuto frasco donde le correspondía, cuidadosa, para que no cayera y se vertiera el contenido. Me di la vuelta, con los ojos abiertos por la impresión y los labios perfilados en una mueca de horror.

—No. No. —Meneé la cabeza vehementemente—. ¿Para qué hablar con él si lo que sea que me sugiera de nada me servirá por no poder efectuar la compra yo misma? Si hemos de pedir ayuda a uno de los hombres de mi esposo, id vos y que os aconseje sobre las aves.

—¿Y si os recomienda otro regalo? ¿Una nueva silla de montar o un caballo? ¿Y si no cree que el ave de presa sea adecuada? Sería menester que fuerais vos, mi señora, yo no puedo decidir sobre cuestiones de tamaña importancia, y más siendo objeto de vuestro afecto.

Quedé pensativa.

—No quiero generar rumores.

—Iré con vos —se ofreció, acuclillándose y adoptando la misma altura que yo—. Nadie podrá verter malos comentarios sobre vuestra persona. Además, ya habéis hablado con Aben Comixa anteriormente y nada ha sucedido.

—¡La noche de nuestra fuga y poco más! —estallé, enrojecida por la vergüenza. Empezaba a actuar como mi madre, solo me faltaba tapiar las peligrosas ventanas. Y por Allah que había descubierto que lo eran, pues a causa de una de ellas me encontraba en dicha situación—. Un caso excepcional, dados los motivos que nos impulsaban.

Jimena aguantó la risa, tan indignada como yo lo estaba.

Una huida del alcázar real era algo más que excepcional y que te rajen la garganta era más que un motivo. En aquellos momentos de tensión y angustia nadie pensó en conductas reprobables, no me aparté cuando Aben Comixa me ofreció la mano para subir al ventanal ni rechacé las palabras susurradas al oído, consejos para que no me precipitase el vacío. No importaba la moral, ni el recato, ni el roce de sus dedos, ni la suavidad de su voz, eran nimiedades comparadas con la muerte que nos aguardaba. Ya no estábamos en esa fría noche, no había excusas para un comportamiento inadecuado.

—Llamad a dos criadas y a dos eunucos, nos acompañarán en la reunión. Y que las criadas sean de mi suegra, que nadie pueda decir que he comprado su silencio por estar bajo mi servicio.

Jimena asintió.

—Mandaré recado y así se hará.

—Hablaremos en los jardines de la alcazaba, un lugar público, a la vista de todos.

Una de nuestras criadas se encargó de transmitirle a Aisha mi petición, que aceptó sin preguntar siquiera por mis intenciones. Por lo visto, la despachó con presteza. Para cuando terminaba de acicalarme, la joven estaba de regreso con las otras sirvientas de mi suegra, que la acompañaban intrigadas en la retaguardia.

—No me pongáis *jimar*. —Alcé la mano y rechacé la prenda—. Traed un *al-bujnuq*.

La cristiana se quedó con las telas entre las manos, colgando.

—Mi señora, así solo se os verán los ojos.

Me reí ante su agudeza mental.

—Esa es la idea, Jimena.

—Pecáis de precavida.

No lo dijo con maldad, fue una mera observación, una muy acertada, pero ella nunca lo entendería, porque no padecería las mismas consecuencias que yo.

—No quiero dar lugar a maledicencias; las mujeres solo tenemos nuestro buen nombre y una vez manchado ya no somos más que espectros. Nuestros enemigos están al acecho, pendientes de cualquier descuido que desacredite a mi marido en su ascenso al trono. No lo tendrán de mi parte.

Sin rechistar, me acomodó el velamen, asegurándose de que estaba bien colocado en la frente y que la zona del pecho quedaba completamente oculta; no se atisbaba ni una pieza del colgante que me adornada el cuello. De hecho, lo único visible eran las manos desnudas y los ojos que parecían las pupilas amarillas de un búho en mitad de la noche más oscura. Inspeccioné mi apariencia en el reflejo, satisfecha. Exigir un mayor recato sería recluirme dentro de los muros y emparedarme.

Para Jimena aquella era la definición de ser una sombra y sabía mejor que nadie lo que era corretear por los rincones de una residencia palaciega sin ser percibida, pues a los esclavos no se les presta atención.

Recorrimos los pasillos de la alcazaba en busca de Aben Comixa, pero todo lo que recibí fueron negativas; los sirvientes desconocían su paradero y si lo conocían no me lo revelaron, pese a ser esposa del futuro sultán e invitada del alcaide de Guadix. Aisha les habría sonsacado la ubicación con una mirada gélida, pero yo no era amiga de enfados, gruñidos ni fingimientos, así que me quedé con la duda.

—Mi señora, merodeáis perdida.

Escuchar esa voz familiar fue un alivio. La figura enmarcada de Ibn Hamete, que había asomado por una de las esquinas al oírme hablar con Jimena sobre la ausencia de los hombres, me hizo recuperar la fe. Al menos había alguien conocido en las dependencias, no nos habían abandonado a nuestra suerte.

—¿Se encuentra Aben Comixa en la alcazaba? —pregunté.

Aún no se había incorporado de la reverencia cuando contestó.

—Me temo que no está disponible, pero quizá pueda valeros yo.

Alcé una de las cejas e Ibn Hamete soltó una sonora carcajada, desenfadada y divertida. Quizá porque los ojos era lo único visible de mi rostro y el resto se lo imaginaba igual de confuso e indeciso, pero ya había postergado el primer indicio de sorpresa al descubrirme refugiada entre capas de telas. Aben Comixa, Ibn Hamete, ¿qué diferencia había si solo necesitaba un simple consejo para un regalo?

—¿Sabéis algo sobre cetrería?

—Así es —asintió para dar mayor énfasis con las manos entrelazadas en su regazo—. Como cualquier hombre interesado en la caza.

—Entonces serviréis —proclamé—. Si no estáis ocupado en otros quehaceres de suma importancia con mi esposo.

Tampoco había averiguado dónde estaba Boabdil, ni una sola mención a él por parte de los criados, que contestaban: «No poseo esa información, mi señora, lo lamento» y se esfumaban. De haber sido otro marido, las palabras de mi cuñada Salima habrían plantado una semilla de desconfianza, ella prefería vivir entre mentiras que entre dolorosas verdades. En su lugar, yo también. La ignorancia es un necio y reconfortante bálsamo, una pelliza que te abriga. Pero Boabdil se habría extirpado el corazón antes que engañarme.

—Soy todo vuestro, mi honorable señora. —Una nueva reverencia innecesaria y nos pusimos en marcha.

Nos dirigimos hacia los jardines, escoltados por mi séquito:

Jimena, dos criadas de Aisha y dos eunucos. El silencio era tan espeso que parecíamos un cortejo fúnebre, no una mujer y un leal servidor que pasean por las inmediaciones de la alcazaba para hablar sobre su señor. El trino de los pájaros, el ligero soplo del viento y algunas voces procedentes del interior del edificio rompían el aura de duelo.

Ibn Hamete guardaba la distancia, respetuoso; no habría rozado mi mano ni aunque hubiera alargado la suya para alcanzarla, pues yo las llevaba sobre el regazo, él a ambos lados de su cuerpo. De sus ropajes manaba un aroma peculiar que no logré desentrañar; ni sándalo ni almizcle, esos olores los captaba con facilidad.

—Sois ante todo una mujer precavida. —Señaló con el dedo índice el velamen.

—Mujer precavida es del coste de dos, es preferible prevenir heridas que luego cauterizarlas.

Ibn Hamete, de los Banu Sarray, esbozó una pulcra sonrisa y por primera vez me fijé en sus labios, cuyo arco era pronunciado, apenas perceptible bajo la frondosidad de la barba. Había muchos detalles en su rostro que me habían pasado inadvertidos: el punteo de lunares de su mejilla izquierda, la cicatriz de la frente que no terminaba de esconder el turbante, la nariz diminuta y las cejas, que eran tan espesas y rectas que parecían haber crecido a causa de un tratamiento de cosmética.

—Duele menos, desde luego. —Emitió un gruñido de conformidad—. Con esa mentalidad se sortean guerras, es una buena estrategia política que ahorra muertes y dinero y confiere paz. La prudencia es una virtud que escasea en aquellos que ocupan el trono.

—Os agradezco el halago, aunque no crea ser digna merecedora de ello.

—Las mujeres siempre rechazáis los halagos —respondió jocoso.

—¿Acaso sería mejor aceptarlos y dar a entender que vuestras lisonjas nos regalan los oídos? ¿No sería eso vanidad?

Pues claro que lo sería.

Se quedó traspuesto, con el ceño fruncido y una expresión de interrogación. Los tímidos rayos de sol que templaban la piel de mis manos incidían en los iris de Ibn Hamete, arrancándole el verdor de las aceitunas conforme maduran. El aceite es oro molido y de esa mirada nacía líquido dorado a borbotones.

—Puede ser, mi señora, puede ser —admitió, poco convencido y muy derrotado—. Ya hace mucho que no alabo a ninguna.

Me mordí la lengua, avergonzada por si había arrancado la costra de alguna herida que aún estaba por cicatrizar.

Caminamos callados bajo un sendero de cipreses que aportaba sombra. En verano esos resquicios oscuros eran preciados, pero en invierno huíamos de ellos por acrecentar el frío que nos helaba los huesos. Me contentaba pensando en que pronto la escarcha dejaría de sembrar los senderos y crujir bajo nuestros pasos, brotarían las flores, el ambiente se tornaría dulzón y prescindiríamos de los pesados abrigos de piel. Deseaba Guadix en primavera tanto como deseaba regresar a la Alhambra.

Durante un largo rato no dijimos nada más, nos dedicamos a atravesar los jardines de arrayanes y largos árboles, de setos recortados con esmero y murmullo de agua fresca recorriendo callejuelas en el empedrado del suelo. Me gustaba su presencia, muda.

—¿En qué puedo ayudaros? Si se me permite preguntar.

Aquello me recordó que estaba allí por una razón: Boabdil.

—Querría obsequiar a mi esposo con una nueva ave de cetrería, pero mis conocimientos sobre el arte de la caza son nulos.

—Es una sorpresa que sea así.

El sonrojo me subió hasta las mejillas; por suerte, la tela lo ocultaba y mi acompañante solo atinó a vislumbrar unos ojos risueños.

—Pocas habilidades existen que no sean dominio de mujeres —prosiguió—. Las artes os pertenecen: danza, poesía, cante, música... Esa mujer que la señora Aisha trae consigo, esa tal

Dhuha, ensombrece hasta la medicina de Ibn Zhur. Alguna sabrá sobre cetrería, aunque no conozco a ninguna.

—Lo que no quiere decir que no las haya. ¿Podríais encargaros vos de esta empresa sin revelarle a mi esposo nada sobre ello? No será traición a vuestro señor —me apresuré a aclarar. Lo que menos me convenía era que en un despliegue de derroche y amor se tomara por felón a Ibn Hamete.

Él se detuvo y prorrumpió en una carcajada. No era gracioso, me preocupaba por su bienestar y me irritó que se lo tomara a chanza, puesto que velaba por evitar que su cabeza saliera rodando; los Banu Sarray ya habían padecido persecución con el padre de Muley Hasan. En seguida enmendó su error y habló con arrepentimiento.

—Descuidad. —Sus manos fueron directas hacia las mías, pero en el último momento se percató de su acción y disimuló el gesto con una grácil palmada. Mantuvo la sonrisa—. Habéis tenido suerte al haberos cruzado conmigo en vez de con Aben Comixa, tengo mejor gusto. Encontraré un criador de aves y os lo traeré con los mejores ejemplares, así podréis elegir vos misma la que más os agrade. Al fin y al cabo, es vuestro presente. Nadie más que vos ha de decidir el regalo.

Había sido mucho más fácil de lo que había pensado.

—Os lo agradezco inmensamente. Seréis recompensado por la ayuda que me prestáis, tenedlo por seguro.

—Ahorráoslo, mi señora, que no hay mayor recompensa que serviros en todo cuanto necesitéis.

—Nadie rechaza el oro —advertí suspicaz—, matan por él. Y cuanto más se tiene, más se ansía.

Por eso, los reyes han de ser cuidadosos al elegir a quienes los rodean, pues con motivo de ganancias y fortuna muchos necios con título se acercan y solo les dicen lo que quieren oír, vierten miel en sus oídos para granjearse su afecto, así reciben compensaciones y así llevan el gobierno a la ruina.

Dio un paso hacia delante, acortando la distancia, y expresó, con cierto fulgor en la mirada:

—Cuando seáis Gran Señora, cuando seáis sultana y los habitantes de este reino os besen la mano y os juren lealtad, aceptaré el pago en oro. Mientras tanto, guardadlo, pues nunca se sabe cuándo nuestra supervivencia dependerá de él.

Ibn Hamete cumplió con su palabra. El quinto día, aprovechando que mi esposo había salido para disfrutar de una partida de caza junto a sus hombres y excusándose con un compromiso para no acompañarlos, reunió en el jardín de la alcazaba un muestrario de las más distinguidas aves. El vendedor las echó a volar y demostró su agilidad, su rapidez en el descenso y su precisión al atrapar a la presa, pues en cuanto alzó la mano cubierta por un guantelete y les mostró carne cruda, se precipitaron hacia él para obtener su recompensa. Ibn Hamete me aconsejó hábilmente, indicándome sus fortalezas, incitándome a acariciar el suave plumaje cuando les cubrían con una caperuza la cabeza penachuda y las cegaban por completo. Así, desprovistas de visión, parecían inocentes, no animales que arrancaban la carne y almorzaban hasta el tuétano.

Ese día, me sentí tentada de deshacerme del velamen y descubrir algo más que mis ojos. Pero el recato salió vencedor.

18

Creemos que el amor es un sentimiento puro en el que no caben la tristeza, la rabia, la pena, la decepción, los malentendidos. Pero en el amor cabe todo eso y mucho más.

A Boabdil le complació mi regalo. Primero se sorprendió, le resultó inesperado encontrarme aguardándolo en el jardín de la alcazaba, ataviada con mis mejores ropajes y un guantelete sobre el que se posaba un ave rapaz. No me agradaba en exceso tenerla ahí, con las garras en el brazo, adormecida por la caperuza que la hacía anochecer. Ibn Hamete me había comentado que si no eras un ratoncillo de campo, el animal poco daño podía hacerte, aunque yo no estaba del todo segura; las uñas afiladas parecían capaces de tajarte. Atardecía, el espectáculo del cielo era glorioso y él regresaba de una aventura de caza junto a algunos hombres, entre ellos Aben Comixa y el inestimable Ibn Hamete, que contuvo la risa al ver el despliegue de ostentación para un obsequio de amor. A mi esposo le gustaban las grandes muestras; sus dádivas siempre iban acompañadas de versos compuestos de su puño y letra y esto era lo más semejante a un poema que yo podía hacer.

Recuperado del impacto inicial, sonrió como si hubiera olvidado todos los males que le agriaban el carácter. Ilusionado, la dicha le brotó de la boca en forma de carcajadas. Me besó los labios, la frente, las mejillas, la punta de la nariz, y de no haber sido un espectáculo público, en aquellos momentos me habría besado el interior de los codos y hasta las corvas.

—Sois generosa —me alabó, emocionado por el presente que para entonces descansaba en su brazo.

Por fin volví a ver ese brillo en sus ojos, que desde nuestra huida se habían tornado de la opacidad del carbón. Quería preservarlo para que no se extinguiera, hacerlo lumbre, porque el cenagal que a veces me miraba era un dolor sin fondo que se comía a mi marido y su dolor era el mío.

Negué.

—No tengáis en consideración este acto, es fácil ser generosa cuando se está enamorada, así como es fácil ser cruel cuando se está iracundo.

Le dije que no sería el único que demostrara el amor con obsequios y él me lo hizo a mí entre la suavidad de las sábanas, el pelaje de las mantas que nos guarecían del frío invierno, que paulatinamente cedía ante la nueva estación, las sombras unidas proyectadas en las yeserías. Después del contacto íntimo de nuestros cuerpos, siempre observaba el techo, cerraba los párpados y rezaba: «Por favor, Allah, escucha mis *duuas*. Hazme madre». Y Boabdil, que sabía que aquel momento era sacro, hacía lo mismo. Confiábamos en Dhuha y su ancestral conocimiento, mas sin un dios al que rezar, la fe se desmorona con rapidez, y la fe era lo que mantenía mi cordura. De no tenerla, me habría arrojado al aljibe para ahogarme. A continuación, procedíamos a efectuar las abluciones, librándonos de las posibles máculas, y yo seguía orando cada vez que introducía las manos en la pureza del agua, no fuera que Allah dejara de escucharme.

—Nunca he visto el mar —le confesé.

Boabdil me observó, intrigado. Permanecíamos tumbados de costado, él apoyaba la cabeza en la palma de la mano, con la vista fija en los mechones oscuros que se esparcían por los almohadones y cojines, los atrapaba y jugueteaba con ellos. Me recordaba a los niños pequeños que buscan el calor de sus madres para dormir y se aferran a sus túnicas y sus melenas, cualquier cosa que guarde su aroma.

—Me lo imagino como las albercas de la Alhambra.

Sonrió, enternecido por mis fantasías. En aquellos momentos fui yo la criatura que no levantaba dos palmos del suelo.

—Es más grande que esas lagunas, hasta donde la vista alcanza y más allá. Es... —lo pensó durante unos instantes—, más azul que el cielo, que los zafiros y el lapislázuli. Más vasto, más peligroso, más caprichoso.

Lo visualizaba en la mente, con los ojos cerrados. Esbozaba una superficie pulida que resplandecía bajo los haces de luz, que le arrancaban un brillo rutilante similar al de los diamantes que cuelgan de los cuellos de las mujeres. Lo veía en movimiento, el sube y baja de una respiración, pausada y coordinada. Su sonido era el del goteo de la lluvia, pese a que Boabdil decía que era un rugido feroz. Aspiraba su olor a salitre, que según mi marido era tal que se te cuarteaban los labios.

—¿Un día me llevaréis a verlo?

—A donde deseéis. —Se incorporó para acercarse y darme un firme beso en la frente—. Ya sabéis que soy vuestro humilde y fiel vasallo. ¿A qué se debe vuestro repentino interés?

—Hace días llegó carta de mi padre, ¿no es cierto?

La extrañeza se aposentó en su rostro. No lo comprendería, era un hombre. Yo no sabía que existía un mundo más allá de Loja, un mundo más allá de la ventana con enrejado geométrico que era la celosía que daba a la calle hasta que me encontré con Boabdil al otro lado. Los muros de mi hogar en Loja eran los muros de mi hogar en la Alhambra, y los muros de mi hogar en Guadix, eternamente encerrada, sin importar dónde. Oía hablar del mar, que algunos decían que era libertad, que traía y llevaba, que daba alas. Y yo, recluida en mi cómoda jaula de la que no esperaba salir jamás, solo ansiaba ver un día ese vaivén de oleaje que supuraba espuma blanca e impulsaba navíos que eran cáscaras de nueces.

No quería cambiar mi vida. No habría cambiado mi vida por nada que me ofrecieran, ni siquiera por el cabello al aire de Jimena. Era dichosa con lo que Allah había dispuesto para mí; sin embargo, codiciaba un día, un único día para que la imagen de mi mente fuera un recuerdo grabado a fuego, un recuerdo al que acudir al dormir, un recuerdo del que alimentarme cuando el tiempo me atrofiara los huesos y el techo de la casa se me cayera. Mi madre también pensaba en el mar, pero nunca lo verbalizaba. Creo que todas las que yacemos confinadas pensamos en él.

Es el precio de nacer mujer, de nacer en tierra, rodeada de montañas, que oyes hablar del océano y deseas lo que no tienes, y temes aquello que más deseas.

—Así es, llegó carta. Se mostraba preocupado por vos, ya sabéis que las noticias vuelan, en especial las malas. Lo tranquilicé, calmé sus temores y le confirmé vuestro bienestar. Nos ofrecía auxilio en caso de vernos necesitados de ello.

—¿Decía algo sobre mi madre y mi hermana? —Mis esperanzas puestas en su respuesta. No había tenido oportunidad de leer la misiva, llevaba días acallando la dolencia que me aquejaba, que mi padre hubiera escrito a mi esposo, no a mí.

—Nada. Mas estoy seguro de que se encuentran perfectamente, dichosas y ocupadas. —Su sonrisa trató de reconfortarme.

—No quiero faltar a la promesa que le hice a mi hermana. Le dije que buscaríamos un pretendiente adecuado para ella y que pronto la traería a mi lado.

Se le escapó un suspiro de agotamiento, que más bien fue un bufido que le desinfló el pecho. Era evidente que la felicidad había quedado empañada.

—No podemos ocuparnos de eso ahora, Morayma —me advirtió a medida que se masajeaba la frente y cerraba los párpados—. No estamos en una buena posición, no estamos en la Alhambra.

—Pensad que el casamiento de mi hermana aunará fuerzas a vuestra causa. Nuestra causa —me corregí de inmediato.

Se deslizó por el jergón hasta que sus pies desnudos rozaron el suelo, todavía sentado. En esa posición solo veía su espalda encorvada, las manos sobre las rodillas. Quizá estaba agregando un peso que no podía sostener sobre sus hombros. ¿Era una mala esposa?

—Pretendéis casarla con quienes me apoyan, no me favorecería más de lo que ya lo hace.

—Me lo prometisteis.

Aquello lo hirió, se giró en seguida y me contempló, labios entreabiertos y ojos cautelosos. Mantuve mi semblante impertérrito mientras él se deshacía en muecas que manifestaban que se sentía ultrajado por mis dudas. Hasta entonces sus palabras habían sido agua que me saciaba la sed y me las bebía sin preguntar si estaban envenenadas.

—Y cumpliré con ello —reiteró con dureza.

Descendí de la cama por el lado contrario, alisé las arrugas de mi túnica blanquecina y acerté a decir:

—Entonces empezad a redactar el listado de buenos hombres para Aziza. No hemos de comprometerla mañana ni celebrar las nupcias pasado, pero así podré enviarle una carta y decirle que estamos en la labor y que su hermana mayor no se ha olvidado de ella.

—Escribiré algunos nombres, si eso os consuela.

Me di por satisfecha.

Efectivamente, en el amor cabían desilusiones y disputas.

Boabdil pensó que el ave de cetrería le había salido caro, porque después de semejante presente no se veía capacitado para negarme el deseo de buscar un marido para Aziza. Él mismo me lo confesó tiempo después. No fue mi intención, solo quería que cumpliera con su palabra para así yo poder cumplir con la mía. Además, era conocedora de un secreto que no era tan secreto, pues en la corte no hay misterios, solo rumores que a medida que se acrecientan dejan de ser rumores y se convierten en verdades.

Mi cuñada Aisha me había desvelado, una de las tardes en que nos disputábamos la victoria o la derrota en uno de los juegos que utilizábamos para entretenernos, que Boabdil y su honorable madre habían comenzado a proponerle pretendientes. No los proponían tanto como los sugerían. Me lo contó en voz bajita, casi en un susurro quedo, mientras por encima de nuestra conversación los instrumentos musicales se tañían con precisión y un dulce canto narraba historias de amoríos imposibles. Mi suegra estaba sumida en la labor de costura, balanceaba la cabeza de un lado a otro, al ritmo de la música. Transmitía paz, algo excepcional, ella que siempre estaba en guerra contra todo y contra todos.

—¿Y alguno os place? —Me incliné hacia delante, restando la distancia y creando un ambiente de intimidad solo para nosotras, y ella hizo lo propio. Así no teníamos que forzar la voz para convertirla en murmullos.

Aisha torció el gesto, sin desagrado alguno, y con un resquicio de frustración dijo:

—¿Importa?

—Supongo que no, aunque facilita bastante el matrimonio.

—Aquel al que escojan amaré —apuntó con vehemencia.

Miramos de reojo a su madre. Crecer con Aisha bint Muhammad Ibn al-Ahmar era ser arcilla; te modelaba a su antojo con esos dedos alargados y expertos que tejían bordados e intrigas hábilmente. Colocaba una caña e ibas trepando hacia arriba, siempre hacia arriba, con la rectitud de un junco. El resultado era una buena mujer, una mujer perfecta, envidiable, a la que aspirar. Una gran labor la de Aisha con su hija, que obedecía en silencio, con la cabeza gacha, que no hablaba sin que le preguntaran, que se cubría con modestia, que no relegaba su condición de princesa. Dignidad ante todo.

Toqueteaba las piezas en forma de guijarros que se introducían en los agujeros del tablero, dividido en dos hileras. El juego había quedado en tablas, a ninguna nos apetecía seguir con él.

—¿Habríais amado a otro hombre de no haberos casado con mi hermano? —curioseó.

Estaba preocupada por si no hacía aflorar el amor después de los esponsales y lo que la esperaba hasta la muerte era la sucesión de años con un hombre por el que únicamente sentía hastío. La amistad que nos unía me invitó a sincerarme.

—Durante los días previos a nuestros desposorios pensé en

ello. Temía que el corazón se me escapara del pecho y persiguiera a otros hombres, que esto solo fuera una ilusión, pero no lo es. No podría amar a nadie más que a Boabdil.

—Aspiro a ese amor.

Alargué la mano y capturé la suya; temblaba, los nervios la devoraban en su fuero interno. ¿Sofocaba Aisha los miedos que preceden a la elección de un marido, al contrato matrimonial, a las nupcias? Yo lo haría por ella. Acompañaría a mi cuñada como mi madre, Salima y Naima me habían acompañado a mí en las tardes de dudas y curiosidad, desvelándole lo que otrora nos había sido vedado.

—Lo tendréis. —Acaricié la suave piel del reverso de su mano, haciendo círculos concéntricos con mi pulgar—. Vuestro hermano y vuestra madre se encargarán de ello, darán con un buen hombre para vos.

Y para la política, callé.

Puede que fuera joven, que acabara de ingresar en la familia del sultán; ahora bien, la necedad la había ido perdiendo conforme pasaban los días. Los mejores hombres del reino engrosarían las filas de admiradores de la princesa, enviarían exuberantes presentes que le colorearan las mejillas, donaciones a Boabdil para ganarse su favor. Para mi querida Aziza solo quedarían las sobras. Por esa razón me di prisa en acuciar a Boabdil, aprovechando un momento de privacidad en el que celebrábamos el amor que nos desbordaba. Salima, la esposa de mi hermano Muhammad, me había informado de que los maridos son dóciles durante y después de la coyunda, fáciles de doblegar a causa del apetito. Cualquier petición formulada en desnudez es concedida y así había sido.

Al cabo de una semana me presentó un listado con quince varones, una tarea meticulosa, pues había escindido a los pretendientes entre su hermana y la mía, estableciendo una finísima línea que las diferenciaba: la princesa, hermana del futuro sultán, y la hermana de la futura sultana. El estatus ni siquiera se asemejaba: por las venas de una corría sangre real, por las de la otra, no. Había algo favorable en aquella cuestión: los hombres rechazados por Aisha podían bascular en su interés hacia Aziza. Me irritaba que tuvieran esa percepción, mi hermana como un premio de consolación tras haber fracasado en su intento por integrarse en la familia del gobernante.

Escudriñé el pergamino que mi esposo me había tendido. Aguardaba pacientemente, sentado en su escritorio, donde se amontonaban documentos, tinta y un candil que lo alumbraba. En esa mesa de madera se generaban los dulces versos que luego me recitaba, ablandándome el alma.

—Ibn Hamete —leí en voz alta y el nombre se me atragantó. Elevé los ojos por encima de la escritura y Boabdil asintió—. Es mayor que Aziza.

Él enarcó una ceja y cesó en el rasgar del cálamo, del que cayeron lágrimas azabaches que mancharon la misiva que en aquellos instantes se afanaba en redactar.

—No veo problema en ello, yo mismo soy mayor que vos.

—Y también es mayor que yo y que vos —le recordé. La edad de su fiel servidor me era desconocida, pero incluso así, presuponía que debía rondarme quince años de más—. ¿Es viudo?

—No, está casado.

«Ya hace mucho que no alabo a ninguna» había dicho el día en que paseamos juntos por el jardín de la alcazaba. Sus palabras me habían confundido, había interpretado su tristeza erróneamente, creyendo que se debía a la pérdida de una mujer amada.

—Entonces no es un buen candidato para mi hermana. —Ni aunque lloraran aceite esos ojos oliva.

—Ibn Hamete ha demostrado su lealtad, es un hombre sensato, un hombre de criterio, de honor. Necesitamos a los Banu Sarray, llevaron a mi padre al trono y, ahora, pueden hacer lo mismo por mí. Por nosotros.

Si hubiera sido el hombre más poderoso de nuestro reino o del de los cristianos que nos hostigaban, tampoco le habría entregado a mi hermana. La belleza cincelada de sus facciones gritaba concubina y me negaba a que ostentara un puesto que no era el que merecía. Quería para ella las mismas oportunidades de las que yo había gozado.

—Tiene una esposa —gruñí, agitando el pergamino que todavía sostenía—. Hay un proverbio que dice «es mejor entrar en la tumba que ir a la casa de otra mujer» y no haré que Aziza tenga que pasar por eso. No será segunda esposa de ningún hombre, por muy sensato y leal que os sea.

—Quizá vuestro padre crea que es un matrimonio conveniente.

Ahí estaba, el recordatorio de que yo no tenía potestad, de que no habría de estar invirtiendo tiempo ni esfuerzo en buscar un marido para Aziza. Esa era responsabilidad paterna.

—Sería injusto que a mí me diera a quien será un sultán y a ella a quien la tratará como segundo plato a degustar.

Aunque muy a menudo las segundas se hacían primeras, ganándose el corazón del esposo.

Se me hundieron los hombros a causa de nuestra disparidad de opiniones; la pesadumbre me envolvía el rostro cual sudario. Boabdil chasqueó la lengua y se puso en pie, dejando atrás el parapeto del escritorio, se acercó con unos pasos y me tomó de los antebrazos, procurándome caricias. Cuando me hube calmado en el desaire, me estrechó contra su pecho y susurró, con los labios melosos pegados a mi oído:

—Hablad con Ibn Hamete y conocedlo. Si encontráis un inconveniente que no sea el de su edad y su primera esposa, aceptaré eliminarlo de la lista; en caso contrario, ahí permanecerá. Sed indulgente con los hombres, no somos perfectos, y sed indulgente conmigo, Aziza no es nuestra prioridad.

Tras ello, me besó, dando por zanjada la cuestión. Boabdil era firme en sus decisiones y en cuanto tomaba una, nadie conseguía que cejara en su empeño. No opuse resistencia, no me atreví a desobedecerlo, su presencia me ablandaba igual que el caramelo derretido.

19

Jimena llevaba semanas olisqueando mis sábanas de cama cual sabueso. La sangre tiene ese sabor y aroma ferroso que tan fácil se reconoce, pero a las mías solo se adhería el almizcle de mi esposo, ni una mácula bermellón. Contábamos las lunas en silencio. Yo simulaba que no había reparado en que las mantas eran límpidas y pulcras, no les dirigía mirada alguna, como si se tratase de un ser despreciable que me produjera animadversión y deseara rehuirlo. En realidad, contenía la sonrisa a duras penas, una ardua tarea, pues las comisuras tironeaban en sentido ascendente, presas de la emoción. Nunca pensé que hubiera algo más hermoso que el blanco de la nieve acumulada en los picos de las montañas que rodean a Granada y, sin embargo, ahí estaba: la blancura de las sábanas, valiosas y amenazantes. Me aterraba la idea de descubrirme, que las criadas y las esclavas se fijaran en la mueca insípida de mi boca y dijeran: «En efecto, la tierna Morayma cree estar en estado de buena esperanza», para que luego la suerte se truncara y mis llantos reverberaran en la fría piedra de la alcazaba. Darse por vencedora frente a la naturaleza es cuestión delicada, pues lo que rápido florece, rápido se marchita. La fortuna se pone del lado del contrario en más de una batalla. Seguía rezando con fervor, no fuera que estuviera soñando y al amanecer me encontrara con la túnica pegada a mis muslos por el sangrado. «Un día más, un día más», imploraba cada mañana, cuando la *rumiyya* cambiaba las mantas sin inmutarse, fingiendo que no buscaba entre sus pliegues para dar con una mancha en forma de amapola, pero lo hacía. Jimena no podía ocultarme nada y la avidez de sus ojos la delataba, era la misma que la de un hombre que se pasea embelesado por la anatomía de su enamorada. «Un día más, un día más». Y Allah me lo concedía, no volví a requerir ni *al-dunyub* ni paños.

Durante ese tiempo ignoré las señales; lo que no se pronuncia en voz alta no existe, así que callé hasta tornarme muda. Con el fin de olvidarme de esa malsana obsesión que me corroía por dentro y me mordisqueaba las entrañas, me concentré en otras actividades, entre ellas prestar ayuda a mi cuñada Aisha, que se sentaba a mi lado y diseccionaba el listado de posibles maridos mientras degustábamos fruta escarchada y pasteles de miel pegajosa. «Este sí. Este no. Este no. Este tampoco». Sus decisiones no eran determinantes; casaría con quien creyeran conveniente, ella misma lo había afirmado, obedecía tanto como amaba y respetaba a su madre y a Boabdil. A veces, para escapar de la tortura de un destino trazado por otros, jugaba a tirar una piedra sobre el pergamino y ahí donde caía, ella veía el amor. Sorprendentemente, el pequeño canto rodado jamás llegó a acercarse al que sería su marido.

También me dediqué a recolectar las virtudes y defectos de Ibn Hamete, una labor en la que me afané con todas mis fuerzas, en la que invertí horas de sueño. No fueron pocas las noches en las que cavilé despierta. Quería que sus faltas fueran incuestionables para que Boabdil no pudiera rehusar su nombre tachado. Por Allah, yo misma deseaba mojar el cálamo en tinta y rasgar el pergamino hasta verlo desaparecer, fundido en una laguna azabache que traspasara la piel rugosa.

Cuando continuar ignorando la realidad fue más una carga que un alivio, Jimena me cazó contemplando mi vientre, acomodando las manos alrededor de su planicie, preguntándome en mi fuero interno si la semilla habría agarrado. Eso fue un día antes de aquel 28 de febrero. Un momento de debilidad en el que creí estar completamente sola en mis aposentos. Ella me miró con la penuria en los ojos, la de quienes sienten lástima por aquellos a los que aprecian, y yo aprecié ese sincero cariño. Esbocé una sonrisa poco convincente y pretendí que nada había ocurrido. Su humilde condición no la había privado de astucia y se negó a que cayera en el olvido, me aferró del antebrazo y me pidió que me sincerara para así compartir el peso de mis desvelos. Confiaba en ella y confiaba en mi cuñada, nada me guardaba para mí estando ellas presentes, los pilares que me sostenían en ese palacio decorado por atauriques y mentiras.

En instantes como aquel pensaba que Jimena se merecía algo más que mi cariño, un jergón cómodo, comida y ropa caliente, se merecía la manumisión. No me atrevía a otorgársela, pues recuperar la libertad le daría la oportunidad de apartarse de mi lado y regresar con aquel que fue su marido. No podía permitirme perderla, por mucho que me confesara que su vida anterior era semejante a un abrevadero sin agua, que solo daba sed y frustración. Así que, a sabiendas de que no la libraría de la esclavitud, tomé asiento, me agarré a sus dedos, templados por la inminente primavera, y dije:

—Puede tratarse de un simple retraso, es muy común.

Jimena ladeó sutilmente la cabeza y me dedicó una de esas amables sonrisas que aplacaban temores, su medicina personal. Al sonreír se le acentuaban esas diminutas arrugas que la envejecían años, los pliegues de una vida que maltrata y nada regala.

—O puede que estéis encinta, tal y como habéis deseado.

—O puede que me ilusione con el estado de buena esperanza y mañana despierte con las sábanas teñidas de sangre.

A mi cuñada Naima le ocurrió meses después de su boda con mi hermano. Una vez que ya estábamos festejando que la feliz pareja traería una criatura con la que honrarnos, la túnica se le coloreó de rojo. Fue como invocar a la desventura. Mi madre la consoló diciéndole que era habitual, que el sangrado menstrual cambiaba con frecuencia y que se camuflaba de embarazo entre las ilusiones de los recién casados. Ahmed lloró más que Naima.

Cualquier signo de felicidad se esfumó de su rostro.

—Mi señora. —Sonó decidida, casi autoritaria—. No siempre será así. No siempre será una pérdida la de vuestro vientre.

—Hemos de ser precavidas. No se lo comuniquéis a nadie, Jimena, juradlo. —Sacudí sus manos, entrelazadas con las mías, impaciente por arrancarle la promesa. El violento gesto la asustó—. Jurad que guardaréis mi secreto.

—No habéis de pedírmelo. Mis ojos, mis manos, mis labios son vuestros y si queréis sellarlos nada objetaré, mas recordad lo que os advirtió la señora Aisha, que no hay un solo secreto que perdure en esta corte.

—Esperaremos a estar seguras de que el fruto no se malogre. No deseo hacer partícipe a mi esposo y luego extirparle la dicha de cuajo, como si fuera un miembro amputado con sierra.

Desde hacía unas semanas Boabdil había mejorado en su descanso. Mis noches en vela descifrando faltas para justificar el rechazo de Ibn Hamete habían sustituido a su vigilia apesadumbrada y sofocante. No obstante, aún se veía acosado por las pesadillas de su padre, se levantaba atemorizado y buscaba el calor de mi cuerpo. Mientras pudiera velar sus sueños, lo haría, y si para ello debía omitir mi posible embarazo hasta que fuera una verdad incuestionable que no lo elevaría al cielo para, luego, destrozarle el corazón, por Allah que también lo haría. La obligación de una esposa es cuidar de su marido.

—No sería culpa vuestra, la naturaleza es así de cruel y, para ser mujer, se ceba en exceso con nosotras.

Deslicé mis dedos para acariciar el reverso de la mano de Jimena, que me había atrapado desde hacía minutos. La actitud que presentaba, a caballo entre la resignación y la más profunda abnegación, me dejaba un regusto amargo en la boca, el de la hiel, un sabor que probaría mucho con los primeros meses de gestación. Era egoísta al negarle la manumisión para así retenerla a mi lado y era injusta, porque descargaba sobre ella mis pesares, incluso cuando había padecido de peores destinos que el mío. Y yo penando... Le hablaba de deseos maternales a la mujer que un día albergó una criatura en su vientre, le hablaba de sangrados menstruales que pretenden ser embarazos, le hablaba del miedo a que no hubiera germen que creciera cuando ella había presenciado escaparse una vida a través de sus piernas. Porque la sangre se lo lleva todo consigo, no deja más reguero que la muerte. Y ella, sin pestañear más de dos veces seguidas, sin humedad en sus lagrimales, asentía y me consolaba. Me preguntaba qué sentiría Jimena si, finalmente, nuestras sospechas fueran ciertas. Yo, criada para ser obediente, recatada, respetuosa, modesta, servicial, callada, virtuosa y mansa, de haber sufrido una pérdida como la suya, querría arañarme el rostro y arrancarme la piel a tiras si la mujer a la que sirviera se quedara en estado.

Sin embargo, ahí estuvo la esclava cristiana, observándome, arrodillada ante mí, con la cabeza elevada para que nuestras miradas se cruzaran, prestándome esa fortaleza que la había curtido. Supe que se merecía algo más que ser libre: mi Jimena se merecía ser feliz.

Acudieron sin demora tras recibir el correspondiente recado por parte de una de las mozas que estaban a mi servicio. Aisha bint Muhammad Ibn al-Ahmar penetró en mis aposentos con la violencia del viento invernal, seguida de cerca por Dhuha, y el resto de su séquito esperó en el corredor, fuera de mi alcoba, lo que me garantizó un espacio privado. No deben airearse las noticias a no ser que una desee que estas se expandan cual enfermedad; por esa razón solo permanecieron en la estancia mi suegra, la *qabila* y algunas criadas, además de Jimena, dispuestas a cumplir con las tareas que Dhuha requiriera. Hasta ahí llegaba su lealtad: soportaba estoicamente a la comadrona, pese a su más que evidente animadversión.

Me encontraron sentada, con la vista fija en la planicie de mi barriga, que únicamente engordaba tras una copiosa comida. Aún no había probado bocado en lo que iba de mañana y así sería hasta que el sol se pusiera y rompiéramos el ayuno, notaba la oquedad de un pozo y un hambre feroz que me roía las entrañas. Sin rastro de una mínima curva que evidenciara embarazo o un apetito satisfecho, me acariciaba el vientre, en una actitud calma y en ademán protector, por si mi hijo ya estaba en camino que se sintiera querido. «Si estás aquí, quédate conmigo», le suplicaba, «no me abandones». En caso de no estarlo, estaría rogándole a un amasijo de tripas revueltas que clamaban piedad. A Aisha le bailó la sonrisa en los labios, provocando grietas en esa máscara que portaba con sumo orgullo, y entre las hendeduras se apreciaba la felicidad rebosante, muy en consonancia con el tintineo de sus doradas joyas. Ansiaba un varón tanto como yo, si es que una abuela puede anhelar un niño más que la propia madre. Dhuha, por su parte, estalló en una sonora carcajada que podría haber roto el cielo en dos; no era felicidad, sino satisfacción. Se veía a sí misma sepultada en oro, piedras y alhajas, ni las esmeraldas brillaban tanto como sus pupilas. Dinero contante, dinero sonante en sus bolsillos.

—Os dije que mis remedios son milagrosos —se vanaglorió, arremangándose las mangas de la túnica hasta los codos para, a continuación, sumergir los brazos en agua fría.

Para entonces yo estaba tumbada en la cama, en la misma posición que hacía un mes, con los codos y los pies apoyados en la superficie mullida, las piernas abiertas y la túnica generando una abertura que escondía mis partes pudendas de ojos indiscretos y le ofrecía una buena visión a la matrona. La sensación de desnudez se aposentaba en mis mejillas, ya granates, incendiadas por el calor que me corría desde las puntas de los dedos hasta el último cabello de mi melena.

—Eso aún está por comprobar.

El latigazo que le asestó Aisha en forma de palabras no obtuvo respuesta. Efectuada la limpieza, Dhuha se acercó a mí y tomó asiento en el extremo del jergón, hundiéndolo bajo su peso. Antes de enterrar en mi interior esas gélidas manos cuajadas de cicatrices, formuló una pregunta.

—¿Cuánto lleváis sin sangrar, mi joven señora?

—Desde que me reconocisteis como fértil en aquella tarde de enero, poco después de mis esponsales.

Asintió. Lo recordaba, sangraba con abundancia y me comparó con la matanza de un carnero recién sacrificado, lo que aumentó mi vergüenza, pues sentía que derramaba en exceso lágrimas y sangre. Lo que otros atesoraban, yo lo desperdiciaba.

—Un tiempo prudencial.

—Ni siquiera nueve meses es un tiempo prudencial para determinar si hay criatura o un nonato. No tentemos a la suerte —la interrumpió Aisha, que se había colocado detrás de Dhuha y observaba por encima la peculiar escena.

Ya no había sonrisa, solo unos labios finos que se habían tornado rugosos, un mohín de descontento.

—Prometí que alumbraría. ¿Cuándo he faltado a mi palabra, mi señora? —inquirió molesta.

Aisha la observó desde su altura y chasqueó la lengua, arrepentida. De nuevo, asomaba humanidad en ese bloque pétreo.

—Jamás, Dhuha, por eso estáis aquí, porque si he de confiar en alguien para que traiga a mis hijos y a mis nietos a este mundo, descendientes de sultanes y próximos gobernantes, esa sois vos. Así, pues, haced honor a la gracia que os he concedido y no me falléis.

Quizá Dhuha fuera para Aisha lo que para mí, Jimena. Pero aquella vieja no había dejado su hogar para instalarse en la Alhambra por lealtad ni había huido de la corte y nos había seguido hasta Guadix por fidelidad y servicio, como los Banu Sarray. Dhuha no estaba aquí, entre nosotros, para garantizar mi dicha, estaba aquí para asegurarse de que yo cumpliera con lo estipulado: darnos un heredero por el que luchar. Ninguna de nosotras importábamos.

Hay métodos muy diversos para resolver si una mujer se halla encinta y ella los conocía todos, probablemente porque alguno habría sido invención suya, decía Jimena, siempre con ese atisbo de desconfianza hacia la anciana de rostro quemado. «Para ser tan sabia hay que ser el demonio», me repetía, atada a sus supersticiones o a esa visión cristiana y deforme acerca de nosotros, similar al paisaje discordante que se observa cuando miras el mundo a través de un vidriado.

—Si no son más que vanas ilusiones lo que alojo, no me lo ocultéis ni endulcéis la verdad. Decidlo con premura, así podré volver a respirar con tranquilidad —le dije.

Dhuha, que ya había internado la cabeza entre mis piernas, emergió de su escondite, con una mueca ladina. Aisha no estaba conforme con mis súplicas; ella defendía que quien gobierna no implora, exige. Y, como mujer del futuro sultán, yo no habría de pedir, solo reclamar aquello que me correspondía por derecho.

—Creéis que soy una mentirosa porque este feo y adusto rostro convoca pesadillas. —Señaló su cara—. No todas las viejas somos unas alcahuetas que arderán en el Infierno con la tez ennegrecida mientras devoran sus propias vísceras. ¿Lo oís, cristiana? —Jimena agachó la cabeza, azorada por los pensamientos descubiertos y la risa de Dhuha se hizo cavernosa—. No se trata de magia, sino de sabiduría. Y sí, me vendo por oro, como muchos otros, mas soy mujer sincera y honrada que a nadie ha engañado en sus años de oficio y a algunos he perdonado deudas después de haber cumplido con mis servicios. Que el fuego que me marcó no os lleve a equívoco, yo no miento ni digo medias verdades. No lo necesito.

Me tragué la ignominia; ya había aprendido que si no la paladeas no te percatas de su amargor, que son lecciones que has de tomar con la boca pequeña y sin rechistar. En grandes dosis es letal, pero a pequeñas, te instruye, así como una mínima cantidad de veneno ingerido cada día te previene de morir emponzoñado.

—Entonces dadle respuesta a mi estado —le ordené y Aisha quedó complacida con mi vehemencia.

Primero, Dhuha revisó la tierra húmeda que era mi vagina, luego, hurgó en ella. Sus uñas podían haber sido arado que abriera surcos para que la semilla profundizara. Prosiguió con instrucciones sencillas de realizar. Ya incorporada y vestida correctamente, me indicó que debía pelar un diente de ajo, agujerearlo en varios lugares e introducirlo en mi interior, ahí debía permanecer hasta la mañana siguiente. Así lo hice, su hedor se me pegó a las manos y solo conseguí librarme de él con jugo de limón. El resto del día fue una sucesión de horas, la más angustiosa espera, alargada por el arrogante sol que se negaba a avanzar en la bóveda celeste.

28 de febrero de 1482

Aquel día llegaron dos nuevas a nuestros oídos, una buena y una terrible, porque en la vida los sucesos más afortunados y las tragedias van de la mano. La primera de ellas fue una bendición que nos sorprendió desde bien temprano y se tornó secreto entre nosotras, las mujeres. La segunda recorrió los confines del reino y se hizo eco en muecas de espanto. Con dichas noticias se equilibró la balanza, si es que engendrar y matar pueden procurar cierta estabilidad. Si por cada espada que raja carne y hace vomitar vísceras nace una criatura, las pérdidas no se sentirían tanto, habría quienes las llenarían de gozo, arrancando las penurias de un negro que enluta. En ambos sucesos se derrama sangre inocente.

En cuanto Boabdil abandonó la alcoba para ocuparse de sus muchas tareas, las mujeres nos reunimos nuevamente, ni una más de las que el día anterior habían estado presentes en aquel incómodo momento. Jamás me explicaría cómo mi esposo no percibió el olor a ajo que nacía de mis partes pudendas; quizá el aroma de los perfumes de mi cuerpo y de la estancia lo camuflaran, impidiéndole reconocerlo. A mí, sin embargo, todo me hedía aliáceo, una pestilencia que notaba impregnándome la piel, incluso en aquellas partes que no me había tocado. Daba la impresión de que la sustancia recorría mi anatomía a través de la sangre.

Yaciendo en el jergón bocarriba, Dhuha extrajo el ajo de mi

vagina y luego, olfateó mi entrepierna, un acto que se me antojó todavía más embarazoso que los anteriores. Lo hizo hasta en cinco ocasiones, a intervalos, para asegurarse de que su prodigiosa nariz no le mentía. ¿Cómo engañarla teniendo en cuenta que aquello había estado un día entero alojado en mí, perfumándome con su esencia?

—Estáis encinta —declaró finalmente con una nota de triunfo en la voz—. No oléis a ajo.

Para mí, era imposible. Toda yo olía a ajo, el insoportable tufo me había impedido conciliar el sueño junto a los nervios que se me enroscaban en el estómago y que eran una víbora. Aisha, también perpleja y siempre desconfiada —por mucho que valorara los conocimientos de Dhuha y supiera que era certera en sus predicciones—, le exigió que probara cualquier otro método.

—Podemos machacar aristoloquia redonda con bilis de vaca y depositarlo en vuestra vagina —se dirigió a mí, no a Aisha, quien se había cruzado de brazos y entornaba los ojos—. Mañana sabríamos si estáis encinta si la boca os supiera a la mezcla; de no hallar sabor aún deberíais continuar yuntando con vuestro esposo.

Las siguientes divagaciones de la comadrona eran un murmullo que no terminaba de comprender; sus palabras rebotaban en una burbuja invisible, era un sonido amortiguado, un eco lejano que provenía de cualquier parte, pero no de su garganta. Por encima de ella, el latido de mi corazón acelerado. Aisha y Dhuha hablaban, veía moverse sus labios por el rabillo del ojo, mientras a mí se me secaba la boca y observaba, en completo silencio, como haría una niña pequeña, un punto cualquiera de la estancia. Porque puede que sí estuviera embarazada, que mi vientre diera frutos. No se me escapó lágrima alguna, aunque sabía llorar de alegría casi tanto como de tristeza.

Desperté del letargo solo para encontrarme con que no habían reparado en mí, a excepción de Jimena, que me miraba desde la esquina de los aposentos con una de esas sonrisas sinceras que me golpeaban el corazón. La esclava cristiana que había perdido un hijo, la amiga que se veía desbordada por la emoción, sin importar que yo cumpliera un sueño que a ella se le había negado.

—No se apremia a la medicina, mi señora, vos lo sabéis —dijo la *qabila*, que seguía enzarzada en la disputa con mi suegra, que quería resultados inmediatos y respuestas a nuestras preguntas—. Habéis sido testigo de que cuesta tiempo y esfuerzo, no remiendo virgos con dos simples puntadas, ni pongo precio a las esclavas con un efímero vistazo ni me deshago de una criatura no deseada con facilidad. Engendrar conlleva tiempo, advertir el estado de buena esperanza, también.

—Haced lo que debáis, pues. Morayma lo soportará, yo lo aceptaré.

Así se dictaminó que a la mañana siguiente volveríamos a parapetarnos en la alcoba para que Dhuha me besara la boca si era necesario, con el fin de desvelar si estaba encinta.

—¿Podéis al menos determinar si es varón o hembra? —indagué. Por inercia, había iniciado una caricia sutil sobre mi vientre, en sentido ascendente y descendente, un roce que reconfortaba y me acercaba al que sería mi hijo o hija.

—Existen varias fórmulas, pero es preferible esperar y que el cuerpo de la embarazada evolucione, su transformación nos desvelará el sexo de la criatura. Sin embargo, es preciso que hayan cumplido con mis indicaciones y que siempre hayan copulado cuando soplaba viento del norte, así como la semilla de su padre, si es fuerte nacerá niño, si es débil nacerá niña.

—¿Y es fuerte su semilla?

—No lo sabremos hasta que la preñez se haga notar o vos alumbréis, joven señora.

Dhuha no creía menester rehacer la prueba, pero lo haría por mandato de Aisha, no porque ella errara en sus diagnósticos. Testaruda, al igual que la mujer que había requerido de sus servicios, de inmediato confeccionó una nueva dieta de acuerdo con mi condición de embarazada. Le dije que aquella transformación en las comidas alertaría a mi esposo, pero ella insistió en que los hombres, por muy observadores que sean, no prestan atención a cada uno de nuestros pasos, pues de ser así se percatarían de cuándo nos teñimos el cabello con alheña. A partir de entonces me estarían vetadas las cebollas, los ajos, la menta, la albahaca, la ruda y el apio. En su lugar, llevaría una dieta basada en aliviar los humores nocivos que provocan dolores estomacales en las mujeres en gravidez: vino rojo añejo mezclado con agua, pan blanco bien amasado, aves cocinadas en caldo con aceite vegetal, piernas de cordero, pescado salado, verduras como lechuga, endivia y rábanos con oximiel. De postre: pasas negras, granadas, membrillos dulces, peras y manzanas ácidas. No debía pasar hambre, por lo que no podría cumplir con el ayuno en aquel mes sagrado del Ramadán, tampoco había de comer con opulencia ni quedar completamente saciada, es decir, ser comedida.

—Habéis de resistiros a los encantos de vuestro marido —fue su última recomendación—. Demasiado encamamiento trae malas consecuencias para la criatura que lleváis en las entrañas, además se os agriará la leche y ese sabor no es del gusto de los recién nacidos.

—Decidle que estáis en periodo de sangrado, así no os tocará y lo mantendréis alejado de vos —me sugirió Aisha con un semblante mucho más relajado y benévolo que hacía minutos atrás, cuando batallaba con Dhuha.

Las mujeres son diestras en el hilado, el cuidado del hogar y los niños, la seducción y guardar los secretos de un vientre hinchado.

20

Paseábase el rey moro
por la ciudad de Granada,
desde la puerta de Elvira
hasta la de Vivarambla
—¡Ay de mi Alhama!
Cartas le fueron venidas
que Alhama era ganada.
Las cartas echó en el fuego,
y al mensajero matara.
—¡Ay de mi Alhama!
Descabalga de una mula
y en un caballo cabalga,
por el Zacatín arriba
subido se había al Alhambra.
—¡Ay de mi Alhama!
Como en el Alhambra estuvo,
al mismo punto mandaba
que se toquen sus trompetas,
sus añafiles de plata.
—¡Ay de mi Alhama!
Y que las cajas de guerra
apriesa toquen el arma,
porque lo oigan sus moros,
los de la Vega y Granada.
—¡Ay de mi Alhama!

Los moros, que el son oyeron,
que al sangriento Marte llama,
uno a uno y dos a dos
juntado se ha gran batalla.
—¡Ay de mi Alhama!
Allí habló un moro viejo,
de esta manera hablara:
—¿Para qué nos llamas, rey?
¿Para qué es esta llamada?
—¡Ay de mi Alhama!
—Habéis de saber, amigos,
una nueva desdichada:
que cristianos de braveza
ya nos han ganado Alhama.
—¡Ay de mi Alhama!
Allí habló un alfaquí,
de barba crecida y cana:
—Bien se te emplea, buen rey,
buen rey, bien se te empleara
—¡Ay de mi Alhama!
—Mataste a los Bencerrajes,
que eran la flor de Granada;
cogiste los tornadizos
de Córdoba la nombrada.
—¡Ay de mi Alhama!
Por eso mereces, rey,
una pena muy doblada:
que te pierdas tú y el reino,
y aquí se pierda Granada.
—¡Ay de mi Alhama!

Romance anónimo de la toma de Alhama

—¡Alhama ha caído!

Fueron los gritos nocturnos que nos sobresaltaron en mitad

de la silenciosa y oscura madrugada. El cielo aún no se había coloreado de tonalidades doradas y ocres, era tinta azabache derramada sobre pergamino y las estrellas engarzadas emitían una luz titilante que aplacaba los miedos de los temerosos, un ápice de esperanza entre las tinieblas. Yo dormitaba, una consideración muy benigna, pues me había convertido en un búho que merodea por la espesura de los bosques en busca de cualquier animalillo. Saber que había mentido a mi esposo me generaba angustia, una angustia que se mezclaba con la incomodidad de llevar en mi vagina aquel emplasto que Dhuha se había encargado de introducirme, que se mezclaba con la incertidumbre y la dicha de un embarazo. Se habla mucho del gozo que traen consigo los niños y se calla el miedo que atenaza a la futura madre, pues aquello en nada se parece a un juego de muñecos. La criatura depende de ti y tú has de estar preparada para atenderlo en todo momento, por encima del cansancio, el dolor y los deseos, por encima de tu persona. Porque dejas de ser tú para ser de él, «madre de».

Boabdil, alejado de mis cavilaciones, había conciliado el sueño después de una cena de grandes dimensiones y varias jarras de vino compartidas con Aben Comixa e Ibn Hamete que lo habían amodorrado. Ni siquiera se opuso a mi inapetencia sexual, simplemente me besó la frente y se acurrucó a mi lado, igual que un niño, con los dedos entrelazados y su pecho en mi espalda, protector. No cayó preso de pesadilla alguna, esa noche no fue su padre el que lo persiguió entre las brumas del mundo onírico. La pesadilla se tornó realidad.

—¡Alhama ha caído!

No hay peor despertar que la muerte de miles de inocentes y el corazón nos vibró en el pecho cuando la amenaza tomó forma. Boabdil abandonó el lecho con premura y me pidió encarecidamente que permaneciera en la alcoba y descansara, que nada había de perturbar mi sueño. No le mencioné que hacía días que el sueño no se aparecía por más que lo mentara, pero que era un precio que pagaba bien gustosa si por ello me habían concedido el milagro de la vida. Permanecí sentada en el jergón, cubierta por sábanas y mantas que ya aportaban demasiado calor a aquellas alturas en las que el frío iba perdiendo la batalla ante la inminente primavera. Y, desde allí, observé a mi marido acudir a la llamada de esa voz desconocida que había traído malas noticias, sin haberse vestido siquiera.

Me dije que sería un buen padre para sus hijos, que sería un buen gobernante, uno al que su pueblo apreciaría, pues no todos los reyes se desvelan por la muerte de los que consideran unos cuantos.

Jimena en seguida me acompañó a los aposentos de mi suegra Aisha, quien me aguardaba vestida, con las manos sobre las rodillas en un gesto de impaciencia, porque a Aisha jamás le había agradado esperar por nada ni por nadie. Era una mujer que prefería la inmediatez.

—¿Qué pasará ahora, mi señora? —me preguntó Jimena mientras caminaba a mi diestra, evidentemente afectada por los acontecimientos.

Los pasillos de la alcazaba, otrora sumidos en el usual mutismo de la noche, habían adquirido un matiz diferente, el de un mercado bullicioso y revuelto. Dícese que las malas nuevas siempre llegan cuando el sol se oculta y los vicios, hechos monstruos, salen a bailar, impulsados por el amparo que les otorga la oscuridad, alentados por la ebriedad y los deseos más lascivos. Por eso los crímenes se cometen con las estrellas como único testigo, por eso si asesinas a alguien cierras los ojos. Aquel paseo con la esclava a mi lado, tan pegadas que su mano rozaba la mía, me recordaba la madrugada en la que habíamos andado bajo la luz de un candil, con escasas ropas y valiosas joyas, para descender por aquella cuerda de almaizares. Sí, la noche atraía el infortunio, yo de eso sabía mucho.

—No puedo responderos a eso, ni siquiera yo lo sé.

—¿Huiremos de nuevo si los cristianos avanzan?

—Iremos allí donde mi esposo y nuestro señor ordene. Si Guadix cayera... —Cesé en el andar y Jimena hizo lo propio.

Contemplarla era un pellizco, un escozor en una herida que aún no se había abierto, así que desvié la mirada y me mojé los labios, incapaz de continuar—. ¿Vos querríais quedaros aquí con los cristianos que se adueñaran de nuestras tierras, con los que fueron vuestra gente?

Era la primera vez que le ofrecía la libertad y no se trataba de una cuestión posible en un futuro lejano, era una proposición. Si la quería, podía tomarla. Yo se la entregaría con todo el dolor de mi corazón, porque si mi felicidad era la suya, y así lo había demostrado con mi estado de buena esperanza, había de corresponderle: que la suya fuera la mía propia.

La joven hizo el amago de proseguir andando, pero la detuve al aferrarme a su antebrazo, impidiéndole que diera un paso más. No la solté, me agarré a ella, de piel áspera y pálida, tan reconocible para mí, templada y familiar.

—Podríais hacerlo, podríais perderos entre nuestra fuga y el alboroto de la ciudad que cae, entre el griterío y los lamentos. Ellos os librarían de nuestro yugo y nada os reprocharía si esa fuera vuestra decisión.

—No, mi señora. —Los ojos castaños se le anegaron y de haber sido norteña, norteña de verdad y no de la terrible frontera, de haber tenido los iris claros, habría creído que se inundaba por dentro, que subía el agua del aljibe y se atragantaba con él—. Yo os seguiré hasta con los pies descalzos, atravesando la fría nieve o la arena abrasadora del desierto, hayamos de refugiarnos en la Alhambra, en Almería, en la Ajarquía o al otro lado del estrecho.

—Los tuyos se acercan como se acerca la primavera. Imparables.

Jimena era ese extraño espécimen, a dos aguas entre la lealtad y la traición; era cristiana fervorosa que rezaba cada noche y ni viviendo en tierra de moros, como ella solía decir, había desaprendido esa retahíla de palabras en latín. E incluso abrigando la fe que le daba esperanzas y la sofocaba en momentos difíciles, no ansiaba la victoria de los suyos con fuego y acero, la muerte y el sometimiento de todos nosotros. De los otros. Todos los días me enseñaba que se puede ser dos caras de la misma moneda y al mismo tiempo no ser nada.

Aisha me arrastró por los pasillos, con grandes zancadas y el repique de las reales alhajas proclamando su presencia. No por ser madrugada habíamos de descuidar nuestra imagen, rostros untados en crema, mejillas con un ligero rubor, labios sonrosados, el *kohl* que intensifica la mirada, las manos y los dedos enjoyados, los pesados colgantes, los dorados pendientes, el velamen. Siempre esa larga seda que danzaba con los pasos que dábamos, semejante al cabello ondulado cuando lo mece el viento.

—Los hombres necesitan a sus mujeres. —Lo de Aisha fue un resuello a causa del sofoco.

La prisa me arrebataba el aire de los pulmones y me concedía una suerte de aguijonazo en el costado, una presión en el pecho que me trepaba por la garganta y se enredaba. Me resultaba un soberano esfuerzo seguir el ritmo que había marcado. Dhuha me había advertido que no hiciera movimientos bruscos y violentos ni trabajos arduos y fatigosos. Pretendía ajustarme a cada una de sus recomendaciones, aunque solo fueran preventivas, pues era común que la semilla se desprendiera y la sangre fluyera muslos abajo, perdiendo a la criatura. Una vida tranquila y sosegada era lo que necesitaba, no aquella carrera.

—Ni el gobierno ni la guerra son un asunto de nuestro dominio, no podemos portar armas del mismo modo que no podemos liderar tropas o controlar la fiscalidad —le recordé.

A pesar de la extenuación y la dificultad respiratoria, Aisha soltó una sardónica carcajada.

—Aprendéis rápido y también muy lento. En esta guerra hemos de asegurar nuestra supervivencia y el éxito de nuestra empresa: el triunfo de Boabdil sobre su padre. —Tironeó de mí para apremiarme a que la siguiera—. Si elegimos bien la estrategia, habremos vencido sin haber sacrificado la mayoría de nuestros peones. Debéis practicar más el ajedrez, Morayma.

Los pasadizos de la alcazaba tocaron su fin cuando torcimos una esquina. La estancia era amplia, decorada con un precioso tapiz de múltiples tonalidades y un jarrón con estrías y florituras cerúleas y doradas, refulgentes por el vidriado, en cuyas bandas blanquecinas había motivos geométricos y de ataurique y en cuyo cuello se adivinaban caracteres cúficos. En el centro, una robusta mesa sobre la que reposaba vino escanciado en jarritas y copas y un par de ataifores que actuaban de bandejas, contenedores de manjares que satisfacían el apetito voraz. Ha de alimentarse a aquellos que nos defienden, a los que velan y nos salvaguardan. A su alrededor se hallaban Boabdil y algunos hombres cercanos a él, entre ellos Aben Comixa e Ibn Hamete. Mi esposo seguía sin vestir, pero sus más fieles siervos habían decidido no presentarse sin un atuendo adecuado, lo que incrementaba la diferencia entre Boabdil, desaliñado y con las guedejas negras cayendo sobre sus párpados cansados, y el resto de los hombres, con sus correspondientes turbantes de colores. En los rostros no había un ápice de somnolencia, solo ceños fruncidos y una nube pesarosa y plomiza que recaía en ellos, dotando el ambiente de un frío glacial. La suntuosidad del salón perdía esplendor ante la agorera situación.

—El rey Fernando es ducho en el combate, en sus campañas militares siempre sale victorioso.

Alhama había caído, los cristianos decían que por designios divinos, nosotros que por descuido de su alcaide, que había abandonado la ciudad para asistir a unas grandiosas nupcias. La felicidad de una joven pareja había costado la vida de muchas personas, porque la alcazaba se encontraba indefensa, habitada únicamente por las mujeres del alcaide y algunos hombres que la defendían, el pequeño destacamento que aquel no se había llevado consigo para el viaje y la celebración. Las mujeres poseen coraje y ferocidad, mas no todas sabemos empuñar armas. Por eso, a los exploradores, a cargo de un tal Juan de Ortega, les fue condenadamente sencillo escalar los muros de la ciudadela y rajarles la garganta al centinela vigilante y su compañero, que dormitaba despreocupado. En efecto, parecían designios divinos, pues los astros se habían alineado para otorgarles una oportunidad tras otra de salir victoriosos. Penetraron en la alcazaba, desangelada, e hicieron prisioneras a las mujeres del alcaide, que debieron de preferir antes el dulce filo del acero que el cautiverio al que serían sometidas, ellas y sus hijas. Y, una vez dentro, abrieron las puertas de la ciudadela y los hombres a caballo y a pie se pasearon por las callejuelas, los adarves y las plazas, regando el suelo de guijarros de sangre, sembrándolo de devastación.

De ello hablaban a media voz Boabdil y sus consejeros, con una rabia burbujeante que les punzaba la garganta, una espina de pescado que se les atragantaba. Y de repente una interrupción, la nuestra. El silencio lo copó todo. Labios entreabiertos, muecas desaprobadoras, miradas indiscretas y la incertidumbre bailando en la faz de mi esposo, nuestras figuras reflejadas en las paredes de la estancia, proyectadas cual gigantes a causa de la luz mortecina de los candiles. La mirada aceitosa de Ibn Hamete se me clavó con la fuerza de un espadazo bien asestado. Quise ladrarle y, sin embargo, me mordí la lengua. De la boca de Boabdil salió primero mi nombre, latente y deseado, luego un «madre» que denotó su sorpresa, quizá un retazo de enfado por mi desobediencia, pese a que no había sido esa mi intención. Es complicado saber qué órdenes acatar, si la de la mujer a la que debes lealtad o la del marido al que le debes cada una de tus respiraciones.

El agarre que hasta entonces Aisha había ejercido con presión sobre mí se diluyó y sin su contacto me noté casi huérfana. Con un paso adelante, el rostro impertérrito y una serenidad cortante, dijo:

—No vayáis. No permitáis que el ansia de gloria os ciegue, hijo mío, sabéis que vuestro padre es hombre valiente y locuaz, de gran fuerza, apasionado de la guerra casi tanto como de las mujeres. La inteligencia no le es esquiva y cuando estéis en el campo de batalla, una facción de su ejército os atacará y allí mismo os dará muerte. Si corréis a salvar Alhama, vuestro padre y su Zoraida habrán ganado, Sa'd heredará el trono y nosotros seremos polvo, un recuerdo enterrado entre cadáveres. Así que sed precavido y escuchadme a mí, que he sido su esposa y lo conozco como conozco las palmas de mis manos, dejad que él se ocupe de ello, que se enfrente a los cristianos. Quizá esos reyes aceleren su decadencia y te den el gobierno antes de lo que habríamos esperado.

De nuevo, una luz grisácea y melancólica en las negras pupilas de mi marido. Recaería, volvería al profundo pozo del que había emergido de forma paulatina, con mi ayuda actuando de cuerda de salvación por la que trepaba.

—¿Creéis que mi padre actuaría con semejante vileza? —La penuria patente en su semblante, congestionado—. Asesinar a un hombre a traición es demasiada mezquindad, incluso para él.

—Ya trató de asesinaros a vos y a vuestra familia una noche, mi señor —intervino Aben Comixa, portador de recuerdos que aún herían y que él deseaba olvidar. El olvido es curativo, aunque nos empeñemos en almacenar grandes meticales de memorias que alimentan el rencor y una venganza que nos lleva a languidecer, arropados por capas y capas de odio putrefacto.

—No hay nada más ruin que atentar contra un hijo y ya ha cometido tal agravio —continuó ella. Se le arrugaban los labios en muecas de contención, las de una perra que asesta bocados, que protege a su camada—. No esperéis que os tienda los brazos al veros, más bien os echará las manos al cuello y si os daña, entonces seré yo quien se acerque hasta su preciosa corte para confundirme entre las sombras y arrancarle ese corazón ennegrecido.

Le habría pedido que se guardara de avivar su dolor, que era de la extensión de los reinos cristianos, cada vez mayores, más fuertes, más imposibles de abatir. Callé, cabizbaja, con las manos entrelazadas sobre mi regazo, en la retaguardia. Ya curaría con besos las heridas que mi suegra le abriese.

—No es propio de vos hablar así, madre. —Boabdil se aproximó a ella, la rodeó con su cuerpo y Aisha le permitió el gesto de cariño, quizá porque sabía que lo había dañado con sus palabras y que el acercamiento se debía más a la necesidad de su hijo que a la suya propia—. Lamento haberos preocupado en exceso, apaciguaos, es un tema delicado para tratarlo con inquina.

Libre ya de esas muestras públicas de amor de las que no era partidaria, dio la que consideró su última orden.

—Disolved esta reunión innecesaria, que ninguno de los nuestros parta a Alhama.

Las miradas fueron saetas que sobrevolaron la estancia de un rincón a otro, lanzadas por los allí presentes, que esperaban que Boabdil se pronunciara con respecto a ello. Ante su silencio, Aisha giró sobre sí misma, las joyas tintinearon con su movimiento y ella se dispuso a regresar a sus aposentos tras haber cumplido con su principal propósito. ¿Qué no haría Aisha bint Muhammad Ibn al-Ahmar por sus hijos? Lo reduciría todo a cenizas. ¿Qué no haría yo por la criatura que crecía en mis entrañas? Me abalancé sobre mi marido y, suplicante, capturé sus grandes manos, aquellas que tantas noches y madrugadas me habían acariciado, reconociéndome entre los pliegues de las sábanas, contabilizando lunares. Y él, que tan bien leía mi mente, supo en seguida cuál sería mi demanda.

—Si no acudís, amado mío, los cristianos seguirán avanzando e Isabel y Fernando habrán ganado, nadie los detendrá y poco importará quién se siente en el trono de la bella Alhambra, la harán suya y morarán en ella infieles y gatos.

—Dejad que vuestro padre se ocupe de ello. —La dureza con la que Aisha pronunció aquella sugerencia me heló—. Su sed de sangre le devolverá el golpe.

Pero Boabdil no la escuchó, me ungió a besos el reverso de las manos, una sonrisa temblorosa que se abría paso bajo esa frondosa barba en la que solía hundir mis dedos.

—Mi esposa está en lo cierto. —Se dirigió a sus hombres—. Si no socorremos Alhama, si los cristianos continúan con sus ofensivas y vencen, ganarán territorio. Cuanto más cerca de Granada, más peligrosos son. Seré el sultán de nada. ¿Podemos mandar algún destacamento?

—No deberíamos. Son pérdidas que lamentaremos más adelante, si no con los cristianos, con vuestro padre.

—¿Tan seguro estáis de nuestra derrota, Aben Comixa? —inquirió molesto.

—Son demasiados, mi señor. Nuestros exploradores dicen que Rodrigo Ponce de León lideraba, al menos, unos veinticinco mil jinetes y unos tres mil soldados de infantería.

Su puño impactó contra la mesa, la vajilla de cerámica tiritó y algunas gotas de vino mancharon la madera, dejando circunferencias oscuras cercanas a los nudos. La inusual violencia me sobresaltó; podía haber divisado a mi esposo pertrechado para la guerra, pero no había presenciado muestra alguna de agresividad. Siempre tan gentil, tan amoroso, tan similar a mi progenitor, el gran Ali al-Attar, debajo de la coraza todo bondad.

—Pero alguno habrá caído en combate con la toma de la ciudad, ¿no es así? —Se pellizcó el entrecejo, visiblemente exhausto. Lo abracé por la espalda, pegué mi mejilla a ella y dejé que el aroma que manaba de mi piel y mi velamen lo apaciguara. Siempre recurría al familiar y cálido olor que desprendía mi cabello, a su sedosidad, como un niño que busca protección en los bajos del vestido de su madre.

—Es lo más probable, pero no sabemos cuántos de ellos.

Suspiró. Para entonces Aisha había ocupado un lugar en la mesa de aquel consejo nocturno y yo me hallaba cobijada por mi esposo, que me había trasladado a su costado derecho, donde me tenía presa. Su cuerpo era la única jaula en la que estaba dispuesta a vivir.

—Habrán hecho prisioneros y los prisioneros pueden luchar a nuestro favor en cuanto se vean liberados de sus grilletes, lo que aumentaría el número de nuestras filas, ya de por sí engrosadas si os sumáis al ejército de vuestro padre y vuestro tío. Unidos podréis recuperar Alhama.

—Me sorprendéis, mi señora, pensé que preveníais heridas,

no que las cosíais con hilo vos misma. —El verdor aceitunado de los ojos de Ibn Hamete me agujereó y en ellos acusé la desilusión enmascarada de ofensa, porque lo era.

¿Cómo se atrevía? ¿Es que pensaba que le había mentido aquella primera vez en la que hablamos? Por Allah, si aún me fustigaba por las falsas verdades que años atrás había verbalizado y el incidente de la celosía que había escondido a mis padres.

El de los Banu Sarray se recreaba en mis facciones, las que ocultaba bajo el velo cada vez que nos reuníamos en los jardines, en compañía de un séquito extenso; debían de antojársele nuevas, tan acostumbrado como estaba únicamente a mi mirada. Me erguí, dolida por el agravio. Pocas faltas había apuntado sobre su persona con el fin de alejarlo de mi hermana Aziza: una primera esposa y los muchos años que los separaban. Aquello me otorgó el aliciente de sumar alguna: descaro.

—No erréis en vuestra consideración, señor mío, que no soy partidaria de la guerra, ni entre los musulmanes, ni con los cristianos. —Atiné a devolverle el golpe.

Pero quería que mi hijo tuviera una herencia, un legado, un trono de mullidos cojines en el que sentarse, vestimentas de seda que lucir y joyas de oro con las que engalanarse, y, de haber llevado corona, también la habría querido para él. Había aprendido mucho en aquellos meses, entre la Alhambra y Guadix, entre confabulaciones, intrigas palaciegas y políticas bien tejidas. Boabdil debía marchar a Alhama, unirse a su padre y detener el avance cristiano; debía luchar y demostrarle así su poder, para que jamás olvidara que su primogénito un día fue designado heredero y que estaba capacitado para ello. Y que, de negarle el ascenso al gobierno, ya en su lecho de muerte, Boabdil convocaría a sus partidarios para hacer valer su derecho y conquistar aquello que le pertenecía. Y de fallecer en el proceso, nuestro hijo, por el que correrían idéntico valor y sangre áurea, se alzaría en armas contra Sa'd, el Zagal o quien hubiera ocupado el trono, al igual que muchos de los emires, califas, reyes y sultanes que le precedieron.

—He oído suficiente. Idos. —Nos señaló la salida con el dedo índice, sin mirar atrás—. Estos son asuntos de hombres, en nada habéis de preocuparos, perded cuidado y no asustéis a mi hermana.

Nos despachó con premura y los últimos retazos de conversación que alcanzamos a oír mientras dejábamos la estancia fueron:

—¿Tenemos noticias de mi padre?

—Se dirige hacia allí, mi señor, llegará por la mañana con la esperanza de que los nuestros sigan luchando hasta que aparezca con los refuerzos.

Ser mujer es así: en ocasiones escuchan lo que rumias, en otras, no, a pesar de que tus predicciones sean certeras, tu intelecto una cualidad excepcional y tus habilidades políticas dignas de un rey. A veces, eres tenida en cuenta, otras, no. A veces, hablas, otras te amordazan.

Caminamos pasillo abajo, desandando nuestros pasos que resonaban en las paredes desnudas. La penumbra cedía a la luz de los candiles, que comenzaba a mimetizarse con la delicada y fina línea anaranjada que se divisaba en el horizonte. Si aguzabas la vista distinguías un hilo negro de uno blanco. La excitación bullía en la alcazaba, en cada una de sus esquinas, y allí, en mitad del perturbador jaleo, en los jardines verdosos reinaba una paz que invitaba a pasear, a sentarse en la fría hierba, húmeda por el rocío de la noche, y aguardar que el agua volviera a su cauce, como los pequeños riachuelos discurrían por las acequias. No había rastro de cansancio, solo una inquietud que me había despejado la mente.

—Habéis perdido el juicio por completo —declaró Aisha, que marchaba a mi derecha—. Si mi hijo muere quedaréis desamparada, todas quedaremos desamparadas. ¿Qué será de nosotras?

—¿Qué habríais hecho vos si fuera vuestro marido? ¿Acaso no lo habríais apremiado a que acudiera a la batalla y salvara la herencia del hijo que lleváis en el vientre?

—No acudirá.

—Lo sé. —No había reproche en mi voz.

Conocía a Boabdil. Mi marido era valiente, mas no un loco suicida que se lanzaba al fragor de la batalla sin pensar en las probabilidades de éxito y fracaso.

—Y eso os permitirá tener un esposo para cuando nazca la criatura.

Asentí. Era justo que me hijo recibiera su herencia, tanto como que su progenitor lo viera al surgir de mí, lloroso y sucio, arrugado.

—Ahora ambas sabemos lo que es ser amante, mujer y madre.

Las prioridades de una entraban en conflicto con las de la otra.

—Os advertí de ello, Morayma, que por amor a los hijos se cometen locuras. —Entonces enredó de nuevo su brazo con el mío, olvidó la disputa acaecida en aquella estancia y esbozó una sonrisa benévola, de esas que distribuía con sumo recelo—. Venid conmigo, tomaremos algo de té y descansaremos juntas. Ha sido un día demasiado largo para vos, debéis de estar abrumada.

Aisha siempre estaría a mi lado, incluso en los momentos en los que el desacuerdo era profundo y nos irritábamos la una con la otra, incluso cuando nuestros intereses no coincidían. Porque el día en que me desposé, pasé a ser su hija.

Boabdil no acudió a Alhama y para cuando Muley Hasan llegó a la fortaleza que circundaba la ciudad y la protegía, esta no era más que un anillo de piedra que había sido violentado por una fuerza salvaje y bárbara. De su puerta salían los cristianos que, con la barbilla alta y los pechos henchidos de un sádico orgullo, iniciaban el camino a alguna parte, seguidos por una hilera de ganado, cautivos y una gran cantidad de acémilas cargadas de rico botín, oro y plata. Al detectarlos allí, a la distancia, con sus brillantes armaduras y sus adargas, regresaron a la ciudad con premura, a sabiendas de que les darían caza y se vengarían de ellos. Azotaron a los nuevos esclavos, que corrían, tropezaban y se pelaban las rodillas, se desgañitaban en gritos de auxilio al divisar desde lejos la figura de su sultán. Mujeres y niños depauperados, atados en corto, como las reses, sin dignidad alguna. A los pies del pétreo lienzo, coronado por su merlatura, se encontraba una acumulación de cuerpos ensangrentados lamidos por perros sarnosos que se daban un homenaje con la carne mordisqueada por otras fauces voraces, despedazando, paliando la hambruna que los había dejado en los huesos. Alhama ya no era Alhama. Era todo piel hecha jirones y huesos astillados. Y Muley Hasan, en un acto de dolor supremo que debió de encogerle el alma —un gesto que nunca presencié hacia sus hijos Boabdil, Yusuf y Aisha, a los que había desalojado de su corazón—, ordenó sacrificar a los animales para que así dejaran de profanar los cadáveres.

Llegaron estas noticias y me eché a llorar, temblorosa, aterida, trémula, y maldije en silencio a los cristianos porque cuatro mil mujeres y criaturas de corta edad lo habían perdido todo de la noche a la mañana. Me veía reflejada en sus desgracias, que llegarían a ser comunes. ¿Qué habría sucedido si el asalto no hubiera sido a Alhama sino a Loja? ¿Cuál habría sido mi ventura de no haber matrimoniado con Boabdil sino con un hombre cualquiera de la ciudad, tal y como estaba predicho en primera instancia? La mujer cautiva podría haber sido yo, el hijo cautivo podría haber sido el mío, el esposo fallecido también. Le lloré a Jimena, que había sido todas ellas, víctimas. Y les lloré hasta a los perros pulgosos, que me levantaban lástima. Y así comenzaron las ofensivas y defensivas que se saldaron con muchas muertes, muertes que el hijo que llevaba en mi vientre no podría enmendar, porque algunas madres habían visto a sus vástagos vomitar vísceras delante de ellas, algunas esposas habían acunado a sus maridos, que habían sufrido la mordedura del acero de una espada, y algunos niños habían quedado huérfanos, como lo fue nuestro Profeta. El nacimiento de uno solo no compensaría el padecimiento de tantos otros.

Cuatro intentos de asaltar la ciudad, otros tantos de penetrar a través de la puerta, que trataron de quebrar con golpes y fuego para, finalmente, retirarse bajo las órdenes de Muley Hasan. A la mañana siguiente, los cristianos habían asegurado sus posiciones y tapado los portillos, adobado las defensas y reparado los daños sustanciales que podían favorecernos, guarecidos por el amparo de la noche, y el sultán, sorprendido por la rapidez de la actuación, optó por cercar Alhama y matarla de hambre, de sed y de frío. Cristianos y musulmanes condenados a inanición, deshidratación y la gelidez del invierno que se iba templando y replegando. Como se replegaron los nuestros cuando el viento del norte trajo noticias sobre la inminente llegada de refuerzos, comandados por Enrique de Guzmán, duque de Medina Sidonia.

Y así, perdimos Alhama como quien pierde a un ser querido, aquejado por una grave enfermedad que lo postra en la cama y le arrebata hasta el último aliento.

21

Misivas iban y venían, de Loja, de Almería, de la mismísima Granada, en la que algunos hombres leales a mi esposo habían permanecido, de todas ellas a Guadix y de Guadix a todas ellas. Las cuitas volaban a la velocidad a la que planean los halcones, así como las almas de los combatientes de Allah se elevan para posarse en las ramas del árbol del Paraíso.

La inseguridad se había extendido a los habitantes del reino, se transmitía por el aire, contagiosa, y es que incluso quienes ignoraban el coste de la política sabían que habrían de pagar con sangre a causa del juego de los reyes. Los cristianos se hacían fuertes tras su victoria en Alhama, reclamada como suya, y proseguirían con ese avance que habían iniciado. Cada plaza que tomaran, cada enclave del que nos despojaran los acercaría a la conquista de la Alhambra. Corrían rumores de que Isabel anhelaba hacerse dueña de nuestro alcázar y que haría lo que fuera necesario para convertir ese deseo en realidad. No había que subestimar a la reina de Castilla, que había luchado con garras y dientes contra su hermano, contra los nobles castellanos y hasta con su sobrina. Si en las familias hay disputas, en las reales las desavenencias se zanjan con acero y muerte. Después de todo, los Trastámara y los nazaríes nos parecíamos en algo. Boabdil procuraba tranquilizarme con palabras amables y caricias dulces. «No temáis, que la guerra nunca es eterna», solía decir, «vendrán periodos de paz y bonanza, cuando mi padre recupere la cordura o su Zoraida se la devuelva, ya que parece habérsela arrebatado. En cuanto se vea acorralado cual animal recapacitará y pondrá las cecas a fundir metal para hacer monedas y así pagar a los reyes cristianos, que darán tregua». Pero yo, que leía infortunios en las estrellas, sabía que el metal seguiría moldeándose al rojo vivo del fuego, tornándose en armas castigadoras. Y aún con el secreto en los labios pensaba qué reino le dejaríamos a nuestro hijo para gobernar, si es que su abuelo le concedía la gracia de otorgarle una herencia más allá de las cenizas de una Granada reducida a escombros. Nadie ansía sentarse en un trono de huesos.

Sin importar los miles de personas apresadas con grilletes que laceraban la carne, los miles de mujeres y niños cautivos y los miles de hombres caídos en batalla, la vida se abría paso. La primavera brotaba y los prados, que otrora habían sido níveos, yermos y embarrados por las lluvias, se cuajaban de flores. Para entonces mi vientre seguía plano y los achaques de la preñez se habían incentivado, las náuseas matutinas me hacían devolver la cena ingerida, algunos olores me generaban rechazo, por lo que Jimena y otras criadas tuvieron que deshacerse de ciertos perfumes, que me provocaban dolores de cabeza y me hacían arrugar la nariz. Lo mismo sucedía con contados alimentos, que antes comía gustosa y de repente se me antojaban repugnantes, y, al contrario, aquellos que alguna vez rechacé por no apetecerme, ahora los devoraba, antojadiza. Desarrollé predilección hacia la fruta escarchada, los dátiles y los pastelitos. Mi apetencia por el dulce se disparó de tal manera que consumía almíbar de membrillo hasta que se me inflaban los carrillos y las náuseas reaparecían.

No era yo la única que veía discurrir inexorablemente la vida ante sus ojos: mi cuñada Aisha también se sentaba a contemplarla, pues tras meses de cavilaciones se había firmado su contrato matrimonial. Se acababa el lanzar pequeños cantos rodados a la lista de pretendientes para que el azar determinara casamientos. Aisha contraería nupcias con un buen hombre, uno que reforzaría las pretensiones de Boabdil al trono y que entablaría lazos con antiguas dinastías del otro lado del estrecho.

Era el príncipe meriní Abu Zayyan Ibn Abd al-Haqq, apodado al-Mutawakkil, que había sido acogido en la corte alhambreña por Muley Hasan tras el asesinato de su padre, el último emir meriní, Abu Muhammad Abd al-Haqq. Pero la guerra atravesaría uniones y amoríos, separaría parejas y tendrían que pasar diez años para que la boda se celebrase en unas Alpujarras conquistadas. En aquellos momentos jamás lo imaginábamos, dichosas como estábamos por el cierre de las negociaciones entre los varones.

En la alcazaba de Guadix no había baños impresionantes con surtidores de agua dorados con forma de leones, zócalos coloridos e inscripciones religiosas decorando las paredes de las diferentes salas, en las que se condensaba un vapor que te chorreaba por la espalda y te empapaba el cabello, que se te pegaba a la cara y a los hombros. La alcazaba no era la Alhambra, así que acudíamos a los baños públicos de la ciudad, que cerraban exclusivamente para nosotras, de manera que gozáramos de privacidad y disfrutáramos de los placeres sin interrupción de otras mujeres. Era habitual que los hombres asistieran por la tarde y sus esposas por la mañana temprano, así no se encontraban y ellas se veían salvaguardadas de miradas libidinosas que podían mancillar su reputación y su honra. Un vistazo a una mujer cualquiera se satisfacía con casamiento, la mácula y la injuria vertidas sobre su persona quedaban paliadas por la consideración del varón, que muy atentamente aceptaba casarse, librándola así de la vergüenza. Un vistazo a quienes residíamos tras ricas celosías, a hermanas, hijas, primas, madres y esposas de ricos hombres y gobernadores costaba un tajo en el rostro, que la huella de la infamia se reflejara en las facciones de quien había osado semejante agravio. Un hachazo en el cuello, que no volviera a alzar la cabeza y posar sus ojos sobre ninguna otra.

Boabdil costeaba los cosméticos que el dueño del *hammam* ponía a nuestra disposición y los trajes de baño que allí usábamos, recién confeccionados, pues los nuestros habían quedado olvidados en las que fueron nuestras dependencias palaciegas. El servicio estaba compuesto por masajistas y depiladoras, bien pagadas y más que encantadas de atender a la familia real, pues si los cotilleos de la población son jugosos, los que emanaban de la alcazaba eran, ante todo, manjares deliciosos que todos deseaban probar, especialmente en tiempos tan convulsos. Atentas a ello, nos cuidábamos en exceso de no desvelar demasiado, que los oídos indiscretos solo captaran asuntos triviales.

Mi suegra nos había abandonado en la sala y se encontraba con la melena embadurnada en un tinte azabache que le cubría las canas blancas que le manaban desde la raíz y que tanto odiaba, ya que eran similares a las vetas que Muley Hasan llevaba tiempo peinando. Se aproximaban en edad y la diferencia con la que otrora fue esclava cristiana, Zoraida, la perturbaba, por lo que se afanaba en evitar su envejecimiento. La ausencia de Aisha bint Muhammad Ibn al-Ahmar fue lo que nos permitió a mi cuñada y a mí hablar con tranquilidad.

—Dicen que es apuesto.

Estaba sumergida hasta la barbilla en la piscina de agua templada, movía con sutileza brazos y piernas, generando ondas que crecían y propagaban los aromas de flores silvestres. Con la melena humedecida, sin veladuras que la ocultaran, rejuvenecía tanto que me recordaba a mí misma, a la Morayma de Loja, una Morayma que hacía mucho que no se reflejaba en la superficie pulida de los espejos, una Morayma que no habría reconocido. Y es que sin *jimar* todas parecíamos mozas inexpertas.

—Entonces sois mujer afortunada, aunque el amor es ciego y hay esposas que ven a sus maridos como los hombres más gallardos del mundo cuando no son más que feas bestias.

Aquello le arrancó unas sutiles carcajadas que sonaban al gorjeo de un recién nacido.

—De ser así, yo les daría hermosura a nuestros hijos, así compensaría su rudeza. —La suya era una sonrisa cándida, la ingenuidad encarnada en niña.

—Y la dignidad real, no lo olvidéis, pues sois princesa.

Aisha observó el firmamento estrellado que eran los lucernarios; la luz matinal se colaba por ellos y creaba un fulgor en el agua que se asemejaba al resplandor de los diamantes.

—Querría unos esponsales tan excelentes como los vuestros —reconoció, con la mirada fija en la constelación de la techumbre—. ¿Me lo concederán mi padre o mi hermano?

En su pregunta todo un anhelo y fue entonces cuando descendió la vista y la clavó en mí. Me compadecí de ella; en el seno de una familia real se espera el nacimiento de un varón que herede el trono, que garantice la continuidad dinástica, no el de una fémina. Ser mujer en una familia como la suya era ser moneda de cambio.

Fruncí el ceño. En seguida rememoré los consejos de mi madre, que siempre me incitaba a que relajara la expresión, ya que lo contrario incentivaba las arrugas. Sonreí al pensar en ella, en Aziza, en Salima, en Naima, que me habían reconfortado en el *hammam* de la corte alhambreña cuando se escapaba de mi conocimiento todo lo referido al matrimonio y la pasión. Ese era el lugar que yo ocupaba ahora, las tornas habían cambiado y, ante la inocencia de Aisha, me presentaba como la madura experiencia de un fruto que ya ha caído del árbol. Nadé hasta ella y me situé a su diestra, salvando la distancia que nos separaba.

—No sabría deciros sobre vuestro padre, mas tened por seguro que vuestro matrimonio se iniciará con la más bella de las celebraciones si vuestro hermano está a cargo de él, ya sea sultán o un príncipe exiliado en Guadix. —Recoloqué uno de sus mechones tras la oreja, tan oscuros como los de Boabdil, tan oscuros como los de su progenitora—. A vos os lo dará todo, no reparará en gastos, merecéis una boda a vuestra altura.

—¿Me prestaríais alguna de vuestras alhajas?

—La que deseéis, pero vuestro futuro esposo os enterrará en vestidos de sedas y joyas que podréis vestir aquel día, os complacerá en todos vuestros caprichos.

Quedó satisfecha, aunque mi joven cuñada no estaba tan

preocupada por los bienes materiales, no era dada a la codicia y tampoco a la vanidad. Compartíamos las horas dedicadas al interminable proceso de acicalamiento y el cuidado de nuestros cuerpos, así como el engalanamiento propio de nuestra condición, pero también la modestia; prescindir de ornato no era un agravio que sintiéramos en el orgullo, al contrario que mi suegra.

Y ahora que ya había sido elegido su marido podría ampliar la lista de pretendientes de mi bella y querida hermana, porque al-Mutawakkil jamás habría sido para mi Aziza; ese hombre estaba reservado para Aisha, así lo había querido Allah.

Junio de 1482

Para cuando el verano nos sorprendió con su calor pegajoso de melaza, el pequeño que albergaba en mi barriga cumplía cuatro meses y su tamaño, similar al de un melocotón considerable, se hacía notar para los ojos femeninos, expertos en el abultamiento bajo las capas y capas de ropajes. Imperceptible aún para los varones, que ni siquiera apreciaban que había prescindido de los cinturones taraceados, pues comenzaban a apretarme e incomodarme. Las vestiduras amplias que ocultaban el contorno de nuestras figuras eran particularmente favorecedoras para asuntos de esta índole y Dhuha me había comentado que muchas mujeres no tendían a engrosar demasiado durante el embarazo y habían logrado esconder su estado incluso hasta el parto.

—Hay niños pequeños y niños enormes, niños precoces en el nacer, con prisa por ver la luz del sol, y niños dormidos que se engendraron hace años y que, con el padre habiendo fallecido, es entonces cuando prosiguen con su crecimiento y son alumbrados —me dijo un día la vieja comadrona.

Pero mi hijo no era un *raqid*, no era un niño dormido, y Dhuha se rio cuando le gruñí la respuesta, casi mordaz, porque ella no creía que las criaturas cesaran de crecer para pernoctar durante un largo tiempo, más que varios inviernos, para luego despertar y nacer. Creía que las mujeres éramos astutas, perspicaces, y que poseíamos talento a la hora de convencer a los varones, y que estos, por muy sabios que defendieran ser y por muchos conocimientos que algunos médicos tuvieran del cuerpo, seguían siendo ignorantes en ciertas artes y se dejaban arrastrar. Porque, al final, el hombre creía lo que la mujer quería que creyera.

—Lo he visto con estos ojos. —Señaló los suyos, de un verde que me recordaba al oliva de los de Ibn Hamete, aceitosos y brillantes—. Pues algunas mujeres, cuyos nombres no mencionaré ni aunque me arranquen la lengua con tenazas ardiendo, así lo juré en su momento, acudieron a mí para que certificara su embarazo. Una de ellas prometía que el niño era de su difunto esposo, que yacía bajo tierra desde hacía hasta cinco años, y que debía ser un *raqid*, y cuando meses después dio a luz, la niña era la viva imagen del hombre que vivía en el hogar próximo. Nada salió de estos labios arrugados pero se lo advertí, que las mentiras se muerden la cola y mientes al hombre, mas no a la matrona que conoce hasta tus entrañas.

Cuando Jimena la oía algo en su interior se agitaba, algo que clamaba que era más demonio que persona, pensamientos que me transmitía una vez que Dhuha había abandonado la estancia y nos quedábamos a solas. Y, a veces, la comprendía. La anciana de rostro plegado, de cicatrices profundas y rosáceas que eran quemaduras rugosas, te miraba el alma y la desentrañaba, leía tus más oscuros deseos. Por eso era sencillo despojarse de las prendas en su presencia, de desnudarte ya se encargaba ella.

Los primeros signos de la preñez le permitieron aventurarse en cuanto al sexo de la criatura. Para ello me observó los senos largo y tendido, los palpó y midió, ambos habían crecido, sobrepasando el derecho a su hermano gemelo. Inspeccionó mi piel, no solo la de mi cara y mi barriga, también la de cada recodo del cuerpo, la de las corvas, la del interior de los muslos y la de los dedos de los pies, la del cuello y la de las manos, la de las muñecas y la de los tobillos, por si había aparecido alguna mancha. Eso significaría que era una niña. Según Ibn Zuhr, las máculas en la piel eran ocasionadas por la segregación de la sangre de la menstruación, que sustentaba a la criatura durante la gestación. Todo diáfano, sin imperfecciones oscuras. Así dictaminó que Allah nos concedía a Boabdil y a mí un niño, un niño que ya se movía en el vientre materno, donde se nutría de los alimentos indicados, del calor que le proporcionaba y del amor prodigado.

—Os cubriré de oro —le prometió Aisha, al borde de la fiebre ocasionada por la repentina felicidad.

—Traeré a vuestro hijo sano y salvo a este mundo, mi señora, y no será menester que colguéis mi cabeza en vuestra alcoba como trofeo.

Resolvimos aguardar solo unas semanas más antes de que la noticia se hiciera eco y llegara hasta el sultán, que, aposentado nuevamente en la Alhambra, aún no se había recuperado de la derrota sufrida en Alhama. Fuentes cercanas nos habían susurrado que se le había avinagrado el carácter y que a menudo maldecía en voz alta, más violento que nunca. Solo su Zoraida aplacaba la furia que lo consumía y que desembocaba en terribles ataques de temblores incontrolables, que le nublaban la visión, le daban febrícula y lo encamaban durante días. En cuanto llegara a sus oídos la buena nueva, solo existirían dos opciones: reconocer la superioridad de su primogénito, instruido en los saberes políticos y con un heredero ya en camino, frente a Sa'd; o negarse a ello y avivar las llamas de una discordia que nos destruiría a todos.

Sin embargo, no es hasta el parto cuando se descubre con absoluta certeza si el niño es niño, si la niña es niña. Eran comunes las equivocaciones, la naturaleza era caprichosa, por eso muchos médicos y parteras preferían omitir el veredicto, guardarse para sí las elucubraciones, en especial cuando se trataba de grandes familias, deseosas de obtener un varón que perpetuara la estirpe. Un mal diagnóstico podía acabar con la reputación de estos profesionales, que por cuatro dinares o doce dírhems trataban a embarazadas y enfermos, trayendo comida a su hogar. Pero Dhuha no temía por su reputación, se la había labrado a conciencia.

—¿Y si cuando llegue el día descubrimos que Dhuha ha errado en su labor y es una niña? —le pregunté a la *rumiyya*, aterrada ante la posibilidad de que una fémina frustrara nuestros próximos planes, que dependían de un niño. El devenir de un reino no debería recaer en la frágil espalda de un nonato.

Jimena me observó como nunca antes, con la duda vacilante que sorprende a quien la siente, con la vergüenza que trepa por el estómago y se enreda para quienes se ven señalados por ella. Enrojecí al percibirla, confusa, demudada. Parpadeaba y no me reconocía en los miedos pronunciados.

—¿Acaso la querréis menos por ser mujer?

—No lo entendéis, Jimena. —Enterré el rostro entre las manos—. Necesitamos un varón, mi marido, mi suegra, el reino necesita un varón para que quienes aún dudan en aunar sus voluntades a nuestra causa sepan que es este el bando ganador, que mi esposo tiene heredero y que asegurará una nueva generación de sultanes, mejor que la que le precede.

—La reina Isabel tuvo una niña y no fue hasta su siguiente embarazo cuando nació su hijo, el infante don Juan, y luego vino otra niña y Dios sabrá el fruto que dará su vientre ahora que nuevamente está encinta como vos. Ella misma es mujer y reina.

Frustrada, negué con la cabeza y me puse en pie. Paseé por la estancia, similar a una pantera encerrada, pasos cortos, rápidos, que en nada calmaban la ansiedad devastadora que me golpeaba a oleadas. Me sudaban las manos.

—Os olvidáis de que esto no es Castilla y Allah nos libre de que algún día nuestras tierras formen parte de ella.

En seguida me arrepentí del tono áspero que había usado contra Jimena. Suerte que ella perdonaba con más asiduidad que su Dios tras confesión y expiación.

—¿Una hija no os permitirá también acercaros a los dudosos? Si es que aún hay alguno, mi señora, pues se comenta que es mayor la facción que respalda a vuestro esposo que la que sigue a Muley Hasan. Podréis casarla con quien nuestro señor Boabdil estime oportuno, tal como la princesa Aisha.

—No quiero una niña que me arrebaten cuando cumpla diez años para casarla con cualquier hombre, aunque siga bajo mi tutela hasta que sangre y él pueda ponerle las manos encima, por mucho que ese sea su destino. —Se me quebró la voz y los ojos se me anegaron de lágrimas saladas. Las retuve a duras penas, cerrando los párpados e inspirando hondo. Al abrirlos, la figura de Jimena continuaba borrosa—. Criar hijas es que te abandonen temprano, es más triste que criar hijos. Miradme a mí, que no he vuelto a ver ni a saber de mis padres, y las pocas cartas que llegan desde Loja van destinadas a mi esposo.

—El día en que vuestra familia partió de la Alhambra y quedasteis a merced de nuevos deudos vuestra madre me hizo jurarle que cuidaría de vos y así lo haré hasta que fallezca. Mi señora, si el pronóstico de Dhuha cambiara en los meses venideros sabed que estaré a vuestro lado para sujetaros la mano y limpiar el llanto de vuestro rostro. Mas si la intención es libraros de la niña y que esa bruja os la arranque del vientre, antes me desharé de sus corruptos huesos, antes de que os lastime y os provoque un daño que nadie pueda subsanar.

Esa era la lealtad de mi Jimena.

Ese era el amor de mi Jimena, visceral, doliente.

Le prometí que no habría de arder en el Infierno a causa de un crimen tan atroz como el que describía, pues no cometería ese acto imprudente, cruel y bárbaro, tan propio de la *yahiliyya*, cuando nuestro Profeta aún no había traído la palabra de Allah y los hombres y mujeres habitaban en un mundo sin orden ni concierto, un mundo profano e infiel. No acabaría con la vida de mi vástago, pero lo que me lo impedía no era el castigo que me depararía tras la muerte, sino que, de hacerlo, jamás encontraría perdón ni consuelo. Me odiaría como Aisha odiaba a Zoraida, como los cristianos nos odiaban, como odiábamos a los cristianos. Sentimientos así de poderosos son los que pervierten la humanidad.

Además, ¿cómo negarle la vida a un niño, ya fuera hembra o varón, cuando lo que más había deseado desde la infancia era convertirme en madre? Había rezado tanto por ello, había clamado al cielo y había suplicado para que el deseo se cumpliera. No podía darle la espalda. E incluso así, volví a las oraciones, con más fervor que nunca. «Concededme un varón. Un varón. Que Dhuha no yerre en su tarea y el hijo que espero sea un niño, un niño sano que tenga los ojos pedernal de su padre, la ternura de su madre, el valor de su abuela».

El secreto no duró demasiado, no llegó a las siguientes semanas que habíamos pretendido alargar, pues todo halla su fin, más temprano que tarde. Nadie me había advertido del miedo que me atenazaría todas las noches ni de los vómitos y cólicos que me dañarían estómago y garganta, el sabor de la hiel que ni la miel de los pasteles podría suavizar, ni de los llantos repentinos y la irritabilidad. Fue esto último, quizá, lo que descubrió mi estado de buena esperanza. El estallido de un trueno que surgió de dentro y fue la tormenta que arreció contra un hombre que no lo merecía, una ira incontenible contra aquel que había sido el blanco de la diana.

22

—Os desagrado —lo dijo con un ápice de amargura, con la vista clavada en la explanada verdosa que se extendía ante nosotros. Me asaltaron unas ganas irremediables de abandonarlo en mitad de la sombra que ofrecían los cipreses y que suponía un grato refugio de los rayos del sol, que incidían con fuerza a pesar de que ya atardecía. Eso habría sido una insolencia. Nos hallábamos sentados sobre una lujosa alfombra y mullidos cojines que habían extendido para nuestra comodidad, agua fresca del aljibe y ricas viandas reposaban sobre un ataifor decorado, del que apenas habíamos picoteado. Aquel día tenía el estómago cerrado. A mi siniestra dos esclavos de tez oscura proporcionaban aire con enormes abanicos. Jimena, alguna de mis criadas y otras tantas de mi suegra Aisha se encontraban en el margen contrario de los jardines, al otro lado de los riachuelos de acequias que nos separaban.

Tenía las manos posadas sobre el regazo, la espalda tan recta que ya comenzaba a dolerme tras un tiempo prudencial manteniendo la postura, varias veces me vi tentada de apoyarme contra la corteza robusta del árbol. Pero Aisha me había transmitido su animadversión hacia la vulnerabilidad, que aflora en cualquier momento y es aprovechada por aquellos que desean tu caída. Así que hice acopio de fuerzas y continué rígida cual vara. Con un ligero movimiento invité a los esclavos a que abanicaran con mayor fervor, pues una brisa ardiente sopló trayendo consigo la calima que veníamos padeciendo desde hacía unos días. Ni los ropajes blancos de lino paliaban la angustiosa temperatura, que se acrecentaba desde que el verano había dado comienzo, las telas se adherían a los cuerpos con una pátina de sudor que hacía de segunda piel.

—Demostráis teneros en pésima consideración, señor mío, y en una peor a mi persona.

—No necesito veros el rostro al completo para adivinar la mueca que se esconde bajo el velamen.

Hasta entonces había intercambiado miradas con Jimena, que bordaba hábilmente sin prestar atención a las puntadas, al contrario que las otras sirvientas, absortas en la labor y ensimismadas en su propia verborrea. Giré la faz para centrarme en quien me acompañaba. Él también me observaba y la seriedad, o quizá la pesadumbre que lo enmarcaba, me curvó las comisuras hacia arriba.

—Cualquier hombre que crea conocer a una mujer en su totalidad es un necio. —Enarqué una ceja—. ¿Sois vos un necio, Ibn Hamete de los Banu Sarray?

—A vuestro lado, mi señora, toda mujer y todo hombre es un necio.

—Esas son alabanzas que no merezco.

—Me tratáis con desdén desde que vuestro esposo me preguntó acerca de unas posibles nupcias con una hermana menor vuestra —comentó agitado. Articulaba con énfasis en un amago de reproche espontáneo. Humillado, se reprendió a sí mismo al chasquear la lengua—. Perdonadme. Habréis de amarla mucho si consentís malgastar el tiempo conmigo para descubrir mis faltas y así apartarme de ella.

Su mansedumbre me conmovió. Solo era un animal que rogaba afecto, que le acariciara el lomo mientras él, perro sumiso, se tendía a mis pies para protegerme de todo mal. Con cariño y sobras le bastaba.

—No puedo apartaros de aquello a lo que no estáis destinado ni siquiera a acercaros. Olvidad a mi hermana y olvidad el compromiso, no sois el único hombre que mi marido inscribió en la lista de pretendientes.

—Si me lo pedís seré yo el que rechace la oferta de mi señor Boabdil, de nada tendréis que preocuparos. —Aquella vehemencia me atrapó.

¿Qué hombre se negaría a tal ofrecimiento, dado que suponía un entronque con la familia real a través de una fémina proveniente de la parentela de la que sería sultana y Gran Señora? Algunos matarían por semejante gracia. Tan apegado al gobernante que no solo comieras en su mesa, de su plato, sino que pudieras llamarlo hermano.

—¿Lo haríais? —pregunté, a medio camino entre la fascinación y la incertidumbre.

Asintió, con la mano posada sobre el flanco izquierdo del pecho, en señal de juramento.

—Por Allah que sí, mi señora, por vos lo haría.

—¿Qué deseáis a cambio? Y no me mintáis con dulces palabras y lisonjas, no digáis que solo complacerme y honrarme, pues siempre hay intenciones ocultas. En la corte los favores se pagan a alto precio.

Había presenciado compraventa de voluntades mediante ostentosas dádivas, que más que regalos eran pagos por los servicios prestados, los favores concedidos, el respaldo en momentos de extrema necesidad. Contenedores de marfil tallados, en cuyo interior se escondían exquisitas joyas y perfumes. Bestias enjauladas que rugían y se alimentaban de carne fresca. Pájaros exóticos de colores vivos que amenizaban las mañanas con sus cantos. Sedas, bordados de oro, paños de lana merina, ropajes procedentes de los *tiraz* reales. Rubíes como puños, pedrería resplandeciente e hilaturas de perlas. Dinero contante y sonante, cargos en la corte, matrimonios concertados con alguna joven de alta clase social, un harén de bellas esclavas y un séquito de fornidos esclavos. Ibn Hamete nunca pedía oro, ni una mísera moneda.

—Que no me sometáis a ese odio y esa indiferencia, que no me detestéis por lo que sea que hayáis descubierto de este hombre que no es más que un fiel servidor. Eso es lo único que os pido, que me libréis de la inquina que sentís hacia mí y con la que lleváis azotándome demasiado tiempo.

—Así será. Es justo.

—Concededme una última dicha, la de los defectos que os han turbado y alejado de mí, de manera que pueda enmendarlos y ganarme una de vuestras sonrisas.

—No podéis ver mi sonrisa —le recordé.

—Mas veo el brillo de vuestros ojos.

Desvié la mirada hacia mis dedos enjoyados; el anillo de amatista había empezado a apretarme debido a la repentina hinchazón de las falanges, un engrosamiento que, si no era visible en el abdomen, sí lo era en zonas localizadas como las manos, la cara, los tobillos y los pies. Moví la alianza, no sin cierto esfuerzo, entreteniéndome en la rutilancia violácea que emitía.

—La sobrepasáis en edad, señor mío, son muchos años los que os separan, y tenéis una esposa que os aguarda en alguna parte y que hará tiempo que no siente vuestro roce. Me compadezco de ella y de la tristeza que debe de embargarla cada noche en esa solitaria cama.

Amar a aquel hombre debía de ser peor que caer en desgracia. Siempre hay personas que, habituadas a la miseria, optan por abrazarla, y la esposa de Ibn Hamete había de ser una de esas, siempre a la sombra de Boabdil y su poder. La lealtad que le debía a mi marido pesaba más que el contrato matrimonial firmado. Es duro para una mujer ser reemplazada por otra, pero no se compara con ser sustituida por un hombre.

—No me he divorciado de mi esposa. —Carraspeó, pero nada le molestaba en la garganta, pues nada había comido; debía de ser la separación atragantada—. Tampoco la he repudiado ni encerrado en el hogar con el fin de que no vuelva a gozar de la luz del sol.

—Si así fuera, seríais un monstruo. Pero eso ya no importa, porque rehusaréis casaros con mi hermana y mi esposo dejará de insistir en un matrimonio que habría estado condenado a la desdicha desde el primer instante. Mi querida hermana no será segunda esposa de nadie, por muy importante y noble que sea el hombre, por muy cercano y apreciado que sea por mi marido.

—Me habéis odiado por aquello que no puedo remediar. Cuán injusto es eso, mi señora.

La culpa cayó en mi estómago como piedras recién ingeridas y hube de pedirles a los esclavos que abanicasen con más ímpetu, pues el calor sofocante y el malestar se habían aunado. Ignoré el ligero marco.

—Os valoro más de lo que pensáis que os desdeño. —Alcé la cabeza para encontrarme con él, esperanzada de enfocar la visión—. Pocas faltas os he encontrado más que esas y la soberbia, un defecto del que pecáis casi todos los hombres y que se ensombrece ante la lucidez de vuestra mente y el dominio de las muchas disciplinas de las que hacéis gala. No padezco de sordera y en nuestros muchos encuentros habéis hablado de astronomía, algo de lo que nada sé, pero de lo que me place oíros debatir.

—Sois benévola después de todo, la corte aún no os ha corrompido y convertido en piedra. Os congraciáis conmigo a cambio de proteger a vuestra hermana de lo que pensáis que no es digno de ella y eso os honra. Lo acepto, mi señora.

El resto de sus palabras fue un eco lejano, un silbido estridente y agudo que me perforaba los tímpanos al principio, luego se perdía y se volvía sordo. Sus labios, gruesos y perfilados, se movían sin corresponderse con los sonidos que me embotaban la cabeza. Parecía decir «mi señora» una y otra vez, pero no lograba entenderlo, pues por encima de esa cálida y cavernosa voz se alzaba el zumbido del vuelo de un moscardón. Un bicho que no revelaba su origen y que debía de sobrevolarnos, un insecto que tampoco alcanzaba a percibir. Su rostro, neblinoso, la bruma matutina que aún no consiente en disolverse para dejar contemplar el precioso paisaje de verdes esmeraldas. Pensé que sus borrosas facciones expedían una alarma que hasta entonces no había visto, ni siquiera cuando Alhama fue tomada, un pánico que le congestionaba la cara, que había perdido el color moreno. Y aun así, las pupilas aceitunas resplandecían y de sus ojos parecían manar lágrimas de oro.

Sentí sus manos aferradas a mis hombros, un zarandeo impetuoso. La boca se me secó, árida al igual que el desierto del otro lado del estrecho, arenosa, con la lengua de pergamino, incapaz de articular respuesta. Un pinchazo en la sien derecha, la respiración pausada, trabajosa. Asfixiante. Inhalar se me antojaba fatigoso, como si un edificio entero se hubiera construido sobre mi pecho, presionando. Las veladuras que me cubrían no facilitaban la ventilación. Unas náuseas repentinas me sobrevinieron y me doblaron por la mitad. Los jardines, que anteriormente habían sido nítidos, se tornaron difusos, una cortina de lluvia que enturbia la visión.

Ibn Hamete trataba de atarme a la realidad. Parecía llamarme a gritos. Llamaba a gritos a alguien más, un auxilio agónico que eran cristales fragmentados. Descorrió las cortinas de la ventana, pese a que no había ventana, eran las veladuras que me arrebataba. El aire pegajoso me abofeteó las fosas nasales, di una bocanada como los peces del zoco cuando yacen en las tablas de los vendedores.

Una espiral me engullía y, de repente, la negrura me absorbió.

Al despertar solo recordaba el tacto de Ibn Hamete, sus dedos deslizándose sobre mi faz, su cuerpo sosteniéndome. Ibn Hamete fue mi primer pensamiento, el segundo mi ansiado hijo, al que temía haber perdido; el tercero mi esposo, que sentado al borde de la cama capturaba mi mano entre las suyas, la que de inmediato besó al percibir que abría los ojos.

Para entonces el sol se había ocultado y los candiles recreaban sombras tenebrosas en las paredes, una luz macilenta que apaciguaba el dolor de cabeza que insistía y que era una punzada que me procuraba quejidos. El calor no había amainado en exceso y las sábanas de la cama estaban empapadas en sudor junto a las vestiduras que aún portaba, que parecían haber sido recientemente lavadas. La melena aplastada y mojada, sin veladura alguna, y sobre la frente, a la que se pegaban guedejas negras, lienzos escurridos en agua fría que al poco se evaporaba. La boca, cultivo de secano. Nunca había deseado tanto saciar la sed.

—Mi Morayma, por fin volvéis y me despojáis de este horrible miedo. —Aún no procesaba el ruido del exterior, que me llegaba casi mudo—. Creí que Allah os llamaba y vos, tan obediente como sois, acudíais a su encuentro.

Me costó unos segundos perfilar las siluetas que danzaban ante mí. Los rasgos de Boabdil amortajados, mitad solana, mitad penumbra. Para sofocar su desasosiego, alargué el brazo y le acaricié la mejilla, una pequeña muestra de cariño que le transmitía mi bienestar. Antes de que se lanzara a abrazarme, Dhuha lo apartó y entonces reparé en la presencia de Jimena y el resto de las criadas y las doncellas y, por supuesto, mi suegra y mi cuñada Aisha.

—Dejadla respirar, necesita recuperarse de la indisposición que ha sufrido. —Dhuha me ayudó a incorporarme y recolocarme sobre los cojines, de manera que permaneciera erguida y devorada por los esponjosos almohadones. Me tendió agua—. Un golpe de calor, me temo. Habréis de reducir el tiempo que pasáis en los jardines, el clima está siendo poco indulgente y en vuestro estado no os conviene estar sometida a algo tan dañino. Habrían de trasladaros a unos aposentos más frescos, pues el verano promete ser largo y la preñez aumenta la sensación de agobio y calor, que irá acrecentándose a medida que vayáis engordando. Quizá podáis disponer de alguno en el que el sol no entre directamente.

Mi mente aletargada no captaba en su totalidad los sonidos y los movimientos que se producían a mi alrededor; eran retazos que llegaban incompletos, a los que asentía. Información sesgada que no retenía, que se escapaba de entre mis dedos.

—¿Estáis encinta? —La pregunta de Boabdil quedó flotando en el ambiente. Fijó la vista en mi vientre, que revelaba un secreto guardado con recelo. Debió de dejar de respirar, pues entreabrió los labios y el inferior, menos oculto por el espesor de la barba, tembló.

No contesté y Dhuha reanudó sus indicaciones médicas.

—Además, necesitáis reposo urgente, evitad el ejercicio continuado y el disgusto provocado por las malas noticias, que suelen ser abortivas en caso de extrema gravedad. Permaneced en el interior de la alcazaba o en la sala de agua fría de los baños y reducid los paseos por los jardines a la mañana bien temprano, cuando apenas haya amanecido y aún esté templado, o bien por la noche, que sea más refrescante.

Mi esposo no apartaba la mirada de mí, en busca de lo que tanto anhelaba escuchar.

—¡Por amor a Allah, mujer, quedaos muda y dejad que mi esposa responda! ¿Estáis encinta?

Un sepulcral silencio se adueñó del ambiente. Durante aquellos meses de incertidumbre y temores nocturnos había imaginado el momento exacto en el que me personaría ante él y le descubriría la noticia. «Amado mío, Allah nos ha concedido la dicha de un heredero», le anunciaría en una velada romántica e íntima, en la que un músico tañería el laúd y una *sitarat al-quina* de esclavas cantoras lo seguirían en la melodía con cítaras, flautas de caña y membrana, dulzainas, panderos y sonajas, acompañadas por preciosos versos que narrarían historias de amor. Una noche de luna llena y estrellas adiamantadas que recordarían a la celosía que nos separaba el primer día que nos vimos hacía ya años. Y entonces él me llenaría de besos, me estrecharía entre sus brazos y compondría hermosos poemas en honor a nuestro vástago con esa alma de poeta.

Eso ya no sería posible. Soporté las lágrimas que me ardían en los ojos. ¿Qué importaba que no fuera el encuentro planeado cuando habíamos engendrado un hijo que crecía fuerte y sano en mis entrañas? ¿Acaso no era aquello lo más importante que ambos habíamos hecho juntos, crear un niño a partir del amor que nos profesábamos?

—Así es. —Fue un susurro.

Primero, una ancha sonrisa, titilante, luego un rugido profundo y ronco que reverberó en las paredes desnudas.

—¡Marchaos!

Aisha dio un paso adelante, el roce sobre el hombro de su hijo hizo que se sobresaltara. Probablemente creyera que los allí presentes habían cumplido en seguida con su orden y mandato, abandonando la estancia.

—Hijo mío, dejad que la *qabila* se encargue de Morayma.

—Lo hará en cuanto haya hablado con mi esposa en privado. Esto son cuestiones de Estado, mas también de alcoba. Respetad esto último y dejadnos a solas para celebrar la noticia. Mañana mandaré recado a la Alhambra y anunciaremos por todas las ciudades del reino la buena nueva, que el pueblo comparta nuestra dicha, así como compartió la de nuestras nupcias, que la tierna Morayma será madre de príncipe —depositó un beso en el reverso de mi mano, las pupilas brillantes de la emoción— y me ha concedido el mayor de los regalos. Alabada sea la que un día será Gran Señora.

Boabdil había llorado en mis brazos en infinidad de ocasiones, ahogado por la penuria del rencor y el desprecio de su padre, que había pedido su cabeza en bandeja de plata para librarse de la lucha encarnizada por acceder al trono que hacía tambalear su reinado. Muley Hasan había olvidado que asesinar a un hijo es un crimen imperdonable, que matarlo es morirte. Había llorado por su expulsión de la Alhambra en circunstancias indignas, cual ladronzuelo de zoco que se escabulle por las callejuelas, y por su nueva condición errante, que le era un quebranto. Y había llorado por lo que pudo haber sido y no fue, por las promesas hechas a mi padre que eran sacos rotos, por haber faltado a su palabra de hombre, por haberme arrebatado del alcázar donde los pavos reales comían de mi mano.

Había llorado en mis brazos en infinidad de ocasiones, lo había acunado en las noches en las que las pesadillas lo agarrotaban y él era un niño indefenso. Cuando se le empañaron los ojos y las lágrimas calientes brotaron dejando surcos en sus mejillas, las enjugué y me aferré a él con una necesidad que no había experimentado antes. Aquella fue la primera vez que rompió a llorar de regocijo y yo, que lo seguía en sus cuitas y en sus triunfos, me rompí con él.

Ocupó un lugar a mi lado y, acomodado en el jergón, pasó el brazo por encima de mis hombros, acurrucándome en el espacio que dejaba su cuerpo, un hueco en el que encajaba a la perfección. Comprendí la naturaleza del amor sobre la que Ibn Hazm había escrito en su *risala*, las dos almas que vagan en la imperturbable búsqueda de su semejante, que solo hallan sosiego en lo afín.

—Vos, amada mía, hacéis tambalear los cimientos de todo en lo que creo. Nací bajo mala estrella, eso le dijeron los astrónomos a mi madre, que tuvo un mal parto, un alumbramiento ensangrentado que no se repitió con mi hermano Yusuf ni con mi querida y preciosa hermana Aisha. Fui el primero de los hijos de mi padre, que ansiaba un varón por encima de lo que deseaba el poder, y desde entonces estoy marcado por la desgracia, me apodaron el *Zoigobi* y algunos aún me conocen como tal. Por eso estamos aquí, perdidos en Guadix.

Él podía haber matrimoniado con cualquier princesa, yo haberme desposado con un hombre anónimo de Loja, pero un príncipe que sería sultán se enamoró de una niña que se escondía tras una celosía y le regaló una pieza de eboraria que certificaba sus honradas intenciones. Allah quiso que de semillas maltrechas floreciera la esperanza. Ya no tendría que enseñarles a mis hijos el colgante de oro macizo de un gobernador que se encaprichó, porque sería su propio padre, sentado en el trono y ellos sobre su regazo, el que les narraría nuestra verdadera historia de amor.

—A veces, la suerte cambia y las estrellas que estaban apagadas se encienden de repente para iluminarnos el camino como si fueran lumbre.

—Vos sois mi estrella, Morayma, la luz que me guía. —Me

besó la coronilla, con la mano posada sobre mi vientre abultado—. No puedo ser pájaro de mal agüero si consentisteis en casaros conmigo y amarme y, ahora, me dais un hijo. ¿Cómo creer en desafortunados eventos de mi futuro si espantáis mi miedo con vuestra dulce voz y vuestros arrumacos?

—Mi amado Boabdil, incluso aquellos que carecen de *baraka* pueden traer gozo a este mundo perlado de guerra y muerte. —Entrelacé nuestros dedos y bajo ellos notamos un ligero empujón que evidenció que nuestro hijo nos reconocía. Reímos—. Nuestro legado pervivirá en el varón que concibo para vos, nuestra familia y el que será nuestro reino. Confesasteis que lo nombraríais como vuestro hermano y siete días después de nacer podréis presentar a Yusuf Ibn Abu Abd Allah Muhammad.

A la mañana siguiente, cuando el servicio hubo preparado la estancia tras la marcha de Boabdil, que cumplía diligentemente con los asuntos que requerían de su presencia, deshaciéndose de las sábanas empapadas y cambiándolas por unas nuevas y aromatizadas, Jimena se encargó de cepillarme la melena con el peine de marfil que mi esposo me había regalado. Tras asegurarse de que estábamos a solas y los oídos indiscretos no fisgoneaban, la esclava me confesó en murmullos que Ibn Hamete había permanecido horas y horas en el pasillo que llevaba a mis aposentos, sentado en el suelo o paseando, con cara de preocupación, mirada enturbiada y ojeras profundas, preguntando por mi estado a quienes salían de la estancia. Y que no fue hasta bien pasada la madrugada que consistió en retirarse a descansar a su alcoba, pese a que le habían asegurado que mi esposo velaba por mis sueños y había pasado por manos de Dhuha.

Ibn Hamete, el perro que se lamía las heridas y se tumbaba a mis pies.

23

Por aquel entonces se entrelazaron varias noticias en el discurrir de los reinos, favorables y despiadadas, como meses atrás había acaecido con mi preñez y la caída de Alhama. Los alumbramientos y las muertes se daban la mano. Que en Guadix, exiliados de la Alhambra, la tierna Morayma, esposa del príncipe Boabdil, esperaba al que sería a su primer vástago, posible futuro heredero en caso de que los problemas internos de la dinastía nazarí se resolvieran. Que la reina de Castilla y el rey aragonés llevaban tiempo ha asentados en Córdoba, donde el 29 de junio Isabel había dado a luz a dos niños, uno que no sobrevivió al parto y una niña a la que dio el nombre de María, la tercera de las reales princesas. El 1 de julio Fernando salía del alcázar califal, bien pertrechado, con la intención de cruzar las villas de Estepa, Antequera, la Peña de los Enamorados y Riofrío. Así resonaron por los rincones de tierras cristianas y moras, y así se propagó de boca en boca.

Aprovechando la buena nueva, escribí a mis padres de mi puño y letra una carta personal en la que les hice partícipe de mi estado de buena esperanza, con la idea de que llegara antes que los rumores y, sin embargo, estos fueron más rápidos que el mensajero. Fue la primera vez que pude comunicarme con ellos y me extendí en la narración sin reparar en la tinta gastada, pues había mucho que contar y no habíamos podido intercambiar palabra alguna desde que los vi partir de la Alhambra en aquella fría mañana de enero. Pregunté por todos mis hermanos, desde Muhammad hasta Ahmed, al igual que por cada una de mis cuñadas, en especial por Salima y Naima, y, por supuesto, por el interminable número de sobrinos que habían engendrado. Me preocupé por la salud de mi madre y mi padre, a los que imaginaba más avejentados por mi ausencia, y le rogué a este último que le comunicara a mi hermana Aziza que poseíamos una amplia lista de posibles pretendientes que estarían gustosos de desposarla, que no me odiara por no cumplir el juramento que le hice con presteza, ya que el contrato matrimonial era similar a la confección de un bello tapiz, había que elegir las tonalidades correctas del hilado. Para cuando finalicé la tarea lloraba a mares, constreñido el pecho por la añoranza que me golpeaba y me llevaba de vuelta a las calles de Loja, al patio de mi infancia, a los brazos de mi querida Aziza.

10 de julio de 1482

Toda acción conlleva un riesgo y se ha de ser consecuentes con los actos, que desencadenan en muchos casos gravísimas tragedias para nosotros y para tantos otros. La madrugada de febrero en la que Boabdil decidió no unirse a su padre para acudir a Alhama y enfrentarse a los cristianos que la habían tomado a la fuerza, violentándola y doblegando a la población bajo su yugo, fue una muestra de debilidad. El día en que Muley Hasan abandonó el cerco de Alhama para, finalmente, con su retirada regalársela a Isabel y Fernando, a sabiendas de que muchas vidas dependían de él y de su victoria, fue un aliciente para nuestros enemigos. Un poder desmembrado cae con la facilidad de la delgada rama de un árbol cuando el viento sopla. Y a pesar de que era verano, la brisa fue inclemente y los cristianos avanzaron, ya que percibían la fragmentación, las luchas intestinas que menguaban nuestras fuerzas y nos impedían lograr un frente común. Entroles la codicia y sin contemplación alguna prosiguieron y en su insondable marcha, semejante a la de las plagas que nada dejan a su paso, atacaron el centro de mi corazón: Loja.

Estábamos sumidos en una deliciosa comida en la que ya había corrido el vino para mi marido y el agua de azahar para mi cuñada y mi suegra, los vapores del alcohol y la suave melodía de la cítara y el laúd generaban cierto sopor, un ambiente ya de por sí caldeado que solo menguaba por los abanicos gigantescos con los que los esclavos nos refrescaban. Recostados sobre cojines y con una luminosidad tenue, disfrutábamos de los manjares que habían cocinado para nuestro deleite mientras conversábamos en familia y tratábamos de ignorar el tórrido verano que había derretido la miel de los pasteles. Pronto había superado mi tendencia al dulce.

Aben Comixa irrumpió en el banquete con una ligera reverencia y una prisa considerable; en sus facciones se dibujaba la urgencia. Y la urgencia nunca ha sido buen presagio. Los músicos continuaron tañendo los instrumentos una vez que Boabdil los incitó a ello con un gesto de la mano que a mí se me antojó inadecuado dada la situación.

—Mi señor, llegan informadores desde Loja. —Su mano derecha se cerraba sobre la empuñadura de la espada en ademán protector.

El nombre de mi ciudad de origen me impulsó a erguirme y acariciar el vientre abultado, alejándome del estado de letargo en que me había sumergido a causa del calor y la armonía musical, a lo que se añadía que en aquel mes de gestación comenzaba a arrastrar sueño y algunos dolores punzantes. Deseosa de que la misiva enviada a Loja me fuera devuelta con la transcripción del regocijo de los míos, pregunté:

—¿Noticias de mi padre?

Mi entusiasmo se empañó en cuanto el rostro de Aben Comixa se desfiguró y en él adiviné el mal augurio que venía previendo desde meses atrás. Recuperé la posición en los cojines, contagiada de ese aire taciturno y sombrío que el hombre expedía.

—Me temo que no, mi señora —negó con delicadeza para, en seguida, dirigirse a mi esposo—. El rey Fernando ha aprovechado su posición desde Córdoba para continuar con el avance y respaldado por una hueste, nada preocupante pero tampoco desdeñable, ha establecido un campamento ante los muros de la ciudad de vuestro suegro con la intención de sitiarla y apoderarse de ella.

—¡Maldición! —Su puño impactó contra la mesa y la vajilla de cerámica tintineó por la brutalidad. Las mujeres nos sobresaltamos, emitiendo un grito que cortó nuevamente la sinfonía, que no se reanudó—. Si la reina ha parido recientemente, ¡¿cómo es eso posible?!

Aben Comixa, en cambio, ni parpadeó.

—No lo ha acompañado, parece ser que sigue en Córdoba guardando reposo, mas sí unos cinco mil jinetes y unos ocho mil hombres de infantería. Eso estima nuestro informador.

Decían que era un acto imprudente, una empresa arriesgada y nada propia del rey Fernando, que tan ducho era en el arte de la guerra y la estrategia, que amasaba victorias desde bien niño, cuando con trece años se forjó luchando contra los payeses de remensa. Fuese o no un error, el aragonés había levantado tiendas de campaña bajo los muros, donde la caballería a duras penas podía maniobrar y la infantería desplegarse. Fiaban de Allah, de mi padre, de Muley Hasan y de las malas decisiones que había tomado el rey cristiano. Yo solo oía las cifras de hombres armados que dormían a los pies de Loja, que se repetían en mi mente como una cancioncilla de cuna que adormece a los niños pequeños.

Fue la insistente patada de mi hijo desde la guarida de mi barriga la que me lanzó atemorizada hacia mi marido, que se encontraba a mi diestra, aferrándome a su hombro.

—Id a socorrer Loja, os lo imploro.

Boabdil esbozó una sonrisa preñada de cariño, me apartó con tranquilidad del feroz agarre que había ejercido cual predador y me contempló con la profundidad de esos ojos. El roce de sus dedos sobre mi mejilla no me aportó consuelo, pese a que era esa su intención.

—No será necesario, no son grandes huestes las que la cercan, vuestro padre sabrá hacerles retroceder, es un gran caudillo y cuenta con la inestimable ayuda de vuestros muchos hermanos. —Me besó la frente y continuó su conversación con Aben Comixa—. Fernando no tardará en retirarse de nuevo a Córdoba, donde debería haber permanecido cuidando de su esposa.

Durante unos instantes rumié las palabras de Boabdil, enmudecida por su negativa a marchar y unir fuerzas con mi padre, quien se veía atacado en su hogar.

—¿Dejaréis a Loja indefensa ante un asedio? —logré pronunciar.

Mi esposo, asombrado ante la pregunta teñida de indiscreción y perplejidad, había captado el matiz de ofensa. Cualquier agravio habría sido menos dañino que el rechazo a socorrer a mi parentela, quien debía cuestionar cuál era el honor de mi esposo, que se escondía en su pacífica Guadix mientras ellos guerreaban por salvar a su gente.

Capturó mi rostro y habló con calma:

—Mi bella Morayma, no lo comprendéis. Fernando y su ejército no presentan una amenaza real en estos momentos. Vos misma sabéis que es una plaza difícil de tomar y que los muros que la rodean son robustos y poderosos.

Me deshice de sus manos. De repente la cercanía de nuestras caras me repelía hasta el punto de no soportar el olor almizcleño que le nacía del cuello desnudo y de su turbante. Qué acto tan ruin le había dedicado a mi esposo, qué insolente y despreciable. Otro hombre me habría abofeteado hasta dejarme la huella de sus dedos en la faz como recuerdo de mi desobediencia. Los labios le formaron una fina línea trazada con cálamo, acompañada por un gruñido de desaprobación.

Callé los reproches que bullían en mi fuero interno. Lo había prevenido de que los cristianos proseguirían con su avance y ahí estaban, instalados en Córdoba, arreciando con su marcha, que provocaba marcas en la húmeda tierra. Porque Fernando era gigante en el campo de batalla y le agradaba la conquista, sus pasos talaban, quemaban y destruían. Porque Fernando reducía a escombros el fuego, a sangre lo que otrora fue vida, a cadenas lo que fue libre.

—Los muros no suponen nada para escaladores expertos que ascienden bajo el amparo de la noche —le recordé la toma de Alhama—, las puertas caen tras la insistencia de los arietes y la piedra se derriba si es sometida a gran presión. Y vos, que sois conocedor de la guerra, lo sabéis.

—Con su permiso, mi señor. —Nos giramos hacia Aben Comixa, que reclamaba nuestra atención. No había cambiado ni el pie en el que recaía el peso de su cuerpo, completamente agarrotado por la tensión—. El rey Fernando traía consigo ribadoquines suficientes para bombardear con proyectiles los lienzos que protegen Loja.

Aisha, siempre correcta y pétrea, yacía sobre los almohadones, copa de agua de azahar en la mano, labios entreabiertos y mirada felina. Su lógica aportación pretendía reducir la tensión que reinaba en la estancia.

—Mi esposo responderá a la llamada, si es que la ciudad se ve necesitada de refuerzos. Él nunca desaprovecha la oportunidad de enfrentarse a los cristianos, especialmente ahora que aún se siente ultrajado y se halla ofendido por la derrota padecida en Alhama.

—Esperaremos, amigo mío —dictó Boabdil, complacido por la intervención. Su fiel servidor asintió.

—¡Dejáis que Loja sea la próxima Alhama, mi señor! —Me alcé, demasiado ágil para mi estado de gravidez, con los puños cerrados y presa de la ira—. ¡No permitáis que caiga! Mi madre, mi hermana, mis cuñadas y sus hijas serán esclavizadas si eso ocurre, habréis abandonado a mis deudos, que son los vuestros desde que me tomasteis por esposa.

—Eso no sucederá. —Todavía acomodado entre los mullidos cojines, alargó el brazo para probar uno de los dátiles. Su tranquilidad era la leña que alimentaba mi fuego—. Loja resistirá, confío plenamente en las capacidades de vuestro padre, quien ha demostrado sus dotes para la guerra en múltiples ocasiones.

—¿Y por esa razón os negáis a ello? Nuestro matrimonio os obliga a socorrerlo y auxiliarlo, pero faltáis a vuestra palabra y lo dejáis desamparado esperando una ayuda que fue promesa de nupcias. No rompáis el vínculo que os une a mi familia, ahora Loja también es vuestro hogar, mi propio padre os ofreció cobijaros cuando el sultán nos empujó desde la ventana de la Alhambra en un invierno glacial. —Su gesto se torció ante la mención—. ¡Vendéis a los míos como si no valieran nada, como si no significaran nada para vos!

Aben Comixa se acercó por mi espalda con la intención de contenerme; sin embargo, yo era el Darro desbordado años atrás. No había presa que retuviera el torrente de sentimientos.

—Mi señora, aplacad la rabia y el llanto —me susurró.

Ni siquiera había reparado en ello: las gotas me caían por la barbilla como si se tratara de cera consumida por la llama de las velas, dejando tras de sí una picazón que solo aliviaría con el rasgar de las uñas. Me ardían los surcos de las lágrimas, calientes al tacto, el pecho y hasta los brazos, que parecían haber sido sumergidos en aceite hirviendo. Había adquirido el color de la grana por el sofoco y todo lo que hacía era hablar atropelladamente y llorar.

—¿Por qué vaciláis en esta decisión que ni siquiera merece ser tomada? Si es el oro lo que os perturba, perded cuidado, que yo entregaré todas mis joyas y mis vestidos para que podáis empeñarlos y armar a vuestras huestes, acudiendo así en defensa de mi padre.

En el frenético delirio que se había apoderado de mí, me llevé las manos al cuello y me arranqué de cuajo el colgante de perlas, que arrojé a sus pies. En la piel quedó la señal de los hilos del collar, que me había rasguñado. Me despojé de los anillos con rudeza, incluido el de amatista que tanto apreciaba, y me rasgué los lóbulos de las orejas al tirar de los pendientes de oro. Mi cuñada se cubrió los ojos con ambas manos para evitar observar el espectáculo y el mismo Boabdil se alzó, con el rostro rubicundo. Vociferó mi nombre como lo haría una bestia salvaje que advierte de su presencia al animal indefenso que está a punto de cazar y devorar. Pero yo no era una gacela, había dejado de serlo desde la noche de bodas.

—¡Umm al-Fath bint Ibrahim Ali al-Attar!

Fue su puño tembloroso el que me alertó de su escasa paciencia y el esfuerzo por dominarla. ¿Dónde estaba el marido que besaba el suelo por donde pisaba, el que Zoraida había dicho que era la misma moneda que su padre en lo referente al amor? Lo había perdido en algún momento de la guerra, entre ofensivas y defensivas, ebrio por la ambición y el poder.

Cuando ya no puedes seguir batallando, solo queda postrarse y rezar por la benevolencia y magnanimidad del hombre. Caí sobre las rodillas y tomé la tela de sus vestiduras, devota y suplicante, mártir de la causa.

—Os lo suplico, por Allah, os lo suplico. ¡No condenéis a Loja! Faltad a todo lo prometido, a las cláusulas que consideréis un agravio, que coarten vuestra libertad como príncipe, soberano, hombre y marido. —Tironeaba de sus ropajes con desesperación—. Tomad concubinas, tomad esclavas a vuestro servicio, prescindid de agasajarme con dádivas y dinero. Os compartiré con las mujeres que deseéis si ese es el precio que he de pagar, aunque mi corazón no sea más que retazos de lo que fue. Os lo ruego, injuriadme, pero no incumpláis los términos de auxilio.

Las garras de Aisha se cerraron en torno a mi antebrazo y aullé de dolor al notar sus uñas clavándoseme en la carne. Al cruzar nuestras miradas vi que nada había en ella que recordara su natural hieratismo, nada de su pétreo carácter, de su silencio sibilino.

—Levantaos, que parecéis una menesterosa que vagabundea por las calles para conseguir un mendrugo. —La presión ejercida se incrementaba a medida que alzaba la voz, indignada por mi comportamiento errático—. Habéis enloquecido o el cariño os nubla el juicio. A vuestro padre tendréis que regresar con un hijo bajo el brazo, enlutada cual viuda, si Boabdil socorre Loja y mi esposo le da muerte en la batalla. A vuestra amada ciudad retornaréis, azabache como los cuervos, desprovista de vuestra dignidad como futura sultana si mi hijo cae en la defensa del cerco. ¡¿Preferís un padre vivo y un marido muerto?!

—¡Prefiero a mi hombre muerto y a mi padre vivo si eso supone que el primero de ellos ha sido leal y valiente!

Un fogonazo de calor se extendió por mi pómulo derecho al recibir el golpe de Aisha, que me giró la faz, la sangre acumulada en la zona lastimada. Enmudecí al instante, demasiado paralizada por el dolor, la vergüenza, la decepción que vislumbraba en mi suegra, el asombro de mi esposo. La chispa de la rebelión se apagó.

—¡No toleraré semejante tratamiento a la que es mi mujer y la madre de mi hijo!

Después de eso, Boabdil ordenó que Aben Comixa y algunos de los hombres que estaban apostados en la puerta del salón me llevaran a mis aposentos. Experimenté el paseo del deshonor en un estado de duermevela, todavía absorta en la rojez que había generado mi suegra, ahí donde nacía un terrible verdugón. No divisé por el rabillo del ojo la figura de Ibn Hamete, no distinguí a ninguno de los soldados que me escoltaron. Encerrada permanecería bajo exhaustiva vigilancia, sin permiso para deambular por la alcazaba ni sus jardines, desprovista de cualquier retazo de libertad, si es que había gozado de alguna. Alma en pena.

El mundo se ve distinto tras las ricas celosías.

El cautiverio duró tres días con sus respectivas noches y en él me acompañó mi fiel Jimena, que no consintió en abandonarme ni para regresar a la alcoba de los criados para dormir en su jergón. El servicio me traía comida, de la que picoteaba cual pajarito, pues el hambre había desaparecido y cualquier alimento que me llevara a la boca sabía al óxido de la sangre, la de aquellos que la derramaban en Loja. Por Loja. Masticaba cadáveres. Preocupada, la *rumiyya* me instaba a comer, a beber. Me atemorizaba con la salud del niño que llevaba en el vientre, la cual perjudicaría con mi cabezonería, un defecto que siempre había pertenecido a Aziza y que hasta entonces no me había afectado. Pero yo sabía que la criatura poseía la fortaleza de su padre y de ambos abuelos, así que me permitía el lujo de la melancolía, que era una pelliza que me abrazaba. En ella me sentía a salvo, en casa, así que me sentaba en la cama o en el refrescante suelo y posaba la mirada vacua en algún punto distante de los aposentos. Apenas hablaba, apenas lloraba. Inmutable, estoica, soportaba el transcurrir del tiempo mientras Jimena me acariciaba la mano y murmuraba palabras de aliento, «todo irá bien, mi señora». A mí me sonaba al silbido de la espada al cortar el aire. Me animaba a bordar para entretener la mente, a leer para evadirme, y yo rechazaba cada propuesta, absorta en una espiral de hastío que me devoraba. Solo cumplía con los rezos pertinentes y era, en esos cinco momentos del día, en sintonía con Allah, cuando notaba un efecto calmante que, desde el pecho, se extendía por mis extremidades y llegaba hasta el último pelo de mi larga melena, hasta el dedo pequeño de mi pie. Un alivio balsámico que me impulsaba a luchar.

Por su parte, Dhuha me examinaba varias veces al día con su ojo experto, garantizando mi cuidado y el del niño, que se movía a base de patadas, arrancándome una sonrisa. «Será amante de la guerra», decía y luego, tras comprobar que la desgracia no había mellado nuestro bienestar y que no había riesgo de aborto, fingía airarse porque desoíamos sus consejos, del todo vitales. Exigía reposo y mis fuerzas menguadas lo aceptaban, lo pedían a gritos.

Ibn Hamete esperaba en el quicio de la puerta que daba a mi alcoba junto al resto de la escolta, pues se había ofrecido voluntario para ser custodio. En ocasiones traspasaba el dintel y se posicionaba en una de las esquinas, armado hasta los dientes, y allí permanecía bajo la atenta mirada de los eunucos y los soldados, que salvaguardaban mi honra. Sin ánimo de mostrar pudor o recato, simplemente me cubría el cabello con la veladura y le acercaba una silla en la que tomar asiento. Él obedecía, mi perro guardián. Compadeciéndose de mi desventura, siempre traía noticias, actuando de intermediario entre las sombras enrejadas de la celosía y el mundo exterior que me habían vetado. Fue quien me informó de cada uno de los avances y así me enteré de que las tropas lojeñas, lideradas por mi padre y mis hermanos, habían hecho gran matanza en el primer asalto contra los cristianos. De que no tardó Muley Hasan en organizar un pequeño ejército procedente de diferentes lugares del reino, en el que despuntaba una caballería dirigida por un famoso caíd de Granada. De que los mejores de los mejores partieron y batallaron en Loja y el propio sultán picó espuelas y cabalgó para unirse a las huestes, anhelando resarcirse por la pérdida de Alhama. De que el rey cristiano, que se hallaba en pésimas circunstancias y había infravalorado nuestro poder, observaba impasible como la victoria se le escurría de entre los dedos.

Boabdil no me visitó hasta el despuntar del cuarto día.

24

14 de julio de 1482

Decía que habían de haberlo previsto, que se habían producido indicios que delataban que el siguiente objetivo del hambre voraz de Fernando sería Loja, la puerta occidental a la vega de Granada, que ansiaba devorar con la misma avidez. Caída Alhama, ciudad que no logró recuperar el sultán ni quienes participaron en su cerco ni en los consiguientes ataques, incluido mi hermano mayor, Muhammad, que paladeó el fracaso, los cristianos se hallaron con la dificultad de abastecer la plaza en un entorno hostil. Loja era uno de los obstáculos que impedían la llegada de víveres, de modo que la conquista de una ciudad tan fuerte y bien situada estratégicamente paliaba la posible carestía y garantizaba una vía de acceso a Granada. Por eso, cuando el rey aragonés llegó a Alhama, a principios de mayo, realizó una sutil expedición alrededor de Loja, inspeccionando el terreno y preparando el asedio, y luego regresó a Córdoba con su reina. Esas eran las evidencias de las que Ibn Hamete hablaba. Isabel y Fernando asistían a un suculento banquete: Alhama había sido el estofado de caza del primer servicio, Loja el segundo plato, compuesto de asados, y esperaban que Granada fuera la fruta del postre.

—Permitidme salir de estos aposentos. —Hacía tiempo que no pronunciaba palabra alguna y el llanto me había quebrado la voz, que sonaba áspera y ronca, madera recién lijada. En nada se parecía a la mía.

—No puedo, mi señora.

—Dijisteis que me estimabais.

El de los Banu Sarray apartó la mirada y, con los brazos cruzados sobre el pecho y un brillo latente en sus pupilas, se fijó en una de las paredes desnudas de la alcoba mientras frotaba los labios en una mueca de impotencia que no me pasó desapercibida. En seguida me arrepentí del brote de sinceridad; no se trataba de un reproche, más bien de un sentimiento alojado en el pecho, una espina enquistada que necesitaba arrancarme.

—Y lo hago. —Él también tenía un nudo retorciéndole la garganta, tragaba saliva, su nuez se movía, los enredos perseveraban.

—Entonces dejadme salir de esta jaula.

El silencio tomó asiento entre ambos, como un huésped más que había encontrado refugio en aquella alcazaba en la que habitaban penuria y lamento. Cerré los ojos y exhalé un hondo suspiro; con él acudieron un par de lágrimas saladas que me resbalaron por las mejillas hasta alcanzarme los labios y se colaron por las rendijas de estos para darme de beber. El agua dulce me era insípida.

—Enviad recado a mi familia —probé una vez más. Quizá si adoptaba la naturaleza del ariete, contundente en sus embestidas, podría reducir las defensas de Ibn Hamete, que claudicaría y me tendería la mano en aquel momento decisivo.

—Es tarde para ello, mi señora. Con el rey Fernando sitiando Loja nadie sale ni entra en la ciudad, ya lo sabéis. Fernando mantiene a los suyos acampados en la colina y el maestre de Calatrava a otros tantos en la cuesta del Santo Alboacén, combaten contra los nuestros y, pese a las muchas bajas que menguan su ejército, no parecen dispuestos a abandonar el sitio.

La guerra de Fernando era cruenta y demoledora, quizá porque era más conquista que guerra y él rehusaba dar batallas en grandes explanadas en las que ejércitos enemigos se encontraban y colisionaban y el campo se regaba de sangre. Los cristianos avanzaban cercando ciudades, arrasando las huertas y los cultivos, reduciendo el paraje verde a escombros, matando de hambre, de sed, de locura, de desesperación a los habitantes que se veían acorralados mientras la fortaleza sucumbía a la moderna artillería. Si existía un destino peor que el de aquellas gentes que morían con el estómago vacío, que el de quienes veían su futuro de esclavos o convertidos a la fuerza, era el de los padres de familia que asesinaban a su progenie con el fin de evitarles ambos. Y yo no quería conocer ninguno.

Qué poco honor en someter a la población a través de prácticas tan inhumanas. Puede que nosotros también hiciéramos uso del cerco y el desabastecimiento, pero jamás usábamos fuego, pues solo Allah tiene el poder de castigar con las llamas vivas del Infierno. Siempre existe un límite entre el bien y mal; por mucho que algunos no sean capaces de divisarlo, sin embargo, ahí está. Ese era el nuestro.

—Mandad, pues, un destacamento que se una a las huestes de Muley Hasan y el caíd, que incline la balanza a favor de mi padre para que así puedan vencer o, al menos, ganar tiempo y salvar a las mujeres de la ciudad y mantenerlas a salvo. Que no se repita la tragedia de Alhama.

—Si tuviera potestad para ello lo haría, creedme.

—Yo os la doy —respondí con premura.

—No tenéis ese poder. Pedidme lo que sea que necesitéis y yo os lo proporcionaré, haré lo que mandéis, lo que sea necesario para aliviaros este encierro siempre que no contravenga las órdenes de mi señor Boabdil.

—Yo también soy vuestra señora, Ibn Hamete.

Otro mutismo insalvable.

—A veces me pregunto a quién sirvo y por las noches siempre descubro que sois vos. No me pidáis más de lo que se me permite concederos, que mi voluntad es débil y sabéis doblegarla. Lo lamento, mi señora.

Asentí, comprensiva. Elegir entre Boabdil y yo era un acto de felonía, liberarme sería desobedecer el mandato de su señor, quien había confiado en él y en su lealtad para llevar a cabo la ardua tarea de mantenerme prisionera. A pocos hombres se les asigna tamaña labor, únicamente a los eunucos, que al verse privados de placer, son fieles servidores que no osan posar los ojos sobre mujeres ajenas. ¿A quién encargarle la vigilancia y la honra de tu esposa sino al hombre que deseas convertir en tu cuñado? No lo colocaría en una posición tan delicada, no quería que me recordasen como la esposa de Boabdil, aquella que instigó a uno de los Banu Sarray a que lo traicionara, una fémina dominante que sometió a quien le convino a su antojo.

Las frustraciones que habían de pertenecer a mi marido las había vertido sobre Ibn Hamete, le había colocado el yugo de mi esperanza para así no pensar en la grieta que se había abierto entre Boabdil y yo. ¿Cómo perdonar a quien da la espalda a los más necesitados en tiempos de crisis, que son los suyos los que adolecen? ¿Y si nunca podía llegar a entender sus razones? ¿Y si no podía concederle el perdón? Buscaba excusas para hacerlo y no las hallaba.

Aquel día era 14 de julio de 1482, cuarta jornada del asedio de mi querida ciudad y cuarto día del cautiverio que padecía, cuando falleció asaeteado don Rodrigo Téllez Girón, maestre de Calatrava, en el combate que se produjo en la colina del Santo Alboacén. Aquello nos dio la victoria y, con el éxito de la campaña, Boabdil acudió a mis aposentos con una noticia de gran relevancia. Entró a zancadas, con una urgencia imposible de maquillar y el remordimiento pisándole los talones. Reconocía su aroma y no me llegaba el almizcle, sino la culpa. Para entonces, Ibn Hamete y yo no habíamos vuelto a entablar conversación, él por conveniencia, yo por vergüenza. Su confesión me rondaba la mente.

Cruzó la estancia y se acuclilló, similar al adulto que busca la mirada de un niño enfadado que se niega a responderle. Yo estaba sentada en el suelo, con las piernas recogidas, de manera que mi vientre quedara oculto y resguardado. Alcé el rostro. Los ojos se le habían aguado y en vez de ser escarabajos ónices, se asemejaban a dos pozas oscuras cuyo final es indistinguible.

Bajo ellos, unos surcos violáceos atestiguaban su insomnio. Había tomado por costumbre dormir conmigo y la ausencia en la cama se nos hacía insufrible. Siempre lo es cuando al amanecer no encuentras el cálido abrazo del amado. Imaginarlo perdido entre las sábanas me originaba una suerte de malestar.

Me besó los cinco nudillos de cada mano, arrepentido y sumiso. Me deleité en el casto roce de sus labios, que tanto había añorado pese a la ira que me inundaba cuando revisaba en mi memoria su negativa al auxilio de Loja. Los recuerdos eran empañados por la ternura y la devoción con la que me trataba, por los recuerdos felices que se entrelazaban para adormecerme el dolor y derretirme. En el fondo sabía que si alguien me amaba en este mundo ese era Boabdil.

—Vestíos, mi señora, ha llegado el momento que tanto llevamos aguardando, aquello que os prometí la noche en que nos expulsaron de nuestro hogar. —Esbozó una sonrisa temblorosa—. Partimos hacia la Alhambra.

Regresamos a Granada a lomos de caballos, con el galope castigando nuestros traseros, no sin una acalorada y previa discusión familiar en la que Boabdil defendió que las mujeres debíamos ir en carro o en litera, resguardadas por la infraestructura que preservaría nuestra honra al ocultarnos de miradas indiscretas. Sobre todo ahora que pretendía ocupar la Alhambra y arrebatarle el trono a su progenitor, que seguía ocupado luchando en Loja junto a mi padre, alejado de su corte. Aisha se opuso; era una oportunidad única que desaprovecharíamos si guardábamos tantísimo recato, ya que el carro y la litera nos ralentizarían en la marcha. El honor siempre es importante para la mujer, especialmente para la de los gobernantes, a excepción de si el poder está en juego; entonces es irrelevante.

Mi esposo aceptó que su madre y su hermana cabalgaran, pero se negó a que yo las siguiese, ya que temía que el trote y la premura, los continuados golpes, me provocaran un aborto.

Tarde para preocuparse por la pérdida de nuestro hijo y así se lo hice saber, todavía dolida por el resquemor.

—Perded cuidado, que si he soportado las malas noticias, podré con un viaje forzado, sea a caballo, a pie o a gatas —le contesté con dureza—. Además, doña Isabel es capaz de montar incluso estando de gestación avanzada y a punto de dar a luz, no me consideréis menos que ella, mi señor, que yo también sacrificaría mi salud por el bienestar de mi pueblo, como la reina cristiana.

Orgullosa por mi decisión, Aisha tomó partido a mi favor y expuso mis argumentos como dignos de la esposa de un sultán, la Gran Señora que vela por la seguridad de su marido, de la dinastía, de los más desfavorecidos.

—La mujer va allá donde va su hombre —dijo—. Ni Morayma debe permanecer en Guadix ni debe ir en la retaguardia dentro de una litera. Cuando las gentes de Granada la vean entrar a vuestro lado se fijarán en su vientre abultado, apreciarán el esfuerzo y el gesto de buena voluntad, vitorearán vuestros nombres. Morayma lleva el futuro en sus entrañas y Granada desea contemplar ese prometedor futuro que traéis con vos.

En la realeza todo tiene una intención, un simbolismo, desde la posición de cada uno de los miembros de la familia hasta los ropajes que vestíamos y las sedas, colores y joyas que portábamos. El protocolo era ley. Por esa razón, mi suegra quería que fuera cabalgando tras él. Boabdil contraatacó con el desmayo de días antes; el sol golpeaba a aquellas horas y el viaje, a pesar de no ser especialmente largo, podía mermar mis fuerzas, ya menguadas a causa del asedio de Loja y el encierro al que había sido sometida. Lo tranquilicé alegando que me refrescaría durante el camino y, si era menester, haría algunos altos para recuperarme del cansancio. No terminaba de convencerlo. Finalmente hubo de aceptar por intermediación materna, y es que Aisha era, ante todo, terriblemente astuta, curtida en cuestiones de Estado, quizá por ser hija del gobernador Muhammad IX el Zurdo, quizá por ser hija de Umm al-Fath. Hacía y deshacía como las hiladoras tejen y destejen, con suma destreza, casi sin mirar el laborioso trabajo que ejecutan sus dedos maestros. Llevaba la política en la sangre, soñaba con ella por las noches y hasta dormida intrigaba.

—El pueblo ama a Morayma desde el día en que llegó con sus deudos para que la desposarais, compartió vuestra dicha, comió de las sobras de vuestro banquete, cantó canciones nupciales y fue preso del jolgorio. Igual que odió a la renegada Zoraida desde el mismo día en que vuestro padre me apartó de su lado para tomarla a ella como esposa y la colmó de regalos. El pueblo es lo que os mantiene en el trono, el pueblo os da el poder y os lo quita. Dadle lo que desea, la seguridad de una familia real que consolide la continuación dinástica, la resistencia de Granada frente a los cristianos.

No puso más objeciones y así, sin más, emprendimos el camino de regreso a la Alhambra. Fue tortuoso por el inclemente calor veraniego que nos empapó en sudor. Cumplí con mi palabra, bebí a menudo y me refresqué todo lo posible, rostro y manos incluidos, aunque el agua se evaporaba en seguida y servía de poco. Me tragué el orgullo y proseguí la marcha, sin quejas, a pesar del agotamiento y del dolor de cabeza, de la incomodidad de la montura que me agarrotaba los músculos y me provocaba pinchazos en las piernas, que se adormecían a cada rato.

Siguiendo las predicciones de Aisha, una vez que hubimos entrado en Granada, la población vociferó nuestros nombres, lloraron por nuestro regreso, nos cubrieron de pétalos, le agradecieron a Allah que hubiera escuchado sus plegarias. A nuestro derredor, una marea de rostros embelesados se desgañitaba y peleaba por acceder a la primera fila del desfile, faces congestionadas, manos alzadas que deseaban rozarnos, padres que elevaban a sus hijos pequeños para que observaran con sus propios ojos el discurrir del séquito que avanzaba inexorablemente por las estrechas y sinuosas calles de la medina. Nosotros saludábamos, sonreíamos y asentíamos con ademanes prudentes. Al descender de la grupa del animal, las rodillas apenas me sostenían y cerca estuve de perder el equilibrio y caer de bruces.

Boabdil se proclamó sultán en un palacio real de Granada que no se comparaba en grandiosidad con la Alhambra, pues este se antojaba pobre y sobrio. Lo hizo rodeado de los muchos leales que le habían seguido hasta Guadix y de Guadix hasta allí y de los que habían permanecido en la capital bajo el poder de Muley Hasan. De su familia, una Aisha bint Muhammad Ibn al-Ahmar que simulaba ser pétrea y que por dentro debía de estar hecha lágrimas, una hermana a la que le brillaban las pupilas y una esposa que se sujetaba el vientre. «Ahí está vuestro padre», le decía interiormente a nuestro hijo. Allí adoptó el nombre de Muhammad XI, aunque nadie se refirió a él como tal; para nosotros continuó siendo Abu Abd Allah Muhammad, para los cristianos Boabdil o el Rey Chico, lo que les permitía diferenciarlo de su tío el Zagal, que se llamaba igual, para su desgracia. Agradecido por los muchos servicios que Aben Comixa le había prestado, lo compensó brindándole el cargo de visir. En ningún momento pensé que se lo otorgaría a Ibn Hamete, pues a él le tenía reservado un puesto especial dentro de la familia. En efecto, mi esposo hacía oídos sordos al solemne rechazo de Ibn Hamete, que le había confesado que, aun sintiéndose halagado por el compromiso, no estaba en disposición de tomar una nueva mujer.

Los presentes le rindieron honores, los hombres le besaron los pies, las mujeres me besaron la mano como reconocimiento y me obedecieron como sultana y señora. Se alzaron pendones y las celebraciones duraron dos días. Destiné dinero a obras pías, di comida y limosnas a los pobres y dediqué sonrisas complacientes. Las gentes olvidaron la desgracia de Alhama, las matanzas acaecidas, la guerra contra los cristianos y los cultivos arrasados que nos dejaban sin fruta y hortalizas. Olvidaron el desgaste y el miedo, festejaron la victoria de Loja y el ascenso del nuevo sultán. Porque en la mentalidad de todos residía una idea: que mi esposo nos devolvería la prosperidad y la paz.

Para cuando Muley Hasan recibió la noticia de que su bella residencia palaciega había sido tomada por Boabdil, había proclamado la victoria en Loja y expulsado de los alrededores de la ciudad a los cristianos, a quienes Fernando había retirado, abandonando allí mismo el campamento levantado, armas y los muchos víveres que doña Isabel les había mandado para que resistieran. Afortunadamente, mi familia se hallaba a salvo; ni mi padre ni mis hermanos habían muerto en batalla. Si Alhama había sido para los cristianos, Loja era para los nuestros. Nunca caería mientras un al-Attar fuera alcaide de la ciudad y poseyera acero para defenderla. Ese había sido el plan orquestado por mi esposo, no atender a la llamada de socorro con el fin de que Muley Hasan auxiliara a Loja, lo que le daría la oportunidad de regresar a la Alhambra y reclamar su derecho al trono.

Dícese que el éxito de la campaña le supo amargo al sultán depuesto, que asestó espadazos a todo lo que encontró, y sus gritos de rabia se oyeron por los confines del reino. Reunido con Zoraida y sus hijos, que habían escapado del alcázar como aquella noche de enero nosotros habíamos huido por su ambición, buscó refugio en las Alpujarras. Con Yusuf en Almería y Boabdil en la Alhambra siendo respaldado por la población, a pocas personas de confianza podía acudir. Así que hizo lo que haría cualquier hombre con familia, recurrir a un hermano: el Zagal lo acogió en Málaga junto al que había sido su visir, Abu l-Qasim Bannigas.

Aquello también suscitó desavenencias en nuestro matrimonio. Esa misma noche se desataron tormentas en la estancia que otrora nos había pertenecido y en la que volvíamos a acomodarnos. Ninguna de nuestras pertenencias había sido cedida, vendida o repartida entre el vulgo, como si el propio Muley Hasan supiera que, en algún momento, retornaríamos a casa y nuestros efectos personales debían darnos la bienvenida.

—Estáis enfadada por lo de vuestro padre, no porque yo haya destronado al mío —se defendió.

Caminaba en círculos por la alcoba, con las manos entrelazadas tras la espalda y la cabeza gacha. Me oía pero no me miraba, demasiado centrado en los pasos que daba, en el suelo que pisaba. Incluso desde la distancia que nos separaba podía oír el ruido de su conciencia, similar al agua que golpetea la piedra en su descenso. Yo me masajeaba la parte baja de la espalda, la zona que más sufría a medida que engordaba.

—Prometisteis que aceptaríais su gobierno y que una vez que hubiera fallecido, entonces, y solo entonces, reclamaríais vuestro derecho al trono por encima del de Sa'd.

Recordarle a un hombre las faltas cometidas es alimentar una hoguera que se convertirá en incendio. Ya notaba el chisporroteo de las llamas, iba a quemarme.

—Juré que no lo perseguiría ni acabaría con su vida y eso he hecho.

—Y sin embargo habéis obrado igual que él cuando destronó a vuestro abuelo —lo acusé.

Había dejado de deambular.

—Llamadlo justicia. Merecía saber qué se siente cuando uno es expulsado de su hogar por alguien a quien ama. ¡Soy su hijo! —exclamó mientras se palmeaba el pecho con indignación y andaba hacia mí—. ¡Él, como padre, debía haberme protegido y, en cambio, quiso matarme! Escuchó los susurros envenenados de su nueva esposa. Fue ella. —Señaló con el dedo índice a ninguna parte—. Fue esa maldita cristiana la que generó discordia y lo empujó a querer regar los jardines con nuestra sangre. Era esto o vivir en el destierro para siempre.

Se apoderó de mi cara, colocando las manos a ambos lados. La magulladura de mi mejilla había ido coloreándose de diferentes tonalidades y ahora, bajo una sutil capa de maquillaje que me había aplicado Jimena antes de partir, quedaba camuflada. Al tacto seguía siendo una pequeña protuberancia que me hacía saltar.

—No quiero vivir en el destierro para siempre, Morayma —murmuró, con las lágrimas desbordándole.

—Estamos en casa, amado mío. —Nuestras narices se rozaron, sentí su cálido aliento en mis labios y caí en la tentación de besarlo mientras enterraba los dedos en su barba—. Estamos en casa —le susurré.

Cayó de rodillas y se aferró a mi barriga, donde se apoyó, con la oreja pegada a la guarida de nuestro vástago, que al percibir a su padre se removió. Hundí los dedos en la mata oscura que eran sus cabellos.

—Perdonadme.

—Yo cuido de vuestra alma. —A continuación le chisté.

Boabdil era un hombre bueno y recto, no podría vivir con el peso de haber cometido un acto que él consideraba inmoral y deleznable, porque en el fondo de su corazón amaba a su padre, incluso cuando este había sido un mal padre, incluso cuando lo buscaba entre las nieblas de la pesadilla con la hoja refulgente de la espada.

Y yo, completamente enamorada, solo quería proteger al niño que fue y al hombre que era.

25

Dhuha se había quemado el rostro con aceite hirviendo y el líquido le había salpicado las manos y parte del cuello, de ahí las cicatrices rosáceas y parduzcas que le plegaban la piel y se asemejaban a una cordillera. Era evidente que no había sido una enfermedad con la que naciera ni una que la atacara de niña y le hubiera dejado pústulas mal curadas. Algunos decían que había salido herida de un incendio causado en su hogar por quienes la consideraban peligrosa por las prácticas médicas que ejercía, pues cuando llegó a Granada y se instaló en el arrabal nadie la conocía y todos la temían. Es lo que tiene ser poderosa: la gente tiende a alejarse de lo desconocido, causa rechazo. Remendar virgos, extraer fetos de las mujeres que abortaban, volver fértil a la estéril y crear ungüentos que evitaban la preñez tampoco le labró un buen nombre entre los más ortodoxos. No podían estar más equivocados en sus habladurías; aquel había sido un destino que ella misma había escogido.

Se levantó una mañana sabiendo que prefería morir de dolor antes que casarse con un hombre que la perseguía como los perros, con la lengua fuera y ebrio, que le aporreaba la puerta y le suplicaba. Ya la había interceptado en algún callejón o adarve y había tratado de someterla asestándole bocados en el cuello. La aventajaba en edad y tenía la mano larga, de hecho su primera esposa había recurrido a la justicia, arropada por su familia, y había pedido el divorcio alegando malos tratos. La violencia en el seno doméstico no llegaba a buen puerto la mayoría de las veces, principalmente porque de lo que ocurre en el interior de una casa nadie habla; sin embargo, los cadíes fallaron a su favor y le concedieron el divorcio a la joven. Has de ser una mala bestia para que los jueces vean marcas que se ocultan bajo las vestiduras. Los hombres nunca se rinden, no aceptan las negativas, más bien estas los empujan a ser insistentes. Ante esto, solo le quedaba una opción: prescindir de vanidad y belleza, a sabiendas de que ningún varón se interesa en el intelecto de una mujer. Puso aceite a hervir y cuando él apareció ante la puerta de su vivienda se derritió las facciones ante el grito de horror de aquel hombre, que veía impasible como la hermosura se deformaba para dejar paso a la carne chamuscada. Después de eso, él no regresó a buscarla y ella se trasladó.

Dhuha, que aborrecía rememorar el pasado y ningún dato confiaba de su vida anterior, me relató este suceso la noche en que me puse de parto, para distraerme de las oleadas de dolor que me hacían delirar.

Mediados de agosto de 1482

Desde nuestra llegada a la Alhambra había engordado cual pavo y me costaba caminar, sentarme y levantarme; los tobillos y los dedos, ya gruesos desde hacía tiempo, aumentaron de tamaño. Dormir se había vuelto tarea imposible: por muchos almohadones que requiriera no encontraba una postura que me permitiera el descanso. Mi hijo tampoco parecía dispuesto a colaborar, se movía a menudo y me pateaba tantas veces que empecé a pensar que, en vez de ser guerrero, sería un caballo o un asno que coceaba. Estaba agotada, me dolía el cuerpo y me enfurruñaba tanto como lloraba, en exceso, diariamente. Comía más de lo recomendable y sufría de ardores estomacales que solo calmaba con tisanas. Las mujeres de mi familia me animaban en este trance, especialmente mi suegra, que me acariciaba la barriga y hablaba con la criatura. «Creced fuerte y bravo, pequeño heredero al trono», le solía decir. La servidumbre me soportaba en silencio, obediente y diligente, Jimena me alentaba y descontaba días a mi lado, siempre con una sonrisa en los labios, Boabdil padecía mi malhumor. Lo toleraba porque sabía que era un castigo que merecía por el daño provocado, así que dejaba que pagara con él mis enfados repentinos, luego me enjugaba las lágrimas y me traía bonitos regalos. Conocía mi punto débil: él. Sabía cómo aplacarme.

El niño se adelantó. No debía haber nacido hasta octubre, pero tenía la misma prisa que yo cuando anhelaba estar en estado de gravidez y la misma prisa que arrastraba desde hacía semanas por dar a luz. Estaba molesta en mi propio cuerpo, andaba similar a los patos de los jardines y para levantarme alguien había de prestarme ayuda y tirar de mí. Pensaba en las esclavas vasconas que siglos atrás habían llenado los harenes de los emires y califas cordobeses, madres de herederos que habían recobrado la libertad y escapado del cautiverio, mujeres fuertes que luchaban entre sí y, ansiosas por impulsarse frente a las demás, recurrían a métodos secretos para inducir la labor y parir a los siete meses. Un día, mientras jugábamos al ajedrez, Aisha me había advertido sobre la naturaleza favorable de estas féminas, que alumbraban como quien escancia agua, sin esfuerzo, y en seguida se recuperaban del puerperio. «Al menos no habéis de competir contra las triquiñuelas de una vascona que sea presta y rauda en la labor. Al menos, vos, mi querida Morayma, no tenéis rival en el amor ni en el lecho», había dicho. Ojalá hubiera sido vascona, mas no necesité ser cristiana del norte para que las estrellas me favorecieran en mi deseo de alumbrar cuanto antes. Tenía a Dhuha y a Allah de mi parte.

Primero fue un dolor punzante en la zona del bajo vientre, un dolor interno que jamás había experimentado pero que estaba bajo control. Con respiraciones pausadas se mitigaba hasta que reaparecía con gran intensidad y me postraba en el suelo, de rodillas, durante minutos. Me doblaba por la mitad. Así, interrumpidamente, con pausas y alivios cada vez menos espaciados en el tiempo. Jimena hizo llegar recado a mi suegra y a Dhuha, que se personaron al instante y le negaron el paso a mi cuñada Aisha, que por inocencia y mocedad hubo de permanecer fuera de la estancia en la que discurría mi personal martirio. Bajo las órdenes de la *qabila* se desplegó todo un comité de sirvientas que traían paños y agua fresca y limpia, además de mil y un ingredientes naturales que tras una elaboración delicada se tornaban en remedio para múltiples males.

Para prevenir los dolores del parto y facilitar la expulsión de la criatura me tendió un bebedizo compuesto a base de culantrillo de pozo, menta, comino silvestre y terebinto, todo machacado y mezclado con jazmín, sirope y agua fría. Las náuseas me obligaron a ingerirlo despacio, pues con cada sorbo me daba la sensación de que vomitaría sobre la cama, revirtiendo los efectos de la medicina.

—Os aplacará el dolor —insistía Dhuha, que con la palma de la mano inclinaba la jarrilla para que no dejara nada del líquido.

Contuve la arcada que me sobrevino y me obligué a mantenerlo en el estómago. Aquella era la primera parte del proceso, una tarea nada baladí y, aun así, la más sencilla de los muchos trances por los que pasaría durante la interminable noche.

El interior de la Alhambra nos pertenecía, el exterior era de los hombres. Fuera de mis aposentos, donde se respiraba un ambiente espeso y amembrillado por el calor veraniego, acontecía una lucha encarnizada por la recuperación del recinto palaciego. Muley Hasan, que se había retirado a Málaga junto a su hermano el Zagal, había decidido lanzar una ofensiva silenciosa bajo el manto de la nocturnidad, que confundía a los soldados con sombras y sus pisadas con las de los gatos callejeros que pululaban por las callejuelas. Un escalador a la orden del sultán derrocado trepaba el lienzo de la muralla de la Alhambra con el fin de permitir la entrada a unos quinientos hombres, que esperaban bien pertrechados. Con vía libre para acceder, pasaron a cuchillo a quienes estaban de guardia y la sangre llegó a las calles.

Mientras, yo probaba diversas posturas, algo más aliviada gracias a los remedios. Deambulé por los aposentos, pues según Dhuha favorecía la caída del niño y lo incitaba a empujar desde dentro; estuve en cuclillas, sujeta por sus manos, también en posición fetal, con la barriga descansando sobre un almohadón, y a cuatro patas, semejante a un animal. Durante ese tiempo conversamos con el fin de distraerme y fue entonces cuando me narró su historia. Creo que sentí el aceite hirviendo de aquella anciana abrasándome la piel del rostro.

El preparado de Dhuha redujo las dolencias durante algunas horas, procurándome descansar plácidamente; sin embargo, el efecto calmante se desvaneció y de nuevo me vi arrasada por una lengua ardiente. Solo los ridículos segundos de descanso entre una y otra acometida me ofrecían reposo. Incapacitada para moverme, yacía en la cama y me aferraba a las sábanas, dejando la violencia de mi batalla contra la incesante quemazón que me invadía. Jamás me había roto un solo hueso, pero en aquellos momentos notaba la fractura de todos ellos.

—Gritad, mi señora, que así espantaréis el dolor. —Jimena me colocaba paños empapados de agua fría en la frente. Las gotas me resbalaban por las sienes y me bañaban el nacimiento del cabello hasta dejarlo pegado y aplastado. Se mezclaban con la película de sudor.

Negué con vehemencia, los párpados cerrados con fuerza, los labios apretados en una fina línea, mordiéndomelos hasta probar el sabor ferroso de la herida abierta por mis propios dientes. No estaba dispuesta a soltar un alarido que evidenciara el sufrimiento, pues aún retumbaban en mis oídos los agónicos gritos de mi madre cuando trajo al mundo a Aziza. Volvía a sentirme esa niña asustada que se escondía en la algorfa, entre sacos de arpillera, taponándose los oídos con ambas manos. Nada más que unos miserables quejidos y bufidos.

Así discurrieron un par de horas más. Un nuevo bebedizo me sumió en un estado de duermevela; la febrícula no remitía y para entonces ya había vomitado al menos unas dos veces, aunque, por suerte, solo había sido la bilis amarillenta que te calcina la garganta, y evacuado otras tantas. Era como si una estampida de caballos me hubiera atropellado. El cielo estaba negro y tachonado de luminarias, o eso me desvelaba la *rumiyya* cuando le preguntaba cada cierto tiempo si ya había amanecido.

—Aún no, mi señora. —Jimena me daba palmaditas en la mano que sostenía, insuflándome ánimo. Pero de ánimo ya no me quedaba ni un ápice.

Parecía que el tiempo había dejado de transcurrir, que la luna no se movía en la bóveda celeste, que la noche duraría años y siglos, que era noche cerrada, que la oscuridad nos devoraría para siempre. Ansiaba levantar la cabeza y encontrarme con los rayos del sol incidiendo en mi rostro, la luz de la mañana coloreando de oro y cobre la alcoba, despejando los temores, trayendo la paz de un nuevo y glorioso día.

Aisha había permanecido a mi lado, sentada en el otro extremo de la cama, abanicándome, cambiando las compresas mojadas que se evaporaban en mi frente, dándome de beber.

—Os juro que pasará pronto, solo habéis de aguantar un poco más. —Me acarició la melena húmeda en un gesto de cariño maternal—. Gritad.

Volví a negarme.

—Las mujeres deben ser silenciosas incluso durante el parto. —Refrené un alarido y, superado el pico de dolor, conseguí articular alguna palabra—. Ahora soy sultana, no deseo que mi pueblo oiga los chillidos de una puerca en la cochiquera.

—Sabed que estos muros han oído los lamentos agónicos de todas las mujeres que han traído vida, fueran esclavas, concubinas o esposas principales. Este será vuestro momento de mayor debilidad, pero también el de mayor fortaleza. Permitíoslo.

—No reprimáis el dolor, que al alumbrar grita la esclava, la hilandera, la campesina, la sirvienta, la nodriza, la princesa y la reina —indicó Dhuha—. No perderéis vuestra dignidad.

Poca dignidad tenía, con remanentes de vómito en la comisura de los labios, la hiel dañándome el esófago y las sábanas empapadas en sudor, agua, orín y sangre. Todo se había teñido de carmesí, era una auténtica matanza en la que el sangrado no cesaba y yo perdía las pocas fuerzas de las que disponía. En algún momento empecé a llorar de amargura con los ojos y la boca, a voces, y mis gemidos se fusionaron con los de los hombres que peleaban, comandados por Aben Comixa e Ibn Hamete, contra aquellos que habían roto la apacible noche para recuperar la Alhambra de Muley Hasan. El enfrentamiento se producía tan lejos de nosotras que ni siquiera nos llegaban el rugir de los soldados, el choque del acero, los estertores de los moribundos.

Dhuha ordenaba que prepararan un nuevo remedio que paliara los síntomas cuando al inspeccionar mi vagina y hurgar en mi interior con esos dedos suyos que ya me eran reconocibles, para así discernir si la cabeza del niño ya era visible, detuvo a las criadas que se encontraban machacando las hierbas.

—Mi joven señora, la placenta obstruye la salida y dificulta la labor. Si no intervenimos, tanto vos como la criatura corréis grave peligro.

Me aterroricé al oírla y el llanto se intensificó, complicando mi respiración. Los hombres creen que lo saben todo acerca del dolor porque luchan en guerras y se abren las carnes con el acero de las espadas, derraman sangre sobre los páramos vírgenes, regándolos para que brote nueva vida. Creen que conocen el dolor porque sajan miembros y vomitan vísceras por el estómago, porque matan y los matan. Pero los hombres no saben nada, porque ellos no se rajan por la mitad para parir.

—¿Se os ha muerto alguna parturienta? —la interrogó Aisha.

—Sí, mi señora. Por mucho que trate de atar a las mujeres a la vida, cuando Allah decide que ha llegado el momento de requerirlas en el Paraíso, nada puedo hacer por ellas.

—¿Se os ha muerto algún niño?

—Solo aquellos que ya estaban destinados a morir nada más nacer o aquellos que ya han nacido muertos. Soy comadrona, mas no interfiero en lo que Allah ya ha predispuesto.

De su boca surgió un sonido que delataba decepción y enfado.

—Procurad entonces que los siguientes no sean Morayma y el futuro heredero al trono. No querría tener que rebanaros el pescuezo y colgar vuestro feo y adusto rostro en una de las estancias de la Alhambra como trofeo. —Su voz se dulcificó—. Os he cogido cariño, sois leal y sabia, os quiero a mi lado y al de mi familia para que siempre veléis por nosotros.

Dhuha me untó un emplasto de semilla de col y malva, resina de bedelio y mostaza blanca. A continuación, bebí un mejunje a base de opopónaco y orina de camello con sirope, ingredientes que la *qabila* debía de haber conseguido hacía tiempo, pues no es que en nuestra tierra fuera común encontrarse con animales así. Probablemente se los suministrasen desde el otro lado del estrecho. Decidió que la espera había tocado a su fin, temerosa de que el caudal sanguinolento que emergía de entre mis piernas se llevara consigo mi vida. Le supliqué que si debía escoger a quien salvar que salvara a mi hijo, pero ella me ignoró y me hizo empujar.

Empujé, con Jimena a mi diestra, colocándome paños de agua fría, alentándome. Mi suegra, a la siniestra, entrelazaba sus dedos con los míos, aguantaba estoica que mis uñas se clavaran en sus carnes y me acariciaba el cabello o mantenía mi cuello erguido. Dhuha y varias criadas a los pies de la cama aguardaban la llegada de la criatura. El mundo giraba a mi alrededor, las náuseas regresaban, el sonido se amortiguaba. Me desgañité y me desgajé. Empujé y empujé, a pesar de que sentía una escisión en mi interior, un sufrimiento más profundo que la caída desde un acantilado que te fragmenta los huesos de la espalda. Empujé y grité, como si estuviera a punto de morir en ese preciso instante. Creo que lo hice, que morí y renací cuando mi hijo abandonó mi frágil cuerpo, aquel que durante siete meses lo había acogido, cuidado y alimentado.

Todo se manchó de bermellón. Era, en efecto, un niño, tal y como Dhuha había predicho con esa sabiduría ancestral o con su magia divina. Un niño sano, pequeño, delgado, con la cabeza ovalada y más grande que el cuerpo, con unos ojos enormes que lo asemejaban a un búho, todavía cerrados, como si lo molestase la luz del amanecer que finalmente asomaba por las ventanas. Un niño bien formado, pringoso y sucio, con restos de sangre rojiza y negra pegados a su cuerpecito diminuto y esquelético. Cuando lo colocaron en mi pecho lo noté caliente; de él manaba un aroma especial, más exquisito que el perfume de ámbar y el agua de rosas, era un olor que llamaba a las lágrimas.

Era bonito, como solo un niño recién nacido puede serlo, sin ningún rasgo heredado de su padre o de mí. Comprendí que el sentimiento que me desbordaba era amor, un amor visceral que superaba a todo lo que había calificado hasta entonces con la misma palabra. No amaba a Boabdil ni la mitad de lo que amaba a mi hijo, ni amaba a mis padres la cuarta parte de lo que amaba a mi hijo, ni siquiera a mis hermanos o a Aziza. Lo acerqué a mi pecho, pero no consintió en agarrarse al pezón; en su lugar, profirió un berrido sonoro que nos perforó los tímpanos. Ya no paró de llorar y sacudirse. Lo ungí a besos.

Muley Hasan y los suyos fueron derrotados cuando el sol despuntaba en el horizonte y retornaron a Málaga con el rabo entre las piernas, hundidos en la más absoluta decadencia, avergonzados. La Alhambra era nuestra. La fortuna nos sonreía.

Otro brebaje y un nuevo empujón, esta vez con Dhuha y Jimena ejerciendo presión sobre mi barriga abultada, lograron que expulsara la placenta al completo. La partera la examinó a conciencia antes de dictaminar que estaba entera y que nada me causaría fiebre.

—¿Tiene *baraka*? —le pregunté a Dhuha, con el niño en el pecho y una manta por encima, que lo cubría por completo y solo dejaba ver su cabeza desnuda.

—Mi joven señora, este niño ha nacido en una madrugada en la que se ha vertido sangre. No tiene *baraka*, pero tampoco tiene la desdicha dibujada en su rostro. No sé sobre el futuro, mas vuestro hijo será príncipe, eso no os quepa duda.

Un príncipe en el exilio. El príncipe de los pobres y los mendigos.

Desde que eres una cría, tu progenitora y las mujeres de tu familia te preparan para ser una buena mujer, una buena esposa que cumple con sus deberes maritales. Te instruyen en la cocina, la limpieza, el hilado, la crianza, la obediencia al esposo y la complacencia. Nada te prepara para ser madre, una buena madre, por muchos consejos que escuches de boca de aquellas que son tu guía, que han parido una piara de niños que se le agarran a las faldas y le trepan por las pantorrillas, que se enganchan a sus pechos y se acunan en sus brazos.

Y, sin embargo, ser madre te prepara para todo.

26

Se alzaron pendones por el nacimiento de nuestro primer hijo, hubo festejos que celebraron su llegada al mundo y los más notables del reino me enviaron numerosas dádivas como felicitaciones. El visir Aben Comixa me regaló un juego de perfumes y un precioso espejo de plata; Ibn Hamete, un cernícalo de cabeza penachuda, plumas pardas y pecho moteado. Era una hembra pequeña con ojos voraces y un pico afilado y corto. A mi esposo no le agradó que el de los Banu Sarray me destinara un ave de vuelo bajo, de esas que atrapan perdices, liebres y conejos en las cacerías propias de los hombres. Yo me reí al contemplarlo; el animal me traía recuerdos del ave de cetrería que había comprado para él en Guadix, auxiliada por los conocimientos y la experiencia de Ibn Hamete. Parecía que aquello había transcurrido en otra vida, una muy lejana.

—No es para que cace —explicó él—, sino para que tenga un animal que sea de su pertenencia, digno de su condición como Gran Señora. El alcázar está inundado de pavos reales, patos y peces, era menester que fuera noble y no un perro, que fuera sagaz y tuviera garras. Solo podía ser un ave de cetrería, mi señor. Así podrá alimentarlo con sus manos y dejarlo volar por la Alhambra, observando el batir de sus alas.

Creo que, en el fondo, buscaba que me sintiera libre al verlo planear en el cielo azul, entre la cima de los cipreses y los setos de arrayán, antes de que descendiera en picado y se posara en mi mano alzada, en la que guardaba trocitos de carne fresca.

Por su parte, Boabdil me obsequió con un par de brazaletes

de oro macizo y un collar de perlas que sustituyó a aquel que me había arrancado del cuello en un momento de ira, todo inserto dentro de un cofrecito de eboraria en forma de píxide. Idéntico a las anteriores arquetas, estaba ornamentado con motivos florales y vegetales, simulando ser un jardín de altas palmeras plagado de pavos reales y animales exóticos, con escenas de bailarinas que danzaban y cantoras que soplaban flautas dulces que reposaban sobre sus labios. Alrededor de la tapadera una inscripción rezaba: «Bendición de Dios para el Imam, el siervo de Dios, Muhammad XI, al-Galib bi-Llah, por lo que ordenó hacer para la Señora, madre de Ahmed».

Atendiendo a la tradición, no fue hasta el séptimo día cuando le otorgamos nombre a nuestro hijo. Boabdil, que se deshizo en lágrimas al verlo y lo arropó entre sus brazos, dijo que no tenía cara de llamarse Yusuf, aunque su primer deseo como padre fuera que su primogénito compartiera nombre con su amado hermano. Finalmente se decantó por Ahmed, igual que el tercero de mis hermanos, quien se ilusionó tanto como su esposa Naima al oír la decisión. A continuación, cumplimos con el ritual de la *aqiqa*, sacrificamos dos cabras en su honor y entregamos una buena suma de dinero en concepto de limosna. Le fue rasurada la cabecita, que no tenía ni una pelusilla de pelo, y se la perfumó con azafrán. Días después, Boabdil hizo llamar a un célebre astrólogo que le leyó la buena fortuna según la posición de las constelaciones el día en que nació.

Era un hombre menudo al que se le marcaban los pómulos y las ojeras, de barba rala y canosa. Decía haber visto mucho en las estrellas y haber oído al viento susurrar buenos y malos augurios, había adivinado el desbordamiento del Darro cuando, años atrás, las lluvias fueron inclementes y tormentosas y el caudal del río desbordó los márgenes e inundó Granada, con sus viviendas, sus molinos, sus tiendas, sus puentes y sus posadas. El agua se tragó el reino. Había soñado con la guerra que nos asolaba, que se le había presentado a través de esferas de fuego que caían del cielo e incendiaban hogares, con temblores en la tierra, que se abría por la mitad y se tragaba a la gente, con sangre que goteaba como si se tratara de una tormenta. E igual que conocía esto, conocía su final y en susurros le confió a Boabdil que había visto como las nubes se aclaraban y la figura de un halcón traía consigo los rayos del sol, que lo bañaban todo de un color dorado que sabía a victoria. Y ese halcón, símbolo de Allah, nos daba el triunfo sobre los cristianos y la conquista de un nuevo reino.

Boabdil, con el pecho henchido de orgullo por el éxito de las campañas venideras, le prometió oro y un puesto en la corte, pues anteriormente el hombre enjuto había estado bajo el servicio de Muley Hasan. Siempre había cumplido con sus obligaciones de astrólogo y había sido certero en sus predicciones, había sido él quien le indicó al anterior sultán que la fortuna estaba de su lado y que lo acompañaría si decidía socorrer Loja.

Se tomó su tiempo en lo referente a nuestro hijo, mesándose la barba que perdía vello con cada caricia. Ahmed dormía apaciblemente entre mis brazos, acurrucado en una mantilla, ajeno a que su futuro y el de Granada se desvelaban en aquel preciso instante.

—El niño será príncipe de este nuestro reino y de otros, y con la condición de príncipe será tratado allá a donde vaya, sin importar las fronteras que queden a sus espaldas, pues la sangre de la dinastía nazarí lo precederá. Todos lo amarán, no por su carácter regio, sino por la bondad de su corazón, que es inmenso. Su periplo será largo, un viaje de años en el que estudiará con grandes hombres y mujeres, en el que aprenderá con grandes sabios instruidos en los Libros de la Revelación, en el que estará bajo el amparo de una Gran Señora que iluminará los senderos de oscuridad con su amor materno. Y en este viaje de la vida, Ahmed nunca estará solo, irá acompañado de sus hermanos, incluso cuando lo que esté ante sus ojos sea el vasto océano.

A veces, los astrólogos no eran directos en sus declaraciones, quizá porque se les nublaba la visión y aquello que parece del todo definido se torna borroso. Muchos no eran más que charlatanes que presumían de capacidades que no poseían y así se diferenciaba a los verdaderos astrólogos de los presuntuosos farsantes que buscaban llenar el bolsillo creando vanas ilusiones. Aquel hombre, sin embargo, huía de las premoniciones imposibles de descifrar, había dictado una sentencia eficaz.

Boabdil quedó embelesado con el brillante futuro que el hombre había predicho, un legado dorado de cultura y sapiencia en manos de sus hijos, más vástagos que lo llenarían de cariño y se sentarían en su regazo, el amor del pueblo, largas travesías y el azul del océano que tanto me había prometido. Se olvidó de lo más importante: que ni una sola vez había mencionado que nuestro Ahmed fuera a convertirse en el próximo sultán de Granada. A mí no me pasó desapercibida la ausencia del título, mas como son los gobernantes quienes asocian a sus hijos al trono y no siempre son los primogénitos quienes heredan el poder, no habría de extrañarme que quizá mi esposo escogiera al segundo de nuestros varones en vez de a Ahmed, si aquel demostraba tener más aptitudes para el gobierno. Él sabría mejor que yo a quién proclamar sucesor.

Jamás había estado tan exhausta y jamás había sentido una felicidad como aquella, que amenazaba con fragmentarme el corazón, vencido por la pureza de ese amor que crecía por días así como crecía mi hijo. El cansancio se esfumaba al mirarle el rostro aceitunado, los miedos se atenuaban al verlo removerse en el lecho, su mera presenciaba me insuflaba fuerzas, el aroma y la suavidad sedosa de su piel me cortaban el llanto cuando la desesperación me golpeaba por sus continuos berridos y la falta de sueño. Y es que la crianza de un niño es una cuestión del todo delicada, no has de gritar delante de él ni deben producirse ruidos fuertes que lo asusten, ya que pueden ocasionarle un duro trauma. Cualquier acontecimiento que lo altere, lo apene o lo perturbe ha de evitarse, igual que posibles causas que le generen una honda tristeza. Pero eso no se descubre hasta que has parido. De pronto, hay una criatura que no mide más de dos palmos y que depende por completo de ti. Constantemente te asaltan dudas. ¿Lo estaré haciendo bien o sería mejor que el niño estuviera bajo los cuidados de otra mujer, una con experiencia que sepa realmente lo que está haciendo y que identifique la razón de sus lloros?

Rehusé tomar nodriza que amamantara a mi hijo, a pesar de los consejos de mi suegra y de los desvelos que aquello conllevaría, pues el niño despertaba cada pocas horas en la noche para mamar, lo que obligó a Boabdil a regresar a sus aposentos. Ni necesitaba ni quería a una mujer que le diera el pecho, no pensaba hacer uso de una *mudi´a* a no ser que cayera enferma o no me subiera la leche, algo harto improbable debido a que mis senos habían adquirido un tamaño considerable. Para ello, Dhuha cambió nuevamente mi dieta: debía abstenerme de ingerir alimentos salados, picantes o ácidos y aliños fuertes, además de vino puro, por lo que no comía nada que llevara ajos, menta, albahaca, cebollas y apio. Para favorecer que la leche adquiriera el dulzor de los dátiles mis comidas estaban compuestas de carne de cabrito y cordero, pescado fresco, huevos, trigo, centeno, almendras, avellanas, lechuga y leche en abundancia. Nunca había tenido tantísima hambre, un hambre que no se saciaba y que me empujaba a engullir metiéndome los dedos en la boca, repletos de carne deshilachada en salsa de *harissa*. Nunca había adelgazado con tanta presteza, como si mi cuerpo tuviera prisa por deshacerse del peso que había ganado durante el embarazo.

Como cualquier remedio que naciera de la comadrona, funcionó; la leche debía de ser dulce, pues el niño se enganchaba y succionaba con su boquita. Se me formaron grietas en torno a los pezones en los días siguientes y a veces sangraban, por lo que hubieron de prepararme un emplasto para que cicatrizaran y la sangre de las costras no se mezclara con el alimento de Ahmed. Después de quedar satisfecho, el pequeño entraba en un estado de somnolencia, se le cerraban los párpados y bostezaba a medida que lo mecía en mis brazos, hipaba y una burbuja de saliva y leche se le formaba en las comisuras, recordándome a esos hombres que duermen ebrios en las esquinas de las callejuelas inhóspitas. Borracho de leche o borracho de sueño, lo depositaba en la cuna, encima del mullido colchón y el empapador de cuero. Le entonaba cancioncillas.

«Sois afortunada», me decían las mujeres de edad avanzada, «el niño es bueno, duerme en seguida y lo hace sin apenas interrupciones más que para demandar alimento. Come, pero no es glotón. Tiene buenos pulmones, se le nota al llorar, pero pronto se calma. Se comporta como un príncipe». Estaban en lo cierto; en comparación con otras criaturas que renegaban de los pechos de sus madres y pasaban las noches entre berridos, el mío era una bendición. Ahmed era todo lo que había deseado, más de lo que me había atrevido a soñar.

Cuando despertaba, las sirvientas lo bañaban en agua tibia, ya con el estómago vacío y en un ambiente templado, de manera que no se enfriara y enfermara, uno de mis mayores miedos. Temía a la fiebre, a la tos, a los vómitos y a la diarrea. ¿Cuántos niños fallecían por una febrícula ocasionada por un viento inclemente que entraba por la ventana mientras estaban desnudos y desprotegidos? ¿Cuántos niños morían después de semanas devolviendo la leche materna, sin apenas retener lo poco ingerido? Temía a los elementos de la naturaleza, a las astillas de la madera que podían clavársele en sus finas carnes, a la lana de las mantas que podían darle demasiado calor, a los mullidos almohadones que podían asfixiarlo y hasta a mi propia leche, que podía atragantársele. La tierra estaba infestada de miles de huesos infantiles, regados por las lágrimas de sus madres. Entonces lo envolvíamos en sus pañales y en su mantilla, bien resguardado. Siempre había ojos a su derredor, atentos.

Principios de 1483

Los seis primeros meses del reinado de mi esposo discurrieron en una absoluta y peculiar calma que fue casi preocupante. Solo hubo tres incidentes que nos alejaron de ese paraíso perpetuo en el que nadábamos, devolviéndonos a la cruda realidad: una carta, la victoria de la Ajarquía y la repentina enfermedad que atacó a Ahmed. Una tras otra, como proyectiles lanzados por esa artillería moderna del rey aragonés.

Fue una mañana de enero cuando llegó misiva desde Loja, a nombre de Boabdil, escrita de puño y letra de mi padre, que anunciaba, sin un ápice de entusiasmo, que mi hermano mayor Muhammad había tenido un nuevo hijo varón. Con este ya iban cinco. Me sorprendió no estar informada de que mi cuñada Salima estuviera encinta, pues desde la proclamación de mi esposo como sultán, la comunicación entre mi familia y yo había sido recurrente, y no solo por motivos políticos. Además, un niño significaba que la pareja había arreglado las desavenencias maritales que venían arrastrando desde hacía años. Salima amaba a Muhammad con la misma intensidad con la que lo despreciaba, lo comprendía después de los días de encierro a los que me había sometido Boabdil, cuando los sentimientos se entretejieron y ya no diferenciaba el amor del odio. Puede que hubiera ganado el deseo, el cariño que se tenían o los recuerdos felices, puede que Muhammad hubiera requerido a su esposa y esta no se hubiera negado, a sabiendas de que había otra mujer que le besaba los labios a su marido. O puede, y esto era menos probable, que mi hermano hubiera abandonado a la concubina con la que se encamaba y se hubiera reconducido.

Grave error.

Había sido dicha barragana la que había dado a luz a un niño de carnes prietas, cuyos llantos se oían desde la alcazaba, pues había heredado el mal humor de su padre. Torcí el gesto al escuchar a Boabdil leer la carta en su totalidad, haciéndome partícipe de la noticia.

—Pobre Salima —atiné a decir, afectada por las nuevas. En un gesto de protección mecí a Ahmed, acunado entre mis brazos, como si aquello le hubiera generado una suerte de inquietud y estuviera revuelto.

—Nadie ha de juzgar lo que sucede en el seno de hogar ajeno. —Dobló el pergamino y lo depositó en la mesa de enfrente, para volver a ocupar su asiento y darle un sorbo al vino.

—Ese hogar también es el mío y esa familia también es la mía. No olvido de dónde provengo.

Asintió y se relamió los labios, probando el sabor del zumo de uvas.

—Mandaré recado a vuestro padre y mandaré recado a vuestro hermano Muhammad felicitándolo por su paternidad e invitándolo a que sea honrado y vele por el bienestar de sus deudos tomando a la madre de la criatura como segunda esposa.

—Dejad que la mantenga como concubina —le pedí sin mirarlo siquiera, ocupada en que el niño estuviera cómodo y su nariz no se taponara con la carne de mis pechos desnudos—. Salima ha perdido el amor y la atención de su marido, no merece que le arrebatemos la dignidad de mujer y la condición de única esposa. Además, esa mujer es una renegada, como Zoraida.

—Vos no conocéis el odio, mi Morayma, no finjáis que detestáis a los convertidos al islam o a los cristianos cuando Jimena es vuestra fiel doncella.

—No odio a nadie que pertenezca a nuestra comunidad, esposo mío, mucho menos a los cristianos y a los judíos, mas sí a quien daña a mi familia, independientemente de la fe que profese.

Ambos sabíamos que el odio es un veneno que, cuando se acostumbra a paladear, emponzoña paulatinamente. Un día te muerdes la lengua sin percatarte y mueres. Te matas a ti mismo.

—Valéis más que el odio. —Me besó la coronilla y le hizo un arrumaco a Ahmed, que comenzaba a cerrar los ojos, empachado de la leche dulce y caliente. Finalmente liberó mi seno, con esa boquita entreabierta que emitió un eructo de satisfacción.

Boabdil sonrió y le acarició la regordeta mejilla—. Me habéis dado el mayor de los regalos y no creo que enterraros en oro y joyas pueda compensároslo.

Lo cierto era que lo intentaba con asiduidad, en parte porque trataba de redimirse por el daño ocasionado en Guadix, a pesar de que ya lo había perdonado por aquello. De no haberlo hecho, habría cargado grandes piedras en el bolsillo y no habríamos podido seguir caminando por el sendero de nuestro matrimonio.

—El amor da sus frutos. —Le correspondí con una sonrisa.

Ahmed era, sin lugar a dudas, la mayor de nuestras creaciones. Algo en mi fuero interno me decía que no habríamos engendrado un niño como él de no habernos amado como lo hacíamos, de haber sido otro mi marido, de haber sido otra su esposa.

Independientemente de todo aquello, no me gustaba que Boabdil interfiriera en los matrimonios de mi parentela a través de comentarios que pretendían ser sugerencias y escondían mandatos. Instar a Muhammad a que tomara a la concubina como segunda esposa... ¡Qué injusticia para mi pobre Salima, que había luchado contra la presencia silenciosa de esa mujer a la que su esposo amaba, una sombra que la perseguía y le hacía noche! Que penetrara en su casa y se instalara allí sería empujarla a que asiera un cuchillo y se lo clavara en el cuello a Muhammad, porque Salima era orgullosa y fiera, y antes de quitarse la vida a causa de la desdicha castigaría a mi hermano por su indiferencia y a la otra por su simple existencia. Y si el precio era la cárcel, gustosa lo pagaría. Sus hijos ya eran mayores, no tardarían en casar, ya no la necesitaban.

Por suerte, Boabdil había aceptado finalmente la negativa de Ibn Hamete, tachando así su nombre de la lista de pretendientes de mi hermana Aziza. Otra mujer dentro de la familia al-Attar a la que condenaría al rango de segunda esposa. Por encima de mi voluntad. No había hombre alguno que estuviera a su altura, por muy cercano a él que fuera, por muchos méritos que reuniese, y eso me hacía releer la interminable sucesión de personalidades, poco convencida de los allí presentes. Quizá no fuera buena idea traer a Aziza a la corte, un nido de víboras que te curtía a base de mordeduras. Quizá debiera matrimoniar con un buen hombre de Loja, uno que le garantizara una vida serena junto a sus muchos vástagos, en una casa grande con un bonito patio donde un surtidor de agua refrescara el ambiente. Así, madre no tendría que ver partir a otra hija. La corte solo trae desdichas y disgustos. Boabdil había elegido el amor, yo había elegido a Boabdil y ambos habíamos sufrido el miedo en los huesos al ser perseguidos por Muley Hasan, el destierro en Guadix, el acero pulido de la espada silbando sobre nuestras cabezas. Aziza merecía una vida simple, una vida sencilla. Aziza merecía más de lo que yo tenía, aunque eso supusiera faltar a mi promesa.

Cuando tomé la decisión, el brasero de piedra se comió los retazos del pergamino roto, que se oscurecieron y se hicieron polvo. Los nombres de todos esos caballeros alimentaron las brasas.

Los esponsales de mi cuñada Aisha tampoco avanzaron. Al-Mutawakkil vivía en uno de los palacios del recinto alhambreño, anteriormente acogido por Muley Hasan, entonces por mi marido, que ya había firmado el contrato matrimonial como tutor legal de su hermana. Aisha y él habían tomado por costumbre pasear por los jardines con un séquito de criadas y eunucos pisándoles los talones al que a veces se unía mi suegra, ojo avizor y agudizados sus oídos. El príncipe meriní era de tez morena y facciones suaves y a Aisha le brillaban los ojos cuando caminaba a su lado, por mucho que procurara ocultarlo bajo una capa de modestia y pudor. Como todo hombre que se precie, supo ablandarle el corazón haciendo uso de dos métodos: las palabras almibaradas y la dádiva.

—Mirad el anillo con el que me ha obsequiado. —Mi cuñada elevó la joya para que la observara mejor. Los rayos del sol incidieron en él, la piedra verde rutilaba a la par que cegaba—. ¿Qué os parece?

Habían sucedido pocos días desde la noticia de mi hermano Muhammad y su nuevo vástago, así que me hallaba en mi alcoba, con los dedos entretenidos en la labor del hilado y los pensamientos enredados en las espinas de relaciones ajenas. Pensaba en Salima, en la melancolía que la embargaría, en la vergüenza que le haría perder los nervios y que desencadenaría una furia atroz, una vorágine de ofensas que le arderían en la lengua. Sería un milagro si no le lanzaba la vajilla a mi hermano a la cabeza. Acabarían destruyéndose.

Mientras, mecía con el pie la cuna de Ahmed, que con el rítmico balanceo se había rendido al sueño. Cualquier distracción que elevara mi ánimo y apartara de mi mente aquellas cuitas era bien recibida, especialmente si se trataba de Aisha y sus nupcias, un acontecimiento que aguardábamos con impaciencia, pues estábamos seguros de que una fiesta de tales dimensiones serviría no solo para afianzar a Boabdil en el poder, sino también para darle a la población motivos de alegría.

—De una belleza envidiable, aunque el príncipe preferirá la vuestra a la de la joya.

Las mejillas se le tiñeron del color de la grana y su azoramiento a causa de la juventud e inexperiencia me arrancó una risa sutil. Cuando Ahmed dormía plácidamente todo era contención; ni un ruido, ni una carcajada, ni zancadas que resonaran en las paredes del palacio ni el trino de los pájaros. Me descubría a mí misma velando sus sueños, chistando a los gorriones que hacían peligrar su descanso con el melódico cantar.

Me asomé a la cuna para comprobar que seguía durmiendo. Así era. Cuando alcé la vista, Aisha observaba el anillo con una expresión amarga que ya me resultaba familiar.

—¿Soy soberbia y altiva por sentirme halagada? —me preguntó con un hilillo de voz. Le temblaban los dedos—. Temo haber caído en la vanidad.

Deposité el hilado sobre mi regazo y capturé su mano; de inmediato cesó el temblor.

—No. Los hombres regalan valiosos presentes a quienes desean conquistar y vos hacéis bien en aceptarlos si eso os place. Cada dádiva que os entrega os acerca a la unión marital, es un gesto de buenas intenciones para con vos. Engalanaos y dejad que os estime, aunque todavía no pueda poseeros. No nos desvivimos por el brillo de las alhajas, al contrario que muchas otras, pero hacerlo no os convertiría en una mala mujer.

—Puede que, después de todo, no tenga que pediros prestada ninguna joya para mis desposorios, pues tal y como me advertisteis me cubre de regalos. Sois sabia, Morayma.

El intelecto no era una de mis mayores virtudes; Aziza siempre había sido más astuta y espabilada que yo, que destacaba por mi obediencia.

—He aprendido mucho durante mi estancia en la Alhambra.

—Me habían enseñado a base de golpes, ni un escudo habría soportado tamaños embates.

Aisha se acercó para examinar a Ahmed, que se chupaba el dedo pulgar; las mantas que lo cobijaban del frío invernal solo dejaban visibles su cabecita y la diminuta mano. Se me derretía el corazón y los ojos se me anegaban de lágrimas con la imagen. Mi hijo.

—No puedo esperar a casarme y formar mi propia familia, a ser igual de dichosa que lo sois vos con vuestro hijo y mi hermano.

Yo quería que lo fuese, pero Boabdil estaba ocupado en los asuntos de Estado, en esa guerra que tan pronto arreciaba, tan pronto amainaba, porque, en efecto, las guerras nunca son eternas, se desenvuelven entre efímeros periodos de paz que sirven para reorganizar los ejércitos y proveer de suministros a las tropas. Los campos quemados por la maniobra ofensiva del rey Fernando, tala y fuego, nos colocaban en una posición peligrosa, el desabastecimiento. Sin víveres no se celebran bodas reales, sin víveres no se soporta el hostigamiento de las huestes enemigas, sin víveres la población muere de hambre. Y el hambre llamaría a nuestras puertas.

27

Haber sido destronado no hizo a Muley Hasan cobarde. Había nacido ya aguerrido y, por eso, pese a que el reino nazarí se hallaba dividido en dos, él continuó batallando a lomos de su caballo, entre incursiones y ataques contra los puestos enemigos que habían ido avanzando en su conquista. Sabía que Boabdil aún no había echado mano a las armas y que su intención era pactar con los reyes cristianos ahora que gobernaba sobre Granada, que las cecas dejaran de fundir acero afilado y volvieran a generar monedas con las que comprar la paz antes de que nuestras gentes murieran de inanición. No era mi esposo el mayor garante de la paz, pues como hombre le gustaba el sudor de la batalla y el óxido de la sangre; sin embargo, era sensato y calculaba las probabilidades de derrota más que las de victoria. «Se gobierna para el pueblo», decía, «y sin pueblo, no hay a quién gobernar. Trato de ofrecerles una vida mejor que la que tenían con mi padre, un futuro más esperanzador». No quería que recayeran sobre sus hombros los cadáveres de miles de hombres, mujeres y niños, familias enteras sin nada que llevarse a la boca. Para que no se repitiera el destrozo de Alhama, para no protagonizar la siguiente tragedia, Boabdil estaba dispuesto a tenderles la mano a la reina castellana y al aragonés.

Marzo de 1483

Los cristianos partieron desde Antequera, uno de sus más queridos bastiones desde que el rey Fernando I de Aragón la había tomado y convertido en una plaza de gran valor, un reducto dentro de las que eran nuestras tierras. Iniciaron un viaje de escasos días rumbo a la Ajarquía, con el ojo puesto en Málaga, donde Muley Hasan se había parapetado junto a su valiente hermano. Recordaban la resistencia de Loja, brutal y encarnizada, y nuestra victoria, que los había arrastrado por el inmundo lodazal, les había abierto el apetito. Su Dios perdonaba las faltas cometidas, pero ellos ni perdonaban ni olvidaban la vergüenza del descalabro sufrido. Eran lobos hambrientos comandados por grandes señores, el marqués de Cádiz don Rodrigo Ponce de León, el maestre don Alfonso de Cárdenas y el adelantado de Andalucía don Pedro Enríquez, entre otros nobles y buenos hombres, a los que se sumaban caballeros de a pie y jinetes bien pertrechados.

Alertados del avance, pues los inocentes corderos siempre vigilan que los predadores no se acerquen al redil, la población de algunas aldeas de la Ajarquía se refugió con el ganado y sus escasas pertenencias en sierras, torres y otros lugares fortificados. Y al encontrar los centros despoblados, los cristianos no pudieron hacerse más que con algunas reses escuálidas y unos pocos prisioneros que observaron como las llamas de un fuego alimentado con odio devoraban lo que habían sido sus hogares. Las casas cedieron a las lenguas flamígeras, la madera se carbonizó y todo quedó reducido a escombros negruzcos que, todavía ardientes, expedían nubes grisáceas que encapotaban el cielo. Prosiguieron con decisión, capturando e incendiando hasta que los adalides que precedían a la comitiva cristiana los metieron a través de un paso montañoso de sierra alta y fragosa.

Les sobrevino la noche en mitad de los angostos barrancos y desfiladeros, les sorprendió la oscuridad y una lluvia de saetas que se precipitaba sobre sus cabezas y nacía en los picos de la serranía, donde las gentes se habían aupado para tenderles una emboscada. Hicieron gran matanza con las piedras arrojadas, los venablos que caían como chuzos y las flechas que ocasionaban daños a aquellos que alcanzaban. Procuraron los cristianos enmendar la situación, mas la estrechez de la garganta les impedía maniobrar y el hostigamiento de los nuestros, encaramados a las alturas, menguaba sus fuerzas y el número de sus huestes. Escalaron, con sus pesadas armaduras, alentados por el maestre, que defendía la retaguardia, y el marqués de Cádiz, que era feroz en el combate. Los alaridos de guerra los turbaban casi tanto como los espantaban, se fusionaban con los aullidos de los heridos y el ruido sordo de quienes caían a tierra en un intento de tocar la cima, sus cuerpos contra las rocas. Se despeñaban.

Se preveía la derrota y no se observaba camino alguno que los condujera a la salvación, acorralados a diestra y siniestra. El marqués de Cádiz, haciéndose con caballo ajeno, buscó una senda que les permitiera escapar, pues las bajas eran muchas y la medianoche se les había echado encima. Habían renunciado a seguir combatiendo. Quienes lograron huir de la angostura fueron perseguidos por Muley Hasan, que los esperaba en campo abierto, y se les dio caza así como el halcón a la garza. Tal fue nuestro éxito en la contienda que se capturaba a los cristianos a montones y hasta las mujeres de la Ajarquía salieron para hacer prisioneros a los amedrentados soldados que se habían derramado por los campos. Más de mil cautivos, entre ellos nobles de gran nombre, como los alcaides de Antequera y Morón, Juan de Robres, Bernardino Manrique, Juan de Pineda y Juan de Monsalve, entre otros.

Nos hicimos con un suculento botín, plata, oro, preseas, armas y cabalgaduras bien alimentadas y cuidadas, y todo ello fue transportado a Málaga bajo mandato de Muley Hasan, con el fin de proceder a su repartimiento.

Daba la errónea impresión de que la balanza de la guerra se inclinaba a nuestro favor.

—¡Victoria en Loja y victoria en la Ajarquía! —anunció Boabdil, radiante en aquella mañana soleada y templada, con regusto a primavera. Cuando sonreía, las arrugas de en torno a los ojos se le pronunciaban y yo me enamoraba más—. Tal y como soñó nuestro astrólogo, el halcón sobrevuela el cielo, dispersando los nubarrones plomizos. La suerte está de nuestro lado, solo Allah es vencedor —repitió el lema de su dinastía.

—No vendáis la piel del animal antes de cazarlo.

—Vos y vuestros malos augurios. —Chasqueó la lengua y se acercó a Ahmed, que sentado sobre mi regazo jugueteaba con mis collares y su tintineo le despertaba carcajadas. Se removía, satisfecho, y se abalanzaba de nuevo a por ellos, los agitaba y reía, aplaudía con sus manitas. Boabdil le acarició el cabello oscuro que había empezado a brotar—. ¿Qué más necesitáis para creer que la fortuna nos sonríe? Defendimos Loja, ganamos la Alhambra y rechazamos a la hueste de mi padre, tenemos un hijo que crece sano y fuerte y ahora hemos expulsado a los cristianos de la Ajarquía.

Me reservé el recordatorio de que él no había auxiliado a Loja y tampoco había participado en la escaramuza de Málaga, al contrario que su padre, a quien le faltaba tiempo para desenvainar la espada y asir la adarga, lanzándose a la contienda.

Boabdil cogió a Ahmed en brazos y lo sentó en el suelo, frente a él. Ya se mantenía firme, aunque aún se tambaleaba un poco, por lo que habíamos de sujetarlo para que no se cayera y dañara. Dhuha decía que los huesos de su espalda eran fuertes, al igual que sus músculos, pues desde bien temprano levantaba la cabeza, no deseaba perderse nada de lo que sucedía a su alrededor, y al cumplir los seis meses ya hacía el amago de incorporarse para sentarse. Era un niño curioso, le interesaba desde lo más nimio hasta lo más complejo.

Mi esposo dispuso frente al niño un enorme abanico de juguetes, de los muchos que había encargado que se confeccionaran para él y que se guardaban en una bonita arqueta de madera recubierta de plata repujada, nielada y dorada, cuyas paredes estaban decoradas con granadas abiertas, de las que brotaban los granos rojizos que se asemejaban a rubíes. En esta se había grabado: «En el nombre de Dios. Bendición de Dios, prosperidad, felicidad y alegría perpetua para el siervo de Dios, Muhammad XI, al-Galib bi-Llah. Lo mandó hacer para el príncipe Ahmed Ibn Abu Abd Allah Muhammad». Ahmed se decantó por uno de los caballitos de madera recubierto de un esmalte esmeralda, que me recordaba a los que habían pertenecido a mis hermanos mayores. Lo zarandeó con fuerza, golpeándolo contra el suelo, y luego se lo metió en la boca desdentada y babeó. Boabdil cogió un pajarito de cerámica adosado a un silbato, se lo llevó a los labios y cuando sopló un trino agudo inundó la estancia. El pequeño, impresionado por la melodía, siguió lamiendo el animalito de madera mientras aplaudía gustoso, dando a entender que quería más. Su padre lo complació.

—Decidme, pues, ¿qué más señales necesitáis?

Exhalé un hondo suspiro. Las mujeres creíamos en las señales de la naturaleza, en la lluvia que arrecia y es mal síntoma si hay un duelo, en los ríos que se desbordan, en las flores marchitas y la aspereza de la tierra, que no da trigo ni cebada. Los hombres en las señales que permanecen en la carne, heridas y cicatrices, por eso dejan constancia de su presencia con marcas violáceas que nos reclaman como suyas.

—El astrólogo os advirtió de que sería una guerra larga, esas fueron sus palabras. Puede que aún haya batallas por librar.

—Mi padre es hombre de gran intelecto, tratará de pactar con Fernando y doña Isabel ahora que tiene a grandes personalidades bajo su poder. Ningún noble tolera el cautiverio, es una deshonra. —Continuaba con la espalda encorvada jugando con nuestro hijo, dedicándole a él toda su atención.

Desde que había nacido Ahmed no me molestaba que no me mirase, pues él se había convertido en el tesoro que contemplar.

—Que hagan canje de cabeza por cabeza, cinco de los nuestros por un alcaide de los suyos que hayamos apresado —propuse sin apartar la vista del pequeño.

Le hubiera pedido que liberaran a las mujeres del alcaide de Alhama, que habían sido aprisionadas y hechas cautivas cuando este marchó a unos desposorios y ellas quedaron indefensas ante el ataque cristiano, pero no aceptarían dicho trato. Los rescates que se producían siempre buscaban salvar a los hombres.

Mujeres con las que cohabitar había muchas, no interesaban, pero varones que empuñaran las armas faltaban, especialmente en momentos críticos. Intercediera o no a favor de las féminas del alcaide, no les devolverían la libertad. Solo eran un par de mujeres más.

—No sé si hablo con vos o con mi madre. —Acusé el orgullo con que se refería a mí—. Habéis jugado demasiado al ajedrez con ella, sabéis moveros en el tablero, pero os ruego que no perdáis la bondad que habita en vuestra alma y que me alimenta y me insta a ser mejor día tras día.

Tenía mi más sincera promesa. Había mudado la piel desde que vivía en la corte. La Morayma de Loja había muerto en pos de la princesa Morayma, esposa del príncipe Boabdil, y esta había sido enterrada para que se alzara la Gran Señora. No obstante, conservaba las virtudes de la niña que había sido, así me lo había pedido madre cuando se despidió de mí. «Sed honesta», había dicho. Y yo cumplía.

Ya aburrido, Ahmed abandonó el caballo de madera y lo lanzó por ahí. Alargó los bracitos hacia su padre, que lo cogió y sentó sobre sus piernas; el niño se estiraba para toquetearle la frondosa barba, que le hacía cosquillas en los dedos. ¿No era aquella la escena más tierna que jamás había presenciado? Boabdil se deshacía en carantoñas, modulaba su voz para sonsacarle risas, le besaba las mejillas regordetas, la frente, la barriguita. Aquella melancolía que había padecido en Guadix, Ahmed la desterró, y si alguna vez sufrió el peso de la culpa por el derrocamiento de su padre, que era una traición imperdonable a sus ojos y a los míos, Ahmed lo desposeyó de ella.

—Mi señora. —Una sombra le cruzó el rostro, apoderándose de él—. ¿Creéis que debería firmar la paz con los cristianos o seguís pensando que habría de aunar fuerzas con mi padre y mi tío, como sugeristeis en Alhama?

—El gobierno es vuestro, amado mío, cualquier iniciativa que proponga será desbaratada por vuestros consejeros. Sería mejor que preguntarais a Aben Comixa; sus funciones como visir abarcarán estos asuntos que a mí se me escapan por mi naturaleza.

—Os pregunto a vos —insistió con dureza.

Me permití unos segundos para pensar la respuesta y ser cauta. No convenía que me entrometiera en cuestiones de Estado, no desde el enfrentamiento que nos había distanciado en Guadix.

—No quiero que niños como Ahmed queden huérfanos y mueran de hambre, no quiero que las mujeres y las niñas sean cautivas y estén en manos de hombres perversos que las traten con dureza y las encierren en gélidos silos.

—Entonces queréis la paz —dedujo.

Le dediqué una sonrisa preñada de dulzura.

—Isabel y Fernando no os la concederán.

—¿Cómo lo sabéis? Flaquean sus fuerzas, decae el ánimo de sus tropas tras los ataques fallidos y se ven sometidos una y otra vez.

Según Boabdil, si se sumaba a su padre y a su tío quizá pudieran asestarles un último golpe a los cristianos, uno tan fatal como letal que los librara para siempre de su ambición y codicia. Así, con Isabel y Fernando fuera de juego, solo tendría que dedicarse a salvar a la población de la carestía y a controlar al anciano, aunque rebelde y obstinado, Muley Hasan, que deseaba regresar a su trono.

—Porque quieren Granada y no se detendrán hasta que le hinquen el diente, igual que no lo habéis hecho vos, igual que no lo harán vuestro padre y su Zoraida. Todos quieren Granada, todos quieren la Alhambra.

Muchos matarían por habitar en estas estancias ricamente ornamentadas, por respirar el aire condensado del *hammam* real, por pasar las yemas de los dedos sobre las yeserías, por mirar el exterior de los jardines a través de las celosías, que lo fragmentan todo en miles de estrellas. Muchos morirían por esta misma razón. Cuánta sangre se había vertido por ocuparla.

Ahmed cayó enfermo ese mismo día. Era un niño gestado en el exilio, nacido durante un asalto a la corte en mitad de la noche, y no era de extrañar que, siendo la encarnación de la guerra y discurriendo su vida en paralelo a ella, le brotara un sarpullido la jornada en la que finalmente se proclamó nuestra victoria en la Ajarquía. Jimena fue quien se percató de ello al bañarlo en agua templada aromatizada, siguiendo la rutina de cada noche. La *rumiyya* se alarmó en gran medida, pues todo su cuerpecito, antes diáfano, se había cubierto de ampollas rojizas, unas de mayor tamaño que otras. Primero pensó que eran las típicas ronchas que aparecen cuando tocamos alguna hierba concreta, sin embargo, el niño no había estado en el jardín, por lo que difícilmente habría entrado en contacto con plantas herbáceas.

Alertados por una criada, Boabdil y yo acudimos a la alcoba sin demora, seguidos por Aisha y mi cuñada, corrimos por los pasillos más que andamos, con la urgencia enroscándoseme en el estómago. «Que no sea nada grave», recé en silencio a medida que aceleraba el ritmo, «por Allah que no sea nada grave». Para cuando llegamos sin aliento, Dhuha ya estaba allí, cerniéndose sobre la criatura, similar a un ave carroñera que planea desde el cielo en busca de animales muertos que picotear. El niño le sonreía a ese viejo rostro, hipnotizado por el verdor de los ojos de la comadrona, y no demostraba temor a esas cicatrices que a otros críos habrían impresionado y hecho llorar. Fue impactante verlo ahí, yaciendo sobre mi cama, completamente desnudo y perlado de burbujitas.

—¡Hijo mío! —grité. Me escabullí del agarre de Boabdil, que me sostenía para evitar que me desmayara, tan seguro como estaba de que no soportaría la escena, y me abalancé hacia el jergón. Lo colmé de besos, a riesgo de infectarme.

Mis pesadillas hechas realidad. Mi hijo enfermo.

Fue un gran esfuerzo contener las lágrimas agolpadas en la

garganta, que se me había cerrado cual nudo y apretaba, apretaba tantísimo que creí que me rompería.

Le apliqué con suavidad un ungüento recién elaborado por Dhuha, que prometió que desinflaría las llagas, secándolas y eliminándolas de su piel, sin cicatriz que le recordara aquel trance. Le ofrecí el pecho, pero no consintió en alimentarse, simplemente jugueteó con él y se quedó dormido, así que lo traspasé a la cuna para su comodidad. Por desgracia, el bálsamo no surtió efecto. Un par de horas después, en mitad de la noche cerrada, el llanto descarnado de Ahmed nos despertó a todos los que lo velábamos. Berreaba y se movía constantemente con el fin de calmar la picazón, una molestia que hasta ese momento no lo había perturbado. Inquieto, sin remedio que lo consolara y le mitigara el resquemor, pataleaba deshaciéndose de las sábanas, extendía sus manitas reclamándome para que lo cogiera y lo acunara sobre mi pecho. Y yo acudí a su reclamo. Lo mecí con su cabecita apoyada en mi hombro, frotándole la espalda con cuidado de no reventar las pústulas, chistándole. Pero ni el sonido de mi voz, ni mi aroma, ni siquiera las canciones de cuna lograban aplacar su dolencia y desesperación. Fue ahí cuando empezamos a preocuparnos y Dhuha determinó que quizá se trataba de viruela.

—La ausencia de febrícula y diarrea son buenos indicadores para esta enfermedad, significa que no se ha ensañado contra el pequeño Ahmed. Sin embargo, sería mejor que no os acercarais demasiado a él, mi joven señora, la viruela se extiende con facilidad y podríais contraerla.

Aferré a mi hijo con determinación y di un paso atrás, protegiéndolo con mi cuerpo y alejándome de la *qabila*, que había extendido sus brazos para atrapar al niño y colocarlo nuevamente en la cuna.

—Tendríais que arrancármelo de los brazos para que me separara de él —siseé.

—Calmaos —me susurró mi marido, que depositó un beso en mi sien izquierda—, que nadie osará arrebatároslo.

Estaba dispuesta a morderle la mano a quien se atreviera.

Quise prescindir de compañía, ya que éramos demasiadas personas en mis aposentos, unas diez criadas, incluyendo a Jimena, la propia Dhuha, mi suegra, mi cuñada, Boabdil y yo. Nos congregábamos en diferentes zonas, en una de las esquinas más alejadas la servidumbre dormitaba cuanto podía, a excepción de la cristiana, que a la luz mortecina de un candil bordaba una mantita para mi hijo. Se sentía culpable y acallaba los pensamientos con aguja e hilo. Por su parte, Aisha leía pasajes del Corán mientras su hija cabeceaba. Boabdil y yo luchábamos contra nuestros párpados; los suyos pesaban y lo arrastraban al mundo onírico, pero incluso envuelto en la neblina de los sueños batallaba. Se despertaba sobresaltado, entonces le dedicaba una sonrisa y le acariciaba la mano, signo inequívoco de comprensión. Todos estábamos exhaustos.

Era como la noche de mi parto, agotadora.

Cada poco le untaba la pomada en la piel, pero pese a ello, el sarpullido no menguaba; de hecho, se tornó virulento y resquicios de una nueva constelación de pústulas surgieron en su preciosa cara, que hasta entonces se había mantenido inmaculada. Llegada la madrugada, unas fiebres lo hicieron sudar y empapar la cuna. Lo trasladamos a mi cama, cercado por almohadones que hacían de barrera, y recurrimos a compresas frías que le redujeran la temperatura corporal.

Durante dos días no me aparté de su vera, incrustada en el flanco derecho del jergón, inamovible, desde ahí lo cuidaba y trataba de calmarlo con dulces nanas que me quebraban la voz y culminaban en sonoros sollozos. La fiebre no remitía y mi pobre niño no descansaba ni encontraba alivio en los emplastos de Dhuha, se irritaba en exceso y se desgañitaba en un llanto que lo eclipsaba todo y que asustaba hasta al cernícalo de Ibn Hamete. Tampoco comía, pues no encontraba una posición cómoda en la que mamar. Y yo, tan sensible a su dolor, lo mecía mientras derramaba lágrimas, impotente e inútil, me flagelaba. Habría dado la vida por sofocar su malestar. Habría preferido morir que verlo un segundo más padeciendo aquel tormento. Trajeron leche de burra y de cabra para sustituirme y fue peor que si me asestaran un espadazo, le fallaba a mi hijo, ya no podía alimentarlo y nutrirlo, pese a lo mucho que me necesitaba, solo asistir a su depauperación y dolor. Acepté a duras penas, sabedora de que negarme sería condenarlo. Nunca pensé que el destete llegaría tan temprano, en unas condiciones tan poco halagüeñas para ambos; querría haberle dado el pecho hasta los dos años de edad.

Se me hundieron las ojeras, se apagó el brillo de mis cabellos y la piel, antes lustrosa, se tornó macilenta, la preocupación se pintó en mis angulosas facciones. Fui un cadáver que se había levantado de su tumba anónima. Mis deudos iban y venían, turnándose en la vigilia. La única perenne era yo. Boabdil me acompañaba en las noches, pero invertía las horas matutinas en ocuparse de asuntos de gobierno, horas en las que mi suegra y Aisha lo sustituían. Al-Mutawakkil, el prometido de mi cuñada, también nos visitó para reconfortarnos y ofrecernos su apoyo, un gesto que apreciamos profundamente. Aben Comixa envió un juguete que el niño decaído despreció, pues había perdido la energía vital y el interés por las cosas que lo rodeaban. Solo lloraba y lloraba. Ibn Hamete se personó para regañarme, pues de la mucha comida que entraba en la alcoba, la mayoría salía intacta.

—Comed algo, mi señora, que cuando vuestro hijo se recupere necesitará a su madre y entonces lamentaréis haberos dejado vencer. Hacedlo por él.

Asentía, pero no probaba bocado, tenía un cúmulo de piedras en el estómago y el mero olor de la comida me producía arcadas. Rumiaba oscuros pensamientos, cercanos a la muerte. Si Allah requería a mi hijo, me abriría las carnes con una daga de orejas hasta desangrarme, subiría hasta la más alta torre y me lanzaría al vacío, me ahogaría en las aguas del *hammam*. No quería una vida en la que él no estuviera. No quería vivir sin Ahmed a mi lado, sonriéndome con esa boquita pequeña, capturando mi dedo índice con sus delicadas manos, inflándome el corazón con su amor. Nada tenía sentido sin él.

Rozando la más pura desesperación materna, aquella que nos enloquece, agarré a Dhuha del cuello de la *qamis* y la amenacé con cercenarle la cabeza yo misma si no lograba salvar a mi hijo. Me veía capaz de todo. La anciana preparó un emplasto de palmera a base de aceite de aceituna, grasa de toro, litargirio y dos *uqiyyas* de caparrosa, con la finalidad de que cesara el picor de las ronchas. A él unimos nuestras plegarias, un coro de rezos muslimes y cristianos que hacían eco en las paredes de la alcoba. Abrí mi alma y me hice apóstata, me encomendé a quien nos escuchara, sin importar la religión que imperara, los fieles que la siguieran, fueran amigos o enemigos.

Jamás supimos si fue la receta de Dhuha, el Dios cristiano o el nuestro, mas a los tres días sanó.

Cualquier dolencia que aqueje a un niño, por muy insignificante y simple que sea, siempre será diez veces mayor para su madre, que notará el cálido aliento de la muerte en la nuca y se dispondrá a pactar con ella.

28

Dhuha difícilmente pudo identificar la enfermedad que atacó a Ahmed. Desde luego, no se trató de viruela, pues esta solía llevarse a los recién nacidos que la contraían y aquellos que sanaban, adultos o jóvenes, sufrían de ceguera y quedaban retratados por las marcas que les deformaban el rostro. De haber sido viruela, mi hijo habría abandonado este mundo y yo tras él. Se curó demasiado pronto y ni una mácula afeó su bellísimo rostro, tampoco el resto de la piel, ninguna cicatriz delataba el martirio padecido, como si hubiera sido una horrible pesadilla. La peor de todas.

Tan pequeño y voluble a los cambios, se acostumbró a prescindir de mí y no consintió en volver a engancharse al pecho; solo se nutría de leche de cabra, la de burra la repudiaba. Alternaba con bolitas de sémola, leche y azúcar, algunos dátiles y carne de perdigón deshilachada. Así lo había indicado el Profeta y así lo hicimos en cuanto le salieron los primeros dientes, que rompieron la encía. Según Dhuha, a muchos niños los inicios de la dentición les provocan fiebre, pero eso no explicaba el repentino sarpullido que le había brotado. Solo nos quedaba olvidar.

La cuna no lo acogió de nuevo; rehusé separarme de él ni un mísero segundo del día, el miedo constriñéndome. Lo metía en la cama conmigo, arropado por las mantas y por mi cálido cuerpo, su padre en el otro extremo, a la diestra, donde no lo rozaba. Era preferible que estuviera a mi lado, era más sensible a los despertares y procuraba no moverme para no perturbarle el descanso. Nadie te advierte de que desde que das luz a un niño no vuelves a dormir con tranquilidad, las noches se reducen a simples parpadeos en los que pierdes la conciencia para despertarte en seguida y contemplar a la criatura descansar plácidamente. El rítmico sube y baja de su respiración es lo que te permite respirar a ti también.

—No deberíais hacerlo —me reprochaba mi suegra, que no se guardaba su opinión con respecto a la crianza, del mismo modo que no lo hacía con las cuestiones de Estado—. Lo malacostumbraréis, lo haréis dependiente por ese terror que os encadena, lo castraréis.

Para Aisha, un heredero al trono había de demostrar fuerza y decisión, de manera que quedaran patentes sus múltiples aptitudes para ostentar el poder, y es que ambas virtudes eran importantes tanto en el terreno de la guerra como en el de la diplomacia. Un sultán castrado era promesa de un pésimo gobierno, un gobierno en manos de su madre, que lo sometería a sus designios egoístas. Ya habíamos tenido muchos varones que se habían dejado arrastrar a la deriva.

—Mejor malacostumbrado a que se despegue de mí y se muera —contestaba.

—No podéis protegerlo para siempre.

—Lo haré mientras esté bajo mi tutela. A partir de los siete años será Boabdil quien se encargue de ello, mas los hijos siempre recurren a sus madres para que les sanen las heridas.

—Hasta que se casan.

—Para eso aún queda una eternidad —murmuré acariciándole la cabecita a Ahmed, que se encontraba cerca, haciendo el amago de gatear.

E incluso así, los hombres siempre aman más a sus madres de lo que aman a sus esposas, por eso serían capaces de asesinar a su propio progenitor si lo ven alzar la mano contra las primeras y, mientras, castigan con el puño derecho a la mujer con la que se han desposado.

20 de abril de 1483

Boabdil hacía tiempo que hablaba de honor y gloria, le había picado el insecto de la guerra, una garrapata que se le había enquistado en la carne con sus colmillos y le succionaba la sangre y, según Aisha, también el buen juicio que siempre había poseído. De repente se veía tentado por el brillo del acero y toda la atención que había volcado en posibles treguas que atenuaran la situación hostil que padecíamos se diluyó, basculando hacia la beligerancia. Se reunía más que de costumbre con sus consejeros, volvía de las reuniones con una sonrisa ladina y el pecho inflado por el orgullo, destinaba grandes sumas de dinero a armamento y pasaba gran parte del día entre cacerías y entrenamientos propios de las tropas. Resultaba irónico que su rival en esto último fuera, la mayoría de las veces, Ibn Hamete.

Tan desmoralizante había sido la derrota de los cristianos en la Ajarquía y tanta era el ansia de mi marido por continuar con la estela de éxitos que el astrólogo había predicho que había sucumbido a las incursiones en terreno enemigo. Con un gran despliegue de poderío había salido en varias ocasiones de Granada, a Baena y a Luque, cargando contra sus gentes en cabalgadas fugaces y bien acometidas. Nos trajo celebradas victorias y fue recibido siempre con júbilo. Me convencí de que los días sin él eran una bendición, pues cumplía con sus funciones como gobernante al dirigir las huestes; sin embargo, eso no desmadejaba el nudo que me atenazaba hasta que, por fin, lo veía reaparecer por los salones de la Alhambra, con la polvareda del camino tiznándole las vestiduras.

—Nos disponemos a atacar Lucena.

—¿Cuándo? —lo interrogó Aisha, que había dejado de masticar en ese preciso instante. Su boca, antes ocupada, se transformó en una delgada línea que insinuaba desacuerdo. Aisha era partidaria de la guerra, pero prefería que lucharan otros.

—Marchamos al alba. Las poblaciones fronterizas están debilitadas a causa de las derrotas consecutivas que les hemos infligido, no pueden ofrecer una gran resistencia, nuestra intención es hacernos con la ciudad y arrasar con los trigales y viñedos que la rodean como respuesta a las ofensivas del rey Fernando. No tardará en llegarle la noticia —expuso con una convicción y firmeza dignas de admirar.

Aisha y yo intercambiamos una fugaz mirada. Haber unido nuestras fuerzas en un frente común para que Boabdil desistiera habría sido imposible; ya había tomado la decisión.

—¿Se os unirán las tropas de vuestro honorable padre? —Trató de restarle valor a la pregunta, pero la tirantez de la misma la traicionó.

—No —negó mientras se llevaba a la boca un melocotón, cuyo jugo le chorreó por entre los dedos, pringándolo todo. Se secó con la manga de seda, estropeando las filigranas de oro que decoraban los puños—. Me acompañan mis propias huestes, las de Ibn Hamete y las del gran Ali al-Attar.

El nombre de mi padre me obligó a parpadear.

—Debéis de haberlo planeado largo y tendido si ya habéis mandado recado a mi padre y urdido esta contienda con su beneplácito. —Participé finalmente en la conversación. No me sorprendía que mi progenitor hubiera accedido; pronto se había deshecho de la desilusión de no ver a mi esposo acudir con sus tropas para romper el cerco que había aprisionado Loja. Eso significaba que seguía siendo fiel a su señor, a pesar de todo.

—En secreto. —De la garganta de Aisha manó un graznido de aspereza—. Los hombres no sabéis guardar secretos, la lengua os delata, y nosotras viviendo en la más absoluta inopia...

Lo suyo era indignación. Ninguna podíamos creer que nos hubiera pasado desapercibido que los hombres tramaban un nuevo ataque, ellos que sobresalen por ruidosos y vanidosos, que presumen de los triunfos que aún no han cosechado y de las conquistas que no han catado. Un secreto bien guardado, habida cuenta de que los oídos de la servidumbre estaban a nuestra disposición y cualquier rumor que surcara el recinto palaciego volaba a nuestras ventanas cual gorriones que mendigan pan mojado.

—Madre. —Mitad súplica, mitad cansancio. Ella le concedió el favor de no avivar el fuego—. Dejo aquí a Aben Comixa, que como visir se encargará de los asuntos de gobierno durante mi ausencia, esperemos que no sea larga. Podéis recurrir a él en caso de necesidad, estará a vuestro servicio así como lo estoy yo, siendo hombre diligente.

—Os lleváis a los Banu Sarray —dije en tono quedo, más para mí que para el resto de los allí presentes.

—¿Esa es vuestra única aportación? —inquirió mi suegra con el gesto torcido.

Fue entonces cuando reparé en que lo había pronunciado en voz alta. Alcé la barbilla, con toda la dignidad posible, y respondí:

—He aprendido a no cuestionar las decisiones políticas de mi esposo, con Loja fue suficiente.

Aquel incidente había sido un puñetazo en el estómago que me cortó la respiración. En ocasiones pensaba en él, en la soledad abrumadora que me envolvía durante las interminables jornadas de cautiverio, en la pelliza que era la melancolía, en cómo me arrastraba a un oscuro abismo. Haría lo que fuera para no volver a ofender a mi marido y merecer tal castigo.

—Al menos sois cauto y no habéis recurrido a vuestro padre para que se os una u os socorra, eso habría sido un gran error y una muestra de debilidad por vuestra parte. Solo espero que mientras estáis en batalla no reagrupe a su ejército y trate de tomar la Alhambra de nuevo.

Boabdil dio un trago al vino, capturó algunas gotas rojizas que le habían empapado el frondoso bigote y sonrió. No soltó en ningún momento la jarrita que contenía el alcohol.

—Aben Comixa apostará soldados en cada una de nuestras torres y se ocupará de rechazar a sus hombres en caso de que así sea.

Como si viera el futuro, Aisha entrecerró los ojos.

—Lo conozco, querrá aprovechar esta oportunidad que se le presenta.

¿Acaso no era lo que habíamos hecho nosotros? Un trono vacío durante días era un trono vacante, a su derredor se congregaban los desleales y traidores que aspiraban a usurpar el poder. Y todos ellos escondían entre los pliegues de sus ropajes un puñal mellado.

Mi esposo se inclinó hacia delante, los antebrazos apoyados sobre la preciosa mesita hexagonal de vivos colores.

—No puedo ni quiero —enfatizó esto último para que calaran sus palabras— seguir postergando la lucha contra los cristianos, es mi deber para con el pueblo y para con Allah. Este es mi sacrificio, el esfuerzo de mi alma y mi cuerpo, mi *yihad*. —Posó la mano sobre su pecho en actitud solemne.

—¿Estáis seguro de esta decisión? —La faz de mi suegra se había tornado preocupación—. Lucena no es Baena, Lucena no es Luque, puede que no sea una gran plaza, pero sí una ciudad grande y rica.

Boabdil no sentía celos de la victoria de su padre en la Ajarquía; la envidia no lo empujaba a acometer tan delicada empresa con el afán de superarlo y que su nombre se escribiera con letras más grandes en la posteridad. Tampoco era inexperiencia política, había sido criado y educado para ello, no se amilanaba ante opiniones contrarias y era certero y claro en sus dictámenes.

—Comprendedme. Si solo es mi padre quien acumula victorias y se enfrenta a los cristianos el pueblo se sentirá desprotegido bajo mi gobierno, creerá que lo abandono ante las correrías, que acepto de buen grado que doña Isabel y Fernando nos hagan la guerra, creerán que no me importan sus muertes. Y lo hacen, pues pesan sobre mi conciencia. Devolverles los golpes que nos han asestado será la única forma de garantizar la seguridad de mi gente, vos misma dijisteis que pueden arrebatarnos el poder. Bien, madre, yo elijo que mis súbditos duerman tranquilos, sabedores de que velo por ellos, y así podremos dormir también nosotros.

Otra vez la amarga despedida. Esa era la desventaja de haber casado con un hombre como mi padre, revivir lo que tanto odiaba durante mi infancia. Su marcha y la incertidumbre de su regreso.

—Podría ir con vos. Acompañaros —especifiqué al ver su interrogante expresión.

Estábamos hundidos en la cama, recostados contra los mullidos almohadones. Soplos de brisa fresca penetraban a través de las ventanas, haciendo titilar las diminutas llamas que bailaban en los candiles. Desde nuestra ubicación divisábamos el cielo estrellado y las copas de los cipreses, que se movían al son del viento, al fondo las montañas.

—¿A la guerra? —preguntó para asegurarse de que sus oídos no lo engañaban.

Asentí.

—Necesitaréis unas manos puras que lleven el Corán, las vuestras están manchadas de sangre.

Boabdil esbozó una sonrisa enternecida.

—Entonces elegiremos las manos puras de alguien que no sea mi esposa y la madre de mi hijo, aunque será difícil encontrar unas a las que yo venere más. —Sus dedos recorrieron las sábanas que nos cubrían y se entrelazaron con los míos. Se inclinó para besarme la mano.

Lisonjas para hacerme olvidar mi propósito, un método efectivo que utilizaba con frecuencia, pues sabía que me ablandaba en seguida.

—Me preocupo por vos. ¿A qué responde este repentino interés?

—¿Acaso una mujer no ha de seguir las huellas de su marido, ya sea por el mar o por el árido desierto?

Un día me preocupaba teñirme el cabello de negro para complacer a mi esposo, un año después estaba dispuesta a rodearme de cadáveres con tal de no apartarme de su lado.

—No cuando se trata de la guerra. —Unos surcos similares a los meandros de un río se forjaron en su ceño—. Es peligroso y no me perdonaría que os sucediera algo. Las tropas cristianas no dudan en usar el fuego, todo lo que tocan es pasto de las llamas, sin importar que sean cultivos o casas donde solo habitan mujeres y niños. Son lo más parecido al demonio que encontrarán en esta tierra infestada de hombres crueles.

—Sé que sería una acción temeraria —reconocí cabizbaja, la vista fija en esas manos que cubrían las mías—, pero la esposa del Profeta acudió a la terrible batalla del monte Uhud, no lo abandonó, luchó a su lado y dio de beber y comer a los hombres extenuados que ya no tenían fuerzas y no podían alzar las espadas. Y fue ella quien, montada en un camello, los animó a proseguir cuando muchos deseaban desertar.

Boabdil agarró mi mentón con sutileza y me instó a elevar la mirada.

—Y si la hubieran herido nuestro Profeta no habría podido perdonárselo, pues la amaba con toda su alma, así como yo os amo. En mitad de la contienda, incluso resguardada en el campamento y con suficiente escolta, no podría garantizar vuestra seguridad. Mi cuerpo estaría en la batalla, pero mis pensamientos estarían con vos y necesito cada ápice de mi ser pendiente del acero del enemigo. —La presión que ejercía sobre mi mano se intensificó—. Una simple flecha que os alcanzara y me moriría al instante. Me volvería loco de dolor.

En efecto, en esos dos pozos ónices que brillaban con la intensidad de la pez atisbé un mortificante sentimiento de soledad que lo carcomería por dentro. No era de esos hombres que habrían sustituido a una esposa por otra, no era de los que adormecían el dolor que causa la pérdida en los vapores del alcohol y las caderas de una concubina o una esclava. Él la sufría y lo lloraba.

—No deseo ser la que os condene, mi señor.

—De serlo sabed que seríais la más dulce condena. No habéis manifestado intención alguna de acompañarme en las contiendas de Baena y Luque.

—Eran victorias seguras.

Boabdil estalló en una carcajada que hube de cortar para que no despertara a nuestro hijo. Me aseguré de que seguía dormido en el lado contrario de la cama y así era, bocarriba, con esas espesas pestañas heredadas de su padre y el dedo pulgar en la boca, ajeno a lo que transcurría a su alrededor. Qué pequeño e inocente.

—Los pesares de las mujeres —dijo todavía divertido—. Perded cuidado, mi Morayma, que esta guerra está ganada. Confiad en Allah y confiad en mí, los mejores del reino parten a mi lado en esta empresa.

—Cuidad de mi padre, que ya es hombre anciano —le rogué. Algunas misivas llegadas desde Loja traían noticias de su vejez; si cuando nací ya peinaba canas, en aquellos momentos su larga melena se había convertido en blancura virginal. La edad no perdonaba, había sufrido de ciertos malestares que lo habían postrado un par de días en cama, especialmente en invierno, cuando el frío se le metía en los costados.

—Lo haré, os lo juro. Vigilaré su veterana espalda y le daré recuerdos de su preciosa y amada hija.

—Y guardaos vos. —Me temblaba el labio inferior y no tardaría en romper a llorar; la angustia me trepaba hasta dejarme muda. Boabdil me secó las lágrimas que rodaron por mis mejillas, completamente silenciosas—. Regresad sano y salvo, que vuestro hijo os espera y este que llevo en el vientre también.

Se le ensanchó la sonrisa, una que distaba mucho de ser la que presentaba cuando regresaba triunfal de sus incursiones fronterizas, una que siempre reservaba para lo relacionado con la familia. Entonces fui yo quien se bebió sus lágrimas con besos sembrados por toda la faz.

Lo había descubierto hacía poco. Una mañana cualquiera un reguero de orina había descendido por entre mis muslos y no había reparado en ello hasta que sentí el líquido caliente rozándome. Dhuha me examinó, sometiéndome a los mismos métodos que diagnosticaron el embarazo de Ahmed. Aceptamos que volvía a estar en estado de gravidez ocho meses después de haber alumbrado a mi primogénito; probablemente la semilla de Boabdil había arraigado después del destete.

—Entonces me daré prisa en ganar y volver. —Acarició mi vientre carente de hinchazón que delatase el secreto.

El sol aún no había despuntado, la oscuridad lo cubría todo con su manto y la iluminación únicamente provenía de los candiles de pie alto y peana que expedían una tonalidad amarillenta que ensombrecía nuestras facciones, ya de por sí cenicientas. No dormimos, invertimos las horas nocturnas en mirarnos a los ojos. Boabdil siempre había sabido hablar con la mirada y los pedernales que eran sus pupilas recitaban todos los poemas de amor que un día me había compuesto. Lo vi deslizarse entre las sábanas de la cama, abandonar el lecho en un silencio que me arañó la garganta, miles de cristales clavándoseme en la piel. El beso que depositó sobre mi coronilla prosiguió hasta mis labios. «Antes de que cambie la estación volveré a estrecharos entre mis brazos, esa es mi promesa para con vos, mi tierna y dulce Morayma», me susurró al oído, haciendo que los vellos de la nuca se me erizaran. Se despidió de Ahmed con una suave caricia, la mandíbula le tembló y cuando cruzó la puerta de nuestra alcoba me fijé en sus puños apretados. Allah nos pide un esfuerzo y el nuestro no era combatir en su nombre, gustosos lo hacíamos para defender lo que nos pertenecía; era separarnos de quien amábamos, a riesgo de no regresar.

Desde que marchó por primera vez a Baena y Luque, las mujeres de la familia habíamos tomado por costumbre despedirnos en una de las puertas del recinto palaciego, de manera que lo contemplábamos partir junto a un séquito colosal, rodeado de pompa y ornato, con las armas amenazadoras y las adargas protectoras. Se habían dispuesto ordenados, con Boabdil al frente, montado sobre un poderoso caballo blanco que recordaba la nieve acumulada en las altas sierras cuando el invierno arreciaba inclemente y lo cubría todo como azúcar espolvoreado.

Los pendones y estandartes gules con el lema de la dinastía nazarí se alzaban pese a la ausencia de viento, que impedía leer que solo Dios es vencedor. Yo pensaba en ello, en los vencedores y en los vencidos, en los que volverían a lomos de sus monturas y se reunirían con sus familias, y en los que quedarían en el campo que circunda la ciudad de Lucena, donde sus huesos se descompondrían para nutrir la tierra fértil de los valles. Esa madrugada del 21 de abril estaban todos allí. Quizá, al día siguiente solo quedaran unos cuantos.

Mi esposo vestía una coraza recubierta de terciopelo carmesí, sujeta con cierres dorados, y sobre esta una marlota de terciopelo rojo y brocados áureos que se entretejían para dibujar hojarasca, ramajes del bosque y suculentas granadas que resplandecían bajo la luz anaranjada del alba. Un turbante de lino blanco le ocultaba la melena oscura, coronado por un yelmo de colores similares a los de sus ropajes, todo recientemente confeccionado de acuerdo a su dignidad real. Era fácilmente identificable incluso a distancia. A la cintura, una daga de orejas con incrustaciones de oro y plata y una espada jineta, cuya empuñadura de pomo redondo estaba compuesta por oro, plata y marfil y elaborada mediante las técnicas de eboraria y repujado. La hoja de acero de doble filo la cubría una vaina de cordobán con esmaltes de los mismos metales preciosos. No prescindió de lanza y tampoco de la adarga, a la que encomendé su salvación, que parara todos los golpes que le fueran destinados en la batalla.

A mi derecha, Aisha, a mi izquierda, mi cuñada, detrás la servidumbre, que asistía a la partida de su sultán. Habíamos dejado a Ahmed durmiendo en mis aposentos, bien vigilado por doncellas de nuestra más absoluta confianza, algunas de ellas bien instruidas en el cuidado de niños pequeños. Pocas veces consentía separarme de mi hijo, sin embargo, era demasiado temprano y me negaba a que presenciara desde crío situaciones que lo llenaran de amargura. Mi suegra enredó su brazo con el mío, hice lo propio con el de mi cuñada y juntas conformamos una barrera inquebrantable. Apenas se distinguía dónde comenzaba una y terminaba otra, tan unidas que nuestros cuerpos nos proporcionaban el calor que la madrugada nos arrebataba, a pesar de que la primavera ya había hecho brotar las flores y había atemperado el ambiente. Puede que el frío que sentíamos se debiera a los malos augurios, a la ausencia que dejan tras de sí los hombres, que inunda cada una de las estancias del hogar, desde entonces desangeladas. Y es que hay ausencias que lo copan todo y no nos dejan cabida a aquellos que permanecemos en ese lugar grisáceo.

Mis ojos se pasearon por la organización de las huestes, jinetes y hombres de a pie, bien pertrechados, de rostros cansados y miradas vidriosas que evidenciaban cansancio. Debían de haber pasado la noche en vela, como nosotros, grabando en la memoria los rasgos de sus mujeres, el tacto de su piel, no fuera a ser que en el momento de su última expiración no pudieran recuperarlo y se murieran con la peor sensación de todas, la del abandono. Ibn Hamete lideraba el ejército del clan de los Banu Sarray y cuando nos encontramos entre la multitud se le estiró la comisura de los labios en un gesto de tensión y tras ello hubo un leve asentimiento, imperceptible para muchos. Fue como si hubiera recibido un aguijonazo y me temblaron las manos, lo que Aisha achacó al nerviosismo de la contienda. Me descubrí a punto de llorar, sobrecogida por el remolino de sentimientos que se agolpaban en mi pecho. Mi suegra me tomó la mano libre, pero yo seguía anclada en el verdor aceituna de los ojos de Ibn Hamete, que parecían gritarme por encima del murmullo del viento.

Boabdil se giró para lanzarnos una última sonrisa que prometía un temprano reencuentro. Decidí creerlo, porque el amor es visceral y ciego. Quien se cubre los ojos con un lienzo grueso y opaco no ve, pero continúa en el deambular de esos callejones serpenteantes y estrechos, arropado por la penumbra, con la fe intacta. La esperanza es lo que nos guía. Caminamos con los brazos estirados, a la espera de que lo siguiente que toque la yema de nuestros dedos no sea el gélido aire, sino el pecho de nuestro amado. En mis labios leyó un «guardaos de cualquier mal» y en los suyos leí un «pronto».

Tras una señal, las huestes avanzaron. Mi esposo, habiendo espoleado a su níveo caballo, encabezó la marcha a paso lento y solemne, con la espalda erguida y expresión recia. Al atravesar una de las puertas del complejo palaciego, lo que los llevaría en descenso a la medina, donde serían alabados por el pueblo, que gritaría sus nombres entre vítores, la lanza que portaba dio en el techo del arco y se rompió. Se quebró al igual que la endeble rama de un árbol podrido y me dio la impresión de que volaron astillas. El silencio fue perturbador, similar al de un cementerio.

—Es un mal augurio —musité.

Aisha me extirpó el habla con esa mirada afilada.

—No seáis necia, que solo se trata de un inconveniente que habrán de sortear.

Pero el inconveniente había sido peor que un mal sueño. Un escalofrío me recorrió la columna, las manos se me habían empapado de una fina película de sudor y el corazón me tamborileaba a un ritmo frenético. La lengua pastosa, la visión borrosa, me costaba capturar el aire y retenerlo en los pulmones, se me escapaba la vida a cada segundo, turbada por el golpe calamitoso del arma. De repente quise abalanzarme sobre el caballo, aferrarme a las piernas de mi marido, que colgaban de los estribos cortos, y suplicarle que no acudiera. Me habría postrado de rodillas, le habría rogado y llorado a mares hasta que, finalmente, hubiera aceptado quedarse en la Alhambra, a mi lado. Mas eso habría sido un comportamiento deleznable que habría traído la vergüenza a Boabdil y al resto de la familia, así pues me tragué la sal de mi pena y callé. Me ahogué en ella.

No le dieron más importancia; Boabdil requirió otra lanza, que en seguida le trajeron para que prosiguieran con la marcha. La sustituyó por el cadáver de la otra y no miró atrás. Con él se fueron grandes hombres y todo atisbo de esperanza. Nos quedamos allí de pie, abrigadas por el amparo de la compañía que nos hacíamos, hasta que la última figura de jinete e infantería desapareció en el paisaje.

Aquello había sido una señal que nos alertaba de la tragedia venidera. Lo sabía. Era demasiado sensible a ellas para no reconocerlas cuando nos sobrevolaban.

El sonido de la madera al ceder y fragmentarse se repetía en mi mente, era un lamento agónico que me congelaba la sangre y me arrancaba la respiración de cuajo. Ni bebiendo el preparado de algalias que me recomendaron al nacer habría podido ahuyentar al atroz destino que se cernía sobre nosotros como un ave de presa. En seguida notaríamos su pico hurgar entre nuestras carnes para devorarnos las entrañas.

29

Las noches siguientes a la partida de Boabdil soñé con un halcón que caía en picado desde el cielo cerúleo, herido por una saeta que le había atravesado el corazón. Cuando tocaba suelo daba contra mis pies y ahí quedaba, con las plumas tintadas de bermellón y los ojos cristalinos, reflejos de mi rostro. Inerte. Se repetía una y otra vez. Y yo no podía hacer nada para impedir que la flecha le agujereara el pecho, no podía hacer nada para que volara más alto y no lo alcanzase, no podía hacer nada por capturarlo entre mis manos y que no impactara contra el duro suelo, que terminaba de destrozarlo.

Ibn Hamete fue el cuervo negro que picotea las cuencas oculares hasta dejarte ciego, heraldo de malas noticias.

Mi suegra y yo deambulábamos por los pasillos de la Alhambra sumidas en una conversación nada trivial: discutíamos sobre nuestra próxima acción dadivosa. A menudo, las mujeres de la familia real invertíamos dinero en obras públicas, ya que alguien había de preocuparse por todo aquello que los gobernantes descuidaban, no porque lo consideraran nimiedades, sino porque sus intereses se desviaban hacia cuestiones más belicosas. Así que donábamos grandes sumas a diferentes actividades y construcciones que necesitaran de respaldo económico, de manera que la población no se sintiera abandonada y viviera en una ciudad ruinosa que recordaba la caída de grandes imperios.

Aisha, mujer honrosa y cumplidora de la limosna, tanto obligatoria como voluntaria, era partidaria de destinar el dinero a los lavatorios de las mezquitas, incluyendo las de los arrabales granadinos. Había oído que algunos se encontraban en un estado de deterioro debido al continuo uso y quizá fuera el momento de que los fieles dispusieran de buenas estructuras a las que poder acudir para las correspondientes abluciones, totales y parciales. Yo, que no restaba importancia a esta empresa tan defendida por ella, prefería que nos decantáramos por los huérfanos que esta guerra estaba dejando en una situación tan precaria y que, muy a menudo, con Ahmed durmiendo a mi lado plácidamente, me costaba el sueño. Había criaturas de la edad de mi hijo desvalidas, sin sustento, sin ropa de abrigo. Con solo imaginarlo se me partía el alma.

—Entenderéis que es de máxima urgencia ocuparnos de los niños expósitos, especialmente ahora que nos hallamos entre batalla y batalla, asediados por las ofensivas de los cristianos y la tala del rey Fernando, que ha dejado sin sustento a algunas familias —esgrimí el argumento de mayor peso.

Mi suegra asintió, la vista fija en el horizonte, allí donde las yeserías de vivos colores se fundían con los azulejos. Las alhajas tintineaban a cada paso que daba.

—Siempre habrá guerras que dejen huérfanos a los hijos de quienes acuden a la batalla y no vuelven, siempre habrá niños que queden desamparados por una enfermedad que se lleve a sus madres, si posponemos la reconstrucción de algunos lavatorios jamás encontraremos el momento de invertir en ellos.

—Pero esta guerra no es cualquier guerra, vos lo sabéis. —La sangre corría por las calles y de esa tierra regada acabarían creciendo naranjas que, al abrirlas, serían sanguinas—. Debemos ser sensibles ante la situación de orfandad de esos pequeños, el Profeta compartió tamaña desventura.

Volvió a asentir, en completo silencio. El único ruido provenía de las armaduras de los hombres que vigilaban los palacios y la servidumbre que en sus quehaceres habituales correteaba de un lugar a otro o se detenía en las esquinas para fisgonear, elevando las voces, que rebotaban en las cúpulas floreadas y en los jarrones decorativos. La vida en la corte siempre era insoportablemente estridente.

—Podemos aguardar un poco más antes de tomar una decisión —propuso—, la suerte nos favorece en las campañas desde que vencimos en el cerco de Loja.

A su favor, había de admitir que la mayoría de mis dádivas siempre tenían a los niños como beneficiarios. A veces pensaba que era la única que se preocupaba por ellos; otras grandes mujeres habían erigido alminares, construido fuentes públicas, baños, cementerios y lavatorios, estructuras que conservarían sus nombres y que las inmortalizarían para siempre. Jamás serían olvidadas mientras la piedra fuera piedra y resistiera los embates del tiempo. Dar de comer a los hambrientos, de beber a los sedientos, y refugio a las criaturas que vagabundean por las calles sin progenitores ni tutores que velen por ellos es loable, pero no hay superficie en la que se grabe tu bonita obra de caridad.

Si me permitieran acogerlos a todos habría sido madre del pueblo.

—Las victorias que hayamos celebrado no significan que haya menos huérfanos, ni llenan el estómago de esos niños ni los resguardan en las frías noches.

Abrió la boca para emitir una nueva respuesta, pero nuestros pies nos habían conducido a otras dependencias del recinto palaciego y de una de las estancias, cuya puerta se abría en esos instantes, salía el visir Aben Comixa. Detrás de él, la sombra de Ibn Hamete, con una expresión derretida, similar al lacre recalentado que sella decretos.

—Mi señor, ¿tan pronto habéis regresado? —Llevaba una mano en el vientre, pese a que aún no estaba abultado, como si así lo protegiera de un posible golpe que dañara a mi hijo. Esbocé una brillante sonrisa, bendecida por el reencuentro, y con grandes zancadas acorté la distancia. Aisha me siguió—. ¡Por Allah! —Me cubrí la boca—. ¿Estáis herido? ¿Toda esa sangre es vuestra o ha sido una matanza lo que habéis acometido allí fuera?

La pompa y solemnidad de las que había hecho gala en la madrugada en la que había partido junto a mi esposo habían quedado empañadas por ropajes hechos jirones, armaduras abolladas y un turbante que se deshacía de la suciedad impregnada. Vestía la sangre de cristianos y de muchos de los nuestros que habían caído en la contienda, parecía la tela que se sumerge en granza para que adopte la tonalidad rojiza de la planta. De las anteriores campañas no habían vuelto tan rasguñados y languidecidos, más bien el pecho se les inflaba con los aires de grandeza y el botín que arrastraban.

De repente temí que el de los Banu Sarray ocultara heridas de gravedad bajo la coraza, que se las hubiera cauterizado con hierro al rojo vivo o se las hubiera enjuagado con vino y cosido un hombre de las tropas con ningún conocimiento de medicina. Muchos morían por el mordisco mal curado de una espada, que provocaba fiebres y delirios. Retuve el ansia que me embargaba de lanzarme contra él para palpar el lugar exacto que vomitaba sangre y así retener entre mis manos el líquido que lo manchaba.

Centré la atención en Boabdil.

—¿Y mi marido? —Me alcé para buscarlo dentro del salón. Vacío. Su ausencia fue un golpe que me dejó sin respiración.

—Mis señoras. —Se inclinó con la mano en el pecho.

—¡¿Dónde está mi marido?! —grité sin percatarme de que lo hacía, asustada por no encontrarlo con ellos.

Sus labios estaban cosidos, ni una palabra brotó; sin embargo, había aprendido a leer las facciones de Ibn Hamete como si fueran un pergamino de letra clara. En ellas vi reflejados mis peores temores y todos sabían a hierro y sonaban a aullidos agónicos. Quedé absorbida por una espiral de lamentos.

—Reponeos, mi señora. —Aben Comixa me sorprendió desde las espaldas, aprisionándome los hombros en un gesto de confidencia. Yo hipaba, sacudida por los estertores del llanto compungido que me ardía en la garganta y en las mejillas, surcadas por los regueros que dejaban las lágrimas a su paso.

Mi suegra no podría culparme por llorar en público, pues no hay quien soporte estoicamente noticias tan aciagas, excepto ella, que estaba hecha de otro material. Qué razón tuvo mi padre cuando la definió de acero y a mí de barro.

—¡Hablad! —ladró Aisha—. Que no tengamos que sacaros la confesión a la fuerza, que bastante dolorido venís.

Y a Aisha no había quien le negara una orden.

—Cautivo.

Lo sabía. Lo supe desde el instante en que su lanza se quebró al chocar con el arco de la puerta, lo supe desde que el halcón de mis sueños se precipitaba y moría a mis pies. Ojalá hubiera fallecido en batalla, así habría mantenido el honor intacto, y es que siempre hay un peor destino que la muerte, y ese es el cautiverio. Ahora, su honra estaba mancillada y nuestras banderas y pendones residían en suelo cristiano, alimentando el orgullo desmedido de aquellos contra los que luchábamos.

Me condujeron a la alcoba. Apenas fui consciente del traslado, me llevaron en un estado de somnolencia en el que no reconocía los pasillos ni las pisadas, ni siquiera las figuras que me sujetaban de los brazos. Una vez allí me depositaron en la cama para que reposara y llamaron a Dhuha, quien se ocupó de mi repentino malestar. La luz del día me molestaba en los ojos, lo que acentuaba las náuseas y el dolor de cabeza que me habían azotado con suma rapidez.

—Contad —ordenó Aisha, que descansaba en el flanco izquierdo de la cama.

De haber sido Ibn Hamete me habría cortado la lengua antes que formular tremenda desgracia.

—Por cada embarazo un disgusto —graznó Dhuha, que me ofreció un bebedizo que me repondría del mareo y me asentaría el estómago, que sentía revuelto y plegado a causa de la conmoción.

Por fortuna, mi hijo estaba bajo los cuidados de Jimena y no podía verme así, desmadejada y trémula, aterida. Siguiendo mis instrucciones, la *rumiyya* lo había llevado al jardín para que respirara aire puro y escuchara el trino de los pájaros. Ahmed sentía predilección por ellos, alzaba las manitas para alcanzar a los gorriones, y en cambio a los pavos reales que habitaban en el recinto los rehuía, probablemente atemorizado por su tamaño. Eran animales traicioneros.

—No nos tengáis en la ignorancia, que será peor para mi estado que hacer frente a lo que sea que haya acontecido en Lucena, señor mío. —Di un trago antes de proseguir y distinguí el regusto a limón que subyacía bajo diferentes plantas herbáceas—. Habladnos del desastre que habéis padecido y nada os dejéis. Sed nuestros ojos.

—Lamento ser yo el portador de tan malas noticias, mis señoras, mas no hemos sido muchos los hombres que hemos tenido la oportunidad de picar espuelas y regresar al hogar vivos.

Ibn Hamete no había consentido que revisaran sus heridas; había tomado asiento ante nosotras y se disponía a narrar la batalla de Lucena con la mirada clavada en mis ojos, como si los aposentos estuvieran vacíos y yo fuera la receptora de una bella historia que su voz creaba hasta darle forma. Mas el cuento estaba perlado de penuria y congoja y las muertes parecían rodearme, la sangre me llegaba hasta los talones. Sus rasgos, siempre armoniosos, se contraían en muecas de espanto y, al final, solo era un hombre tratando de librarse de las pesadillas que lo perseguirían cada vez que cerraba los párpados. Porque ser caballero no te exime de padecer de por vida los horrores de la guerra.

Las tropas que partieron al alba junto a Boabdil se reunieron con las de mi padre en Loja, donde esperaban la llegada de las huestes dirigidas por mi esposo, Ibn Hamete y el alguacil mayor, unos mil quinientos jinetes y siete mil infantes. Se dirigieron hacia Lucena, pero el atardecer los sorprendió a mitad de camino y decidieron acampar próximos a las tierras de la ciudad para hacer un alto en dominios del alcaide de los donceles. Los cristianos, temerosos de una nueva algarada, habían triplicado sus fuerzas y, previendo que un ataque se produciría más pronto que tarde, habían llamado a adalides cordobeses para que se les unieran, demostrando cautela. Alguno de estos había divisado desde la lejanía el ejército, plagado de pendones y banderas, y no había tardado en comunicarlo al alcaide de Lucena, que buscó refuerzos en el conde de Cabra, don Diego Fernández de Córdoba.

—Cuando llegamos había anochecido; sin embargo, pensando que Allah nos iluminaría en nuestra empresa, atacamos el arrabal sin demora, embravecidos. Recibimos gran daño por parte de los cristianos, que se defendían con lombardas, ballestas y espingardas; sin nosotros saberlo, el de los donceles había ordenado rodear con trincheras los puntos más débiles y de más fácil acceso, distribuyendo allí y allá flecheros. Vuestro esposo mandó el cese de las hostilidades y nos encomendó la tala de los planteles, viñedos y olivares, y así lo hicimos. Me llevé a mis hombres y arrasamos los campos de Montilla, Santaella y otras pequeñas villas vecinas, todo quedó desierto, yermo y empobrecido.

Según Ibn Hamete, mi marido gritó al alcaide palabras dolorosas, que si pretendían que los nuestros murieran de hambre a causa de la quema de cultivos, antes perecerían los suyos, pues sembrarían los campos de sal.

El conde de Cabra cumplió con su deber de auxilio y socorrió al alcaide de Lucena; allí se personó con al menos trescientos lanceros y ochocientos peones, que se sumaron a las tropas de la ciudad.

—Parecían más, os lo juro, mis hombres pueden dar testigo de ello, que aparecieron con pendones y estandartes, cajas y trompetas que nos alertaron de su llegada; de no haber sido así ahora estaríamos todos muertos. Nuestro señor Boabdil mandó levantar el real, a sabiendas de que era una batalla perdida, y vuestro padre, ducho como es en el arte de la guerra, ofreció refugio en Loja, donde estaríamos a salvo.

—¿Llegasteis a mi ciudad? —pregunté, con la lengua adormecida. Casi no podía hablar, sobrecogida por los hechos.

Se mojó los labios, resecos y cuarteados, como si hubiera

merodeado bajo el sol ardiente del desierto sin nada que beber. Le oferté agua de azahar, jugos y vino, pero rehusó todo, incluso las ricas viandas. Creo que no notaba que su cuerpo reclamaba descanso y alimento.

—No, mi señora, no conseguimos deshacernos de las guarniciones que nos seguían. —Durante unos segundos me permití cerrar los ojos para contener el regreso de las lágrimas, que pugnaban por salir—. Vuestro padre nos advirtió que tomáramos una senda diferente, mas ya teníamos a los cristianos cerca y vuestro esposo, preso de los nervios y desoyendo sus consejos, decidió vadear un arroyo cercano, alentado por el alguacil mayor. El agua fue nuestra perdición.

Hubiera preferido quedarme sorda; no quería oír el fatal desenlace. Los imaginaba ahogados en el río con esas armaduras pesadas que tirarían de ellos hasta que se les inundasen los pulmones de agua, que los arrastraría corriente abajo, dormidos, llevándoselos consigo entre las piedras, que harían de almohadas. Riachuelos del color del vino, agua emponzoñada por la sangre de los combatientes. Al menos sus faces se librarían del sudor y la suciedad que las pervierte y las heridas quedarían limpias y purificadas.

—Nos dispersamos atravesando el río, las tropas del conde de Cabra nos atacaron por la retaguardia y cayeron muchos de los nuestros que se enzarzaron en la batalla. No vi un descalabro igual; quienes no fallecieron en tierra, en la otra margen del río, lo hicieron en el lecho del mismo. Creedme cuando os digo que era todo guijarro, maleza y barro, los caballos se hundían y tropezaban, éramos fáciles de alcanzar. Y los que no, fueron apresados.

Con Boabdil habían caído ciertos hombres, grandes de Granada como Muley Saad, el alcaide Muhammad Fotoh, el mayordomo mayor de mi marido, Muhammad ben Reduan, el alcaide Muhammad ben Cerrach, el alcaide Alboray y otros cabeceras de ciudades importantes. Los cautivos envidiaban la suerte de los fallecidos, ya hubieran sido asaeteados o ensartados por las espadas enemigas, que no habían sido pocos: entre ellos se contaba al alguacil mayor de Granada, Yusuf Abdilbar, y a su primo el alcaide de Soto, Muhammad Abdilbar. También el alcaide Zarcal, el alcaide Zeyan, Gairalla, Muhammad el Geril, Yusuf el Cortobí, nacido en Córdoba y de ahí su *nisba*, y el alcaide de Loja, señor de Xagra y cabecera mayor del reino de Granada, mi padre, el gran Ali al-Attar.

De la noche a la mañana me había quedado huérfana, había perdido a mi padre. Allah lo había requerido a su lado, pese a que su compañía era más grata aquí que en el Paraíso, donde vestiría sedas verdes, brocados dorados y joyas de oro, y esas que portara no competirían contra el oro macizo del que estaba hecho su corazón. Debajo del yelmo y la coraza, el valiente caudillo Ali al-Attar era un droguero que esgrimía acero, un hombre todo bondad que traía paz a su ciudad. Más le hubiera valido que hubiésemos permanecido siendo lo que en origen fuimos, simples mercaderes de afeites.

La niña Morayma se habría aupado para investigar a través de la celosía y allí habría esperado hasta el fin de los días, aguardando un regreso que nunca se produciría. Solo vería calles desiertas. Pobre niña que amaba a su padre, pobre niña cuyo mundo giraba en torno a él y su existencia, la razón de su vivir.

Aisha se había levantado en seguida, ninguna emoción se percibía en su hierático rostro.

—Recoged nuestros efectos personales y todo aquello que sea imprescindible —encargó a los criados—. Si la noticia ha llegado a oídos de mi marido ya debe de haber movilizado a sus tropas y se dirigirá hacia aquí con el fin de recuperar la Alhambra.

Había algo que Muley Hasan amaba más que a la mujer que era la constelación que marcaba el rumbo de su vida: el poder, al que se aferraba con garras y dientes.

—Mi señora Aisha —interrumpió Aben Comixa—, aún disponemos de tiempo y contamos con hombres suficientes para repeler su ataque.

—A Muley Hasan se lo derrota una vez, no dos. Quedémonos aquí y luchemos contra él, hombre belicoso por naturaleza, así nuestras cabezas rodarán por el suelo de este bonito palacio y la sangre adornará las alfombras así como el rojo de las yeserías. —Señaló con el brazo estirado y el dedo índice la decoración de la alcoba.

El visir lanzó un hondo suspiro antes de pellizcarse el puente de la nariz.

—¿Creéis que habrá llegado la nueva hasta la Ajarquía? —le preguntó al de los Banu Sarray.

—Bien sabéis que las desgracias son veloces. Si no tiene constancia todavía, la tendrá mañana a más tardar.

—Con vuestras huestes quizá podamos hacerle frente.

—Mis hombres están cansados de la lucha, la huida y el viaje, han sido perseguidos por esos perros. —Para Ibn Hamete era una guerra a medias, algo que ansiaba saldar para así cobrarse las vidas desperdiciadas de quienes habían sucumbido bajo el ataque cristiano—. No puedo enviarlos a una nueva contienda, he de cuidar de los míos.

El lamentable estado en el que se encontraban las tropas era un aliciente para Aisha y su propósito; estaban mermadas a causa de las bajas, el ánimo arrastraba por el suelo y los heridos necesitaban curas y reposo, además de un banquete que los agasajara. Reagruparlos y obligarlos a combatir habría traído más muertes y un sonoro fracaso que nos habría enterrado en la vergüenza.

—Partiremos cuanto antes, mañana mismo si es necesario. Que todo quede dispuesto —zanjó. Pero Aben Comixa, receloso del plan y nada partidario de delegar las decisiones de Estado en manos de una mujer, aun sabiendo que era la más excelsa y meritoria de todas nosotras, de gran intelecto y astucia envidiable, se opuso.

—Mi señora, vuestro hijo dejó el gobierno en mis manos, fiaba de mí para que defendiera el alcázar.

Aisha dio un paso hacia delante, restó la distancia y alzó la barbilla, encarándose al visir, que reculó un poco ante la amenazadora efigie que se hallaba ante él. Tragó saliva y la nuez de su garganta efectuó un movimiento angustioso.

—Residís en la corte desde hace tiempo, mi señor, y creéis conocer a mi marido, pero quienes de verdad conocen a los hombres son las mujeres que se encaman con ellos. —La gelidez de su voz lo petrificó—. He pasado más noches calentando su lecho de las que vos habéis pasado discutiendo a su lado asuntos de política, no olvidéis que no habéis sido designado visir hasta el ascenso de mi hijo. Así pues, seremos prestos en recoger nuestras pertenencias y marchar.

No había otra opción posible. Ya había dictado sentencia y había de cumplirse.

—A Guadix —deduje. Leí el destino en sus ojos oscuros y lo supe en seguida, como supe que por dentro de Aisha bint Muhammad Ibn al-Ahmar tronaba y llovía a cántaros por el hijo al que no podía abrazar.

—A Guadix —respondió ella.

Cuando se marchó con Aben Comixa discutiendo los preparativos del viaje y un séquito de criados pisándole los talones, un silencio del espesor de la miel se instaló entre el de los Banu Sarray y yo. Al cambiar de posición para acomodarse en el asiento en el que llevaba un buen rato arrellanado, una mueca de dolor le curvó la comisura de los labios. Alguna herida recibida había de molestarlo en exceso, por mucho que tratara de acallar el resquemor, y debía de ser en la zona del costado, donde tendía a masajearse como si la presión lo aliviara.

—¿Sufrió? —Apenas era capaz de hablar.

Ibn Hamete me observó, misericordioso y compasivo. Odiaba hacerlo revivir tormentos; estaría deseoso de sumergirse en las aguas cálidas de los baños y deshacerse del hedor que le impregnaba la piel, recuerdo de las muertes que había presenciado y acometido. Pero para calmar mi alma debía obtener respuestas. No es lo mismo quererlas que necesitarlas, él lo comprendía.

—Exhaló el último aliento rodeado de sus hombres, buenos

hombres que batallaban a su lado desde hacía tiempo, y lo hizo colmado de honor, defendiendo a los que amaba y sirviendo a su señor Boabdil, vuestro marido.

—No os he preguntado por su honor.

Una apenada sonrisa que fue efímera, una estrella fugaz que cruzó su cara y desapareció dejando una estela brillante.

—Ya había sufrido varias heridas debido a alguna flecha del primer embate contra el arrabal de Lucena —me confesó, no sin esfuerzo—. Estábamos exhaustos, perdió la espada en el campo de batalla, mi señora, un cristiano se le echó encima y le infligió gran daño. Corrí hacia él, pero me rodearon y hube de enfrentarme a los que lo hacían; para cuando llegué hasta él ya se había marchado de este mundo.

—Murió solo. —Soné igual que un espejo que se quiebra al impactar contra el duro suelo.

—Hice lo que pude para acompañarlo. —Se inclinó hacia delante y sus dedos, que yacían sobre el jergón, se deslizaron hasta rozar los míos. Los retiré, con la mirada fija en sus manos, de nudillos magullados y costras resecas, completamente tiznadas de suciedad—. Quise traeros su espada, pero tuvimos que huir y los cristianos se la llevaron junto a veintidós pendones de Granada y el de Loja, además de un rico botín de mulas, caballos y las armas de los caídos.

Quien fuera el vil hombre que la poseyera en esos momentos presumiría de tener en su poder la espada jineta del gran Ali al-Attar, de empuñadura de marfil en la zona ahusada central y dos virolas metálicas doradas, que refulgían junto al pomo y el arriaz, este último decorado exquisitamente con gavilanes y elefantes de trompas ascendentes. De pequeña disfrutaba acariciando las escenas de animales que habían sido grabadas como ornamento y leyendo las inscripciones cúficas que mi padre besaba antes de entrar en la batalla: «el imperio perpetuo» y «la gloria permanente», destinos que se le habían prometido y que acababa de alcanzar.

Lo lloré como si el Darro se hubiera desbordado, a lágrima

viva, al descubierto, sin pudor ni vergüenza. Mi dolor era el dolor de mi pueblo, de los míos, el de mi madre, el de mi querida hermana Aziza, el de la niña que fui, el de la mujer que era. Me arañé el rostro con mis propias uñas y tironeé del cabello con desesperación, arrancando mechones azabaches que no eran míos, que mi melena era oscura pero no del negro de la tinta derramada, que mi melena era como la suya. Grité hasta rasgarme la garganta y quedarme sin voz. Lo lloré con la boca y con los ojos, cual plañidera.

Ahora que mi padre había fallecido no habría nadie que me llevara de vuelta a casa. Ya no existía casa.

30

Regresamos a Guadix y lo hicimos de noche, aunque prescindimos del descenso por los ventanales y los almaizares como sujeción. No había un verdugo que buscara ejecutarnos y entregar nuestras cabezas en bandeja de plata al sultán, simplemente Aisha prefería que el pueblo no fuera testigo de nuestra huida, pues los gobernadores que se dan a la fuga luego no son bien recibidos, se los considera traidores. Así que montamos en caballos y mulas, cargados de pertenencias de las que anteriormente habíamos prescindido, y guiados por la luz argéntea de la luna y el resplandor de las estrellas engarzadas recorrimos el camino que nos había llevado al destierro y nos había reconducido a la hermosa Alhambra. A pie nos siguió parte de la servidumbre y a nuestro peculiar y silencioso séquito se unió al-Mutawakkil, el prometido de mi cuñada Aisha, que ya no consintió en despegarse de ella. El alcaide nos abrió las puertas de su ciudad y su alcazaba, que había permanecido ricamente decorada según nuestros gustos, y allí nos aposentamos de nuevo, en las mismas alcobas que una vez habíamos habitado.

A finales de abril, Muley Hasan retornó a Granada junto a su Zoraida y sus dos hijos, Sa'd y Nasr, de siete y cinco años respectivamente. Se sentó en el trono, que había quedado frío desde que Boabdil marchara rumbo a Lucena, y con su visir Abu l-Qassim Bannigas tomó las riendas del gobierno, reanudando su reinado como si jamás hubiera sido derrocado por su primogénito. El Zagal, por su parte, mantuvo su dominación sobre Málaga. Volvíamos a estar cercados por el poderío de Muley Hasan, con Yusuf en Almería y nosotros en Guadix, excepto porque en esta ocasión nuestras tropas habían sufrido tal derrota que menguaban nuestras fuerzas y Boabdil estaba cautivo en alguna plaza cristiana, tan lejos de nosotros que era insufrible. Fue la vez en que vi a Aisha bint Muhammad Ibn al-Ahmar más próxima al llanto, e incluso así, no emitió ni un quejido por la pérdida que la desgajaba.

Y es que los aposentos eran más sombríos de lo que los recordaba, quizá por su ausencia. Extrañarlo era una sensación dolorosa, como morderse el carrillo interno de la boca, dejarlo abierto, sin costuras, y enjuagarlo con sal y limón. Tenía hambre de sus labios, de sus abrazos, del roce de su piel, y era un apetito que no se saciaba, por mucho que lo imaginara. Extrañarlo escocía tanto que me hacía perder el juicio y por momentos creí que lo perdía, pero nuestro pequeño Ahmed me ataba a la realidad y me inspiraba a seguir luchando.

Mi padre y Boabdil hablaban a menudo, porque mi padre había muerto y Boabdil estaba prisionero, encerrado en una torre, o eso decían. Que cuando uno está enclaustrado entre muros y solo ve el exterior a través de una ventana, el tiempo se congela y ya no se percibe la realidad. El pasado, el presente y el futuro se distorsionan, se confunden, no se sabe a cuál se pertenece. Se cree ver premoniciones y se conversa con los muertos. Las mujeres sabemos mucho sobre encierros y prisiones, también sabemos mucho sobre hablar con quienes ya no están.

Por esa razón acudí a Aben Comixa, que se encontraba en una de las estancias de la alcazaba sumido en quehaceres de gobierno que yo supuse que eran de gran importancia, pues resoplaba y su aliento hacía bailar el frondoso bigote. Al verme entrar esbozó una falsa sonrisa y dejó el cálamo que sujetaba encima de la mesa, para atenderme servicialmente. Intenté ver qué ocultaba tras su cuerpo y el afán con que tapaba los documentos que habían quedado a la vista me hizo sospechar que se trataba de negociaciones para pedir la liberación de mi esposo.

Recé para que así fuera y que los reyes cristianos se apiadaran de él, que era un sultán venido a menos. Doña Isabel era madre de muchos hijos, quizá habría que apelar a su amor maternal y advertirle de que Boabdil era padre de un niño que no había llegado todavía al año de edad y que otro crecía en mis entrañas; quizá así se compadeciera de la desgracia que asolaba a nuestra familia.

—Deseo visitar a la familia que me queda en Loja —le anuncié. Tenía la ridícula sensación de que si comunicaba mis intenciones con total seguridad y confianza me dejarían marchar, como si mi voz fuera la de Aisha, que estaba acostumbrada a dictar mandatos que no encuentran negativas.

Las cejas de Aben Comixa descendieron ligeramente y adiviné cuál sería su respuesta.

—Eso no será posible, mi señora.

Ahí estaba; sin embargo, yo no pensaba aceptarla. Me recompuse, con una convicción impostada y un tono sereno, que esos siempre atemorizan más a los niños que los gritos indignados de los progenitores. La calma es terrorífica, quizá porque precede a la tormenta y te mantiene en vilo, con el corazón en un puño.

—Mi padre ha muerto, mi madre ha enviudado y mi hermana, en edad casadera y sin esposo, ha quedado huérfana. Es una situación crítica la que vive mi familia, señor mío.

—Ya he dado orden de que vuestro hermano Muhammad acceda al puesto de alcaide, tal y como debe hacerse, sucediendo así a vuestro honorable padre.

Una carcajada socarrona me ardió en la garganta. Mi hermano mayor heredando el cargo político de mi padre era una de las peores decisiones que podría haber tomado, aunque fuera una suerte de reconocimiento a mi progenitor. Ni siquiera él habría estado de acuerdo en que ostentara ese poder; era demasiado belicoso, se ofendía con facilidad y usaba más la espada que el cerebro, traería guerras a Loja. Y las guerras solo traen muerte, caos y desolación.

Ahora que ya no estaba, ahora que Muhammad gobernaba la ciudad, Loja no tardaría en caer en manos cristianas.

—Muhammad no será un buen alcaide, le falta corazón para amar al pueblo al que ha de proteger, algo que a mi padre le sobraba. —La sorpresa en su semblante evidenció que no esperaba palabras tan amargas dedicadas a mi hermano. Di un paso hacia delante y junté mis manos en un gesto de súplica que para Aisha habría sido humillante. Habría soportado cualquier afrenta con tal de que me permitieran partir hacia Loja—. Dejadme ir a ver a mi madre, que debe de estar desvalida a causa de la pérdida y habrá sucumbido a la melancolía. Dejadme que acuda a su entierro, a darle el último adiós. Sois un buen hombre, Aben Comixa, sé que lo sois, pues de lo contrario mi esposo no os habría elegido como visir, concededme este favor.

Durante unos instantes noté que su resistencia vacilaba, que se abrían grietas en esos muros, que los cimientos temblaban. Puede que hubiera tocado la vena sensible de aquel hombre sepultado entre misivas y pergaminos de muy diversa índole, siempre con un oído en nuestra corte y otro en la ajena, captando rumores de ataques, siempre alerta. Un suspiro lo dejó sin aire, chasqueó la lengua y, finalmente, hizo varios movimientos negativos. Expelía culpabilidad.

—No puedo —se lamentó—. Ardo en deseos de disponeros una litera y ordenar que os escolten a Loja, mas no puedo, mi señora.

Acusé el golpe impasible, a pesar de que su negativa había sido una daga de hoja mellada que se me había clavado en las carnes, en una herida ya sangrante, y había tocado hueso. Me había habituado al dolor perenne, al físico y al que se esconde tras una delicada sonrisa, los llevaba conmigo como si se tratara del velamen que me cubría el cabello. ¿Me quedaban lágrimas por llorar? Lo dudaba. Era un árido desierto en el que por mucho que escarbes en la ardiente tierra lo único que hallas es más y más tierra, ni una gota de agua ni una mísera planta que delate que existe vida en ese erial.

La conversación había finalizado, a juzgar por los actos de Aben Comixa, que había recuperado el cálamo y se disponía a sentarse nuevamente para continuar con sus asuntos, todos esos que escapaban de mi comprensión. Me di la vuelta para enfilar el pasillo, pero en el último momento cedí a un impulso.

—Siempre os fue leal, a todos, no dudó nunca en desenvainar su espada y acudir a vuestro reclamo, fuera cual fuese, justo o injusto. Ayudó a Muley Hasan a derrocar a su padre, defendió Loja y envió a su hijo mayor a recuperar Alhama, a riesgo de que se lo devolvieran muerto. Me abandonó aquí, en este nido de víboras, aunque iba contra sus deseos y jamás se lo perdonase. —Hablaba atropelladamente, solo así retenía las lágrimas—. Mi esposo se ha sentado en el trono porque un día mi padre puso sus armas bajo su servicio y lo habéis dejado morir como un perro, sin nadie que le sostuviera la mano, sin su esposa y sus amadas hijas. —Tomé una bocanada de aire antes de proseguir—. Y ahora me impedís verlo incluso cuando sus ojos están cerrados.

—Mi señora, lo lamento.

Lo sabía, en el fondo lo sabía, pero cuando sientes una penuria tan inmensa, una que te abraza y te carcome el alma hasta que el luto que llevas por fuera es el negro del que se te tiñen los órganos, que se marchitan sin luz, quedas ciega ante las emociones de los demás y solo atiendes a tu propio dolor.

—No me concedéis esta gracia por mi esposo, por mi hijo, por el que vendrá —acaricié mi vientre—, por el peligro de los caminos y por mi honra, lo entiendo. Yo sí os ofreceré un consejo que necesitaréis más adelante, mi señor: sabed que mis hermanos no son el gran Ali al-Attar.

Aben Comixa elevó una de sus cejas.

—¿Es una amenaza? —Había tirantez e inquietud en su voz, un nerviosismo candente.

—Jamás se me ocurriría. Es una advertencia que espero que toméis en consideración. No os socorrerán, al menos no Muhammad, por mucho poder que le hayáis otorgado; mis hermanos sienten la lealtad de forma diferente a mi padre.

Para hacerme el duelo más liviano me invitó a que escribiera una carta a mi familia, bien a nombre de mi hermano Muhammad o de alguno de los otros, Ali, Ahmed o Isa, quien fuera, pero un varón que pudiera recibirla y transmitirles a mi madre y mi hermana el mensaje. Prometió que uno de sus hombres llevaría la misiva hasta la puerta del hogar, que la entregaría en mano y que en Loja esperaría hasta que le dieran una respuesta para mí, que traería de vuelta con premura, con el fin de no dejarme sin noticias. Con dicho gesto de buena voluntad trataba de silenciar el murmullo de culpa que lo corroía. Todos éramos conscientes de que era igual de prisionera que mi marido, él de los cristianos, yo de los que me rodeaban. Qué clarividente fue Ibn Hamete el día en que me obsequió con el cernícalo: observar su vuelo era lo único que me procuraba un poco de libertad, aunque nunca la hubiera conocido. De hecho, nunca la conocería.

Escribí una larga carta a mi hermano Ahmed; sabía que si la enviaba a Muhammad las palabras que llegarían a mi madre habrían mudado la piel, en cambio, él sería honesto y sincero. Lloré sobre ella y las lágrimas emborronaron muchas de las frases, que ya había escrito con cierto temblor, lo que hacía que fuera difícil su lectura. Al final solo eran manchas ennegrecidas que hube de reescribir, algo más serena. Reconforté a mi madre como buenamente pude, le hablé del honor y la gloria de defender a quienes se ama, del Paraíso que lo habría recibido, del legado que había dejado en todos nosotros, de las enseñanzas que nos había inculcado con su sabiduría y prudencia, del amor encarnado que éramos sus hijos, del brillo de sus ojos cuando admiraba a mi madre. Le confesé que de niña había deseado fervientemente matrimoniar con un hombre como él, a la altura del gran Ali al-Attar, y para no alimentar sus preocupaciones por mi marido, le mentí y dije que lo había encontrado en la figura de mi bienamado Boabdil. Le prometí ir a verla pronto, con alevosía y premeditación, con el pulso firme, pese a que no lo haría.

Antes de sellar el pergamino con sello de cera, redacté una última carta, esta vez a mi hermana, con la esperanza de que Ahmed la leyera antes de entregársela y tomara partido en lo relativo a sus futuros esponsales, que se hacían tardar.

> Casa con un hombre honrado, bueno, leal y noble, no de estirpe sino de corazón, uno al que no ames, pues ya volcarás todo el amor sobre vuestros hijos. Casa con un hombre de simpleza, que te trate bien, que te ame, uno trabajador, que el sustento del hogar provenga de sus manos encallecidas. Vuelve a las raíces, Aziza, a lo que fuimos, y despréndete de los sueños que abrigamos cuando eras niña. No seas carne de harén, de concubina, que el poder es muerte en vida, mira a nuestro padre, a nuestra familia. Casa pronto, cuanto antes, entrégate al hogar y a la tarea del hilado, confecciona las ropas de tus hijos, guarda las sedas, las perlas y las alhajas, pues vienen tiempos difíciles, tiempos de carestía, y quizá un día necesitéis los lujos para llevaros algo a la boca. Y cuida de madre, no dejes que Muhammad se haga cargo de ella ahora que ha enviudado, hazlo tú.
>
> Lamento el dolor que haya podido causarte, lamento no haber cumplido con mi palabra, mas cualquier pretendiente que mi esposo y yo te busquemos será una condena ahora que hemos caído en desgracia. Sé dichosa con lo poco que tengas, que el pueblo envidia que yo lo tenga todo cuando esto es lo que queda cuando ya no queda nada.
>
> Rezo cada día para volver a verte. Que Allah te cuide.
>
> Te quiero como solo se quiere a una hermana.

Semanas después una reunión tuvo lugar en ese mismo salón decorado con tapices y bellas alfombras, aquel de enorme y robusta mesa, el del jarrón de tonalidades nácar, áureas y azules. Aisha se impuso sobre los hombres; solo ella habría hecho algo así, tomar las riendas de un poder que le había sido cedido a

Aben Comixa. Vestida de blanco, la joyería dorada resplandecía con mayor intensidad, era tan dañino como mirar al sol de frente. Al contrario que ella, yo era la noche velada; desde el fallecimiento de mi padre optaba por atuendos que reflejaran la pérdida, como el *al-hidad* y el *al-sillab*, que me asemejaban en aspecto a un cuervo de alas negras. Me faltó tiempo con mi padre para expresarle el amor que le profesaba, así que el duelo se quedó conmigo para siempre; primero lo vestía, luego lo interiorizaba.

—El tiempo apremia. Hemos de pactar con el rey aragonés para que libere a Boabdil y nos lo entregue sano y salvo. —Apoyaba las palmas de la mano sobre la mesa en una actitud semejante a la de un adalid que dirige huestes y consulta el camino a seguir en los mapas—. Si mi esposo logra un trato ventajoso lo habremos perdido todo, incluida la esperanza.

Su discurso fue tan aciago que durante unos instantes reinó un silencio sepulcral que se nos metió en los huesos.

—¿Creéis que Muley Hasan tratará de firmar una tregua con el rey Fernando cuando ha sido su rechazo a pagar tributo lo que nos ha llevado a esta guerra? —pregunté. Si por algo destacaba Muley Hasan era por batallar en exceso.

—Y la codicia de esos cristianos, mi señora —intercedió Aben Comixa—; que no recaigan sobre nuestros hombros las muertes de todos los que han luchado.

—Mi esposo no olvida los agravios y haberle usurpado el trono es el peor de ellos. Ay de nosotras si le entregan a mi hijo y posa sus manos sobre él. —Enseñó los dientes con ferocidad; esos caninos le habrían arrancado la carne de cuajo a quien osara arremeter contra alguno de sus vástagos.

Ibn Hamete tomó la palabra, ya recuperado de sus múltiples lesiones que habían sido lavadas con agua, las más superficiales untadas con emplastos que Dhuha había elaborado, las más profundas suturadas con aguja e hilo. «Remendar un virgo requiere más cuidado que coser las carnes abiertas», había dicho la comadrona, que ejercía de *tabiba* debido a sus muchos conocimientos sobre hierbas medicinales. La curación no había desvanecido los hematomas que moteaban las partes visibles de su anatomía, que eran pocas, y tampoco había hecho desaparecer las molestias que le hacían rechinar los dientes según la posición que adoptaba.

—No tenemos noticias de que Muley Hasan haya mandado misiva a los reyes cristianos —contuvo el aliento al cambiar el peso de su cuerpo sobre el otro pie, torturando así el costado dolorido, que hubo de sujetarse—, mas tened por seguro que así habrá sido y que ya se hallará en negociaciones con ellos con el fin de que Boabdil regrese a la Alhambra maniatado y cabizbajo.

La escena supuraba humillación: apresado al igual que una fiera que enjaulan entre barrotes de acero para contenerla y pasearla por las calles de la medina, haciendo alarde de una grandeza venida a menos que la población festejará. No era Boabdil una bestia a la que limarle los colmillos y las garras. De caer bajo el yugo de su progenitor su negro destino oscilaría entre una vida encerrado en mazmorras y no volver a apreciar la luz del sol o que su cabeza quedara separada del cuerpo por insubordinación. Y antes de que la hoja de la espada le tajara el cuello yo habría puesto el mío.

—Nuestra única opción es ofrecerles a Fernando y doña Isabel mejores condiciones. —Con un gesto ordenó que trajeran tinta y soporte material en el que escribir.

Mojó el cálamo en el líquido ónice, inserto en un tintero octogonal hecho de cobre dorado y plateado, decorado con atauriques, motivos geométricos y caligrafía cúfica. De la punta escapó una gota que impregnó el pergamino y creó estrías que se asemejaban a las ramas de un árbol desnudo.

Y así fue como Aisha escribió en pergamino suculentas condiciones que tentarían a Isabel de Castilla y Fernando de Aragón, acercándolos a nuestro bando. Trescientos cautivos de su propia elección serían liberados y devueltos a tierras cristianas, a donde pertenecían, como si su vida de esclavos hubiera sido un mal sueño del que despertaran. Doce mil doblones de oro cada año, un tributo costoso que garantizaría una tregua que depondría las armas entre ambos reinos, convocando una paz efímera pero necesaria, una que permitiera respirar a la población. Y, para finalizar, el vasallaje de Boabdil hacia sus majestades, reconociendo la soberanía de doña Isabel y Fernando, una sumisión que dada la situación tan crítica que padecíamos era lo más recomendable. A cambio, deseábamos el regreso de nuestro Boabdil y pedíamos la intervención de las tropas cristianas en la *fitna* que nos había escindido y enfrentado, de manera que tomaran partido y nos ayudaran a expulsar a Muley Hasan de su trono.

—Sabrán el esfuerzo que nos supone esta oferta, lo valorarán y lo aceptarán, sea cual sea el trato que mi marido les haya propuesto. Les conviene tener a Boabdil en el trono, pues Muley Hasan no cesará en las hostilidades y las guerras diezman a la población y consumen el oro del tesoro real. Nadie quiere más muertos.

—Sa'd es joven, mi señora, demasiado joven, debemos asumir que quizá doña Isabel y Fernando prefieran que el hijo de la cristiana herede el poder cuando Muley Hasan perezca.

Ibn Hamete asintió a lo expuesto por el visir.

—Un niño de seis años es más fácil de controlar que un hombre como Boabdil, que ha sido educado para sustituir a su padre en el gobierno y es ducho en la guerra. Este periodo de cautiverio lo habrá curtido aún más si cabe.

—Aún creen en la inexperiencia política de mi hijo, esperemos que esa vana ilusión los ciegue.

—Y Sa'd no gobernará —les recordé con un tono jocoso que los impresionó—, los cristianos lo saben tan bien como nosotros. Su minoría de edad quedará eclipsada por el Zagal, que se hará con el gobierno en nombre de su sobrino. Para Isabel y Fernando es mejor pactar con Boabdil que con él, que seguirá la senda sanguinolenta de su hermano.

Mi esposo tenía razón; jugar al ajedrez con Aisha me había

instruido en el arte de la política, comenzaba a predecir con certeza los siguientes movimientos del enemigo, y en base a ello avanzábamos por el tablero de cuadrículas blancas y negras.

—Aceptarán nuestras condiciones —confirmó mi suegra, con una sonrisa torcida abriéndose paso en su afilado rostro.

La carta rubricada llevaba el nombre de Aisha bint Muhammad Ibn al-Ahmar, *al-Hurra, al-Tahira, al-Rafi`a, al-`Ulyà, al-Sultana*, hija del sultán Muhammad IX el Zurdo, primera esposa del sultán Muley Hasan, madre del sultán Boabdil y *al-Sayyida al-Walida*. El mensajero que la protegía con su propia vida había de entregarla en manos del rey Fernando de Aragón, mirándolo a los ojos, y no confiarla a nadie, ni siquiera a sus más leales sirvientes. Nuestro futuro dependía de él.

El hueco que Boabdil había dejado en la cama me impedía dormir y cabeceaba mientras observaba a Ahmed, que no parecía añorar a su padre más que por el día; berreaba al no encontrarse cabalgando sobre sus rodillas, tirándole de la barba o aplaudiendo y gorjeando cuando este silbaba imitando el trino de los gorriones. Me preguntaba si verse privado de su compañía le causaría trauma o pesar, si lo olvidaría en caso de que el cautiverio se alargara en años, si lo reconocería al regresar. ¿Lo reconocería yo? El encierro denigra y nos torna dementes, nos ensucia cuerpo y alma, nos roba los retazos de dicha que hemos protagonizado, nos sume en una letanía de penuria, en una melancolía que nos hace languidecer y perder el espíritu. Eso es lo que busca el cautiverio, quebrar el espíritu. Y en ese quebranto el hombre es una cáscara de un fruto perdido tiempo atrás.

Puede que para nuestro reencuentro su melena oscura estuviera veteada de canas, los surcos de sus ojos fueran arrugas por las vicisitudes y no por las carcajadas, que los huesos se marcaran en su rostro y se notaran bajo los ricos ropajes, que sus costillas y las mías se enredaran en el abrazo. Puede que el brillo de sus pupilas se apagara y el desconsuelo se adueñara de él. Yo lo reconocería, incluso en el peor de sus días, incluso cuando estuviera postrado en la cama y exhalara su último aliento. ¿Me reconocería él al volver herido de muerte de ese arresto?

Con tales reflexiones me rendía al sueño, cerraba los párpados, vencida por el cansancio, pero entonces veía al halcón precipitándose al vacío con el pecho asaeteado por una flecha, lo veía a mis pies, hecho sangre y plumas. Y me despertaba. A causa de los desvelos y para salvaguardar mi preciada honra, que ya lo estaba en exceso por el embarazo que se gestaba y que se hacía visible con presteza, me rodeé de mis criadas y esclavas y aposté eunucos en las puertas de mis aposentos, además de guardias. A veces, pasábamos las noches conversando, otras me encomendaba a la lectura del Corán con tantísima devoción que el amanecer me sorprendía, o bien me dedicaba al bordado y al hilado, o simplemente escribía larguísimas cartas preñadas de amargura que destinaba a mi marido y luego quemaba en el fuego del lar.

Maldecía el día en que lo había dejado marchar. El crujido de la madera de su lanza al impactar contra el arco de herradura aún resonaba en mis oídos, una carcajada sardónica que se reía de mí y mi desdicha.

—Zoraida me confesó que los primeros días de cautiva quiso morir.

Jimena, que sentada se dedicaba a bordar algunas mantillas de mi hijo, adornándolas con bonitos motivos, no cesó en la labor. Con la mirada fija en los hilos granates tejía y tejía.

—Los primeros días los hombres que pierden la libertad desean tener la oportunidad de morir defendiéndose de aquellos que los capturaron, las mujeres preferimos que nos claven un puñal en el estómago antes que regresar mancilladas a nuestros hogares. —Sacó la aguja y volvió a hundirla en la tela, esperó y alzó los ojos—. Una vez que te toma uno de ellos eres una mácula imposible de borrar para la familia que tanto te ama.

—Mis pensamientos están siempre en la torre en la que lo han encerrado, haciéndole compañía.

Albergaba la esperanza de que me sintiera a su lado, como la brisa que sin dedos acaricia.

—Nada malo ha de sucederle, mi señora, que es hombre de sangre real y doña Isabel y Fernando son benévolos y respetuosos con quienes son soberanos como ellos. —La lealtad para con los suyos era encomiable, aun cuando ella era un cadáver descompuesto, cenizas que ya nadie lloraba.

—Quizá estemos errando —me atreví a admitir. Era un pensamiento que rumiaba con frecuencia desde la caída de Alhama, un germen que había plantado la inusual amistad con la cristiana.

—¿En qué? —quiso saber, relegando finalmente sobre su regazo el bordado.

—En todo, mi Jimena, en todo lo que nos rodea, en someterlos a base de hambre y cercos, en hacerlos presos y luego esclavos, en infligirles el daño que padecisteis vos y del que ahora adolece mi marido.

El que debía ser una angustia para las mujeres del alcaide de Loja, para las muchas mujeres, niños y niñas que habían presenciado el ataque de sus ciudades y la toma de las mismas.

—Los caminos del Señor son inescrutables —recitó de memoria, con convicción y fe renovadas. Su Dios siempre la escuchaba.

—Aisha ha enviado misiva a los reyes cristianos con el fin de pactar la liberación de mi esposo —le anuncié en voz baja para evitar que oídos indiscretos fisgonearan—. Le ofrece trescientos cautivos, en su mayoría serán hombres, pero puedo integraros en dicha comitiva. —Jimena negó con vehemencia; antes de que abriera los labios yo ya había alzado la mano, enmudeciéndola—. Conozco vuestra respuesta, mas esta es mi oferta y espero que penséis en ella con serenidad y cautela, pues pocos gozan de una oportunidad como esta. Tenéis tiempo suficiente hasta que doña Isabel y Fernando contesten.

Había muchos argumentos que la cristiana esgrimía: la incapacidad de regresar a un hogar en el que ya nadie la aguardaba, el pasado que se le atragantaba, la complacencia de su nueva vida, el estómago lleno y el techo que la cobijaba. Su lealtad a mí.

—Nuestro señor Aben Comixa requiere mi presencia y mis servicios algunas noches en el lecho y uno de sus servidores ha posado los ojos en mí. Es un hombre gentil. El sirviente —aclaró—, manos recias y complexión robusta. Se llama Martín, es hijo de esclavos capturados hace años en la frontera, no conoce otra vida, pero es todo lo atento que puede ser un hombre en su circunstancia. —Un amago de sonrisa le curvó las comisuras.

Omití la curiosidad que me mordisqueaba, el reciente interés de Aben Comixa por mi esclava, que conservaba su belleza natural.

—¿Pedís su liberación o es que deseáis uniros a él? —Jimena se sentía una anciana a la que le habían arrebatado la mocedad, por eso no enrojecía de pudor ni se le arrebolaban las mejillas al hablar de ese hombre, al contrario que mi cuñada Aisha cuando era objeto de lisonjas lanzadas por el príncipe meriní.

Se encogió de hombros y, como si el asunto fuera una nadería que en nada la turbara, volvió a sus quehaceres. Me hipnotizaba el ritmo que adquirían sus habilidosos dedos, las yemas de los cuales estaban tan endurecidas que si se pinchaba no sangraba.

—No es tiempo de uniones, mi señora; no ha casado aún la princesa Aisha con el excelso al-Mutawakkil, sería una deshonra que lo hiciera antes una simple esclava.

—Puedo interceder por vos, fiad de mí.

—Yo ya estoy casada y así seguiré hasta que Dios me reclame en su seno o lo reclame a él. —No había ni un ápice de pena en su voz.

—Ni siquiera sabéis si está vivo. —Quería su felicidad tanto como la mía, así que traté de hacerla entrar en razón.

—En ese caso soy viuda y respetaré su memoria hasta el fin de mis días.

—¿Porque aún lo amáis?

Abandonó las puntadas; sin embargo, sus dedos recorrían las hilaturas del bordado que le otorgaba una suerte de paz.

—A su recuerdo, a los momentos que compartimos y atesoro, al hombre que siempre fue y que quizá ya no sea, pues la gente cambia con los golpes del destino —dijo, sumida en el estanque de su memoria—. Habrá sufrido muchos.

—¿Y si él os hubiera dado por muerta y hubiera contraído nupcias con otra mujer?

—Es muy posible que así sea. —Sonó resignada—. Hace años desde nuestra separación y un hombre nunca espera el regreso de su esposa después de tanto. Necesita una nueva mujer en su vida, una que lo cuide y se haga cargo del hogar, que le dé hijos.

—Entonces sois libre de casar con el sirviente de nuestro visir si eso os place.

Negó en rotundo y yo desistí; no se hallaba en su ánimo recuperar el estado de esposa con un nuevo amante.

—Que mi marido haya faltado a la sagrada unión del matrimonio no significa que yo cometa idéntica falta; es un sacramento, mi señora. Si él ha contraído matrimonio espero que sea por necesidad, mas yo no lo haré, le seré leal.

—¿Lo añoráis?

Aquella sonrisa destilaba tristeza. Se le empañaron los ojos castaños, pero ni una gota cayó de ellos.

—Continuamente —se sinceró—, en especial las noches de frío, a veces incluso lo lloro, a pesar de que creía que ya había gastado todas mis lágrimas.

—Yo lo extraño cada día, cada noche, cada hora, minuto y segundo. —Desvié la mirada hacia mi hijo. Su figura quedaba recortada por la escasa iluminación, solo se apreciaba el sube y baja de su respiración acompasada y el sonido que hacía al chuparse el dedo pulgar, un hábito que lo relajaba.

—El amor es así, pero nuestro señor Boabdil regresará, no es un cautivo cualquiera, es un rey. —Alargó la mano y entrelazó sus dedos con los míos.

—Allah os oiga. Merecéis más que esto, mi querida Jimena. Tomad en consideración mi oferta, os lo suplico.

La *rumiyya* tendría mucho tiempo para pensar en ello, pues los meses transcurrirían inexorablemente y el mensaje de sus majestades Isabel y Fernando no llegaría hasta que el verano muriese y el otoño les arrancara las hojas ocres a los árboles, creando un manto que crujía bajo nuestros pies.

31

Perdí la cuenta de los días a medida que las estaciones se sucedieron y el calor del verano se hizo tan empalagoso como espeso. En el mes de julio, haciendo oídos sordos a las cartas que Aisha había mandado a los reyes cristianos y sin respuesta que alimentara nuestras esperanzas, don Fernando había iniciado un nuevo avance sobre la vega de Granada con el fin de tomar algunas plazas y cortar el suministro de otras. Al mando de grandes huestes y respaldado por hombres que amaban la contienda más que a sus propias esposas marchó hacia Cabeza de los Ginetes. En la villa de Ilora se produjo una pequeña batalla que se saldó con la vida de muchos habitantes que trataron de repeler a los cristianos, que finalmente tomaron el arrabal, no sin recibir gran daño. Para asegurarse la victoria, Fernando actuó como de costumbre: quemó el arrabal reduciéndolo a los cimientos y destruyó la ciudad hasta que solo quedaron humaredas negruzcas y cadáveres calcinados.

En Monte Frío, el conde de Cabra y don Alonso de Aguilar, siguiendo las instrucciones del aragonés, talaron huertas y panes y todo lo que se hallaba a una legua de la ciudad, desproveyendo a la población de cultivos con los que sobrevivir. Continuaron su camino, sembrando muerte y desolación a su paso, y llegaron a Tajara. Sitiaron la villa, sabedores de que era fundamental para el mantenimiento de Loja, que le debía el abastecimiento por cercanía. Allí derribaron molinos y torres, quemaron huertas, talaron cualquier árbol que diera frutos y que se encontrara a dos leguas de la villa, y muchos fallecieron. Prosiguieron hasta Malaha y con sus famosos ribadoquines destrozaron hasta trescientas torres, cortijos y alquerías.

El miedo se extendió con la presteza de la viruela; las huestes cristianas, conformadas por casi seis mil caballeros y cuatrocientos mil peones, avanzaban y se aproximaban a Granada. A una legua de ella asentaron el campamento. Alhendín sufrió la tala de sus árboles y la destrucción de sus huertas, olivares y panes. Pero Fernando hubo de levantar el real, pues la población, alertada, atemorizada y dispuesta a defenderse, había envenenado el agua de las acequias de la que bebían los cristianos y el rey temía que sus tropas cayeran emponzoñadas. Mudó el tropel a la ribera del Guadagenil, luego a Huécar, y así, aprovechando el tórrido verano que ya nos castigaba en demasía, Fernando de Aragón arrasó con la vega de Granada, sin piedad ni corazón.

Muley Hasan no respondió; su salud había mermado por justicia divina o por justicia poética. Se enviaron embajadores para rogar una tregua, un pequeño periodo de paz que nos permitiera recuperarnos y tomar aliento, para que las tierras yermas produjeran alimento. Doña Isabel solo aceptaría si entregábamos las villas y fortalezas del reino. Denegaron la tregua y apostaron guardias en los puertos y rutas, de manera que Granada se viera desabastecida de víveres, evitando incluso el canje de cautivos cristianos por aceite, ganado, paños y viandas.

Deseé que el hambre no llamara jamás a sus puertas, que no lo sintieran royéndoles el estómago. Que no vieran la pobreza de cerca, con las manos ahuecadas y extendidas, con ojos llorosos y enrojecidos por la nube de fuego extinto, con la boca mellada y los pómulos prominentes, afilados. Que la muerte de su familia no fuera el pan de cada día, que no los abrazara la carestía, la de los suyos, la de la piel que han besado y ahora es un recuerdo lejano que no pueden alcanzar. Que no fueran cautivos. Que no vivieran la enfermedad ni el desamparo ni la locura en sus carnes, que no les negaran la paz cuando lloraran a bocajarro. Que ojalá doña Isabel y Fernando no suplicaran y vertieran lágrimas a aquellos que los aplastan y no saben de misericordia ni de abrazos.

El verano fue lento y doloroso, nos dejó exhaustos y amedrentados, especialmente a la facción que aún apoyaba a mi esposo, que se veía cercada por los cristianos y por quienes rendían todavía fidelidad a Muley Hasan. Las lealtades basculaban a un lado o a otro como las veletas giran según el origen del viento. Un día estaban con nosotros, al siguiente contra nosotros. Las interminables horas de sol que se juntaron con el mes sagrado del Ramadán prolongaron aún más la agonía; el consuelo que nos ofrecía la fe se veía paliado por la escasez y el miedo, el ayuno se rompía con frugalidad a expensas de no desperdiciar comida. E incluso así lo celebramos, encontramos motivos para seguir sonriendo, entre ellos el primer aniversario de mi hijo, que cumplía un año de edad y nos llenó de gozo. Había dejado atrás el gateo, se erguía bien recto cual combatiente que acude a un despliegue militar y caminaba agarrado de mi mano, de la de Jimena o de la su abuela o su tía Aisha, que se volcaron en satisfacer cualquier capricho que se le antojara. Cuando se sentía valiente, se arrojaba a caminar solo, sin que nadie lo sujetara. Sus pasos todavía eran vacilantes, similares a los de un hombre ebrio que deambula torcido. Mi esposo se perdía los momentos más bonitos de la niñez de Ahmed, sus primeras veces. No podría recuperarlos ni por todo el oro del mundo. Balbuceaba, imitaba sonidos y palabras, trataba de hablar, de hacerse entender, y decía «*umm*», «*umm*». Madre. Madre. Aquella primera vez podría haber pertenecido a su padre, pero él no estaba y Ahmed aprendió a llamarme a mí antes que a Boabdil.

Carentes de noticias, Aisha, que no conocía la derrota y mucho menos la retirada, escribió una nueva carta a doña Isabel y Fernando con idénticas condiciones, como si hubiera memorizado las palabras. Solo añadió una amenaza velada. Si no atendían a razones y aceptaban las cláusulas que les ofertábamos, más que razonables y generosas, si no liberaban a nuestro Boabdil y regresaba sano y salvo a Guadix, nuestra facción se uniría a la de Muley Hasan y el Zagal, trayendo de nuevo el esplendor del reino nazarí y triplicando las fuerzas.

Pero nuestro hostigamiento verbal no nos fue devuelto en forma de misiva. El verano se marchó con unas temperaturas templadas, dominadas cada vez más por el frío que provenía de las altas montañas, las lluvias arreciaron, a los picos de las sierras les brotaron canas y el paisaje se tiñó de oro y gules. Para entonces yo había engordado como las vacas y el varón que llevaba en mi vientre, así lo había resuelto Dhuha tras examinar las transformaciones de mi cuerpo con pericia, cumplía seis meses.

Mediados de octubre de 1483

Dhuha me había aconsejado ejercicio moderado, así que invertía buena parte de la tarde en pasear por los jardines. En la mayoría de las ocasiones lo hacía junto a mi hijo, que con sus pisadas apuradas e inseguras descubría un mundo fascinante, se reía deleitándonos con esas dulces carcajadas que eran más preciadas que los manjares, tironeaba de mi brazo para echar a correr y perseguir a los pájaros que picoteaban en el suelo. Arrancaba la hierba con sus manitas, que se tiznaban de barro, y había que despojarlo de las briznas para que no se las llevara a la boca y las masticara con aquellos dientecitos tan graciosos. El cernícalo de Ibn Hamete también me procuraba una gran distracción; imaginaba que en su alto vuelo se acercaba a mi padre y que me traía delicados besos que repartía en mi puño cuando descendía con el viento y rebuscaba el trozo de carne que había divisado desde lejos. Aprendió a acudir a mi reclamo y me sorprendí a mí misma cogiéndole cariño a aquel animal emplumado que otros habrían rechazado por no ser adecuado. Lo que sí procuraba era que el cernícalo y Ahmed no coincidieran por miedo a que el ave rapaz lo dañara, ya fuera con las garras o con el pico. Y es que en lo referido a mi criatura, era una de esas madres lobunas que se interponen entre esta y el peligro, gruñendo fieramente y enseñando la dentadura.

Aquella tarde benigna había dejado a Ahmed a buen recaudo; yacía en la cama que compartíamos, Jimena le había entonado cantos de nana, arrullándolo hasta que, adormecido, había cerrado los ojos. ¿Con qué sueñan los niños? ¿Con qué soñaba mi hijo, que todo lo tenía y, a la vez, tanto le faltaba desde la ausencia de su padre? Entre setos de arrayanes, cipreses, jazmines y cítricos, serpenteaba jugueteando con las acequias que transportaban agua clara y finalizaban en una alberca que actuaba de espejo. El cielo pero al revés, como si pisáramos la bóveda celeste. Fantaseaba con hundirme en dicho estanque y sumergirme en una realidad similar aunque distinta, en la que Boabdil no se hubiera apartado de mi lado, en la que no hubiera batallas por librar, odio que atenuar, oro que gastar en rescates, personas a las que esposar con grilletes.

—Por vida mía, que si un gentilhombre muriera en el instante de los adioses, al pensar lo que le va a acometer al punto: esperanzas que se van, temores que vienen, trueque de la alegría en tristeza, tendría sobrada disculpa. —Narraba con gran ceremonial, aquellas largas pausas de silencio hacían pesadas sus palabras, que calaban hondo incluso en quienes lo oían de lejos, mas no lo escuchaban—. Es una hora en que se adelgazan corazones más ásperos y se ablandan las más duras entrañas.

—Pasad a la poesía, señor mío, hoy no poseo paciencia para soportar las elucubraciones de los sabios.

Ibn Hamete asintió obediente, buscó los poemas y se decantó por uno. Antes de comenzar a recitar carraspeó un poco.

—En toda separación que ocurre no se pierde la esperanza. No te des prisa en desalentarte: quien no muere no se aleja. Pero, cuando uno muere, la desesperanza es firme.

Sí que era firme el padecimiento que se alargaba con el duelo, era tanta su firmeza que a veces me preguntaba si desecharía los ropajes oscuros que me vestían desde hacía meses. Pero es que el dolor no solo hay que sentirlo, el dolor hay que mostrarlo, gritarlo. Quizá el nacimiento de mi próximo hijo alejara la soledad y me empujara a portar nuevamente ropajes de vivos colores y brocados de oro. Una nueva vida por una ya vieja que se marchitaba y había sido segada. «Mejor la muerte en batalla, con dignidad intacta y cabeza bien alta, cubierto por el sudor y la sangre, que fallecer en un camastro por fiebres y diarreas», decía Ibn Hamete.

Cesé en el caminar y le dediqué una mirada de hastío. Llevaba las manos sobre el vientre abultado del tamaño de una col.

—¿Escribió este buen hombre algo que no me avive el pesar? ¿Acaso no hay nada feliz entre sus versos, algo que hable de dicha, que me devuelva un atisbo de felicidad?

Él esbozó una sonrisa ladina; estaba segura de que con ella había cautivado a más de una joven antes de que su esposa aceptara el matrimonio y contrajeran nupcias. Sonrisas así entrañan más peligro que rostros anónimos que se contemplan a través de las celosías de las ventanas. A mi padre tampoco le habría convencido aquel hombre para que fuera mi marido; habría olido a sospecha. Por mucho que le hubiese rogado, se habría negado a firmar con él el contrato. En cambio, Muhammad me habría vendido al mejor postor.

—Por supuesto, mi señora.

—Leed entonces algo que nos eleve el ánimo en este día plomizo, apenas se vislumbra el sol entre tantas nubes grisáceas que son presagio de tormenta. —Señalé hacia arriba: no había ni una tonalidad celeste que coloreara el día.

Ibn Hamete escudriñó el cielo y en seguida regresó al manuscrito que reposaba sobre sus amplias manos, que hacían de soporte. La luz argéntea que lograba colarse por el amasijo de nubes deslustraba sus iris, confiriéndoles una tonalidad más lúgubre. Ni rastro del verdor que sabía a aceituna molida.

—No lloverá, esta noche la luna no ha presentado un halo rosado que nos desvele si llueve mañana o bien pasado —dijo con la vista fija en el escrito, que leía por encima para decidirse por un poema que me elevara el ánimo.

Su ocurrencia me hizo reír a carcajadas y a mis risas las siguieron las del séquito de doncellas y criadas que se encontraban unos pasos más atrás, sombra de nuestras sombras.

—Seguid con la lectura, el niño parece calmarse con el arrumaco de vuestra voz. —Me acaricié la barriga con dulzura. La criatura no se adelantaría y eso me reconfortaba, me daba la oportunidad de que, una vez libre, Boabdil estuviera presente para recibir a su hijo entre los brazos, al igual que había sucedido con el primogénito.

—Le gustaría más el de cualquiera de las mujeres que se hallan a vuestra entera disposición.

Eché un vistazo por encima del hombro: allí seguían, entretenidas en conversaciones banales, con algunos eunucos y hombres de armas que cerraban la comitiva y se habían cosido los labios, eludiendo el chismorreo.

—Están muy ocupadas con sus quehaceres —comenté, a pesar de que simplemente caminaban— y os recuerdo que vos mismo os habéis ofrecido a hacerme compañía y salvaguardarme.

—Por recomendaciones médicas he de caminar, los músculos se agarrotan si se los relega al descanso y las heridas no sanan únicamente con lamentos.

—Continuad pues.

Sin ninguna reticencia, el de los Banu Sarray retomó la narración. Embelesada por sus palabras, renegué del paisaje que me rodeaba y me centré en él.

—Indicio del pesar son el fuego que abrasa el corazón y las lágrimas que se derraman y corren por las mejillas. Aunque el amante cele el secreto de su pecho, las lágrimas de sus ojos lo publican y lo declaran. Cuando los párpados dejan fluir sus fuentes, es que en el corazón hay un doloroso tormento de amor. —Al terminar alzó los ojos y me observó—. ¿Es este más de vuestro agrado?

No respondí, aunque, como bien había referido Ibn Hazm

en su obra, la evidencia habló por sí sola igual que las señales del amor descubren los sentimientos enterrados.

Un grito nos alertó desde la lejanía. Corría un hombre en nuestra busca, un sirviente cuyas pisadas veloces resonaban por los jardines de la alcazaba, levantando a los pajarillos que se acurrucaban en las ramas de los cipreses. Tal debía de ser la necesidad que lo apremiaba que al llegar a nosotros echó las manos a sus rodillas, doblado por la mitad, sin aliento alguno. Bañado en sudor y enrojecido por la carrera, le brotó una noticia de la boca como el agua se derrama de los surtidores, a borbotones.

—Nuestro señor Boabdil está en Guadix.

Al fin buenas nuevas. Al mencionar el amor, Allah nos había oído y enviado de vuelta a mi marido.

Nos pusimos en marcha, aligerándonos en desandar el camino, aunque el avanzado estado de gravidez me impedía andar con soltura, especialmente si no agarraba por debajo el vientre hinchado, aligerando el peso que me torturaba los riñones y la columna. Ibn Hamete hizo de sostén, aguantó impávido que me apoyara en su brazo, cargó conmigo y con el niño que se gestaba en mis entrañas.

—No lo creeré hasta que no sean mis propios ojos los que lo vean —le dije al de los Banu Sarray, que asintió comprensivo.

—La fe, mi señora, la fe. Mantenedla intacta —me rogó.

Pero la fe, a veces, también te abandona.

Cruzar los jardines fue una travesía interminable. De no haberme visto espoleada por la urgencia, el paso apresurado me habría extirpado las escasas fuerzas de las que gozaba debido a la preñez. Penetramos en la alcazaba con el corazón al ritmo demencial de un pandero y una pátina de sudor que me empapaba las sienes, bien cubierta por el *jimmar*. Jadeante, el frescor característico del otoño había sido reemplazado por un fuego ardiente que se extendía hasta teñirme las mejillas del color de la grana, que se intensificó en el interior del recinto, en el que se había desatado un bullicio inusual a causa de la servidumbre que se congregaba, generando calor humano. Iban y venían, presos del alboroto, afanándose en prepararlo todo para atender la llegada de Boabdil. Jimena quiso saber si despertaba a Ahmed para recibir a su padre, pero en el último momento decidí dejarlo dormir. Ya tendrían tiempo suficiente.

Los nervios me estrangulaban el estómago, prescindí de un mayor acicalamiento y salí a su encuentro. En los pasillos, mi suegra y mi cuñada me interceptaron; acababan de dejar de lado una apacible e íntima reunión con música incluida. En sus rostros se percibía una mezcolanza de emociones, desde el miedo hasta la más inmensa alegría, que rebosaba en la joven Aisha.

Y entonces volví a respirar. En efecto, ni una mentira había emergido de los labios de aquel hombre. Allí estaba mi esposo, hecho todo carne y huesos, la desdicha de ser el *Zoigobi* dibujada con tinta en sus facciones. ¿Qué habían hecho con mi amado? Que era los restos ruinosos del hombre que había conocido. Delgado, melancólico, extenuado y roto, como se rompen las almas que antaño fueron libres, de mirada sombría. La limpieza que le habían proporcionado, pues no había ni una mácula que recordara sangre propia y de enemigos o batallas encarnizadas no lo había purificado. La contaminación seguía arraigada ahí dentro, en su interior. Ni los ricos ropajes con los que lo había obsequiado Fernando le abrillantaban la tez, que había palidecido por la falta de sol. La marlota de terciopelo granate y brocados de oro no lo vestía, aunque sí sus gloriosas armas, pero hasta el resplandor áureo quedaba deslucido.

Se me aguaron los ojos, inundados por completo, tanto que la visión se emborronó y la figura de Boabdil quedó cubierta por una bruma matutina que hube de disipar con un constante parpadeo que retuvo las lágrimas. No se trataba de un sueño, no se desvanecería si estiraba el brazo en mi deseo de capturarlo. De hacerlo, lo tocaría. Las ansias por correr hacia él y aferrarme a su pecho me habrían impulsado de no haber sido porque Aisha, situada a mi diestra y agarrada de mi antebrazo, se adelantó.

—Bendito sea Allah que ha escuchado las plegarias y se ha

apiadado de la desventura que se ha cebado con nuestra familia. —Le besó ambas manos, más vasalla que madre que ha estado en vilo por la seguridad de su hijo, más devota que deudo.

Mi esposo se mantuvo recto, haciendo acopio de todas sus fuerzas y de la estricta educación recibida, aunque de buena gana se habría lanzado a abrazarla sin reparar en las muestras de afecto públicas; expelía añoranza por cada poro de la piel. La joven Aisha hizo lo mismo, se acercó y tras una regia genuflexión le besó las manos.

—Buena es la fortuna que os trae de regreso, hermano mío, ya os hacíais tardar.

Él le dedicó una caricia en la mejilla.

Lo siguiente fue una sucesión de «mi señor» emitidos por Aben Comixa, Ibn Hamete, al-Mutawakkil y otros hombres de confianza como el alcaide de Guadix, además de la servidumbre, que había sido organizada en la retaguardia simulando una hilera para asistir a un reencuentro emotivo y único. Y es que hasta los criados que nos servían habían añorado la presencia de mi esposo, a quien apreciaban por ser un hombre atento que trataba con cordialidad y justicia a los de su rango y a los inferiores a él.

—Mi Morayma. —El anhelo de mi nombre desató las primeras lágrimas que rodaron barbilla abajo. Se le había rasgado la voz, limada al igual que las garras de una bestia peligrosa.

A pesar de que lo habían doblegado con el aire viciado de la torre seguía siendo un hombre apuesto, sin importar las marcas violáceas de debajo de sus ojos acuosos. Porque la belleza no se borra de un plumazo y Boabdil siempre había sido el sol que con sus rayos templa incluso el más crudo de los inviernos.

Tuvimos que esperar un poco para que me estrechara entre sus brazos y ambos sintiéramos que nuestros cuerpos unidos conformaban un hogar. Habían transcurrido seis meses, podíamos aguardar un par de minutos más, aunque mi boca estuviera sedienta y reclamara sus labios peregrinos. Depositó un casto beso sobre mi frente y yo se lo devolví en las manos. Su olor había cambiado, los retazos de almizcle impregnaban mi memoria, pero no sus nudillos. Mi marido había perdido algo más que el honor al caer cautivo; se había perdido a sí mismo.

—Este es Gutierre de Cárdenas —presentó a aquel que permanecía unos pasos atrás, distinguible entre los soldados que lo protegían por el aura de autoridad que lo rodeaba—, contador mayor del reino, comendador mayor de León y fiel servidor y confidente de sus majestades Isabel y Fernando, que me ha acompañado en el regreso a nuestras tierras junto a algunos de sus hombres y tantos de los míos que han compartido mi suerte.

El susodicho dio un paso al frente para realizar un saludo de lo más cortés. Era de buena estatura, aunque no muy alto, no sobrepasaba a mi marido. Uno al lado del otro eran la viva imagen de una espiga que se eleva y un tocón de un árbol que ha pasado por la maliciosa tala de su señor Fernando. El comendador mayor de León era, sin lugar a dudas, un tocón, sus dimensiones orondas y rollizas lo confirmaban, al igual que la escasez de belleza, un don con el que no había sido bendecido y que se camuflaba por el espesor de la barba bermeja, ya poblada de canas debido a la edad. A juzgar por su apariencia habría de rondar los cincuenta; de ser más joven, los cargos ocupados y el peso de estos lo habían maltratado hasta dejarle una faz estriada. Afortunadamente, poseía una sonrisa afable que invitaba a la confianza, algo que le valía de mucho en la corte.

Su cercanía con el aragonés era bien sabida, pues había casado con Teresa Enríquez, hija de Alonso Enríquez de Quiñones, almirante de Castilla, unas nupcias que lo habían emparentado con el rey Fernando. Y sin familiares mediante, se había ganado a doña Isabel, de quien era ojos, oídos y hasta manos.

—Bienvenido seáis —dijo el alcaide de Guadix.

—Ennoblece estar ante tan distinguidas damas y caballeros —nos endulzó con halagos.

Me acerqué con discreción al visir para susurrarle al oído las palabras que habría de decir en mi lugar. Aben Comixa asintió y pronunció como si su voz fuera la mía:

—Os agradecemos vuestra escolta, mi señor, dispondremos estancias para vuestro descanso y el de los buenos hombres que os siguen, además de un banquete con deliciosas viandas para que os repongáis del viaje ajetreado que os habrá dejado exhaustos. Seréis agasajado como merecéis. Estamos a vuestra entera disposición.

Al castellano pareció complacerle el recibimiento, aunque fuera más austero de lo que nos habría gustado dadas las circunstancias. No había un gran salón con un rico trono en el que sentarnos ni ornato que lo engalanara y deslumbrara a los huéspedes. La sorpresa nos había dejado sin preparativos. Qué distinto habría sido de haber estado en la Alhambra, rodeados de lujos y esplendor.

—Viene para defender los intereses de sus señores —nos explicó mi esposo—, que se cumpla lo pactado según hemos acordado en las negociaciones acaecidas en Córdoba.

—Así se hará —prometió Aisha.

Un juramento no ha de romperse.

Por el regreso se Boabdil estábamos dispuestos a pagar el precio que hubieran estipulado, por abusivo que fuera. Más barato habría sido entregarles todo nuestro reino.

32

La batalla de Lucena había estado perdida desde el instante en que la lanza se quebró en aquel arco y, posteriormente, camino a Loja, donde los esperaba mi padre para unirse a ellos, un zorro correteó entre los pies de las huestes, sembrando el caos. El animal se salvó al sortear la lluvia de proyectiles que trató de darle caza. Eran malos augurios, pero los hombres si los ven no los oyen y si los oyen no los ven. Acudió el conde de Cabra a socorrer al alcaide de Lucena y, haciendo uso de una antigua artimaña bélica, les hizo creer que sus tropas eran más numerosas de lo que realmente eran. Ya habían sufrido en el intento de tomar el arrabal de la ciudad, les habían llovido saetas y los muertos se habían ido temprano para no presenciar la deshonra del descalabro final. El temor hizo el resto, Boabdil sucumbió a la impetuosidad del río y buscó en el agua la salvación, porque el agua purifica cuerpo y alma, pero aquella vez el cauce se los llevó por delante.

Primero murió mi padre ante sus ojos, se produjo la huida que los escindió en bandos y, finalmente, lo atraparon a él y a su níveo caballo de exquisitos arreos, con las patas enredadas en el lecho del río, que podría haber sido confundido con un lodazal. Pensó en ocultar su identidad, cambiarse la piel por un hombre cualquiera, pero no se puede disfrazar la dignidad real con la que se nace. Y Boabdil, cubierto de suciedad y sangre ajena, inspiraba solemnidad. Era inconfundible. Por suerte, ser visiblemente de noble cuna le garantizó la supervivencia. Los cualquieras mueren, los cualquieras son vendidos. Los reyes cautivos, en la mayoría de las ocasiones y apelando a la magnanimidad del vencedor, regresan, y no envueltos en sudarios.

Estando bajo el yugo del conde de Cabra, en la ciudad de Baena, Boabdil fue trasladado a Porcuna por orden de don Fernando, con Martín Alarcón guardándolo en la torre de dicha fortaleza.

—El tal Martín Alarcón, hombre poco agraciado pero buen servidor del rey Fernando, me trajo mensaje suyo que decía que no desistiese, que abrigase la esperanza de la libertad que alimenta a los presos más que el pan —narró mi marido.

Para entonces ya había anochecido, un velo de oscuridad se cernía sobre la alcazaba y los candiles emitían una iluminación mortuoria que demudaba el rostro de mi esposo, de la blancura de la cera consumida. Tras haber dado buena cuenta de un banquete de más servicios de asados de lo que debiéramos, Boabdil se había arrebullado entre los cojines y nos relataba en la intimidad, con Gutierre de Cárdenas reposando en su alcoba, el periplo que había vivido. Aisha y yo asistíamos atentas a los episodios de tormento, tratando de mitigar su dolor con té hirviendo, pasteles de miel y el calor hogareño de quienes te aman.

Él reordenaba los acontecimientos transcurridos en las tinieblas, una pesadilla que se había alargado y le había hecho perder la noción del tiempo y el espacio. Se atisbaba la penuria en sus facciones, en el habla que encontraba obstáculos, en las confesiones de sabor a hiel. Estaba aquí, pero estaba allí, cerca y a la vez terriblemente lejos, todavía encerrado en esa torre de Porcuna, observando el mundo a través de una pequeña ventana.

—Conmovido por sus palabras de aliento le pedí que le transmitiera lo siguiente: decid al rey de Castilla, mi señor, que yo no puedo estar triste estando en poder de tan altos y poderosos reyes como son el rey y la reina, su mujer, especialmente siendo tan humanos y teniendo tanta parte de la gracia que Dios da a los reyes que bien ama. Y comunicadle que días ha que pensaba ponerme bajo su poderío para recibir de sus manos el reino de mi Granada, según lo recibió el sultán Abu Nasr Sa'd, mi abuelo, del rey don Juan, su suegro, padre de la reina doña Isabel. Y que el trabajo mayor que tengo en esta prisión es haber hecho a la fuerza lo que pensaba hacer de buen grado.

—Grandes respuestas, hijo mío —lo felicitó la orgullosa Aisha—, que los vínculos estrechados nos reportarán beneficios. Llenemos sus arcas reales con nuestro oro si eso derroca a vuestro padre, nos deja vivir en calma y reinar en nuestras tierras, que muchos de los que os precedieron en el trono ya pactaron con sus antepasados.

Todos estuvimos de acuerdo. Mejor ganar las guerras con dinero que con la hoja de la espada, que deja cuerpos inertes esparcidos por el campo de batalla y sangre que dibuja pétalos de amapolas.

Siempre lo trataron de acuerdo a su estatus, no le faltó higiene, ni comida apetitosa, ni agua fresca, ni siquiera buen vino. Pero encerrado te marchitas, porque en Granada luce constantemente el sol y cuando llueve se nos oxida el humor. Eso le había pasado a mi querido esposo, que desposeído de los placeres de los que tanto gozaba, entre ellos la libertad o la creencia de tenerla, se había ido vaciando hasta quedarse hueco.

—En tierra de cristianos se te confunde el corazón, te ensordeces, siempre extrañas la llamada del almuédano —comentó abatido, todavía encerrado en los recuerdos de acero, frío y sombras que eran la prisión—. Cerraba los ojos y me dejaba arrastrar a momentos más felices, a lugares oníricos y dorados, me veía en la Alhambra con vos, esposa mía. —Extendí la mano para atrapar sus dedos y procurarle un ápice de consuelo; al notar el contacto cálido de mi piel las comisuras de sus labios se estiraron. Algo en su interior impidió que formulara una sonrisa sincera—. Revivía los primeros días de matrimonio, en los que no preveíamos desdicha alguna, las primeras noches, en las que éramos apacentadores de estrellas.

—Mi padre solía decir que solo los amores consistentes resisten el paso del tiempo y la separación. —Le acaricié el dorso de la mano, pero no obtuve respuesta.

Habíamos batallado con ardor desde ese día en que nos encontramos celosía mediante y hasta entonces habíamos vencido, sorteado con paciencia las piedras que el destino había colocado en el camino y que nos hacían tropezar.

El tiempo pasó entre que don Fernando evaluaba las condiciones de nuestro pacto y las de Muley Hasan, las cuales jamás se revelaron. Que el aragonés dudara significaba que debían de haber sido unas cláusulas dignas de considerar, tentadoras. No obstante, como habíamos previsto, Fernando prefería enfrentarse a Boabdil antes que al batallador Muley Hasan, a Boabdil antes que al valiente Zagal, que dominaría al pequeño Sa'd.

—Fue Isabel, que es mujer sagaz y diestra en política y negociaciones, quien deliberó acerca de mi cautiverio y aceptó devolverme la libertad a cambio de unas condiciones favorecedoras para su reino en detrimento del nuestro, unas condiciones duras que superan las que habíais ofertado, madre.

A Aisha le había faltado rajarse en canal; sin embargo, siempre habrá quienes pidan incluso más de lo que puedes llegar a dar, siempre habrá quienes te dejen sin nada. Alzó la barbilla y entrecerró los ojos. Las emociones que la habían embargado en el reencuentro con su hijo se habían aplacado, devolviéndole la naturaleza gélida y áspera de la piedra.

—Habéis debido de aceptarlas, pues de no ser así no estaríais hoy aquí. Y lo pactado ha de cumplirse, nos va la palabra y la vida en ello.

Boabdil asintió, con las arrugas plegando su frente en un gesto de preocupación y los dientes tan apretados que podíamos oírlos castañear.

Me sentía tan agradecida por tenerlo de nuevo a mi lado, sano en apariencia, aunque dañado de mil formas distintas, hecho añicos. Con cuidado y esmero recompondría los pedazos de su ser, los encajaría y los hilvanaría con hilo y aguja, con la maestría de que las mujeres gozamos al haber sido instruidas en la labor de la costura. Y así, remiendo a remiendo, Boabdil se curaría de las heridas de su alma que aún supuraban sangre. Cicatrizaría a base de las caricias y sonrisas que nuestro hijo le dedicaría. No hay mejor remedio que la felicidad conyugal y familiar.

—Perded cuidado, mi señor, que lo peor ya ha pasado. —Le besé la mano con devoción y la pegué a mi mejilla.

—Más de cuatrocientos cautivos cristianos de nuestra Granada, trescientos de ellos serán de la elección de Isabel y Fernando —nos informó con un tono ronco que delataba que un nudo lo estrangulaba—. Más de doce mil doblas zaenes cada año en señal de parias y que las villas y ciudades que estén bajo mi poder otorguen paso seguro y mantenimiento a las gentes del rey y la reina para así llegar a las tierras que aún le son leales a mi padre y poder combatirlo. Ahora soy, pues, su vasallo, y como tal he de cumplir con su mandado y acudir a su llamamiento cuando me requieran.

La poco sutil amenaza de Aisha había sido suficiente para inclinarlos a nuestro bando. Juntos haríamos frente a Muley Hasan, que sería arrancado de la Alhambra y habría de huir con su hermano más allá del estrecho, pues ya no tendría cabida en nuestros reinos.

—Al menos en Granada habrá paz.

Y con mi esposo como sultán, también gloria.

—Se nos ha concedido una tregua de dos años —continuó él, desoyéndome—. El rey Fernando me recibió en Córdoba él mismo, me levantó antes siquiera de que me hubiera arrodillado ante él como vasallo y se negó a tenderme la mano para que se la besara. No era menester tal gratificación, pues en su bondad esperaba que yo hiciera aquello que un buen hombre haría, lo que un buen rey ha de hacer. —Tragó saliva y con la vista clavada en los dulces dispuestos en la mesa dijo—: Y para garantizar que no faltemos a nuestro juramento y juguemos con malicia, la reina Isabel exige que se le entregue a nuestro Ahmed y a los primeros hijos de los grandes de Granada como seguro de buenas intenciones y fidelidad a sus personas.

Un silencio sepulcral. Un silencio que habría sido una ofensa para los muertos que descansan, para los límites inexistentes de una *maqbara* que acoge a los que ya no son nada y a los que lloran los recuerdos de lo que un día fueron.

El fresco viento, que se había levantado ligeramente y arrastraba las hojas caducas del suelo en un remolino que baila a los pies, cesó. Nuestras respiraciones cortadas por un cuchillo afilado que taja con suma precisión, las pisadas de la servidumbre que aún merodeaba por los pasillos de la alcazaba finalizando sus quehaceres se disolvieron. En la fría y desnuda piedra del recinto reinó un silencio demoledor en el que reverberaba el nombre de mi hijo, una cancioncilla de cuna que nunca termina, que nunca duerme a la criatura. Que vuelve a empezar.

Al mundo le arrancaron las palabras de cuajo y a mí me sangró la garganta al tener que confeccionar una pregunta que me arañaba desde dentro.

—¿Habéis osado pactar con la vida de vuestro hijo? —Incredulidad y el deseo subyacente de que respondiera con una negativa que sabía que, en caso de pronunciarse, sería una vil mentira.

Aisha cerró los párpados durante unos instantes y exhaló un profundo suspiro de aflicción que evidenciaba lo errado de la decisión. Boabdil no se dignó a mirarme, la vergüenza buscando escondrijo para no dar la cara.

—No tenía otra opción. La reina Isabel se encargó de que entendiera que era indispensable para que nuestra alianza llegara a término y se restaurara mi libertad.

Espanto. Un espanto atroz que se dibujó en mi rostro, peor que el descenso mediante la cuerda de almaizares, peor que haberme precipitado y haberme quebrado hasta el último hueso de mi cuerpo en esa huida.

—Los padres no entregan a sus hijos para obtener la liberación —le reproché con dureza—. Está prohibido so pena de muerte que un progenitor deje a su vástago como rehén para regresar a su tierra y pagar su rescate. ¿Cómo habéis podido siquiera pensar que aceptaría que me arrancarais a Ahmed de los brazos para llevároslo lejos de mí?

Quería una explicación. La ansiaba. Pretendía dejar a nuestro hijo huérfano antes incluso de que hubiera llegado el momento de dejar este mundo y adentrarnos en el Paraíso. ¿Qué es de un niño tan pequeño sin su madre? ¿Qué es de una madre sin su cachorro? Mi hijo era mi razón de ser, separarnos me haría desear cavar la tumba con mis propias manos y amortajarme yo misma.

—Es príncipe y habrá de acatar sus responsabilidades —replicó con exactamente la misma carencia de sentimientos que aquel día en que atacaron Loja y yo le supliqué de rodillas—. Es su deber y nuestros deseos son nimios en comparación con los sacrificios que hemos de realizar por el bien de nuestro pueblo.

—Es un niño de la tierna edad de un año. Cualquier responsabilidad que recaiga sobre sus hombros y fracase será el reflejo de vuestra propia derrota, no de la suya. —Recogí los pliegues de mis vestiduras, que caían y barrían el suelo con su largura, y me puse en pie.

Clavé en él una mirada de desprecio que jamás pensé que le iría destinada. No a mi marido. Hay faltas imperdonables y esta era una de ellas; su traición había sido el mordisco de una lezna. Los desaires que mi hermano Muhammad le concedía a Salima en pos de su concubina eran menos dañinos, porque puede que fuera un marido penoso que la había reducido a una situación precaria, emponzoñándola de odio, pero no había renegado de sus hijos.

Veía los horrores de Muley Hasan en mi esposo, las pesadillas que lo habían atosigado y perseguido por las noches adueñándose de él, haciéndolo suyo. Había caído en sus garras. Se convertía en aquello que aborrecía.

Me dije que aún había tiempo. Aún había tiempo para evitar aquel desastre que se iniciaba con la pérdida de mi hijo. Aún había tiempo para mandar de vuelta a Gutierre de Cárdenas con las manos vacías y el estómago lleno e informar a doña Isabel de que no habría pacto si mi vástago era la pieza que necesitaba en su tablero de ajedrez. No se juega con los niños en asuntos tan delicados como la política y la guerra, que a menudo son idénticos, las dos caras de la moneda. De Isabel de Castilla se decía que era mujer virtuosa y piadosa. No podía llevarse a mi Ahmed. Era demasiado mezquino para ser la obra de una mujer, de una madre, de alguien con corazón bajo las joyas resplandecientes que la adornaran.

Que aún había tiempo para romper el tratado sellado. Para que Boabdil regresara a la celda de la torre de Porcuna, si así se concertaba.

—No me arrebataréis a mi hijo. No lo haréis —dije en voz queda pero definitiva.

—¡También es mi hijo! —vociferó mientras se alzaba con la rapidez con la que ataca un predador, la única reacción del Boabdil al que creía conocer.

—Ahmed es más mío que vuestro. —Titubeó al acusar la flecha envenenada que surgía de mi lengua viperina—. Yo lo llevé durante meses en mi vientre, yo lo alimenté, lo cobijé y le di calor, yo lo alumbré entre sangre y oleadas de dolor, y si Allah me hubiera reclamado en su seno, entonces habría muerto trayéndolo a este mundo. Mi vida por la suya. Los hijos son más de sus madres que de sus padres.

Los progenitores han de dar la vida por sus hijos, no cambiarlos por la suya.

—No será el único niño que parta hacia Castilla, lo acompañarán los primogénitos de los grandes de Granada.

Mencionaba a aquellas criaturas sabedor de mi debilidad por los niños expósitos, por los desamparados.

—Que quede la reina Isabel contenta con todos ellos, que el mío no lo tendrá.

—Es una decisión tomada a la que no podéis oponeros. ¿Qué sucedería si todas las esposas de los alcaides se negaran a enviar a sus vástagos?

«No podéis oponeros».

Habíamos tenido tanto poder durante su ausencia que me

había acostumbrado a él, a que Aisha bint Muhammad Ibn al-Ahmar escenificara un papel que no le pertenecía, que jamás podríamos asumir, a excepción de en las sombras.

—Puede que peque de egoísta, pero este es mi hijo y mi preocupación es él, ahora no soy la madre de todos los huérfanos y criaturas de nuestro reino. Soy la de Ahmed. No podéis quitármelo, aún está bajo mi tutela —le recordé—, no ha llegado a la pubertad y, por tanto, no sois su custodio.

—Morayma...

Dio un paso hacia delante que solo sirvió para que la distancia entre ambos se acrecentara. Lo rehuí y contemplé como la fortaleza que había simulado, construida sobre endebles cimientos, se derruía. No era capaz de enfrentarse a mi rabia, a mi decepción, a su propio desconsuelo, que estaba ahí y era visible, mas yo no deseaba verlo. Que lo que quería era arrancarle los ojos, rasgarle las vestiduras y las carnes, llorarlo. Porque un día prometió que me haría tan dichosa que no sabría si vivía o soñaba y yo, joven necia, había confiado.

—Ese dolor que sentís también es el mío —musitó, al borde de un sollozo reprimido.

Aisha, que había asistido inmutable a aquella contienda verbal, se irguió pacificadora. Si esperaba recibir un golpe que me caldeara la mejilla, señal de su nula paciencia en cuanto a cuestiones de gobierno y deberes, afrenta en mi piel enrojecida por la desobediencia, me equivoqué. Me arropó entre sus brazos, como habría hecho mi madre. No fue hasta entonces cuando reparé en lo mucho que necesitaba consuelo, que alguien me comprendiera.

El alma me pedía llorar hasta llenar aljibes enteros. Las lágrimas se negaron a brotar.

—Los hombres juegan a la guerra mientras nosotras arreglamos los desperfectos que ellos han ocasionado con su rabia y su poco sentido común —me susurró al oído para, a continuación, decir en voz alta—. Entregaréis a nuestro pequeño y amado Ahmed a doña Isabel, que al ser reina y madre comprenderá cuán valioso es lo que depositáis en sus manos. No le hará daño, solo desea tener por seguro que cuando Boabdil recupere su trono y Muley Hasan se encuentre en el olvido no iremos contra ellos.

—De habernos favorecido la suerte, de haber participado Fernando en la batalla y haberlo capturado nosotros, también habríamos pedido por su liberación al infante don Juan, pues solo así nos habríamos asegurado la lealtad de Castilla y Aragón.

—Puede que Fernando hubiera aceptado dicho pacto, mas Isabel... —Aisha emitió un sonido gutural—. Otra historia se habría escrito.

Aceptar fue el mayor sacrificio que cometí en mi vida, más que teñirme el cabello de negro, más que besar la tierra por la que caminaba mi esposo, que seguirle en el exilio de Guadix. Nadie me había advertido de que quien te ama puede exigirte tanto. Y que, quizá, aquello fuera el peor de los amores.

No me iría sin que él padeciera un tormento semejante.

—Sabed que nuestro Profeta dijo que a quien separe a una madre de su hijo, Allah lo separará de sus seres queridos el día del Juicio —siseé, poseída por una malicia que no reconocía en mí. Sus pozos negros se derramaron, un llanto silencioso que, por primera vez, no anhelé beber—. Vagaréis solo para siempre, condenado por haber cometido el acto más atroz y cruel, que no es vender Granada a los cristianos.

A Boabdil lo atravesaron mis palabras y cayó de rodillas sobre la mullida alfombra, que palió el sonido de los huesos al impactar contra el suelo. Jamás alejaría esa imagen desoladora de mi memoria. Le había asestado un golpe mortal. Con las manos cubrió su bello rostro desfigurado por un sufrimiento que borboteaba, que lo hacía temblar. Le crujió el corazón como la hojarasca que pisábamos al pasear por los jardines de la Alhambra, cuando todavía éramos una pareja almibarada que se devoraba con la mirada.

Ya no quedaba nada de esos dos amantes.

Escapé de aquella estancia asfixiante, dejando a madre e hijo. Por los pasillos de la alcazaba oí sus trágicos lamentos, gritos devastadores que se me encajaron entre las costillas, que me martillearon los oídos. «También es mi hijo». «También es mi hijo». Me persiguieron durante toda la noche.

33

Acunaba en mis brazos a Ahmed, que ya había sucumbido al agotamiento y había caído rendido a las garras del sueño. Se había desvelado en mitad de la noche, cuando me oyó entrar. Jimena, que lo salvaguardaba mientras bordaba nuevas mantillas para mi próximo hijo varón, elevó la cabeza y me encontró pálida, de la blancura calcárea de una canina. No lloré. Acudí a su encuentro y lo arropé con mi cuerpo.

Se le formaban burbujitas de saliva en la boquita de gorrioncillo, que movía con un gesto que recordaba al amamantamiento. Yo me movía de un lado a otro de la estancia, tarareando canciones de cuna que tiempo atrás me habían adormecido a mí, a Aziza. De algunas solo me sabía la melodía, la letra olvidada. La esclava cristiana no se había separado de mi lado, seguía sentada en una de las sillas, aguja e hilo en mano, aunque no había avanzado en la labor desde que la había informado del pacto entre Boabdil y los reyes castellanos.

—Llorad, mi señora, llorad. Expulsad el dolor antes de que se os enquiste en el alma —me había sugerido.

Pero no había lágrimas que derramar por mucho que me esforzara, así que nos sumimos en un mutismo de esos que lo dicen todo.

Fue en la madrugada, aún noche cerrada y sin atisbo de fulgor en el horizonte, cuando uno de los hombres apostados en el ala de nuestros aposentos golpeó la puerta y se excusó antes de dirigirse a mí.

—Vuestro esposo, nuestro señor Boabdil, os reclama.

No había soltado a Ahmed. Ignoraba el entumecimiento en los músculos provocado por el peso de un niño de año y poco, porque ese hormigueo que eran punzadas que gritaban por un descanso significaba que aún tenía a mi hijo. Aún tenía la suerte de poder abrazarlo. Pretendía asistir al amanecer con él pegado a mi pecho, entre rítmicos balanceos y tonadillas suaves. Me impregnaría de su esencia.

Le cedí el niño a Jimena, que se hizo cargo de él, una tarea que le proporcionaba cierto consuelo por la vida que se le había escapado. Me hizo un gesto para que supiera que estaba a buen recaudo y, tras devolvérselo, me aproximé a la entrada de mi alcoba a paso lento. Por la rendija entraba un haz de luz cenicienta, su procedencia directa el candil que sujetaba mi marido. Al otro lado de la puerta su rostro demudado y sombrío me observaba, dos pozos negros que eran un lodazal. Te engullían en la profunda y cenagosa pena. Apoyada en el umbral, le pregunté:

—¿Qué se os ofrece?

—Permitidme entrar y estar con mi hijo. —Los quejidos lo habían dejado sin voz, sufría de ronquera—. Habrá crecido mucho durante mi ausencia y todavía no he podido verlo desde que he llegado, ocupado en asuntos de gobierno con Gutierre de Cárdenas y alguno de mis hombres y la cena con las mujeres de mi familia.

Me giré para inspeccionar los aposentos, ocultos por mi cuerpo y la puerta encajada. Jimena mecía a Ahmed, que ebrio de sueño se chupaba el dedo pulgar, derramado en sus brazos. La *rumiyya* me dedicó una sonrisa tirante.

—Duerme. No deberíamos despertarlo para que gocéis de su compañía, es tarde y está cansado de tanto juego, la felicidad lo empacha. No es recomendable importunarlo, no volvería a conciliar el sueño, mañana estaría cansado y los médicos aconsejan que los niños han de dormir profundamente, todo lo que necesiten y cuantas veces necesiten.

Hice el amago de retirarme, de cerrar la puerta y regresar a la seguridad de la estancia. Su mano me lo impidió al capturar mi antebrazo, que ya se deslizaba por el quicio. Habría agradecido que el contacto hubiera sido una quemadura de advertencia que me hiciera huir. Nada más lejos de la realidad, seguía siendo el roce de su piel, esa que conocía incluso ciega, sorda y muda. Y es que es difícil odiar a alguien a quien amas.

—Entonces permitidme entrar y dormir con ambos —suplicó. Muchos hombres son reticentes a ello, consideran que es síntoma de vulnerabilidad como la fiebre es síntoma de enfermedad. Boabdil, no—. El frío me ha dejado aterido y necesito de vuestros besos y abrazos. Os he añorado todos los días de mi cautiverio.

Congelé mis entrañas para negarme.

—Esta noche no compartiremos lecho.

—¿Ese es el castigo que me decretáis?

Pensó que era solo una noche y que una noche sin mí no era una penitencia exagerada, que podía soportarlo después de meses privado de sus seres queridos. Solo una noche más. Solo una noche más.

La tristeza no se espanta en una noche. La traición no se cura en una noche.

—No, mi señor, no osaría someteros a punición alguna por vuestros actos, que yo no soy *cadí* ni verdugo. Quiero pasar el tiempo que me queda con mi hijo antes de que ese hombre se lo lleve. No me neguéis eso también, por Allah os lo pido.

Dejó caer los párpados, apesadumbrado, y se pinzó el puente de la nariz. Negó.

—Ya os he quitado demasiado.

El silencio era opresivo y supe que nos habíamos quedado sin fuerzas. Ninguno nos atrevimos a separarnos del umbral, nos quedamos ahí contemplándonos, hurgando en el interior del otro para comprobar cuán profunda era la herida. No dimos con el fondo, no tocamos la sangre.

—Ruego vuestro perdón.

—Lo tenéis, mi señor.

—Decidlo. —Otra súplica. El albor de sus globos oculares se había enrojecido por el llanto abisal.

¿Cuántas veces durante su encierro se había tragado las lágrimas para no ser tomado por débil y manso, por hombre maltrecho? ¿Cuántas veces se había desahogado, si es lo que había hecho, si es que se había concedido esa gracia?

—Estáis perdonado. Siempre lo habéis estado.

Algún día, quizá algún día esas palabras se tornaran verdades incuestionables, pero por el momento probé el sabor de las mentiras que aplacaban el remordimiento de mi amado esposo. Y eso me bastó. Vi en él la fortaleza de quien es prisionero en vida de su propia vida, de ser sultán entre idas y venidas, de ser el rey joven, el niño, el destronado, el derrotado, el que ha pactado y capitulado, el que nunca ha vencido, el que se ha vendido.

Boabdil rebosaba fortaleza; la más cruda de todas ellas, la de quien se levanta y enseña los rasguños, impune, y batalla por otros, incluso cuando querría dejar de hacerlo. Porque en sus ojos habitaba el destello del poder de todos los sultanes y el deseo arraigado de cercenar sus raíces y ser humilde. Rendirse. No ser dueño ni señor de nadie.

—¿Y vuestro desprecio o rencor?

—Descuidad, que no existe para con vos, tenéis privilegio sobre mi corazón y quedáis dispensado de todo mal sentimiento.

Un suspiro se le escapó de los labios ajados, pintados de un amarillo cetrino a causa de la lumbre.

—A veces creo que mi amor por vos ha alcanzado su apogeo, que ya no puede menguar y tampoco crecer. Qué error. Que con cada palabra de aliento, con cada sonrisa bondadosa que me dedicáis entiendo que se afianza más. Buen negocio le hice a vuestro padre, el gran Ali al-Attar, que no os merezco y aun así os tengo.

Lo que sí rechacé fueron sus besos.

El primer día en el que nos acogieron los baños reales de la

Alhambra, madre me había dicho que había de perdonar a mi esposo y seguir amándolo, pues en redimir sus errores encontraría el consuelo. Perdonar no es olvidar.

Jamás olvidaría que Boabdil había pagado su libertad con la de nuestro hijo, jamás olvidaría que una mujer en cuya cabeza reposaba una corona había pedido a mi hijo.

Regresé al interior de mi estancia y ocupé el lugar de Jimena, la silla vacía en la que yacía el bordado. Ella depositó a Ahmed en la cama y lo cubrió con las mantas, asegurándose de que no cogiera frío, pues el otoño era despiadado y embustero, en cuanto te confiabas metía sus dedos gélidos por debajo de los ropajes y te congestionabas.

La barriga abultada me impedía ciertos movimientos, me encogí todo lo posible y me cubrí el rostro con las manos. Inspiré hondo.

No lloraba.

No lloraba.

Solo conseguí un sonido gutural y animal dañándome la garganta.

—No lo habría hecho —musité.

—Lo sé, mi señora.

En la oscuridad que me confería el refugio recién creado, sentí a Jimena acuclillarse. Supuse que me observaba con atención.

—Yo no habría pedido a su hijo, el infante don Juan, porque lo que no deseo para mí no lo busco para ninguna otra mujer y madre. En nombre del poder, en nombre de una supuesta paz. ¿Dónde está vuestra buena reina?

No percibía ni una de las virtudes tan ensalzadas de doña Isabel, ni la benevolencia, ni la misericordia ni la piedad.

—Aquí, mi señora —dijo ella, dándome unas palmaditas en las rodillas—, justo aquí, en estos aposentos. Aquí está mi buena reina, a la que sirvo.

Conteniendo un gemido me levanté de nuevo, no sin un gran esfuerzo, tomé a mi pequeño Ahmed y lo acomodé en mi regazo. Arrebullado en la cálida y suave mantilla, ni siquiera se percató de que había cambiado de brazos.

—Debéis descansar.

Me dormiría sentada con tal de no renunciar a él.

Rebusqué en mi memoria y reanudé el cántico de nanas, la mirada fija en el semblante armonioso de mi primogénito.

Desde bien pequeña odiaba las despedidas, no era un simple desagrado que me hiciera fruncir el ceño y torcer la boca. Era una angustia que derivaba en soledad y esa soledad degeneraba en odio. Primero fueron las de mi padre al partir a la zona fronteriza, cuando comandaba las huestes y lideraba las algaradas. Mi madre no exteriorizaba síntoma alguno de preocupación. Yo, en cambio, soñaba que al día siguiente nos traían su espada ensangrentada y su cuerpo, arrastrado por las calles de Loja, carne hecha jirones. Escrutaba el horizonte, víctima de ese pellizco en el estómago.

Luego, fue la de mi ciudad, la silueta de la alcazaba recortada en el paisaje, los muros que circundaban Loja y la protegían, dos anillos que quedaban atrás, que desaparecían con cada legua recorrida.

Posteriormente, fue la de mis deudos. Tenía que formar mi propia familia, complacer a mi marido, darle hijos. Parir al siguiente heredero, un nuevo sultán para Granada. Pensé que no ver a Aziza cada día me sumiría en una penuria de la que no me repondría jamás, ella que había sido fuente de mi felicidad, la mitad de mi persona hasta los quince años, cuando nuestros dedos se desmadejaron, pese al firme deseo de permanecer unidos para siempre.

De la Alhambra a Guadix. De Guadix a la Alhambra. Errantes, nómadas, sin destinos fijos.

Más adelante, se sucedieron las de mi esposo. Porque Boabdil había tomado el gobierno y había de combatir contra los cristianos, devolverles el daño doblado, amedrentarlos con nuestra fuerza, arruinar sus cosechas, arrebatarles los víveres, traer la victoria a su pueblo y acémilas cargadas de botín. Durante los seis meses de encierro y prisión, cada minuto de mi existencia fue un aliento contenido.

De nuevo, de la Alhambra a Guadix. Exiliados, desterrados de nuestra morada, fugitivos.

Creí que habiendo vivido tantas despedidas las conocería todas, las de aquellos que regresaban y me estrechaban entre sus brazos, apaciguando mis miedos, y las que no había podido dar a quienes quedaban sepultados bajo la tierna y húmeda tierra. A mi padre. Pero todavía no había experimentado la más dolorosa de todas ellas, la que habría de separarme de mi hijo.

Varios días después Gutierre de Cárdenas, contador mayor del reino y comendador mayor de León, nos agradecía nuestra humilde hospitalidad. Era temprano, el astro rey asomaba por la línea sinuosa de la sierra, coloreando el cielo de naranja azafrán y rojo zumaque rompiendo las nubes esponjosas que rozaban los picos de las montañas. Un incendio descontrolado, puras llamas. La servidumbre ya hacía horas que había iniciado los preparativos del viaje, los cristianos regresaban a Córdoba con los bolsillos tintineantes de oro, algunos cautivos manumitidos y el primogénito del alcaide de Guadix. No eran los cien esclavos que habían pedido ni los cuatrocientos estipulados, tampoco portaban encima las más de doce mil doblas zaenes ni los acompañaban todos los críos. Era un gesto simbólico hacer entrega de parte de lo establecido, que se reclamaría en su totalidad próximamente. Y por Dios, el suyo y el nuestro, que doña Isabel y Fernando nos lo reclamarían.

Una comitiva solemne se había agrupado en la alcazaba con el fin de contemplar la salida del séquito castellano, una escena formidable que los padres relatarían a sus hijos y estos a los suyos, porque a la gente de a pie le gusta en exceso contar aquellas vivencias que se desmarcan de los sinsabores de la cotidianidad. Y los que estamos habituados al despliegue insípido de oro y gemas, los que sabemos que el boato y la pompa guardan traiciones y cuitas, cerraríamos los ojos y doblaríamos la espalda para limpiar las alcobas de un alcázar con tal de huir de una de ellas.

Boabdil y Cárdenas murmuraban cerca de los caballos enfilados, cuyos exquisitos arreos refulgían bajo la luz dorada del amanecer. Un par de nodrizas y otras tantas ayas habían sido contratadas para atender durante el traslado a las criaturas de corta edad y los niños más jóvenes. Sería decisión de la reina de Castilla si mantenerlas a su servicio o sustituirlas por otras de su agrado, aunque todas habían recibido mi visto bueno y una larga lista de instrucciones que se habían afanado en memorizar cual suras del Corán. No habría dejado a mi hijo en manos de cualquiera y ojalá hubiera sido Jimena la que velara por él en tierra de cristianos, alguien cercano, a quien Ahmed pudiera reconocer con solo olisquear la tibieza de su piel lechosa. Pero la *rumiyya* se quedaba a mi lado en calidad de esclava, leal.

—Dios misericordioso lo guardará, mi señora.

Y yo asentí, porque la otra opción era abrir las compuertas del llanto.

Vestía el luto por mi padre y el *al-sidara*, una veladura que descendía hasta los pechos y los brazos, también del negro de la hiedra, por mi hijo. Mi suegra comentó que quizá no fuera oportuno, pues Ahmed no había fallecido; sin embargo, entregarlo a sus majestades era lo más cercano a enterrarlo.

Ahmed se agarraba a mí como una cría al pelaje animal de su madre. La cabeza recostada sobre mi pecho crecido, las piernas en torno a la cintura, la manita encerrada en torno al colgante de oro macizo, su trasero apoyado en mi oronda barriga, que lo sostenía cual almohadón. La molestia física de una progenitora es la comodidad de sus vástagos. Pesaba. Llevaba a un niño dentro y a uno fuera de mí, aferrado. Y pesaban. Frente a ellos, pesaba más el corazón. Eran livianos.

Era un niño sensible, por eso presentía que alguna desgracia nos sobrevolaba. Alzaba la carita para mirarme, yo componía falsas sonrisas que lo sosegaran, pero Ahmed veía a través de la máscara y parpadeaba confundido. Mi rostro le transmitía calma, mi pecho emociones muy distintas.

Aspiré su aroma dulzón, melaza. Besé su coronilla de cabello azabache, los pliegues rollizos de sus brazos, consecuencia de una buena crianza, de una buena leche, aunque ya no fuera la mía. Me empapé de él, de su esencia, para que siempre me acompañara, sin importar la distancia que no podríamos salvar.

Boabdil y Gutierre de Cárdenas culminaron con la conversación. Mi esposo me dedicó una mirada preñada de tristeza y entonces lo supe.

Había llegado el momento.

Me dirigí a él, posó un beso sobre mi sien y otro sobre la de su primogénito.

—Decidle a la reina, que también es madre, que cuide de mi hijo y que no lo trate de enemigo, ni de rehén, ni de cautivo ni de moro, sino del niño que es, que se hallará solo en tierra desconocida. —Procuré que no me temblara la mandíbula—. Que lo haga con dignidad, pues es hijo de sultán, y que lo haga con el amor con el que yo cuidaría al suyo si las tornas hubieran sido distintas, pues como mío lo habría acogido.

Gutierre de Cárdenas esbozó una sonrisa compasiva.

—Sea así, mi señora. —Se acercó para recogerlo entre sus brazos y depositarlo en los de la nodriza escogida.

Se lo tendí. Al notar la ausencia de calor maternal, el vínculo deshilachado, rompió a llorar con los pulmones henchidos de aire, la boca abierta y una lluvia, más similar al diluvio, cayéndole por las regordetas mejillas que tanto había pellizcado. Se contorsionó para librarse del agarre de Cárdenas, que le chistaba para aplacarlo. Se enrabietó y gritó, con la faz colorada por la angustia y el sofoco.

Aquella imagen perviviría en mis recuerdos. La peor de mis pesadillas.

Sabía que si sucumbía a las lágrimas él lloraría aún más, así que reuní todo el coraje que me había cedido mi honorable madre, me hice un nudo en la garganta y lo apreté con fuerza para que no se deshiciera. Me giré, le di la espalda y me aparté del llanto infantil que resonaba, de sus brazos extendidos que me reclamaban, de sus berreos agónicos. Cuánto dolor en un cuerpo tan pequeño. Cuánto sufrimiento innecesario. Creería que no lo quería, que lo abandonaba, que prefería el poder antes que abrazarlo y acunarlo todas las noches. Jamás me lo perdonaría.

Oía bailar los cristales rotos de mi corazón.

Jimena me sostuvo al trastabillar. Conté los pasos que di, concentrada en mis pisadas, en los números que formulaba entre jadeos. Su lamento de fondo, perforándome los tímpanos. Por un instante me detuve, dudé. No quería dar un paso más que me alejara de mi hijo. No podía dar un paso más que me alejara de él. Descubrí que todavía podía llorar con solo escucharlo llamarme entre balbuceos e hipidos. *«Umm»*. *«Umm»*. Madre. Madre. Yo, que temía ser árida cual desierto, haber malgastado todas las gotas de pena en momentos que definí de dolorosos y que eran naderías, trances que superaría con fortaleza y paciencia, encomendándome a Allah, buscando respuestas en la oración. Lloraba.

Ardía. Me abrasaba por dentro, salpicada de llagas, cuajada de cicatrices rosáceas que proclamarían el martirio al que era sometida.

Me doblé por la mitad, incapaz de respirar, la visión nublada por la acuosidad y el salitre, que discurría en regueros por mis facciones, provocando una picazón que solo mitigaría de arrancarme la piel a tiras.

—Mi señora, debéis hacerlo —me dijo Jimena, que cargaba conmigo y el nonato.

Si permanecía ahí, quieta, bombardeada por sus reclamos, me lanzaría a por él, a riesgo de arrojarme bajo las patas del caballo, de que me arrollara y me aplastara el cráneo entre la piedra y sus cascos. Me abracé a ella, a punto de desmayarme. Mi suegra y mi cuñada fueron prestas en auxiliarme, flanqueándome, tironeando de mí. Reanudé la marcha forzada, casi encadenada a un ánimo taciturno que producía un sonido tan fúnebre como el plañir.

Resguardada en el interior de la alcazaba, me apoyé en la pared, me escurrí y toqué el suelo. El dolor que sentía era un relámpago que parte el cielo nocturno en dos, se percibía en mi rostro desencajado, enturbiado hasta el límite de un padecimiento que me ahogaba. Porque me ahogaba, como si hubiera sumergido la cabeza en agua fría y esta me hubiera llenado la boca, se deslizara por mi garganta, me encharcara los pulmones.

La muerte. Qué dulce consuelo.

Incluso allí, escuchaba su llanto desgañitado.

—Mi nieto no crecerá en corte cristiana. Un día regresará.

—Lo traeremos de vuelta con su madre. —Mi cuñada me frotaba la espalda.

Identificaba las promesas vacías cuyo único fin era ofrecer alivio, había hecho muchas a mi familia el día en que partieron de la Alhambra rumbo a Loja, y ninguna de ellas había cumplido. Estas eran de idéntica naturaleza.

—Para cuando llegue ese día ya no me reconocerá.

Y no me equivocaba.

Desde que me arrebataron a Ahmed todo fue un otoño perenne.

34

Hay algo peor que sentir dolor. No sentir nada.

Estuve demasiado tiempo sumida en una espiral de hastío y tedio, una desgana que se enlazaba con la apatía y una apatía que acompañaba a la melancolía, que manaba de mis labios entreabiertos en forma de suspiros. La comida se me antojaba insípida, comía cual gorrioncillo, apenas dormía, por tanto, tampoco descansaba. Unas marcas amoratadas se instalaron debajo de mis ojos de gacela y la piel fue empañándose. Dejé de bordar y de pincharme los dedos con la aguja, cesé en los paseos por los jardines de la alcazaba, la naturaleza era un milagro que no deseaba contemplar, y me retiré de las veladas de música y la lectura de poesías. Me deshice de todo lo bello que perlaba este mundo, como si con mi rechazo pudiera castigar a la vida por el simple y mero hecho de seguir discurriendo, por no haberse detenido para que llorara la pérdida, para que me recuperara de aquello.

Lo único que conservé fueron las oraciones diarias, la limosna y, por supuesto, las recurrentes visitas a los baños públicos de la ciudad, que cerraban para los demás habitantes, concediéndonos privacidad a la familia real. Me supuso un esfuerzo considerable mantener la fe; no se debió a que renegara de Allah ni a que cuestionara sus designios, sino a que no parecía oír mis súplicas ni mis *duuas*. Ibn Hamete me había dicho que mantuviera la fe inquebrantable el día en que mi esposo regresó de su encierro después de la batalla de Lucena, tras meses de cautiverio en Porcuna y Córdoba. Y yo abrazaba la fe con esmero y devoción, por el de los Banu Sarray, porque Allah era el único que me ofrecía un ápice de consuelo, pese a las plegarias clamadas al cielo que no hallaban respuestas. Mi Ahmed siempre en la boca, rogando por su bienestar, por su seguridad, por su protección.

—Vuestro esposo suplica que lo dejéis entrar en estos aposentos para visitaros.

Mandaba a Ibn Hamete, el único de sus hombres cuya cercanía podía ablandar mi férreo corazón. A Aben Comixa ni siquiera le había permitido el paso, lo había dejado al otro lado de la puerta hablando de forma conciliadora con la madera y los eunucos, que me habían desvelado que este había tratado de sobornarlos para que tomaran partido a favor de Boabdil. Se negaron, los *fatas* siempre son más favorables a quienes vigilan en el cautiverio que al señor que les ordena ser carceleros. También había acudido el alcaide de Guadix, bajo la lamentable excusa de ser esta su alcazaba. Tampoco acepté abrirle y mantener conversación alguna con él. Su excelsa madre, Aisha, no se prestaba a semejante bajeza y su hermana pequeña, tan dolida como estaba por la partida del niño, con el que se había encariñado y al que consentía en exceso con dulces y juguetes, se negó a intervenir.

Ante eso solo le quedaba él, Ibn Hamete y sus ojos aceitunados. Ibn Hamete y esa cadencia con la que hablaba, que te convencía de que el sol se había muerto y era la luna la que nos iluminaba, aunque fuera pleno día y estuvieras contemplando el astro rey.

—Esta alcoba le está vetada.

—Mi señora...

—Esta alcoba le está vetada —repetí con una ira que creía extinta, ascuas pisoteadas. Cerró los labios con lentitud, a riesgo de que se le escapara por ese pequeño recoveco un suspiro preñado de ilusión irrisoria—. No volverá a acceder a ella, no con mi permiso, y si lo hace que sea violando mis deseos. Decidle que si requiere de mi presencia iré a verlo a sus aposentos cuando mi ánimo no sea quebradizo y si requiere de placer recordadle que aún estoy encinta, esperando a dar a luz. En cuanto nazca la criatura mi cuerpo será suyo, lo tendrá día y noche a su disposición en el lecho, pues no pretendo huir de mis obligaciones maritales, mas advertidlo de que no tendrá mi alma. Se halla muy lejos de él.

Y de mí. Estaba donde Ahmed, sobrevolándolo.

—Así sea.

Ibn Hamete no se movió. Permaneció allí, en el lugar que había ocupado, con las manos reposadas sobre su regazo, solo el pestañear aseguraba que no era una estatua. ¿Había envejecido? Agucé la mirada y lo observé con detenimiento, inspeccionando sus facciones. Últimamente daba la impresión de que todos habíamos llegado a la senectud con premura, los huesos cansados, los músculos quejándose.

Por entonces yo tenía dieciséis años y llevaba desde mis nupcias con Boabdil luchando incansablemente contra las adversidades que nos sobrevenían. Demasiado joven para batallar contra una vida cruel y despiadada que se cebaba con nosotros. Demasiado joven para haber acumulado tanto daño en un plazo tan corto. Mi alma había llegado a los sesenta años aunque mi cuerpo fuera el de una mujer preñada que se había rendido.

—Entregar al príncipe Ahmed era su única opción para recuperar la libertad.

—¿Os ha encomendado la tarea de convencerme de que sus decisiones han sido acertadas? ¿Sois vos el *amin* que interviene en las disputas con el fin de reconciliar a la pareja que se halla en desavenencias?

Negó apesadumbrado.

—No. Quedo libre de esa responsabilidad así como vuestro marido. Es mi conciencia la que me trae hasta aquí.

—Para convencerme. —Alcé una ceja.

—Para apaciguar vuestro dolor —me explicó—. No todas las dolencias sanan con los remedios de una vieja comadrona, algunas solo cierran con la comprensión.

Así que pedí que trajeran vino para Ibn Hamete, pues presentía que se le secaría la garganta entre relato y relato y merecía estar bien atendido. Decliné la amable oferta de ingerir nada. Nos acercamos al brasero de metal, colocado sobre un armazón de hierro, de manera que el calor nos envolviera en esa mañana glacial que invitaba a ocultarse entre los pliegues de la pelliza. Solo se escuchaba su voz pausada y reconfortante, empalagosa, y el chisporroteo de las brasas rojizas.

—Cautivo no podría continuar con la lucha por el trono, no podría derrocar a su padre y reclamar lo que es suyo ni expulsar a los cristianos de nuestras tierras y darnos sonadas victorias, o bien firmar una paz que nos asegurara el porvenir. Boabdil está llamado a gobernar, está llamado a ser sultán, por encima del pequeño Sa'd, por encima de su tío el Zagal. Sea guerra lo que nos depare o sea una tregua, no he visto hombre más entregado a su pueblo, más desvelado por sofocar las necesidades de los suyos, de expulsar la hambruna y el miedo, que tanto daño causan. Miradlos, mi señora, vos que tenéis ojos hermosos y percibís belleza donde los demás solo ven miseria. La tala de Fernando responde a su violencia desalmada y si avanza con ella, imparable y destructivo, moriremos, no habrá nada que llevarnos a la boca, dependeremos de las pequeñas aldeas que hayan resistido a su presencia devastadora, de Alfacar, del otro lado del estrecho, si es que el avituallamiento llega a puerto, si es que no se hacen con los puertos. No deseo saber si enloqueceremos por el peligro inminente que suponen los cristianos o por la carestía, que se unirá a la desesperación. Pero enloqueceremos.

»Muley Hasan quiere guerra. El Zagal querrá guerra y Sa'd será un niño al que le arrancarán la lengua para que sus órdenes sean mudas. Granada depende de vuestro marido. Nuestro reino depende de vuestro marido. Entregar a Ahmed es signo de paz y el príncipe nos la concederá con su seguridad. Vos, con vuestro sacrificio, nos concederéis la paz.

Qué injusto que miles de vidas, familias inocentes, dependieran del dolor de una madre y la soledad de un niño de corta edad.

—Rechazar las arduas, aunque abusivas, condiciones impuestas por la reina de Castilla habría sido condenar a Granada a una muerte lenta y agónica, a nosotros mismos a un fracaso que se habría cobrado nuestras vidas, si no de manos de Muley Hasan o el Zagal, quienes aprovecharían nuestra debilidad, de manos de doña Isabel y Fernando. Para salvarnos habríamos tenido que cruzar hasta Orán o Fez, a donde sea que nos acogieran nuestros hermanos de fe. Seríamos como al-Mutawakkil, siempre huéspedes. Mi señora, era esto o humillarnos a vagar por tierras extrañas, exiliados, con el peso en las espaldas de todos los que perecieron por nuestra causa, en batallas, en el cautiverio o en los asedios.

Lo sabía, pero saberlo no hacía que escociera menos. Las lágrimas se me agolparon, amenazando con desbordarse y crear meandros en las mejillas ardientes. Si dejaran cicatrices, mi rostro estaría plagado de ellas, una cordillera de pieles muertas y renacidas, rosáceas y parduzcas.

—¿Habríais pactado vos con vuestro hijo? —En mi fuero interno recé para recibir una negativa. Otra decepción me habría arrojado por completo al abismo.

—Mi esposa es estéril.

Clavé la vista en él. Ni un asomo de tristeza y, por consiguiente, me convencí de no reflejar compasión, por mucho que esta fuera una virtud inherente en mí. A los hombres no les gusta que se los mire con compasión, ni siquiera al mejor de ellos.

En otra ocasión le habría recomendado a Dhuha, que volvía lo imposible en posible, que conseguía que en el más árido desierto brotara la verde hierba y fluyeran torrentes de agua. El de los Banu Sarray no buscaba solución, se había conformado con la tragedia de no obtener frutos de su semilla.

—Mi hermana Aziza os habría dado hijos, muchos hijos. —Imaginarlo me revolvía el estómago—. Es de esas mujeres fértiles que se preñan con solo mirarlas, la conozco. Su futuro marido será hombre afortunado por muy diversas razones y una de ellas será esa, jamás se verá obligado a repudiarla o divorciarse de ella por yerma. Aziza podría parir un ejército entero que luchara contra los cristianos.

Era lo más cercano a la perfección que existía de no ser por su carácter indomable. Ojalá no se hubiera malogrado, ojalá hubieran doblegado a ese potro salvaje que coceaba y asestaba bocados por terquedad. Ojalá la hubieran casado bien.

—Vos no deseabais que vuestra hermana contrajera matrimonio conmigo. —Una sonrisa torcida surcó su faz, tan tierna que se deshacía—. Hacerlo sin vuestro beneplácito habría sido una traición, aunque hubiese cumplido la voluntad de nuestro señor Boabdil.

—Ya estamos servidos de traiciones.

Retuvo la carcajada, que le bailó en la garganta y en esa sonrisa ensanchada que le doblaba las comisuras y acrecentaba las arrugas en torno a sus ojos. Salvó la distancia que nos separaba inclinándose hacia delante y su voz fue un arrullo que me erizó los vellos de la nuca y los brazos.

—Habría sido un honor emparentar con la familia real, habría sido un honor casar con una de las hijas del gran Ali al-Attar, que Allah esté satisfecho de él y su valor. Habría errado de hija. —A continuación se enderezó y observó a su derredor, habiendo recuperado la compostura natural. La servidumbre no reparó en aquel peculiar instante, los eunucos que acechaban con sus finos oídos tampoco.

Espinosas confesiones las suyas. De haber poseído algo de vitalidad, las mejillas se me habrían arrebolado.

Durante muchas noches, de esas que pasé en vela navegando entre la somnolencia que no terminaba de embargarme y la vigilia, me pregunté acerca de mis sentimientos hacia aquel hombre, cuya proximidad desembocaba en una suerte de picazón que se extendía por la piel y me quemaba.

Las preguntas encontraban respuestas y yo las cubría bajo

un fino manto similar a las veladuras, arrancándoles la posibilidad de ser visibles, de ser nombradas. De existir. Así no había falta.

—Ahmed regresará a vuestros brazos, mi señora, y vos volveréis a la Alhambra, allí donde pertenecéis, con vuestro esposo gobernando el reino, que prosperará bajo su mandato y se alzará nuevamente.

Los hombres siempre prometen. Prometen y prometen, y no comprenden que los juramentos son diferentes para nosotras, la esperanza nos postra de rodillas.

—Cuando la Alhambra sea nuestra y toda esta desdicha haya quedado atrás, os esperaré cada noche en uno de los jardines colgantes, bajo un ciprés centenario, rodeado de arrayanes y acompañado por el murmullo del agua del surtidor. Os esperaré en silencio, entre las sombras, como Bayad a Riyad. —Le brillaban los iris verdosos, invitándome a ahogarme en ellos. Habría abierto la boca, me habría embebido del aceite dorado que borboteaba, espeso.

—Como Bayad a Riyad —murmuré. Sus dedos se deslizaron por la superficie de la mesa rozando con suma discreción los míos, un contacto efímero que rompí en seguida y me extirpó la respiración—. Pero Riyad nunca le perteneció, siempre fue del *háyib*, su señor. Él solo era un músico.

El amor es como una saeta, si la ves desde lejos dispuesta a alcanzarte y herirte puedes apartarte y librarte de ella. Escapar de la herida, de sus síntomas febriles y la locura que padecerás en cuanto la infección llegue a la sangre y te emponzoñe.

Tiempo atrás no me habría atrevido a decírselo. Los años vuelan entre que nos atrevemos a desvelar los secretos más oscuros y nos ocultamos bajo el maquillaje para que no vislumbren los mismos. Hay secretos inconfesables y son esos los que se leen incluso aunque te vendes los ojos.

—Vos, señor mío, sois como el agua. Por muy sedienta que esté, cada vez que trato de beber os escurrís de entre mis dedos y nunca termino de sofocar este dolor que me punza la garganta y me deja la boca seca. —La sonrisa se desvaneció tan pronto como vino—. Mas sabed que amo a mi marido.

—A pesar de todo.

En efecto.

—Amo a mi marido como Aisha a Muley Hasan. Lo amo pese a todo y con el pesar de todo lo vivido hasta el día de hoy.

Y no dejaría de amarlo ni aunque quisiera.

Había cuidado de nuestro matrimonio con esmero, había alimentado a Boabdil con mi carne, le había dado de beber mis lágrimas, lo había arropado con mi piel hecha jirones cuando el frío arreciaba, había calmado sus temores, había saciado su apetito sexual, había curado sus magulladuras, remendado y lamido sus heridas. Con mis huesos y mi corazón había construido un hogar para él, siguiendo las advertencias de mi madre y mis cuñadas. Pero el matrimonio es de la delicadeza de un jarrón vidriado. Puede que esté moldeado por los amantes más fieles, aquellos que se profesan una devoción pura; sin embargo, ni siquiera ellos pueden impedir que el paso del tiempo y los golpes generen fisuras que se ramifican, por cuyas grietas se escapa el amor contenido.

Aún no nos habíamos hecho añicos. Aún podíamos soportar embates de más mientras ignorábamos el crujir de las hendeduras. Y cuando únicamente quedaran retazos que nos rajaran las plantas desnudas de los pies, yo seguiría ahí, a su lado, amándolo con cada uno de los fragmentos, reconstruyendo lo que fuimos.

—Os esperaré cada noche bajo el ciprés, mi sultana.

Guardé con recelo su promesa en el flanco izquierdo de mi pecho, un recuerdo atesorado en el que me refugiaría en los peores momentos de mi matrimonio. Y esa promesa Ibn Hamete de los Banu Sarray sí la cumplió.

El vacío que era un pozo hondo y negruzco que me llegaba hasta el corazón profundizó aún más, enflaqueció mi espíritu a partir de mediados de enero del año siguiente, fecha en la que mi gestación tocó su fin y mi segundo hijo se apresuró a nacer. Había engordado tanto que apenas podía caminar y tampoco encontraba incentivo para moverme de la alcoba, donde me enclaustraba, parapetada en una fortaleza a la que le prohibía el acceso a mi marido. Boabdil ya había aceptado, no sin cientos de intentos y diversas estrategias para penetrar en los aposentos y convencerme de que su dolor era el mío. Y era el mío. Bien lo sabía, mas había intercambiado a nuestro primogénito por su libertad y yo me habría rajado el cuello antes que sentir la brisa del viento en mi rostro mientras se llevaban a mi criatura lejos. Me había negado diariamente a recibirlo, a intercambiar con él más de dos palabras, y, tras mucho batallar y procurar comprarme con alhajas, sortijas y botes de eboraria con perfumes de ámbar, cejó en su empeño. Comprendió que ni tenía a su primer hijo ni tenía a la mujer a la que amaba y con la que se había desposado. Ya no tenía nada.

Y yo me quedé sin menos que nada.

Fue un parto sanguinolento que casi me costó la vida; la posición de Yusuf no era la adecuada y, según Dhuha, mis fuerzas habían menguado tanto que la labor se complicaba. Me dio de beber una infusión a base de nido de golondrina macerado en agua caliente. No resultó. Expulsarlo de las entrañas conllevó gritos, sudores, llantos y un sufrimiento visceral. Hubo de hundir en mi interior las manos hasta la mitad de sus antebrazos para mover al niño. Creí que moriría. Perdía la conciencia por momentos, entre resoplidos y empujes, con los dedos arrugados de Dhuha hurgándome. Me abrí por la mitad o me abrieron. Me desangré cual cordero en la matanza, cual virgen en su noche de bodas, las sábanas teñidas de un rojo bermellón y una masa viscosa y deforme que era la placenta parecía palpitar, allí olvidada, en algún rincón de la cama.

Yací en el lecho varias jornadas con unas fiebres que me hicieron delirar, regueros de sangre impregnando las mantas, la sabiduría de la *qabila* inservible. A causa de mi afección por el puerperio a Yusuf lo alimentó una nodriza; Aisha se había encargado de contratar a la mejor de todo Guadix, una joven de veinticinco primaveras, sana y musculosa, de salud envidiable, cuello firme, carnes prietas y buen color de piel. Había sido recomendada por sus aptitudes, su religiosidad y su abstención sexual. Producía una leche abundante y dulzona que gustaba a los niños que amamantaba, todos los que habían sido criados con sus pechos habían crecido robustos y bellos. ¿Quién mejor que ella para darle de mamar a un príncipe?

Persistiendo la calentura, que no osaba retirarse ni con paños impregnados de agua fría ni con bebedizos, y habiendo perdido tanta sangre durante días, encomendaron mi recuperación a Allah. Un pie en el Paraíso y otro en el mundo terrenal. Quiso Él que la balanza se inclinara hacia la vida, concederme diez años más de angustia, diez años más de amor. Al abrir los ojos una marea de rostros avinagrados se esparcía en mi alcoba, entre quehaceres de la servidumbre y rezos de la parentela. Boabdil sostenía mi mano, la frente pegada a ella, párpados cerrados, mejillas humedecidas, los labios se movían en una retahíla de oraciones silenciadas.

Rehusé ver a la criatura durante casi una semana. No consentí en que Jimena lo depositara sobre mi regazo ni sobre mi pecho, giré la cara para no contemplar sus facciones. Por si las heredaba de mi marido, por si era la viva imagen de mi primogénito. No lo acuné y tampoco lo abracé. Si me encariñaba con él me lo arrebatarían como me arrebataron a Ahmed, se lo llevarían lejos, a otra corte en la que criarlo y educarlo, lejos de sus deudos, de su gente, de sus costumbres. Lejos de mí. Siempre había querido tener hijos, pues a las hijas te las arrancan en seguida para casarlas con quien convenga, hombres de buena familia, de buena estirpe, de noble cuna, de otros reinos, de lengua impronunciable. Los hijos permanecen cerca, no se marchan por completo. O eso creía.

No vi a Yusuf Ibn Abu Abd Allah Muhammad.

No lo vi llorar, aunque escuché sus berridos y gimoteos.

No lo vi sonreír con las encías desdentadas. Ni buscarme con la manita y la mirada grisácea de los recién nacidos.

No lo vi mamar del pecho henchido de la nodriza, que me sustituyó desde un principio y jamás se fue. La leche no me subió, solo manaron calostros agrios que mancharon la túnica. Dhuha lo atribuyó a las fiebres y a la paupérrima recuperación. Yo a mi estado, también agriado.

Solo deseaba no estar, dejar de estar, desaparecer cual bruma matutina que se disuelve a medida que transcurre el día. Que mi nombre se lo llevara el viento, que ya me había quebrado y sonaba a escarcha que se resquebraja. Que no hubiera Morayma.

Lloraba constantemente y el llanto me dejaba cansada, hasta respirar me suponía un enorme esfuerzo. Solo quería dormitar y descargar la angustia en los almohadones, a lágrimas vivas. Cuanto más lloraba, más exhausta estaba, más procuraba cerrar los párpados y huir a un lugar lejano, onírico, aunque el sueño me era esquivo. Me refugiaba en los muros de tela de aquella delicada fortaleza, me costaba levantarme del jergón y pasear por los pasillos de la alcazaba. Así que no lo hacía, pese a que me cansaba el hecho de estar tumbada, sentada, recostada, acurrucada a un cuerpo inexistente, a un cojín mullido que sustituía a un hijo perdido. Y lloraba de nuevo, por cansancio, por penuria, por lo que podía haber sido y nunca sería. Un lamento eterno. De nuevo, extenuada hasta la saciedad, con los huesos marcándoseme en la carne débil y parcheada, con las náuseas y el estómago plegado ante cualquier aroma que proviniera de alimento. Era incapaz de recuperarme a mí misma. Entonces rememoraba que ya no era yo, sino el espectro de una mujer que me era desconocida, alguien a quien no distinguiría en la superficie pulida del espejo. Y recordaba que ya no estaba Ahmed, que Boabdil dolía y que Yusuf se encontraba en algún lado, sin depender de mí, su madre. Y me sentía mala madre, la culpa royéndome las entrañas, abriéndose hueco. Y más lloraba, y más cansada estaba. Y dormitaba. Y lloraba. Y seguía muy cansada, tan cansada que mis huesos se quejaban. Y pensé que jamás volvería a sonreír. Que solo lloraría hasta convertirme en Darro. Un Darro de agua salada.

Envuelta en la calidez de la melancolía recé por encontrar consuelo, calma o descanso por intermediación divina, deseosa de que cualquiera de las bocanadas que daba fuera la última.

35

Boabdil había perdido partidarios debido a su pacto con los reyes cristianos, noticia que había ido deformándose a medida que pasaba de boca en boca. De cuatrocientos cautivos decían que habíamos devuelto seiscientos, que pagábamos veinticinco mil doblas zaenes y que mi esposo se había humillado a besarle las manos y los pies a Fernando. Muchos se alejaron de nuestra causa por miedo a que hubiéramos abrazado otra fe, a que metiéramos a cristianos en nuestras tierras para hacerles a ellos la guerra, ya que habíamos demandado tropas al rey para retomar la lucha contra Muley Hasan y sus seguidores.

Su padre, versado en asuntos políticos y precavido, caminaba tres pasos por delante de nosotros. Por eso, sabiendo que Boabdil había recuperado la libertad, soliviantó al pueblo y lo levantó contra él, exaltando el temor y el desprecio. Recurrió a los alfaquíes granadinos, que respondieron favorablemente a su petición y redactaron un dictamen que condenó a mi marido a ojos de su gente. Un tajo de una espada le habría dolido menos. La *fatwa* emitida definió su conducta de inmoral, pues había desobedecido a su progenitor, violando el juramento de fidelidad que lo ataba a él como sultán. Peor consideración tuvo su alianza con los reyes castellanos: el tratado de paz se entendió de sumisión y traición, de connivencia con el enemigo, del abandono de la defensa de la religión, de Allah y su Profeta, de vender a su pueblo y de denigrar al islam. ¿Cómo era posible que el joven rey hubiera estrechado lazos con aquellos que quemaban nuestras tierras y nos arrebataban el alimento, aquellos que nos dejaban en los huesos y nos esclavizaban? ¿Cómo había negociado con aquellos a los que había de enfrentarse en aras de la gloria del islam y la protección de los suyos? Ellos, que buscaban nuestra muerte, desposeernos de lo que nos pertenecía, dejarnos sin hogar.

Cualquiera que nos refrendara y jurase lealtad estaría incurriendo en un acto ilícito y altamente reprobable, cometiendo idénticos delitos. La rúbrica del alfaquí principal, Ibn al-Azraq, certificó el documento; no obstante, no asustó a aquellos que creían en Boabdil y su legado, a los Banu Sarray, a Aben Comixa, a los que se agrupaban en torno a Yusuf en Almería, a los de Guadix, a los de Loja.

Odiado por tantos, ensalzado y respaldado por otros, mi esposo se sumió en un estado de desazón que solo paliaba con los gorjeos y los arrumacos que prodigaba a nuestro hijo recién nacido, o eso me habían comunicado. Las nuevas me llegaban a través de mi suegra y mi cuñada Aisha, de Ibn Hamete.

Mientras, doña Isabel y Fernando continuaron con la ofensiva prometida contra las villas y ciudades que estuvieran bajo el mandato de Muley Hasan con el fin de quebrantar su poder y someterlo, con el secreto deseo de devorar las mejores plazas y ocuparlas ellos mismos, apostando allí sus mesnadas. Seis mil hombres y doce mil lanceros, ballesteros, peones y espingarderos partieron hacia la zona de Málaga, que rendía cuentas al Zagal, mano derecha de su hermano, nuevamente sultán. Entraron las huestes en el reino de Granada lideradas por grandes hombres, el conde de Cabra, el maestre de la orden de Santiago, el duque de Medina Sidonia, el marqués de Cádiz y otros caballeros, capitanes y alcaides. Y siguiendo las órdenes del rey Fernando iniciaron la devastación del territorio, talando panes, olivares, higuerales, almendrales y viñedos que se hallaban en torno a la ciudad de Alora, la cual salieron sus habitantes a defender, siendo dañados y heridos los de una parte y los de la otra, que seguían siendo los nuestros.

Prosiguieron hacia Coín, Sabinal, Casarabonela, Almería y

Cártama, donde permanecieron diez días, un enfrentamiento que acabó en una lucha atroz, arrabal incendiado y hogares derruidos entre madera chamuscada y escombros. La misma suerte corrieron Pupiana y Alhendín, quedó esta última destruida, ciudad fantasma, ciudad sin molinos. En el término de Alozaina, Guaro y Alhaurín se destruyeron tierras y comarcas.

No hubo población que sobreviviera a los cuarenta días de tormento y castigo de aquellos hombres de armas, que arrasaron con sus pisadas de acero y sus caballos, que regaron con sangre y se escabulleron con cautivos y acémilas bien cargadas.

Se quemó toda la vega de Málaga.

Y solo entonces, recuperados de sus heridas, regresaron por donde habían venido, camino a Antequera, bastión cristiano, dejando tras de sí una desesperación palpitante, una hambruna que eran quejidos del estómago.

Febrero de 1484

Aisha se sentó enfrente de mí y, con un chasqueo de dedos, pidió que trajeran un ataifor repleto de frutas de la temporada, naranjas con gajos ácidos, y agua de azahar, viandas que nos revitalizaran, además de algún pastel recubierto de pegajosa miel, de esos que se habían tornado adicción durante mi primer embarazo. Pero en aquellos momentos hasta el más dulce de los alimentos era cenizas en mi paladar. Solo quería el aroma de melaza de Ahmed.

—¿Queréis leer poesía?

Negué con la cabeza, la vista fija en el intrincado bordado que ornamentaba la alfombra de mis aposentos.

—Entonces podemos leer el Corán juntas, os aliviará el pesar.

Silencio. El silencio también es una respuesta.

Había sido paciente, una mujer extremadamente paciente.

—Traed el ajedrez —ordenó a nadie en particular y a los pocos segundos el tablero de cuadrículas había sido depositado sobre la mesa, de manera que las pequeñas figuritas esperaban a salir al campo de combate.

No realicé movimiento alguno. Observé las aristas que componían las diferentes efigies talladas a mano con suma precisión, obra de un maestro artesano. Capturé el alfil, decisivo en la contienda del ajedrez, irrelevante en la vida, como todos los peones, como todos los individuos anónimos que caían a causa del juego de reyes. Muertos. Cautivos. Prisioneros.

Mi Ahmed.

Lo devolví a su correspondiente lugar; de repente la pieza se había vuelto muy pesada para mis frágiles y huesudos dedos.

—Necesitáis una distracción, algo que os eleve el ánimo y que os empuje a salir de esa amargura que os lleva consumiendo desde hace tiempo. Así que jugaremos —dictó son severidad—, no aceptaré una negativa, así que ahorráosla y escoged el color con el que deseáis empezar. Y mañana, leeremos juntas algunas *suras* del Corán, y pasado saldremos a pasear por los jardines de la alcazaba cuando el sol esté en su cénit y ofrezca un poco de calor, que este invierno es crudo y me duelen los dedos debido al frío. Aquí dentro sois un cadáver a punto de morir. Y no soportaría veros muerta. Ahora sois mi hija, ¿recordáis?

Para Aisha aquella sería una de las más exaltadas declaraciones de afecto. Fue enternecedor comprobar que mi suegra, acusada de pétrea y arisca, me había reservado un hueco en su corazón. Con el paso del tiempo y la convivencia habíamos desarrollado una bonita relación, de las que se fraguan mediante los reveses de la vida. La apreciaba, la amaba, como la madre que te acoge en su nido a pesar de no haber sido empollado por ella, como la perra que te acepta sin ser de su camada.

Sin otra opción más que complacerla, jugué. Y aquel pequeño campo de batalla aumentó mi deseo de que la guerra terminara. Una guerra que aún habría de durar siete largos años.

—Vuestro hijo os necesita, Morayma. Reunid la entereza que siempre habéis poseído y volcaos en él. El amor de Yusuf os sanará.

—¿Y si no lo hace? —Empezaba a dudar de que mi padecimiento tuviera salvación más allá del regreso de Ahmed.

—Lo hará —dijo convencida—. Ser madre es lo que habíais ansiado desde niña, el sentimiento de amor y protección que habéis estado guardando hasta que llegaron vuestros vástagos y que con anterioridad habíais ido entregando caritativamente a esos niños desamparados que pueblan las calles, a los pequeños menesterosos a los que habéis abrigado y cobijado, a los que habéis alimentado, porque así ha nacido de vuestra alma. Porque rezumáis bondad como otros hieden a maldad. Ser madre es aquello por lo que habéis vertido lágrimas cada vez que el sangrado os regaba las piernas y tiznaba las sábanas de la cama, aquello por lo que habéis luchado, persistido, orado y confiado en Dhuha. Solo tenéis que volver a lo que siempre ha sido el motivo de vuestra dicha, refugiaros en él.

—Vos no habríais permitido que Muley Hasan entregara a vuestro hijo. ¿Qué habríais hecho en mi lugar? ¿Qué debería haber hecho cuando nada podía hacer por evitar semejante tragedia?

—Yo habría comprado a los guardias, los habría cubierto de oro para que me dieran paso libre y así escapar con él, aunque hubiese tenido que descender por una soga de almaizares. —Se me curvaron las comisuras; el gesto fue tan inusual y doloroso que las heridas resecas de los labios se abrieron—. Habría tenido dos caballos esperándome a las afueras del arrabal, habría ido andando, silenciosa, oculta por el manto de la noche, resguardada por algunos hombres de confianza que fueran duchos en el arte de la guerra, y habría huido sin mirar atrás.

Leí en su mirada el nombre de Ibn Hamete. Lo pensé, cual traidora y serpiente de lengua bífida, pensé en reptar hasta el de los Banu Sarray, postrarme a sus pies y bisbisearle al oído, suplicarle que me vendiera su alma incorrupta, que fuera tan desleal como yo. Que dispusiera de monturas y aguardara a que apareciera con mi hijo en brazos y un diminuto séquito, probablemente compuesto por Jimena y algún sirviente más, para dejar atrás Guadix.

Eso habría sido demasiado para el fiel y servicial Ibn Hamete, que libraba una continua lucha en su interior. Desgraciadamente, perdía.

—Vos habéis sorteado destinos más aciagos que el mío, el de ver a vuestros vástagos bajo la espada de su padre.

Aisha esbozó una débil sonrisa que intensificó sus arrugas.

—Y vos habéis actuado con mayor acierto que yo en todos estos años. Siempre habéis cumplido con vuestros deberes y vuestras responsabilidades de esposa y madre, de Gran Señora, incluso cuando estos suponían un inmenso sufrimiento.

Recordé la noche en que Aisha vio partir a su hijo Yusuf, caminos escindidos, el que llevaba a Guadix y el que se dirigía a Almería. No lagrimeó ni lloró, le deseó que Allah lo protegiera y no desvió la vista del sendero que este había tomado hasta que su figura se desdibujó en el horizonte y nosotros hubimos de continuar. Todavía no se habían reencontrado y de eso ya hacía dos años. Yo no era la única que cumplía con mis arduas obligaciones, ella también había sacrificado su dicha en pos de un futuro prometedor, uno en manos de Boabdil, y era esa confianza ciega lo que la impulsaba a creer que, una vez que estuviera firmemente asentado en el trono, las cuitas se disolverían y su familia volvería a estar unida.

Pero Aisha bint Muhammad Ibn al-Ahmar no volvería a ver y a abrazar a su hijo. A Yusuf lo traerían amortajado con lienzos blanquecinos, puñaladas traicioneras de un pariente cruel que era su tío el Zagal, la sonrisa ladina y confabuladora de Zoraida que acechaba y cubría sus huellas con un brote de enfermedad, o unas fiebres virulentas que lo habían desposeído de su juventud en mitad de un marzo de 1485. Causas desconocidas, misterios insondables. La culpa que se come a la culpa. Aquella vez Aisha lloró, porque no es igual saber que puedes liberar a tu hijo del cautiverio que saber que no podrás rescatarlo de las gélidas garras de la muerte. En el Paraíso ni ella poseía jurisdicción.

—Por eso Boabdil se enamoró de vos —me confesó—. Os miró a los ojos y descubrió vuestra alma pura. Por eso no repliqué el día en que me comunicó la decisión de casarse con la hija del gran Ali al-Attar, porque la hija de un caudillo siempre es una buena mujer, aunque no haya sangre noble corriendo por sus venas, y porque la primera vez que os vi distinguí virtuosidad y humildad, y bajo todas esas capas, un coraje que reluciría en momentos de extrema peligrosidad. Y no me equivoqué. Lleváis el nombre de mi madre —pronunció con desbordante orgullo y la barbilla elevada. Su mano posada sobre la mía—. No me equivoqué al confiar en vos, del mismo modo que mi hijo no se equivocó al elegiros.

Ser madre era la razón de mi existencia. Porque hay quienes vienen a este mundo a remendar zapatos, a labrar la tierra, a predicar la palabra de Dios, a confeccionar obras de gran valor con sus manos desnudas, a entretener con sus bailes lascivos y sus tobillos tañendo cascabeles, a servir, a componer poemas, a recitarlos. Hay quienes vienen a este mundo a liderar guerras, a asir espadas de acero, a llevarse a otros al Más Allá. A gobernar, escasos días y meses, o largos y gloriosos años, a que su nombre perdure en crónicas anónimas, inacabadas, a medio escribir. Y hay quienes hemos venido a ser madres, de nuestros hijos y de todos los demás.

—A veces veo a Ahmed pero no lo reconozco, no sé si es mi hijo o un niño cualquiera que se ha tropezado en mi camino.

—¿Lo veis en sueños?

Veía muchas cosas en sueños. El halcón a mis pies, agujereado por la saeta, rebosante de sangre.

—Todas las noches.

—¿Y habláis?

Sostenía un peón en las manos, rodándolo de una palma a la otra, clavándomelo, reticente a colocarlo en su posición. Cerré los ojos, llevada por la inercia, dibujé sus rasgos pueriles en la neblina de mis recuerdos, esa sonrisa a bocajarro que dejaba ver la pureza y grandeza de su corazón, esas pestañas largas y espesas que barrían la alcoba al batirse, esa naricita de pellizco de pan. El mayor de mis temores era convocar un día su imagen y no ser capaz de conjurarla, que se emborronara. Lo que más temía era olvidar a mi propio hijo.

—Nunca —dije en la más absoluta oscuridad—. Él me mira con sus ojos carbón, callado, yo le devuelvo la mirada. Nunca decimos nada, solo nos miramos. Y entonces abro los párpados y ha vuelto a salir el sol.

La luminosidad de la estancia me hirió la vista, motas de colores crearon un mosaico hasta que me habitué de nuevo a ella.

—No olvidaréis la pena, no os desharéis de ella. Conviviréis con ella, la sobrellevaréis. Refugiaos en Yusuf y engendrad nuevos hijos.

Mi cuñada Salima habría dicho que el rechazo de una esposa lanza al marido a brazos de otra mujer, que el hombre tiene un corazón tan grande como sus músculos y el rey un corazón tan grande como su reino, y en ese amplio espacio caben muchísimas mujeres. Que no debería subestimar la capacidad de amor de un sultán, pues el harén está lleno de ingenuas. Pero Boabdil me amaba por encima de todo; a veces pensaba que si le diera a elegir entre Granada y yo, abandonaría el trono.

—¿Para que los entregue a esos cristianos cuando vuelvan a capturarlo? —Dejé la pequeña figura sobre el tablero con un golpe sordo que inquietó a algunas de mis criadas, que se encontraban absortas en sus tareas—. Jamás. —Y esa palabra, colmada de rabia, me dañó la garganta—. Este vientre ahora es desierto y árido.

—Para que, ahora que Ahmed no está, salvaguardéis el derecho al trono de vuestro siguiente vástago. El hombre de nuestra vida jamás será el marido, sino el hijo que herede el gobierno. El hombre de mi vida nunca ha sido Muley Hasan, aunque lo ame desde que éramos solo unos críos ingenuos que correteaban por la Alhambra, aunque lo amo siendo una bestia, a sabiendas de que sus manos están manchadas de sangre. No puedo verter sobre él toda la rabia e inquina que me corroe, el odio se esfuma, le es esquivo. Y aun así, el hombre de mi vida no es él, son mi Boabdil y mi Yusuf, tu Ahmed y tu Yusuf. Porque ser esposa de sultán no es nada comparado con ser madre de sultán, con ser *al-Sayyida al-Walida*.

—Que yo no ansío poder. —Me golpeé el pecho, abatida, sollozante. De haberme vestido con joyas el oro habría sonado al impactar contra los colgantes, pero estaba desnuda de ornato—. Que yo solo quiero a mis hijos.

Compuso esa expresión amarga y compasiva.

Todavía estaba sumida en la espiral de hastío, abrigada por la pelliza de nostalgia y negrura, tumbada por los sinsabores de la vida, enlutada. Me ahogaba en mi propia lástima.

—Traed al príncipe Yusuf —exigió ella.

Hasta entonces me había negado a verlo durante aquel mes y medio de vida, había renegado de él cada una de las veces en las que mi suegra, mi cuñada Aisha o la *rumiyya* habían tratado de traerlo a mis aposentos para hacer una breve visita. Me había cubierto hasta la cabeza con las sábanas y mantas de piel. No quería que su mirada de abandono me traspasase, la culpa ya me hundía los hombros, me había hecho un agujero en el estómago. No merecía su amor. Ningún niño ha de ser repudiado por la mujer que lo ha alumbrado.

Jimena apareció con la criatura en brazos, un bulto envuelto en mantillas de gruesa lana que lo guarecían del frío invernal. Me lo acercó para que contemplara su cara: había en él más facciones de los al-Attar que de la familia real, era la astilla del palo. Me lo entregó, mis brazos esqueléticos aún recordaban la forma de acunar e hicieron para él un hueco idóneo. Bostezó, acomodándose, y el mohín de su boquita se me asemejó al de mi hermana Aziza. Era la viva imagen de mi querida Aziza.

—Es feliz por estar con su madre —me indicó Jimena al apreciar la sonrisa desdentada que levantaba sus mejillas regordetas y rasgaba sus ojos cerrados.

—Debe de soñar.

—Sabe que sois vos la que lo mecéis. —A Aisha también se le curvaban las comisuras.

Lágrimas ardientes surcaron mi faz, pero procuré que ni una

cayera sobre su piel y lo mojara. Besé su amplia frente; el aroma que desprendía era azahar embotellado.

Ahí, instalado entre mis brazos y mi pecho, acunado por un movimiento de balanceo rítmico y suave, el pequeño Yusuf dormía. Ahora que lo había visto no podía apartar la mirada de él, de la calma que irradiaba, de la tranquilidad que me contagiaba con esos suspiros hondos y esa respiración acompasada. Habría de recuperar el tiempo perdido, ungirlo a besos, arrullarlo, colmarlo a caricias.

Que Allah me perdonara por haber tardado tanto en estrecharlo.

Cualquier atisbo de brillante gozo se apagó al acusar la realidad, la soledad en la que crecería mi segundo hijo al verse despojado de su hermano mayor, que habría jugado con él y con los animalitos de madera, le habría silbado a través del silbato de pajarillo y habría celebrado sus triunfos con risas y palmas. Ahmed no estaría aquí para que Yusuf lo persiguiera en sus próximos gateos ni para que se pelearan por los juguetes o llorara cuando se los quitara, no estaría para ser su primera palabra ni su primer nombre. Ahmed no estaría aquí para que Yusuf lo adorara como adora un hermano pequeño al primogénito.

La distancia los tornaría hijos únicos.

—Ganarán esta guerra —balbuceé, silenciando el llanto que me arañaba por dentro, que pugnaba por salir de mis pulmones y despertaría al niño. Lo mecí al ritmo de las lágrimas—. Lo he visto en sueños, Aisha, un halcón me sobrevuela imponente, sus enormes alas extendidas, cuando una flecha le atraviesa el pecho, cae en picado y muere a mis pies, supurando sangre. Me veo en sus ojos amarillos y cristalinos. Ese halcón somos nosotros. Una vez que Muley Hasan fallezca, la guerra se recrudecerá, el Zagal se hará con el trono y Sa'd será un niño olvidado, un niño que un día será cristiano, al igual que su hermano Nasr. De Zoraida solo quedará su nombre encadenado a una mujer que será leyenda, una belleza fugaz que nunca fue tan bella ni tan fiera.

»Nos mataremos entre nosotros, entre hermanos de fe, entre deudos, y ellos se regodearán en el sufrimiento que padecemos, en las peleas de familia, como si fuéramos perros que luchan por el mismo trozo de carne, por Granada. Ganarán la guerra, aprovecharán para menguarnos, sitiarnos y ponernos grilletes. De nada servirá que dé a luz a veinte varones más.

El semblante de Aisha se arrugó. Su ceño fruncido se relajó, alargó el brazo para mover una de las figuras en el tablero ajedrezado, adoptando una posición de ventaja que le otorgaba claramente el éxito de la contienda.

—Tendremos veinte varones más con los que luchar —dijo con la dureza del pedernal impregnando su voz—. Si guerra es lo que quieren, guerra es lo que tendrán.

Aisha bint Muhammad Ibn al-Ahmar no renunciaría con tanta facilidad a nuestro reino. A su Granada.

Los vaticinios son parpadeos, instantes de lucidez que se experimentan en determinados momentos del día o la noche, a veces mientras se produce un hecho insólito que precipita una sucesión de acontecimientos calamitosos que se esbozan en la mente. La ruptura de la lanza de Boabdil en el arco de herradura. Y a pesar de que nuestros propios ojos no presencian la fatalidad, se conoce de memoria, ya ha sido percibida. Otras, se produce en los duermevelas, favorecidos por las tinieblas que rodean el lecho y las luminarias que titilan en el cielo. Las garras de las pesadillas nos atrapan y nos arrastran.

A lo largo de diecisiete años había presentido ciertos desastres, temblores de la tierra que pisábamos, algo muy común, el célebre desbordamiento del Darro, que se llevó con su torrente de agua las tropas que desfilaban en un espectáculo triunfal que expedía poderío. Pronostiqué derrotas y victorias, aunque siempre creí que se trataba de miedos infundados que se escondían bajo mi cama y me acechaban en la nocturnidad, que me confundían. Pero no. Nací ligada a la mala fortuna, así que esta me rondaba, me era cercana.

Desde que Alhama cayó y la guerra se convirtió en cotidianidad se incrementaron los retazos de un futuro maltrecho que me sobresaltaban sin previo aviso y me congelaban el aliento. Me perturbaban al dormir, anulando el ya de por sí mísero descanso, lo que agriaba aún más mi carácter afligido. Las escenas se hilvanaban unas con otras, confeccionando un tapiz en el que se representaba el devenir. Rojo alheña, zumaque, granza teñía los hilos de sangre.

Auguré el Albaicín de osario, cuna de batallas intestinas, bandos rivales que rezaban al mismo dios, un reino dividido con el Zagal gobernando sobre la capital, Málaga, Almería y Almuñécar, mi esposo sobre Murcia, Loja y el restante territorio. Auguré treguas de varios años, talas devastadoras, Vélez capitulando, mi ciudad en manos cristianas, entregada por mi propio hermano. Málaga asediada, bombardeada, la población embarcada en galeras, esperanzada por alcanzar las costas africanas, traicionada y sin libertad, llorando en mar abierto la esclavitud. No hay compasión en los vencedores. Hambre. Enfermedades que se esparcen. Miseria a raudales. Pactos mancillados, alianzas rotas, misivas de auxilio hacia quienes poseyeran fuerza suficiente para socorrernos, los watasidas de Fez, los mamelucos de Egipto, los otomanos. Lanzar gritos a las dunas del desierto, gritos devueltos, arena en la boca. Nos comen. Nos devoran. La entrega de Baza, la caída de Almería. El Zagal en Orán. Zoraida escondida.

Granada perdida.

Sabía que si lo decía en voz alta nadie me creería, me tildarían de loca con dedo acusador. La pobre y tierna Morayma, la esposa de Boabdil, a la que la desdicha enloqueció, a la que la ausencia de su hijo Ahmed enajenó.

Los sueños decían que un día caminaríamos apátridas, que huiríamos de la tierra que antaño fue nuestra mientras el rey moro suspiraba con un lamento que el viento arrastraba consigo hasta que la pena cruzaba el estrecho, que yo regaría los caminos con la sal de mis lágrimas. Los sueños decían que por donde pasara la última sultana no brotaría flor, hierba ni sentimiento, que sembraba en yermo páramos que nos aguardarían al otro lado del mar. No habría prisa, premura, tampoco descanso o demora. Desposeídos del hogar, de todo lo que nos perteneció, solo quedaría por andar el sinuoso e interminable sendero pedregoso, la peregrinación no deseada.

Un paso más, ya no reconoceríamos la que era nuestra casa. Un paso más, lejos de nuestros muertos. Cadáveres y oro sobre las espaldas. Un paso más, la sangre derramada en vano, los huesos apilados, la desesperación rugiendo en gargantas. Un paso más, aún escuchábamos a los que fueron cautivos. Un paso más, dolía el cerco de Málaga, la entrega de Loja, la rendición de Granada. Un paso más y el pasado borrado, los nuestros expulsados, bautizados, los alminares con campanas, la luna y la estrella apagadas en el cielo.

Heridas en los corazones. Magulladuras en nuestros pies descalzos.

Los sueños decían que el *Zoigobi* sería rey mendigo, que el Rey Chico vería el mar cobalto. Los sueños decían que yo cerraría los ojos antes de embarcar, que la niña de Loja jamás vislumbraría el horizonte, que reposaría en tierra húmeda, otrora musulmana, para siempre cristiana.

Epílogo

Mi querido y bienamado hijo Ahmed.

Cuando tengas edad para leer las palabras aquí escritas yo ya habré abandonado este mundo, Allah me habrá acogido en su seno y descansaré en el Paraíso, allí donde los jardines son frondosos y discurren ríos de agua clara y fresca, donde la sombra cobija y se nos ataviará con oro resplandeciente, perlas y sedas verdes. Esta enfermedad incurable que me doblega no me da tregua, estoy cansada de luchar contra los males padecidos, por mucho que vuestro padre me inste a hacerlo, que me suplique de rodillas entre lágrimas. Los remedios de Dhuha y otros médicos no sofocan las oleadas de dolor, la bondad de mi Jimena ayuda, sin embargo, no ahuyenta la afección. Resisto por ti, por tu hermano, por los gritos infantiles que oigo a través de la ventana.

Me muero, lo sé con la certeza con la que lo sabe un moribundo que ve alrededor de su lecho cómo se congregan las almas hechas personas de quienes amó y lo amaron. Mi padre se me presenta con esa sonrisa bondadosa y los ojos brillantes, preñados de orgullo. Mi madre asiste sin arrugas de preocupación, rostro límpido, mejillas coloreadas. Mi hermano Muhammad parece haber encontrado paz después de guerrear hasta consigo mismo. A veces creo vislumbrar la figura neblinosa de tu abuelo, Abu l-Hasan, menos cruel, más compasivo, más herido de pasión, la de tu tío Abu Hayyay Yusuf, con la juventud descrita en sus bellas facciones. Y entre todos ellos, observo las diminutas efigies de los hijos que llevé en mi vientre y no alumbré, los que se escurrieron por entre mis piernas simulando ser sangre.

Tu abuela Aisha no cree en la orfandad de padre mientras haya una madre que luche por sus cachorros con garras y dientes afilados. Os dejo solos, mas nunca huérfanos. Tu hermano Yusuf y tú estáis en buenas manos, en las de aquellas mujeres en las que confío, en manos cuidadoras, sabias, viejas, en manos diestras y maternales. Las de vuestra excelsa abuela, Aisha bint Muhammad Ibn al-Ahmar. Fiad de ella, de sus instintos, de su astucia proverbial, de sus consejos, que siempre son certeros. No dudéis de sus intenciones ni de su afecto, que bajo la dureza de la piedra existen vetas de un amor incondicional, un amor que traspasa la distancia y el tiempo, que salva fronteras. Nos sobrevivirá a todos, nos enterrará a todos. Porque ella mejor que nadie conoce el precio del poder.

Espero que hayan sido cumplidas mis últimas disposiciones, tal y como he dictado en los correspondientes documentos que nuestro buen secretario Muhammad al-'Arabi al-'Uqayli se ha encargado de redactar pacientemente. Que mis bienes hayan sido divididos en dos partes, la mitad para los tres mayordomos que cuidaban de esta mi hacienda y la otra entregada al alfaquí a cargo de la mezquita de Mondújar, de manera que realice la oración correspondiente dos veces por semana sobre mis huesos y los huesos de otros reyes moros que aquí quedan enterrados en esta nueva *rawda* y para que rece todo el Corán una vez cada año en todos los años para siempre jamás.

Que Allah nos invita a ser piadosos y misericordiosos con los vencidos, a devolverles la libertad a los que han caído en el cautiverio a causa de las algaradas o la guerra y nos han servido bien. Al ser palabra de Dios, uno de mis mayores deseos es que mi leal y fiel *rumiyya*, Jimena, haya sido desposeída de su condición de esclava y reciba la libertad y un estipendio generoso, pues generosa fue ella conmigo todos los días que vivimos juntas desde que vuestro padre me obsequió con semejante regalo con motivo de nuestros esponsales. Fue hermana, fue amiga. Haya decidido permanecer en suelo cristiano o seguiros para cuidaros hasta que hayáis alcanzado la pubertad, que nada le falte, que saboree la dicha. Que a todos vosotros os veré en el Más Allá, pero a mi Jimena, a mi Jimena no podré volver a abrazarla.

De no haber sido así, recordad que son mis voluntades y haced que vuestro honorable padre las haga cumplir, pues las promesas a los muertos no han de romperse. Tras una vida de batallas, anhelo, al menos, descansar en paz. Si es dolor lo que lo aqueja y teme que de la herida abierta brote sangre nuevamente es que permanezco a su lado, susurrándole al oído. Aludid a ello, a que mi presencia está anclada a él hasta que Allah decida que ha llegado su momento y nos reunamos en el *al-Yanna*. Todavía le quedan años por vivir, lo presiento. Mientras tanto, yo lo velo. Yo os velo.

Y espero que, habiendo sido vendidas todas nuestras propiedades y habiéndoos retrasado en exceso mi dolencia incurable, hayáis aceptado la buena voluntad de los reyes de Castilla doña Isabel y Fernando y hayáis partido en sus carracas fletadas, libres y francas. Que hayáis cruzado el estrecho y os hayáis asentado en Fez, acogidos por el sultán Muhammad al-Sayj al-Wattasi. Aquí ya no hay lugar que nos acoja de buen grado, aquí ya no hay sitio para los que un día fueron sultanes de Granada. Que Allah guarde a vuestra tía Aisha y al príncipe meriní al-Mutawakkil, que les insufle fuerza para sufrir en este bastión de las Alpujarras que ahora son solo ruinas, que los alimente de fe y los provea de esperanza, que falta les hará para seguir rezándole a Él y no recibir bautismo.

Lamento no haber sobrevivido para que vuestro padre me enseñara el mar y así probar el salitre de sus labios, no haber podido acompañaros en este viaje de destierro, que mi cuerpo no haya resistido los últimos embates. Y lo que más lamento es no poder veros crecer, convertiros en los grandes hombres que seréis.

Siento que, irremediablemente, te vuelvo a perder al igual que aquella madrugada de 1483.

De los años narrados en estas memorias de letra cursiva y temblorosa se han salvado los recuerdos de una niña de Loja que se convirtió en Gran Señora, los más felices de todos ellos y los más penosos. La guerra nunca se va, se adhiere a ti como la polvareda del camino en el peregrinaje, se te mete en los pulmones. De la guerra hablarán los vencedores, yo te muestro lo que aconteció tras las celosías, entre las sombras, para que puedas comprenderme, para que puedas perdonarme, aunque al principio no redactara estas líneas con la finalidad de pedir redención. Para que no creas jamás que tu madre te vendió por el gobierno de un reino, que pagó gustosa el deshacerse de ti para engalanarse de joyas y subir a un trono que no habría sido mío. Porque nunca es nuestro.

Guarda recuerdos de mí, del amor puro que te he profesado incluso antes de que nacieras, cuando solo eras un pensamiento y un hondo deseo, incluso cuando la distancia nos separaba y ya no eras Ahmed, solo el infantico. Que si Isabel lloró al entregarte, yo ahogué villas con mi llanto. Te luché, hijo mío. Y, quizá, debí haberte luchado más. Por ti habría cedido Granada a los cristianos, por ti habría quemado Granada hasta los cimientos.

Sirva este triste relato de testimonio de todas las mujeres que habitamos la Alhambra, de las que me precedieron y las que ya no habrá después de mí, de las que caminamos entre cipreses y setos de arrayanes, entre fuentes que burbujean agua y leones pétreos que vigilan patios, palacios, torres, acequias y frutales. Sirva esto de testimonio de las sultanas que lo sacrificamos todo, que lo perdimos todo.

En nada se parece Laujar de Andarax a mi vientre materno que fue Loja, al refugio que fue Guadix y su alcazaba. En nada se parece a mi hermosa y bella Granada, a la perla del collar que es la Alhambra, que se alza imponente en la serranía, con vistas de halcón, más cerca de los dedos de Allah, dibujando el Paraíso en la tierra. Porque en nada se parece ser reina de las Alpujarras a ser sultana.

Y ahora, que soy más consciente que nunca de que el poder es tan efímero como la vida, que es tan fútil, no queda corona ni trono, no queda esposa ni madre. Solo queda la mujer que soy. La mujer que fui.

Morayma.

À la puerta de la sala de la torre de comares, siendo presente su madre, muger, y hermana, y muchas damas, y doncellas, cuando [Boabdil] se acabó de armar pidió la mano a su madre, y dixo que le diese su bendicion, y abraçó à la hermana y besóla en el pescueço, y a su muger abrazó y besó en el rostro, y lo mismo a vn hijo. Lo qual todo él solía hacer ordinariamente cada día que salía a la batalla, y aquel día añadió vna habla, diciendo è a la madre y à todas las otras personas que le personasen algunos enojos que les habría dado. Entonces se escandalizó la rreyna su madre de esta nouedad, y turbada le dixo: ¿Que nouedad es esta, hijo mio? El rrey le respondió: señora, no es ninguna, mas es rrazon que yo haga esto. E diciendo estas palabras la madre se ase del hijo y dízele: hijo mio, conjúroos con Dios, y la obediencia que me deueis, como à vuestra madre, que me digáis que quereis hacer, y donde is; y cuando dezia esto comenzó a llorar, y viendo las otras dueñas que la madre del rey [Boabdil] lloraba, se leuanta tan grande alarido en toda la casa, que parecia lo tenían muerto. Y todabia la madre asida de su hijo no le quiso dexar hasta que le dijo lo que auia pasado, y lo que se auia concertado en el rreal de los cristianos. A lo qual respondió su madre: pues hijo, ¿à quién encomendáis vuestra triste madre, y muger, e hijos, y hermana, parientes, y criados, y toda esta cibdad, y los otros pueblos que os son encomendados? ¿Qué quenta daréis a Dios dellos poniendo en ellos tan mal recaudo?¿Cómo ponéis dando la horden que dais para que todos mueramos a espada y los que quedaren sean captiuos? Mira bien lo que hazéis que en las grandes tribulaçiones an de ser grandes consejos. El rrey le respondió: señora, muy mejor es morir de una vez, que viviendo morir muchas veces. La madre le dixo: verdad es, hijo, lo que dezís, si solamente vos muriesedes, y todos se saluasen, y la cibdad se libertase; mas tan mal perdicion es muy mal hecho.

HERNANDO DE BAEZA,
Las cosas que pasaron entre los reyes
de Granada desde el tiempo del rrey
don Juan de Castilla, segundo de
este nombre, hasta que los Cathólicos
Reyes ganaron el reyno de Granada

Agradecimientos

Escribir una novela nunca es tarea sencilla, a veces se siente un trabajo solitario y deprimente porque vives ahí, entre dos mundos —el ficticio y el real, el pasado y el presente—, enclaustrada en una habitación, con un puñado de notas, muchos libros y un teclado al que aporreas. Con sus más y sus menos, es un proceso largo, pero también precioso, en el que estás creando y dando vida, que te enseña a valorar la ayuda inestimable de quienes te rodean. Por eso, querría dedicarle algunas líneas a las personas que me han soportado durante estos meses de arduo trabajo.

A mis padres y a mi hermano, que se encontraron con una demente que intentaba conciliar de muy malas maneras clases, un TFM, el trabajo en la academia de literatura juvenil y la escritura de esta novela. Hicieron lo que pudieron y lo hicieron como mejor supieron, manteniéndome viva hasta el día de hoy, lo cual es un mérito. Gracias por cuidarme cuando yo no sé hacerlo.

A mis abuelos, especialmente a mi Manolo, apasionado de la historia. Y a Penélope, quien nunca tiene tiempo pero siempre busca algún hueco para mí.

A las tres personas que han hecho gala de paciencia y se han comido interminables audios de cinco minutos sobre problemas historiográficos y datos que no coincidían, sobre enredos varios y posibles senderos por los que tirar, que me han aconsejado y aportado mucho con sus grandes ideas: A Ana, por leerse todo lo que escribo, aunque sea la lista de la compra, y creer que merezco un Nobel. Por recorrer las estancias de la Alhambra conmigo. A Cristina, por enamorarse de Ibn Hamete, por sentar cordura y arrancarme de mis gélidas manos los manuales para así recordarme que esto también es literatura y ficción, que podía dejarme llevar un poco. Y a mi compañera medievalista, Raquel, sin la que habría sido imposible confeccionar esta historia, pues ella ha sido la mitad cristiana y castellana, proveyéndome de fuentes e información concreta sobre Isabel y Fernando.

A María, que lloró mucho al recibir la noticia de esta publicación, siempre presente incluso cuando ya no vive a mi lado, siempre vigilante y reconfortante. A Antonio, Manu, Irene, Noelia, Kiko y Anzurro, por estar y ser.

A Lucy, por acompañarme en los mejores y peores momentos que conllevan la escritura, por comprenderme y aconsejarme, por obligarme a descansar más y a trabajar menos, por abrazarme desde la distancia. Ojalá compartir toda una vida de amistad e historias ficticias juntas. Y a Ría, por ser una de esas amigas que con su optimismo y amor por la literatura siempre te impulsan hacia delante.

También a Miriam, con quien he tenido el privilegio de coincidir en este amor que profesamos a al-Ándalus y sus grandísimas mujeres, lo que ha sido una inmensa suerte. Gracias por haberme leído a contrarreloj, por comentarme las monedas y las medidas, por hacerme recorridos mediante vídeos por el MAN, el Museo Arqueológico Nacional, para que pudiera embeberme de la belleza del tesoro de Bentarique y del bote de Zamora, por insuflarme confianza y seguridad.

En última instancia y adentrándome en un ámbito más académico, pero igualmente personal, no podría olvidarme de tres personas que han dejado una profunda marca en mi vida y en esta novela. A Antonia Álvarez, mi profesora de historia del instituto, una mujer con un gran sentido de la justicia, que rezumaba vocación, a la que quise tanto como me enseñó. A don Jesús García Díaz, con quien he tenido el honor de aprender de medieval y de la vida, de reírme a carcajadas. Y a doña Gloria Lora

Serrano, mi tutora, quien me encaminó hacia los estudios de género en al-Ándalus incluso cuando yo no sabía a ciencia cierta que era mi pasión, y no me soltó la mano desde entonces. Sin su guía y dedicación jamás habría llegado hasta aquí.

Finalmente, gracias a todas las personas involucradas en *La última sultana*, que han trabajado incansablemente para que esto salga a la luz, desde las maravillosas correctoras que me han ayudado a pulir el texto, hasta mi editora, Clara Rasero. Gracias, Clara, por mostrarme que debo ser un poco más humana y menos máquina, por recordarme que la vida se cuela, por confiar en mí y en la historia de Morayma, por creer que merecía ser contada.

Nota de la autora

Escribir acerca de Morayma es una tarea complicada debido a la escasez de datos que tenemos sobre ella y su vida. Por desgracia, es la tónica general en cuanto a figuras femeninas a lo largo de la Historia, pues las fuentes primarias tienden a omitirlas en pos de sus compañeros, los hombres, quienes han sido hasta ahora los protagonistas. Cuando encontramos alusiones a ellas, suelen ser parcas, anécdotas en las que se convierten en personajes secundarios y referencias a su vínculo constante con algún varón: padre, hermano, hijo o marido. Esta labor se dificulta aún más si tenemos en cuenta que las crónicas musulmanas que abarcan este periodo, el relativo al reino nazarí y la guerra de Granada, son el Nubdhat, solo disponible en su lengua árabe, y la obra de al-Maqqari, únicamente traducida al francés, por lo que no son de fácil acceso.

De Morayma sabemos que fue hija del gran caudillo Ali al-Attar, alcaide de Loja y señor de Xagra, y que casó a una edad temprana con Boabdil, hijo del sultán reinante en aquellos momentos, Abu l-Hasan (Muley Hasan). B. Boloix Gallardo fecha las nupcias una vez que Boabdil fue proclamado gobernante, ya habiendo sido derrocado su padre, es decir, entre el 14 y el 15 de julio de 1482; aunque otros autores defienden que se celebraron aún con Muley Hasan en el trono, por lo que hay disparidad de opiniones. Un cronista describió a Morayma en sus esponsales vestida con «una saya y chal de paño negro y toca blanca que casi le ocultaba el rostro».

Fue madre de dos hijos varones: Ahmed, su primogénito,

también nombrado por al-Maqqari en su crónica como Muhammad; y Yusuf, el segundo de sus vástagos. A causa del encierro de Boabdil tras la derrota de la batalla de Lucena, en abril de 1483, sonado fracaso militar que también supuso el fallecimiento del gran Ali al-Attar, las mujeres de su familia se vieron obligadas a pactar con los Reyes Católicos la liberación del Rey Chico. Para ello, se fijaron unas cláusulas: la entrega de más de cuatrocientos cautivos cristianos, más de doce mil doblas zaenes en concepto de tributo, el vasallaje de Boabdil y la entrega de su hijo Ahmed, que quedaría bajo el cuidado de los reyes cristianos junto con otros hijos cautivos de los grandes de Granada. Supuestamente, Morayma habría renunciado a su hijo con la edad de dos años y ya no volvería a verlo hasta la rendición de Granada el 2 de enero de 1492, cuando él ya contaba con nueve años y había sido apodado el Infantico por parte de Isabel la Católica.

Habiendo renunciado a Granada, tras diez años de enfrentamientos contra los cristianos y luchas intestinas en el seno de la dinastía nazarí, Boabdil y las princesas reales (Aisha bint Muhammad Ibn al-Ahmar, Morayma y Aisha, hermana de Boabdil) se trasladaron a Laujar de Andarax, en las Alpujarras, señorío que recibieron de los Reyes Católicos. Con el fin de cruzar el estrecho y emigrar hacia Fez, las féminas de la familia real vendieron a doña Isabel y Fernando sus muchas propiedades, pues así estaba pactado, entre las que se encontraban las siguientes: el poblado de Beas y Huétor Santillán, las alquerías de Cijuela y Zuhaira, una tierra llamada Daralmací, diversas huertas (Genín Aljof, Genín Sidi Moclíz, Genín Sidi Hamet, Genín Alcadí, Genín Alfares, parte de Alcázar Genil, Daralbaida o Casa Blanca en el Sacromonte, la huerta de Bibataubín y Daralgazí), numerosos molinos de aceite y pan, hornos, tiendas, mesones y alhóndigas (Alhóndiga Nueva o Yadida, el actual Corral del Carbón), atarbeas de tejedores y baños. Todo repartido entre Granada, Motril, Salobreña y otras localidades. A ello hay que sumar las posesiones de Morayma: unos cármenes que debían ocupar una parte del extremo suroeste de lo que es hoy la huerta del Cuarto Real de Santo Domingo.

Habiéndose vendido los ya citados bienes, doña Isabel y Fernando cumplieron con las disposiciones acordadas y fletaron dos carracas libres y francas que llevarían a Boabdil y su familia a Dar al-Islam. Sin embargo, nos consta que Morayma no emprendió este viaje hacia el exilio a causa de una enfermedad desconocida, lo que hizo que Boabdil retrasara la partida. La que fue la última sultana debió fallecer antes del 28 de agosto de 1493, así lo indica una carta que Hernando de Zafra envió a los Reyes Católicos para hacerles saber sobre el trágico acontecimiento. Sin más información acerca de la vida de Morayma, diversos testimonios señalan que fue enterrada en Mondújar, donde se habían trasladado los cadáveres de los anteriores sultanes y sultanas que antaño descansaban en la *rawda* de la Alhambra. A su funeral asistieron Boabdil y algunos caballeros y criados de ambos.

La herencia quedó dividida en dos grandes partes, la mitad fue destinada a la mezquita de Mondújar y lo restante fue repartido entre los tres mayordomos que cuidaban de la hacienda de Morayma y el alfaquí de dicha mezquita, para que así cumpliera con la oración dos veces por semana sobre la tumba de Morayma: «e de los huesos de otros reyes moros que allí estauan enterrados y porque rrezase todo el alcorán vna uez al año en todos los años para siempre jamás».

Pese a que ciertos cronistas recogen en sus obras la relación que unió a algunos gobernantes andalusíes con sus mujeres, resaltando los vínculos de afecto y cariño que realmente existieron y las muestras de ello que se prodigaron a través de regalos e incluso poemas, como es el caso de Abd al-Rahman II y Tarub, Abd al-Rahman III y Maryan, Hisham II y Subh, o incluso al-Mutamid e Itimad, no poseemos testimonios que ratifiquen que el matrimonio de Boabdil y Morayma fuera de idéntica naturaleza. No obstante, consideramos que hubieron de profesarse un profundo amor debido a una serie de actos que a continuación exponemos. En primer lugar, tratamos con una sociedad

oriental e islámica en la que se permite la poligamia, una práctica muy recurrente entre las clases sociales más altas (*jassa*), los
únicos con capacidad económica suficiente para mantener a más
de una mujer y los vástagos engendrados. Era en la familia del
gobernante (wali, emir, califa o rey) donde nos encontramos de
forma más habitual esta concentración de féminas, ya fuera esposa real, concubina o esclava, que conformaban el harén; se estima,
a partir de las cifras aportadas por Ibn Idari, hasta un total de
seiscientas dentro del serrallo. Atendiendo a esta costumbre, autores como Ibn Hayyan se encargaron de redactar los nombres de
algunas de estas mujeres, así sabemos que Abd al-Rahman II
contó en su gineceo con Tarub, Tahattur, Assifa, Fadl, Qalam y
Alam; Abd al-Rahman III con Fátima al-Qurasiyya, Maryan
y Mustaq. Incluso el propio Muley Hasan casó en dos ocasiones,
la primera con Aisha bint Muhammad Ibn al-Ahmar y la segunda con la cristiana Zoraida (Turayya); es Boabdil el que parece
distanciarse de esta tendencia polígama, pues la única mujer que
se le conoce es, sin lugar a duda, Morayma. Por otro lado, la
negativa de Boabdil a zarpar hacia Fez atravesando el estrecho
con Morayma en una situación delicada como era la de su enfermedad, podemos considerarla un signo inequívoco de amor y
preocupación por la salud deteriorada de su esposa.

En lo que respecta a este último viaje hacia el exilio, la familia al completo de Boabdil no llegó a pisar tierras magrebíes,
únicamente lo hicieron el Rey Chico, su madre y sus dos hijos,
Ahmed y Yusuf. En tierras cristianas quedaron los restos de
Morayma, la princesa Aisha y el príncipe meriní Abu Zayyan
Ibn Abd al-Haqq, apodado al-Mutawakkil, ya casados. La imposibilidad de regresar a Marruecos, por la vigencia en el gobierno de la dinastía que había asesinado a su padre, el último
emir meriní, obligó a al-Mutawakkil y Aisha a permanecer en la
Península, donde renegaron de su fe y abrazaron el cristianis-
mo. Tras el bautismo recibieron nuevos nombres: Fernando de
Fez y doña Isabel.

En cuanto a Boabdil, habiendo marchado a mediados de octubre de 1493, quedó instalado en Fez, donde fallecería entre 1533 y 1534, siendo enterrado en la musalla a extramuros de la ciudad. Sus hijos echarían raíces en este mismo lugar; según al-Maqqari: «la familia de este sultán sigue residiendo en Fez, pues yo he conocido descendientes suyos, [durante la visita que giré] a esa ciudad en el año 1027 (1618), que estaban acogidos a los fondos de las obras pías (*awuaf*) para los pobres y los indigentes, contándose entre los mendigos».

Conviene matizar una cuestión sobre esta novela, y es lo referente a algunos personajes que aparecen en ella. Ni Jimena ni Dhuha son figuras reales, sin embargo, ambas son representaciones de mujeres pertenecientes a la *umma*, el grueso de población. Jimena, la *rumiyya*, esclava cristiana capturada en la frontera, es la otra cara de la moneda del cautiverio. No todas las mujeres que perdieron la libertad en las cabalgadas y *razzias* tuvieron la suerte de Zoraida, quien por caprichos del gobernante pudo ascender socialmente y acceder al harén, ganándose una posición preeminente. La gran mayoría sufrió unas condiciones de vida penosas, desde habitar en mazmorras, silos y cárceles hasta en casas particulares, donde la comodidad era mayor. Se dedicaban a diversas labores como el campo y los animales, amén de tareas domésticas habituales: lavar, cocinar, traer agua del pozo, cuidar a los críos.

Por su parte, Dhuha es *qabila* (comadrona), a veces incluso *tabiba* (médica), oficios que también ejercieron algunas féminas andalusíes de clase popular, y que fueron realmente trascendentales para la sociedad. De hecho, estas matronas musulmanas eran muy estimadas por la comunidad cristiana debido a sus amplísimos conocimientos en el tema de la obstetricia y la ginecología. Y es que, independientemente de las prohibiciones en las Cortes, las *qabilas* asistieron a partos no únicamente de sus vecinas cristianas del grueso de la población, sino también de las reinas de la dinastía Trastámara, por lo que quedaron fuertemente vinculadas al ámbito del poder. Entre algunas a las que hemos tenido acceso, habríamos de destacar a doña Xançe, la mora toledana que ayudó a la reina Juana de Avis en el alumbramiento de su hija Juana, en febrero de 1462, y, por tanto, a la esposa del rey Enrique IV, hermano de Isabel la Católica.

Por último, cabría tratar la relación que une a Morayma y al caballero de los Banu Sarray o, como popularmente se conoce, los Abencerrajes. Cuenta la leyenda que la esposa de Boabdil se reunía en secreto con Ibn Hamete, un caballero de los Abencerrajes en el Patio del Ciprés de la Sultana, de ahí que recibiera dicho nombre esta parcela ajardinada que se halla en el Generalife. Un testigo sorprendió a Morayma con Ibn Hamete «debajo de un rosal en deshonestos deleites. Pasado un gran rato Aben Hamete cogía rosas blancas y rojas y de ellas hacía una guirnalda y se la ponía a la sultana en la cabeza». Esta historia ficticia, que nace de Ginés Pérez de Hita en su *Historia de los vandos de los Zegríes y Abencerrajes, caualleros moros de Granada*, se entrelaza con el también legendario asesinato del clan de los Abencerrajes que supuestamente acaeció en la Sala de los Abencerrajes de la Alhambra a causa de esta infidelidad. La problemática reside en que se dice que la matanza de los Abencerrajes responde a que Boabdil fue avisado de que estos urdían una conjura que le costaría el trono, de ahí la emboscada y la masacre final. Otra leyenda narra que no fue era Morayma quien se reunía con Ibn Hamete, sino la propia Aisha bint Muhammad Ibn al-Ahmar, madre de Boabdil, por lo que el asesinato pasaría a manos de Muley Hassan. Luis del Mármol Carvajal relata que la sangre de la Sala de los Abencerrajes es la de los vástagos del sultán Muley Hasan que, una vez casado con Zoraida, mandó degollar en una pilastra de alabastro a sus anteriores hijos con Aisha; esto último ha sido completamente descartado en tanto en cuanto Boabdil, Yusuf y la joven Aisha no murieron. La realidad es bien distinta, no existen evidencias que certifiquen encuentros clandestinos y amorosos entre Morayma e Ibn Hamete, del mismo modo que la sangre que dícese que impregna el surtidor de la fuente de la Sala de los Abencerrajes no es más que óxido de hierro que desprendió el propio surtidor.

No querría finalizar sin una advertencia: Cualquier modificación que se haya realizado en esta novela con respecto a los datos que actualmente poseemos acerca de la historia de Morayma, la guerra de Granada y el reino nazarí de Granada, amén de las otras muchas figuras históricas que quedan aquí representadas, se debe única y exclusivamente a motivos estéticos y literarios.